HEYNE

Das Buch

Der Erste Weltkrieg hat Nina Nossek den Mann genommen, den sie am meisten liebte – und auch der Mann, den sie heiratete, ist nicht zurückgekehrt. Aber Nina hat keine Zeit zu verzweifeln: Als ihre talentierte Tochter Victoria von Prisko Banovace, für den sie keine Zuneigung empfindet, schwanger wird, braucht sie Ninas ganze Unterstützung.

Für Nina selbst bringen die Jahre vor dem Zweiten Weltkrieg Empfindungen, an die sie nicht mehr geglaubt hatte: Zum ersten Mal seit Jahren verliebt sie sich wieder – und wird geliebt. Als Schriftstellerin findet sie Anerkennung und hat Erfolg.

Doch als der Krieg ausbricht, scheinen sich für Nina die Ereignisse zu wiederholen: Die Menschen, die sie liebt, schweben plötzlich in größter Gefahr, und sie wird all ihre Kraft brauchen, um diese Zeit zu überstehen . . .

Flutwelle ist der zweite Roman der großen Nina-Trilogie, mit der Utta Danella einfühlsam deutsche Geschichte verarbeitet. Der erste Band ist unter dem Namen *Der dunkle Strom* (01/6204), der abschließende Roman als *Die Unbesiegte* (01/9884) im Wilhelm Heyne Verlag erschienen.

Die Autorin

Utta Danella ist in Berlin geboren und aufgewachsen. Ihre schriftstellerische Laufbahn begann sie mit Arbeiten für Presse und Radio. 1956 veröffentlichte sie ihren ersten Roman *Alle Sterne vom Himmel*, dem viele weitere Bestseller folgten. Heute liegt ein umfangreiches Romanwerk der beliebten Unterhaltungsautorin vor. Zahlreiche Titel sind im Wilhelm Heyne Verlag lieferbar. Utta Danella lebt in München und auf Sylt.

UTTA DANELLA

FLUTWELLE

Roman

WILHELM HEYNE VERLAG
MÜNCHEN

HEYNE ALLGEMEINE REIHE
Nr. 01/12442

Umwelthinweis:
Dieses Buch wurde auf
chlor- und säurefreiem Papier gedruckt

Taschenbuchausgabe 7/2002

Wilhelm Heyne Verlag GmbH & Co. KG, München
Printed in Germany 2002
Umschlagillustration: ZEFA Visual Media/Rossenbach
Umschlaggestaltung: Nele Schütz Design, München
Druck und Bindung: Elsnerdruck, Berlin

ISBN: 3-453-21058-1

http://www.heyne.de

Warum fliehst du nicht, Mensch
wenn die steigende Flut deine Hüften umspielt,
warum schreist du nicht, Tor
wenn deine Schultern sich neigen unter der Gischt
Und weit geöffnet sind deine Augen, Verlorener
ungläubig, noch immer nicht
hoffnungslos,
wenn die erbarmungslose Flutwelle
sich mit deinen Tränen mischt.

Die Reisenden

1931

»Ich«, sagte Victoria Jonkalla, »bin siebzehn.«

Sie kreuzte die Arme hinter dem Kopf und dehnte sich im Sand.

Der Mann neben ihr auf dem Korbstuhl schob sich den Strohhut tiefer in die Stirn, um sich vor dem gleißenden Widerschein der Sonne auf dem Meer zu schützen.

»Ich bitte um Verzeihung, daß ich gefragt habe. Man fragt Damen nicht nach ihrem Alter. Aber wenn eine Dame so jung ist wie Sie, darf man es wohl noch tun. Sweet and seventeen also.«

»Gerade geworden«, erklärte sie voll Stolz.

»Ich weiß auch, wann. Ich sah die Blumen auf Ihrem Tisch, das war vor zwei Tagen. Da kann man noch gratulieren. Was ich hiermit tue.«

»Danke.« Sie streckte ein Bein in die Luft und fragte kindlich: »Ist es nicht fabelhaft?«

»Siebzehn zu sein? Gewiß.«

»Nein, ich meine, daß ich meinen Geburtstag gerade hier gefeiert habe. Am Lido. Das ist doch einfach toll.«

»Waren Sie schon öfter hier?«

»Ach wo. Das erstemal. Es ist überhaupt meine erste Auslandsreise. Und gleich nach Venedig. Die meisten kommen erst hierher, wenn sie heiraten, nicht?«

»Das ist wohl so der Brauch.«

»Ich kann gar nicht sagen, wie ich mich auf diese Reise gefreut habe. Ich dachte, ich werde verrückt, als ich hörte, daß ich mitfahren darf.«

»Es gefällt Ihnen hier?«

»Es ist einfach himmlisch. Das Meer. Und der Strand mit all den fabelhaften Leuten. Und das tolle Hotel. Alles überhaupt.«

Der Mann, er war genau sechzig Jahre alt, blickte über die Schulter zurück in die Richtung, wo sich das Hotel Excelsior befand, in dem er mindestens schon zehnmal gewohnt hatte, genau wußte er es nicht, und versuchte, es mit den Augen einer Siebzehnjährigen zu sehen, die zum erstenmal darin wohnte. So betrachtet, war es zweifellos ein tolles Hotel, und der Lido fabelhaft und Venedig einfach himmlisch.

Er lächelte und betrachtete ungeniert die schlanke, langgliedrige Mädchengestalt, bekleidet nur mit einem hellgrünen Badeanzug. Guter Stall, dachte er. Die Figur, die Kopfform, das Gesicht. Auch wie sie sich bewegte, wie sie kam und ging. Er hatte in den letzten Tagen öfter Gelegenheit gehabt, sie zu beobachten, wenn sie durch die Halle schritt, wenn sie den Speisesaal betrat und verließ. Nichts an ihr war linkisch oder ungeschickt, sie besaß für ihr Alter eine erstaunliche Sicherheit.

Hier am Lido, wo sich die Reichen und die Schönen ihr jährliches Stelldichein gaben, europäischer Adel, amerikanische Finanzen, alte Namen und neuer Reichtum, und die meisten davon kannte er seit Jahren von hier oder von anderswo, waren ihm die beiden Frauen aufgefallen, diese so junge, die noch keine Frau war, und die andere, deren Alter sich schwer schätzen ließ, weil sie so attraktiv war, daß die Frage nach ihrem Alter unerheblich wurde. Sie war stets mit erlesener Eleganz gekleidet, wirkte manchmal ein wenig arrogant, zog dennoch alle Männerblicke auf sich und erwiderte sie auch hier und da, wie er festgestellt hatte. Ein leichter Hauch von *Demimonde* haftete ihr an, das fand jedenfalls er, der außerordentlich darin geübt war, Frauen zu beurteilen. Er hatte sich gefragt, ob sie wohl die Mutter dieses Mädchens sein könnte, entdeckte aber keinerlei Ähnlichkeit, wenn man von der Selbstsicherheit absah, und erfuhr vom Portier, daß die Damen verschiedene Namen trugen.

Signora Bernauer, Signorina Jonkalla, beide aus Berlin.

»Sie sind also am 28. Juli 1914 geboren«, meinte er nachdenklich. Das Mädchen lachte übermütig. »Sie haben fabelhaft gerechnet. Genau das ist der große Tag gewesen.«

»Eine sehr bewegte Zeit in der Weltgeschichte. Sie sind eine Tochter des Krieges, Signorina. Genau vier Wochen vor Ihrem Eintritt in diese Welt wurde der österreichische Thronfolger ermordet, und als Sie zwei Tage alt waren, begann der große Krieg.« »Ach ja, stimmt«, sagte sie gleichgültig. »So wie heute, nicht?« »Ja, heute. Vor genau siebzehn Jahren. Zwei Tage lebten Sie gerade noch im Frieden, der genaugenommen schon keiner mehr war. Ein niedliches kleines Baby, ahnungslos, in was für eine schreckliche Welt es hineingeboren worden war.«

Sie richtete sich auf, blickte auf das Meer hinaus, blaugrau war es, erste Schatten der Abenddämmerung verdunkelten den Horizont.

»Ich glaube, ich geh' nochmal schwimmen.«

»Sie waren doch gerade vorhin erst im Wasser. Ihr Badeanzug ist noch nicht einmal trocken.«

»Ich könnte jeden Tag hundertmal hineingehen«, rief sie überschwänglich. »Es gibt überhaupt nichts Schöneres, als im Meer zu schwimmen. Ach, und mit dem Krieg, das ist so lange her. Wir haben einen Lehrer in der Schule, der erzählt immer und ewig von seinen Kriegserlebnissen, er war Offizier, und er fand den Krieg ganz prima. Gar nicht schrecklich. Er sagt, es sei die schönste Zeit seines Lebens gewesen!« Sie blickte ihren Gesprächspartner fragend an. »Ist doch komisch, nicht? Meine Mutter sagt auch, der Krieg war schrecklich. Aber vielleicht denken Frauen anders darüber.«

»Es gibt auch Männer, die so denken. Ich zum Beispiel.«

»Waren Sie auch im Krieg?«

»Nein.«

Er war dreiundvierzig, als Franz Ferdinand und seine Frau Sophie in Sarajevo erschossen wurden. Und er war gerade in London, reiste aber vorsorglich gleich nach Wien zurück, denn er ahnte, was kommen würde, hatte jedoch kein Verlangen, in England interniert zu werden. Daß man ihn einzog, war nicht zu befürchten. Militärdienst hatte er nie geleistet, auch war er zu alt und die Firma kriegswichtig, sein Vater fünfundachtzig und krank. Es ist so lange her, hatte dieses Kind eben gesagt – siebzehn Jahre war es her, daß der Krieg begann. Siebzehn Jahre genau auf den Tag. Und nicht einmal zwölf Jahre war es her, daß er endete.

Eine lange Zeit? Eine kurze Zeit.

Er lächelte wieder, diesmal sehr melancholisch. Wenn man siebzehn ist, kann die Welt selbst nicht älter sein als siebzehn. Das war das Geschenk und das Verhängnis zugleich.

»Gott sei Dank, jetzt wird es nie mehr Krieg geben«, sagte das Mädchen. »Das ist für alle Zeiten vorbei.«

»Wer sagt denn das?«

»Nie wieder Krieg, das sagen doch alle. Wir sind moderne Menschen. Die wollen keinen Krieg.«

»So, sind wir modern? Verändern sich die Menschen wirklich? Es wird immer Krieg geben. Nur die Toten machen keine Kriege mehr. Denken Sie nur an Ihren Lehrer, dem der Krieg so gut gefiel, daß er heute noch davon schwärmt.«

»Ach, der! Der gibt an. Damals war er jung. Heute hat er einen Bauch und eine Glatze. Der macht bestimmt keinen Krieg mehr. Wir glauben ihm sowieso nicht, daß er so tapfer war, wie er immer erzählt. Meine Freundin Elga sagt, er will uns bloß imponieren. Und wenn er ein Held gewesen wäre, sagt sie, würde er ja nicht mehr leben.«

Der Mann mußte lachen. »Was für eine erbarmungslose Schlußfolgerung.«

Sie blickte ihn unsicher an. Ihre Augen waren haselnußbraun, mit kleinen gelben Punkten darin.

»Und überhaupt, ich denke auch, daß der Krieg schrecklich war. Mein Vater ist nicht zurückgekommen.«

»Gefallen?«

»Das weiß man nicht. Er ist vermißt. In Rußland.«

Also war es immerhin möglich, daß die dunkelhaarige Signora Bernauer die Mutter des Mädchens war, es mochte eine zweite Ehe geben.

»Und Ihre Mutter? Sie hat lange auf ihn gewartet?«

»Sie sagt, sie hat gleich gewußt, daß er tot ist. Er soll ein sehr guter Mensch gewesen sein. Und Mutti sagt, die guten Menschen müssen immer zuerst daran glauben. Aber meine Großmutter, seine Mutter, die wartet immer noch, daß er wiederkommt.«

Zwölf Jahre warten. Zwölf Jahre Hoffnung und Enttäuschung, Tränen und Gebete. Die wartenden Mütter.

»Wenn man denn schon Monumente zum Andenken des Krieges bauen muß«, sagte Cesare Barkoscy langsam, »dann sollte man sie nicht stürmenden und sterbenden Soldaten errichten, sondern den wartenden Müttern.«

Das Mädchen zog bei seinem ernsten Ton unbehaglich die Schultern hoch und blickte wieder sehnsüchtig auf das Meer hinaus. Aber es war zu gut erzogen, um das Gespräch von sich aus zu beenden.

»Ist die aparte Dame, mit der ich Sie zusammen sehe, Ihre Frau Mama?«

»Marleen? Aber nein! Das ist die Schwester von Mutti.«

»Also Ihre Tante.«

»Na ja, gewissermaßen. Aber das darf man zu ihr nicht sagen, sie mag das nicht.«

»Verständlich. Sie ist absolut kein Tantentyp. Falls es so etwas gibt.«

»Sie gefällt Ihnen?«

»Eine höchst reizvolle Frau.«

Victoria seufzte. »Ja, nicht? Sie ist fabelhaft. Alle Männer sind in sie verknallt. Haben Sie den tollen Italiener gesehen, der sie schon ein paarmal abgeholt hat? Mit einem eigenen Boot? Der wohnt in einem Palazzo in Venedig, ist irgendein hohes Tier bei Mussolini.«

»Und er gefällt ihr?«

»Ach, das weiß man bei ihr nicht. Sie läßt sich den Hof machen. Sie hat Sex-Appeal, nicht?«

»Zweifellos. Aber nun will ich Sie dem Meer nicht länger vorenthalten, Signorina, sonst wird es zu kühl, und Sie kommen zu spät zur *cena*.«

Sie sprang auf, wie von einer Feder hochgeschnellt.

»Ja, dann schwimme ich schnell noch mal.«

Er stand ebenfalls auf, nahm seinen Strohhut ab, neigte den Kopf und sagte: »Darf ich mich Ihnen vorstellen, nachdem Sie mir so ein reizendes Plauderstündchen geschenkt haben? Barkoscy ist mein Name. Cesare Barkoscy.«

Sie lächelte, ein wenig verlegen. »Ich bin Victoria Jonkalla.«

Er stutzte.

»Victoria?«

»Ja.«

»Als man Sie taufte, Signorina Victoria, hatte der Krieg sicher schon begonnen. Man muß in Ihrer Familie sehr siegessicher gewesen sein.«

»Ach«, sie lachte, »das hat mit Krieg und Sieg nichts zu tun. Meine Taufpatin heißt Victoria. Sie ist eine Freundin meiner Mutter, eine halbe Engländerin. Und darum schreiben wir auch Victoria mit c. Nach der Queen Victoria, wissen Sie.«

»Ich verstehe. Das ist natürlich etwas anderes. Sie leben in Berlin?«

»Ja. Hört man das?«

»Ein wenig.«

»Meine Mutti kommt aus Schlesien. Ich bin in Breslau geboren.«

»Nun, das ist für einen echten Berliner wohl obligatorisch.«

»Kennen Sie Berlin?«

»Wer kennt es nicht? Derzeit ist es der Nabel der Welt.«

»Aber Sie . . .« Victoria sprach nicht weiter. Es gehörte sich nicht, einen Erwachsenen auszufragen.

Er verstand die unausgesprochene Frage.

»Ich bin aus Wien. Und *meine* Mama ist Italienerin.«

»Ach, darum heißen Sie Cesare. Ein toller Name.«

»Wie man's nimmt. Er paßt nicht sehr gut zu mir. Aber meine Mama schwärmte für Cesare Borgia.«

Er lachte, und sie lachte mit. Cesare Borgia, ausgerechnet. Und dazu dieser zierliche, weißhaarige Herr mit dem sensiblen Mund und den schmalen Händen, beides war ihr aufgefallen.

»Ich habe auch sonst, vom Äußeren abgesehen, keinerlei Ähnlichkeit mit ihm.«

»Und das hat Ihre Frau Mama sehr enttäuscht?« fragte sie und kam sich höchst gewandt vor bei dieser Konversation.

»Möglicherweise. Ich hatte keine Gelegenheit, sie danach zu fragen.«

Ob das hieß, daß seine Mutter früh gestorben war?

»Heute lebe ich teils in Wien, teils in Mailand.«

»Abwechselnd?«

»Abwechselnd.«

»Das finde ich fabelhaft.«

Er lächelte. »Jetzt wissen wir schon eine ganze Menge voneinander. Ich hoffe, Sie werden mir wieder einmal die Freude machen, daß ich mich mit Ihnen unterhalten darf.«

Ihr Blick war kindlich. »Aber ja. Schrecklich gern.«

»Dann viel Spaß beim Baden. Und schwimmen Sie nicht zu weit hinaus.«

Er blickte ihr nach und dachte wieder: Guter Stall. Gute Rasse. Geradezu Vollblut.

Victoria kicherte vor sich hin, als sie mit kräftigen Zügen ins Meer hinausschwamm. Wie der redete! Richtig ulkig. Das mußte sie Elga erzählen. Sie haben mir ein reizendes Plauderstündchen geschenkt. So was! Das klang wie aus dem vorigen Jahrhundert. Aber der war ja auch schon alt. Irgendwie aber nett. Und Cesare! Sie tauchte das Gesicht ins Wasser und prustete übermütig. Wie konnte ein Mensch bloß Cesare heißen!

Sie sah ihn wieder, als sie mit Marleen den Speisesaal zum Abendessen betrat. Marleen ganz in Weiß, Smaragde in den Ohren und am Hals, das Gesicht gebräunt, das dunkle Haar eng an den Kopf gebürstet, die Spitzen in die Wangen gebogen.

Sie sah hinreißend aus, sie wußte es. Keiner hätte ihr angesehen, daß sie in diesem Jahr vierzig geworden war. Aber weder ihr Aussehen noch ihr Geld ermöglichten ihr den Zugang zu der snobistischen Gesellschaft, die dem Lido sein Gepräge gab, das wußte sie auch. Sie war schon einmal hier gewesen, mit ihrem Mann, und das war ein Fiasko gewesen. Max verreiste nicht gern, es sei denn in Geschäften. So ein Hotel wie das Excelsior, die internationale Society am Strand und in der Halle machten ihn noch unsicherer, als er ohnehin schon war. Er wirkte dann noch kleiner und schmächtiger, sah noch jüdischer aus, hätte sich am liebsten den ganzen Tag in seinem Zimmer versteckt.

Mit einem Liebhaber zu fahren, erschien Marleen nicht opportun, außerdem hatte sie ihren derzeitigen satt. So war sie auf die Idee gekommen, ihre Nichte mitzunehmen – ein junges, unbefangenes Mädchen, nett anzusehen, ergab eine passende Begleitung.

Sie hatte Victoria schon als Kind gelegentlich mit an der Ostsee gehabt, es hatte nie Schwierigkeiten mit ihr gegeben, sie war anpassungsfähig, wohlerzogen und wurde niemals lästig.

Cesare Barkoscy saß bereits an seinem Ecktisch, an dem er immer allein speiste und stets mit besonderer Aufmerksamkeit bedient wurde. Er neigte grüßend den Kopf, als Marleen und Victoria vorübergingen, und Victoria schenkte ihm ein strahlendes Lächeln.

»Kennst du den?« fragte Marleen, als sie saßen.

»Habe ich heute kennengelernt. Am Strand. Er heißt Cesare Barkoscy. Cesare, wie findest du das?«

»Toll, wie du sagen würdest«, erwiderte Marleen und lachte.

»Er wohnt in Wien. Und in Mailand auch. Abwechselnd, sagt er.«

»Das hat er dir alles erzählt?«

»Wir hatten ein reizendes Plauderstündchen«, sagte Victoria mit unschuldigem Augenaufschlag.

»Alter Wüstling!« Marleen naschte eine Gabel vom *antipasto*.

»Gar nicht. Er ist sehr vornehm. Ein richtiger Kavalier.«

Marleen nahm einen Schluck aus ihrem Glas, grüßte dann das englische Ehepaar am Nebentisch mit einem Lächeln, wobei sie den Kopf wenden und den einsamen Cesare in seiner Ecke noch einmal betrachten konnte.

»Er sieht nach Geld aus. Reicher Jude aus Wien, vermutlich ungarischer Abstammung. Versteht was von der Börse.«

»Das kannst du gleich erkennen?«

»Ich kenne einige von dieser Sorte. Es läßt sich gut mit ihnen umgehen, sie haben Manieren und verstehen zu leben. Für eine Frau sind sie sehr brauchbar.«

»Aber doch nicht für eine Frau wie dich.«

Marleen zog eine Braue hoch. »Wieso nicht? Findest du, daß ich etwas Besseres zu Hause habe?«

»Onkel Max ist doch ganz anders.«

»Eben. Mit dem da drüben wäre vermutlich schwieriger umzugehen.«

»Wie war's denn heute mit Salvatore?«

»Das übliche. Erst hat er mir von seinem Duce vorgeschwärmt, dann wollte er mich verführen.«

»Und hast du?«

»Fragen stellst du für so 'ne kleene Göre, da muß man sich schon wundern.«

Sie lachten beide, blickten sich vertraut in die Augen. Sie hatten sich immer gut verstanden, Marleen, die Reiche, die Kapriziöse, die Egoistin, die nur sich liebte und sonst nichts auf der Welt, und Ninas junge, unbeschwerte Tochter, die sich selbst noch nicht kannte.

»Es eilt nicht«, meinte Marleen lässig. »Wir bleiben ja noch vierzehn Tage. Mit der Zeit lernt man, daß eine gut komponierte Ouvertüre den ersten Akt genußreicher macht.«

Der Doppelsinn der Worte ging Victoria nicht auf. Außerdem irritierten Marleens frivole Reden sie nicht im geringsten, im Gegenteil, sie imponierten ihr. Sie bewunderte Marleen, vor allem deswegen, weil diese besaß, was sie sich selbst so heiß wünschte: Geld.

Victoria spießte einen der Ravioli auf die Gabel und verspeiste ihn mit Genuß. Das Essen war fabelhaft. Und das alles konnte man nur haben, wenn man reich war, dieses Hotel, dieses Essen, solche Reisen, solche Kleider, die Verehrer. Und wie wurde man reich? Durch einen Mann.

Durch einen Mann, wie Marleen ihn geheiratet hatte, einen Mann, den sie nicht liebte und den sie betrog.

Das war der Punkt, an dem Victorias Gedanken eigene Wege gingen. Es gab noch eine andere Möglichkeit, reich zu werden, man konnte Karriere machen, und dann hatte man alles, Männer, Erfolg, Geld.

Männer? Erfolg, Ruhm und Reichtum, das erschien Victoria leicht zu erringen. Nur den Mann, den sie liebte, würde sie nie bekommen. Und einen anderen wollte sie nicht.

Sie seufzte. Da war der große Kummer wieder da, hatte sich

ungeladen ins Hotel Excelsior geschlichen.

Marleen ist zu einem echten Gefühl nicht fähig, das sagte Nina, Victorias Mutter und Marleens Schwester, denn sie kannte Marleen seit ihren gemeinsamen Kindertagen. Und sie hatte wohl recht mit diesem Urteil.

Was Marleen fehlte, besaß sie selbst im Übermaß. Nina lebte nur aus dem Gefühl heraus, war darum so schutzlos, so verletzbar.

Und darum darf sie es nie, nie erfahren, dachte Victoria.

Tagsüber, am Strand, im Meer, im Hotelgarten, noch zuletzt während des Gesprächs mit dem Fremden, war sie eigentlich sehr vergnügt gewesen, da hatte sie vergessen, was sie bedrückte.

Daß sie den Mann liebte, den ihre Mutter auch liebte. Den Nina so zärtlich und hingebungsvoll liebte, wie es nun einmal ihrem Wesen entsprach.

Sie darf es nie erfahren, und er darf es nie erfahren, es ist mein Schicksal, daß ich auf die große Liebe meines Lebens verzichten muß. So ist es und so wird es bleiben, mein ganzes Leben lang. Das weiß ich.

Allerdings wußte sie nicht, daß ihre Mutter, daß Nina, als sie so alt war wie ihre Tochter heute, genau das gleiche empfunden, daß sie genauso hoffnungslos geliebt hatte.

Am gleichen Abend, zur gleichen Stunde schlenderte Nina mit Peter durch Salzburg. Er hatte seinen Arm unter ihren geschoben und redete wie meistens in den vergangenen Tagen von der Jedermann-Aufführung, die sie vor drei Tagen auf dem Domplatz gesehen hatten.

Nina hörte nur mit halbem Ohr zu, blickte an den Fassaden der Häuser in der Getreidegasse empor, warf begehrliche Blicke in Schaufenster, schaute in die Gesichter der Vorübergehenden, die genau wie sie beide an diesem milden Sommerabend durch die Stadt spazierten.

Nina verfügte nicht über den Backfisch-Wortschatz ihrer Tochter, sonst hätte sie vermutlich auch verkündet, daß sie Salzburg fabelhaft fände, die Festspiele einfach toll und ganz Österreich überhaupt himmlisch. Aber für sie war hauptsächlich und vor allem aus *einem* Grund alles so wunderbar: weil sie mit Peter hier war, weil er sie mitgenommen hatte auf diese Reise, weil sie ihn endlich einmal, ungestört von ihrer Familie und unbehindert von seiner Umwelt, für sich allein haben konnte.

Genau wie für Victoria war es auch für Nina die erste Auslandsreise ihres Lebens, und Berge hatte sie noch nie gesehen. Jedenfalls nicht die Alpen. Als junges Mädchen war sie einige Male im Riesengebirge gewesen, aber das war so lange her. Seit sie in Berlin lebte, hatte es keine Ferienreise für sie gegeben, und nun gleich so weit und an einen so zauberhaften Ort. Salzburg war ein großes Erlebnis für sie, sie glaubte, nie etwas Schöneres gesehen zu haben als diese Stadt, deren Gassen und Häuser Anmut und Harmonie geradezu ausstrahlten. Sie war Peter zutiefst dankbar, daß er sie mitgenommen hatte, genauso wie sie ihm für seine Liebe dankbar war.

War es Liebe? Besser gesagt, für sein Vorhandensein in ihrem Leben, sein Immer-noch-Vorhandensein.

Sie ging sehr vorsichtig, sehr behutsam mit ihrer Bindung um, und nur weil sie ihn liebte, erwartete sie nicht, daß er ihre Gefühle auf die gleiche Weise erwiderte. Sie hütete sich, ihm allzu deutlich zu zeigen, was sie für ihn empfand, was er ihr bedeutete. So war es von Anfang an gewesen, so hatte sie es gehalten in den zweieinhalb Jahren, die vergangen waren, seit er gefragt hatte, aus der Laune einer fröhlichen Nacht heraus: »Kommst du mit?«

Damals war sie mit Felix befreundet, war seine Sekretärin, falls man ihre Tätigkeit in dem kleinen Privattheater so hochtrabend bezeichnen wollte. Immer nahe an der Pleite entlang machten sie mittelmäßiges Theater, eine kleine Gemeinschaft, wohl wissend, wie fragwürdig ihre Existenz war. Peter Thiede spielte bei ihnen, ein unbekannter junger Schauspieler, der von der großen Karriere träumte. Sie mochte ihn gern, doch er stand ihr nicht näher als die anderen, die dort am Abend auf die Bühne gingen.

Dann kam die Silvesternacht, in der Felix sie allein ließ, weil er mit seiner Frau feiern mußte.

Sie war sehr unglücklich gewesen, verzweifelt über ihr unerfülltes Leben, eine Frau von fünfunddreißig Jahren, der das Leben kein Glück, keine Geborgenheit schenken wollte. Sie war wütend auf Felix und voll Bitternis gegen das Schicksal, das sie so stiefmütterlich behandelte.

Nach der Vorstellung hatten sie im Theater ein wenig gefeiert, die von der Bühne und die hinter der Bühne, soweit sie nichts Besseres vorhatten, und Peter hatte mit ihr getanzt, hatte sie geküßt und dann war sie einfach mitgegangen in seine Pension und in sein Bett.

Einfach so. Von Liebe konnte keine Rede sein, zweifellos tat sie es aus Trotz gegen Felix, aus Trotz gegen die ganze Welt.

Aber dann war etwas Seltsames geschehen: zum erstenmal, seit es Nicolas nicht mehr gab, hatte sie Glück und Lust in den Armen eines Mannes empfunden.

Nur diese eine Nacht, hatte sie sich selbst geschworen, ich werde vernünftig sein.

Aber nun war er immer noch da, obwohl er vorsichtshalber gleich zu Beginn ihrer Beziehung gesagt hatte: für eine Weile möchte ich dich behalten.

Das vergaß sie nie. Nicht, wenn er sie umarmte, nicht, wenn sie ihn manchmal tagelang nicht sah, nichts von ihm hörte, auch nicht, wenn er so, wie an diesem Abend, neben ihr ging und alles sagte, was ihm am Herzen lag, was ihn bedrückte, was er sich wünschte. Sie kannte seine Wünsche so genau.

Eine gute Bühne, die großen Rollen, Erfolg, Ruhm, sich selbst und sein Talent verwirklichen.

Nichts von alledem hatte er bisher erreicht. Damals, im Frühjahr 1929, als Felix das Theater schließen mußte, weil seine amerikanische Frau ihm kein Geld mehr dafür gab, sondern bestimmte, daß er fortan mit ihr in Amerika leben sollte, standen sie alle auf der Straße. Auch Peter Thiede fand zunächst kein Engagement; es gab so unendlich viele Schauspieler in Berlin, gutaussehend wie er, begabt wie er, auf der Jagd nach dem Glück, nach einer Rolle, nach der Möglichkeit zu spielen.

Plötzlich schien es, als habe Fortuna ihre Schritte verlangsamt, um sich auch einmal nach ihnen umzublicken. Paul Koschka, der sich gerade in Berlin als Filmproduzent etablierte, engagierte Peter für eine Rolle und machte Nina Hoffnung auf Drehbucharbeit. Aber das Jahr 1929 hatte noch eine üble Überraschung parat – im Oktober der Börsenkrach in New York, der Beginn der großen Weltwirtschaftskrise.

Koschkas Filme wurden nie gedreht. Fortuna war weitergegangen.

Nina hatte nie begriffen, was da eigentlich passiert war. Sie selbst hatte nichts zu verlieren, weil sie nichts besaß, seit Kriegsende lebte sie sowieso von der Hand in den Mund. Das Schlimmste war für sie die Zeit der Inflation gewesen, die Jahre 1922 und 1923, als sie allein war mit den Kindern, mit ihrer Schwester, mit dem kranken Bruder, verantwortlich für alle. Auch damals hatte sie nicht mitbekommen, was geschah, was mit dem Geld geschah, es blieb nur die Tatsache, daß sie so bitter arm waren wie nie zuvor. Sie wußten nicht, von einem Tag zum anderen, wie und wovon sie leben sollten.

Und dennoch war selbst die Inflation in Wahrheit nicht das Allerschlimmste gewesen, sie brachte zwar Not und Sorgen, aber was bedeutete dies gegen das große, nie zu überwindende Leid ihres Lebens: Nicolas lebte nicht mehr. Nicolas war aus dem Krieg nicht zurückgekehrt.

Später dachte sie manchmal: es war ganz gut, daß ich so viele Sorgen hatte, es war wirklich gut, daß ich mich darum kümmern mußte, wie wir existieren konnten, denn wie hätte ich es sonst ertragen können, ohne Nicolas zu sein.

Dann der Sprung ins Unbekannte, der Neubeginn in Berlin und dabei ein wenig Glück am Anfang: die Begegnung mit Felix, das Theater; eine Arbeit, die zwar schlecht bezahlt wurde, aber Spaß machte. Irgendwie gelang es ihr, die klein gewordene Familie, nur noch sie, die beiden Kinder und ihre Schwester Gertrud, über Wasser zu halten. Dann verlor sie die Arbeit, und es blieb eigentlich nur noch die Hoffnung, von der sich leben ließ, und ihr Lebensmut, den sie trotz allem nicht verloren hatte.

Und plötzlich dieser junge Geliebte, in dessen Armen sie – nein, Nicolas nicht wiederfinden, aber wenigstens zeitweise vergessen konnte.

Für eine Weile möchte ich dich behalten . . .

Die Angst, ihn zu verlieren, ihn bald zu verlieren, war ihr ständiger Begleiter. Sie gab sich selbstsicher, selbstständig, hütete sich vor Sentimentalitäten, sprach nicht von Liebe, spielte die moderne, erfahrene Frau, die emanzipierte Frau des zwanzigsten Jahrhunderts, die Affären leicht nimmt und einen Mann nicht festhält. Spielte sie gut, wie sie selbst glaubte.

Daß die Liebe in ihren Augen geschrieben stand, daß jeder Blick, jedes Lächeln sie verriet, daß Peter genau wußte, wie es in ihr aussah, das hätte sie nicht vermutet. Er aber sagte es ihr nicht, er war froh über ihre Haltung, sie machte es ihm leicht, zu bleiben oder zu gehen, wenn er eines Tages wollte. Peter hatte sie gern, liebte sie auf seine Weise, dachte jedoch keinesfalls an eine feste Bindung, konnte gar nicht daran denken, in der Unsicherheit seines Lebens. Eine Frau mit zwei Kindern, auch wenn er die Kinder mochte, eine Frau, älter als er, arm, erfolglos und ohne Aussicht auf Erfolg oder Geld. Das alles war ihm klar, er sah das ganz nüchtern. Aber Ninas Liebe, ihre Herzlichkeit, ihre Wärme taten ihm wohl, und die schwere Zeit ließ sich gemeinsam besser überstehen. Allein, daß er darüber reden konnte, reden zu einem Menschen, der ihn verstand.

In der Wintersaison 29/30 bekam er dann eine Rolle in einer albernen Komödie, wieder in einem der kleinen, ständig von Pleite bedrohten Theater..

»Das ist mein Untergang«, sagte er düster. »Kein anständiges Haus wird mich je engagieren, wenn ich immer nur in solchen Klamotten auftrete.«

Immerhin war er bis zum März beschäftigt, war anschließend zwei Monate arbeitslos, bekam dann eine Tournée und tingelte den Sommer über mit einem Singspiel durch Bäder und Kurorte.

Es war für ihn, der vom Hamlet und vom Ferdinand träumte, eine Qual.

Doch im Herbst 1930 kam wieder ein Filmangebot, und endlich klappte es. Zuerst nur eine Nebenrolle, doch bereits in seinem zweiten Film spielte er die Hauptrolle, zwar wieder nur das, was er eine Klamotte nannte, aber es war ein hübsch gemachter Film, der ihn immerhin bekannt machte. Und vor allem hatte er endlich einmal Geld verdient.

Die neue Situation war günstig für ihn. Bei der Umstellung vom Stummfilm auf den Tonfilm waren viele Schauspieler auf der Strecke geblieben, das war seine Chance, er war ein gut ausgebildeter Schauspieler, er konnte nicht nur aussehen, er konnte auch sprechen. Aber befriedigen konnte ihn das natürlich nicht.

Jetzt, an diesem Abend auf dem Domplatz in Salzburg, wies er mit geöffneten Armen auf die Stufen des Doms.

»Warum darf ich nicht dort stehen?«

Nina stand mit dem Rücken zu den leeren Zuschauerbänken, sah sein schönes, leidenschaftliches Gesicht und dachte: wenn ich dir doch helfen könnte!

Und gleichzeitig dachte sie, wie auf einem anderen Gleis: wenn du Erfolg hast, wirst du mich verlassen.

»Es kommt schon noch«, sagte sie. »Du bist noch jung. Die anderen, die hier stehen, sind doch älter als du. Sie haben auch einmal angefangen.«

Was für ein dummes Geschwätz, dachte sie. Ich rede, als sei ich seine Großmutter.

»Dieser Moissi . . .« begann er.

Und wieder, wie gestern und vorgestern, setzte er ihr auseinander, was alles ihm an Alexander Moissi, der den Jedermann gemacht hatte, nicht gefiel. Die Art, zu sprechen, die Art, sich zu bewegen, seine Stimme, sein Aussehen, sein Auftreten, eigentlich gefiel ihm gar nichts an dem berühmten Kollegen.

Das war nicht etwa pure Gehässigkeit, nicht nackter Neid; Nina wußte, daß er durchaus imstande war, große Leistungen anderer Schauspieler zu bewundern und daß es manchen berühmten Kollegen gab, den er verehrte, Ernst Deutsch zum Beispiel, Heinrich George, Werner Krauß vor allem, Bassermann, Kortner – aber wen auch immer, Alexander Moissi gehörte nicht dazu.

Über allem jedoch gab es einen fernen Gott, bei dem unweigerlich jedes dieser Gespräche landete: Max Reinhardt.

Es war Peters größter Wunsch, sein höchstes Ziel, einmal Reinhardt vorzusprechen.

Reinhardt war hier. In Salzburg. Er residierte in Schloß Leopoldskron, und die Auserwählten dieser Erde durften seine Gäste sein.

Peter Thiede, ein unbekannter und erfolgloser Schauspieler aus Berlin, gehörte nicht dazu.

Nina nahm ihn energisch am Arm.

»Komm, hör auf, dich zu zerfleischen wegen diesem Jedermann. So toll finde ich das Stück nun auch wieder nicht. Die Kulisse ist schön, der Dom, der Platz, die Burg da oben. Ohne das alles hätte es die halbe Wirkung.«

»Darum geht es nicht. Es geht darum, hier zu stehen und hier zu spielen, ganz egal, wie das Stück ist. Verstehst du das nicht? Wenn du hier dabei bist, dann bist du oben.«

»Was heißt oben, jetzt bin ich hungrig. Meinst du, wir könnten uns ein kleines Abendessen leisten?«

Sofort war er wieder der Mann, den sie kannte, liebevoll und zärtlich.

Er schloß sie in die Arme.

»Armes Ninababy, ich lasse dich verhungern.« Er küßte sie auf die Nasenspitze. »Ich werde dich jetzt gut füttern. Was darf's sein? Ein Gulasch mit Nockerln?«

»Hatten wir gestern.«

»Ein schönes Wiener Schnitzerl, gnä' Frau, resch gebacken,

einen Häuptlsalat dazu? Ein Viertel Kremser darf's auch sein? Und hernach am End gar Salzburger Nockerln?«

Er sprach jetzt österreichisch, auf Dialekte verstand er sich ausgezeichnet.

»Geh, sei lieb, Herzerl, stell dich auf die Domstufn da. Ja, magst?«

»Warum denn?«

»Frag net, tu, was ich dir sag. Ich will dich runterheben, das wird mir Glück bringen.«

Er hob sie von der Stufe, nahm sie in die Arme und küßte sie.

»Verzeih mir, Nina.«

»Was hab ich dir denn zu verzeihen? Ich weiß ja, wie es in dir aussieht. Und genauso weiß ich, daß du eines Tages ganz groß wirst. Ich hab's dir immer prophezeit.«

»Vielleicht bin ich unbegabt. Vielleicht bilde ich mir nur ein, daß ich was kann.«

»Unsinn. Du weißt sehr gut, daß du Talent hast. Wenn du dich nur entschließen könntest, ein Engagement an einem guten Stadttheater anzunehmen.«

»Ich geh nicht in die Provinz. Das kannst du mir nicht einreden.«

»Was heißt Provinz! Jeder muß richtig anfangen. Die berühmtesten Schauspieler haben in der Provinz gespielt. Es gehört dazu.«

»Ich geh' von Berlin nicht fort. Dort sind meine Chancen.«

»Das denken viele. Und laufen dort herum und warten auf diese sogenannten Chancen. Provinz ist ein dehnbarer Begriff. Unsere Theater in Breslau sind ausgezeichnet, ich würde sie durchaus nicht als Provinz bezeichnen. Ich kenne viele, die heute in Berlin spielen und in Breslau angefangen haben.«

Er wurde ärgerlich, das wurde er immer an diesem Punkt des Gespräches, das sie nicht zum erstenmal führten.

»Du vergißt ganz, daß ich schließlich in der Provinz angefangen habe. Ich habe in Zwickau gespielt. Und in Remscheid. Und ein Jahr in Meißen. Ist das Provinz genug? Du redest von Dingen, die ich sehr genau kenne. Man muß damit aufhören, man muß dorthin, wo die großen Schlachten geschlagen werden.«

»Na, ich weiß nicht, ob es nicht besser ist, in Breslau den Hamlet zu spielen als in Berlin den Wurschtl.«

»Du mit deinem ewigen Breslau! Möchte wissen, warum du nicht dort geblieben bist, wenn es so fabelhaft ist.«

Weil ich dort nicht mehr leben konnte, weil mich jedes Haus, an dem ich vorbei kam, jedes Geschäft, das ich gern betreten hätte, und erst recht das Theater und selbst die Luft, die ich atmete, an ihn erinnert hat.

Das dachte sie, sprach es nicht aus. Denn so verständnisvoll er sich am Anfang ihr Klagelied über Nicolas angehört hatte, so ungern wollte er, daß sie noch heute von ihm sprach.

»Ich will und muß in der Großstadt leben«, fuhr er fort. »Ich brauche Berlin. Ich liebe Berlin. Ohne Berlin gehe ich ein. Ich bin ein Junge aus dem Ruhrpott und habe es schwer genug gehabt, dort rauszukommen. Ich gehe nicht zurück. Ich will in Berlin auf der Bühne stehen oder gar nicht.«

Nina seufzte. Sie hatten das Gespräch hundertmal geführt, es kam nichts dabei heraus. Er saß in Berlin und wartete auf die große Chance. Wie so viele andere. Machte schlechtes Boulevardtheater und verbrauchte sein Talent und sein Renommee. Wie so viele andere. Von einer guten Bühne in der sogenannten Provinz, an der er ordentliche Rollen spielte, führte möglicherweise ein Weg nach Berlin in die großen Häuser. Aber bald war es so weit, daß kein angesehenes Stadttheater ihn mehr für ein ernstzunehmendes Fach engagieren würde. Für den Romeo war er schon zu alt, für den Hamlet fehlte ihm die Erfahrung.

»Ich staune nur immer, wieviel dir daran liegt, mich loszuwerden.«

Das war immer das Ende dieser Gespräche. Wenn er Berlin verließ, um ein Engagement in der Provinz anzutreten, würde es zwangsläufig das Ende ihrer Beziehung bedeuten.

Obwohl es im Grunde nichts und niemand gab, Nina in Berlin festzuhalten. Aber konnte ein Schauspieler mit seiner Freundin, deren Schwester und Kindern in Bielefeld oder Regensburg auftauchen? Das war absurd. Und daß Nina sich von ihren Kindern nicht trennen würde, das wußte er.

Einmal, das war im vergangenen Herbst, stand er in Verhandlung mit dem Theater in Freiburg und hatte sie gefragt, halb spielerisch, ob sie denn mit ihm kommen würde.

»Nur ich?«

»Natürlich. Nur du.«

»Ich kann die Kinder nicht allein lassen.«

»Also erstens sind die Kinder so klein auch nicht mehr und zweitens werden sie von deiner Schwester allerbestens versorgt.«

»Ja, schon. Aber trotzdem . . . ich kann sie nicht im Stich lassen.«

»Aber mich. Mich kannst du im Stich lassen.«

Es waren im Grunde sinnlose Dialoge, denn jeder wußte zuvor, was der andere sagen würde. Es war zudem ein überflüssiges Gespräch, er ging nicht nach Freiburg, denn gerade zu der Zeit kam das erste ernstzunehmende Filmangebot.

»Wenn sie dich zum Beispiel hier ans Landestheater in Salzburg engagieren würden, Provinz ist das schließlich auch, würdest du da nicht mit Freuden annehmen?« fragte Nina listig vor den Stufen des Doms.

»Vielleicht. Aber in Österreich gibt es Schauspieler genug, da brauchen sie mich bestimmt nicht. Und ich würde Salzburg, so schön es ist, auch nur als Sprungbrett für Wien betrachten. Oder lieber noch für Berlin.«

Er legte den Kopf zurück und blickte hinauf in den dunklen Himmel.

»Ich möchte nirgends sonst leben als in Berlin. Nirgends anders Theater spielen. Es gibt keine Stadt, die so lebendig ist, so abenteuerlich, so wild und so witzig zugleich. So hart und so weich in einem. So atemberaubend böse und dabei so heiter gemütvoll. Nein, nur Berlin kommt für mich in Frage. Berlin ist der Mittelpunkt der Welt.«

Nina mußte lachen über seine Ekstase. Wie konnte sie ahnen, daß nur wenige Stunden vorher ein weitgereister und welterfahrener Mann fast wörtlich das gleiche zu ihrer Tochter gesagt hatte.

»Kriege ich nun endlich etwas zu essen oder nicht?«

»Sofort, gnä' Frau.«

Er schob seinen Arm unter ihren, sie kehrten auf den Mozartplatz zurück und machten sich auf die Suche nach einem Lokal, das nett, aber nicht zu teuer war.

»Wenn der Moissi . . .« fing Peter wieder an, nachdem er den dritten Bissen von seinem Tafelspitz in den Mund geschoben hatte.

»Schluß!« gebot Nina. »Wenn ich den Namen Moissi heute abend noch einmal höre, verlasse ich dich für immer und alle Zeit. Ich möchte nicht ständig mit Herrn Moissi am Tisch sitzen oder im Bett liegen. Laß uns lieber überlegen, was wir morgen machen.«

Sie hatten vor, Salzburg am nächsten Tag zu verlassen, da es für einen längeren Aufenthalt zu teuer war. Sie wollten auf gut Glück ins Salzkammergut fahren und irgendwo an einem der Seen in einer kleinen Pension einige Tage verbringen.

Fest stand nur, daß sie in acht bis zehn Tagen wieder in Salzburg sein mußten, denn Peter wollte auf jeden Fall versuchen, Karten für die Premiere der »Stella« zu erhalten, was ihm bisher nicht gelungen war.

Auch eine Reinhardt-Inszenierung natürlich.

Balser würde spielen, Helene Thimig, Reinhardts Lebensgefährtin, und vor allem Agnes Straub. Agnes Straub war für Peter die größte Schauspielerin überhaupt. Er hatte sie in Berlin schon einige Male gesehen, er hätte sie am liebsten jeden Tag gesehen, denn, so sagte er: »Diese Frau ist ein Phänomen. Sie ist das Theater persönlich. Wenn sie auf der Bühne steht, brauchst du keinen anderen mehr. Sie könnte das Telefonbuch vorlesen, es wäre ein Ereignis.«

Die ›Stella‹-Premiere sollte am 13. August sein, doch schien es unmöglich, dafür noch Karten zu bekommen. Die nächste Aufführung dann erst wieder am 21. August, und das wäre für Nina auf jeden Fall zu spät, bis dahin mußte sie zurück in Berlin sein.

»Du kannst ja noch bleiben«, hatte sie großmütig gesagt.

»Vergiß nicht, daß ich ein arbeitsloser Schauspieler bin, ich brauche ein Engagement. Ist sowieso leichtsinnig genug, hier herumzutrödeln.«

»Na, du bist jetzt schon fast ein Filmstar.«

Er verzog das Gesicht.

»Hat sich was. Sehr die Frage, ob die mich nochmal holen.«

Aber im Grunde hoffte er sehr darauf. Wenn er auch auf die Filmerei herabsah, so brachte sie doch Geld. Und möglicherweise Popularität. Vielleicht war es ein Weg, der ihn dahin führte, wohin er wollte.

Als er sich zu dieser Reise entschloß, hatte natürlich auch der Gedanke eine Rolle gespielt, daß es *vielleicht* doch eine Möglichkeit gab, Reinhardt zu begegnen.

Hier hatte er allerdings schnell begriffen: Reinhardt war ein Gott.

Und die Wolken, über denen sein Thron stand, waren für einen gewöhnlichen Sterblichen nicht einmal zu sehen, geschweige denn zu erreichen.

Es sei denn, es kam jemand, der die Leiter kannte, die nach oben führte.

Allein in Berlin zurückgeblieben waren Gertrud, Ninas Schwester, und Stephan, Ninas Sohn.

Beide genossen, jeder auf seine Weise, das Alleinsein. Immerhin war es das erstemal in den sechs Jahren, seit sie in Berlin lebten, daß sie die Wohnung für sich hatten.

»Werdet ihr auch zurechtkommen?« hatte Nina zwar gefragt, ehe sie abreiste, aber es war eine rein rhetorische Frage, denn besser behütet als von Trudel konnte der Junge gar nicht sein.

»Mach dir nur keine Sorgen, reis' du nur«, war Trudels Antwort gewesen, auch wenn sie selbstverständlich, sie konnte gar nicht anders, Ninas Verhältnis zu dem Schauspieler mißbilligte.

Einige Male hatte sie vorsichtig ein paar Bemerkungen fallen lassen, was denn dies für einen Eindruck auf die Kinder machen solle, es sei doch ein schlechtes Beispiel, das sie ihnen gebe, aber Nina hatte entweder gelacht oder sich jede Einmischung verbeten. Einmal hatte sie barsch gesagt: »Was verstehst *du* denn davon?«

Trudel war fünfzig. In ihrem Leben hatte es nie das gegeben, was man gemeinhin Liebe nennt, nie hatte ein Mann sie umarmt. Als sie ein junges Mädchen war, versuchte ein junger Mann, Schreiner von Beruf, sich ihr zu nähern, auf höchst ehrbare Weise, aber das hatte ihr Vater energisch unterbunden. Einen Handwerker betrachtete er nicht als geeignete Partie für eine Beamtentochter. Trudel war eine Zeitlang traurig gewesen, ein paar Tränen, doch es blieb ihr nicht viel Zeit, sich ihrem Kummer hinzugeben, dazu hatte sie viel zu viel Arbeit. Agnes Nossek, ihre Stiefmutter, kränkelte jahrelang, aufgezehrt von den vielen Geburten, und auf Trudel, der Ältesten, lag die Verantwortung für den ganzen Haushalt und vor allem war sie damit beschäftigt, die jüngeren Geschwister zu versorgen.

Sie verließ das Elternhaus nicht, pflegte den kranken Vater, dann die Mutter und erst als beide gestorben waren, zog sie zu ihrer Schwester Nina nach Breslau und widmete sich deren Kindern. Genaugenommen war ihr Leben ein Opfer für die Familie gewesen, nur daß sie es nicht so betrachtete. Es war kein leeres Leben, es war angefüllt mit Arbeit, mit Fürsorge und vor allem mit Liebe, die sie gab und erhielt. Nur die Liebe eines Mannes war es nie gewesen.

Natürlich hatte sie nie einen Beruf erlernt oder ausgeübt, dafür wäre gar keine Zeit gewesen, doch in den letzten Jahren bedauerte sie diesen Umstand in steigendem Maße, und zwar allein aus finanziellen Gründen. Immer waren sie knapp mit Geld, Nina verdiente wenig, und wäre Trudel nicht eine so geschickte Hausfrau gewesen, die es verstand, mit einem Minimum auszukommen, wäre es ihnen weit deutlicher zu Bewußtsein gekommen, wie mager ihr Budget ausfiel. Trudel war es gewöhnt, sparsam zu wirtschaften, der preußische Beamtenhaushalt, in dem sie aufgewachsen war, hatte sie das gelehrt. Sie putzte, kochte, nähte, stopfte und strickte, schneiderte einen großen Teil der Kleidung für die Kinder, besserte jedes schadhafte Stück sorgfältig aus, mit einem Wort, sie war ein Wunder an Umsicht und Sparsamkeit.

»Was täte ich ohne dich!« das hatte Nina oft gesagt in den Jahren ihres Zusammenlebens, und sie sagte es mit besonderem

Nachdruck, wenn Trudel darüber klagte, wie unnütz sie sich vorkomme, wie belastend es für sie sei, daß sie gar nichts zu ihrem Auskommen beitragen könne und sich von ihrer Schwester erhalten lassen müsse.

Praktisch veranlagt wie sie war, hatte sie auf Abhilfe gesonnen, denn wenn sie auch altmodisch war und unerfahren in vielen Dingen, so war sie doch nicht weltfremd.

Ein wenig verdienen ließ sich nur mit dem, was sie konnte, das war ihr klar. Vor zwei Jahren hatte sie angefangen, sich in der Nachbarschaft nach Näh- und Flickarbeiten umzusehen, hatte im Milchladen, beim Kaufmann, die Erlaubnis erwirkt, einen kleinen Zettel anzubringen, auf dem sie ihre Dienste anbot. Als Nina davon erfuhr, empörte sie sich und verbot es.

»So arm sind wir auch nicht, daß du anderen Leuten die Sokken stopfen mußt.«

Selbst Nina, so modern sie sich gab, konnte ihre Herkunft nicht verleugnen.

Doch da hatte Trudel schon die ersten Kunden gewonnen, diese brachten die nächsten, das machte ihr Mut, und sie gab kurzentschlossen eine kleine Anzeige im Lokalanzeiger auf, die nicht ohne Echo blieb.

Seitdem marschierte sie also los, holte Sachen, die auszubessern waren, änderte Kinderkleidchen, flickte Jungenhosen, verkürzte Hemdärmel und schließlich wagte sie es, der einen oder anderen Kundin ein neues Kleid zu schneidern. Sparen mußte fast jeder in der Zeit der Wirtschaftskrise, also war die Hilfe, die Trudel anbot, in vielen Fällen erwünscht, besonders, wenn Frauen und Mütter berufstätig waren oder selbst kein Talent für derartige Arbeiten hatten. Mit der Zeit ergab es sich, daß Trudel auch an der Nähmaschine in einem fremden Haushalt arbeitete, wenn es eilte oder etwas anzuprobieren war. Nur hatte sie keine Ahnung, was sie für ihre Dienste verlangen sollte, sie war anfangs viel zu billig. Das brachte ihr zwar viele Kunden, machte ihre Arbeit aber nicht gerade einträglich.

Fräulein Langdorn war in diesem Punkt hilfreich. Sie war Sekretärin in der Anwaltspraxis, die den vorderen und größeren Teil ihrer Wohnung einnahm. Man traf sich gelegentlich im

Treppenhaus, und Fräulein Langdorn, ein spätes Mädchen wie Trudel, wenn auch mit einem richtigen Beruf, blieb gern zu einem kleinen Schwatz stehen.

Zu ihr sagte Trudel: »Ich weiß nie, was ich sagen soll, wenn die Leute mich fragen, was es kostet.«

»Ich werde mich erkundigen«, erklärte Fräulein Langdorn sofort, und sie tat es auch, und zwar so gründlich, wie sie alles tat. Von da an hatte Trudel eine Richtschnur, wie ihre Preise aussehen mußten. Was nicht bedeutete, daß sie sie nicht senkte, wenn sie darum gebeten wurde.

»Mein Mann ist arbeitslos.«

»Mein Mann ist abgebaut worden.«

»Mir haben sie gekündigt. Wer weiß, wann ich wieder etwas Neues finde.«

»Der Junge war so lange krank. Ich habe die Arztrechnung noch nicht bezahlt.«

»Die Schulden wachsen mir über den Kopf. Wenn ich nächste Woche nicht die Miete zahle, fliegen wir raus.«

Und immer wieder, in steigendem Maße, das eine Wort, das Leitmotiv, der Fluch, das Motto dieser Jahre: arbeitslos.

Immerhin erfuhr sie auf diese Weise, daß finanzielle Schwierigkeiten auch in anderen Familien an der Tagesordnung waren.

Aber sie hatte auch einige gute Kunden, die klaglos zahlten, was sie verlangte.

Wie auch immer, es verschaffte Gertrud Nossek Befriedigung und Selbstvertrauen, daß sie nun ein wenig zum Haushalt ihrer Schwester beitragen konnte. Nina erkannte das sehr wohl und gab es nach einiger Zeit auf, gegen die, ihrer Meinung nach, nicht standesgemäße Tätigkeit ihrer Schwester zu protestieren.

Jedoch erfuhr sie nie, daß Gertrud acht Wochen lang das Anwaltsbüro geputzt hatte, als die dort beschäftigte Putzfrau sich den Arm gebrochen hatte. Nina wunderte sich nur, wieso am letzten Weihnachtsfest vom Nachbarn ein großer Freßkorb abgegeben wurde.

»Wie kommen wir denn zu der Ehre?«

Trudel konnte zwar schlecht lügen, aber sie erklärte mit erstaunlicher Gelassenheit: »Ach, ich habe Fräulein Langdorn ein paar Sachen gerichtet. Und ihrer Mutter auch. Die ist ja halb gelähmt. Und Fräulein Langdorn hat wenig Zeit, sie muß viel arbeiten da vorn.«

»Und du hast es gratis gemacht, das sieht dir ähnlich.«

»Ich kann doch kein Geld von ihr nehmen, wo sie immer so nett ist.«

Stephan grinste, er und Trudel tauschten einen Blick. Er als einziger wußte, was wirklich vorgegangen war.

»Du bist ja eine ganz schöne Lügentante«, sagte er hinterher. »Mir erzählst du immer, man soll nicht lügen.«

»Das war nicht gelogen, das war geschwindelt«, klärte ihn Trudel listig auf. »Warum sollen wir deine Mutter unnötig aufregen?«

Zwischen Trudel und ihrem Neffen bestand ein sehr inniges Verhältnis, sie verwöhnte ihn, wo sie konnte, räumte ihm seine Sachen nach, denn Stephan war sehr unordentlich, kochte ihm, soweit möglich, seine Lieblingsgerichte, putzte seine Schuhe, hörte sich seine Schulsorgen an, und die hatte er ausreichend, las ihm jeden Wunsch von den Augen ab.

Auch in diesem Fall hatte Nina es aufgegeben, zu protestieren.

»Der Junge ist viel zu weich. Du darfst ihn nicht so verwöhnen. Ich erfahre ohnehin nur die Hälfte, das übrige kungelt ihr sowieso unter euch aus.«

So ähnlich hörten sich Ninas Einwände an, und Trudels Antworten darauf ähnelten sich auch.

»Laß mich doch. Das Leben wird noch schwer genug für ihn. So schreckliche Zeiten, wie wir jetzt haben. Nichts hat seine richtige Ordnung mehr.« Oder: »Er ist so zart, so empfindlich. Wenn er größer und kräftiger sein wird, macht er dann sowieso schon alles allein.« Und, womit sie Nina mitten ins Herz traf: »Manchmal erinnert er mich an Erni. Der war auch so ein empfindsames Kerlchen.«

»Red' nicht so einen Stuß«, fuhr Nina sie an. »Erni war krank, vom Babyalter an. Stephan fehlt gar nichts, der ist nur faul.

Und Erni war ein Genie. Wenn er am Leben geblieben wäre, dann . . .«

Nina verstummte. Den Tod ihres Bruders hatte sie nie verwinden können.

Stephan mit Trudel genoß also sein Feriendasein. Er durfte so lange im Bett bleiben, wie er wollte, Frühaufstehen war ihm verhaßt, er bekam das Frühstück ans Bett serviert und meist blieb er dann noch liegen und las, am liebsten Karl May, den auch Trudel inzwischen zu ihrer Lektüre gemacht hatte.

Bisher waren, seit ihrer Mädchenzeit, möglichst wildbewegte Liebesromane ihre Lieblingsbücher gewesen, aber Stephan zuliebe beschäftigte sie sich jetzt mit Winnetou und Old Shatterhand. Damit sie mit dem Jungele darüber reden konnte.

Mit Arbeit hatte sie sich reichlich eingedeckt; während Nina und Victoria verreist waren, hatte sie Zeit und vor allem Platz genug, keinen störte das Rattern der Nähmaschine, und sie wollte so viel verdienen, daß sie Stephan nach den großen Ferien ein neues Fahrrad schenken konnte. Sein altes war verrostet, doch Nina hatte es abgelehnt, ein neues zu kaufen.

»Das neue würde in kurzer Zeit genauso aussehen. Wenn du dein Rad nicht pflegst, bekommst du kein neues.«

»Stephan kommt immer zu kurz bei dir«, hatte sich Trudel erbittert eingemischt.

»Willst du damit sagen, daß ich meine Kinder ungerecht behandle?«

»Vicky war immer dein Liebling.«

Daraufhin schwieg Nina. Sie liebte beide Kinder, das war ganz selbstverständlich, und sie war der Meinung, daß sie jedem gerecht wurde. Nur war es mit Victoria anders, sie war ein Mensch, der, so jung sie war, immer im Mittelpunkt stand. Es ging soviel Kraft von ihr aus, soviel Lebensfreude. Ihr Charme und die lächelnde Selbstverständlichkeit, mit der sie durchs Leben ging, machten sie einfach unwiderstehlich.

Es war immer überflüssig gewesen, sie zu bemuttern oder zu verwöhnen, sie brauchte das nicht, sie wollte das nicht, sie erledigte alles, was sie anging, sei es die Schule, seien es ihre Freundschaften, den Umgang mit Menschen überhaupt, höchst selbständig und nach ihrem Geschmack. Sie ließ sich nie hineinreden in das, was sie tat oder tun wollte. Das war schon so, als sie ganz klein war, und es hatte sich nur noch verstärkt. Die Schule machte ihr keine Mühe, sie war beliebt bei Lehrern und Mitschülern und blieb doch bei allem völlig unabhängig.

Sie ist wie er, das dachte Nina oft. Sie ist seine Tochter, wie sie besser nicht geraten konnte. Nicolas wäre stolz auf sie, er würde sie lieben.

Daß sie Victoria vielleicht wirklich mehr liebte, weil sie Nicolas' Tochter war, das wollte sie nicht zugeben, aber im Grunde mochte es so sein.

Mit diesen Gedanken war sie allein. Keiner wußte, keiner würde je erfahren, wessen Kind Victoria war. Das war sie ihrem Mann schuldig. Sie hatte ihn betrogen, ehe sie ihn heiratete. Das mochte eine Schuld sein, doch wenn es eine war, so ging es allein sie an, blieb ihre Schuld, die sie nie im Leben bereuen würde.

Kurt Jonkalla, ihr Mann, war aus dem Krieg nicht heimgekehrt. Vermißt in Rußland. Sie hatte von Anfang an nicht daran gezweifelt, daß er tot war. Aber sie hatte sich manchmal gefragt, was er wohl zu dieser erstaunlichen Tochter gesagt hätte, wenn er zurückgekehrt wäre und Victorias Heranwachsen miterlebt hätte. An diesem Punkt ihrer Überlegungen angekommen, mußte Nina jedesmal lächeln.

Kurtel hätte sich über die hübsche und gescheite Tochter gewiß nicht gewundert. Er hatte ja auch Nina, seine Frau, seine einzige Liebe, über alle Maßen hübsch und gescheit gefunden, ihm wäre es ganz selbstverständlich gewesen, daß Victoria sich so und nicht anders entwickelte.

Für Nina aber bedeutete diese Tochter die Erfüllung aller Träume, die sie einst für sich selbst geträumt hatte. Victoria würde das erreichen, was sie selbst nie erreicht hatte.

Ein wenig schlechtes Gewissen allerdings blieb ihr dennoch.

Nicht wegen Kurtel, er war ja tot, aber wegen Stephan. Sie hatte ihn nicht gewollt, sie hatte überhaupt kein Kind von Kurt Jonkalla gewollt, und so war es denn doch wohl eine Tatsache, daß sie ihre Tochter mehr liebte als ihren Sohn. Darum blieb ihr gar nichts anderes übrig, als zu erlauben, daß er von Trudel verwöhnt und verhätschelt wurde. Auch sie selbst war nachsichtiger Stephan gegenüber als es für den Jungen gut war, eben aus dem Schuldbewußtsein heraus, daß er ungewollt und unwillkommen auf die Welt gekommen war.

Doch so sehr sie ihre Tochter liebte, weil sie in ihr Nicolas liebte, so wenig blieb sie blind gegen Victorias Fehler:

Egoismus und eine gute Portion Rücksichtslosigkeit.

Auch das war ein Erbteil, das sie von Nicolas mitbekommen hatte.

Nina selbst waren diese beiden Eigenschaften fremd.

Auf der Rückfahrt von Salzburg nach Berlin hatte Nina Zeit genug, über sich, über ihr Leben und ihre Kinder nachzudenken.

Die Fahrt war lang und sie war allein. Peter war in Salzburg geblieben.

»Ein paar Tage noch, Ninababy. Du bist nicht böse, nein? Es ist wichtig für mich.«

Sie sah es ein, es war wichtig, und sie wünschte, daß er erfolgreich sein würde. Aber sie war bei alledem eifersüchtig und kam sich verlassen vor.

Zunächst waren sie, wie beabsichtigt, einige Tage im Salzkammergut geblieben, und zwar am Wolfgangsee. Im vergangenen Jahr war in Berlin mit großem Erfolg ›Das weiße Rössl‹ uraufgeführt worden, und seitdem wollten viele Leute, nicht nur Nina, einmal am Wolfgangsee gewesen sein.

Der berühmt gewordene Ort war von Fremden überlaufen, aber sie fanden etwas außerhalb in einer kleinen Pension ein hübsches Zimmer und konnten mit Muße Dorf und See betrachten, spazierten in die Wälder und Berge, und Nina war wunschlos glücklich bis zu dem Tag, es war der fünfte Tag ihres Aufenthaltes, als sie Sylvia Gahlen begegneten. Sie wohnte natürlich im Hotel Weißes Rössl, allerdings nicht in Begleitung ihres Mannes, wie sich herausstellte; die beiden Herren, die bei ihr waren, um sie waren, eine Menge Trara um sie machten, wie es Nina mit einer Spur von Gehässigkeit ausdrückte, waren ein bekannter Filmregisseur und ein Drehbuchautor.

»Was willst du, sie ist eine berühmte Frau. Ein Star«, meinte Peter, nicht ohne Neid.

Sylvia, schön wie immer, gekleidet natürlich in ein echtes Salzburger Dirndl, lehnte malerisch an der Brüstung und gab Autogramme. So erblickten sie den Star das erstemal.

»Sylvia!« rief Peter erfreut.

Die große Kollegin war so natürlich und liebenswürdig geblieben wie früher auch.

»Peter, altes Haus! Mensch, was machst du hier?« so lautete ihre Begrüßung.

Dann das übliche, Umarmung, Küßchen rechts und Küßchen links, ein großes Palaver. All dem wohnte das umstehende Fußvolk mit Neugier und Entzücken bei, dann wurde Peter sogar erkannt.

»Das ist der Peter Thiede!« rief eine Mädchenstimme, und dann mußte auch er Autogramme geben.

Es tat ihm gut. Nina sah es, gönnte es ihm, aber ein wenig schmerzte es doch, daß sie selbst nur mehr zur Statisterie gehörte.

Peter kannte Sylvia Gahlen aus seiner Anfängerzeit in Zwikkau. Sie hatten damals zusammen gespielt, was sonst gewesen war zwischen den beiden, wußte Nina nicht. Sylvias Weg war steil bergauf gegangen, sie hatte Theater gespielt, gute Rollen an guten Häusern, unter anderem auch bei Reinhardt, und mittlerweile hatte sie beim Film Karriere gemacht. Am Wolfgangsee war sie für einige Tage, weil man in der Umgebung die Schauplätze für einen Film begutachten wollte, der kurz vor dem Start stand.

»Wir wollen mit den Außenaufnahmen anfangen und sie bis Anfang Oktober im Kasten haben«, erklärte ihnen der Regisseur während der Jause. »September ist wettermäßig günstig für die Gegend hier, und die Leut' haben sich bis dahin auch schon ein bisserl verlaufen.«

Von Sylvia erhielt Peter spielend alles, was er sich wünschte.

Eine Karte für die ›Stella‹-Premiere, allerdings nur eine, und schließlich sogar, es kostete sie einen Anruf, eine Einladung nach Leopoldskron.

Er war selig. Und er sah nur noch Sylvia.

Das Lächeln fiel Nina schwer, neben dem Filmstar kam sie sich alt und hausbacken vor. Zwar war Sylvia freundlich, aber sie behandelte Nina doch als Nebensache, auch war nie die Rede davon, daß auch für sie eine Premierenkarte zu bekommen sei. Ihre Zeit hätte es erlaubt, sie mußte erst Montag, den 17. August, wieder in Berlin sein.

Doch dann fuhr sie schon am 13. August ab, am Tag der Premiere.

Sie hatte es selbst vorgeschlagen, hoffend, daß er widersprechen würde, aber Peter meinte liebenswürdig, daß er es gut verstehe, wenn sie noch einige ruhige Tage in Berlin haben wolle, ehe sie wieder arbeiten müsse. Es verletzte sie, denn es war offensichtlich, daß er sie ganz gern loswerden wollte.

Peter brachte sie an die Bahn, er war lieb, er küßte sie, er sagte: »Du bist doch nicht böse«, und sie sagte: »Nein, natürlich nicht, und toi-toi-toi«, und dann fuhr sie ab. Allein.

So war das eben.

Und es war auch ganz typisch für die Torheit des menschlichen Herzens, daß die schönen Tage, die sie zuvor mit ihm erlebt hatte, Salzburg, der Aufenthalt am Wolfgangsee, seine zärtlichen Umarmungen, ausgelöscht waren, als hätte es sie nie gegeben.

Jetzt galt nur noch die Tatsache, daß sie allein in diesem Zug saß und er mit Sylvia in Salzburg blieb.

Sie war früher schon auf Sylvia eifersüchtig gewesen, damals, als ihre Affäre mit Peter begann. Eines Abends war Sylvia überraschend im Theater aufgetaucht und war anschließend mit ihm weggegangen. Eine freundschaftliche Begegnung zwischen Kollegen, das konnte es sein, aber es war nur zu verständlich, daß sich Nina gegenüber dieser schönen, auch damals schon berühmten Frau wie ein Nichts und Niemand vorkommen mußte.

Im Sommer darauf hatte sie Sylvia noch einmal gesehen, bei Kempinski.

Peter hatte Nina ganz vornehm zum Abendessen eingeladen, um den Filmvertrag zu feiern, den er von Koschka bekommen hatte.

Zufällig waren Paul Koschka, Sylvia und ihr Mann an diesem Abend auch bei Kempinski.

»Da drüben sitzt mein Produzent«, hatte Peter gesagt, und später wurden sie an den Tisch gebeten.

Es war zwei Jahre her, Nina erinnerte sich genau an diesen Abend.

»Wardenburg!" sagte Koschka, als er Nina sah, und sie hatte ihn gehaßt, als er ihr erzählte, daß er Wardenburg gekauft hatte. Für 'n Appel und 'n Ei, wie er sich ausdrückte.

Seine Mutter war Mamsell auf Wardenburg gewesen, als das Kind Nina seine Ferien dort verbrachte. Heute war die Mamsell die Herrin auf Wardenburg, nachdem ihr unehelicher Sohn Paule das entsprechende Geld verdient hatte und die Welt so anders geworden war.

»Die Welt hat sich verändert. Jedenfalls meine Welt. Manchmal habe ich das Gefühl, sie ist dem Untergang geweiht.«

Das hatte Nicolas von Wardenburg ihr gesagt, an jenem unvergessenen Abend, als er ihr mitteilte, daß er Wardenburg verlassen mußte, daß er tief verschuldet sei und das Gut ihm im Grunde nicht mehr gehörte.

Gadinski, der reichste Mann in Ninas Heimatstadt – er besaß eine Zuckerfabrik – wurde der neue Besitzer, das heißt seine Tochter Karoline, die dicke dumme Karoline, wie Nina sie nannte, wurde nach ihrer Heirat Herrin auf Wardenburg. Aber das war eine kurze Episode. Karoline blieb mit vier Kindern zurück, nachdem ihr Mann an den Folgen einer Kriegsverletzung gestorben und ihr Vater einem Gehirnschlag erlegen war.

Wardenburg wechselte einige Male den Besitzer, in den Nachkriegsjahren war es schwerer denn je, ein Gut zu bewirtschaften, aber Nina wollte gar nicht wissen, was mit Wardenburg geschah.

Nicolas und Wardenburg gehörten zusammen, beide waren das höchste Glück ihres Lebens gewesen, doch Nicolas war tot und Wardenburg auf immer verloren.

Und dann plötzlich im Jahr 1929 der reich gewordene Gesindejunge, der ihr prahlerisch erzählte: »Ich habe Wardenburg gekauft.« Und ob die Welt sich verändert hatte!

Auch für Paul Koschka veränderte sie sich wieder; schon im Herbst darauf verlor er bei dem großen Wirtschaftskrach in Amerika sein ganzes Geld. Er fuhr mit dem nächsten Dampfer nach New York, um zu retten, was zu retten war, und kehrte nicht nach Berlin zurück. Der Film wurde nicht gedreht, sie hörten nie wieder von ihm. Immerhin wußte Nina von ihrer Schwiegermutter, daß die alte Koschka noch auf Wardenburg lebte, verkauft worden war der Besitz nicht wieder.

Im Zug sitzend erinnerte sich Nina so lebhaft an den Abend bei Kempinski, als habe er gestern stattgefunden. Sie ohne Arbeit, Peter ohne Arbeit, doch sie waren verliebt und nun hatte er diesen Filmvertrag bekommen. Und wenn sie den dicken Koschka auch haßte, weil ihm jetzt Wardenburg gehörte, so mußte sie ihm gleichzeitig dankbar sein, weil er Peter den Vertrag gegeben hatte. Sie hatten Champagner getrunken, weil, wie Koschka sagte, Nicolas von Wardenburg auch immer Champagner getrunken hätte, woran er sich noch gut erinnern könne.

Er hatte mit großer Hochachtung von Nicolas gesprochen, und das versöhnte Nina im Laufe des Abends ein wenig mit dem Emporkömmling. Sein Wagen brachte sie nach Hause, er hoffe, sie bald wiederzusehen, sagte er beim Abschied.

Trotz aller zwiespältigen Empfindungen hatte der Abend ihr großen Auftrieb gegeben.

Sie war heimgekommen mit der festen Absicht, ihr Leben nun endlich selbst zu gestalten, etwas aus sich zu machen.

Endlich zu tun, was sie seit langem vorhatte: zu schreiben.

Ein Buch oder ein Theaterstück. Oder, in Gottes Namen, ein Drehbuch, wie Koschka angeregt hatte.

Noch in derselben Nacht hatte sie angefangen. Sie saß im Wohnzimmer und schrieb und schrieb, bis plötzlich, es war drei Uhr morgens, die Tür aufging und Trudel im Nachthemd erschien. »Was machst du denn da?«

Ein paar Wochen lang hatte sie weitergeschrieben. Wardenburg war das Stichwort, das Leben von Nicolas wollte sie aufschreiben, bis sie merkte, daß sie gar nicht viel davon wußte. Nur gerade das, was sie selbst anging. Aber wie hatte sein Leben wirklich ausgesehen? Er war im Baltikum geboren und aufgewachsen, seine Mutter war gestorben, als er noch ein Knabe war, sein Vater hatte sich nicht um ihn gekümmert. Das war alles, was sie wußte. Das war zu wenig. Gut Wardenburg hatte er von seinem Großvater geerbt, und einmal machte er die Bemerkung, daß er sich anfangs aus dem bescheidenen niederschlesischen Besitz nichts gemacht habe, an baltischen Verhältnissen gemessen war Wardenburg eine Klitsche. Also hatte er sich um Wardenburg kaum gekümmert, überließ alle Arbeit dem Verwalter, reiste viel – wohin reiste er? Zu wem? Mit wem? Sie zweifelte nicht daran, daß es Frauen in seinem Leben gegeben hatte, von denen sie nichts wußte, nichts wissen konnte, ahnungsloses Kind, das sie damals war. Die einzige, die sie fragen könnte, war Alice, aber Alice würde nicht darüber reden, heute so wenig wie damals. Eins nur hatte sie vage begriffen, später, als junges Mädchen, daß Alice ihren Mann verachtete. Später, als er Wardenburg heruntergewirtschaftet und verloren hatte. Als er im Jahr vor dem Krieg jene dubiose, in Alices Augen total unmögliche Tätigkeit ausübte: eine Berliner Firma zu vertreten, die Champagner und Cognac importierte. So etwas war es doch gewesen, oder nicht?

Nina wußte zu wenig, fast nichts darüber. Sie merkte beim Schreiben, daß das Leben des Nicolas von Wardenburg, den sie so sehr geliebt hatte, ihr so gut wie unbekannt war.

Damit war der erste Schwung vorbei, ihre Gedanken zerflossen, Zweifel quälten sie, sie grübelte, verlor sich in einzelne Erinnerungen, außerdem fand sie schlecht, was sie geschrieben hatte. Es war eine Sache, seine Gedanken in der Vergangenheit spazierenzuführen, eine andere, sie aufzuschreiben. Das entdeckte sie sehr rasch.

Sie war zutiefst entmutigt. Sie dachte: ich kann es nicht.

Ich werde es nie können. Nur meine Geschichte könnte ich aufschreiben, seine und meine, aber wie kann ich schreiben, was wirklich geschehen ist, niemand kennt die Wahrheit, und wie könnte ich so schamlos sein, sie der Welt, sie meinen Kindern mitzuteilen. Wie könnte es Alice zugemutet werden, schwarz auf weiß zu lesen, was wirklich geschah.

Als sie so weit gekommen war, lachte sie. Schwarz auf weiß – keiner würde je drucken, was sie schrieb.

Sie gab das Schreiben auf.

Niemals würde sie erklären und darstellen können, was ihr Onkel Nicolas von Wardenburg für sie bedeutet hatte. Sein Einfluß auf ihr Leben hatte begonnen, als sie kaum geboren war. Er wurde ihr Pate und von ihm erhielt sie den Namen – Nicolina Natalia. Sie war sehr stolz, daß er diesen Namen für sie ausgewählt hatte. Keines ihrer Geschwister hatte so einen prachtvollen Namen. Sie war sechs Jahre alt, als sie das erstemal zu einem längeren Aufenthalt nach Wardenburg kam.

Und von da an verbrachte sie alle Ferien auf dem Gut, das waren die Tage und Wochen, auf die sie das ganze Jahr hinlebte. Dort war alles anders als in ihrem bescheidenen Elternhaus; wie sie lebten auf dem Gut, wie sie redeten und dachten, was sie aßen und tranken, wurde für sie zum Maßstab aller Dinge. Sie hatte ein eigenes Zimmer, es gab ausreichend Personal im Haus, sogar einen Diener, einen echten Russen, den großen breiten Grischa, den sie nach Onkel Nicolas am meisten liebte. Und sie bewunderte Alice, die schöne Herrin von Wardenburg, die Schwester ihrer Mutter, die so ganz anders war, als die scheue kleine Agnes Nossek. Und dann die Tiere, die Pferde vor allem, die ihr so viel bedeuteten; nie würde sie den Tag vergessen, als Nicolas sie das erstemal auf ein Pferd setzte, vor sich in den Sattel, auf seine schöne Schimmelstute Ma Belle. »Hast du Angst?« hatte er leise an ihrem Ohr gefragt. Angst? Niemals, wenn er bei ihr war. Später lernte sie dann richtig bei ihm reiten. Auch Tante Alice hatte ein eigenes Pferd, einen kastanienbraunen Wallach, und vor den Wagen wurden stets Rappen gespannt, schöne, stolze Traber, die besten Pferde im ganzen Landkreis.

Nicht nur reiten lernte sie bei ihm, so viele Dinge brachte er ihr bei, nebenbei, ohne viel Aufhebens, sein Lächeln, sein Charme, seine Gewandtheit waren ihr Vorbild, sie war noch ein Kind, da war sie bereits sein Geschöpf.

Als er ihr sagte, daß Wardenburg verloren sei – sie war fünfzehn – schien die Welt unterzugehen.

Nicolas und Tante Alice zogen nach Breslau. Als Nina neunzehn war, entschloß sie sich, frei von jeglichen Skrupeln, Kurt Jonkalla, den Jungen aus dem Nachbarhaus, zu heiraten, nur weil er eine Stellung in Breslau antrat und die Ehe mit ihm ihr die Möglichkeit gab, nicht nur dem Elternhaus zu entlaufen, sondern in Breslau zu leben, in der Nähe von Nicolas.

Und ehe sie den ihr total ergebenen Kurtel heiratete, war sie die Geliebte ihres Onkels geworden, und als sie heiratete, war Victoria bereits gezeugt.

Mit weit geöffneten Augen, die nichts sahen, starrte Nina aus dem Zugfenster und wurde sich so intensiv wie nie zuvor der Ungeheuerlichkeit jener Situation bewußt. Damals war ihr das alles ganz selbstverständlich vorgekommen. Nicolas war der Mittelpunkt ihrer Welt, er war ihr Leben, nichts gab es außer ihm, das zählte. Sie hatte nie bereut, was sie getan hatte, sie bereute es heute so wenig wie früher. Aber es kam ihr dennoch so absurd, so unwahrscheinlich vor, daß *sie* es war, die das erlebt hatte. Es war so lange her, und trotz allem, was sie erlebt hatte, was in den dazwischenliegenden Jahren geschehen war, kam ihr Leben ihr ereignislos und armselig vor gemessen an jener Zeit, gemessen an dem, was sie damals empfand.

Hätte sie sich nicht dem Mann gegenüber, den sie geheiratet hatte, schuldig fühlen müssen, hätte sie nicht wenigstens ein schlechtes Gewissen haben müssen – er liebte sie so sehr, er betete sie an, und sie betrog ihn auf so schamlose Weise, ohne auch nur im mindesten das Gefühl einer Schuld oder eines Unrechts zu haben. Und so war es bis heute geblieben. Sie dachte auch heute noch: es war mein Recht, Nicolas zu lieben und von ihm geliebt zu werden.

Bestraft worden war sie sowieso, sie hatte beide Männer verloren. Nicolas war 1916 gefallen, Kurt Jonkalla aus Rußland nicht zurückgekehrt. Sie hatte von jedem der Männer ein Kind, und keiner außer ihrer Freundin Victoria wußte, daß die Kinder verschiedene Väter hatten.

Sie war blaß und müde, als sie spät am Abend in Berlin ankam. Aber sie lächelte.

Mein Leben mag nicht viel wert sein, und ich bin nicht viel

wert, aus mir ist nichts geworden, aus mir wird nichts werden, ich bin nur auf die Welt gekommen, um Nicolas zu begegnen, das genügt.

Noch immer war ihr nicht klar geworden, daß Nicolas nicht nur ihr Glück, sondern auch ihr Verhängnis war. Sie hatte in seinem Schatten gelebt, sie tat es heute noch. Sie machte ihm auch heute noch keinen Vorwurf, daß er sie daran gehindert hatte, Schauspielerin zu werden, was sie sich so heiß gewünscht hatte.

»Du wirst keine Schauspielerin, sonst bist du nicht mehr meine Nina.« Die Arroganz seiner Klasse, das Gefühl seiner männlichen Überlegenheit, waren in diesen Worten enthalten, aber auch das Bewußtsein der Macht, die er über sie hatte.

»Versprichst du mir das?«

Sie hatte es ihm versprochen. Sie hätte ihrem Vater getrotzt, und zweifellos wäre es ihr auch gelungen, ihre Mutter herumzukriegen, denn Agnes Nossek ging ja selbst gern ins Theater, aber wenn Nicolas nein zu ihren Plänen sagte, dann gab es diese Pläne nicht mehr.

So war es gewesen.

Sie trat aus dem Anhalter Bahnhof ins Freie und nach kurzem Zögern leistete sie sich ein Taxi. Sie hätte die U-Bahn nehmen können, aber der Koffer war schwer, und es war schon spät.

Was sie wohl sagen würden zu Hause, daß sie heute schon kam? Schade, daß Vicky nicht da war, sie wäre bestimmt am meisten an ihrem Bericht interessiert. Aber sicher sehr enttäuscht, daß sie in Salzburg keine Opernaufführung besucht hatte, den ›Rosenkavalier‹ oder die ›Entführung‹. Vicky lebte und starb für die Oper, sie sparte jeden Groschen, um sich gelegentlich einen Platz im vierten Rang leisten zu können. Manchmal nahm Marleen sie mit, auf einen erstklassigen Platz, in einem Kleid, das Marleen ihr schenkte.

Jetzt hatte sie Vicky nach Venedig mitgenommen. Dieses Kind, und dann so eine weite Reise. Hoffentlich würde Marleen gut auf sie aufpassen.

Das würde sie nicht, das wußte Nina sehr genau. Ihre Schwester Marleen, die schöne und reiche Marleen Bernauer, einst

Lene Nossek, hatte in ihrem ganzen Leben immer nur an einem Menschen Interesse gehabt, an sich selbst.

Aber das machte nichts, Victoria konnte sehr gut auf sich selbst aufpassen, auch das wußte Nina genau.

Nina drückte anhaltend auf den Klingelknopf, als sie in der Motzstraße angekommen war, aber nichts regte sich, sie mußte schließlich nach dem Schlüssel in ihrer Tasche kramen.

Kaum zu glauben, daß die beiden schon fest schliefen.

»Hallo!« rief sie, als sie die Wohnungstür aufgeschlossen hatte. »Hallo, ich bin da!«

Keine Antwort.

Ungläubig ging sie durch die Wohnung, keine Trudel, kein Stephan. Waren sie im Theater?

Doch Trudels Schwarzseidenes hing im Schrank.

Bis nachts um drei saß sie untätig herum, packte nicht einmal den Koffer aus und wurde zunehmend unruhig. Es mußte etwas passiert sein. Sie waren krank. Oder verunglückt. Das gab es doch nicht, daß sie nicht zu Hause waren mitten in der Nacht.

Sie aß ein Wurstbrot, trank eine Flasche Bier, durchblätterte den Lokalanzeiger, holte sich schließlich einen von Trudels Liebesromanen und ging damit ins Bett. Dann kamen die Tränen.

Ich bin allein, allein, allein. Sie sind bestimmt tot. Ich verliere alles, was ich liebe. Und nun muß etwas ganz Furchtbares geschehen sein.

Es war nichts Furchtbares geschehen, sie waren weder tot noch verunglückt, sie waren nur verreist. Auf diese Idee wäre Nina nicht gekommen, denn noch nie hatte Trudel die kleinste Reise unternommen, wozu denn auch und wohin und schließlich wovon?

Sie erfuhr es Freitag morgen vom Hausmeister, den sie nach der mit Ängsten verbrachten Nacht fragte, ob er eine Ahnung habe, wo ihre Schwester und ihr Sohn sein könnten.

Die beiden, hörte sie, seien am Donnerstag in aller Früh aus dem Haus marschiert, das Fräulein Nossek mit einer großen Tasche, der Herr Sohn mit einem kleinen Koffer.

»Det is ja woll klar wie Kloßbrühe, det se varreist sin, nich?« schloß Herr Kawelke messerscharf.

»Aber wohin denn?«

»Det ham se mir nich jesagt. Ha'ck ooch nich jefragt. Neujierig bin ick nich, det wissen Se ja woll, Frau Jonkalla.«

»Ja, ja, ich weiß«, sagte Nina beruhigend, denn Herr Kawelke war sehr darauf bedacht, daß seine Diskretion anerkannt wurde, deren er sich stets befleißigte, was allerdings durch seine Frau wettgemacht wurde, die mehr als neugierig war und ihre Nase in alles steckte. Aber offenbar hatte sie den Auszug von Trudel und Stephan nicht beobachtet, sie hätte sich bestimmt eine Frage nicht verkniffen.

»Vielleicht ham se 'ne Landpartie jemacht. Det Wetter is ja janz schnuckelig.«

Sie kamen am Sonntag nachmittag zurück, schwer beladen. Sie brachten einen Korb voll grüner Bohnen, einen anderen mit frühen Pflaumen, drei Köpfe grünen Salat, zwei grüne Gurken, ein frisch geschlachtetes Huhn, zwei dicke Würste und eine Speckseite. Sie hatten allerhand zu schleppen gehabt und kamen ziemlich erschöpft aber bester Laune in der Motzstraße an.

Zunächst waren sie sehr enttäuscht, Nina schon vorzufinden.

»Du bist schon da?« rief Trudel. »Na, so was aber auch! Ich dachte, du kommst heut abend erst.«

»So'n Mist«, ließ sich Stephan vernehmen. »Wir wollten dir das doch alles so richtig schön aufbauen, Mutti. Das sollte doch eine Überraschung sein.«

»Das war es auch. Komm ich hier an, mitten in der Nacht, und kein Mensch ist da. Ich habe gedacht, euch ist was passiert. Konntet ihr nicht einen kleinen Zettel hinlegen?«

»Hätten wir ja getan, nicht, Stephan, hätten wir getan, wenn wir gedacht hätten, du kommst. Aber du hast doch gesagt, du bleibst so lange es geht und kommst erst am Sonntag abend.«

Nina seufzte.

»Kann ich nun vielleicht erfahren, wo ihr herkommt?«

Trudel betrachtete bekümmert den bunten Blumenstrauß, der sämtliche Köpfe hängen ließ, füllte das Abwaschbecken mit Wasser und legte die Blumen hinein.

»Aus Neuruppin«, schrie Stephan begeistert. »Wir war'n in Neuruppin, Mutti, da is es prima. Und der Onkel Fritz hat einen

Riesengarten, das is alles aus seinem Garten, die Pflaumen und die Gurken und die Bohnen, und wir hätten noch viel mehr mitnehmen können, wenn wir es hätten tragen können. Und das Huhn ist auch von ihm, das hat er extra geschlachtet. Ich hab' gesagt, ich will nicht, daß er es schlachtet, lieber esse ich kein Huhn. Aber er hat gelacht und ein bißchen später kam er mit dem Huhn. Und da haben wir es eben mitgenommen. Wo es doch sowieso schon tot war, nich?«

»Neuruppin? Wie kommt ihr denn nach Neuruppin? Wo liegt denn das überhaupt?«

»Und Apfelbäume hat er auch, und Birnen, die sind jetzt bald reif, dann sollen wir wieder kommen, und da können wir mitnehmen, soviel wir wollen. Nur könn' wir nich so viel tragen, aber Onkel Fritz sagt, er findet schon mal einen, der nach Berlin fährt mit 'nem Auto, und der bringt dann alles mit. Und ich hab' gebadet im Neuruppiner See, der ist vielleicht prima. Der schönste See, den ich kenne. Und . . .«

So ging es noch eine Weile weiter, Stephan war so begeistert, wie Nina ihn kaum je erlebt hatte.

Sie setzte sich auf den Küchenstuhl und betrachtete das Stillleben auf dem Tisch, das sie gut für eine Woche ernähren würde. Das Huhn war fett und groß, es würde eine gute Brühe geben und einen Topf voll Hühnerfrikassee. Die Bohnen reichten für dreimal Mittagessen, die Würste waren beachtlich. Das beste von allem waren die Pflaumen.

Nina griff in den Korb und begann davon zu essen.

»Es sind die ersten«, sagte Trudel, »aber sie sind schon ganz süß. Ich werde einen Kuchen backen. Es ist schade, daß wir die Erdbeerzeit verpaßt haben, sagt er. Er hat zwei große Beete voller Erdbeeren, die besten, die es überhaupt gibt.«

»Wer in Gottes Namen hat Erdbeeren, Pflaumen und Birnen? Kann ich das endlich mal erfahren?«

»Onkel Fritz.«

»Herr Langdorn.«

»Herr Langdorn? Was für ein Herr Langdorn?«

Trudel blickte ihre Schwester erstaunt an.

»Na, bei dem waren wir doch.«

»Davon habt ihr bis jetzt kein Wort gehustet. Hier von unserem Fräulein Langdorn? Ich denk', die ist nicht verheiratet.«

»Das ist doch ihr Bruder«, rief Stephan.

So langsam nahm die Geschichte Form an.

Fräulein Langdorn stammte aus Neuruppin. Aber schon um die Jahrhundertwende war Vater Langdorn mit Weib und fünf Kindern nach Berlin übergesiedelt. Er war bei der Reichsbahn, saß an der Sperre und paßte auf, daß keiner den Bahnsteig betrat oder verließ ohne gültigen Fahrtausweis oder ohne zumindest im Besitz einer Bahnsteigkarte zu sein. Jedermann wird begreifen, welch wichtige Person Vater Langdorn im Leben seiner Kinder darstellte, noch heute hielten sie sein Andenken in hohen Ehren.

Weitaus spektakulärer jedoch war die Karriere des ältesten Langdorn-Sohnes, Friedrich mit Namen, Fräulein Langdorns großer Bruder, genannt Fritz. Er brachte es bis zum Lokomotivführer und hatte jahrelang die Strecke Berlin-Stettin, später Berlin-Dresden befahren.

Daß er davon auch heute noch eindrucksvoll zu erzählen wußte, erfuhr Nina im Laufe des Abends von ihrem Sohn. Denn nachdem Neuruppin und der See, Herrn Langdorns Häuschen und der große Garten, Hund, Hühner und das Schwein, das dort jährlich gemästet wurde, erschöpfend behandelt waren, berichtete Stephan nur noch von den Fahrten auf Fritz Langdorns Lokomotive. Erzählte so anschaulich, als habe er selbst daran teilgenommen.

Trudel, nach mehreren Wurstbroten und zwei Flaschen Bier, selig müde, sagte gerührt: »Er hat sich so viel mit dem Jungele beschäftigt. Immerzu hat er ihm erzählt und erzählt, nicht, Stephan? Auch vom Krieg.«

Stephan nickte. »Er hat 'n Eisernes Kreuz. Und einmal hat er ganz allein fünf Russen gefangengenommen. Er hat so laut geschrien, daß die gedacht haben, er is 'ne ganze Armee. Aber am Schluß war er dann bei den Russen gefangen. Das war gar nicht lustig, sagt er. In Sibirien war er, und da hat er sich die Füße erfroren. Und vorher hat er schon einen Schuß im Knie gehabt, drum kann er auch nich richtig laufen.«

»Er hinkt ein bißchen«, sagte Trudel, »ist nicht so schlimm. Mit der Zeit gewöhnt man sich dran, sagt er. Sonst könnt' er auch nicht so viel im Garten arbeiten. Kommt aufs Wetter an, wenn's schön trocken ist, macht das Knie nicht viel Menkenke, sagt er.«

So nach und nach bekam Nina die Lebensgeschichte von Fritz Langdorn zusammen. Zum Beispiel, daß er nach dem Krieg, als er nach den schlimmen sibirischen Jahren in die Heimat zurückkam, mitten in das Inflationsberlin hinein, von Berlin nichts mehr hatte wissen wollen. In den kalten sibirischen Nächten hatte er nur von Neuruppin geträumt, der Stätte seiner Kindheit.

Neuruppin, wo Obst und Gemüse gedieh, wo man so schön im See schwimmen konnte, wo die warmen märkischen Sommer die kalten Glieder wieder wärmen würden. Und selbst wenn es im Winter kalt wurde, so war es doch nie so kalt wie in Sibirien.

»Lokomotive fahren konnte er ja nicht mehr, so wie er zugerichtet war«, erzählte Trudel. »Aber er kriegt 'ne ganz hübsche Pension. Und das Häuschen und der Garten, das gehörte alles seinem Onkel, und der hat ihm das vererbt, nur ihm allein, weil er doch soviel mitgemacht hat und das Eiserne Kreuz hat. Der Onkel war auch ein großer Held, schon im Siebziger Krieg.«

»Eine beachtliche Familie«, meinte Nina, ein wenig gelangweilt.

Sie hätte so gern auch von ihrer Reise erzählt, aber dafür bestand kein Interesse.

»Und nun lebt er eben da mit seinem Garten und seinen Viechern«, fuhr Trudel fort, »und ist glücklich und zufrieden, sagt er. So glücklich und zufrieden wie ein Mensch nur sein kann, der soviel mitgemacht hat, und alles ist dann doch noch gut ausgegangen, sagt er. Ist doch schön, wenn einer so was sagt. Findest du nicht auch, Nina?«

Nina nickte. »Sehr schön. Nur weiß ich immer noch nicht, wie es zu dieser Reise gekommen ist. War das die Idee von Fräulein Langdorn?«

»Ja, natürlich. Sie hat mir schon oft von ihrem Bruder erzählt.

Und von Neuruppin. Seit ihre Mutter tot ist, fährt sie da fast jedes Wochenende hin. Muß sich einer um ihn kümmern, sagt sie, bißchen Ordnung im Haus machen und so. Früher hat das ihre Schwester besorgt, aber die ist jetzt mit ihrem Mann nach Stettin gezogen. Da ist der nämlich her. Und weil ihr Chef jetzt in Urlaub ist, Fräulein Langdorn ihrer, meine ich, und es sind Gerichtsferien und sie haben sowieso nicht viel zu tun, hat sie gesagt, wir könnten schon am Donnerstag fahren. Damit wir zurück sind, wenn du kommst. Wußtest du, daß Theodor Fontane in Neuruppin geboren ist?«

»Nein«, gab Nina zu, »ich wußte es nicht.«

»Siehst du«, sagte Trudel vorwurfsvoll, »so was sollte man aber wissen. Der hat so schöne Bücher geschrieben.«

»Jetzt weiß ich es«, sagte Nina und aß noch eine Pflaume.

Zu einem Bericht über Salzburg kam sie an diesem Tag nicht.

Nur gerade, daß Trudel fragte: »Wieso bist du denn schon früher zurückgekommen?« und Ninas Antwort: »Wir hatten kein Geld mehr«, kopfnickend als plausible Erklärung akzeptierte.

»Ich weiß nicht, was ich tun muß«, sagte Victoria. »Aber ich will es einfach. Ich will es.«

»Es ist schon einmal eine ganz brauchbare Voraussetzung, wenn man etwas ernsthaft will«, gab Cesare Barkoscy zur Antwort.

»Obwohl natürlich in diesem Fall der Wille allein nicht genügt. Ein gewisses Talent dürfte eine ebenso wichtige Voraussetzung sein. Beides, Talent und Wille, muß sich dann umsetzen in Arbeit. In sehr viel Arbeit, mein Kind. Sind Sie sich darüber klar?«

»Natürlich. Aber Geld gehört eben auch dazu. Und das haben wir nicht.«

Sie waren soeben aus dem Markusdom getreten, standen noch auf den Stufen und blickten über den Platz, der voller Menschen und voller Tauben war. Vom Torre del Orologio schlug es vier Uhr nachmittags, die Tauben flogen auf, die Menschen blickten zum Turm empor.

»Jetzt gibt es drei Möglichkeiten«, sagte Cesare, nachdem die Schläge verklungen waren, »wir nehmen das nächste Schiff zum Lido, wir setzen uns drüben ins Quadri und essen ein Eis, oder wir schlendern zum Abschied noch einmal durch die Merceria bis zum Rialto.«

»Zum Abschied? Sie reisen ab?«

»Übermorgen.«

»Schade.«

»Ich bedanke mich für dieses Schade.«

Er lächelte sie von der Seite an, sie lächelte zurück.

»Wir bleiben auch nicht mehr lange. Marleen langweilt sich, seit ihr Besuch da ist.«

»Das hat der Besucher gewiß nicht beabsichtigt. Vielleicht hätten wir die beiden einmal mitnehmen sollen zu unseren Exkursionen.«

»Sie haben es nicht vorgeschlagen.«

»Das ist wahr. Aber ich glaubte, Ihre charmante Frau Tante sei allerbestens unterhalten. Ein rasanter Italiener, ein guter Freund aus Deutschland.«

Victoria lachte amüsiert. »Das ist es ja eben. Der gute Freund aus Deutschland hat ihr den Flirt mit dem Italiener vermasselt.«

»Auf jeden Fall hat es mir außerordentliche Freude gemacht, Ihnen Venedig zu zeigen. Mein Venedig.«

Cesare Barkoscy hatte Victorias müßigem Herumliegen am Strand des Lido ein Ende gemacht. Nach einem weiteren Gespräch, das dem ersten gefolgt war, hatte er sich erboten, sie in Venedig herumzuführen, denn, so sagte er, wenn sie nun schon einmal hier sei, solle sie auch die Schönheit der Stadt und ihre Kunstschätze kennenlernen. Ganz nebenbei hatte Victoria auch viel über die Geschichte der Serenissima erfahren, angefangen von der ersten Besiedelung im fünften Jahrhundert, als sich die Menschen vor den Hunnen auf die Laguneninseln flüchteten, mitten in die Unwirtlichkeit dieses Schwemmlandes, das ihnen kaum Überlebenschancen bot. Und wie daraus dann die mächtige Republik San Marco entstand, eins der reichsten und erstaunlichsten Staatsgebilde, das die Weltgeschichte je gesehen hatte. Und schließlich der Niedergang, entstanden aus eben jenem Reichtum, der Luxus, Trägheit und Zynismus im Gefolge hatte.

»Venedig ist ein Beispiel vom Aufstieg und Fall einer politischen Macht, eines Landes oder eines Staates. Überall in der Geschichte bieten sich ähnliche Fälle. Als die Türken darangingen, sich Europa untertan zu machen, das Christentum auszurotten und den Halbmond des Propheten siegreich auf der Wiener Burg zu hissen, war Venedig auf diesem Weg eins ihrer begehrtesten Ziele. Wenn sie Venedig eingenommen hätten, mit all seiner Pracht und seinem Reichtum, dann wären sie nicht mehr zu besiegen gewesen.«

»Prinz Eugen, der edle Ritter«, summte Victoria vor sich hin, »er hat es verhindert.«

»Er unter anderem, ja. Aber Venedig hat seine Rettung einem Deutschen zu verdanken. Einem Norddeutschen. Das wissen Sie nicht, Victoria?«

»Nein, das weiß ich nicht.«

»Ja, man lernt eben immer noch zu wenig in der Schule, wie lange man die Schulbank auch drückt. Das war der Graf von der Schulenburg, der 1715 als Feldmarschall in den Dienst der Republik Venedig trat, übrigens nach langen und für ihn demütigenden Verhandlungen, denn trotz aller Gefahr, die ihnen drohte, waren die Herren von Venedig voll von Hochmut und Arroganz. Dekadent bis auf die Knochen. Sechs Monate lang feierten sie damals in dieser Stadt Karneval. Sie wollten nur noch genießen, nicht mehr arbeiten, nicht mehr kämpfen. Sie waren reif für den Untergang.«

»Und dieser deutsche Graf . . .«

»Schulenburg rettete Venedig noch einmal. Es war eine der größten Schlachten der Weltgeschichte, die Schlacht um und auf Korfu. Schulenburg befand sich in aussichtsloser Lage, die Türken waren auf der Insel gelandet, sie waren ihm tausendfach überlegen, aber er hielt die verkommene Festung, er vertrieb die Türken von der Insel. Das war 1716. Schulenburgs Tapferkeit ermöglichte Eugen den Aufmarsch durch Ungarn, den Angriff auf die Flanke der Türken, brachte ihm den Sieg von Peterwardein und Belgrad.«

»Und dann?«

»Nun, Österreich schloß wieder einmal Frieden mit den Türken, bis zum nächsten Waffengang. Denn immer und immer wieder droht Europa Gefahr aus dem Osten. Der ewige Kampf zwischen dem Abendland und dem Morgenland wird wohl nie versiegen, solange Menschen diese Erde bevölkern. Oder, was ich durchaus für möglich halte, bis das Abendland endgültig abgetreten ist. So wie Venedig abtreten mußte. Besiegt und erledigt, und nicht zuletzt durch eigenes Versagen.«

»Aber damals haben sie gesiegt. Was wurde aus dem deutschen Feldmarschall?«

»Er bekam ein Denkmal auf Korfu. Und er blieb in den Diensten der Republik Venedig bis zu seinem Tod. Napoleon war es dann, der ein Ende mit Venedig machte.«

»Der kam aber nicht aus dem Osten.«

»Das stimmt, mein aufmerksames Fräulein. In diesem Fall kam der Eroberer vom Westen. Das nennt man die ost-westliche Schaukel der Weltgeschichte. Nach dem Wiener Kongress kam Venedig zur Habsburger Monarchie.«

»Ja, das haben Sie mir gestern schon erzählt. Das wußte ich auch nicht. Ich habe gedacht, das alles hier ist eben Italien.«

»Italien im heutigen Sinne gibt es erst seit Mitte des vorigen Jahrhunderts. Seit Cavour es einte. So wie es Bismarck einst mit dem Deutschen Reich getan hat.«

»Und jetzt haben sie hier den Mussolini. Das ist ein großer Mann, nicht wahr?«

»Wie man's nimmt. Er ist zweifellos eine Persönlichkeit. Ein Condottiere, und das in unserer modernen Zeit. Die Frage ist nur, ob man Geschmack am Faschismus findet. Wobei ich nicht verhehlen will, daß er in mancher Beziehung für Italien ganz bekömmlich ist. Übrigens haben Sie ja in Deutschland eine faschistische Variante des Duce.«

»Ach, Sie meinen den Hitler. Dr. Binder hat mal gesagt, das ist ein harmloser Irrer, gewachsen auf dem Mist des Versailler Vertrages.«

»Gar nicht schlecht beobachtet von Dr. Binder. Ihr verflossener Deutschlehrer, war es nicht so? Ich fürchte nur, er hat diesen Mann zu harmlos beurteilt. Immerhin sind die Nationalsozialisten seit vergangenem September die zweitstärkste Fraktion im Deutschen Reichstag. Ich nehme an, Dr. Binder wird sein Urteil inzwischen revidiert haben.«

»Er ist gar nicht mehr in Deutschland.«

»Ach, er ist nicht mehr in Deutschland. Wie soll ich das verstehen? Ist er ausgewandert?«

»Er unterrichtet jetzt an einer deutschen Schule in Argentinien. Als er ging, sagte er zu uns, er müsse einmal hinaus in die Welt, ehe er zu alt dazu sei und ehe vielleicht die Türen ins Schloß fallen. Komisch, nicht?«

»Hm. Nein, nicht allzu komisch. Ist er Jude?« Die Frage kam kurz und nebenhin.

Sie verblüffte Victoria. »Das . . . das weiß ich nicht. Über sowas reden wir bei uns in der Schule nicht. Wir wissen es bloß von den Mädchen in der Klasse, die nicht am Religionsunterricht teilnehmen. Genau wie die Katholiken. Meine Freundin Elga ist Jüdin. Aber sie sieht gar nicht so aus.«

»Wie meinen Sie das, Victoria, sie sieht nicht so aus?«

Sie errötete ein wenig. Er war wohl auch Jude, jedenfalls hatte Marleen es vermutet.

»Zum Beispiel Onkel Max, der Mann von Marleen, der sieht jüdisch aus. Das sagt jedenfalls Mutti immer. Ich weiß eigentlich auch nicht genau, was sie damit meint. Onkel Max ist sehr klein, ganz dünn und furchtbar schüchtern. Jedenfalls in der Familie. Man kann mit ihm gar kein richtiges Gespräch führen. Man hat das Gefühl, er ist froh, wenn man ihn in Ruhe läßt. Aber er ist schrecklich tüchtig, sonst würde er nicht so viel Geld verdienen, heute, wo alle Leute kein Geld haben.«

Cesare lächelte.

»Gerade dann. Irgendwo muß das Geld ja bleiben.«

»Er hat's schon vorher gehabt, und dann noch viel in der Inflation dazu verdient, sagt Mutti. Und eigentlich nicht er, sondern sein Vater. Und sein Kompagnon. Ich kenne sie alle nicht.«

»Und womit verdienen sie das Geld?«

Victoria lachte. »Sie werden es nicht glauben, aber das weiß ich auch nicht. Geschäfte heißt es immer. Onkel Max macht Geschäfte. Können Sie sich darunter etwas vorstellen? Also ich nicht. Ich habe Marleen mal gefragt, und sie hat gesagt: keinen blassen Schimmer. Hauptsache, der Rubel rollt.«

Cesare lachte herzlich. »Der Standpunkt einer schönen, verwöhnten Frau. Es läßt sich nichts dagegen sagen.«

Noch nie in ihrem siebzehnjährigen Leben hatte sich Victoria so ausführlich und anregend mit einem Menschen unterhalten, noch dazu mit einem Mann, der so viel älter war als sie und den sie zudem nur wenige Tage kannte. Sie hatte das Gefühl, als kenne sie ihn schon lange und als gebe es keinen Menschen auf der Welt, der sie je so gut verstanden hatte. Ihre Ferien am Lido bekamen dadurch eine ganz unerwartete Bereicherung, nicht nur, weil sie soviel gelernt und gesehen hatte, sondern weil seine Art, mit ihr umzugehen und mit ihr zu sprechen, ihr ein Gefühl des Erwachsenseins und der Selbständigkeit gab.

Sie war darüber jeden Tag aufs neue erstaunt, und sie freute sich jeden Tag auf das Zusammensein mit ihm. Nachdem sie ihm nun noch von ihrem großen Herzenswunsch erzählt hatte, war ein Gefühl der Verbundenheit entstanden, das sie es wirklich bedauern ließ, wenn diese Zeit nun vorbei war.

Ohne noch viel darüber zu reden, schlenderten sie über den Platz, gingen durch den Turm und bogen in die Merceria ein.

Cesare wußte, wie gern das junge Mädchen hier spazierenging und dabei sehnsüchtige Blicke in die Schaufenster warf. Ein Eis bekamen sie schließlich am Rialto auch noch.

Er beschloß, am nächsten Tag ein Abschiedsgeschenk für sie zu kaufen, eins von diesen wunderschönen handbemalten Tüchern, die hier hinter manchen Schaufenstern lagen; er würde es sorgfältig aussuchen, es mußte die Farbe ihrer Augen und ihres Haares haben. Ein Geschenk von ihm hatte Victoria schon nach ihrem ersten Bummel bekommen, ein Buch, in dem die Geschichte Venedigs anschaulich dargestellt wurde. Es befinde sich immer in seinem Reisegepäck, wenn er nach Venedig komme, hatte er dazu gesagt, man könne nachlesen, was man möglicherweise vergessen habe.

»Aber werden Sie das Buch dann nicht vermissen? Ich gebe es Ihnen zurück, wenn ich es gelesen habe.«

»O nein, Sie behalten es zur Erinnerung an Venedig und an mich. Ich kann mir ein neues Exemplar in Wien besorgen. Auch für Sie wird es interessant sein, das eine oder andere wieder nachzulesen, wenn Sie an Venedig zurückdenken. Ich möchte nicht als Schulmeister erscheinen, aber seien Sie sich über eins klar, Fräulein Victoria: Wissen und Verstehen, das ist die größte Lust, die ein Mensch in seinem Leben empfinden kann.«

Diesen Satz hatte Victoria wörtlich an Marleen weitergegeben, die spöttisch den Mund verzog.

»Dieser Meinung wird er wohl nicht immer gewesen sein, dieser alte Wichtigtuer«, war Marleens Kommentar. »Kann ich mir gut vorstellen, wie seine Lüste früher ausgesehen haben.«

Fast war sie ein wenig eifersüchtig, daß Victoria diesmal eigene Wege ging und dies auch noch mit soviel Vergnügen.

Außerdem war die schöne Marleen Bernauer noch genauso ungebildet wie damals, als sie noch Lene Nossek hieß und knapp achtzehnjährig mit dem Tennistrainer durchbrannte. Erlebt hatte sie zwar viel, doch sie war so oberflächlich, so egozentrisch geblieben wie in den jungen Tagen ihres Lebens.

Natürlich hatte Victoria ihr Cesare Barkoscy vorgestellt, die Erlaubnis für die Rundgänge in Venedig war ganz formell eingeholt worden. Ob sie mitkommen wolle, hatte Cesare sie nicht gefragt. Er beurteilte sie sehr genau: Mode, Männer, Flirt, ihr eigenes, zweifellos sehr reizvolles Ich – mehr existierte für sie nicht auf dieser Erde, mehr interessierte sie nicht.

Dagegen rührte es ihn immer wieder, wenn Victoria spontan ausrief: »Wenn doch Mutti bloß hier wäre! Wenn sie das alles sehen und hören könnte!«

Mit den Gesprächen über Mutti, also über Nina, war ihre Bekanntschaft in ein persönliches Fahrwasser geraten. Nachdem sie eine Woche lang die Kanäle und Gassen, die Palazzi, Kirchen und Museen durchstreift hatten, wußte Victoria nicht nur über Venedig, sondern Cesare auch über die Familie Nossek-Jonkalla Bescheid.

Einmal sagte Victoria ganz verwundert: »Ich weiß gar nicht,

warum ich Ihnen das alles erzähle. Ich habe noch nie mit einem Fremden soviel über mich und meine Familie geredet.«

»Mit einem Fremden?«

Etwas unsicher erwiderte sie sein Lächeln.

»Na ja, ich kenne Sie ja gerade erst zehn Tage, nicht?«

»Die Dauer einer Bekanntschaft sagt nicht viel über ihre Intensität aus. Sich mitzuteilen, ist eine Sache des Vertrauens.«

»Aber Vertrauen ist doch etwas, das man erst nach langer Zeit gewinnen kann.«

»Das kann so sein. Aber es gibt auch ein spontanes Vertrauen. Genau wie es eine spontane Freundschaft gibt.« Und spontane Liebe, fügte er für sich hinzu, doch er sprach es nicht aus. Es wäre in diesem Fall eine unpassende Bemerkung gewesen.

»Ja«, sagte Victoria verwundert, »das gibt es offenbar.«

Und dann wieder das Lächeln um seinen feingezeichneten Mund, das manchmal die dunklen Augen erreichte, manchmal nicht.

Wie schnell war es Victoria vertraut geworden. Vertraut, als kenne sie es seit langem.

Sie war stets eine gute Menschenbeobachterin gewesen, soweit dies bei ihrer Jugend möglich war. Allein deswegen, weil Menschen sie interessierten. Aber es war immer Instinkt, Gefühl, unbefangene Aufgeschlossenheit. In diesem Fall jedoch war es anders. Sie sah und erlebte diesen fremden Mann sehr bewußt – sein Gesicht war ausdrucksvoll, und was er sprach, war klug, man konnte darüber nachdenken, man behielt seine Worte.

Dazu kam, daß sie sich wie von selbst bemühte, ihre Worte klug zu wählen, um dem Gespräch mit ihm gewachsen zu sein. So etwas hatte sie noch nicht erlebt; sie kam sich neben ihm reif und erwachsen vor, was im Grunde absurd war, denn er war ja soviel älter als sie.

Sie selbst kam nicht darauf, wo der tiefere Grund für ihr Vertrauen oder vielleicht besser gesagt, für ihre Zutraulichkeit lag, aber Cesare, nachdem er ihre Lebensgeschichte bald gut kannte, begriff sehr wohl.

Es hatte in dieser Familie nie einen Mann gegeben, keinen Vater, keinen Großvater, keinen Onkel, dieses Mädchen war nur mit Frauen aufgewachsen. Es war ihm aufgefallen, mit welcher Begeisterung sie von ihrem Musiklehrer sprach, auch von dem Deutschlehrer, Dr. Binder, aber, so sagte sie: »Leider haben wir den nicht mehr. Überhaupt sind in unserem Lyzeum hauptsächlich Lehrerinnen. Der einzige, den wir noch haben, ist der Mathematiklehrer, aber der ist gräßlich, mit dem kann man nicht reden. Außerdem bin ich in Mathe sehr schlecht, ich hab' einfach keinen Kopf für Zahlen. Und erst Arithmetik, also das ist mir ein Greuel, ich kapiere es nicht. Da habe ich ein Brett vor dem Kopf.«

»Und was ist mit dem Lehrer, von dem Sie mir ganz zu Anfang erzählten? Der immer vom Krieg schwärmt und den Heldentaten, die er dort vollbracht hat.«

»Ach, Lüttchen. Den haben wir in Geschichte. Den finden wir ganz ulkig, aber sonst . . . nein, Binder war da ganz anders.«

Sie hatte überhaupt nicht mehr viel Lust, in die Schule zu gehen, das erfuhr er auch. Wozu das Abitur machen, da sie ja sowieso nicht studieren wolle, es koste nur unnötig Zeit und Geld.

Das brachte ihn auf die Frage, wie sie sich ihre Zukunft vorstelle, ob sie einen Berufswunsch habe oder lieber bald heiraten wolle.

»Heiraten, ich? Nein, bestimmt nicht. Ich möchte ganz etwas anderes.«

»Und was wäre das?«

»Darüber kann ich nicht reden. Weil es ja Unsinn ist. Ich habe noch nie davon gesprochen.«

Und dann sprach sie doch davon.

Das war vor zwei Tagen, sie waren auf der Isola San Giorgio, besichtigten Palladios herrliche Kirche, und Cesare referierte eine Weile hingebungsvoll über das ›Letzte Abendmahl‹ von Tintoretto.

Anschließend spazierten sie eine Weile auf der Insel herum, saßen dann auf einer Bank am Ufer, als sie unvermittelt sagte:

»Es ist ein Traum. Ein Wunschtraum.«

»Wovon träumen Sie, Victoria?«

»Ich möchte Sängerin werden.«

Sie hatte nicht lange überlegt, sprach es schnell aus und wartete atemlos auf seine Reaktion.

»Sie möchten singen.« Er nickte und dachte: eine gute Bühnenerscheinung wäre sie auf jeden Fall.

»Ja, ich möchte Gesang studieren. Ich weiß, es ist verrückt, wir können uns das gar nicht leisten und . . . und überhaupt, es ist ganz undenkbar, wie ich das schaffen sollte.«

»Haben Sie denn eine gute Stimme?«

»Ich bilde es mir ein. Und Marquard sagt es auch.« Das war der Musiklehrer, wie Cesare bereits wußte. »Ich muß immer Solo bei ihm singen. Und er gibt mir die schwersten Musikdiktate. Wenn wir ein Schulfest haben, eine Abschlußfeier oder sowas, singe ich meistens. Ich oder die Lili Goldmann aus der Parallelklasse. Die hat einen wunderschönen Alt. Und sie wird Musik studieren, das steht schon fest. Wir beide haben schon Duette gesungen, von Brahms und von Robert Franz. Bei der letzten Abschlußfeier habe ich zwei Lieder von Schumann gesungen, ›Der Nußbaum‹ und ›Aus der Fremde‹. Alle haben gesagt, es sei sehr gut gewesen.«

Sie wartete, ob er etwas sagen würde, und als nichts kam, als er sie nur ansah, mit diesem Lächeln um den Mund und in den Augen, fuhr sie hastig fort: »Ich weiß, daß es verrückt ist. Ich weiß auch, wie teuer das ist. Lili hat es mir erzählt, was eine Gesangstunde kostet oder die Studiengebühr an der Musikhochschule. Aber sie hat reiche Eltern, ihr Vater hat ein großes Geschäft. Für uns kommt das nicht in Frage, das weiß ich selber. Aber ich wünsche es mir so sehr.«

Das war vor zwei Tagen gewesen auf der Insel San Giorgio.

Und heute, vor dem Markusdom, hatte sie bereits gesagt: ich will es.

Und Cesare Barkoscy hatte darauf klargestellt: Wille und Talent seien die beiden Voraussetzungen für diesen Beruf, die sie dann in Arbeit umsetzen müsse.

Wie immer hatte er die Tatsachen mit wenigen Worten klargemacht, das war eine seiner hervorragenden Fähigkeiten, wie Victoria bereits wußte.

Und selbstverständlich hatte Cesare auch zum Thema Musik

einiges beizusteuern, was Venedig betraf. Daß Richard Wagner im Palazzo Vendramin gestorben war, hatte Victoria bereits gewußt. Aber nun erfuhr sie auch, welch große Rolle die Oper im Venedig der Vergangenheit gespielt hatte.

»Monteverdi wirkte dreißig Jahre lang in Venedig. Und man kann ihn getrost als Vater der Oper bezeichnen, auch wenn es vor ihm schon Versuche gab, die Musik zu dramatisieren. Aber Monteverdi hat die Oper geschaffen, wie wir sie kennen, die große Arie, das Ensemble, das Zusammenspiel der menschlichen Stimme mit einem Orchester. Er war übrigens hauptamtlich Kapellmeister im Markusdom. Außerdem schuf er ungezählte Opern, von denen leider viele verlorengegangen sind. Sehen Sie, Victoria, das wäre so ein Wunschtraum *meines* Lebens, solch eine verlorene Partitur aufzufinden.«

»Ach ja? Doch, das ist eine tolle Vorstellung.«

»Nicht wahr? Von so etwas habe ich immer geträumt. Tja, ist mir nie gelungen. ›Orfeo‹ hieß übrigens die Oper, die am Anfang aller Opern stand. 1607 hat Monteverdi sie geschrieben. In ihren Anfängen, eigentlich noch ziemlich lange, wurden Opern nur an Fürstenhöfen aufgeführt, wurden nur vor Aristokraten gespielt. Venedig öffnete die Oper auch dem Volk, die Dogen und die reichen venezianischen Handelsherren waren echte Mäzene. Und offenbar waren die Venezianer allesamt opernverrückt. Gegen Ende des 17. Jahrhunderts gab es allein in dieser Stadt zehn Opernhäuser. Man stelle sich so etwas vor! Im Laufe der Zeit wurden alle Großen des italienischen Musiktheaters hier aufgeführt und gefeiert – Rossini, Bellini, Verdi, Puccini.«

Am nächsten Tag bereitete Cesare Barkoscy seiner jungen Freundin die größte Überraschung. Victoria, Marleen und Daniel hatten gerade erst gefrühstückt, als ein Page mit einer Note für Victoria klopfte.

Cesare ließ sie bitten, baldmöglichst in der Hotelhalle zu erscheinen, er habe ihr etwas mitzuteilen.

Marleen schüttelte den Kopf.

»Der hat es vielleicht wichtig. Was hat er denn nun schon wieder vor?«

»Keine Ahnung. Ich lauf schnell mal hinunter.«

Victoria, die zum Strand wollte, trug einen von Marleens schicken Strandanzügen, lange weite Hosen, ein tief ausgeschnittenes Oberteil, das Ganze in Zitronengelb.

Cesare wartete in der Halle auf sie, in einen weißen Anzug gekleidet, den Strohhut in der Hand.

»Ein Vorschlag, Victoria. Ich erzählte Ihnen ja gestern von dem Conservatorio Benedetto Marcello, der Musikhochschule Venedigs. Nun, ich habe heute morgen versucht, den *professore* Giamatto zu erreichen, ein alter Freund von mir aus Wien. Er war eine Zeitlang an der Wiener Oper als Korrepetitor und zweiter Kapellmeister beschäftigt; das ist lange her, noch vor dem Krieg. Jetzt unterrichtet er hier am Conservatorio. Ich habe ihn angerufen, und siehe da, ich habe ihn erreicht. Wie wäre es, wenn wir heute nachmittag zu ihm führen und Sie singen ihm vor?«

»O nein!« rief Victoria voll Entsetzen.

»Warum nicht? Ich finde, es ist eine gute Idee. Außer Ihrem Musiklehrer hat noch kein Mensch Ihre Stimme beurteilt. Warum nicht einen Fachmann fragen?«

»Ich soll . . . ich soll ihm vorsingen?«

»Das dachte ich.«

»Das kann ich nicht.«

»Warum nicht?«

»Ich bin nicht in Übung. Ich habe gar keine Noten hier.«

»Ersteres wird man berücksichtigen, letzteres dürfte kein Hindernis sein, ich bin sicher, daß das Conservatorio die Noten besitzt, die Sie brauchen. Sagen Sie mir, was es sein soll. Ein Schubertlied, ein Schumannlied? Es wird vorhanden sein.«

»Ich würde sterben vor Angst.«

»Das glaube ich kaum. Sie haben gestern gesagt: ich will es. Ich sage heute: wagen Sie wenigstens dies. Es ist ganz unverbindlich, und wir hören einmal, was ein Fachmann zu Ihrer Stimme sagt; noch dazu ein Italiener. Sie können sicher sein, daß er ein strenges Urteil hat, wenn es um Gesang geht. Ich mache jetzt einen kleinen Morgenspaziergang in Richtung Mallomocco, in einer Stunde etwa werde ich zurück sein und dann werden Sie mir Ihren Entschluß mitteilen. Denken Sie über meinen Vorschlag nach.«

Er lächelte, hob grüßend den Strohhut, setzte ihn auf und wandte sich zum Ausgang.

Victoria starrte ihm sprachlos nach.

Aber er hatte den Hotelgarten noch nicht durchschritten, da hatte sie ihn eingeholt.

»Ja«, rief sie atemlos. »Ja, ich tue es. Ich singe ihm vor.«

Sie lächelte ihn strahlend an, selbstgewiß, siegessicher.

»Bravo, bravissimo. Denn Mut, Victoria, gehört auch zu diesem Beruf.«

Was Marleen die Laune so verdorben hatte, war die Ankunft ihres Freundes Daniel Wolfstein. Oder besser gesagt, ihres Liebhabers Daniel, denn als Freund betrachtete sie ihn nicht, hatte sie noch nie einen Mann betrachtet. Männer waren für Geld, Bett und gesellschaftlichen Rahmen da, nicht einmal an Liebe dachte Marleen, geschweige denn an Freundschaft.

Einen echten Freund hatte sie eigentlich nie besessen, nur das, was man so gemeinhin Freunde nennt, die aber besser gesagt Bekannte waren, Gefährten für die langen Nächte bei Spiel, Tanz und Flirt.

Zu ihrer Familie, also zu ihren Schwestern, unterhielt Marleen ein ziemlich distanziertes Verhältnis; sie sahen sich nicht sehr oft, vertrugen sich aber ganz gut. Marleen beschenkte ihre Schwestern gern, besonders Nina, die fast ihre ganze Garderobe von ihr bezog, aber auch Ninas Kinder bekamen von ihr, was sie brauchten. Denn Marleen besaß nicht nur schlechte Eigenschaften, sie war bei allem Egoismus, mit dem sie ihr Leben lebte, großzügig und freigebig. Auch das Verhältnis zu ihrem Mann war, sachlich betrachtet, nicht das schlechteste. Max Bernauer war sich klar darüber, war es von Anfang an gewesen, warum sie ihn geheiratet hatte. Wäre ihm etwas unklar gewesen, so hätten die rigorosen Worte seines Vaters ihn aufgeklärt.

»'ne hübsche Person isse, diese Schickse. Wirste nich denken, daß se blind is, mein Sohn. Wirdse brauchen die Penunze, an der du dranhängst.«

Max hatte sie dennoch geheiratet, und die Ehe war gar nicht einmal schlecht. Zwar betrog ihn Marleen, hatte ihn immer betrogen, und er wußte es, aber es spielte in ihrem Zusammenleben keine große Rolle, er hatte wenig sexuelle Gelüste, er war, wie auch in anderen Dingen, in diesem Punkt bescheiden und hätte nie erwartet, daß seine attraktive Frau mit ihm allein vorlieb nahm. Dazu kam, daß die Leichtfertigkeit, die Frivolität der zwanziger Jahre es als *Quantité négligeable* ansah, wenn Ehegatten einander betrogen. Max allerdings betrog seine Frau nicht. Trotz allem, was sie tat, bewunderte er sie nach wie vor und liebte sie auf seine stille, zurückhaltende Weise von ganzem Herzen. Das wußte Marleen, und das brachte es mit sich, daß es nie Streit oder Ärger zwischen ihnen gab, ihr Umgangston war höflich, sie konnte manchmal überraschend zärtlich und liebevoll zu ihm sein, was Max immer in Verlegenheit brachte.

Eigentlich, wenn man es genau besah, war ihr Mann der einzige wirkliche Freund, den Marleen besaß, und sie war nicht so dumm, das nicht zu erkennen.

Was nun ihre Liebhaber betraf, so war ihr im vorliegenden Fall das erstemal ein richtiger Mißgriff unterlaufen. Seit ihrer Mädchenzeit bevorzugte sie einen Männertyp: groß, blond, breitschultrig. Jung-Siegfried war ihr Männerideal, so hatte der Tennistrainer ausgesehen, mit dem sie davongelaufen war, so sahen, bis auf wenige Ausnahmen, die Männer aus, die sie sich zu Gespielen wählte. Es waren Sportler, Künstler, fesche Jungens aus den Club- und Amüsierkreisen, in denen sie verkehrte, ehemalige Offiziere, abgerutschter Adel; sie waren Tänzer, Tennisspieler, Reiter, Rennfahrer; sie sahen immer gut aus, sie hatten die besten Manieren. Skandale hatte es nie gegeben um die schöne Marleen Bernauer.

Und dann passierte ihr diese Sache mit Daniel Wolfstein! Er war weder groß und blond und breitschultrig, noch gehörte er den Kreisen an, in denen sie verkehrte. Schlimmer noch, er war ein Angestellter ihres Mannes.

Vor drei Jahren etwa war er in die Firma gekommen; Kohn,

der gerissene Kohn, Kompagnon vom alten Bernauer, im Alter zwischen Vater und Sohn stehend, hatte diesen Wolfstein geholt.

Wie so oft bei Juden, waren irgendwelche entfernt verwandtschaftlichen Beziehungen der Grund, sich des jungen Mannes anzunehmen, wobei man natürlich die Qualifikation des Aspiranten sehr genau bedachte.

Wolfstein stammte aus einfachen, aber sehr ordentlichen, orthodox jüdischen Verhältnissen. Die Familie kam aus Riga, noch der Großvater Wolfstein hatte einen florierenden Handel mit Petersburg betrieben. Vater Wolfstein dagegen mußte in dem immer schwieriger werdenden Verhältnis zwischen Balten und Russen vor dem Krieg schwer arbeiten, um die große Familie einigermaßen zu erhalten. Die Zeichen der Zeit allerdings erkannte er sehr deutlich und war darum mit der gesamten Familie, der Gattin, den Eltern, den Schwiegereltern und den sechs Kindern, rechtzeitig, ehe die rote Revolution ausbrach, ins Deutsche Reich übergesiedelt.

Daniel, der heute vierunddreißig war, hatte in Riga eine gute Schule besucht. Nach dem Krieg war er dann von seinem Vater nacheinander bei einer Bank, bei einem Börsenmakler, in einer Textilfirma sowie bei einer Zeitung untergebracht und schließlich zu einem Onkel in New York geschickt worden.

Bei seiner Rückkehr vor drei Jahren wußte er so ziemlich alles, was man vom Geschäftsleben wissen mußte, sprach perfekt amerikanisch, hatte sich auch ein wenig rüde amerikanische Umgangsformen angeeignet, was seinen Vater verärgerte, und hatte sich außerdem zu einem freidenkenden Juden gemausert, der dem alten Glauben wenig Achtung bezeugte, was seinen Vater grämte.

Sodann hatte er eine Vorliebe für gutes Essen und Trinken entwickelt und für Frauen, für schöne, teure und für ihn kaum erreichbare Frauen. Er war nämlich auf den ersten Blick keine besonders einnehmende Erscheinung, gewann aber im Gespräch durch seine Dynamik und Selbstsicherheit.

Der alte Wolfstein empfahl den weitgereisten, vielseitig gebildeten Sohn an Kohn, und so kam Daniel zu Bernauer und

Co., und dort begegnete ihm das Exquisiteste an Frau, was er je gesehen hatte, Marleen Bernauer, die Frau seines Chefs.

Er war durchaus nicht Marleens Typ, untersetzt, kräftig gebaut, dunkelhaarig, dunkle Augen unter schweren Lidern, eine Hakennase, sinnliche Lippen, die Hände ein wenig zu grob; er war voll Intelligenz und Angriffslust, doch stark von seinen Gefühlen und seiner Sexualität abhängig, mit einer fatalen Neigung zur Sentimentalität.

Seit einem halben Jahr etwa war er in der Firma, als Marleen ihn zum erstenmal bei einer der abendlichen Einladungen zu sehen bekam, die Max Bernauer zwei- oder dreimal im Jahr in seiner Grunewaldvilla gab; Geschäftsfreunde, ausländische Partner, befreundete Bankiers, ein wenig Kunst und Sport dazwischen, für letzteres war Marleen zuständig. Sie war wie immer die perfekte Gastgeberin, Essen und Getränke von erster Qualität, sie selbst hinreißend anzuschauen.

Natürlich hatte Daniel von ihr gehört, gesehen hatte er sie nie, in die Büroräume der Firma kam sie nicht. Sie befanden sich noch immer am Jerusalemer Platz, noch von der Zeit her, als der alte Bernauer vor allem mit Konfektion zu tun hatte; damit befaßten sie sich heute kaum mehr, es gab nur noch drei Konfektionsfirmen, die ihnen gehörten, aber von selbständigen Angestellten geführt wurden. Heute ging es vor allem um Aktien, um Import und Export, sie besaßen einen kaum mehr übersehbaren Haus- und Grundbesitz in Groß-Berlin und waren in den letzten Jahren sehr intensiv ins Autogeschäft eingestiegen. Sie besaßen Anteile an deutschen, italienischen und amerikanischen Automobilfirmen, importierten vor allem amerikanische Wagen nach Europa. In diesem letztgenannten Geschäftszweig wurde Daniel Wolfstein hauptsächlich tätig.

Das alles wußte Marleen nicht, es interessierte sie nicht, die nebulose Firma, an der Max beteiligt war, hatte sie nie interessiert und nie hatte Max sie damit gelangweilt.

Daniel Wolfstein war hingerissen von Marleen. Sie bemerkte wohl, daß seine Blicke ihr den ganzen Abend folgten, das beeindruckte sie nicht, sie war daran gewöhnt. Es waren auch an jenem Abend genügend Männer in ihrem Haus, die sie mit Komplimenten verwöhnten.

Das tat Daniel nicht, das hätte er zunächst nicht gewagt. Auf die Dauer jedoch wagte er mehr. Denn er wünschte sich nichts so sehnlich auf der Welt wie diese Frau, und um zu seinem Ziel zu gelangen, ging er ganz systematisch vor. So tauchte er in dem Reitstall im Grunewald auf, in dem sie ihr Pferd stehen hatte und fragte höflich, ob er sie gelegentlich bei ihren Ausritten begleiten dürfe. Das wollten andere auch, er war nie mit ihr allein. Es gelang ihm, zu ihrem Tennisclub Zutritt zu finden, und er war ein so guter Tennisspieler wie Reiter; Tennis spielen hatte er in Amerika gelernt, reiten konnte er schon seit seiner Kindheit. Marleen dagegen übte beide Sportarten nur lässig und ohne großes Engagement aus, ihr kam es mehr auf das Amüsement an, das damit verbunden war: die Clubabende, Bälle, Flirt, Tanz, vergnügte Nächte. Allerdings ärgerte es sie, daß dieser kleine Emporkömmling ihr im Sport überlegen war. Bei anderen Männern hatte es sie nicht gestört, in diesem Fall fand sie es impertinent. Ein guter Tänzer war Daniel natürlich auch, er konnte gewandt reden und war bald bei den Damen sehr beliebt. Er fing sofort ein Verhältnis mit einer jungen Schauspielerin an, aber nur, um Marleen zu reizen.

Marleen war zu jener Zeit mit einem Stahlhelmer liiert, dessen militärisches Air sie jedoch bald langweilte. Daniels Hartnäckigkeit siegte, er wurde ihr Geliebter, und sie hätte kaum zu erklären gewußt, wie es geschah – eine lange Nacht, es war viel getrunken worden, und sie war am Ende mit in seine Wohnung gefahren, ein höchst anspruchsvoll eingerichtetes Junggesellenappartement am Hohenzollernplatz.

Denn verheiratet war Daniel Wolfstein nicht, auch ein ständiges Ärgernis für seinen Vater.

So fing das an, und von Anfang an war Marleen nicht sehr wohl bei dieser Verbindung, sie hatte gegen ihre Prinzipien, schlimmer, gegen ihren Geschmack und Stil gehandelt. Zwar war Daniel ein außerordentlich leidenschaftlicher Liebhaber, doch das änderte nichts daran, daß er ein Angestellter ihres Mannes war und daß sie diese Liaison, trotz mancher sexueller

Freuden, die sie bot, als unpassend empfand. Nur – sie wurde ihn nicht wieder los. Daniel liebte sie, begehrte sie, hielt an ihr fest und bedrängte sie sogar, sich scheiden zu lassen. Er mußte nicht bei Bernauer und Co. bleiben, erklärte er ihr des öfteren, es gebe Möglichkeiten genug für ihn, den Platz zu finden, an dem er soviel Geld verdiente, wie sie brauchte.

Marleen erwiderte seine Gefühle in keiner Weise und suchte seit längerer Zeit einen Ausweg aus dieser Affäre, die ihr zum Hals heraushing. So ernst, so intensiv wollte sie ihre Amouren nicht, das war lästig. Außerdem merkte sie, daß Max davon wußte, er sprach nicht darüber, aber sie spürte es. Wenn er es wußte, wußte Kohn es auch und ebenso der alte Bernauer, der seinen Sohn sowieso schlecht behandelte. Soweit aber war sie solidarisch mit ihrem Mann, lächerlich machen wollte sie ihn nicht, schon gar nicht wegen dieses raufgekommenen Judenjungen, wie sie Daniel im stillen nannte. Die Rolle, die sie in diesem Fall spielte, gefiel ihr nicht. Sie hatte sich immer an gewisse Spielregeln gehalten, diesmal hatte sie die falsche Karte erwischt.

In diesem Jahr war sie viel gereist, um Daniel aus dem Weg zu gehen; im Frühling war sie an der Riviera gewesen, danach in Paris, in Begleitung ihrer Freundin Lotte Gutmann, einer ebenso reichen, verwöhnten Frau wie sie. Eine andere Beziehung zu einem Mann hatte sie nicht begonnen, sie mußte Daniel erst loswerden.

Auch diese Reise nach Venedig mit ihrer Nichte Victoria war eine Art Flucht, und nun tauchte dieser aufdringliche Bursche doch wirklich am Lido auf.

Das ging zu weit, das mußte ein Ende haben. Sie war unfreundlich zu ihm, ungnädig, zeigte deutlich ihren Ärger, er dagegen zeigte seine Liebe, umwarb sie, kniete, bildlich gesprochen, Tag und Nacht zu ihren Füßen.

Wie lästig das war!

Heiraten wollte er sie, das erklärte er ihr auch hier am Lido wieder mit aller Eindringlichkeit.

»Ich denke nicht daran, mich scheiden zu lassen«, sagte sie

wütend. »Ich bin sehr zufrieden mit Max.«

»Das glaube ich gern. Mich würdest du nicht so behandeln wie ihn.«

»Es geht dich einen feuchten Kehricht an, wie ich meinen Mann behandle. Immerhin – er ist ein *gentleman*. Du – du bist ein Prolet.«

Daniel, zermürbt von den vorhergegangenen Debatten, unglücklich über ihre abweisende Haltung, verzweifelt darüber, daß sie nicht mehr mit ihm schlafen wollte, schlug sie daraufhin ins Gesicht.

Das war Marleen noch nie passiert. Sie wollte ihm mit allen zehn Fingern ins Gesicht fahren, beherrschte sich aber im letzten Augenblick. Sie würde sich nicht auf sein Niveau hinabbegeben. Wenn er mit zerkratztem Gesicht hier herumlief, dann hatte sie sich endgültig angepaßt. Dagegen gab ihr seine Mißhandlung endlich den gewünschten Anlaß, ihn loszuwerden. Sie nahm das Telefon und ließ sich die Rezeption geben, sagte, daß sie am nächsten Tag abreisen werde und daß man ihr eine Zugverbindung nach Berlin vermitteln und Plätze reservieren möge.

Total vernichtet hatte Daniel ihrem Gespräch zugehört, jetzt kam er, kniete vor ihr nieder, umfing ihre Hüften mit beiden Armen.

»Verzeih mir! Verzeih mir! Du hast recht, ich bin ein Prolet.«

»Schon gut«, sagte sie mit beleidigender Gleichgültigkeit, »ich wäre dankbar, wenn du mich jetzt von deinem Anblick befreien würdest.«

»Aber ihr könnt doch mit mir fahren. Ich bin ja mit dem Wagen da.«

»Wir fahren nicht mit dir. Und ich wünsche jetzt, allein gelassen zu werden.«

Ihre Stimme war eiskalt, ihr Blick ging über ihn hinweg.

Daniel fing an zu weinen, preßte sein Gesicht in ihren Schoß, sie trat nach ihm, wand sich aus seiner Umklammerung und sagte, ohne die Stimme zu heben: »Hinaus!«

Sie war nicht einmal zornig, sie war geradezu erleichtert, daß sie ihn jetzt hinauswerfen konnte, und das für immer.

Wunderschön anzusehen, perfekt geschminkt, in einem schwarzen, tiefausgeschnittenen Abendkleid saß sie in der Halle, als Victoria und Cesare Barkoscy von Professore Giamatto zurückkehrten.

Victoria hatte rote Wangen, sie war erregt und glücklich.

»Oh, Marleen!« rief sie, neigte sich und küßte Marleen auf die Wange. »Wie schön du bist! Ach, ich bin so glücklich!«

»Na, ihr beiden«, Marleen lächelte und reichte Barkoscy die Hand zum Kuß. »Welches Museum haben Sie heute mit ihr besucht, daß sie davon so glücklich ist?«

Cesare und Victoria tauschten einen Blick, dann rief Victoria stürmisch: »Ich *muß* es ihr erzählen.«

»Setzt euch«, sagte Marleen. »Und dann erzählst du. Und dann ziehst du dich um. Einen Cocktail zum Abschied?«

»Zum Abschied?« fragte Victoria.

»Wir reisen morgen.«

Victoria begriff sofort. Marleen war verärgert und schlecht gelaunt, seit dieser Wolfstein, den Victoria nie zuvor gesehen hatte, hier aufgetaucht war. Das schien ein Mann zu sein, von dem Marleen nichts oder nichts mehr wissen wollte. Ein Mann, der sich aufdrängte, wie gräßlich! Victoria war ganz und gar auf Marleens Seite. Wenn der nicht ging, dann gingen sie eben, ganz klar.

Auch Barkoscy war der Fall nicht rätselhaft. Wie töricht von diesem Mann! Eine Frau wie Marleen hatte das Recht ja oder nein zu sagen nach ihrem Belieben.

»Und nun erzähle, was du so Beglückendes erlebt hast.«

»Wir waren bei Professor Giamatto.«

»Aha. Und?«

»Ich habe ihm vorgesungen.«

»Was hast du?«

»Gesungen habe ich. Marleen, gesungen. Stell dir vor! Erst ›An die Musik‹ und dann ›Der Tod und das Mädchen‹. Schubert, du weißt ja. Und dann hat er gefragt, ob ich auch etwas aus einer Oper kann, und da habe ich den Cherubin gesungen.«

»Würdest du mir das bitte der Reihe nach erzählen. Ich verstehe kein Wort.«

›Du holde Kunst‹ war noch etwas unsicher, etwas wacklig gekommen.

›Der Tod und das Mädchen‹, da hatte sie sich hineingekniet. ›Vorüber, ach vorüber, geh' wilder Knochenmann . . .‹

Marquard hatte das Lied mit ihr einstudiert, sie hatte es immer geliebt. Ihre Stimme klang fest und sicher, und sie brachte alle Intensität in die Musik und in den Text hinein, die sie aufbringen konnte.

Der *professore* hatte genickt, dann mit Barkoscy in raschem Italienisch gesprochen. Dann die Frage nach der Opernarie.

Natürlich sang sie zu Hause Opernarien, begleitete sich selbst auf dem Klavier, abends, wenn in der Kanzlei keiner mehr war. Manchmal beschwerten sich andere Hausbewohner. Es war alles so schwierig. Auch besaß sie ja keine Klavierauszüge. Aber den Auszug vom Figaro hatte ihr Nina einmal zu Weihnachten geschenkt.

Nachdem sie die beiden Cherubin-Arien gesungen hatte, sagte der *professore: »Bene*, Signorina. Ich bin kein Gesanglehrer, bin Dirigent. Meine Schülerin können Sie nicht werden. Aber wenn ich würde sein Gesanglehrer, ich würde Sie nehmen.«

Sie sei musikalisch, fügte er hinzu, habe Gefühl für Phrasierung und Darstellung, die Stimme sei unfertig, unausgebildet, aber das Material sei vorhanden.

Er sprach recht gut deutsch, er war liebenswürdig, charmant, er hätte ihr sicher auch nichts Unfreundliches gesagt, wenn ihr Gesang ihm nicht gefallen hätte, doch er hätte sie dann kaum ermutigt. Auch habe er sich, wie ihr Cesare auf der Rückfahrt erzählte, auf italienisch ihm gegenüber sehr positiv geäußert.

Das alles bekam Marleen zu hören.

Es schien sie gar nicht so sehr zu überraschen.

»Ich kenne deine Begeisterung für die Oper und für die Musik«, sagte sie. »Ich habe oft neben dir gesessen. Und ich weiß auch von deiner Singerei in der Schule, davon redest du oft genug. Ob du einen Beruf aus dem Singen machen sollst, kann ich nicht beurteilen. Mir hast du noch nie etwas vorgesungen. Zweifellos ist es ein herrlicher Beruf. Aber kein leichter Weg, nicht wahr?«

Sie blickte Cesare an, der nickte.

»Ein langer und ein schwerer Weg«, sagte er. »Eine Ausbildung von fünf, sechs, sieben Jahren, das kommt auf die Umstände an, den Fleiß, die Gesundheit, vermutlich auch auf die Qualität der Ausbildung. Wenn, das ist meine Meinung, ist die beste Ausbildung die einzig empfehlenswerte.«

»Und das ist teuer«, warf Victoria ein.

»Gewiß. Jedoch geben Akademien und Hochschulen Stipendien, wenn ein Studierender begabt und fleißig ist.«

»Mach dir um das Geld nicht allzuviel Sorgen«, sagte Marleen lächelnd. »Warum sollte sich Max nicht einmal als Mäzen betätigen? Das überlaß nur mir.« Zu Cesare gewandt fügte sie hinzu: »Max ist mein Mann. Er geht zwar sehr selten in die Oper oder ins Konzert, aber ich glaube, es würde ihn freuen, eine so talentierte Nichte zu besitzen.«

Max ging nie in die Oper und ins Konzert, und seine Nichte nahm er kaum zur Kenntnis, aber er würde wohl auch in diesem Fall tun, was Marleen wünschte.

»Mein Gott«, sagte Victoria, »ich kann es gar nicht fassen. Ich meine, daß es wirklich möglich wäre. Bisher habe ich nur davon geträumt. Und jetzt auf einmal . . . Kann es denn wirklich Wahrheit werden?«

Sie blickte Cesare an und sagte spontan: »Das ist alles nur passiert, weil ich Sie getroffen habe. Das ist richtig Schicksal.«

Es klang kindlich erregt und voll Begeisterung. Cesare lächelte.

»Schicksal ist ein bedeutungsvolles Wort, mein Kind. Zweifellos gibt es etwas in dieser Art, nur scheut man sich ein wenig, gleich das Schicksal zu bemühen, wenn das Ergebnis einiger Unterhaltungen erfreuliche Folgen haben sollte.«

»Doch ist es Schicksal«, beharrte Victoria. Sie kicherte albern. »Schicksalstage am Lido, das klingt wie ein Buch, das Tante Trudel gern lesen würde. Ach, es ist einfach toll.«

»Nun fahren Sie erst einmal nach Hause, denken Sie nach, sprechen Sie mit Ihrer Frau Mama, gehen Sie noch ein wenig in die Schule und lassen Sie mich gelegentlich wissen, wie es weitergeht.«

»Ich darf Ihnen schreiben?«

»Es wäre mir eine große Ehre.«

In einem Sessel in der Nähe hatte sich Daniel niedergelassen, im Abendanzug, er sah aus wie ein verprügelter Hund. Sein Blick hing an Marleen, doch sie schien ihn nicht zu sehen.

Sie lächelte Cesare an.

»Es wird langsam Zeit zur *Cena.* Du ziehst dich jetzt um, Victoria. Mach dich hübsch. Wollen Sie heute mit uns zu Abend essen, Herr Barkoscy? Wenn Sie nun schon so schicksalhaft hier aufgetreten sind, sollten Sie doch nicht sang- und klanglos aus unserem Leben verschwinden.«

»Auch das wäre eine große Ehre, gnädige Frau, und ein unerwartetes Vergnügen dazu. Dann darf ich mich auch für kurze Zeit entfernen, um mich umzukleiden?«

Er erhob sich, sein Blick streifte Daniel, den Marleen so offensichtlich nicht beachtete.

»Ach ja«, sagte Marleen und wies mit einer Handbewegung zu Daniel hinüber, »Herr Wolfstein, ein Bekannter aus Berlin, wird ebenfalls mit uns speisen.«

Sie war ganz Herrin der Situation, sie würde es zu keinem Eklat kommen lassen, Daniel würde mit am Tisch sitzen, selbstverständlich, und das würde das letztemal in diesem Leben sein, daß er neben ihr saß.

Während des Essens fragte Cesare: »Sie reisen doch nicht auch schon ab, Herr Wolfstein? Sie sind ja erst seit wenigen Tagen hier.«

»Ich habe leider wenig Zeit«, erwiderte Daniel und bemühte sich um ein Lächeln.

»Ich würde Ihnen raten, noch zu bleiben«, meinte Marleen, »Sie haben von Venedig kaum etwas gesehen, Daniel. Lassen Sie sich von Herrn Barkoscy erzählen, was es hier alles zu sehen gibt.«

Daniel war zutiefst verzweifelt. Sie würde ihm nie verzeihen.

Aber er durfte sie nicht verlieren, er konnte ohne sie nicht leben.

Daß sie ihn nicht liebte, wußte er. Hatte er immer gewußt. Aber eine Frau wie sie wurde geliebt, sie brauchte nicht selbst zu lieben. Er würde den Rest seines Lebens dazu benutzen, ihr zu dienen, sie zu verwöhnen, sie auf Händen zu tragen, ihr jeden Wunsch zu erfüllen. Er würde der reichste Mann der Welt werden, viel reicher als Max Bernauer. Denn er mußte ihr die Welt zu Füßen legen, damit sie bei ihm blieb.

Er stocherte in seinen Fettucine herum und versuchte vergebens, ihren Blick aufzufangen.

Victoria aß die Fettucine bis zum letzten Zipfelchen, ohne zu merken, wie gut sie schmeckten. Sie war so glücklich, so unbeschreiblich glücklich. Und sie konnte es kaum erwarten, das alles Nina zu erzählen. Was sie wohl sagen würde! Ich, deine Tochter, werde es schaffen. Ich habe dir immer gesagt, daß ich etwas werden will, daß ich reich und berühmt sein will. Ich will es nicht nur für mich, ich will es auch für dich.

Unsinn, das würde sie natürlich nicht sagen. So etwas sprach man nicht aus, man dachte es vielleicht. Zunächst mußte sie nur arbeiten, lernen und arbeiten.

In ihrer Kehle saß noch der Klang vom Nachmittag *Voi che sapete che cosa e amor,* sie konnte das noch viel, viel besser singen, wunderschön konnte sie das singen, locker, leicht, eine Reihe von schimmernden Perlen, sie würde arbeiten, wie noch nie ein Mensch gearbeitet hatte.

Was ihr nicht bewußt wurde: sie hatte in den letzten Tagen nicht ein einziges Mal an ihre große Liebe, an Peter Thiede, gedacht. Sie hatte ihn glatt vergessen.

Das Gespräch am Tisch wurde fast ausschließlich von Marleen und Cesare bestritten. Daniel bemühte sich gelegentlich um eine Frage oder eine Antwort, und wenn man Victoria ansprach, blickte sie auf, wie aus einem Traum erwachend, und fragte:

»Ja?«

Cesare lächelte. In seinen dunklen Augen lag Zärtlichkeit. Er hatte dieses Kind in seinem Leben nicht zum letztenmal gesehen, das wußte er. Seine Rolle in ihrem Leben war bisher kurz und nicht unwichtig gewesen, aber sie war noch nicht zu Ende.

Erstes Buch

1931–36

Man mochte es betrachten, wie man wollte, auch wenn man nicht gleich das Schicksal bemühte, so begannen in diesem Sommer Entwicklungen, die für jeden in dieser Familie eine Veränderung seines Lebens einleiteten.

Zunächst war Nina betroffen. Als sie am Montag nach ihrer Rückkehr aus Salzburg an ihrem Arbeitsplatz erschien, wurde ihr eröffnet, daß sie einen Monat später keine Arbeit mehr haben würde.

Es war keine besondere Art von Schicksal, das ihr widerfuhr, sie teilte es mit Millionen. Nicht, daß ihr diese Stellung viel bedeutete, sie hatte sie vor einem Jahr nur angenommen, um überhaupt etwas zu verdienen.

An diesem Montag kam sie gegen Mittag heim, feuerte ihre Handtasche in die Ecke und rief wütend: »Oh, verdammt, verdammt, warum habe ich nicht einen vernünftigen Beruf gelernt. Keiner von uns hat was gelernt. Wenn ich denke, mit welch lächerlichem Dünkel unser Vater sich an seinem Beamtentum emporgerankt hat. ›Meine Töchter brauchen nicht zu arbeiten.‹ So ein hirnverbrannter Unsinn!«

Trudel sah und hörte ihr fassungslos zu und rief dann empört: »Wie sprichst du von unserem Vater!«

»Wie ich von ihm spreche? Wie er es verdient. Was war er denn schon groß? Dritte oder vierte Charge in diesem dämlichen Landratsamt. Auch schon was!«

»Er war Kreissekretär im Landratsamt«, sagte Trudel mit Betonung.

»Ich wiederhole: auch schon was! Wie ist es denn bei uns zugegangen? Knapp und knäpper. Mutter hat geschuftet wie ein Ochse, mußte noch pausenlos Kinder kriegen, und dann war sie frühzeitig kaputt und krank. Und du – du warst das allergrößte Schaf, das unbezahlte Dienstmädchen für alle. Und ich . . .« sie verstummte.

»Sehr richtig, und du? Was hast du denn schon groß getan? Geheiratet.«

»Geheiratet, ja. Und ich hatte meine Gründe dafür, ich wollte weg aus diesem Kleinstadtmief. Weg aus diesem alten kalten, widerlichen Haus.«

»Das Haus unserer Jugend«, sprach Trudel mit Rührung.

»Ach, hör auf mit deiner blödsinnigen Sentimentalität. Haus unserer Jugend, wenn ich sowas höre. Diese alte Bruchbude, dieses gräßliche Monstrum. Von Landrats Gnaden uns zugewiesen, weil sonst kein Mensch darin wohnen wollte.«

»Der schöne Garten? Hast du den vergessen?«

»Nichts habe ich vergessen. Es wird mir schlecht, wenn ich an unsere Kindheit denke.«

»Wir haben eine schöne Kindheit gehabt.«

»Haben wir das? Na, du warst ja wohl immer etwas bekloppt, daran hat sich nichts geändert. *Ich* habe manchmal eine schöne Kindheit gehabt, nämlich dann, wenn ich auf Wardenburg war. Da bekam ich eine Vorstellung davon, wie das Leben von Menschen aussehen kann.«

»Bis ihm von Wardenburg kein Stuhl und kein Stein mehr gehörte, deinem großartigen Herrn Onkel.«

»Laß Nicolas aus dem Spiel. Du verstehst das alles nicht.«

»Immerhin habe ich verstanden, warum du damals unbedingt nach Breslau wolltest.«

»So? Und warum?«

»Weil er dort war, dein fabelhafter Onkel Nicolas. Das war der Grund. Darum hast du den armen Kurtel geheiratet.«

Nina ließ sich auf einen Stuhl sinken und blickte ihre Schwester erstaunt an.

»Du bist gar nicht so doof, wie ich dachte.«

»Ach, das haben doch alle gewußt. Rosel, die hat das damals

als erste gesagt. ›Unser Nindel muß nach Breslau machen‹, hat sie gesagt, ›damit sie bei ihrem Onkel ist. Ihr versteht das nicht, aber ich versteh' das Kind.‹«

»Das hat sie gesagt?«

Trudel nickte mehrmals. »Rosel war nicht dumm.«

»War sie nicht. Das wußte ich früher schon.«

Rosel war das alte, etwas schiefgewachsene Dienstmädchen, das es lange, viel länger als alle anderen, im Hause Nossek ausgehalten hatte. Sie ließ sich weder von viel Arbeit abschrecken noch vom Hausherrn einschüchtern. Kurz nach Ende des Krieges war sie ganz plötzlich während einer Grippeepidemie gestorben. Danach versorgte Trudel den Haushalt mit Vater und Mutter allein, es war ja sonst keiner mehr da.

»Marleen und Hedwig, die haben es richtig gemacht, die sind rechtzeitig abgehaun. Die hatten wenigstens was von ihrem Leben.«

»Na, ja«, Trudel rümpfte die Nase. »Hedwig vielleicht, die war ja immer die Klügste von uns allen. Aber Lene? Was hat die schon groß getrieben? Möcht' ich gar nicht wissen, was die getrieben hat.«

»Sie hat ihr Leben gelebt. Und heute ist sie eine reiche Frau.«

Ninas Zorn war verraucht, sie zündete sich eine Zigarette an.

»Haben wir noch einen Korn im Haus?«

»'n Rest ist noch da.«

Trudel ging in die Küche, holte die Schnapsflasche und goß ihnen beiden ein.

»Warum bist du denn so böse? Was ist denn passiert?«

»Ich bin arbeitslos, das ist passiert.«

»Hat er dich rausgeschmissen?«

»Rausgeschmissen? Du hast eine Ausdrucksweise! Mich schmeißt man nicht raus. Er macht den Laden zu.«

»Ziemlich alt ist er ja auch schon. Zieht er zu seiner Tochter?«

»Nein.«

»Der arme Mann, so ganz allein.«

»Ist mir ziemlich egal, was er macht. Denk lieber an uns. Weißt du eigentlich, wie niedrig so eine Arbeitslosenunterstützung ist?«

»Soviel hast du ja auch nicht verdient.«

»Manchmal kannst du mich wahnsinnig machen.«

Trudel lächelte friedlich.

»Wir kommen schon durch. Ich hab' eine Menge Kunden. Und wenn der Sommer vorbei ist und es kalt wird, dann brauchen sie alle wieder was.«

»Einen Beruf muß der Mensch haben. Auch eine Frau. Eine Frau erst recht. Frauen kommen sowieso immer zu kurz. Und wenn sie dann nicht mal einen vernünftigen Beruf haben, sind sie ganz verloren.«

»Ich kenn 'ne Menge Leute, die einen vernünftigen Beruf haben und trotzdem arbeitslos sind. Das ist eben heute so. Weil wir den Krieg verloren haben und weil sie uns so viel Geld mit den Reparationen abknöpfen. Das kann ein Volk nicht schaffen.«

»Seit wann interessierst du dich denn dafür?«

»Steht ja jeden Tag in der Zeitung. Die Wallstreetjuden sind schuld, die machen uns total fertig.«

»Die Wallstreetjuden? Wie kommst du denn auf so was?«

»Die Juden überhaupt. Die sind unser Unglück. Sieh doch deinen Schwager an, den Max. Woher hat der denn das ganze Geld? Eigentlich wär's doch unser Geld.«

»Gertrud«, sagte Nina ernst, »mit wem hast du denn geredet?«

»Herr Langdorn hat mir das alles erklärt. Der weiß Bescheid. Würdest dich wundern, was der alles weiß. Wundern würdest du dich.«

»Ich wundere mich. Ich wundere mich sehr. Da habt ihr also nicht nur über den Garten und die Eisenbahn gesprochen. Ist der denn Kommunist?«

»Kommunist!« rief Trudel voll Empörung. »Kommunist! Ein Mann wie der. Mit dem Eisernen Kreuz. Nee, der ist kein Kommunist. Der ist bei den Nationalsozialisten.«

»So. Bei den Nazis. Sieh mal an! Richtig in dieser Partei?«

»Natürlich. Schon lange. Und er sagt, wenn der Hitler erst an der Regierung ist, dann wird sich hier alles ändern. Aber auch alles.«

Nina nickte. »Das glaube ich auch.« Sie goß sich einen zweiten Korn ein, dann war die Flasche leer. »Bei den Nazis. Schon wieder einer.«

»Wer denn noch?«

»Es gibt langsam eine ganze Menge davon. Dieser komische Freund von Stephan, dieser Benno . . . wo ist er denn überhaupt, ist er wieder bei dem?«

»Sie wollten ein bißchen mit dem Rad rausfahren.«

»Wird Zeit, daß die Schule wieder anfängt. Dieser Umgang paßt mir nicht.«

»Ich bitte dich, sein Vater ist Lehrer.«

»Und auch einer von den Braunen, nicht? Herrn Fiebigs Sohn ist auch dabei. Ich hab' den schon ein paarmal in diesem komischen braunen Hemd gesehen. Kürzlich, ehe ich wegfuhr, hatte er eine Schramme im Gesicht, und der Alte sagte, sein Sohn hätte sich mit den Kommunisten gekloppt, in irgend so einem obskuren Lokal, wo sie zusammengetroffen sind. Statt daß sie sich aus dem Weg gehen!«

»Wohnt denn der junge Fiebig wieder bei seinem Vater?«

»Nein, der hat geheiratet, das hab' ich dir schon erzählt. Bei seinem Vater wohnt der doch nicht. Aber er besucht ihn manchmal.«

Der alte Fiebig, Albert Fiebig, bei dem Nina seit einem Jahr tätig war, von Beruf Maler und Tapezierer, besaß in der Motzstraße, kurz vor dem Nollendorfplatz, eine Werkstatt und einen kleinen Laden, in dem ein paar Rollen altmodischer Tapeten hingen, die keiner haben wollte, in dem man aber auch Farben, Leim, Lacke und Pinsel kaufen konnte.

Der Laden ging schlecht, gelegentlich bekam Fiebig noch Aufträge, aber es gab immer weniger Leute, die es sich leisten konnten, ihre Wohnung tapezieren zu lassen. Fiebig machte es billig, rasch und ordentlich, auch wenn er schon achtundsechzig war und an Rheuma litt. Als Nina bei ihm anfing, beschäftigte er noch einen Gesellen, aber das trug das Geschäft inzwischen nicht mehr, und nun war auch eine Hilfskraft überflüssig geworden.

»Tut mir leid, Frau Jonkalla, tut mir ehrlich leid. Ich mag Sie gern, das wissen Sie ja«, hatte Herr Fiebig an diesem Vormittag gesagt, »aber ich hör auf. Hat keinen Zweck mehr. Ich verdien' ja nicht mal mehr die Miete für den Laden, Sie sehen es ja selbst. Ich hätt's Ihnen schon vorher sagen können, aber ich wollt' Ihnen den Urlaub nicht vermiesen. Für den Laden interessiert sich wer, der hat Lebensmittel, so was geht immer noch, essen müssen die Leute, auch wenn sie sonst kein Geld haben.«

»Werden Sie ausziehen, Herr Fiebig?«

»Nee, werd' ich nich. Erstmal behalt ich ein Zimmer hinten. Und die Werkstatt. Kommt mal einer und will was gemalt oder tapeziert haben, mach ich das. Ich krieg' ja sowieso nur 'n Auftrag, wenn ich ganz billig bin. Wissen Sie ja auch. Und denn darf ich eben keine Kosten haben. Das verstehn Sie doch.«

»Ja, natürlich versteh ich das.«

»So 'ne hübsche Frau wie Sie und so freundlich und adrett, Sie werden bestimmt wieder was finden. Ich schreibe Ihnen ein großartiges Zeugnis, doch, det mach ick.«

Zu dieser Stellung, die Nina immer für unter ihrer Würde gehalten hatte, war sie durch eine der Fiebig-Töchter gekommen.

Rosmarie Fiebig arbeitete als Friseuse in einem Salon in der Nähe, in dem sich Nina gelegentlich die Haare schneiden ließ. Rosmarie war das, was die Berliner eine flotte Puppe nannten, hübsch, keß, mit vielen Verehrern, von denen sie auch Gebrauch machte, sofern für sie etwas dabei heraussprang. Darüber sprach sie ganz offen.

»Ich schlaf' doch nich mit so'nem Kerl für nischt und wieder nischt. Ich bin doch nich doof. Wenn einer von mir was will, denn is es mit Liebe allein nich getan. Bei mir nich.«

Sie hatte eine sturmfreie Bude, wie sie es nannte, in einem Hinterhaus am Prager Platz, und dachte nicht im Traum daran, zu ihrem Vater zu ziehen, als der schließlich ganz allein war.

Frau Fiebig war schon vor Jahren gestorben, dann war der Sohn Fiebig ausgezogen, dann Rosmarie. Annelise, die ältere Tochter, im Gegensatz zu Rosmarie ein sehr braves, bieder wirkendes Mädchen, blieb bei ihrem Vater und versorgte Haushalt und Geschäft. Doch dann heiratete sie und bekam auch gleich ein Kind.

»Schön blöd«, kommentierte Rosmarie. »'n Kind und das in so 'ner Zeit wie heute. Die hat se ja nich alle, sich 'n Kind machen zu lassen. Ich wollt' ihr 'ne Adresse geben, und wissen Sie, was sie gesagt hat? Nee, sagt sie, ich will das Kind. Wie finden Sie denn so was?«

Als das Kind dann da war, hatte Annelise keine Zeit mehr, zu ihrem Vater zu kommen, und so hörte sich das Gespräch beim Haarschneiden eines Tages folgendermaßen an:

»Ich weiß ja nich, wie Sie da drüber denken, Frau Jonkalla, aber Sie suchen doch 'ne Arbeit, nich?«

»Ja, sicher.«

»Also Sie könnten ja bei meinem Vater arbeiten. So'n bißchen im Laden, viel is ja da nich los, aber es muß schließlich einer da sein, wenn er auf Arbeit ist. Und Rechnungen schreiben und so was alles, das hat meine Schwester immer für ihn gemacht. Und ihm auch mal was zum Essen einkaufen.«

Sehr wohl hatte sich Nina bei dieser Arbeit nicht gefühlt. Aber es war besser als gar keine. Sie verdiente nicht viel, doch auch das war besser als gar nichts. Seit Felix das Theater zumachen mußte, hatte sie keine Arbeit mehr gefunden. Was konnte sie denn auch schon groß? Maschineschreiben, ein bißchen Stenographie, das konnten viele, und besser als sie.

Sie hatte den alten Mann ganz gern gemocht, und sie hatte im stillen immer gestaunt, was er leistete, wie flink und ordentlich er arbeitete. Aber nun konnte er nicht mehr, wollte nicht mehr.

»Wie wird er denn allein zurechtkommen?« fragte Trudel mitleidig.

»Seine Kinder werden sich um ihn kümmern müssen. Und er sagt, wenn's gar nicht mehr geht, zieht er raus in seinen Schrebergarten.«

Mit Alfred, seinem Sohn, hatte Fiebig auch allerhand Kummer gehabt. Tapezierer hatte der nicht werden wollen, der hatte nur eins im Kopf: Autos. Er hatte eine Mechanikerlehre gemacht, dann war er einige Jahre als Privatchauffeur gefahren, und dann ging er nach Süddeutschland zu einer großen Autofabrik. Rennfahrer wollte er werden, das war sein Wunschtraum.

Er war es nicht geworden, lebte seit einiger Zeit wieder in Berlin, hatte kürzlich geheiratet und war ein begeisterter Nationalsozialist.

Von ihm erhielt Nina zu ihrem größten Erstaunen ein Angebot, kaum vierzehn Tage, nachdem der alte Fiebig ihr gekündigt hatte. Bis zum nächsten Ersten solle sie noch bleiben, hatte der Alte gemeint, es sei ja noch einiges zu tun, die Ware müsse so weit wie möglich ausverkauft werden, Rechnungen standen noch offen und mußten angemahnt werden. Also ging Nina nach wie vor jeden Morgen die Viertelstunde zu Fiebigs Geschäft.

Eines Tages tauchte Fred auf, in einer Lederjacke, die dichten blonden Haare ordentlich mit Wasser an den Kopf gekämmt, ein fröhliches Lächeln in dem offenen Jungensgesicht. Er war meist guter Laune, achtete nicht auf das Gebrumm seines Vaters.

Er sagte zu Nina: »Da sehn Sie, daß ich recht hatte, mich nicht weiter mit dem Murks hier zu befassen. Da war mein Vater nun so böse, weil ich das hier nicht machen wollte. Nee, das ist nichts für mich, anderen Leuten die Wände zu beklecksen. Alt und krumm ist er dabei geworden, und was hat er jetzt?«

Sie waren allein im Laden, Nina machte eine Aufstellung der noch vorhandenen Ware, Fred hatte sich auf den Ladentisch gesetzt, rauchte und sah ihr zu. »Zigarette?« fragte er.

Nina nahm die angebotene Zigarette, er gab ihr Feuer und fragte: »Was werden Sie denn nun machen?«

Nina hob die Schultern.

»Was die meisten machen. Stempeln gehn.«

»Wenn Sie da nicht unbedingt scharf drauf sind, wüßt ich vielleicht was für Sie.«

»So. Was denn?«

»Kommen Sie doch zu mir.«

»Zu Ihnen?«

»Ja, Sie sind 'ne nette, freundliche Frau, richtig gebildet, nicht? Büro und so was können Sie, und ich brauch' da jemand. Meine Frau kann mir nicht helfen, die hat 'ne prima Stellung, und die behält sie auch.«

Seine Frau, das wußte Nina, war Verkäuferin im KaDeWe, und zwar Erste Verkäuferin, wie er immer betonte, bei Damenwäsche.

Sie war hochangesehen, und kündigen würde man ihr bestimmt nicht.

Nina kannte sie. Eine dunkelhaarige, energische kleine Person, recht hübsch, sehr gewandt, mit höflichen Umgangsformen. Die beiden schienen sich gut zu verstehen.

»Ich hätt' ja nicht geheiratet«, hatte Fred einmal erklärt, »nicht irgendeine. Ich hatte immer 'ne genaue Vorstellung, wie meine Frau sein sollte. So eine rumgewischte Pflasterbiene, wie sie zu Dutzenden rumlaufen, das wäre nichts für mich. Meine Frau ist anständig. Ich geh seit vier Jahren mit ihr, da lernt man ein Mädchen kennen. Und 'n bißchen was auf der hohen Kante hat sie auch, geerbt von ihrem Vater. Das Geld hat sie eisern gespart. Da kann man was mit anfangen.«

Soweit war es jetzt, wie Nina erfuhr. Fred Fiebig war ausgebildeter Fahrlehrer und hatte die Absicht, eine Fahrschule aufzumachen, eine Reparaturwerkstatt dazu, und später würde er vielleicht noch eine Tankstelle pachten.

»Denn wissen Sie«, erklärte er begeistert, »dem Auto gehört die Zukunft. Es wird gar nicht mehr lange dauern, da fahren alle Leute mit dem Auto. Lassen Sie nur den Führer erstmal drankommen, dann wird alles anders hier. Dann kann sich jeder Mensch ein Auto leisten. Und inzwischen solln die Leute fahren lernen. Ich kenn' mich aus. Mit meinem früheren Chef war ich viel unterwegs; in Hamburg und in Köln, und sogar mal in Paris. Was glauben Sie, was das für'n Spaß macht, solche Strecken zu fahren. Das will doch jeder mal erleben. Und der Führer wird Autos bauen. Und wir werden alle genug Geld haben, um ein Auto zu kaufen.«

Nina lachte. »Sie mit Ihrem Führer! Zaubern kann der auch nicht.«

»Nein, aber handeln, das kann er und das wird er. Warten Sie nur ab, das geht schneller, als Sie denken. Was glauben Sie denn, wie lange der Führer sich diese Zustände noch ansieht? Das ist ja die Hölle, in der wir leben. Sehn Sie sich doch diesen

Brüning an mit seinen albernen Notverordnungen, was bringt denn das? Die Löhne kürzen, die Preise senken, die Gehälter abbauen – wie soll denn da eine Wirtschaft hochkommen? Sparen, erklärt der uns immerzu, wir müssen sparen. Was soll man denn noch groß sparen, wenn sowieso nichts mehr da ist? Und dazu denn der olle Hindenburg! Ich will ja nichts gegen ihn sagen, im Krieg war er ein großer Mann, aber nun ist er doch schon ziemlich vertrottelt, sonst hätte er den Brüning längst zum Teufel gejagt und unseren Adolf in die Regierung geholt. Aber nächstes Jahr ist es soweit. Dann geht's aufwärts, dann kommen die Arbeitslosen von den Straßen. Die Klopperei auf den Straßen hört auf. Dann haben ordentliche Menschen wieder ein Recht, zu leben und zu arbeiten. Sie werden sehen.«

Nina schwieg. Was sollte sie dazu sagen? Die lange Rede bewies, daß Fred Fiebig in den Versammlungen seiner Partei gut aufgepaßt hatte, und außerdem war er einer, der bedingungslos glaubte. Einer, der Adolf Hitler glaubte und vertraute. Und er war nicht der einzige, das immerhin wußte Nina, so wenig sie sich auch mit Politik beschäftigte.

»Übrigens, Sie müßten Autofahren lernen.«

»Was soll ich?«

»Fahren lernen. Ist doch klar. Sie können nicht bei mir arbeiten, und denn nichts von Autos verstehen. Das bringe ich Ihnen bei. In Nullkommanichts bringe ich Ihnen das bei. Sie sind doch 'n intelligenter Mensch.«

Am 1. September hörte Nina beim alten Fiebig auf und fing beim jungen Fiebig an. Zwar lag die Arbeitsstelle nicht mehr so bequem in der Nähe, Werkstatt und Fahrschule befanden sich in Steglitz. Nina konnte mittags nicht mehr nach Hause kommen, und auch abends wurde es oft spät, denn die theoretischen Kurse fanden meist am Abend statt, wenn Berufstätige, die es ja immerhin auch noch gab, Zeit dafür hatten.

Im großen und ganzen aber war die neue Stellung angenehm und auch recht unterhaltsam. Fred war sehr nett zu ihr, er behandelte sie mit einer Mischung aus Achtung und Kameradschaft, er respektierte in ihr die Dame, war aber sehr offenherzig und zog sie in allen Dingen des Geschäfts ins Vertrauen.

Erstaunlicherweise ging das Geschäft nicht schlecht, offenbar wollten wirklich viele Leute Autofahren lernen, und der extrem niedrige Preis, den Fred für einen Kurs verlangte, und der erstklassige Unterricht, den er gab, brachten ihm sehr viele Schüler.

Er selber arbeitete unermüdlich von früh bis spät, war mit den Schülern unterwegs, gab den theoretischen Unterricht, und dazwischen oder spät am Abend legte er sich selbst in der Werkstatt unter ein Auto, um daran herumzubasteln. Anfangs beschäftigte er einen Mann in der Werkstatt, später zwei. Alles Parteigenossen, versteht sich, die gern für ihn arbeiteten und wenig Lohn verlangten, erstens weil sie Freunde waren und zweitens weil sie froh waren, überhaupt Arbeit zu haben.

Nina lebte gewissermaßen zwischen ganz neuen Kulissen. Um sie herum gab es auf einmal nur Nationalsozialisten, nicht nur Fred selber, alle seine Freunde und Bekannten, seine Frau und die meisten seiner Schüler waren Anhänger des merkwürdigen Mannes mit dem kleinen schwarzen Bärtchen.

Für Nina war er bisher eine Unperson gewesen. So viele Politiker gab es, so viel Geschrei, Reden, Aufmärsche, Streiks, Prügeleien, Verbote, Polizeieinsätze – man war daran gewöhnt und abgestumpft, nahm es kaum zur Kenntnis. Von Politik hatte Nina sowieso keine Ahnung, auch das hatte ihrer Erziehung gefehlt, denn ihr Vater war der Meinung, daß eine Frau von Politik ohnehin nichts verstehe und darum auch nichts mitzureden habe.

Seltsam war es, daß Nina, trotz aller Ressentiments, die sie gegen ihren Vater hatte, sich dennoch an ihm orientierte, wenn es um Politik ging. Beispielsweise, wenn sie zur Wahl ging. Sozialdemokraten zu wählen ging nicht an, die hatte ihr Vater, ein kleiner preußischer Beamter, aus tiefstem Herzen verabscheut. Zentrum kam wohl auch nicht in Frage, denn von den Katholiken hatte er auch nicht viel gehalten. Mit Trudel hatte Nina schon vor Jahren ernsthaft darüber debattiert, was er wohl in dieser Republik gewählt haben würde, worauf Trudel energisch meinte: »Gar nichts. Die Brüder hätten ihm alle nicht gepaßt.«

»Aber Hindenburg doch.«

»Ja, der vielleicht.«

Sie hatten also bei der ersten Reichspräsidentenwahl, nach Eberts Tod, für Hindenburg gestimmt, so wie die meisten Deutschen es taten. Schwieriger war es bei den Landtags- und Reichstagswahlen, sie einigten sich schließlich auf die Deutschnationalen, weil die wohl am ehesten Emil Nosseks Geschmack entsprochen hätten. Also wählten seine Töchter seitdem deutschnational, ohne sich allzuviel darunter vorstellen zu können.

Trudel murrte sowieso jedesmal: »Immer diese alberne Wählerei! Muß ich da wirklich hingehen?«

Zur gleichen Zeit kamen nun die Nossek-Töchter in nähere Berührung mit Nationalsozialisten – Trudel in Neuruppin, Nina an ihrem neuen Arbeitsplatz.

Ehrlicherweise mußte Nina zugeben, daß diese Nazis, von denen man so wilde Sachen in der Zeitung las, eigentlich alles nette und ordentliche Leute waren. In dem Kreis, in dem sie sich bewegte, waren sie zumeist jung, sie waren voll Begeisterung und blickten hoffnungsvoll in die Zukunft. Alles würde gut werden, wenn erst ihr Führer, wie sie den Mann mit dem schwarzen Bärtchen nannten, das Land regieren würde.

»Und ganz demokratisch wird's zugehen, das werden Sie sehen, Frau Jonkalla. Er kommt legal an die Regierung, da kann ihm keiner was anhaben«, behauptete Fred, und jeder seiner vielen Vorträge, die er Nina hielt, schloß mit den Worten: »Jedenfalls wissen Sie jetzt, was Sie das nächste Mal zu wählen haben. In Ihrem eigenen Interesse. Und im Interesse Ihrer Kinder.«

Wieder dachte Nina an ihren Vater. Ob der diesen Hitler gewählt hätte? Wohl kaum. Ihr Vater war für Ordnung und Recht gewesen, das ganz gewiß, er war für Deutschland, für Preußen, für Bismarck und – aber schon mit gewissen Einschränkungen – für den Kaiser.

Aber ob ihm Hitler gefallen hätte?

»Klar«, sagte Stephan, »klar ist der Hitler richtig. Benno ist in der Hitlerjugend. Das ist knorke, sagt er, und ich soll da auch mitmachen.«

»Ich möchte nicht, daß du dich auf der Straße herumtreibst«, sagte Nina.

»Es sind ordentliche Jungen«, mischte sich Trudel ein, »sie treiben sich nicht herum wie diese Kommunistenlümmel. Sie treiben Sport und wandern und singen und außerdem lernen sie eine Menge. Wir können nur froh sein, wenn die Jugend wieder besser erzogen wird.«

»Ich wundere mich über dich«, sagte Nina darauf, aber eigentlich wunderte sie sich nicht mehr. Trudels Metamorphose war nur zu offensichtlich. Der erste wirkliche Nationalsozialist in der Familie Nossek war Gertrud Nossek.

Die brave, stille Trudel, die sich nie für Politik interessiert hatte, kaum eine Ahnung gehabt hatte, von wem das Land regiert wurde, in der Zeitung nur den Roman und die Lokalnachrichten gelesen hatte, Trudel mauserte sich im Verlauf eines Jahres zu einer Anhängerin von Adolf Hitler.

Das kam nicht von selbst, das hatte seinen Grund.

Der Grund saß in Neuruppin und hieß Fritz Langdorn.

Dem ersten Besuch in Neuruppin waren andere gefolgt. Sie bekamen ihren Anteil an der Birnen- und Apfelernte, bekamen runde rote Tomaten, erstklassige Kartoffeln, Eier und Butter, immer wieder einmal ein Huhn, zu Martini eine Ente, zu Weihnachten eine Gans, ganz zu schweigen von dem Segen, der auf sie herniederfiel, als das Langdornsche Schwein geschlachtet wurde.

Aber das war alles nichts gegen die Tatsache, daß Gertrud Nossek zum erstenmal in ihrem fünfzigjährigen Leben einen Mann hatte, der sich ernsthaft für sie interessierte, der sie immer wieder einlud, der ihr einige Male eine Karte schrieb, der sie in Berlin besuchte und dort ausführte, um mit ihr bei Meinecke ein Eisbein zu essen, wovon Trudel nach etlichen Bieren und Korn mit verschwiemelten Augen, aber selig nach Hause kam.

»Du glaubst es nicht«, sagte Victoria, »sie hüpft herum wie ein Karnickel im Frühjahr. Mutti, so was gibt's ja nicht.«

»Offenbar doch. Ich hätte es auch nicht für möglich gehalten.«

»Und pausenlos löchert sie einen mit ihrem dämlichen Hitler. Die weiß doch gar nicht, wovon sie redet.«

»Weißt du es denn?«

»Nee«, gab Victoria zu, »aber Elga sagt, der ist ein Untermensch.«

»Elga oder ihr Bruder?«

»Klar, der auch.«

»Es sind Juden, die können ja gar nichts anderes sagen. Fred sagt, Hitler will alle Juden rausschmeißen. Mein Gott, Marleen darf nie erfahren, was Trudel da treibt. Stell dir vor, Max würde das hören.«

»Ach, sie wissen das schon.«

»Woher denn?«

»Von mir.«

»Aber Victoria!«

»Onkel Max hat neulich gesagt, der Hitler wäre gar nicht schlecht für Deutschland.«

»Na, mir soll's recht sein. Aber mir gefällt der Hitler trotzdem nicht. Fred hat mich ja neulich mitgeschleppt auf so eine Parteiversammlung. Ich finde das Geschrei abscheulich.«

»Schreien tun sie alle«, sagte Victoria sachlich. »Das gehört zur Politik.«

»Früher nicht. Früher haben sie nicht geschrien.«

»Hat Wilhelm nicht geschrien?«

»Der Kaiser? Bestimmt nicht.«

»Hast du ihn denn mal gehört?«

»Wo sollte ich denn? Er war da, und das genügte.«

So einfach war das früher gewesen. Selbst im Krieg war es einfach gewesen. Jeder hatte gewußt, wie er dran war. Erst nach dem Krieg hatte das alles angefangen, die roten Fahnen, die Revolution, das Geschrei auf den Straßen, auch in Breslau waren sie marschiert.

Ob das nie aufhörte?

»Wenn der Hitler erstmal dran ist, hört es auf«, versprach Trudel. »Der wird für Ordnung sorgen. Gott sei Dank, dann haben wir wieder ein richtiges Vaterland.«

Fräulein Langdorn tat alles, was in ihren Kräften stand, um

die Bande zwischen ihrem Bruder und dem Fräulein Nossek enger zu knüpfen. Der Bruder war allein in Neuruppin, einer mußte sich gelegentlich um ihn kümmern, genauer gesagt, eine Frau. Sie hatte schließlich jahrelang die kranke Mutter auf dem Hals gehabt, nun noch jedes Wochenende nach Neuruppin zu fahren, das war ihr einfach zu viel. Sie wollte gern am Sonntag daheim sein in ihrer kleinen, aber liebevoll eingerichteten Wohnung, wollte sich um ihren Wellensittich kümmern, mit ihrer Freundin Kaffee trinken, mal ins Theater gehen und nicht im Neuruppiner Garten Gemüse und Obst ernten, bis sie krumm war, dann noch einkochen und sich um das geschlachtete oder ungeschlachtete Schwein bemühen.

Das alles tat nun Trudel. Mit wachsender Begeisterung, sowohl für Fritz Langdorn als auch für Adolf Hitler. Es kam dahin, daß sie fast jeden Sonnabend gen Neuruppin zog, oft begleitet von Stephan, der auf diese Weise nicht nur seine Kenntnisse über die deutsche Reichsbahn, sondern auch über den zukünftigen Führer des deutschen Volkes vertiefte.

Als er einmal, zurückgekehrt von der Wochenendtour, den Ausspruch tat: »Juda verrecke!«, holte Nina aus und gab ihm eine schallende Ohrfeige.

»Du fährst mir nicht mehr mit nach Neuruppin, daß das klar ist. In meiner Wohnung werden derart haarsträubende Gemeinheiten nicht ausgesprochen. Alles, was du am Leibe trägst, ist von Onkel Max bezahlt. Und der *ist* Jude. Und ein verdammt anständiger Mensch.«

»Ach, und dafür soll ich wohl auch noch dankbar sein, daß der mir Klamotten schenkt? Das ist doch der beste Beweis, der hat Geld und wir nicht. Und von dem hab' ich noch gar nichts gekriegt, der sieht uns ja kaum an. Das ist alles von Marleen, die schenkt es uns«, schrie Stephan, Tränen der Wut in den Augen, denn er war selten von seiner Mutter geschlagen worden, und jetzt, mit fünfzehn, war er eigentlich zu groß dafür. Es sah aus, als müsse er noch eine zweite Ohrfeige einstecken, doch Trudel warf sich dazwischen, wütend ebenfalls, gar nicht mehr so still und bescheiden wie sonst.

»Schlag das Kind nicht!« rief sie aufgebracht. »Wenn du noch nicht erkannt hast, was die Stunde geschlagen hat, wird es Zeit, daß du dich mal umsiehst in der Welt. So wie jetzt kann es jedenfalls nicht weitergehen.«

Nina warf Trudel nur einen zornigen Blick zu und wandte sich an ihren Sohn.

»Wenn Marleen uns etwas schenkt, dann kauft sie es mit dem Geld von Onkel Max. So alt bist du ja wohl inzwischen, daß du das kapierst. Denkst du, ich finde es lustig, wenn ich für mich oder für euch Klamotten, wie du es nennst, annehmen muß, bloß damit wir was anzuziehen haben? Seit zehn Jahren bekommen wir Geld und Geschenke von Marleen, beziehungsweise von ihrem Mann. Ihr wart noch ganz klein, da wußte ich nicht, wie ich euch ernähren und anziehen sollte. Euer Vater ist nämlich aus dem Krieg nicht zurückgekehrt, falls du das schon vergessen haben solltest. Und ich bemühe mich, so gut ich kann, ein paar Piepen zu verdienen. Aber vermutlich hätte ich besser daran getan«, jetzt hob sich ihre Stimme, von Wut übermannt, sie schrie, »euch gleich im ersten Badewasser zu ersäufen, da wäre mein Leben leichter gewesen. Die Klamotten für mich hätte ich mir notfalls allein verdienen können. Oder ich hätte einen Mann gefunden, der sie mir bezahlt. Mit zwei schlechterzogenen Kindern am Bein ist das leider unmöglich.«

Volltreffer! Trudel und Stephan starrten sie sprachlos an.

Sie waren nicht daran gewöhnt, daß Nina schrie und genausowenig, daß sie sich so drastisch ausdrückte.

»Na, weißt du«, sagte Trudel nach einer Schweigeminute erschüttert, »du hast Ausdrücke!«

Das war ein gutes Stichwort.

»So? Habe ich das?« Nina blieb bei ihrer Lautstärke. »Ich würde sagen, ich habe mich sehr milde und gepflegt ausgedrückt, gemessen an dem, was Stephan eben sagte. Juda verrecke! Das ist ja wohl das allerletzte. Ich hab das schon gelesen an Hausmauern und in der U-Bahn. Aber ich hätte es nie für möglich gehalten, daß mein Sohn sich auf dieses miese Rattenlochniveau begibt und so was ausspricht. Und das hört er bei deinem großartigen Herrn Langdorn, diesem Nazistrolch. Das letztemal, daß Stephan da draußen war.«

»Herr Langdorn würde niemals so ordinäre Ausdrücke gebrauchen«, sprach Trudel würdevoll. »So was nimmt der nicht in den Mund. Stephan, wo hast du dieses häßliche Wort her?«

»Benno sagt das immer«, knurrte Stephan.

»Hach, auch so ein brauner Weltverbesserer, der Herr Lehrer um die Ecke. Aber nicht imstande, seine Kinder anständig zu erziehen. Übrigens habe ich dir den Umgang mit diesem dämlichen Benno schon lange verboten. Soll ich dich vielleicht einsperren?«

Nina war selten so wütend geworden, und diese Wut hatte ihre Wurzel zweifellos in einer großen Unsicherheit. Von allen Seiten fühlte sie sich auf einmal von diesen Nazis eingekreist, nun stritten sie sich schon zu Hause wegen diesem gräßlichen Hitler.

Trudel war noch nicht fertig.

»Wenn dir die Nazis so unsympathisch sind, dann möchte ich wissen, warum du dann bei einem arbeitest«, sagte sie spitz.

»Weil ich mir nicht aussuchen kann, wo ich mein Geld verdiene.«

»Sehr charakterfest finde ich das gerade nicht.«

So war das nun mit Trudel: Fritz und Adolf machten eine andere, eine ganz neue Frau aus ihr; ihre Denkweise, ihr Wortschatz, ihr Auftreten hatten sich in erstaunlich kurzer Zeit radikal verändert.

Nina stand dieser Entwicklung ebenso fassungslos wie hilflos gegenüber – ihre große Schwester Gertrud, der Fels in der Brandung gewissermaßen, die Ruhe, Güte und Fürsorge in Person, das war sie gewesen, seit Nina auf der Welt war. Nicht allein für Nina, für alle Nossek-Kinder, für ihre Mutter dazu und nicht zuletzt für Emil Nossek, als er krank und elend geworden war. Alle waren sie von Trudel versorgt, betreut, geliebt, gestreichelt, gefüttert und, sofern es Nina und ihre Geschwister betraf, mehr oder minder aufgezogen worden.

Jetzt kam es Nina vor, als hätte sie eine Fremde vor sich.

Schließlich sprach sie doch mit Marleen darüber, als sich beide in der Vorweihnachtszeit zu einem Stadtbummel trafen, um für die Kinder Geschenke zu besorgen.

Sie saßen Unter den Linden bei Kranzler, tranken Kaffee, und Nina futterte mit ziemlich finsterer Miene ihr Schokoladentörtchen.

»Du siehst so verbiestert aus«, sagte Marleen. »Was hat dir denn die Petersilie verhagelt? Ich habe gute Nachrichten für dich. Endlich konnte ich in Ruhe mit Max über Victoria sprechen. Wenn wir ihr im Monat hundert Mark geben, meinst du, das reicht für die Gesangstunden?«

»Ich habe keine Ahnung, was das kostet. Aber ehe wir über Victoria sprechen, laß uns erst über Trudel sprechen. Die ist übergeschnappt.«

»Ach, du meinst wegen ihrem Heini da in Neuruppin? Victoria hat mir das schon erzählt. Also, ich finde das zum Schreien. Warum regst du dich auf? Laß sie doch. Was hat sie denn schon von ihrem Leben gehabt?«

»Dieser Kerl ist ein Nazi.«

»Ja, ich weiß. Was stört dich denn daran?«

»Na, hör mal, das sagst ausgerechnet du?«

»Du mußt das Geschwätz von diesen Leuten nicht so ernstnehmen. Irgendwelche blödsinnigen Parolen haben sie doch alle. Mit irgendwas müssen sie die Leute auf sich aufmerksam machen. Sicher wird der auch mal für eine Weile Reichskanzler, sagt Max, und er wird genauso schnell verschwinden wie die anderen. Wenn er nämlich merkt, daß das alles nicht so einfach geht, wie er heute herumposaunt. Max findet ihn gar nicht so übel. Das ist wenigstens einer, der noch an Deutschland denkt, sagt er, und besser als der Kommunismus ist der Faschismus auf jeden Fall. Ich hab' das doch im Sommer in Italien gesehen, die fahren gar nicht so schlecht mit ihrem Duce. Die sind alle begeistert von ihm. Die Leute brauchen das einfach, daß sie sich wieder begeistern können. Daß ihnen nicht immer bloß alles mies gemacht wird.«

»Daß gerade du so was sagst!« wiederholte Nina.

»Gott, ich brauche das nicht. Aber mir geht's ja gut. Und schließlich bin ich ja auch nicht Volk.«

»Und was der alles von den Juden sagt – hättest du da keine Angst?«

»Ach komm, das ist doch Laberei. Parteigerede. Die werden sich hüten und den Juden was tun. Ohne Juden geht unsere ganze Wirtschaft kaputt. Außerdem bin ich ja keine Jüdin.«

»Nein, du nicht.«

»Und Max auch nicht mehr. Er ist getauft, das weißt du doch. Der geht schon lange in keine Synagoge mehr. Sein Vater auch nicht. Denen passiert schon nichts.«

»Auf alle Fälle ärgert es mich, wenn Trudel so einen Unsinn redet. Und Stephan fängt nun auch schon damit an.«

»Stephan ist ein halbes Kind. Victoria meint, dieser Lokomotivführer imponiert ihm ganz gewaltig.«

»Ich will nicht, daß er mit nach Neuruppin fährt.«

»Laß ihn doch. Ihm gefällt's, und du hast am Wochenende deine Ruhe. Vielleicht kriegst du doch mal Besuch oder so. Was ist eigentlich mit dem Thiede?«

»Nichts weiter. Zur Zeit dreht er einen neuen Film. Ich sehe ihn selten.«

»Na ja, ist ja auf die Dauer auch nicht das Richtige. Du solltest wieder heiraten.«

»Wen denn? Zur Hitlerjugend will er auch.«

»Wer? Thiede?«

»Quatsch, Stephan.«

»Ach so«, Marleen lachte erheitert, »na, das brauchst du ja nicht zu erlauben. Aber sonst, dieser Neuruppiner Genosse ist doch für euch ganz nützlich.«

Das stimmte, und das war das allerärgerlichste dabei. Nicht nur, daß Nina bei einem Nazi ihr Geld verdiente und im Grunde nichts Nachteiliges über ihn sagen konnte, sie wurden mehr und mehr von Neuruppin ernährt. Trotz ihrer zwiespältigen Gefühle war Nina auch schon zweimal mit einem von Freds Wagen draußen gewesen und vollbeladen wieder heimgekehrt. Denn Autofahren hatte sie inzwischen gelernt, und zwar schnell und gut, genau wie Fred es prophezeit hatte.

Fritz Langdorn blickte sie aus blauen Augen treuherzig an, lachte fröhlich und kochte Kaffee für sie, später humpelte er hinaus und herein und belud das Auto mit Gemüse, Salat und Obst, und als es auf den Winter zuging, mit Eingemachtem, mit

Eiern, Speck, Butter und dem obligaten Huhn. Das Eingemachte war nun schon zum größten Teil von Trudels kundigen Händen zubereitet, also hatten sie sogar ein gewisses Anrecht darauf.

Und auch der kritischste Mensch hätte nichts Übles über Fritz Langdorn sagen können, er sah weder aus wie ein Randalierer noch wie ein Straßenkämpfer und schon gar nicht wie ein Judenfresser, er war ein sympathischer, biederer und fleißiger Bürger von Neuruppin. Er war freundlich, gutmütig, hilfsbereit, warmherzig, das waren die Vokabeln, die einem einfielen, wenn man ihn sah und mit ihm sprach. So einer wie er würde keinem Menschen etwas Böses tun, dessen war Nina gewiß.

Was eigentlich hatte sie gegen die Nazis? Diejenigen, die sie persönlich kannte, waren zumeist nette Leute. Und immer wieder, es war merkwürdig, dachte sie an ihren Vater. Er war sein Leben lang für Recht und Ordnung gewesen, die Juden hatte er nicht besonders geschätzt, aber Hitler hätte er abgelehnt, dessen war sie sicher. Ihr Vater hätte Brüning bevorzugt, das wäre ein Mensch nach seinem Geschmack gewesen, ein preußischer Pflichtmensch, der still seine Arbeit tat, ohne Geschrei und Effekthascherei; ein Mann, der Sparsamkeit verlangte, Bescheidenheit, Fleiß und Arbeit, der das Menschenmögliche versuchte, um das zerstörte, ausgeblutete deutsche Volk am Leben zu erhalten.

Erstmals bezog sie Nicolas in ihre politischen Überlegungen ein. Wen hätte Nicolas gewählt?

Hitler auf keinen Fall. Nicolas von Wardenburg war ein Herr, mit Leuten, die brüllend auf der Straße herumzogen, hätte er nichts gemein haben wollen. Er war von altem Adel, er war Offizier – also auch er deutschnational? Obwohl sie ziemlich sicher war, daß Nicolas auch an Hugenberg keinen großen Gefallen gefunden hätte. Ohne daß es ihr recht bewußt wurde, begann Nina über Politik nachzudenken. Das kam durch die veränderte Umgebung, sie mußte sich, ob sie wollte oder nicht, mit diesen Fragen auseinandersetzen.

Alles in allem ging es ihnen gar nicht so übel, als das Jahr 1932 begann und fortschritt. Es ging ihnen viel besser als den meisten

Leuten. Es gab über sechs Millionen Arbeitslose; Geschäfte und Firmen gingen täglich pleite; Wohnungen und Läden standen leer, besonders in den guten Vierteln, weil sich kein Mensch mehr die Miete leisten konnte; an den Türen klingelten ständig Bettler und Krüppel; die Selbstmordrate stieg.

In ihrer unmittelbaren Nachbarschaft hatte ein Mann seine Frau und seine drei Kinder und schließlich sich selbst umgebracht.

»Den ha 'ck gekannt«, sagte Herr Kawelke, »'n ganz braver Mann war det. Buchhalter inne große Firma. Erst hamse'n abjebaut, denn entlassen. Seit zwei Jahren ohne Arbeet. Den Jungen konnt' er nich mehr in die Schule schicken, und det Mädchen fing an, uff der Straße die Männer anzumachen. Un denn noch'n kleenet Kind dazu, war erst vier Jahre alt, det kleene Jör.«

Reichskanzler Brüning regierte weiter mit Notverordnungen und ohne den Reichstag, der weitgehend beschlußunfähig war und meist nur zusammentrat, um sich zu vertagen. Im Volk war Brüning unbeliebt, er wurde beschimpft, denn er versprach ihnen nichts, machte ihnen keine Hoffnungen, verlangte nur immer wieder, daß sie sich einschränken sollten. Nur wenige begriffen, daß dieser Mann mit letzter Verzweiflung darum kämpfte, Deutschland vor seiner eigenen Torheit zu retten. Aber wann war es je möglich, Menschen vor ihrer Dummheit zu bewahren? Nicht den einzelnen, nicht ein Volk.

Im Februar 1932 begann der Wahlkampf für die Reichspräsidentenwahl. Sieben Jahre lang hatte der alte Feldmarschall, der im Volk so populäre Sieger von Tannenberg, das schwere Amt innegehabt. Vierundachtzig Jahre alt war Hindenburg und eigentlich müde. Sein Ruhestand wäre wohlverdient gewesen. Brüning beschwor ihn, sich wieder zur Wahl zu stellen, denn Hindenburg war der einzige, der dem Volk noch einen gewissen Halt geben konnte.

Um die Wahl zu vermeiden, um die Unruhe, den Streit, den Lärm, den der Wahlkampf mit sich bringen würde, zu umgehen, versuchte Brüning den Reichstag zu einer Gesetzesänderung zu veranlassen, die es erlaubte, die Amtszeit des Reichspräsidenten automatisch um ein Jahr, um zwei Jahre zu verlängern.

Jedoch damit drang er nicht durch, die Wahl war unvermeidlich.

Es gab vier Gegenkandidaten, einer davon war Hitler, ein anderer der Führer der Kommunisten, Thälmann. Zunächst mußte Adolf Hitler zum Deutschen gemacht werden, er war ja noch immer österreichischer Staatsangehöriger und somit nicht wählbar.

Für die Nazis war das eine Kleinigkeit, sie waren schon so stark, ihre Anhänger in einzelnen Ländern des Reiches schon so mächtig, daß mühelos ein Weg gefunden wurde, diese Bagatelle zu erledigen.

Der 13. März war Wahltag, am 26. Februar wurde Hitler durch einen einfachen Trick deutscher Staatsbürger: er wurde in Braunschweig zum Oberregierungsrat ernannt. So simpel ging das. Und nichts konnte für den, der sehen und hören wollte, die Zustände besser charakterisieren als dieser Vorgang. Nur nahmen die meisten Menschen, der Bürger, der kleine Mann, das alles nicht zur Kenntnis. Sie waren viel zu sehr mit sich selbst beschäftigt, es ging ihnen zu schlecht.

Der erste Wahlgang brachte noch keine Entscheidung, im zweiten Wahlgang, der im April stattfand, wurde Hindenburg wiedergewählt.

Nina war von dem Ergebnis tief befriedigt. Jetzt würde es wohl ein Ende haben mit diesem Nazigeschrei. Sie saß still dabei und empfand eine ehrliche Schadenfreude, als Fred und seine Freunde schimpften und drohten. Ihr mit eurem Hitler, dachte sie, der wird bald abgewirtschaftet haben. So ein blöder Schreier, so ein hergelaufener Niemand, der wird Deutschland niemals regieren.

Gleich nach der Wahl handelte Brüning: eine neue Notverordnung verbot die Verbände der Partei, SA und SS, genauso wie Aufmärsche und Kundgebungen. Ruhe sollte jetzt im Land herrschen.

Es war ein vorübergehender Zustand. Im Juni mußte Brüning zurücktreten, Hindenburg ließ ihn fallen, beeinflußt von vielen

Seiten, schlecht beraten von Brünings Gegnern. Tief verletzt, verbittert, verließ Brüning das Amt, das er so integer und mit bester Absicht zwei Jahre lang innegehabt hatte. Atemlos wartete das Volk, wartete die Welt, ob dies nun Hitlers Stunde sein würde.

Franz von Papen hieß der neue Reichskanzler, fast keiner kannte ihn, keiner wußte, wer er war, Offizier, Diplomat, ein schlanker, eleganter Herr mit verbindlichem Lächeln. Wie war der alte Feldmarschall auf den gekommen, fragten sich die Leute.

Der Chef der Reichswehr, General von Schleicher, hatte ihn ausgesucht. Schleicher hatte seit Jahren im Hintergrund die Fäden gezogen, eine graue Eminenz der Republik. Jetzt allerdings trat er aus der Dunkelheit hervor, mußte hervortreten, er wurde Reichswehrminister im Kabinett von Papen.

Und dann wurde es gleich wieder sehr stürmisch, noch im Juni wurde das Uniformverbot, das Versammlungsverbot aufgehoben, marschierten die Braunen und die Roten wieder durch die Straßen, ging alles weiter wie zuvor, es gab Tote und Verwundete, die Unsicherheit war größer denn je, der Reichstag bot ein Bild des Jammers, *handlungsfähig* war er nicht.

Doch dann geschah etwas Merkwürdiges: die Nationalsozialisten verloren Stimmen, ihre Anhänger wurden weniger. Es zeigte sich bei den regionalen Wahlen, es wurde noch deutlicher bei der Wahl zum neuen Reichstag im November – die fünfte Wahl in diesem Jahr – von 230 Sitzen rutschte die NSDAP auf 196.

Die Gegner der Nazis, und das waren viele, atmeten auf.

Das war der Anfang vom Ende, bald würde es mit diesem Hitler, mit diesem ›böhmischen Gefreiten‹, wie ihn Hindenburg nannte, mit dieser sogenannten Bewegung, vorbei sein.

Immerhin – zwölf Millionen Wähler hatte Hitler immer noch, und die Nazis blieben nach den Sozialdemokraten die zweitstärkste Partei im Reichstag.

Der neue Reichskanzler hieß Schleicher.

Lange würde er nicht Reichskanzler bleiben, aber das ahnten viele nicht, als das Jahr 1932 sich dem Ende zuneigte.

»Jetzt geht es in den Endspurt«, sagte Fred Fiebig und rieb sich die Hände. »Auf zum letzten Gefecht. Ja, Frau Jonkalla, nur den Mut nicht verlieren, paar Stimmen her oder hin, das kann uns nicht erschüttern. Jetzt kommt bald der eiserne Besen und fegt den ganzen Dreck aus diesem Land hinaus.«

Was sollte Nina dazu sagen? Sie hatte keinen Grund, sich über Fred zu beschweren, sie verdiente mehr, als sie je verdient hatte, die Arbeit war abwechslungsreich und nicht allzu mühsam, alle waren freundlich. Fred, seine Frau, seine Freunde, immer häufiger und immer zahlreicher saßen sie abends in dem Raum hinter der Fahrschule und redeten und redeten. Immer wieder kam einer mit einer Beule oder einer Platzwunde, kam hinkend oder mit blauem Auge, dann lachten sie, schlugen ihm auf die Schulter, gossen ihm einen Korn und ein Bier ein und nannten ihn einen tapferen Kämpfer.

»Hast du's den roten Brüdern wieder mal gezeigt? Recht so. Die werden bald in den Mauselöchern verschwunden sein.«

Menschen vom gleichen Volk, dachte Nina, Menschen, die eine Sprache sprechen, die gleiche Not leiden, dieselben Sorgen haben. Warum? Warum, warum?

Ganz von selbst fand sie eine Antwort.

Der Krieg war schuld. Solange war er nun schon vorbei, aber die Saat der Gewalt war üppig aufgegangen, sie wucherte und gedieh, das Blut der Schlachtfelder hatte sie ebenso gedüngt wie die Not der vergangenen Jahre, und keinem war es gelungen, sie mit der Wurzel auszureißen. Ganz im Gegenteil, in diesem dunklen, unwegsamen Dschungel hatten sie sich ineinander verkrallt und versuchten, sich zu ersticken.

Nina lernte etwas Wichtiges in dieser Zeit: Sie lernte zu fragen, auch nach Dingen, die sie zuvor nie gekümmert hatten. Sie wurde wach, sie wurde vor allem kritisch.

Darum blieb sie oft so lange bei Fred und seinen Freunden sitzen. Sie mußte das einfach wissen. Sie hätte nach Hause gehen können, aber das Fieber, das die Menschen schüttelte, hatte sie angesteckt, sie mußte hören, sehen, lernen, erfahren, sie wollte wissen, woher es kam, und sie wollte möglichst voraussehen, wohin es ging.

Später, in den Jahren, die folgten, wunderte sie sich oft, wie ahnungslos und dumm sie in jener Zeit gewesen war. Sie hatte nichts begriffen, nichts verstanden. Genauso wenig wie Fred und seine Freunde.

Sie trank viel, sie rauchte viel, genau wie die anderen.

Sogar einen Verehrer hatte sie unter Freds Freunden, einen sehr hartnäckigen noch dazu; ein großer, schwergewichtiger Gewerbelehrer, ein lautes, raumfüllendes Mannsbild, SA-Mann der ersten Stunde, Hitler hatte ihm schon die Hand gedrückt, was ihm in diesem Kreis ein besonderes Ansehen verlieh.

Der versuchte immer wieder, Nina in eine Ecke zu drängen, sie zu küssen, ihr Knie, ihre Brust zu berühren. Einmal, ein einziges Mal, hatte sie sich von ihm nach Hause fahren lassen, das war fürchterlich gewesen, zerzaust, mit verrutschtem Rock und geöffneter Bluse gelang es ihr mit Mühe und Not, aus seinem Auto zu fliehen.

Den wollte Nina nicht. Auch wenn sie sich oft einsam fühlte, war sie zu solchen Kompromissen nicht bereit.

Von Peter Thiede hörte sie nur noch selten. Es hatte keine Trennung, keinen Abschied gegeben, er war nur langsam aus ihrem Leben hinausgeglitten. Zwei Filme hatte er in diesem Jahr gedreht, sein Name war nun bekannt, und im Herbst 1932 erfüllte sich sein großer Traum, er erhielt ein Engagement am Deutschen Theater, an Reinhardts weltbekannter Bühne. Auch wenn Reinhardt selbst dort nur noch sehr selten inszenierte, war der Ruf dieses Hauses so bedeutend wie eh und je.

Von allem, was in diesem Jahr und in dieser Zeit geschah, blieb Victoria weitgehend unberührt. Sie war mit sich selbst beschäftigt. Im Frühjahr beendete sie ohne Abitur die Schule und begann mit ihren Gesangstunden. Sie folgte dem Rat ihres langjährigen Musiklehrers Marquard und ging weder in ein Konservatorium noch auf die Musikhochschule, sondern in das private Gesangstudio der Frau Professor Losch-Lindenberg; sie folgte dorthin Lili Goldmann, einem Mädchen aus der Parallelklasse, die über eine schöne Altstimme verfügte. Marquard hatte mit beiden Mädchen sehr ausführlich über die Gründe für seine Empfehlung gesprochen: »Ich habe in den letzten Jahren genau verfolgt, wie die Ausbildung in den verschiedenen Instituten vor sich geht. Ihr wißt ja, daß ich die menschliche Stimme für das herrlichste Instrument halte.«

Das wußten sie, er hatte es ihnen oft gesagt. Er wäre gern Sänger geworden, hatte er ihnen einmal erzählt, hatte sich auch eine Weile ausbilden lassen, aber dann erkannt, daß er, wie er sich ausdrückte, kein neuer Caruso werden würde.

Er spielte mehrere Instrumente perfekt und war ein passionierter Musiklehrer, glücklich darüber, wenn hier und da unter seinen Schülerinnen eine war, bei der sein Enthusiasmus für die Musik ein Echo fand.

In diesem Jahrgang waren es diese beiden, Victoria und Lili.

»Sänger ist so ziemlich der härteste und aufopferungsvollste Beruf, den man sich aussuchen kann. Ihr werdet auf vieles verzichten müssen, und ihr werdet mehr arbeiten müssen, als die meisten anderen Menschen. Und schafft es vielleicht dennoch nicht. Aber wenn ihr es schafft, dann gehört ihr zu den Glückskindern dieser Erde.«

Jetzt gehe es aber darum, sich über die Art der Ausbildung, ihre Dauer, ihre Intensität klar zu werden.

»Der Unterricht in den Instituten ist manchmal sehr unpersönlich, geht zu wenig auf die vorhandene Begabung, auf die individuelle Persönlichkeit des Schülers ein. Die Losch-Lindenberg dagegen gibt einen großartigen Unterricht, sehr intensiv, sehr ehrlich. Sie verlangt viel, und sie macht keine Kompromisse. Wenn sie merkt, es wird nichts, dann sagt sie das unumwunden. Denn sie ist nicht aufs Geld aus, sie hat von ihrem Mann ein Vermögen geerbt und gibt Gesangstunden aus Freude an der Sache, nicht, um damit Geld zu verdienen. Das ist schon mal viel wert.«

Und dann lächelte ihr Lehrer und fügte hinzu: »Und da ich sie kenne und schätze und manchmal in ihr Studio komme, um zu hören, was sich da tut, werde ich euch nicht ganz aus den Augen verlieren, meine lieben Kinder.«

Lili hatte im vergangenen Winter schon mit den Stunden begonnen und war hell begeistert. Außerdem, so sagte sie offen, sei es doch von großer Wichtigkeit für sie, daß die Stunden bei der Losch-Lindenberg nicht allzu teuer seien, die meisten Gesanglehrer verlangten weitaus mehr.

Zwar hatte Victoria noch im letzten Sommer Herrn Barkoscy erzählt, Lili sei aus vermögendem Haus, aber so ganz stimmte das inzwischen auch nicht mehr. Lilis Vater besaß ein Juweliergeschäft in der Joachimsthaler Straße – aber wer kaufte heute noch Schmuck?

Lili und Victoria trafen sich öfter bei Elga Jarow, seit vielen Jahren Victorias beste Freundin, die zwar selbst weder künstlerische noch sonstige berufliche Ambitionen hatte, aber lebhaften Anteil an Victorias Plänen nahm.

Die Jarows bewohnten eine große Villa am Rande des Grunewalds, sie waren wohlhabende, besser gesagt, reiche Leute, die von der Not der Zeit nicht berührt wurden. Elgas Vater war Anwalt, ein bekannter Strafverteidiger, und verdiente dementsprechend gut, das große Vermögen jedoch war durch Elgas Mutter in die Familie gekommen. Sidonie Jarow entstammte einer der größten jüdischen Bankiersfamilien, weltweit gesichert war das Vermögen dieses Hauses, und über Geld hatte Sidonie Jarow nie in ihrem Leben nachdenken müssen.

Sidonie war eine zierliche, anmutige Frau, blond und blauäugig, genau wie ihre Tochter Elga, selbst der penibelste Rassenforscher hätte sich schwer getan, in ihr die Jüdin zu erkennen. Abgesehen davon wußte natürlich jedermann, wer sie war. Sidonie war das vollkommen gleichgültig. Ihr war eigentlich alles egal, was auf der Welt vorging, für sie existierte nur etwas, das von Bedeutung war: ihre Pferde. Ihr Vater besaß einen berühmten Rennstall, außerdem eine eigene Vollblutzucht. Sidonie hatte als sehr junges Mädchen Theodor Jarow geheiratet. Er liebte sie und hatte sie partout haben wollen, und ihr war es im Grunde auch egal gewesen, wen sie heiratete. Obwohl sie zwei hübsche Kinder, einen Sohn und eine Tochter, zur Welt brachte, gab sie nur gelegentliche Gastspiele in ihrem großen Haus am Grunewald. Wenn sie nicht auf dem Gestüt war, reiste sie von Rennplatz zu Rennplatz, denn sie mußte dabei sein, wenn eines ihrer Pferde lief, ganz gleich in welcher Stadt Deutschlands, in welchem Land Europas das Rennen stattfand. Sie mußte aber auch dabei sein, wenn die Stuten fohlten, wenn die Fohlen abgesetzt wurden, wenn die Jährlinge das erstemal auf die Weide gingen, wenn die Zweijährigen ins Training kamen oder ihre ersten Rennen liefen. Sie kannte jedes ihrer Pferde von den Nüstern bis zur Schweifspitze, und es waren immerhin mit den vier Hengsten und den Veteranen an die hundertzwanzig bis hundertfünfzig Stück, je nachdem, wie viele Jungtiere vorhanden waren. Sie liebte jedes ihrer Pferde aus tiefstem Herzensgrunde, und gab es einen Unfall, stürzte eines oder wurde krank oder trug eine Verletzung davon, war sie zutiefst besorgt, und geschah noch Schlimmeres, starb eines der Tiere oder mußte getötet werden, litt sie tage- und wochenlang.

Um ihren Mann und ihre Kinder dagegen kümmerte sie sich wenig, und als der Mann sich schließlich eine Freundin nahm, berührte sie das nicht im mindesten.

Elga und ihr Bruder Johannes hatten jedoch nicht das Gefühl, etwas entbehrt zu haben. Sie waren sorgfältig von ausgesuchtem Personal und Lehrern aufgezogen worden, ihr Vater liebte sie, und wenn sie ihre Mutter gelegentlich sahen, freuten sie sich, spotteten liebevoll über die pferdeverrückte Mama und gingen erleichtert zur Tagesordnung über, wenn Sidonie wieder abgereist war. Für Pferde allerdings interessierten sie sich beide nicht, es war ihnen am liebsten, wenn sie von Pferden nichts sahen und hörten.

Johannes war fünf Jahre älter als seine Schwester, und Victoria kannte ihn so lange wie sie Elga kannte, sie war mit Johannes befreundet wie mit Elga, aber unmerklich war in den letzten zwei Jahren bei ihm aus dieser Freundschaft so nach und nach Liebe geworden.

Elga merkte es früher als Victoria selbst.

»Du bist in Victoria verliebt«, hatte sie ihrem Bruder gegenüber festgestellt, als Victoria im vorigen Sommer vom Lido zurückgekommen war und begeistert von einem gewissen Cesare Barkoscy berichtet hatte, worauf Johannes deutliche Anzeichen von Eifersucht erkennen ließ.

»Könnte sein«, gab Johannes leicht verlegen zur Antwort.

»Das ist prima«, meinte Elga. »Ich liebe sie auch. Du kannst sie später heiraten, dann bleibt alles in der Familie. Das mit der Singerei wird schon nicht so wichtig sein.«

»Ich nehme sie auch, wenn sie singt«, sagte Johannes.

Er war ein liebenswürdiger, junger Mann, mittelgroß, schlank, vom Typ her ähnelte er seinem Vater, er hatte braune Augen und lockiges braunes Haar, er war überaus höflich und rücksichtsvoll, leicht verletzbar, nicht frei von Komplexen.

Er studierte Architektur.

War er auch in all den vergangenen Jahren für Victoria nichts anderes gewesen als Elgas Bruder, so fand sie sich mühelos mit der neuen Situation ab. Es war sehr angenehm, geliebt und verehrt zu werden. Daß sie immer noch in Thiede verliebt war, behielt sie für sich – sie ging in jeden seiner Filme, himmelte ihn aus der Ferne an, aber mit Maßen, denn sie war ein realistisch denkendes Mädchen. Im übrigen ließ sie sich von Johannes verwöhnen, segelte mit seiner Jolle auf der Havel, fuhr mit seinem Auto durch die Gegend und ging mit ihm und Elga ins Theater oder ins Konzert.

Vom Elend und von der Not der Zeit merkte Victoria Jonkalla relativ wenig. Zu Hause ging es nicht mehr so knapp zu wie früher, daß sie singen würde, war inzwischen eine rundherum anerkannte Tatsache, ihre Mutter und Marleen, beziehungsweise Onkel Max würden es gemeinsam finanzieren. Durch den engen Umgang mit Elga und Johannes bewegte sich Victoria in verhältnismäßig großzügigem Rahmen, sie besuchte gute Restaurants und saß in der Oper nicht mehr im vierten Rang. Hitler, die Kommunisten, Streiks, Saalschlachten, Straßenkämpfe?

Das ging Victoria Jonkalla nichts an. Sie war wirklich ein Glückskind in dieser Zeit.

Johannes holte sie ab, als sie zu ihrer ersten Gesangstunde ging, und fuhr sie in seinem beigefarbenen Roadster nach Halensee, wo sich das Gesangstudio der Frau Professor Losch-Lindenberg befand.

Er legte den Arm um ihre Schulter, als sie ausgestiegen war.

»Toi-toi-toi«, sagte er. »Ich wünsche dir, daß du eine neue Melba wirst.«

Victoria lachte. »Ausgerechnet! Dann mußt du immer Pfirsiche mit Eis essen.«

Er neigte sich zu ihr und küßte sie auf den Mund.

»Das wäre das wenigste, was ich für dich tun würde. Verlange etwas Schwereres.«

»Halt mir den Daumen!«

»Das ist auch nicht schwierig. Soll ich dir nicht lieber ein Opernhaus bauen?«

»Später.«

Sie gab ihm auch einen Kuß, schlenkerte ihre Mappe und ging unbeschwert, voll Zuversicht zu ihren ersten Übungen. Atemübungen würden es sein, das wußte sie von Lili.

Ende Mai kam Cesare Barkoscy nach Berlin.

Victoria hatte schon lange auf diesen Besuch gewartet, sich darauf gefreut. Seit dem vergangenen Sommer stand sie mit ihm im Briefwechsel. Sie schrieb ihm ab und zu, berichtete, was in ihrem Leben geschah, und so hatte sie ihm auch mitgeteilt, daß sie nun mit den Gesangstunden angefangen hätte.

Cesare schrieb zurück, das sei doch nun wirklich ein Grund, sie wiederzusehen, er fühle sich als eine Art Patenonkel, was das Singen angehe, und er habe vor, falls ihr das nicht allzu lästig sei, an diesem Teil ihrer Entwicklung ein wenig Anteil zu nehmen.

Berlin präsentierte sich einigermaßen manierlich, als er kam; es war noch die Zeit des Uniform- und Aufmarschverbotes, die Zeit nach der Reichspräsidentenwahl und vor Brünings Rücktritt.

Es ging relativ friedlich zu.

»Er wird im Adlon wohnen«, verkündete Victoria stolz, und Nina meinte darauf: »Das war zu erwarten.«

Sie und Victoria wurden zum Abendessen eingeladen, eben ins Adlon, und Nina hatte direkt ein wenig Lampenfieber, diesen sagenhaften Italiener nun endlich kennenzulernen.

Aber es ging ganz leicht; vom ersten Momant an, genau wie seinerzeit ihre Tochter, faßte Nina Zutrauen zu diesem Mann.

Er kam ihnen zwischen den hohen Marmorsäulen der Halle entgegen, küßte Nina die Hand, sein Blick war aufmerksam, dann lächelte er.

»Ich habe es mir gedacht, daß meine kleine Freundin eine hübsche und charmante Mama hat«, sagte er, als sie beim Cocktail auf den roten Ledersesseln. in der Bar saßen.

Nina trug eins von Marleens hübschen Kleidern und war beim Friseur gewesen. Der ganz kurze Bubikopf war aus der Mode, sie trug ihr Haar jetzt wieder etwas länger, Rosmarie hatte es in weiche Wellen gelegt und nach hinten frisiert, Wangenlinie und Stirn blieben frei. Das Kleid war taubenblau, schräg geschnitten, ihre Figur war so mädchenhaft schlank wie die ihrer Tochter. Um den Hals trug sie eine Perlenkette, die Marleen ihr geschenkt hatte.

»Perlen passen nicht zu mir«, hatte Marleen gesagt. »Ich brauche Steine und was zum Glitzern.«

Cesare entdeckte manche Ähnlichkeit zwischen Mutter und Tochter, doch auch manchen Unterschied.

»Die Augen sind verschieden«, sagte er. »Aber die Haarfarbe ist die gleiche. Honigfarben. Venedigs Sonne zauberte wunderbare Lichter in das Haar Ihrer Tochter, gnädige Frau. Ich habe mich außerordentlich daran entzückt.«

»Das haben Sie mir nie gesagt«, meinte Victoria erstaunt und geschmeichelt.

»Nun, man muß nicht alles aussprechen, was man beobachtet. Ich tue es jetzt, und es ist für Sie und für mich auf diese Weise eine Erinnerung an Venedig. Ich stelle mir die Haarfarbe, die man der Venezianerin von einst nachsagte, so ähnlich vor. Es heißt, sie hätten sich auf die Dächer und Balkone gesetzt, das Gesicht durch einen breiten Hutrand vor der Sonne geschützt, denn die Haut mußte natürlich weiß bleiben, aber der Deckel des Hutes wurde entfernt, das Haar ausgebreitet, so daß die Sonne ihm den gewünschten Goldton verleihen konnte.«

»Ich bekomme Kopfschmerzen, wenn ich nur daran denke«, sagte Nina lächelnd.

»Venedigs Sonne wird in meinem Haar ein Gold bereiten: aller Alchemie erlauchten Ausgang«, zitierte Cesare.

Nina hob fragend die Brauen.

»Was ist das?«

»Rilke. Es gibt ein Gedicht von ihm, das so beginnt. Leider kann ich es nicht mehr auswendig, nur die erste Zeile fiel mir soeben ein.«

»Sie lieben Rilke? Ich auch. Überhaupt Gedichte«, Nina wurde lebhaft, das Gespräch mit diesem seltsamen Mann ging ihr so leicht von den Lippen wie zuvor schon ihrer Tochter. »In der Schule tat ich nichts lieber als Gedichte aufsagen. Je länger, je lieber. Ich kannte so viele auswendig. Inzwischen habe ich sie leider vergessen.«

»Das ist schade. Aber gerade im Moment habe ich mir vorgenommen, wieder häufiger Gedichte zu lesen.«

Er hätte hinzufügen mögen: der Blick in Ihr Gesicht, Nina, regt mich dazu an.

Aber wie immer sprach er nicht alles aus, was er dachte.

»Ach, Rilke«, sagte Nina. »Ich schwärmte so für den ›Cornet‹. Sicher ist das nicht sehr originell, das taten damals wohl viele junge Mädchen. ›Reiten – reiten –‹. Einmal wäre ich beinahe gestorben, den ›Cornet‹ in der Hand.«

»Gestorben?« fragte Victoria. »Wieso denn das?«

Nina trank einen Schluck Wein. Das Essen war vorüber, es war ausgezeichnet gewesen, sie warteten auf das Dessert.

»Ungefähr eine halbe Stunde von unserem Haus entfernt gab es eine kleine Erhebung. Sonst war die Gegend ja ganz eben, dort bei uns in Niederschlesien. Ich bin nämlich keine geborene Berlinerin«, fügte sie hinzu, an Cesare gewandt.

»Das war mir bereits bekannt. Eine Berlinerin aus Breslau.«

»Nicht einmal das. Ich komme aus einer kleinen Stadt an der unteren Oder. Und wie gesagt, da gab es diesen Hügel. Wir nannten ihn den Buchenhügel, weil er mit Buchen bewachsen war, die aber sehr weit auseinander standen. Das gab so ein lichtes helles Grün im Sommer.«

Cesare nickte. »Ich kann es mir vorstellen.«

»Wirklich? Es ist eigentlich eine sehr deutsche Landschaft.«

»Sie vergessen, gnädige Frau, daß ich Österreicher bin. Auch wir haben Buchen.«

»Ach ja, stimmt. Ich bilde mir immer ein, Sie seien Italiener.«

»Nur meine Mutter war Italienerin. Und was geschah auf jenem Buchenhügel mit dem ›Cornet‹ und mit Ihnen?«

»Ich war an einem warmen Sommertag dort hinaufgegangen, allein, nur mit dem ›Cornet‹ in der Hand, ich war sehr melancholisch, eigentlich schon traurig, eine unglückliche Liebe machte mir das Herz schwer.«

»Eine unglückliche Liebe?« fragte Victoria neugierig. »Oh, Mutti, wer war es denn? Und wie alt warst du?«

Nina beantwortete nur die letzte Frage.

»Ich war sechzehn. Man kann sehr leiden in diesem Alter.«

Cesare blickte in das schmale Gesicht, in die großen graugrünen Augen.

Du bist auch heute nicht glücklich, dachte er. Du siehst aus, als seist du selten in deinem Leben glücklich gewesen. Dabei siehst du genau so aus, als seist du zur Liebe geboren. Deine Augen sind anders als Victorias Augen. In deinen Augen ist Traum, ist Sehnsucht, aber auch Resignation. Victorias Augen sind heiter, voll Zuversicht, ein wenig Härte ist vielleicht sogar darin. Deine Augen sind jünger als ihre Augen.

»Ich saß da, las im ›Cornet‹, träumte vor mich hin, ja, ich glaube, geweint habe ich auch ein bißchen«, erzählte Nina weiter, sie tat es ohne Ironie, die Wehmut, die sie gefühlt hatte, damals, an jenem Tag, schwang in ihren Worten mit.

Ihr selbst kam es vor, mochte auch noch so viel Zeit vergangen sein, als sei es gar nicht lange her. »Am liebsten wollte ich sterben. Ich merkte gar nicht, daß ein Gewitter aufzog, ich saß am Ostrand des Hügels, blickte auf die Oder hinunter, und das Gewitter kam von Westen. Es kam sehr schnell, und es war sehr heftig. Ich konnte nicht mehr nach Hause laufen, und ich weiß noch, daß ich dachte: es macht ja nichts, wenn ich sterbe. Wenn mein Leben etwas wert ist, dann wird mir nichts geschehen. Dann brach ein großer Ast von einem Baum und traf mich am Kopf.«

»Mutti, das hast du mir nie erzählt.«

»Nein. Es fiel mir gerade eben ein. Ich weiß auch nicht, warum. Ach ja, Rilke, das war das Stichwort.«

»Und dann?«

»Ich lag da ziemlich lange, bewußtlos. Kurt Jonkalla fand mich schließlich.«

»Mein Vater«, sagte Victoria befriedigt.

Nina lächelte. Sie sah ihre Tochter an. Dann nickte sie.

»War er die unglückliche Liebe?«

»Nein, er nicht. Wir waren damals nichts als Jugendfreunde. Vielleicht liebte *er* mich schon, ich weiß es nicht.«

Meine unglückliche Liebe war dein Vater, dachte Nina, dein wirklicher Vater. Mein Onkel Nicolas. Er war nicht mehr da, ich dachte Tag und Nacht an ihn und sehnte mich nach ihm. Wardenburg war verloren und Nicolas fort.

Sie hatte das Gefühl, wenn sie jetzt mit Victoria allein wäre, wenn nicht der fremde Mann am Tisch säße, dann hätte sie ihrer Tochter die Wahrheit sagen können.

Ob sie einmal Victoria sagen würde, wer ihr Vater war?

Später, viel später erst würde sie es Victoria sagen können.

Sie war zu jung. Sie mußte selbst geliebt haben, um zu verstehen.

»Ein junger Mann fand Sie also«, brachte Cesare ihre Erzählung wieder in Fluß, »ein junger Mann, der Ihnen zugetan war. Ein Jugendfreund.«

»Er brachte mich nach Hause. Und er mußte mich tragen. Ich war bewußtlos und naß bis auf die Haut. Kurtel war klein und nicht sehr kräftig, es muß ihn sehr angestrengt haben. Dann mußte ich lange im Bett liegen, ich hatte eine Gehirnerschütterung und eine Platzwunde am Kopf, die genäht werden mußte. Ich könnte euch die Narbe zeigen.«

»Warum hast du mir das nie erzählt, Mutti?«

»Ich habe dir vieles nicht erzählt. Es ist Vergangenheit. Und man soll doch in der Gegenwart leben, nicht wahr?«

Cesare konnte seinen Blick kaum von ihrem Gesicht lösen. Diese weiche Linie der Wange, der sanfte Bogen der Lippen und dann diese Augen.

Ein Gesicht zum Träumen, dachte er, und ahnte nicht, wie

nahe er dem kam, was Nicolas einst zu der jungen Nina gesagt hatte: Du hast ein Traumgesicht.

Das wäre auch eine Geschichte, die Nina ihnen erzählen könnte.

Der erste Ball ihres Lebens, das weiße Ballkleid mit den rosa Röschen um den Ausschnitt, und Nicolas, der hinter ihr stand, die Hände auf ihren Armen, ihre Blicke, die sich im Spiegel begegneten.

Du hast ein Traumgesicht.

»Als ich im Bett lag«, erzählte Nina weiter, »mußte ich immer darüber nachdenken, wie mein Orakel nun ausgegangen war. Wenn mein Leben etwas wert ist, wird mir nichts passieren. Mir war etwas passiert. Aber ich lebte. Wie also lautete die Antwort?«

Sie blickte über den Tisch hinweg in Cesares Augen.

»Zu welcher Antwort kamen Sie?« fragte er.

»Eigentlich zu keiner. Heute kenne ich sie. Mein Leben war nichts wert, und ein Blitz oder auch der Ast hätten mich ruhig erschlagen können.«

»Aber Mutti!« sagte Victoria betroffen.

Cesare hielt ihren Blick fest. »Ich fürchte, gnädige Frau, Sie sind auf dem besten Weg, wieder so melancholisch zu werden wie seinerzeit mit dem ›Cornet‹ unter dem Arm. Ich schlage vor, wir löffeln unser Dessert zu Ende und setzen uns zu einer Flasche Champagner in die Bar.«

»Das wird mir guttun«, sagte Nina höflich.

Aber sie dachte: was auf Erden könnte mich melancholischer machen als Champagner. Nicolas trank Champagner, wo er ging und stand, und bei jedem Schluck werde ich an ihn denken. Aber das werde ich euch nicht erzählen. Ich verstehe überhaupt nicht, warum ich diese Geschichte erzählt habe.

Aber das würde sie noch lernen, daß man Cesare gegenüber ganz von selbst mitteilsam wurde. Diese Erfahrung hatte Victoria bereits vor einem Jahr gemacht.

Cesare blieb nur fünf Tage in Berlin, er sah Victoria noch dreimal, Nina nur noch einmal, als sie zu dritt in die Oper Unter den Linden gingen.

Leider habe er diesmal nicht mehr Zeit, sagte er, aber er werde bald wieder einmal kommen.

Gemeinsam mit ihrer Tochter überlegte Nina, ob man ihn einmal in die Motzstraße einladen solle.

Aber Victoria entschied noch vor Nina: »Lieber nicht.«

Nina verstand sie. Sie lebten verhältnismäßig kleinbürgerlich in der Motzstraße, das Excelsior am Lido, das Adlon in Berlin, die Oper, das war jeweils ein Rahmen, der ihnen besser zu Gesicht stand, und Cesare Barkoscy ebenfalls.

Cesare sprach den Wunsch aus, Victoria singen zu hören; ob sie schon etwas gelernt hätte, das würde ihn interessieren.

»Es gibt noch nicht viel zu hören«, sagte Victoria. »Bis jetzt habe ich hauptsächlich atmen gelernt. Das ist die Voraussetzung für anständiges Singen, sagt Marietta. Marietta Losch-Lindenberg, so heißt meine Lehrerin.«

»Nennen Sie sie Marietta?«

»O nein. Kein Gedanke. Wir sagen Frau Professor zu ihr. Aber unter uns, da nennen wir sie eben Marietta. Das klingt schon so richtig musikalisch, nicht?«

»Wie viele Schüler sind es denn?«

»Zur Zeit sind wir neunzehn. Fünf Männer und alles andere Mädchen.« Sie seufzte. »Es lernen viel mehr Mädchen singen als Männer. Dabei gibt es viel mehr Männerrollen auf der Bühne als Frauenrollen. Sie behält auf die Dauer nicht jeden. Jeder hat ein Jahr lang die Chance zu zeigen, was er kann und ob er ordentlich arbeitet. Dann schmeißt sie ihn raus, wenn es nicht klappt. Das sagt sie jedem gleich zu Anfang. Ich bin das Baby, wie Marietta mich nennt. Weil ich zuletzt angefangen habe. Dabei bin ich nicht einmal die Jüngste. Wir haben eine, die ist erst siebzehn.

»Das sind Sie doch auch, wenn ich mich recht erinnere.«

»Nicht mehr lange. Ich bin fast achtzehn. Ulrike ist erst im April siebzehn geworden.«

»Ach ja«, Cesare nickte mit ernster Miene. »Das ist natürlich ein gewaltiger Unterschied.«

»Aber mit meinem Zwerchfell ist Marietta schon sehr zufrieden: Hier, fühlen Sie mal.«

Sie stand auf, nahm seine Hand und legte sie ungeniert auf ihren Leib, atmete ein und stützte das Zwerchfell ab. Das ereignete sich bei einem Mittagessen in einem Lokal draußen an der Havel. Cesare war leicht betroffen, aber Victoria war mittlerweile so daran gewöhnt, daß man einander die Hand auf das Zwerchfell legte, daß sie nichts dabei finden konnte. Sie war sehr stolz auf ihr erfolgreiches Zwerchfell.

Sie setzte sich wieder und fuhr fort: »Das ist die Säule, auf der die Stimme ruht. Wenn das Zwerchfell nichts taugt, nützt die schönste Stimme nichts.«

»Einleuchtend«, sagte Cesare und dachte: Schade um deine schlanke Taille, die wirst du auf diese Weise nicht lange behalten. Aber das ist wohl der Preis des Ruhms. Falls es je einer werden sollte.

»Ich singe nur Excercisen und Scalen. Und Sprechübungen muß ich machen, um die Stimme nach vorn zu bringen. Richtig singen darf ich erst viel später. Am Anfang ein paar leichte Lieder. Und dann Bach. Immer wieder Bach: Der ist ganz wichtig, sagt Marietta.«

Victoria brachte Cesare an den Zug, er fuhr nach Paris, Schlafwagen, erster Klasse.

»So eine Reise möchte ich auch einmal machen«, sagte Victoria sehnsüchtig.

»Später, mein Kind, jetzt kümmern Sie sich erstmal schön um Ihr Zwerchfell. Addio, Baby.«

Victoria zog eine Schnute, er küßte sie auf die Wange.

Im Herbst, das könne sein, käme er noch einmal für ein paar Tage. Und ganz bestimmt im nächsten Frühjahr zu einem langen Besuch.

»Der is 'ne Wolke, nicht?« sagte Victoria zu Nina, als sie nach Hause kam.

»Er ist ein eigentümlicher Mensch«, meinte Nina. »Es ist schwierig, sich ein Urteil zu bilden. Da ist irgendetwas, das einen bezaubert. Was macht er eigentlich?«

»Keine Ahnung. Geschäfte, wie das immer heißt.«

»Geschäfte – was heißt das wirklich? Wir leben so abseits, wir wissen gar nicht, wo die Leute, die Geld haben, das Geld herhaben. Es muß eine ganz bestimmte Begabung sein.«

»Ich stell mir das so vor wie mit dem Singen«, sagte Victoria leichtherzig. »Einer hat die Begabung für die Musik und der andere für Geld.«

»Ja«, sagte Nina langsam, »so wird es wohl sein. Und es gibt eine Menge Menschen, die haben überhaupt keine Begabung. Ich möchte wissen, wozu die überhaupt leben.«

Aber wie immer man die Welt auch betrachtete – Begabung, Geld, Hitler, Brüning, Gesangstunden und ein prachtvolles Zwerchfell – das größte Ereignis in diesem Jahr war die Hochzeit von Trudel Nossek.

Als Nina erfuhr, was in Neuruppin bevorstand, es war an einem Tag im August, ziemlich genau ein Jahr nach Trudels erstem Besuch in Fontanes Geburtsort, schnappte sie nach Luft.

»Warum nicht?« fragte Trudel kühl und stellte den Korb mit den ersten frühen Pflaumen auf den Tisch. »Die ewige Hin- und Herfahrerei habe ich satt. Und Fritz möchte mich immer bei sich haben.«

»Du willst uns wirklich verlassen?«

»So dringend braucht ihr mich doch nicht mehr. Victoria ist so gut wie erwachsen, und das Jungele – na, der wird uns oft besuchen. Er kann in allen Ferien bei uns sein. Wir werden immer ein Zimmer für ihn bereithaben. Fritz hat Stephan sehr gern.«

Wir, uns, das sagte sie mit größter Selbstverständlichkeit, und dieser Plural bezog sich nicht mehr auf Nina und ihre Kinder, er bezog sich auf den braunen Lokomotivführer.

Am nächsten Tag kreuzte Nina bei Marleen am Kleinen Wannsee auf.

Marleen saß auf der Terrasse, sie trug kurze weiße Shorts, es war sehr warm an diesem Tag, die Beine baumelten über der Sessellehne, und sie lachte sich halbtot, als Nina ihr die Neuigkeit verkündet hatte.

»Die Welt ist voller Wunder. Trudel als Braut. Es ist zu schön, um wahr zu sein.«

»Ich finde es nicht zum Lachen.«

»Warum nicht? Glaubst du, sie hat schon mal mit einem Mann geschlafen?«

»Bestimmt nicht. Mit wem denn?«

»Nun, dann stell' dir das vor! Das junge Paar im ersten Liebesrausch. O nein, ich kann nicht mehr. Was willst du, Tee oder lieber was Kaltes?«

»Was Kaltes. Und ich finde dich reichlich albern.«

Marleen, noch immer lachend, klingelte nach dem Mädchen.

»Ich muß ihn unbedingt kennenlernen, diesen Casanova. Einer, dem es gelingt, Trudel von ihrer Jungfräulichkeit zu erlösen, ist bestimmt sehenswert. Wenn das kein Romanstoff ist – sie liest doch so gern Romane. Wie alt ist sie eigentlich?«

»Einundfünfzig.«

»Da wird es aber wirklich Zeit. Sie kriegt von mir ein fabelhaftes Hochzeitsgeschenk. Was meinst du? Ein Doppelbett?«

»Hör doch auf, dich lustig zu machen. Ich find's nicht lustig.«

»Aber ich. Cilly, Whisky, Wermut, Soda und Zitrone. Und viel Eis, bitte! Wann soll denn die Hochzeit sein?«

»Nächsten Monat schon. Mitte September. Und weißt du, warum?« Nina lachte jetzt auch. »Sie sind ja wohl beide praktisch veranlagte Leute. Also der Lokomotivführer hat Mitte September Geburtstag, er wird sechzig. Und Trudel meint, da könne man beide Feste zusammenlegen, das käme nicht so teuer. Da braucht man die Familie nur einmal einzuladen.«

»Wie recht sie hat. Sind wir das, die Familie?«

»Nur zum kleinen Teil. Der Bräutigam hat Schwestern und Brüder, und die sind verheiratet und haben vermutlich Kinder und sonstigen Anhang. Es wird ein großes Fest.«

»Klingt entsetzlich.«

»Nicht wahr? Das wirst du dir wohl noch mal überlegen, ob du daran teilnimmst.«

»Und ob ich das werde! So was erlebt man nur einmal.«

Später, sie rauchten und hatten jeder zwei Manhattan getrunken, blickte Marleen verträumt auf den Kleinen Wannsee hinaus.

»Paßt wunderbar zusammen. Ich bin zur Zeit nämlich auch verliebt.«

Nina blickte unwillkürlich zur Tür, die ins Haus führte, ob dort nicht etwa überraschend Max stand.

»Schon wieder mal?« fragte sie uninteressiert.

»Ja. War ich schon lange nicht mehr.«

»Freut mich für dich.«

»Ist in gewisser Weise eine genauso ulkige Angelegenheit wie der Lokomotivführer. Ein SA-Mann aus Bayern.«

»Was? Bist du verrückt?«

»Achtundzwanzig ist der. Und rasend in mich verliebt. So ein richtiger Naturbursche. Der bringt mich bald um, so potent ist der.«

»Marleen, das kann nicht dein Ernst sein.«

»Aber ja. Ich hab' so was noch nicht erlebt. Eigentlich gar nicht mein Typ. Weißt du, so ein großer, kräftiger Bursche, naiv wie ein Kind. Manieren muß ich dem erst beibringen. Die Stirn ist ziemlich niedrig. Viel Grips hat er nicht.«

»Kann ich mir denken. Sonst wäre er ja wohl kaum bei der SA.«

»Da ist der schon lange dabei. Ganz von Anfang an. Als er neunzehn war, hat er diesen Putsch in München mitgemacht, Marsch auf die Dings, auf die . . . na, wie sagt er immer? Feldherrnhalle heißt das Ding, glaube ich.«

»Ich finde dich geschmacklos.«

»Ach wo. Kann ja auch ganz nützlich sein. Wenn der Hitler wirklich mal an die Macht kommt, wie die das nennen, dann habe ich einen Nazi-Goi im Hause, ist doch praktisch. Kann uns gar nichts passieren. Und wenn wir den Hitler dann los sind, stelle ich den Loisl als Chauffeur ein oder als Reitknecht. Alois heißt der, stell dir vor. Zu Hause nennen sie ihn Loisl. Ist das nicht süß?«

Nina reichte ihr leeres Glas über den Tisch.

»Gib mir noch so 'n Ding. Ist ja egal, wovon mir schlecht wird.«

»Er stammt aus irgendeinem Dorf in Bayern, sein Vater hat da 'ne Landwirtschaft. In der Nähe von Miesbach ist das Kaff. Na, das ist doch schon eine Pointe, Loisl aus Miesbach, damit schlage ich doch alle und jede.«

»Und was macht dein Loisl in Berlin?«

»No, was wird er machen, er bewegt sich in der Bewegung.

Bereitet die Machtübernahme vor. Ich kenne ihn vom Reitclub.«

»Vom Reitclub?«

»Ja, sein Führer will, daß seine Trabanten die feine Lebensart lernen, unter anderem reiten. Wir haben uns schief gelacht. Hennig hat ihn vielleicht geschurigelt. Dreimal ist der arme Loisl am ersten Tag vom Pferd gefallen. So was passiert ja sonst nicht, man geht mit Anfängern immer sehr vorsichtig um, gibt ihnen ein ganz braves Pferd. Aber du weißt ja, Hennig war Rittmeister im Krieg, und die Nazis kann er nicht ausstehen.«

»Warum darf der denn dann überhaupt bei euch reiten? Sind doch fast alles Juden in eurem Club.«

»Nee, das denkst du bloß. Halb und halb etwa. Und so gut geht das Geschäft zur Zeit auch nicht, wer kann sich denn noch Reitstunden leisten. Die Verleihpferde stehen die meiste Zeit. Da nimmt Hennig jeden, den er kriegen kann, auch einen SA-Mann aus Miesbach.«

»Mir kommt es vor, als seien zur Zeit alle Menschen verrückt«, murmelte Nina.

»Das waren sie doch immer schon. Zu jeder Zeit. Du hast momentan eine politische Neurose. Dir geht's doch gar nicht so schlecht. Brauchst du ein neues Kleid? Wir gehen dann rauf und suchen dir eins aus, ich hab' ein paar schicke neue Sachen da. Und nachher fahren wir in die Stadt und essen bei Borchardt. Oder lieber im Kaiserhof? Da kannst du vielleicht den Hitler sehen.«

»Ich könnte dir eine reinhaun.«

»Sei friedlich. Trudels bevorstehende Heirat hat dich total aus den Pantinen gekippt. Sei doch froh, ihr habt dann mehr Platz in der Wohnung, du braucht nicht mehr mit Victoria in einem Zimmer zu schlafen, das ist doch auch ganz angenehm. Wie geht's denn mit den Gesangstunden?«

»Sie ist sehr zufrieden damit. Bloß immer die Schwierigkeit mit dem Üben. Solange in der Kanzlei Betrieb ist, kann sie nicht üben. Und abends beschweren sich die Leute über uns.«

»Und was macht sie da?«

»Sie übt teils bei ihrer Lehrerin und teils draußen bei Elga. Die haben einen schönen Flügel, den ohnehin keiner benutzt.«

»Na, ist doch prima. Elga, das ist die kleine Jarow, nicht? Ich kenne ihn, ist ein fescher Mann. Und er hat eine süße Freundin, die hat 'n Laden am Kudamm, ich habe da auch schon gekauft. Eine ganz temperamentvolle Schwarzhaarige. Seine Frau ist so eine fade Blonde.«

»Fad ist die nicht, jedenfalls hat Vicky das noch nicht gesagt, nur kümmert sie sich kaum um die Kinder und den Mann. Die hat nur Pferde im Kopf.«

»Ach ja, ich weiß schon, die geborene von Hertzing. Mensch, Nina, die stinken vor Geld.«

»Elga hat einen älteren Bruder, mit dem flirtet Vicky sehr heftig.«

»Fabelhaft. Den soll sie heiraten, dann ist es egal, ob sie als Sängerin Erfolg hat oder nicht.«

Bei der Hochzeit in Neuruppin war Marleen wirklich zugegen.

Wie immer sah sie umwerfend aus, sie trug ein türkisblaues Ensemble, die Jacke hochgeschlossen, das Kleid darunter bestand im oberen Drittel nur aus Spitze, die Verwandtschaft des Lokomotivführers konnte den Blick kaum von Marleen wenden, die zudem von sprühender Liebenswürdigkeit war. Fritz Langdorn platzte bald vor Stolz über den feinen Familienzuwachs, den er vorzuführen hatte.

Marleen war in Begleitung ihres SA-Mannes, und der trug doch wirklich und wahrhaftig diese gräßliche Uniform, was Fritz Langdorn sehr entzückte.

Weniger Nina. Nur mit Mühe konnte sie sich überwinden, diesem neuen Liebhaber ihrer Schwester die Hand zu geben.

Trotz des eleganten Kleides und des echten Schmucks ist Marleen eben doch ein ordinäres Stück, dachte Nina voll Verachtung, während sie unlustig bei der Hochzeitstafel saß. Das Essen schmeckte ihr nicht, sie trank nur viel, um ihre schlechte Laune, ihren Überdruß an diesen Leuten zu überwinden.

Sie konnte sie alle nicht leiden, diese und jene Familie nicht, ihre Schwestern konnten ihr gestohlen bleiben, und die beiden neuen Schwäger, der legale und der illegale, waren ihr ein Ekel.

Sie gab sich nicht die Mühe, mit irgend jemandem ein Gespräch zu führen, sie blieb abweisend, kühl, verschlossen. Aber etwas wußte sie von diesem Tag an ganz genau: nie und nimmer wollte sie mit Nazis etwas zu tun haben.

Es ist kein Umgang für mich, dachte Nina hochmütig. Es ist einfach unter meinem Niveau. Es ist Plebs, der raufkommt, es ist wichtigtuendes Kleinbürgertum. Nicolas, du hast mich gelehrt, was ich bin und wie ich sein soll, und ich werde immer so sein, wie du mich gewollt hast.

Über den Tisch hinweg fiel ihr Blick auf ihre Tochter. Victoria hatte eine kleine Falte auf der Stirn, und einen Mundwinkel leicht herabgezogen.

Nina öffnete den Mund vor Schreck. So, genauso ein Gesicht hatte Nicolas gemacht, wenn ihm irgend etwas nicht paßte. Sie blickte Victoria starr an, wie eine Klammer lag es um ihre Kehle.

Nicolas, deine Tochter, sie ist wie du. Wie du.

Einer klopfte an sein Glas und hielt eine Rede. Im Hintergrund an der Tür stand ein kleines Mädchen in Rosa, ein Körbchen in der Hand. Das würde der nächste Auftritt sein. All diese Langdornschen Sprößlinge, die Nina weder auseinanderhalten wollte noch konnte, mußten ein Gedicht aufsagen oder ein Lied singen oder sonst eine alberne Darbietung bringen.

Gräßlich. Es war einfach gräßlich.

Nina leerte ihr Glas, noch ehe die Rede begann. Sie würde sich jetzt betrinken. Dann aufstehen und gehen und nie mehr in ihrem Leben nach Neuruppin fahren.

Nina
Reminiszenzen

Ist doch komisch, daß ich mich jedesmal betrinke, wenn eines von meinen Geschwistern heiratet. Bei Willys Hochzeit war es auch so, da fühlte ich mich genauso angewidert, fand die ganze Sippe, einschließlich Willy, zum Kotzen.

Genaugenommen ist mir dieser Langdorn-Mensch nicht direkt unsympathisch, er ist sogar ganz nett. Ein anständiger Mensch, wie man so sagt.

Aber es genügt eben nicht, daß einer ein anständiger Mensch ist. Das ist zu wenig. Mich stört es, daß er bei den Braunen ist. Ich kann nicht erklären, warum ich so eine Aversion gegen diese Leute habe, sie haben mir nichts getan. Aber ich mag sie nicht. Es ist mehr ein Gefühl, ich kann es nicht begründen.

Es würde mich natürlich genauso stören, wenn er bei den Roten wäre. Seltsamerweise kenne ich keine Kommunisten, dabei gibt es davon doch auch eine Menge.

Die einzig normale Hochzeit von uns vier Mädchen hatte ich, richtig in Weiß, mit Kirche und Orgel. Hede und Marleen haben das allein erledigt, ohne Beteiligung der Familie.

Aber Willy, mein Bruder, der heiratete auch mit allem Drum und Dran, und ich habe mich von Trudel überreden lassen, dabeizusein. Auch Mutter zuliebe, sie war damals schon sehr krank, und sie hatte immer darunter gelitten, daß ich mich mit Willy nicht vertrug. Als Kinder haben wir uns geprügelt, und später, als er den kleinen Hund erschlagen hatte, den ich so liebte, habe ich nie mehr ein Wort mit ihm gesprochen.

Ich verabscheute Willy und machte keinen Hehl daraus, und das verdarb das Verhältnis zwischen mir und meinem Vater vollends.

Denn Vater liebte Willy. Das einzige seiner Kinder, das er liebte.

Er hatte sich so sehr einen Sohn gewünscht. Seine erste Frau war eine Lehrerstochter, die brachte Trudel zur Welt, und bei der zweiten Geburt starb sie. Ein paar Jahre darauf heiratete mein Vater wieder, meine arme Mutter. Was für ein hilfloses kleines Ding sie war, sie tat mir immer leid, ich weiß auch nicht warum. Und sie bekam eine Tochter nach der anderen, eine starb glücklicherweise bald nach der Geburt. Mit Trudel waren es dann vier Mädchen, ich kam zuletzt auf die Welt, und mein Vater soll sich überhaupt nicht darum gekümmert haben. Irgendwie kann ich das sogar verstehen, immer nur Töchter, das ist ja langweilig. Er wollte einen Sohn.

Doch dann – dann kam Willy. Trudel hat mir erzählt, daß Vater richtig glücklich war, als Willy geboren wurde. Willy war das einzige von uns Kindern, das verwöhnt wurde, und gerade bei ihm war es fehl am Platze. Willy war böse. Brutal und gemein.

Vier Jahre nach Willy wurde Ernst geboren, mein geliebter Erni. Aber es bedeutete meinem Vater seltsamerweise nicht viel, daß er nun noch einen zweiten Sohn hatte. Vielleicht weil Erni so klein und schwächlich war und von Geburt an krank.

Er hatte häufig Anfälle, wurde blau im Gesicht, fiel um – später erfuhren wir, daß er ein Loch in der Herzwand hatte.

Als er mit fünfundzwanzig starb, sagte Dr. Menz in Breslau, es sei ein Wunder, daß er überhaupt so lange gelebt habe. Wäre er nicht krank gewesen, wäre ein großer Mann aus ihm geworden. Ein neuer Schubert, ein neuer Mozart, was weiß ich, bestimmt der größte Komponist in diesem Jahrhundert. Davon bin ich heute noch überzeugt. Ich kann nur nicht verstehen, warum der liebe Gott einem Menschen eine große Begabung mitgibt und ihn gleichzeitig krank und lebensunfähig auf die Welt kommen läßt. Das soll mir mal einer erklären.

Es ist sehr schwer, Gott zu verstehen. Trudel hat damals gesagt, man braucht ihn nicht zu verstehen, man kann ihn gar nicht verstehen, dazu ist er viel zu groß.

Ich *will* ihn aber verstehen. Was habe ich von einem Gott, den ich nicht verstehen kann. Der einen Krieg zuläßt. Der es zuläßt, daß die Menschen sich so grauenvoll töten. Der alles Böse geschehen läßt und dann die Bösen nicht einmal bestraft.

Am allerwenigsten habe ich Gott bei Erni verstanden. Der hatte nie etwas Böses getan, er war rein und schuldlos wie ein Engel und ein großer Künstler dazu. Und mußte sich so elend zu Tode quälen.

Seitdem kann ich nicht mehr an Gott glauben. Er hat etwas Gutes, Reines, Edles zerstört, er hat es geschaffen und dann zerstört. Ich kann nicht verstehen, warum er das getan hat.

Man könnte sagen, was er geschaffen hat, kann er auch zerstören. Aber das gibt doch keinen Sinn.

Willy war gemein und gesund. Und dumm. Vater hatte sich eingebildet, er müsse Abitur machen und studieren und dann würde etwas ganz Großartiges aus ihm werden, aber Willy war der Dümmste im Gymnasium, er blieb immer wieder sitzen, und mit sechzehn oder siebzehn haben sie ihn relegiert. Weil man ihn mit einem Mädchen erwischt hatte, nicht nur beim Knutschen oder so, sondern richtig. Er hat später immer noch damit angegeben. In seiner Schule waren sie vermutlich froh, daß sie endlich einen Grund hatten, ihn loszuwerden.

Dann ging er zu einem Schlosser in die Lehre.

Ja, mein Vater, so sehen Träume aus. Von allen deinen Kindern hast du das geliebt, das am wenigsten taugte.

Erst kam Willy zum Militär, das gefiel ihm ganz gut, und dann begann der Krieg. Ihm ist natürlich nichts passiert. Nicolas fiel in Frankreich, Kurtel verschwand in Rußland, aber Willy kam ohne einen Kratzer nach Hause. Solchen wie ihm passiert nie etwas. Ihm hat der Krieg sogar Spaß gemacht, ich hörte ihn einmal prahlen, was für tolle Dinge er erlebt hätte, besonders mit Frauen. Mit Weibern, wie er sich ausdrückte.

Und dann hat er also geheiratet. Ich blöde Gans fuhr von Breslau zu dieser Hochzeit, weil Trudel das partout wollte. Schließlich ist er dein Bruder , und es gehört sich, und lauter solches Gewäsch.

Willy machte eine ausgesprochen gute Partie, einzige Tochter von einer Baufirma bei uns daheim.

Widerwillig bin ich zu dieser Hochzeit gefahren, es ging uns so schlecht, wir hatten kein Geld, und Nicolas war tot. Und dann diese dicke, satte, doofe Blondine, die mein Bruder heiratete, und die dicke, doofe, satte Familie dazu, so richtig spießig, und wie wichtig sie sich nahmen, und mittendrin mein Bruder Willy, groß und blond und so vital, ich haßte sie alle.

Bei dieser Hochzeit habe ich mich auch betrunken. Und

merken lassen, daß ich sie nicht mochte. Sie haben mich ja auch nie wieder eingeladen, Gott sei Dank.

Trudel sagte, ich hätte mich unmöglich benommen.

Wenn schon. Es kam mir vor, als lebten sie auf einem anderen Stern. Nein, ich war es, die auf einem anderen Stern lebte, auf einem fernen, eiskalten, einsamen Stern.

Ich habe Willy dann nur noch einmal gesehen, bei Mutters Beerdigung. Bei Ernis Beerdigung wollte ich ihn nicht dabeihaben, ich habe es ihm erst danach mitgeteilt, daß er gestorben ist. Das heißt, nicht ich, Trudel hat das getan. Natürlich fand sie auch das wieder unmöglich.

Ich sagte: wenn Willy kommt, gehe ich nicht mit. Erni ist *mein* Toter. Ich will Willys dummes Gesicht an seinem Grab nicht sehen. Denn ich hasse Willy, weil er lebt und Erni tot ist.

Trudel verstand das nicht. Du bist ja nicht normal, sagte sie damals.

War ich auch nicht. Zu jener Zeit bestimmt nicht.

Marleen hatte Willy mal eingeladen, vor zwei oder drei Jahren, zu unserem sogenannten Familientag. Marleen nennt das so, wenn sie uns zwischen Weihnachten und Neujahr in ihr Haus zu einem festlichen Essen einlädt. Sind ja doch nur wir, Marleen, Trudel und ich, und die Kinder. Einmal war Hede da, ganz zufällig. Weil sie mit ihrem Mann gerade in Berlin war. Bin neugierig, was Marleen in diesem Jahr machen wird. Ob sie den Lokomotivführer einladen wird. Zusammen mit ihrem SA-Mann in das Haus ihres jüdischen Mannes. Es ist einfach verrückt.

Also damals hatte sie Willy eingeladen, und er schrieb, das Haus eines Juden würde er nie betreten. Marleen hat uns das erzählt und dazu gelacht. Max wird sie es ja hoffentlich nicht erzählt haben. Vermutlich ist Willy auch so ein Nazi. Das würde gut zu ihm passen. Und das erklärt ganz genau, warum es zu mir nicht paßt. Ich habe nämlich inzwischen etwas begriffen: es ist eine bestimmte Veranlagung, die einen Menschen zum Nationalsozialisten macht. Es ist gar nicht mal die Politik, es ist eine Eigenschaft.

Wenn ich Marleen das nächste Mal sehe, werde ich ihr sagen, daß sie mit diesem SA-Mann Schluß machen muß. Das ist sogar unter *ihrem* Niveau. Sie wird doch noch einen anderen Liebhaber finden können als ausgerechnet den.

Auf einmal bin ich rundherum von diesen Nazis umgeben. An meinem Arbeitsplatz, meine Schwestern, und um Stephan muß ich auch fürchten, daß er beeinflußt wird, teils von dem Lokomotivführer, teils von diesem gräßlichen Benno, der bei uns um die Ecke wohnt und den Stephan viel zu oft sieht.

Aber wahrscheinlich nehme ich das alles zu wichtig.

Victoria ist immun. Sie lebt in ihrer eigenen Welt. Sie ist so stark, daß sie alles von sich fernhalten kann, was ihr nicht paßt.

Warum denke ich das eigentlich immer? Bilde ich mir das ein? Nur weil ich es will?

Nicolas war nicht stark. Ich bin es auch nicht.

Aber Victoria, sie wird es sein.

Sie muß es einfach sein. Herr Gott, es muß doch in dieser Familie endlich einen geben, der stark genug ist, das Leben zu meistern, er selbst zu sein, herauszukommen aus dem Schlamm des Grundes, und der dann nicht immer wieder weggespült wird von der Flut, sondern ihr standhält.

Wenn ich schon zu feige bin und zu dumm, aus mir etwas zu machen, dann muß es Victoria gelingen. . . . .

Anfang Oktober 1932 kam Cesare Barkoscy wieder nach Berlin, in ein unruhiges, krisengeschütteltes Berlin. Der Reichstag, der am 30. August zum erstenmal zusammengetreten war, hatte sich bereits am 12. September wieder aufgelöst, neue Wahlen standen vor der Tür. Papen regierte ohne Parlament und wieder mit Notverordnungen, sofern man überhaupt noch von regieren sprechen konnte.

Immerhin gab es zwei bedeutende Ereignisse, die in seine Kanzlerschaft fielen: Ihm gelang es, die Reparationszahlungen auszusetzen, was jedoch im Grunde nicht sein Verdienst war, ihm fiel in den Schoß, woran Brüning so mühevoll und zäh gearbeitet hatte. Das zweite Ereignis war ebenso bedeutungsvoll, es war ungeheuerlich, nur nahm fast kein Mensch davon Notiz, weil die Zeit an sich so ungeheuerlich war und eine Lähmung von ihr ausging, die die Menschen gleichgültig werden ließ. Im Sommer des Jahres 1932 hatte Papen kurzerhand die preußische Regierung ihres Amtes enthoben.

Der preußische Landtag, von Sozialdemokraten geführt, hatte bis zu dieser Zeit immer noch ordnungsgemäß und demokratisch unter seinem Ministerpräsidenten Braun gearbeitet. Nun löste Papen die preußische Regierung auf und übernahm selbstherrlich das sogenannte Amt eines Reichskommissars für Preußen.

Das war ein harter Eingriff in die Rechte der Landesregierungen und ein Schlag gegen die Sozialdemokratie. Dem Kabinett der Reichsregierung gehörten schon lange keine Sozialdemokraten mehr an, und im Reichstag, obwohl nach wie vor die stärkste Fraktion, waren sie machtlos, hilfslos dem Druck der Nationalsozialisten ausgesetzt, ausgeliefert der Torheit der Kommunisten, die verbohrt und uneinsichtig nur das Geschäft der Nazis besorgten, in ihrem blinden Haß auf die Republik.

Wenn die Sozialdemokraten überhaupt etwas erreichen wollten, mußten sie mit dem Zentrum, mit den Deutschnationalen stimmen, und das demoralisierte die einst so starke und mächtige Partei, die zu Zeiten des Reichspräsidenten Ebert auf dem besten Wege gewesen war, aus Deutschland eine Demokratie zu machen.

In Berlin tobte wieder der Wahlkampf. Am 6. November sollte die Wahl für einen neuen Reichstag stattfinden, Streiks, Straßenschlachten, Schießereien, Verhaftungen, Tote und Verwundete waren an der Tagesordnung.

Und gleichzeitig, wie auf einem anderen Stern, fand in der Staatsoper Unter den Linden die festliche Premiere der ›Meistersinger‹ statt. Furtwängler stand am Pult, Heinz Tietjen inszenierte, Bockelmann sang den Sachs, Fritz Wolff den Stolzing, und die wundervolle Lotte Lehmann das Evchen.

Cesare hatte über das Adlon drei Karten für die Premiere bekommen.

Victoria war außer sich vor Freude.

»Das wird für Mutti das schönste Geburtstagsgeschenk«, sagte sie.

»Hat sie denn Geburtstag?« fragte Cesare.

»Am 6. Oktober.«

» Das trifft sich ja wirklich ausgezeichnet.«

Am 6. Oktober traf ein herrliches Blumenarrangement in der Motzstraße ein, am 7. Oktober trafen sie sich zum Cocktail in der Adlon-Bar, anschließend gingen sie in die Premiere.

»Im Studio sind sie ganz außer sich, daß ich heute abend hier bin«, sagte Victoria höchst befriedigt. »Ich bin natürlich die einzige, die drin ist. Alle beneiden mich.«

»Ich denke, daß man mich auch beneiden wird«, meinte Cesare. »Ich bin noch nie mit zwei so hübschen Frauen in einer so schönen Oper gewesen.«

Cesare hatte nicht übertrieben, seine Begleiterinnen waren wirklich höchst erfreulich anzusehen, natürlich von Marleen angezogen, Nina in einem jadegrünen Samtkleid mit tiefem Rückendekolleté, Victoria ganz in sahneweißem Organza.

Nach der Oper dinierten sie im Adlon. Victoria strahlte, sie sagte: »So möchte ich immer leben.«

Cesare lächelte.

»Wie?«

»So, wie hier, in diesem Hotel.«

»Wenn Sie eine berühmte Sängerin werden, Victoria, wird es für Sie der gewohnte Rahmen sein.«

»Ach ja, wenn –« seufzte Victoria, aber im Grunde ihres Herzens zweifelte sie nicht daran, daß sie berühmt sein würde. Reich, berühmt, geliebt – die Träume der Jugend – sie waren das Recht der Jugend, und das einzige Glück des Jungseins. Doch sie waren nicht mehr als eine Seifenblase.

»Das Evchen kann ich später auch singen«, verkündete Victoria bei der Vorspeise, »Marietta sagt, ich tendiere ausgesprochen zum lyrischen Sopran, soll aber zur Lockerung mit dem Soubrettenfach anfangen. Später kann ich dann steigern bis zur

Eva und zur Elsa. Aber erst *viel* später. Sie sagt, das schlimmste, was ein Sänger machen kann, ist, wenn er zu früh an die großen Partien geht, die Stimme überfordert und sie damit kaputtmacht. Sie sagt, es hat noch keiner Sängerin geschadet, wenn sie erstmal das Ännchen singt und dann die Agathe. Man kann nicht wissen, sagt sie, ob später noch mehr drinsteckt. Vielleicht die Elisabeth oder die Senta. Aber das frühestens in zwanzig Jahren.«

Cesare lächelte ein wenig melancholisch. In zwanzig Jahren, das sagte sich leicht, wenn man so jung war.

In zwanzig Jahren, was würde dann sein? 1952 – das war noch ein langer Weg. Historisch gesehen waren zwanzig Jahre wenig, doch für ein Menschenleben war es viel Zeit.

Für mich, dachte Cesare, ist es bereits über das Ziel hinaus. Ich werde sie nicht mehr hören als Elisabeth, wie schade, Tannhäuser ist meine Lieblingsoper.

»Bekomme ich denn diesmal etwas zu hören?« fragte er.

»Ein paar Schubertlieder habe ich einstudiert. Nächstes Jahr, sagt Marietta, darf ich den Cherubin probieren.«

›Marietta sagt‹, das war jedes zweite Wort, Cesare kannte es schon.

»Ich singe Ihnen gern etwas vor, aber ich hätte dann gern ein wirklich gutes Instrument für die Begleitung. Ob Sie wohl einmal mit hinauskommen zu meiner Freundin Elga? Mutti, was meinst du?«

»Warum nicht? Das ließe sich doch sicher arrangieren.«

Nina war ein wenig abwesend. In der Oper hatte sie Marleen gesehen, wahrhaftig in der Begleitung ihres neuen Freundes, Loisl aus Miesbach, im Frack. Er hatte gar nicht schlecht ausgesehen, Marleen war offenbar erfolgreich mit ihrer Erziehungsarbeit.

Nina hatte Marleen, die in einem größeren Kreis stand und sich lächelnd unterhielt, rechtzeitig entdeckt. Nina hatte stracks kehrtgemacht, so, als hätte sie am anderen Ende des Foyers irgend etwas gesehen, das ihr Interesse erregte.

Seit der Hochzeit in Neuruppin hatte sie Marleen nicht gesehen, die Mißstimmung, die sie an jenem Tag empfunden hatte, war noch nicht verflogen, richtete sich auch gegen Marleen. Die Tatsache zudem, daß sie beide, Victoria und sie, in Marleens Kleidern hier paradierten, verstärkte ihr Unbehagen noch.

Victoria, die viel zu beschäftigt damit war, über die Aufführung zu reden, hatte Marleen nicht gesehen, doch Cesare, der Marleen ja vom Lido her kannte, hatte sie wohl erblickt und Ninas Manöver durchschaut. Er ließ sich nichts anmerken, Nina mochte ihre Gründe haben, die er respektierte, ohne sie zu kennen. Während des Essens sagte er: »Ich möchte gern, daß Sie mich in Wien einmal besuchen.«

»Ich?« fragte Victoria.

»Sie beide. Würden Sie mir die Freude machen, Frau Nina?«

»Wien«, Nina lächelte, »das wäre schön. Ich kenne so wenig von der Welt. Im vergangenen Jahr war ich in Salzburg. Das war meine erste Reise nach Österreich. Es war wunderschön. Ja, natürlich, ich würde gern nach Wien kommen.«

»Ich habe die Absicht, im nächsten Frühjahr wieder nach Berlin zu kommen. Vielleicht könnten wir dann zusammen von hier aus fahren. Wien ist im Frühling am schönsten.«

Am Tag bevor er abreiste, sang ihm Victoria wirklich die Schubertlieder vor, draußen in der Jarowschen Villa. Sie begleitete sich selbst, Elga konnte zwar Klavier spielen, aber sie sagte: »Victoria ist so kritisch. Ich kann es nicht gut genug.«

»Ich rede mir ja dauernd den Mund fußlig, du sollst mehr üben. Ich fände es prima, wenn du mich begleiten würdest.«

»Ich habe so wenig Zeit zum Üben«, erwiderte Elga. Sie ging noch zur Schule, sollte im nächsten Sommer ihr Abitur machen.

Victoria sang drei Lieder, die ›Fischerweise‹, die ›Forelle‹, ›Gretchen am Spinnrad‹. Zu einer Zugabe war sie nicht zu bewegen.

»Ich singe nur, was Marietta erlaubt, keinen Ton mehr.«

Cesare fand, ihre Stimme war heller und härter geworden. In Venedig war der Ton weicher, samtener gewesen. Aber was verstand er vom Gesangstudium, es mochte verschiedene Phasen der Ausbildung geben.

Johannes war auch dabei und sehr beruhigt, daß es sich bei dieser venezianischen Bekanntschaft wirklich um einen älteren

Herrn handelte. Kein Grund zur Eifersucht also, mochte sie ruhig Briefe mit ihm wechseln.

Früher als sonst kam Dr. Jarow nach Hause, Cesare wurde zum Abendessen gebeten.

Im Verlauf des Abends wurde das Gespräch sehr ernst.

»Wenn Brüning es geschafft hätte«, meinte Dr. Jarow, »wenn er sich hätte halten können, und nach dem günstigen Ausgang der Reichspräsidentenwahl hatte ich die Hoffnung, dann wären wir ohne große Erschütterungen aus dem Tief herausgekommen. Seine Verhandlungen, die Reparationen betreffend, waren höchst erfolgreich und auf dem besten Wege.«

»Nun kann Papen den Erfolg für sich buchen, der Brüning gebührte.«

»Papen wird sich nicht lange daran erfreuen können.«

»Und wer kommt dann? Hitler?«

»Es wird sich nicht verhindern lassen. Wenn das Wahlergebnis im nächsten Monat ihm weiterhin Zuwachs bringt, gibt es keine Rettung mehr vor den braunen Horden.«

»Und dann?«

»Dann gehen wir einem neuen Krieg entgegen«, sagte Theodor Jarow mit Bestimmtheit.

»O nein«, protestierte Victoria entschieden, »das wird nie geschehen. Das gibt es nicht. Nicht in unserer Zeit.«

»Wir hatten dieses Thema vergangenes Jahr in Venedig schon, wenn ich mich recht erinnere«, sagte Cesare. »Ihrer Ansicht nach, Victoria, kann es in unserer sogenannten modernen Zeit keinen Krieg mehr geben. Wissen Sie auch noch, was ich Ihnen antwortete?«

»Sehr genau. Sie sagten, es würde immer Kriege geben.«

Cesare nickte.

Johannes nahm das Wort. »Ich gebe Victoria recht. Ich fürchte, dieser Generation, der du angehörst, Vater, und Sie, Herr Barkoscy, dieser Generation sitzt der Krieg noch so in den Knochen, daß sie ihn einfach nicht loswerden kann. Aber die Welt hat sich verändert. Sie hat sich ganz kolossal verändert. Und die Menschen haben sich verändert – sie sind freier geworden, selbstbewußter, unabhängiger. Diese Menschen von heute ziehen nicht mehr in den Krieg. Sie würden lachen über die Zumutung, sich gegenseitig totzumachen wie Wilde aus der Steinzeit. Nur weil es irgend jemand ihnen befiehlt.«

»So, bist du der Meinung?« fragte sein Vater. »Und was tun sie zur Zeit, diese unabhängigen, freien Menschen von heute? Sie schießen sich auf den Straßen und in den Hinterhöfen tot, sie prügeln sich und schlagen sich die Köpfe ein.«

»Das tun sie freiwillig und nicht, weil es ihnen befohlen wird. Es sind politische Auseinandersetzungen.«

»Und, was glaubst du, passiert, wenn Hitler ihnen befehlen würde, zu marschieren? Dann marschieren sie, sie tun es heute schon. Und wenn er befiehlt, zu schießen? Was meinst du, schießen sie oder schießen sie nicht?«

»Sie schießen nicht. So ein Untermensch wie dieser Hitler kann vielleicht ein gröhlendes Stück Masse um sich versammeln, aber niemals das deutsche Volk.«

»Ich wünschte nichts auf der Welt so sehr, als daß du recht hättest, mein Junge; nur glaube ich, du machst zwei grundsätzliche Fehler: du unterschätzt Herrn Hitler, den ich für viel gefährlicher halte, als ihr euch auch nur vorstellen könnt, und du überschätzt das deutsche Volk, daß ich leider für viel dümmer halte, als es sein sollte.«

»Kannst du dir vorstellen«, fuhr Johannes eifrig fort, »daß diese Jugend von heute begeistert durch die Straßen marschiert, ein Sträußchen am Helm, ein forsches Liedlein auf den Lippen, siegreich wolln wir Frankreich schlagen oder irgend so einen Quatsch, und am Straßenrand steht die brave deutsche Maid und winkt mit dem Taschentüchlein? Das ist ein Bild aus dem Panoptikum.«

»Diese Bilder sind noch nicht einmal zwanzig Jahre alt, und es war auch damals durchaus nicht so, daß jeder über den Krieg begeistert war. Das ist auch so ein Märchen, wie vieles andere, was dir aus dieser Zeit erzählt wird. Gewiß, es gab in manchen Kreisen diese Begeisterung. Und junge Menschen sind leicht zu beeinflussen. Ich bin da ganz mit dir einer Meinung, diese Begeisterung, mit der ein Teil, ich betone, ein Teil der Jugend 1914 hinauszog, um sich schlachten zu lassen, diese Begeisterung wird es nie wieder geben. Man weiß jetzt viel zu genau, wie erbarmungslos, wie wenig heldenhaft, wie schmutzig und gemein der moderne Krieg ist. Außerdem hatte die Begeisterung von damals ihre Wurzel im Glanz und Gloria der Kaiserzeit. Na, und von Glanz und Gloria kann ja nun heute wirklich keine Rede sein.«

»Sag ich ja. Die Voraussetzungen sind andere geworden, Krieg ist einfach nicht mehr möglich. Und die Weltwirtschaftskrise, die haben wir sowieso bald überwunden. Ich höre zur Zeit eine interessante Vorlesung zu diesem Thema. Alle Anzeichen deuten darauf hin, daß es wieder aufwärts geht. Das ist ein ganz normaler Vorgang, das Pendel schlägt zurück. Im Wirtschaftsleben gibt es und gab es immer dieses Auf und Ab. Das ist wie Ebbe und Flut. Steht sogar schon in der Bibel: die sieben fetten und die sieben mageren Jahre. Für uns ist der erste Schritt damit getan, daß die Reparationszahlungen aufhören.«

»Ja, das ist in meinen Augen auch ein ganz wichtiger Punkt«, meinte Cesare, »das könnte Deutschland vor dem Nationalsozialismus retten. Und ich glaube, das Ausland begreift auch langsam, wie wichtig es ist, Hitler zu stoppen. Amerika hat längst eingesehen, daß Deutschland an den Reparationen zugrunde geht und daß es letzten Endes sinnlos ist, diesem Staat riesige Kredite zu gewähren, die er dann in Form von Reparationen wieder hergeben muß, anstatt damit seine Wirtschaft zu sanieren. All diese gutgemeinten Pläne, Youngplan, Kelloggplan, haben wenig genützt. Übrigens haben meiner Ansicht nach die Vereinigten Staaten allen Grund, sich für ein Ende der Reparationen stark zu machen. Hätten sie nicht ganz überflüssigerweise 1917 in den europäischen Krieg eingegriffen, dann wäre das Ende nicht so vernichtend gewesen. Dann wären Deutschland und Österreich nicht auf diese jammervolle Weise besiegt worden, es hätte einen Kompromißfrieden gegeben und eine Eindämmung des Kommunismus. Europa sähe heute besser aus. Das haben die Amerikaner inzwischen auch begriffen.«

»Und wir hätten unseren lieben Kaiser Wilhelm noch«, warf Victoria spöttisch ein.

»Möglich. Oder seinen Sohn. Nun werden Sie statt dessen

Herrn Hitler haben. Ich weiß nicht, ob das unbedingt vorzuziehen ist.«

»Das schlimmste für uns ist Frankreichs tödlicher Haß«, sagte Jarow. »Sie verhindern alles, was zur Gesundung Deutschlands führen könnte, ohne zu begreifen, wie sehr sie sich selbst im Endeffekt damit schaden.«

»Sie haben leider auch die deutsch-österreichische Zollunion verhindert, und das war eine von Brünings besten Ideen. Das wäre für beide Staaten von großem Nutzen gewesen.«

»Ich habe gute Freunde in Frankreich, und die sagen, eine Zollunion zwischen Österreich und Deutschland wäre der erste Schritt zu einem großdeutschen Reich.«

»Und wäre das so schlimm? Seit die Habsburger Monarchie zerschlagen ist, blieb der Stumpf eines Staates übrig, der nicht leben und nicht sterben kann. Früher oder später muß das zur Katastrophe führen. Ein großdeutsches Reich war das Konzept des vorigen Jahrhunderts, und Bismarck hat es verhindert. Er wollte die kleindeutsche Lösung, damit Preußen die Führung hätte. Es war kurzsichtig gedacht. Preußisch war es gedacht, nicht deutsch. Genauso kurzsichtig sind die Franzosen jetzt. Ich könnte ihnen dasselbe sagen, was ich Victoria eben sagte, ob sie gut beraten sind, Herrn Hitler der Zollunion vorzuziehen. Abgesehen davon, daß er das großdeutsche Reich haben will und haben wird. Wir haben auch in Österreich genügend Nazis, die da mit ihm einer Meinung sind.«

Die Herren blickten sich an, nickten sich zu, sie waren sich einig. Sie wußten, wovor sie sich fürchteten, wovor sich nicht nur Frankreich, wovor sich Europa, die ganze Welt fürchten mußte.

Die jungen Leute fühlten sich durch den Pessimismus der älteren Generation ein wenig gelangweilt. Sie kannten das Gerede schon. War sinnlos. Sie würden sowieso alles anders und viel besser machen.

Cesare Barkoscy kam im Frühling nicht nach Berlin, um Nina und Victoria zu besuchen und anschließend mit ihnen nach Wien zu fahren. Er kam überhaupt nicht mehr nach Berlin. Statt dessen hatte er sein Haus in Wien verkauft und hielt sich mehr als früher in Mailand und Zürich auf.

Es hatte geschäftliche, aber auch persönliche Gründe.

Der Stimmenverlust, den die Nationalsozialisten bei der Novemberwahl hinnehmen mußten, konnte sie nicht aufhalten, es schien sie erst recht anzustacheln.

Nach Papens Rücktritt wurde am 2. Dezember Schleicher, der solange im Hintergrund die Fäden gezogen hatte, für kurze Zeit Reichskanzler. Nicht einmal zwei Monate behielt er das Amt.

Anderthalb Jahre später würde Hitler ihn ermorden lassen.

Das Jahr 1933 war gerade einen Monat alt, da stand Adolf Hitler auf dem Balkon der Reichskanzlei, unten marschierte die SA mit Fackeln. Der Mann, nach seinem so lang ersehnten Sieg, stand da mit eisernem Gesicht und hob in mechanischem Rhythmus den rechten Arm. Ein neuer Cäsar? Deutschlands Rettung oder sein Untergang?

Die Meinungen waren geteilt. Ein Siegesjubel ohnegleichen durchbrauste die Stadt – doch wer jubelte eigentlich?

Die Nazis, natürlich. Diejenigen, die mit ihnen sympathisierten, die sich Aufstieg, Gesundung, Macht und Stärke für Deutschland erhofften. Und es jubelten die, die nichts verstanden und begriffen, die Idealisten, die Ahnungslosen, die Gutwilligen, die Dummköpfe.

Der Mann auf dem Balkon war kein Idealist, er war nicht ahnungslos, nicht gutwillig, nicht dumm. Er war Reichskanzler geworden. Oder wie er und seine Anhänger es nannten: er hatte die Macht ergriffen. Und er würde sie nicht wieder hergeben, nicht freiwillig, nicht gutwillig, auch nicht, wenn jede Vernunft dafür sprach. Er würde sie behalten bis zu seinem eigenen Untergang und dem Untergang dieses Volkes, das ihm zujubelte an diesem 30. Januar des Jahres 1933.

Viele jubelten nicht. Sie schwiegen, sie schlossen die Fenster, sie drehten das Radio aus, sie fürchteten sich. Sie hatten Angst.

Angst – auf einmal hockte sie wie ein graues drohendes Gespenst inmitten des deutschen Volkes.

Einen Monat später brannte der Reichstag. Es war der Beginn eines großen, alles vernichtenden Brandes, aber auch das begriffen nur wenige.

Kurz darauf verließen Elga und Johannes Jarow Berlin. Sie protestierten, aber ihr Vater ließ nicht mit sich reden.

»Es ist alles vorbereitet«, sagte er. »Ich habe ein Haus am Zürichsee gekauft. Auf dem Dolder. Es liegt wunderschön, mitten im Wald.« Und als er die betrübten Gesichter seiner Kinder sah, fügte er tröstend hinzu: »Es besteht immerhin die Möglichkeit, daß es nicht allzu lange dauert. Obwohl ich, offen gestanden, nur eine geringe Hoffnung habe. Vielleicht, wenn das Ausland einmal solidarisch ist, kann es gelingen, diesen Mann wieder zu vertreiben. Sie haben solange in die deutsche Politik und in die deutsche Wirtschaft eingegriffen, ich kann nur hoffen, daß sie es diesmal auch tun werden. Aber – die Dummheit lebt nicht nur in diesem Land. Und nichts ist so erfolgreich wie der Erfolg. Auf jeden Fall werdet ihr die Grenze nicht mehr überschreiten, solange dieser Mensch in diesem Land regiert.«

»Und du, Vater?« fragte Elga verzagt.

»Ich komme bald nach. Ich habe noch zwei wichtige Prozesse abzuwickeln, und ich kann meine Klienten nicht im Stich lassen. Einen Partner, beziehungsweise Vertreter, habe ich längst eingearbeitet, wie ihr wißt.«

»Wir müssen alles hierlassen, was uns gehört?« Elga hatte Tränen in den Augen. Ihre Bücher, ihre Bilder, na gut – aber Stopsel?

Ihre Hand lag auf dem Kopf des Hundes, der sich eng an sie drückte.

»Ich lasse dir Stopsel hinüberbringen, ich verspreche es dir. Aber es wäre unklug, wenn du ihn jetzt dabei hast. Du mußt mit einem gewissen Sadismus bei diesen Leuten rechnen. Ich weiß, mein Kind, du kannst dir darunter nichts vorstellen. Und gebe Gott, daß du es nie lernen mußt. Aber wir sind Juden. Vielleicht sind wir nicht an Leib und Leben bedroht. Noch nicht. Aber uns etwas anzutun, was uns ärgert, was uns kränkt, was uns weh tut, das würde ihnen Spaß machen. Sie können uns nicht umbringen, das denn doch nicht in unserer modernen Zeit, Pogrome gehören einer vergangenen Zeit an, glücklicherweise. Aber dir den Hund wegnehmen, zu behaupten, daß er nicht mit ausreisen darf, irgendeinen läppischen Grund würden sie finden, das bringen sie fertig. Das willst du doch nicht?«

Elga schüttelte unter Tränen den Kopf und preßte den Hund noch fester an sich.

»Stopsel kommt so bald wie möglich nach Zürich. Ich werde eine ganz unverfängliche Person finden, die ihn auf der Reise begleitet, und ich werde einen Umweg finden, auf dem er sicher reisen kann. Willst du mir das glauben?«

Elga nickte, aber nun liefen ihr die Tränen über die Wangen. Sie war nicht neugierig auf Zürich und das schöne Haus am Dolder, sie wollte hier im Grunewald bleiben, wollte hier mit ihrem Stopsel spazierengehen, mit Victoria und Johannes auf der Havel segeln, wenn der Frühling kam, im hellen Sand liegen und im klaren Wasser der Havelseen schwimmen, wenn es Sommer wurde.

Vielleicht auch bei Gelegenheit den netten jungen Mann mit der blonden Tolle wiedersehen, der im letzten Sommer einige Male sein Boot längsseits gelegt hatte, um mit ihr und Victoria zu flirten. Er hatte sie immer so seltsam angesehen. Und einmal hatte er sie eingeladen, sie allein, mit ihm auf einem der Restaurationsschiffe Kaffee zu trinken.

»Meinst du, ich soll mitgehen?« hatte Elga, die immer ein wenig schüchtern war, Victoria zugeflüstert.

»Klar, warum denn nicht? Der sieht doch ganz schnieke aus. Er wird dich schon nicht gleich auffressen.«

»Die junge Dame ist meine Schwester«, hatte Johannes mit erhobenem Zeigefinger gesagt, »bringen Sie sie ja unbeschädigt wieder zu mir an Bord.«

»Kann ich nicht versprechen. Eigentlich hätte ich mehr Lust, sie zu entführen. Als Seeräuber bin ich nicht zu übertreffen.«

Seitdem hatten sie ihn immer den Seeräuber genannt, sie kannten seinen Namen nicht, und als Elga mit ihm Kaffee trank, hatte er sich auch nur als Heinz vorgestellt.

»Ist der frech geworden?« fragte Victoria.

»Gar nicht. Er war sehr lieb.«

»Lieb auch noch. Wie findest du das, Johannes? Das können wir wohl nicht dulden. Elga, du hast einen großen Fehler, du findest alle Leute lieb. Der sah mir gar nicht nach lieb aus, eher nach keß. Hat er dir einen Kuß gegeben?«

»Wo denkst du hin! Ich kenne ihn doch kaum.«

»Doof ist er also auch«, stellte Victoria kühl fest. »Wozu hat der dir denn dann einen Kaffee spendiert.«

Elga kicherte. »Und eine Cremeschnitte.«

»Der typische Verführer. Laß dich nie zu Cremeschnitten einladen. Iß lieber Käsebrot, das bremst einen stürmischen Verehrer. Sogar einen Seeräuber, denke ich mir.«

So hatten sie herumgealbert, im letzten Sommer, und Elga hatte noch manchmal an den jungen Mann namens Heinz gedacht.

Während der letzten schönen Herbsttage im September war er plötzlich verschwunden. Soviel sie auch den Kopf drehte, das Wasser absuchte, die Boote beobachtete, kein Heinz.

»Er seeräubert anderswo«, hatte Victoria gesagt. »Bricht dir nun das Herz?«

»Blech. Der ist mir doch ganz schnurz.«

Ganz schnurz war er ihr nicht, und sie dachte, auch wenn er vielleicht im September verhindert war, so hätte er ja auch später versuchen können, sie wiederzusehen. Ihr Boot hatte schließlich einen Namen und einen Liegeplatz, wenn er gewollt hätte, war es herauszubringen.

Das war jetzt alles vorbei. In Zürich kannte sie keinen Menschen. Und wie sollte sie eigentlich ohne Victoria leben?

»Geld habe ich genügend transferiert«, sagte Dr. Jarow. »Ob ich später in der Schweiz arbeiten kann, weiß ich nicht.«

»Jetzt verstehe ich auch, warum Sam die Pferde nach Frankreich gebracht hat«, sagte Johannes.

»Eine Vorsichtsmaßnahme. Mein Schwiegervater war schon immer ein weitblickender Mann.«

Samuel von Hertzing, der Großvater von Elga und Johannes, hatte, für alle überraschend, im vergangenen Sommer das Gestütsgelände verkauft und war mit sämtlichen Vollblütern nach Nordburgund, in die Gegend von Macon, übergesiedelt. Damals hatten sie noch alberne Witze darüber gemacht.

»Das tut Sam nur, damit er seinen Burgunder in der Nähe hat.«

Denn die Vorliebe des Bankiers für gute Weine war bekannt.

Der Rennstall befand sich noch in der Nähe von Frankfurt, doch wurden nur noch die wenig erfolgversprechenden Pferde dort trainiert.

Die Ratten verlassen das sinkende Schiff, dieser dumme Spruch kam Johannes während des Gesprächs mit seinem Vater in den Sinn.

Es war ein unpassender Vergleich, das fand er selbst. Sie waren keine Ratten, sie verließen dieses Land, das ihre Heimat war, diese Stadt Berlin, in der sie aufgewachsen waren, höchst ungern. Auch sein Vater würde lieber in Berlin bleiben, das wußte Johannes mit Sicherheit, er hing an seiner Arbeit, und dann gab es noch Susanne, die sein Vater liebte. Auch darüber wußte Johannes Bescheid.

Und ein sinkendes Schiff? Wenn man den Nazis glauben wollte, war Deutschland ein Schiff, das Fahrt aufnahm und bald mit wehender Flagge vor dem Wind segeln würde.

Wenn es vielleicht wirklich so war? Wenn sie recht hatten?

Johannes fand die Nazis zwar abstoßend, aber sie waren die moderne, die junge Zeit, sie hatten einen forschen Ton und waren von sich selbst überzeugt. Letzteres war er nicht, und der forsche Ton lag ihm auch nicht, Grund genug, ihn an anderen zu bewundern.

Und eines mußte jedermann zugeben, der Hader und Streit der letzten Jahre, die unzähligen Parteien, das sinnlose Gerede, die lächerliche Impotenz des Reichstags, all das hatte das Elend immer noch größer gemacht. Vielleicht konnten die neuen Herren nun wirklich alles besser machen. Schlechter auf keinen Fall.

Ihre Abneigung gegen die Juden? Parteigeschwätz, was sonst.

Parolen für den kleinen Mann. Und was hieß schon Juden? Der alte Hertzing, sein Großvater, ja, der war noch so ein Typ, wie man sich einen richtigen Juden vorstellte. Aber er, seine Schwester, sein Vater – sie waren Menschen wie die anderen auch.

Es gab keinen Unterschied.

Ach, und Victoria!

»Wirst du mich auch nicht vergessen?« fragte er, als er sie zum letztenmal im Arm hielt, das war bereits am Tage nach dem Gespräch mit seinem Vater.

Noch am gleichen Abend würden sie mit dem Nachtzug nach Mailand reisen. Vorsichtshalber nicht direkt nach Zürich. Sie fuhren nach Mailand, um ein paar Vorstellungen in der Scala zu besuchen, so sollte ihre Antwort lauten, wenn man sie im Zug oder an der Grenze nach Ziel und Zweck der Reise fragen würde. Sie hatten wenig Gepäck und ausreichend Abendkleidung in den Koffern.

Elga und Victoria nahmen nur flüchtig Abschied, denn Victoria glaubte wirklich, es handle sich um eine kurze Reise, sie begriff nicht, was vorging, und Elga war es peinlich, davon zu sprechen. Jüdin oder nicht Jüdin, das war nie ein Thema zwischen ihnen gewesen.

Und dann fragte Johannes so feierlich: »Wirst du mich auch nicht vergessen?«

»Kann man nie so genau wissen«, antwortete Victoria burschikos. »Es gibt noch eine Menge schöner Menschen auf der Welt.«

»Du wirst dich in einen anderen verlieben.«

»Während ihr in die Oper geht? Na, ich werde mal sehen, was ich tun kann. Mensch, mach doch nicht so ein Gesicht. Ich hab' gar keine Zeit, mich zu verlieben. Ewig meckerst du, weil ich für dich keine Zeit habe, und nun soll ich mir noch einen anderen Knaben auf den Hals laden.«

»Ich hab' dir gesagt, daß wir nicht nur wegen der Oper fahren. Wir werden später in der Schweiz leben. Und ich weiß nicht, wann wir zurückkommen.«

»Ach, bald. Das wird alles halb so wild.«

»Komm doch mit. Du kannst in der Schweiz auch Gesangstunden nehmen.«

»Wovon denn?«

»Mein Vater hat Geld drüben.«

»Du bist wohl nicht ganz dicht. Ich lasse mich doch nicht aushalten.«

»Wir könnten heiraten.«

»Du spinnst. Ich will doch jetzt noch nicht heiraten.«

Sie war achtzehn. Sie hatte Johannes gern, es war eine hübsche Zeit mit ihm gewesen, aber es war weiter nichts gewesen als Küsse und harmlose Liebkosungen. An Heiraten dachte sie nicht im Traum. Und was Liebe war, das wußte sie noch nicht.

An einem hellen Frühlingsnachmittag im April tauchte ein überraschender Besuch in der Motzstraße auf. Victoria war allein zu Hause, sie hatte sich gerade angezogen, um zur Gesangstunde zu gehen. Wie immer verwendete sie viel Sorgfalt auf ihr Äußeres, hatte eine Weile vor dem offenen Kleiderschrank überlegt, was sie an diesem Tag tragen konnte.

Die Auswahl war nicht allzu groß, jedoch dank Marleen auch nicht zu karg.

Sie entschied sich für einen blauen Faltenrock und dazu die passende kurze blaue Jacke, darunter eine weiße Bluse. Befriedigt betrachtete sie sich im Spiegel, nahm dann den Handspiegel zu Hilfe und bewunderte, nicht minder befriedigt, ihr Profil.

Seitdem Marietta einmal gesagt hatte: »Du hast ein bemerkenswert gelungenes Profil, Victoria, und darum solltest du möglichst die Stirn frei tragen, damit es zur Geltung kommt«, war sie dazu übergegangen, die Haare länger und in einem Mozartzopf zu tragen.

Mariettas Kommentar war kurz aber zufriedenstellend gewesen.

»Gut!« war alles, was sie gesagt hatte, es genügte, daß Victoria bei dieser Frisur blieb.

Nachdem sie mit der Musterung der eigenen Person zu Ende war, drehte sie sich wirbelnd einmal um sich selbst, daß der Faltenrock schwang, und sah sich dann mit ebenso großer Befriedigung in ihrem Zimmer um.

Seit Tante Trudels Heirat verfügte Victoria über ein eigenes Zimmer, und das war noch immer und jeden Tag aufs neue eine Quelle ständiger Freude. Zuvor hatte sie mit ihrer Mutter in einem Zimmer geschlafen, aber nun war Trudels Zimmer ihr Zimmer geworden.

Es ging wie alle Zimmer ihrer Wohnung auf den großen, baumbestandenen Hof hinaus; es war groß und hell, spärlich möbliert, denn Trudel hatte glücklicherweise die altmodischen Möbel, die noch aus ihrem Elternhaus stammten, mitgenommen.

Außer Bett und Schrank befanden sich in dem Zimmer nur noch ein kleiner Tisch und zwei Korbstühle, ein Spiegel an der Wand und, das wichtigste, das Klavier. Es war noch das Klavier aus der Breslauer Wohnung und wirklich nicht mehr das jüngste und schönste, aber es tat noch seine Dienste. Aus dem Wohnzimmer hatte es Herr Kawelke zusammen mit dem Hausmeister vom Nachbarhaus in ihr Zimmer bugsiert, und da es weiter von dem Anwaltsbüro entfernt lag, war sie nicht mehr so behindert beim Üben.

Wie immer war das Zimmer ordentlich aufgeräumt, so wie Victoria ihre eigene Person pflegte und hübsch machte, so tat sie es mit ihren Sachen und dem Raum, den sie bewohnte, ganz im Gegensatz zu Stephan, dessen Kammer eine sagenhafte Unordnung aufwies, seit Trudel dort nicht mehr aufräumte. Zwar machte sich Trudel jedesmal darüber her, wenn sie zu einem Besuch in Berlin auftauchte, aber da dies höchstens einmal im Monat geschah, kam sie kaum bis auf den Grund. Zwischendurch wurde Nina einmal dort tätig, nicht ohne jedesmal zu schimpfen, doch Victoria weigerte sich, auch nur einen Finger krumm zu machen, wie sie es nannte, und spöttisch fügte sie hinzu: »Sonst lernt das Jungele ja nie, was Ordnung ist. Abgesehen davon, finde ich es höchst widersinnig für einen Hitlerjungen, in so einem Krusch zu leben.«

Denn Hitlerjunge war Stephan inzwischen geworden. Nina hatte es nicht verhindern können, auch nicht mehr verhindern wollen; wenn es nun einmal Mode geworden war, in einer Uniform durch Feld und Wald zu traben und dabei dämliche Lieder zu grölen – das waren wieder Victorias Worte – mußte es der Junge in Gottes Namen eben tun.

Sehr schnell stellte sich heraus, daß Stephan gar nicht besonders geeignet war für diesen neuen Zeitvertreib, seine Begeisterung legte sich rasch. Irgendwelche verwaschenen romantischen Vorstellungen, die er von der Sache gehabt hatte, erwiesen sich als unrichtig. Was man von ihm verlangte, widerstrebte ihm im Grunde, der ›Dienst‹ wurde ihm lästig, und er ging sehr rasch dazu über, Ausreden zu erfinden, um ihm fernzubleiben. Immer öfter entdeckte er ein Brennen in seinem Hals, das auf eine bevorstehende Erkältung hinwies oder stellte fest, daß sein Knie oder sein Fußgelenk furchtbar schmerzte und er keinesfalls mit den anderen mitmarschieren konnte. Nina mußte ihm dann eine Entschuldigung schreiben, was sie bereitwillig tat. Auch im Verlauf der kommenden Jahre blieb Stephan bei dieser Verweigerung, wurde nur noch erfindungsreicher, was die Ausreden betraf. Es hatte keine politischen Gründe, er fühlte sich nur nicht wohl in diesem Kreis.

Daß er anfangs, ohne Zwang, mitmachen wollte, hatte eigentlich nur den Grund, daß er seinen Freund Benno nachahmen, oder besser noch, Benno imponieren wollte. Er, Stephan, als gewiefter Karl-May-Leser, würde sich zweifellos im Fährtenlesen und bei verwegenen Ritten durchs Gelände hervortun. Aber es wurden weder Fährten gelesen noch Pferde bestiegen, es wurde marschiert, gesungen, und man mußte sich endlose Belehrungen und Redereien über den Führer und seine Ziele anhören.

Die Freundschaft mit Benno währte nun schon über vier Jahre, hatte nichts mit der Schule zu tun, es war eine reine Straßenbekanntschaft. Bei den Spielen auf der Straße in diesem Viertel war Benno schon immer der Anführer, der Tonangebende gewesen, genau wie früher sein älterer Bruder Fredi.

Stephan, der im Grunde scheu und introvertiert war, hatte bei den Gassenjungenspielen immer abseits gestanden, aber Benno hatte ihn erstaunlicherweise mit seiner Zuneigung bedacht und in ihren Kreis hineingezogen. Darauf war Stephan seinerzeit sehr stolz gewesen und darum schloß er sich eng an Benno an, wie immer bewunderte der Schwächere den Stärkeren, der Leise den Lauten.

Benno Riemer war laut, groß und kräftig, von sich selbst

überzeugt, immer imstande die Führung an sich zu reißen. Die ganze Familie war so geartet. Er hatte zwei Brüder und eine Schwester, Fredi und Gisela, älter als er, und das Nesthäkchen der Familie, dem bereits das Glück widerfahren war, auf den Namen Adolf getauft zu werden. Bennos Vater war Volksschullehrer.

Alle Kinder hatten des Vaters hellrotes Haar geerbt, sein breites energisches Kinn, seine durchdringende Stimme. Die Mutter war ebenfalls groß und kräftig gewachsen, auf eine derbe Art ganz hübsch, mit hellblondem Haar, das sie in einem Zopfkranz, was ganz unmodern war, um den Kopf gelegt hatte.

»Die sieht aus wie Thusnelda nach der Schlacht im Teutoburger Wald, auf dem Marsch nach Rom begriffen«, spöttelte Victoria, und hatte ebenso wie Nina versucht, Stephan die Anhänglichkeit an diese Familie zu vermiesen. Jedoch vergebens; auf seine stille, hartnäckige Art hielt Stephan an dieser Freundschaft fest. Es war übrigens die einzige Freundschaft mit einem gleichaltrigen Jungen, die er je gehabt hatte; in der Schule, die er nur mühsam bewältigte, hatte er keinen Freund.

Nachdem Trudel nicht mehr da war, sein bester Freund im Grunde, seine Vertraute in allen Lebenslagen, war er noch häufiger bei den Riemers als früher. Und wenn er es einigermaßen bei den Hitlerjungen aushielt, so ihretwegen, denn die Riemers waren stramme Nationalsozialisten, überdies nun im sozialen Aufstieg begriffen, denn Bennos Vater war das, was man jetzt einen alten Kämpfer nannte, er hatte eine ganz niedrige Parteimitgliedsnummer und war einer der ersten im ganzen Viertel gewesen, den man in der SA-Uniform herumstolzieren sah. Unter dem neuen Regime war er bereits Rektor einer Schule geworden, bekleidete eine führende Charge in der SA, Frau Riemer tummelte sich in der NS-Frauenschaft, Fredi war HJ-Führer, Gisela führte im BDM – mit einem Wort, die ganze Familie befand sich auf der Höhe der Zeit.

Aber das war es gewiß nicht, was Stephan anzog, es war jetzt wie früher Bennos beschützende und ehrliche Freundschaft, die ihm viel bedeutete. Dagegen kamen Ninas Kritik und Victorias Spott an der Familie Riemer nicht an.

Victoria, ganz anders geartet als ihr Bruder, hatte immer viele Freundinnen gehabt, allerdings keine, die ihr so nahestand wie Elga Jarow, die sie noch mehr vermißt haben würde, wäre nicht das Gesangstudium zur Zeit der beherrschende Faktor ihres Lebens gewesen, dem alles andere nachgeordnet wurde. Auch hatte sie im Studio genügend junge Leute um sich, Gesprächsstoff war ausreichend vorhanden, denn sie alle vereinte ja dasselbe Ziel, derselbe Ehrgeiz. Natürlich gab es auch Eifersüchteleien, Gegnerschaft, hier und da ein kleiner Hader, auch dies eine Vorübung auf den angestrebten Beruf.

Ein Jahr besuchte Victoria nun das Gesangstudio, sie hatte viel gelernt, denn sie war fleißig und aufmerksam, ihre Stimme war voller und kräftiger geworden, ihre Atemtechnik bereits vorzüglich, derzeit studierte sie die Sopranpartie aus dem ›Messias‹ von Händel, als nächstes würde, so hatte Marietta schon angekündigt, ihre erste Opernpartie folgen, vermutlich die Marie aus dem ›Waffenschmied‹.

Victoria kontrollierte ihre Mappe, ob alles drin war, blickte nochmals in den Spiegel und war zum Gehen bereit. Wie immer war sie außerordentlich pünktlich, sie würde eine Viertelstunde vor der Zeit in Halensee eintreffen. Sie fuhr mit dem Rad, um das Geld für die U-Bahn zu sparen. Jedenfalls bei schönem Wetter.

War es kalt, windig oder regnerisch, nahm sie der Stimme zuliebe die U-Bahn.

Es klingelte an der Wohnungstür, und sie lief hinaus, um nachzusehen. Vermutlich wieder ein Bettler, es war den neuen Herren noch nicht gelungen, sie von der Straße und aus den Häusern zu vertreiben.

Sie griff in ihre Jackentasche. Hatte sie noch einen Groschen? Doch vor der Tür stand nicht die kümmerliche Gestalt, die sie erwartet hatte, vor der Tür stand der Mann ihrer Träume: Peter Thiede.

»Oh!« machte sie überrascht.

Und er lächelte: »Hallo, meine Schöne.«

Er umarmte sie, küßte sie auf die Wange, so wie er es immer getan hatte, hielt sie dann auf Armlänge von sich ab und sagte:

»Du bist aber wirklich das Ansehen wert. Ein verdammt hübsches Mädchen bist du geworden.«

Sie errötete erfreut über das Lob, lachte ihn an und sagte: »Vielen Dank, großer Star, aus deinem Mund hör' ich das besonders gern, wo du dich ja ununterbrochen unter hübschen Mädchen bewegst.«

»Na, es geht. Abgeschminkt sind sie nicht alle direkt zum Anbeißen. Willst du eigentlich auch zum Film?«

»Ich singe doch.«

»Ja, ja, ich weiß. Immer noch?«

»Was heißt immer noch? Ich fange jetzt langsam an, ein bißchen zu können.«

»Was für bescheidene Töne! Bin ich von dir gar nicht gewöhnt.«

Sie waren ins Wohnzimmer gegangen, Thiede blickte um sich.

»Irgendwie sieht es hier anders aus. Es fehlt was.«

»Das Klavier. Steht jetzt in meinem Zimmer. Ich hab' doch jetzt ein eigenes, seit Tante Trudel verheiratet ist.«

»Ich habe davon gehört. Ich finde das phantastisch. Glücklich verheiratet?«

»Es ist uns nichts Gegenteiliges bekannt.«

Sie blickte ihn bewundernd an und sagte: »Du siehst aber auch fabelhaft aus.«

»Danke. Man tut, was man kann.«

Er trug einen vorzüglich geschnittenen hellgrauen Anzug, eine dunkelblau und rot gestreifte Krawatte zum weißen Hemd, das braune Haar war in flottem Schwung nach hinten gebürstet, das Gesicht markant und ausdrucksvoll, durch einen leichten Zug des charmanten Leichtsinns aufgelockert.

»Was verschafft mir die Ehre deines Besuchs?«

»Eigentlich gilt er ja nicht dir, sondern Nina. Aber sie ist nicht da, wie ich sehe.«

»Sie arbeitet doch.«

»Immer noch in dieser komischen Fahrschule?«

»Klar.«

»Verstehe ich nicht, warum sie nicht endlich mal was Vernünftiges macht. So ein kluges und charmantes Mädchen wie deine Mutter, die verkauft sich doch unter Wert.«

»So einfach ist es eben nicht, etwas zu finden.«

»Ich werde mich darum kümmern.«

»Das hast du lange nicht getan«, sagte Victoria leise.

»Das ist ein Vorwurf, schönes Kind, ein Pfeil mitten in mein schwarzes Herz hinein. Aber sieh mal, ich habe allerhand gearbeitet im letzten Jahr. Vier Rollen allein in dieser Spielzeit, und soeben habe ich einen Film abgedreht.«

»Ja, ich hab's gelesen. ›Weiße Nächte‹. Klingt toll.«

»Spielt im zaristischen Rußland. Ich bin ein Offizier, den man in einen Spionagefall verwickelt, um ihn zu vernichten. Natür lich wegen einer Frau, die ich liebe und die mich liebt, und die der Schurke seinerseits haben will. Geht aber alles gut aus.«

»Das beruhigt mich. Ich würde dich ungern als Leiche im Kino wiederfinden.«

»Siehst du dir denn meine Filme an?« fragte er eitel.

»Jeden. Und nicht nur einmal.«

»Das freut mich. Sag mal – etwas anderes, warum habt ihr eigentlich kein Telefon? Ich hätte angerufen und wäre hier nicht so hereingeplatzt, aber man kann ja nicht. Ihr seid wirklich noch von vorgestern.«

»Es hat wohl finanzielle Gründe. Aber ich hätte auch gern eins.«

»Also, dann kümmere dich drum. Und jetzt gib mir mal die Nummer von Ninas Büro. Ich hatte sie zwar, aber ich finde sie nicht mehr.«

»Warte, ich schreib' sie dir auf.«

»Ich möchte Nina dringend wiedersehen. Und ernsthaft mit ihr reden.«

»Worüber denn?«

»Das geht dich nichts an, du Grünschnabel. Danke.«

Er steckte den Zettel mit der Nummer in die Rocktasche, und die ordentliche Victoria meinte: »Auf diese Weise wirst du die Nummer wieder verlieren.«

»Werde ich nicht. Ich rufe sie nachher gleich an.«

Victoria blickte auf die Uhr.

»Ja, tut mir leid, aber ich muß weg. Ich würde dich gern zu einer Tasse Kaffee einladen, aber ich habe um vier Stunde.«

»Wo mußt du denn hin?«

»Nach Halensee.«

»Ich fahre dich, ich habe den Wagen unten.«

»Prima.«

Er fuhr sie bis vor die pompöse Gründerzeitvilla, in der sich das Gesangstudio Losch-Lindenberg befand, und als das silbergraue Kabriolett vor dem hohen Gittertor hielt, sagte Victoria: »Hoffentlich sehen sie zum Fenster 'raus.«

»Wer?«

»Na, die schon da sind. Wenn ich schon einmal in so einem schicken Wagen hierhergebracht werde, soll das auch jemand sehen.«

Thiede lachte. »Ich würde dir das Vergnügen gern öfter machen, aber ich habe ja noch eine kleine Nebenbeschäftigung. Außerdem müßte ich dazu deinen Stundenplan kennen.«

»Och, den kannst du gern kriegen. Zweimal in der Woche vormittags um zehn Gesangstunde, einmal Atemübungen und Gymnastik in der Gruppe, früh um neun, Montagabend um fünf Klavierstunde. Jeden Mittwoch, abends um sechs, kommt ein Italiener von der Sprachschule, der gibt uns italienischen Unterricht. Und Freitagabend um sechs Musikgeschichte bei Herrn Marquard. Das ist mein früherer Musiklehrer von der Penne, erinnnerst du dich?«

»Dunkel. Von dem warst du immer ziemlich begeistert, nicht?«

»Bin ich immer noch. Mehr denn je. Ihm habe ich es zu verdanken, daß ich hier im Studio bin. Und diese Vorlesungen über Musikgeschichte, das ist ganz neu, die gibt es erst seit Januar. Und weißt du, warum? Wegen mir und Lili.«

»Fabelhaft. Wer ist Lili?«

»Die ging mit mir in dieselbe Schule und studiert jetzt auch Gesang. Und Herr Marquard – also das ist so, er kennt Frau Professor Losch-Lindenberg schon lange, als sie noch am Theater war. Sie hat ja auch hier an der Staatsoper gesungen, und in Dresden und in München, und in Bayreuth, und überall eben.

Er verehrt sie sehr. Verehrte Frau Kammersängerin, so sagt er immer zu ihr. Na ja, und er hat gesagt, wir sollen zu ihr gehen, weil wir da was Gescheites lernen. Und ab und zu kommt er ins Studio, um zu hören, was da los ist. Seit wir hier sind, Lili und ich, kommt er oft. Mich kann er besonders gut leiden.«

»Das spricht für seinen Geschmack.«

»Und dann hat er mit Marietta, also mit Frau Professor besprochen, daß er jede Woche einmal eine Vorlesung über Musikgeschichte hält. Das macht er ganz toll, schon früher in der Schule hat er uns viel erzählt, aber jetzt macht er es natürlich ganz gründlich.

Momentan sind wir bei Händel. Das trifft sich gut, weil ich gerade Händel singe. Ich freue mich jedesmal auf den Freitagabend.«

»Ich sehe, du bist ein glückliches Mädchen. Glücklich mit dem, was du tust. Wenn das so bleibt, kann man dich beneiden.«

»Bei dir ist es doch auch so, nicht?«

»Doch. Darum weiß ich auch, wovon ich spreche. Jetzt ist es bei mir so. Es gab auch schwierige Zeiten, das weißt du ja noch. Aber die gibt es in einem Künstlerleben immer mal. Jetzt habe ich aber noch nicht kapiert, was du heute, Donnerstagnachmittag um vier Uhr, hier tust. Das kam nicht vor.«

»Das ist überhaupt das Tollste von allem, das ist der Ensemblenachmittag. Der dauert von vier bis sechs, aber manchmal auch bis sieben oder noch länger. Da sind alle da, aber es singen meistens nur die älteren Semester, die schon richtige Partien studieren. Aber alle hören zu. Das ist wichtig, sagt Marietta, damit man sich daran gewöhnt, vor Publikum zu singen. Also da singt einer mal ein Lied oder eine Arie, oder zwei singen ein Duett . . .«

»Oder drei ein Terzett oder vier ein Quartett, und manchmal singt ihr ganze Opern.«

»So ungefähr. Was wir eben auf die Beine stellen können. Ich habe erst einmal ein Lied gesungen. ›Die Forelle‹, von Schubert. Beim nächstenmal komme ich dran. Ich singe aus dem ›Messias‹. ›Er weidet seine Herde‹. Kennst du das?«

»Auf die Gefahr hin, von dir ausgelacht zu werden, eigentlich nicht.«

»Hör zu.« Leise, klar begann sie ihm die Arie vorzusingen.

Thiede lauschte aufmerksam.

»Schön«, sagte er, als sie geendet hatte. »Wunderschön. Du wirst bestimmt eine berühmte Sängerin.«

Sie schloß die Faust um den Daumen. »Dein Wort in Gottes Ohr.«

»Das ist also ein wichtiger Tag für dich.«

»Ja. Sie werden alle kritisch zuhören.«

»Hast du Lampenfieber?«

»Noch nicht. Aber das kommt dann ganz bestimmt. Und nun muß ich gehen.«

Sie hatte immer mal einen Blick auf die Fenster geworfen, in der Hoffnung, daß man sie von drinnen aus sah. Das große Musikzimmer, in dem die Ensemblestunden stattfanden, ging auf die Straße hinaus, und es war kaum anzunehmen, daß der auffallende Wagen übersehen worden war. Peter stieg aus, ging um den Wagen herum, um ihr den Schlag zu öffnen. Und gerade als sie ausstieg, kamen Gerda Monkwitz und Horst Runge die Straße entlang, ebenfalls auf dem Weg zur Ensemblestunde. Die konnten nun alles ganz genau sehen, auch, daß Peter sie küßte, sogar auf den Mund, und daß er ihr über die linke Schulter spuckte.

Es war zu schön, um wahr zu sein.

»Toi-toi-toi für deinen Auftritt«, sagte Peter. »Und ich hoffe, wir sehen uns bald wieder.«

»Wäre mir eine Wonne.«

Der Ton ihrer Stimme, das Strahlen ihrer Augen begleiteten Peter noch eine Weile, nachdem er abgefahren war.

Ein bemerkenswertes Mädchen, fand er. Als er sie kennenlernte, war sie erst fünfzehn und schon damals reizend anzusehen und von verblüffender Sicherheit. Kein Wunder, daß Nina stolz war auf diese Tochter.

Wenn sie wirklich begabt war, würde sie ihren Weg machen. Vielleicht sollte er doch einmal veranlassen, daß Probeaufnahmen von ihr gemacht wurden. Wenn sie auch noch singen konnte bei ihrem Aussehen, würde man bei der UFA höchst angetan von ihr sein.

Dann wandten sich seine Gedanken Nina zu. Er hatte sie seit Monaten nicht gesehen, ihr nicht einmal Karten zu seinen Premieren geschickt, und darum hatte er ein schlechtes Gewissen. Wenn sie eingeschnappt war, hatte sie allen Grund dazu. Zwar gab es momentan eine neue Liebesaffäre in seinem Leben, aber derer war er bereits überdrüssig. Nina war so wohltuend gewesen, zärtlich, anschmiegsam, doch nie lästig. Er hatte es nicht vergessen.

Victoria war stehengeblieben, bis Gerda und Horst herangekommen waren, und Gerda tat ihr auch sofort den Gefallen zu fragen: »Was hast du dir denn da für einen schicken Kavalier angelacht?«

»Kennst du den nicht?« fragte Victoria lässig zurück, »das war doch Peter Thiede.«

»Der Filmschauspieler?«

»Ja. Is 'n guter Freund von mir.«

»Haste nie erzählt. Woher kennst du den denn?«

»Ach, den kenne ich schon eine ganze Weile. Ich hab' ihn sehr gern.«

»Willst du denn zum Film?« fragte Runge.

»Wenn ich wollte, könnte ich«, erklärte Victoria selbstsicher. »Aber da mache ich mir nicht so viel draus. Ich möchte lieber eines Tages die Mimi singen.«

»In der Staatsoper, wa?«

»Wenn möglich, ja.«

Im großen Musikzimmer war die gesamte Schülerschaft der Frau Kammersängerin Professor Marietta Losch-Lindenberg versammelt.

Fünfzehn waren sie zur Zeit. Ein Mädchen hatte aufgegeben im Herbst, nachdem Marietta es ihr nahegelegt hatte. Tränen waren geflossen, doch inzwischen war ein Verlobungskärtchen ins Haus geflattert.

»Bene«, hatte Marietta geäußert. »Soll sie heiraten und ihren Kindern Wiegenlieder vorsingen. Das wird ein leichteres Leben für sie sein.«

Es fiel Marietta jedesmal schwer, einem ihrer Schüler den erträumten Beruf auszureden, sie wußte, wie tief es einen jungen Menschen schmerzen konnte, von seinen Träumen Abschied zu nehmen. Aber sie wußte auch, wie hoch die Anforderungen in diesem Beruf waren und wie unglücklich ein erfolgloser Künstler werden konnte, notgedrungen werden mußte.

Manche glaubten ihr natürlich nicht, wechselten nur den Lehrer. Marietta machte sich ihr Urteil nicht leicht. Jeder, den sie angenommen hatte, sollte seine ehrliche Chance haben, zu zeigen, wie weit sein Talent, sein Fleiß, seine Ausdauer reichten.

»Was ihr euch erwählt habt«, sagte sie, »ist der härteste Beruf unter Gottes Sonne. Mittelmäßige Sänger gibt es bergeweise, sie sind für sich und die Umwelt eine Pein. Schlechte Sänger sollte man ersäufen. Denn wer singt und es nicht kann, macht sich eines Verbrechens schuldig. Er mordet die Musik. Aus meinem Studio, mit meinem Namen als Lehrer, soll keiner kommen, der nicht wenigstens das Rüstzeug hat, an einer anständigen großen Bühne zu singen.«

Zwei waren im vergangenen Herbst ins erste Engagement gegangen.

Eine Sopranistin nach Bielefeld, ein junger Tenor sogar nach Dresden, was für ein erstes Engagement ganz ungeheuerlich war, denn Dresden verfügte über eines der größten und besten Opernhäuser in Deutschland.

Es war immer eine feierliche Angelegenheit, wenn einer seine Studien abschloß und ins erste Engagement ging, Victoria hatte es zum erstenmal miterlebt und war sehr bewegt gewesen über die Worte, die Marietta bei dieser Gelegenheit sprach.

Mahnungen, Ratschläge, gute Wünsche, aber auch Warnung und fast einen Fluch beinhalteten die Sätze, die Marietta den Debütanten mit auf den Weg gab.

»Ihr seid keine Durchschnittsmenschen. Ihr seid berufen, den anderen Menschen Freude, Glück und Erhebung zu schenken. Und ihr könnt es nur durch Opfer und Verzicht. Es gibt eine erbarmungslose Göttin über euch: die Musik. Und wenn ihr nicht dienen wollt, bis zum letzten Einsatz, bis zur Selbstaufgabe, wenn ihr nicht das Beste geben wollt, was ihr aus euch herausholen könnt, seid ihr verdammt bis ans Ende und nicht wert, daß die Sonne euch bescheint.«

Der junge Sopran hatte geweint, Marietta die Hand geküßt und geflüstert: »Ich werde nie, nie vergessen, was ich Ihnen zu verdanken habe, Frau Professor.«

Mit dem Tenor hatte es gelegentlich Schwierigkeiten gegeben.

Er sah recht gut aus, war überheblich, in der Arbeit schlampte er ganz gern. Zweimal hatte Marietta ihn hinausgeschmissen, aber immer wieder aufgenommen, wenn er reuig mit einem Blumenstrauß aufkreuzte; seine Stimme war zu schön.

Beim Abschiedsabend gab es Sekt und belegte Brote, Mariettas Rede, Umarmungen und gute Wünsche von den Studienkollegen, ein bißchen Neid vielleicht auch und hinter jeder Stirn der Gedanke:

Wenn ich erst dran bin . . .

An diesem Nachmittag nun war der ›Freischütz‹ dran. Sie hatten eine Agathe, ein Ännchen, einen Max, so daß sich der ganze Forsthaus-Akt durchsingen ließ.

Sie saßen verstreut im Zimmer herum, teils auf Stühlen und Sofas, teils auf dem Boden, die Frau Professor thronte anfangs in ihrem hohen Lehnsessel, in dem sie es aber meist nicht lange aushielt, dann stand sie dahinter, die Ellenbogen auf der Lehne; war sie zufrieden, stützte sie das Kinn auf den abgespreizten Daumen, begann ihr etwas zu mißfallen, steckte sie den Daumen in den Mund. Man brauchte sie nur zu beobachten, dann wußte man Bescheid.

Sie war eine imponierende Erscheinung, groß und üppig, jedoch nicht dick, dazu war ihre Figur zu wohlproportioniert. Es wäre schade um jedes Pfund, das sie weniger hätte, so hatte es der nach Dresden abgewanderte Tenor einmal formuliert. Sie war das, was man eine Walküre nannte, und die Brünnhilde hatte sie denn auch gesungen, sogar in Bayreuth, was ihr im Kreise ihrer Schüler eine Art Heiligenschein verlieh.

Mit fünfzig hatte sie aufgehört, freiwillig und ganz bewußt.

»Man muß wissen, wann man aussteigen muß«, erklärte sie

ihren Schülern. »Das ist in der Kunst wie in der Liebe so. Wer nicht aussteigen kann, muß absteigen. Ehe ich mit einem Müllkutscher schlafe, schlafe ich mit mir selber. Die Leute müssen sagen: wie schade, daß sie nicht mehr singt. Wenn sie sagen: Gott der Gerechte, jetzt singt die immer noch, das ist von Übel.«

So gern sie gesungen hatte, so begeistert sie in ihrem Beruf aufgegangen war, so gern lehrte sie jetzt, so begeistert gab sie weiter, was sie konnte und wußte. Sie war wirklich eine hervorragende Lehrerin, in der Beziehung war Victoria von Herrn Marquard gut beraten worden. Individueller, intensiver, intuitiver konnte ein Unterricht nicht sein.

Drei Jahre lang hatte Marietta an einer Musikhochschule unterrichtet, dann fand sie, daß ihr ein eigenes Studio mehr Befriedigung geben würde. In jener Zeit starb ihr Mann, ein reicher Industrieller, der ihr soviel Geld hinterließ, daß sie sich diesen Wunsch erfüllen konnte. Achtundfünfzig war sie heute, sah immer noch blendend aus, sie hatte große tiefblaue Augen und war ständig so geschminkt, als müsse sie gleich auf die Bühne.

Das tollste war ihr Haar, eine kupferrote, leuchtende, dicke Löwenmähne, durch die sie in Momenten der Erregung oder Begeisterung mit allen zehn Fingern fuhr.

Bernhard Marquard war an diesem Nachmittag auch zugegen; wann immer er es zeitlich einrichten konnte, fand er sich zu den Ensemblestunden ein.

Er saß still in einer Ecke, die schmale Figur ganz versunken in einem Lederfauteuil, das blasse Gesicht beherrscht von den dunklen Augen, den Augen eines Romantikers.

Er nickte Victoria zu, als sie hereinglitt und sich still neben Lili auf ein kleines Bänkchen schob, ihr bevorzugter Platz.

Zunächst war der ›Freischütz‹ noch nicht dran, sondern die Frau Professor sprach über künftige Pläne. Bis zum Herbst, kündigte sie an, werde man den ganzen ersten Akt des ›Figaro‹ einstudieren und anschließend den zweiten Akt des ›Rigoletto‹.

Wie weit man alles über die Bühne bringen werde, komme auf den Fleiß der einzelnen an. Wer welche Rolle singen werde, sei noch nicht in jedem Punkt klar, auf jeden Fall Runge den Figaro.

Horst Runge war der Meisterschüler im Hause, er besaß einen

wunderschönen Bariton, war außerordentlich musikalisch, hatte das absolute Gehör. Er war auch bereits zweimal bei einem Liederabend in der Provinz mit Erfolg aufgetreten.

Er fragte auch gleich zurück: »Den Rigoletto nicht?«

Marietta schoß ihm nur einen tadelnden Blick zu und ließ sich auf keine Erörterungen ein. Was auch überflüssig war, denn Klaus Juncker, der zweite Bariton im Studio, der also zweifellos den Grafen singen würde und auch eine schöne Stimme besaß, hätte die gleiche Frage stellen können. Offenbar hatte sich Marietta noch nicht entschieden, oder, was wahrscheinlicher war, gedachte sie, die Partie doppelt zu besetzen. Das ergab erstens keinen Hader zwischen den jungen Künstlern, und zweitens hatte es den Vorteil, daß sie miteinander wetteifern konnten.

Und da kam es auch schon. Nachdem Marietta den Blick über die jungen erwartungsvollen Gesichter hatte schweifen lassen, sagte sie: »Ich denke daran, einige Rollen doppelt zu besetzen. Mary wird die Susanne singen, und Charlotte die Gilda, doch ich sehe keinen Grund, warum ihr nicht beide jede Partie studieren und dann alternieren könnt. Auch den Cherubin können wir doppelt haben, das macht Angela, und ich denke, daß Victoria als zweite Besetzung in Frage kommt.«

Victoria zog die Luft zwischen die Zähne, ihre Augen leuchteten. Kein Zweifel, daß sie besser sein würde als Angela, auch wenn die schon seit zwei Jahren das Studio besuchte. Angela, eine schmale Dunkelhaarige, saß ein Stück weiter entfernt auf dem Boden, wie immer hatte sie die Schuhe ausgezogen und die Füße gegen das Empiresofa gestemmt. Die beiden Mädchen tauschten einen kurzen Blick, Angela zog hochmütig die Brauen hoch, Victoria lächelte herablassend. Du wirst schon sehen, daß ich besser bin als du, dachte sie.

»Als erstes Ziel ›Figaro‹«, beendete Marietta ihre Rede, »und zwar bis Mitte Oktober. Wenn es gut wird, laden wir Publikum ein. Und nun los mit dem ›Freischütz‹. Avanti!«

Am Klavier saß Oscar Mosheim, der immer bei den Ensemblestunden begleitete, und sonst den Klavierunterricht gab.

Und dann begann Ulrike mit dem Ännchen – ›Schelm, halt fest‹.

Victoria zog die Mundwinkel herab. Na ja, war nicht umwerfend.

Sie würde das Ännchen heute schon besser singen.

Aber auf das Ännchen war sie sowieso nicht scharf. Die Agathe wollte sie singen.

Peter Thiede hatte es auf einmal außerordentlich eilig, Nina zu sehen. Schon bei der nächsten Telefonzelle hielt er an, zog den Zettel mit der Nummer aus der Tasche und versuchte sein Glück.

Sie meldete sich selbst.

»Fahrschule Fiebig, Jonkalla.«

»Sehen wir uns heute abend?« fragte Thiede mit seiner verführerischsten Stimme.

Ein kurzes Schweigen am anderen Ende der Leitung, dann ihre Stimme, überrascht, leise: »Peter?«

Sehen wir uns nach der Vorstellung, das war das Zauberwort gewesen, damals, als ihre Beziehung begann, als beide noch bei Felix am Theater waren, Nina im Büro, Peter als Schauspieler.

Wenn sie sich trafen, ehe er auf die Bühne ging, wartete sie auf diese Frage; wartete manchmal tagelang, redete sich selbst gut zu, vernünftig zu sein, denn es würde keine Fortsetzung geben.

»Ninababy, ich möchte heute abend elegant mit dir essen gehen. Läßt sich das machen?« Und als nicht gleich eine Antwort kam, fuhr er fort: »Und sei bitte nicht beleidigt, weil ich so lange nichts habe hören lassen. Ich habe gearbeitet, aber das ist natürlich keine Entschuldigung. Gib mir Gelegenheit, mich heute abend ausführlich zu entschuldigen. Bitte.«

»Du brauchst dich nicht zu entschuldigen. Habe ich dich je angebunden?«

»Gotteswillen, nein. Trotzdem fühle ich mich schuldig. Kommst du mit heute abend? Wir gehen zu Horcher, ja? Wir müssen wieder einmal ernsthaft miteinander reden. Soll ich dich abholen?«

»Hol mich zu Hause ab«, sagte sie, »ich kann heute etwas früher Schluß machen.«

Das konnte sie zwar nicht, aber das würde sie schon hinbiegen.

Wenn sie schon mit ihm ausging, wollte sie erst nach Hause und sich hübsch machen.

»Gut. Ich bin um acht bei dir. Ich war heute schon mal dort, habe Victoria getroffen.«

»Ach ja?«

»Erzähle ich dir heute abend. Also, bis später.«

Als er kam, schloß er sie zärtlich in die Arme und küßte sie auf beide Schläfen. Nicht auf den Mund, er wußte, daß Frauen das nicht gern hatten vor einem Ausgang, der Lippenstift verwischte sich.

Sie aßen bei Horcher, das Restaurant war gut besucht, doch Thiede, der hier bekannt war, hatte einen Tisch bestellt.

Nina hatte sich zurechtgemacht und trug das taubenblaue Kleid. Sie war sicher, er kannte es noch nicht, denn seit sie das Kleid besaß, hatten sie sich nicht gesehen.

»Du siehst bezaubernd aus, Ninababy. In all den Jahren, in denen ich dich nun kenne, hast du dich nicht verändert.«

»Du bist ein großer Schmeichler, ach, der geborene Heuchler . . .« zitierte sie.

»Tosca, das weiß ich sogar. Deine Tochter sang mir heute eine Arie aus dem ›Messias‹ vor. Die kannte ich nicht. Schön hat sie gesungen.«

»Sie hat dir vorgesungen?«

»Ja, im Auto. Ich habe sie zu ihrer Frau Professer Dingsbums gefahren.«

»Das wird ihr Spaß gemacht haben.«

»Es schien so. Und ihre Arbeit scheint ihr auch großen Spaß zu machen. Eines Tages wirst du die Mutter einer berühmten Tochter sein.«

Nina lächelte. »Wir hoffen es. Aber eigentlich wage ich es gar nicht, richtig zu hoffen. In meinem Leben gab es so viele Enttäuschungen – ich habe immer Angst um Vicky.«

»Um die brauchst du keine Angst zu haben. Die schafft das

schon. Und wenn es mit dem Singen nicht klappt, dann soll sie zum Film gehen. Hübsch genug ist sie. Und so lebendig dazu. Sie hat viel Ausstrahlung, weißt du, und das ist es vor allem, was den Reiz einer Frau ausmacht.«

Nina verspürte einen Hauch von Eifersucht. Er hatte früher nie in Vicky eine Frau gesehen. Aber nun sah er sie offenbar mit anderen Augen.

»Aber eigentlich wollte ich nicht über Vicky mit dir sprechen, sondern über dich. Nina, du hattest doch einmal ganz konkrete Pläne, du wolltest schreiben, du hast sogar schon angefangen, soviel ich weiß. Und jetzt sitzt du in dieser popligen Fahrschule herum und vergeudest deine kostbare Zeit.«

»Ich war sehr froh, als ich diese Stellung in dieser popligen Fahrschule bekam. Und ich bin jetzt noch froh, daß ich sie habe. Du weißt, wie kostbar heutzutage nicht nur Zeit ist, sondern auch Arbeit. Ich muß einfach etwas verdienen. Vicky studiert, Stephan geht noch zur Schule, sie werden beide noch lange nichts verdienen. Es hängt an mir, daß aus ihnen etwas wird.«

»Ich weiß. Aber du könntest mehr verdienen.«

»Womit?«

»Ich sagte es ja gerade. Mit Schreiben. Hattest du nicht mal einen Roman angefangen?«

»Da ist nichts daraus geworden, ich kann das nicht.«

»Dann hattest du Ideen für ein Theaterstück. Ich weiß sogar noch, wie es heißen sollte. ›Die neue Nora‹, stimmt es?«

»Stimmt genau.«

»Und dann sprachen wir von Filmarbeit. Damals mit dem Koschka, der mir den ersten Filmvertrag gab, aus dem dann nichts wurde.«

»Ich weiß alles. Aber wie soll ich das anfangen?«

»Hör zu, mein Herz. Ich kenne immerhin jetzt eine ganze Menge wichtiger Leute. Vom Film, vom Theater, von der Presse. Und du mußt eins bedenken, es findet zur Zeit eine gewisse Umschichtung statt. Die jüdischen Mitarbeiter werden überall zur Seite gedrängt, möglicherweise nach und nach hinausgedrängt. Das ist eine Chance, wenn man sie zu nutzen weiß.«

»Ich finde es nicht anständig, darauf zu spekulieren.«

»Anständig oder nicht – es ist nun mal so. Zweifellos wird mancher, der bisher nicht zum Zuge kam, nun mehr Möglichkeiten haben. Und ein unbekanntes Talent findet jetzt Chancen, glaube mir das. Die Nazis wollen eine Menge für Theater und Film tun, sie haben so eine Art kulturelles Sendungsbewußtsein, und das ist nicht die schlechteste Eigenschaft an ihnen. Siehst du, ich mache mir auch nicht viel aus diesen Brüdern, aber ich habe das Gefühl, daß sie bald sehr sicher im Sattel sitzen werden. Sie fangen es ganz geschickt an, der Vierjahresplan, dann diese Inszenierung im März in Potsdam, also das hätte Reinhardt nicht besser machen können, das war einfach gekonnt. Was willst du, es gefällt den Leuten. Es ist ein Erfolg. Ich weiß, wie Erfolg riecht, wie er schmeckt. Und hier stinkt es ja geradezu nach Erfolg. Du wirst sehen, diese Leute bleiben uns erhalten.«

Thiede sprach leise, zu ihr geneigt, verstummte, als der Ober sich ihrem Tisch näherte und Wein nachschenkte.

»Vier Wochen ist es jetzt her, seit sie dieses Ermächtigungsgesetz durchgeboxt haben. Weißt du, was das ist? Das ist der Tod der anderen Parteien. Wir leben in einer Diktatur. Ob es uns paßt oder nicht, es ist eine Tatsache. Ich für meine Person bin froh, daß ich Künstler bin. Wenn ich vor der Kamera stehe oder auf der Bühne, ist das ein unpolitischer Akt. Mir kann keener, wie die Berliner sagen. Ich tue meine Arbeit und das so gut ich kann, und ich will Geld verdienen.«

»Und die Juden?« fragte Nina leise.

»Hör zu, mein Herz, ich bin keiner. Das ist keine Schuld, das ist kein Verdienst, auch das ist eine nüchterne Tatsache, die mir zur Zeit nützt. Außerdem wird sich das legen. Wir haben noch genügend jüdische Kollegen in den Ateliers, und denen tut keiner was. Das schleift sich alles ab. Dieser Goebbels, den habe ich neulich mal kennengelernt, der kam zu uns ins Atelier während der Aufnahmen, also der Bursche ist unerhört charmant. Und sehr gescheit. Nebenbei gesagt, er sieht selber aus wie drei Juden. Also wenn der ein Arier ist, dann fresse ich einen Besen.«

»Ich kann mir eigentlich gar nicht vorstellen, wie das nun weitergeht.«

»Das kann sich niemand vorstellen, und das wissen die neuen Herren auch nicht, das kannst du mir glauben. Jetzt werden sie erstmal auf Deubel komm raus Arbeit beschaffen für das Volk, und dagegen ist nichts zu sagen. Das sollen sie ruhig machen. Dann kommt es nur noch darauf an, ob sich die Sozis von ihrem Schock wieder erholen und Herrn Hitler abservieren. Ich habe mich nie für Parteien interessiert, mir sind sie alle zuwider. Ich bin schon lange zu keiner Wahl mehr gegangen. Mir geht es nur darum, daß es den Menschen besser geht, daß sie Geld haben, um ins Kino und ins Theater zu gehen.«

Nina lachte. »Du machst es dir leicht.«

»Was soll ich sonst tun? Ich tue keinem was Böses, also wird mir auch keiner was tun. Ich sehe nur, daß alle Theater spielen, alle Ateliers in Betrieb sind, das genügt mir. Und ob in der Reichskanzlei Herr Hitler sitzt oder Herr Sonstwas, ist mir sowas von egal.«

Seine Betrachtung der Lage war eigentlich ganz vernünftig, fand Nina. Man änderte ja doch nichts, wenn man sich über Politik aufregte. Und ruhiger war es ja wirklich in der Stadt und auf den Straßen geworden.

»Hast du eigentlich mal wieder etwas von Felix gehört?« fragte Peter beim Dessert.

»Schon lange nicht. Eine Weile hat er ganz regelmäßig geschrieben, und ich habe ihm geantwortet. Er fühlte sich nicht sehr wohl in Florida, das habe ich dir erzählt. Aber vor einem Jahr etwa . . ., warte mal, ja, ein Jahr oder dreiviertel Jahr ist es her, da kam ein blöder Brief von ihm, in dem er ziemlich von oben herab mitteilte, daß er doch ganz froh sei, jetzt in Amerika zu sein. In Deutschland seien die Zustände doch wohl ziemlich belemmert, und es sei auf die Dauer eben doch von Übel, einem besiegten Volk anzugehören. Das hat mich so geärgert, daß ich ihm gar nicht geantwortet habe. Und seitdem hat er nichts mehr von sich hören lassen.«

»Na ja, er ist schon ein armes Schwein, so wie der Krieg ihn zugerichtet hat, einen Arm verloren, das Gesicht zernarbt, da kann ich schon verstehen, daß er verbittert ist. Schließlich war er Schauspieler, und ein verdammt gutaussehender Bursche, du hast ja sicher auch die alten Rollenbilder von ihm gesehen.«

»Ja, hab' ich.«

»Alles in allem hat er doch Glück gehabt mit dieser amerikanischen Frau, die trotz allem zu ihm gehalten hat und dann noch ein paar Jahre lang das ganze Theater für ihn finanziert hat, das war doch anständig von ihr. Wie hieß sie gleich?«

»Miriam.«

»Ohne die wäre er doch total verschüttgegangen. War eine ganz hübsche Frau.«

»Ich habe sie nur einmal gesehen. Ja, sie sah ganz gut aus. War aber viel älter als er.«

Nina ärgerte sich sogleich, daß sie das gesagt hatte. Sie war schließlich auch älter als Peter.

»Dank ihr konnten wir bei ihm Theater machen«, fuhr er fort. »Und ich hab' dich kennengelernt, Ninababy.« Er nahm ihre Hand und küßte sie.

Nina lächelte ihn an. Sie genoß es sehr, mit ihm hier zu sitzen, gut zu essen, sie kam so selten irgendwohin, meist saß sie abends zu Hause.

»Ich möchte gern eine Flasche Sekt mit dir trinken«, sagte er, »aber nicht hier.«

»Wo willst du denn noch hingehen? In eine Bar?«

»Zu mir.«

»Oh!« machte Nina. Wie meinte er das? Seit Salzburg hatte sie nicht mehr mit ihm geschlafen, und das war fast zwei Jahre her. Auch sonst hatte es keinen Mann in ihrem Leben gegeben.

Nein, nicht noch einmal, dachte sie. Ich habe es überwunden, ich habe mich damit abgefunden, daß es dich nicht mehr gibt. Du wirst nie erfahren, wie schwer es für mich war.

Sie sprach es nicht aus, aber er schien ihr anzusehen, was sie dachte, noch immer spiegelten sich ihre Gefühle allzu deutlich in ihrem Gesicht.

Wie er sie ansah! Sie kannte diesen Blick, zärtlich, eindringlich, dazu das leichte Lächeln um seinen Mund. Sie kannte das nicht nur von der Wirklichkeit her, sie kannte es auch von der Filmleinwand, es war derselbe Blick, dasselbe Lächeln, die der jeweiligen Partnerin galten.

Nicht noch einmal. Laß mich in Frieden.

Aber sie ging mit ihm.

Seine neue Wohnung befand sich am Olivaer Platz, im obersten Stock, war sehr exklusiv, sehr geschmackvoll eingerichtet, die großen Fenster boten einen herrlichen Blick über das nächtliche Berlin.

»Das ist toll«, rief Nina immer wieder, während sie durch die vier Räume ging, »einfach toll!«

»Das wollte ich dir zeigen«, sagte er stolz. »Ich hab' mir immer gewünscht, mal eine richtige Wohnung zu haben. Seit Jahren und Jahren habe ich nur in möblierten Buden oder in billigen Pensionen gewohnt. Meine vorletzte Filmgage habe ich voll hier hineingesteckt.«

»Und du wohnst ganz allein hier?«

»Ganz allein. Was nicht heißen soll, daß ich immer allein bin. Heute abend zum Beispiel nicht.«

»Und wer sorgt für dich?«

»Bärchen.«

»Wer ist Bärchen?«

»Frau Amanda Bär. Ein Juwel. Sie kommt am Morgen, macht mir Frühstück, räumt auf, putzt meine Schuhe, wäscht und bügelt meine Hemden, kocht was Gutes, wenn ich zu Hause bin, und obendrein hört sie mir noch meine Rollen ab. Ansonsten betrachtet sie mich kritisch von Kopf bis Fuß, ebenso meinen Umgang.«

»Dann bist du ja gut behütet.«

»Kann man sagen. Nicht nur behütet, auch bewacht. Eine Frau zum Beispiel, die Bärchen nicht gefällt, wagt sich nie wieder in diese Wohnung. Bärchen hat eine unnachahmliche Art, schweigend ihre Meinung zu äußern.«

»Hoffentlich kommt sie heute abend nicht mehr.«

»Erst morgen früh um acht. Aber so leise, daß sie dich im Schlaf nicht stören wird.«

Nina lachte nervös. »Morgen früh um acht sitze ich bereits an meinem Schreibtisch.«

»Das wird sich finden. Übrigens ist Bärchen eine leidenschaftliche Gegnerin der Nazis. Sie ist überzeugte Kommunistin.«

»Um Gottes Willen, und das sagt sie auch noch?«

»Jedem, der es hören will oder nicht. Eines Tages werden wir den Hitler aufbaumeln, sagt sie beispielsweise, an der nächsten Laterne. Und denn, Herr Thiede, komm ick nich mehr bei Ihnen, denn jeh ick ins Parlement und rejiere mit.«

»Das ist ja eine ulkige Type.«

»Ich möchte mir jern von Ihnen rejieren lassen, Bärchen, sage ich dann, Sie tun es jetzt schon, und es bekommt mir gut. Lieber wär's mir trotzdem, Sie rejieren mir alleene und lassen andere im Parlament wurschteln. So, und nun setz dich endlich. Ich hol' den Sekt. Dort stehn Zigaretten. Und dann wird gearbeitet.«

»Gearbeitet?«

Als er mit der Flasche zurückgekommen war und ihre Gläser gefüllt hatte, sagte er: »Auf dein Wohl, mein geliebtes Ninababy. Und nun streng dich mal an. Du hast früher immer so hübsche Ideen gehabt für Geschichten und Theaterstücke, das kann doch nicht alles aus deinem Kopf entfleucht sein. Diese dämliche Fahrschule kann dich doch nicht so ausfüllen, daß du gar keine anderen Gedanken mehr hast.«

»Nein, natürlich nicht. Geschichten denke ich mir immer noch aus.«

»Laß hören.«

»Gott, so aus dem Stegreif . . .«

»Wie war das mit der neuen Nora?«

»Das ist passé. Die Frauen sind heute alle so selbständig und emanzipiert, da kannst du mit einem Norastoff nicht mehr landen. Aber ich weiß eine andere Geschichte. Wenn zum Beispiel ein Mann wie mein Kurtel, also wenn der nach so vielen Jahren nun doch noch aus Rußland zurückkehren würde, und hier wäre das Leben weitergegangen, seine Frau liebt einen anderen, hat vielleicht wieder geheiratet, die Kinder kennen ihn gar nicht, was geht dann in so einem Mann vor? Meinst du nicht, das wäre eine gute Geschichte?«

»Sicher. Eine sehr ernste Geschichte allerdings. Und die Leute wollen vom Krieg nichts mehr hören. Außerdem keine sehr originelle Geschichte, so was hat's schon öfter gegeben.

Weißt du nicht eine heitere Geschichte? Oder eine mit viel Liebe?«

»Aber diese Geschichte handelt ja von Liebe? Von der verlorenen und vergessenen Liebe.«

Er kam und setzte sich zu ihr auf die Sessellehne.

»Reden wir beide ein wenig von Liebe.«

»O nein, darüber reden wir nicht mehr.«

»O ja, darüber reden wir bestimmt. Steh mal auf, Ninababy.«

»Warum?«

»Steh auf.«

Sie stand zögernd auf, er ließ sich in den Sessel gleiten und zog sie auf seinen Schoß, legte die Arme um sie und küßte sie auf den Hals.

Sie saß steif, voller Abwehr. Wäre sie doch nicht mitgegangen!

Sollte die ganze Pein von vorn beginnen?

Sie drängte ihn zurück.

»Nein, Peter, bitte nicht. Laß mich los.«

»Du bleibst heute bei mir. Es ist so schön, dich wieder im Arm zu haben. Du kannst nicht behaupten, daß du mich kein bißchen mehr liebst.«

»Ich liebe dich überhaupt nicht mehr«, sagte sie heftig.

»Du lügst. Ich spüre es deutlich, daß du mich liebst.«

»Du hast dich so lange nicht um mich gekümmert.«

»Stimmt.« Seine Lippen berührten zart ihre Brust, seine Hand glitt sanft über die Seide ihres Beines, glitt unter den Rock und begann geschickt die Strumpfhalter zu lösen.

»Du hast bestimmt eine andere Frau . . .« Sie bog sich zurück, schob seine Hand weg.

»Nicht nur eine. Mehrere. Aber sie sind ganz unwichtig.«

Jetzt griff er fest zu, bog ihren Kopf in den Nacken und küßte sie. Nina widerstand nicht länger, es tat so gut, ihn zu spüren, seine Lippen, seine Hände; ihre Lippen öffneten sich, es war wirklich unwichtig, was es sonst noch gab, jetzt war sie bei ihm, nur diese Stunde zählte. So war es immer gewesen, schon damals, als es anfing, beim erstenmal dachte sie: es ist nur heute. Nur einmal.

Und es war wie früher. Er liebte sie wunderbar, voll Zärtlichkeit, voll Leidenschaft, und ihr Körper, hungrig nach Liebe, sehnsüchtig nach der Umarmung eines Mannes, antwortete bereitwillig seinem Verlangen.

Später in der Nacht, sie lagen nebeneinander in seinem breiten Bett, ihr Kopf auf seiner Schulter, so wie früher, genau wie früher, und sie war müde, aber gleichzeitig hellwach, denn es wäre zu schade gewesen, nur eine dieser wunderbaren Minuten zu verschlafen, später in dieser Nacht dachte sie: es gab nur zwei Männer in meinem Leben, die ich lieben konnte. Nicolas, als ich jung war. Und er, der jetzt bei mir ist.

»Ich hol uns was zu trinken«, sagte er.

Diesmal brachte er Champagner. Der Sekt von vorhin war warm und schal geworden.

Champagner – den hatte Nicolas immer getrunken.

Auch das wußte Peter noch. Er setzte ihr das Glas an die Lippen und sagte: »Der erste Schluck für Nicolas. Der zweite für mich.«

Nina stiegen die Tränen in die Augen. Sie liebte ihn so sehr, daß in diesem Augenblick beide Männer zu einem wurden.

»Der erste Schluck für euch beide«, sagte sie leise.

Er nahm ihr das Glas ab, beugte sich über sie.

»Weißt du, was so wundervoll an dir ist? Du bist zur Liebe fähig. Nicht nur im Bett. Überhaupt. Du strahlst Liebe geradezu aus. Das können Frauen heute nicht mehr. Diese modernen Frauen, die sich so freizügig geben, für die Liebe nur ein Spiel ist, ein Zeitvertreib – sie lassen im Grunde einen Mann unbefriedigt. Liebe ist altmodisch und gehört ins vorige Jahrhundert, hat mir mal eine gesagt. Was soll ich mit so einer Frau anfangen? Das ist doch ernüchternd. Ich halte mich durchaus für modern, aber ich möchte trotzdem richtig geliebt werden.«

»Ach, Liebe ist so ein dummes Wort«, sagte Nina. »So unüberlegt verschwendet. Mißbraucht und oft verlogen. Und ich bekomme sowieso immer nur ein kleines Stück davon.«

»Das kränkt mich tief. Kannst du dich beklagen? Wie lange kennen wir uns? Und hat es was geändert, nur weil wir uns eine Zeitlang nicht gesehen haben?«

Nina lächelte. Was verstand schon ein Mann?

»Nein«, sagte sie. »Es hat nichts geändert. Für eine Weile bist du wieder da.«

»Das hast du mir nie verziehen, daß ich das damals sagte. Frauen können Ehrlichkeit nicht vertragen.«

»Richtig moderne Frauen eben doch.«

»Alles in allem war es keine kleine Weile, sondern eine lange Zeit, die wir zusammen waren. Und ich bin heute so glücklich wie am Anfang, wenn du bei mir bist.«

Sie küßte ihn. »Danke, daß du das sagst.«

»Und du bist auch ein bißchen glücklich?«

»Ich bin sehr glücklich.«

Bettgeplauder. Gespräche nach einer wohlgelungenen Umarmung. Morgen würde alles wieder vergessen sein. So modern war Nina immerhin, um das zu wissen. Ob sie allerdings so modern werden würde, einmal nicht mehr darunter zu leiden, bezweifelte sie. Aber sie wollte jetzt nicht aufstehen und fortgehen, sie wollte neben ihm bleiben, dieses Gefühl, ihn zu spüren von Kopf bis Fuß, bei ihm zu liegen, war fast noch schöner als der Liebesakt.

»Soll ich dir noch eine Geschichte erzählen?« fragte sie.

»Weißt du noch eine?«

»Ich weiß noch viele.«

»Erzähle!«

»Also paß auf. Da sind zwei Männer. Forscher. Und Freunde.«

»Du erzählst mir doch keine Homosexuellengeschichte? Das geht heute nicht mehr. Das gehört in die entartete Epoche. Die Nazis mögen das nicht.«

»Unsinn, davon weiß ich zu wenig, könnte ich gar nichts drüber erzählen. Also die beiden machen eine Expedition, irgendwohin, wo es ganz gefährlich ist.«

»Amazonasgebiet vielleicht?«

»Ja, so etwas meine ich. Und sie kommen auch wirklich in Lebensgefahr, der eine wird schwer krank, bekommt ein Fieber oder Indianer überfallen sie und verwunden ihn, irgend so was. Und dann stirbt er.«

»Trauriger Anfang. Könnte man aber ganz schön dramatisch machen. Der andere rettet sich?«

»Natürlich. Sonst geht die Geschichte ja nicht weiter. Doch der Tote sagt zu ihm: Kümmere dich um meine Tochter. Versprich es mir.«

»Der Tote? Erscheint er ihm als Geist?«

»Stell dich nicht so dumm. Er sagt es natürlich, ehe er stirbt.«

»Aha, verstehe. Letzte Worte und so. Und ich sehe schon, worauf es hinausläuft. Der Gerettete kommt nach Hause, kümmert sich und verliebt sich und die beiden werden ein glückliches Paar.«

»Noch lange nicht. Die Tochter ist ja noch ein Kind.«

»Das ist schon besser. Wie alt ist denn die Kleine?«

»Vielleicht fünf oder sechs.«

»Das wird eine lange Geschichte.«

»Der Forscher versteht von Kindern gar nichts, hat auch kein Interesse daran, aber er bringt es nicht über das Herz, dem Kind zu sagen, daß sein Vater tot ist.«

»Moment mal, hat das Kind keine Mutter?«

»Die ist schon lange tot.«

»Also ein armes, armes Waisenkind.«

»Du sollst es nicht lächerlich machen.«

»Tu ich ja nicht. Ich will bloß klarsehen. Weiter.«

»Das Kind bleibt zunächst bei ihm, und er muß viel arbeiten, die Forschungen auswerten, und am liebsten würde er das Kind in ein Internat geben, aber es ist ja noch so klein, und da engagiert er erstmal ein Kindermädchen. Weil er es seinem Freund versprochen hat, nicht? Eines Tages hört das Kind ein Gespräch zwischen dem Kindermädchen und noch jemandem, vielleicht der Haushälterin, und die sagen . . .«

»Und die sagen, ach, die arme, arme Kleine, nun hat sie weder Vater noch Mutter, und dieser herzlose junge Forscher will sie am liebsten weggeben zu ganz fremden Leuten.«

»Das Kind geht zu dem Mann, sieht ihn an und fragt: Warum hast du mir nicht gesagt, daß mein Vati tot ist?«

»Das könnte eine hübsche Szene geben. Ich bin der herzlose Mensch, und vor mir steht das kleine Mädchen mit seinen großen traurigen Augen, sehr schön, kann ich mir gut vorstellen. Was habe ich denn bis jetzt gesagt, wo der Vati geblieben ist?«

»Noch im Urwald. Oder wo er eben war.«

»Aha, ein gründlicher Forscher also. Wie geht's nun weiter?«

»Der Mann gewöhnt sich an das Kind, er hat das Kind gern, und das Kind mag ihn auch. Und er behält das Kind im Haus.«

»Nina, deinen Onkelkomplex kriegst du niemals los.«

»Er hat aber auch eine Frau, die ihn liebt und ihn heiraten möchte, und die will das Kind loswerden. Sie ist eifersüchtig auf das Kind.«

»Schlechtes Luder. Die heiratet er mir nicht. Statt daß sie sich darauf freut, dem Kind eine liebe Mutti zu werden.«

»Später kommt das Kind aber doch in ein Internat, weil er eine neue Expedition macht.«

»Hoffentlich kommt er heil nach Hause. Deine Tochter hat heute gesagt, sie würde mich nicht gern als Leiche im Kino wiederfinden.«

Nina lachte.

»Das sieht ihr ähnlich. Nein, du kommst heil wieder, aber erst nach langer Zeit und wirst nun sehr berühmt, schreibst ein Buch und hältst viele Vorträge, und manchmal besuchst du das kleine Mädchen . . .«

»Das aber so klein auch nicht mehr ist.«

»Sie ist inzwischen fünfzehn oder sechzehn und sehr hübsch geworden.«

»Und sehr verliebt in den Onkel Forscher.«

»Ja, natürlich.«

»Was mache ich nun mit der Göre?«

»Du nimmst sie wieder zu dir, weil sie das gern möchte. Und sie liebt dich sehr, aber du mimst immer nur den Vater.«

»Den Onkel, bitte.«

»Schließlich kommt sie auf den richtigen Dreh, wie sie dich kriegen kann.«

»Da bin ich aber gespannt.«

»Ganz einfach. Sie tut so, als sei sie in einen anderen Mann verliebt, mit dem geht sie immerzu abends aus, kommt spät oder gar nicht nach Hause . . .«

»Und ich werde rasend eifersüchtig, versohle sie und heirate sie sodann. Schönes Happy-End.«

»Ach, du nimmst mich nicht ernst.«

»Aber gewiß doch. Es ist wirklich eine süße Geschichte. Was glaubst du, was für ein großartiger Film das wäre. Ich sehe das schon vor mir. Der Amazonas, die Indianer, die vergifteten Pfeile, das entbehrungsreiche Forscherleben, ich mit lauter Stoppeln im Gesicht und mit tiefliegenden Fieberaugen, wie ich mich mit letzter Kraft aus dem Dschungel kämpfe, und dann der große Forscherruhm – übrigens könnten wir auch Archäologen aus den beiden machen, das ist genauso effektvoll. Sie graben und graben und finden dolle Dinge, doch der eine wird vom Fluch der Tempelgötter dahingerafft, der andere kann gerade noch entkommen, kehrt aber später zurück und buddelt den Rest aus. Für die Kleine brauchen wir ein ganz niedliches Kind, und für die Große finden wir auch was. Prima, Ninababy, das machen wir. Du schreibst das mal kurz auf, und ich biete es an. Wäre ja gelacht, wenn wir das nicht hinkriegen. Vielleicht können wir noch irgendeinen Nazidreh hineinbringen.«

»Ach nein, bitte nicht.«

»Vielleicht hat der junge Forscher nie so richtig Erfolg gehabt, weil ein böser Jude ihm im Weg stand und seine Ideen klaute. Oder ein böser Kommunist, und dann hat inzwischen die neue Zeit begonnen als er von der letzten Expedition zurückkommt, und nun wird er ganz schnell berühmt.«

»Ich möchte das nicht gern.«

»Gut, du bist die Autorin. Ich dachte nur, damit es sich leichter verkaufen läßt. Kommunist ginge sowieso nicht, das würde mir Bärchen nie verzeihen.«

Eine Zeitlang amüsierten sie sich noch damit, die Geschichte auszuschmücken, und Peter, abgebrüht gegen Stoffe wie alle Theaterleute, flachste herum, was Nina zum Lachen brachte, aber auch ein wenig ärgerte, weil er sie nicht ernst nahm.

Dabei tranken sie eine zweite Flasche Champagner und schliefen schließlich ein, da war es bereits vier Uhr morgens.

Wie Peter schon vorausgesehen hatte, saß Nina nicht um acht an ihrem Schreibtisch, sondern rief um zehn an, um Herrn Fiebig mitzuteilen, daß sie leider krank sei. Es war das erstemal, seit sie bei ihm arbeitete, daß sie nicht erschien, und Fred Fiebig war sehr besorgt und wünschte gute Besserung.

Zu der Zeit stellte Bärchen den Teewagen mit dem Frühstück dezent an die Schlafzimmertür, und Nina meinte: »Sie scheint das gewohnt zu sein.«

Unangenehm war ihr nur der Gedanke an Victoria.

»Was soll sie bloß denken? Sie wird sich Sorgen machen.«

»Wird sie nicht. Du bist früher auch schon manchmal nachts nicht nach Hause gekommen.«

»Da war Trudel noch da. Jetzt sind die Kinder allein.«

»Victoria weiß, daß ich dich gestern anrufen wollte, also wird sie sich denken können, wo du bist.«

»Das ist mir peinlich.«

»Sei nicht albern, Nina. Victoria ist kein Kind mehr. Sie wird sicher auch schon mal . . .«

»Victoria?« rief Nina empört. »Ganz bestimmt noch nicht.«

»Bist du da so sicher? Hat deine Mutter gewußt, als du das erstemal mit Nicolas geschlafen hast?«

»Meine Mutter! Das ist doch ganz etwas anderes.«

»Wie du meinst. Aber wie dem auch sei, ihr solltet euch endlich ein Telefon zulegen. Dann könnten wir Victoria rechtzeitig über deinen Verbleib informieren. Wir rufen an, und du sagst, ich muß mich heute nacht um meinen lieben Peter kümmern, er fühlt sich einsam.«

»Du bist ein unseriöser Mensch.«

»Es trifft mich tief, das aus deinem Mund zu hören. Aber noch mehr erschüttert es mich, daß du einen unseriösen Menschen liebst.«

»Wer spricht denn hier von Liebe?«

Peter setzte sich kerzengerade im Bett auf, legte das angebissene Brötchen auf den Teller zurück und fragte streng:

»Willst du etwa behaupten, daß du aus purem Vergnügen die Nacht in einem fremden Bett verbringst?«

»Ich bin schließlich eine moderne Frau. Und wie wir wissen, ist Liebe unmodern und gehört ins vorige Jahrhundert.«

»Schade um meine edlen Gefühle.«

»Gib mir noch eine Tasse Kaffee. Und dann erkläre mir, wie ich hier hinauskomme, ohne Bärchen über den Weg zu laufen.«

»Gar nicht. Sie will immer wissen, wer hier genächtigt hat. Sie ist auch eine moderne Frau. Und für totale Gleichberechtigung. Daß du hier geschlafen hast, stört sie gar nicht. Nur wenn du ihr nicht gefällst, dann ist der Ofen aus.«

»Ihr Kaffee ist ausgezeichnet. Ich werde ihr das sagen, ob das was nützt?«

»Das brauchst du ihr nicht sagen, sie trinkt ihn selbst. Nein, am besten läßt du so nebenbei einfließen, wie sehr du Lenin bewunderst. Ich und Lenin, das sind die Leute, die sie am meisten liebt. Wenn du uns beide auch liebst, darfst du wiederkommen.«

»Lenin? Das war doch der mit dem Spitzbart und der Revolution, nicht? Soll ich denn wiederkommen?«

Er wischte sich sorgfältig ein wenig Eigelb von den Lippen, ehe er sie küßte.

»Du sollst. Irgendwie hat mir die ganze Zeit etwas gefehlt. Ich wußte nur nicht was.«

»Ach, Peter«, flüsterte Nina und erwiderte seinen Kuß.

Du wirst es morgen wieder nicht wissen, dachte sie. Aber es ist hübsch, daß du es heute sagst.

Nina
Reminiszenzen

Geschichten habe ich mir immer ausgedacht, schon als Kind. Als ich klein war, fürchtete ich mich in unserem großen verwinkelten Haus, zumal Mutter immer sagte, es sei ein Gespensterhaus. Lange bevor wir dort wohnten, waren ein Mann und eine Frau darin umgekommen, es wurde von Mord und von Selbstmord gemunkelt, genau hat man es uns Kindern nie erzählt, genau wußte es wohl auch keiner. Das Haus hatte viele Jahre leergestanden und war ziemlich verkommen, als wir es dann vom Landratsamt, bei dem mein

Vater tätig war, als Wohnung zugewiesen bekamen. Es war ein kaltes, ungemütliches Haus, und ich weiß, daß meine Mutter sich nie wohl darin fühlte. Ich dachte mir obendrein noch Gespenstergeschichten aus und gruselte mich noch mehr.

Später waren es dann nur noch Geschichten über Nicolas und mich, die meine Phantasie bewegten. Ich wünschte mir, immer bei ihm zu sein, und möglichst sollte er nur für mich da sein.

So mit zehn und elf begannen diese Träumereien. Nur die Pferde, Venjo, der Hund, und Grischa, der russische Diener, die durften bleiben. Aber Vater und Mutter, meine Geschwister, sogar Tante Alice verbannte ich kaltblütig aus unserem Leben, damit ich Nicolas für mich allein haben konnte. In einer meiner Geschichten, das weiß ich noch ganz genau, wurden sie alle von einer schrecklichen Seuche dahingerafft. So egoistisch und grausam kann ein Kind sein.

Dabei hatte ich Tante Alice eigentlich sehr gern, ich bewunderte sie, weil sie so schön und stolz war.

Nicolas hat nie über seine Ehe gesprochen, auch später nicht, und ich hätte es nie gewagt, ihn danach zu fragen. Aber es muß eine merkwürdige Ehe gewesen sein. Von heute aus gesehen, mit all dem modernen Vokabular versehen, würde ich meinen, sie war eine frigide Frau. Aber ich weiß es nicht. Kinder hatten sie jedenfalls nicht. Ich habe nie gesehen, daß sie sich küßten oder umarmten oder irgendeine Zärtlichkeit austauschten.

Nicolas küßte ihr immer nur die Hand, er war sehr höflich, sehr zuvorkommend, das war so seine Art, und sie war außerordentlich dekorativ in ihren langen schwebenden Kleidern, aber stets kühl und unnahbar. Am meisten hat sie wohl das Gut geliebt, und es muß ihr schwergefallen sein, Wardenburg zu verlassen, wo sie wie eine Königin herrschte, um dann nur noch in einer Wohnung in Breslau zu leben. Auch wenn es eine große Wohnung war.

Dort lebt sie heute noch. Ich habe sie nicht mehr gesehen,

seit ich Breslau verlassen habe. Anfangs habe ich ihr gelegentlich geschrieben, sie hat auch geantwortet, aber zwischen uns war eine Art luftleerer Raum entstanden, schon seit damals, seit meiner Heirat, und ich werde wohl nie erfahren, ob sie weiß, ob sie vermutet, was zuletzt zwischen Nicolas und mir geschehen ist. Rein gefühlsmäßig würde ich sagen, ja, sie wußte es. Aber darüber sprechen – das war unmöglich, damals nicht, heute nicht.

Sie muß jetzt etwa siebzig sein. Und sehr allein. Keinen Mann, keine Kinder, mein Gott, was tut sie den ganzen Tag?

Im Krieg war sie fabelhaft, sie arbeitete von Anfang bis Ende für das Rote Kreuz, und soweit ich es beurteilen kann, war das eine gute Zeit für sie, so absurd das klingt. Es war die erste sinnvolle Tätigkeit, seit sie Gut Wardenburg verlassen mußte.

Daß Nicolas fiel, berührte sie nicht sonderlich. Jedenfalls tat sie so. Einmal machte sie eine Bemerkung, die mich sehr gegen sie aufbrachte. Sie sagte: »Er hatte den Boden unter den Füßen verloren, und sein Tod hat ihn wieder auf die Füße gestellt.«

Es hörte sich so an, als ob sein sogenannter Heldentod das beste sei, was ihm passieren konnte. Mich machte das schrecklich wütend, ich konnte ihr das lange nicht verzeihen, und wenn ich ganz ehrlich bin, habe ich es ihr bis heute nicht verziehen.

Jetzt begreife ich durchaus, was sie meinte. Nicolas war ein Mensch, der im Grunde nichts richtig ernst nahm, auch das Gut nicht.

Daß es am Ende dann so 'runtergewirtschaftet und verschuldet war, daß er es nicht mehr halten konnte, hat sie ihm wohl nicht verziehen. Aber es war ja gerade diese leichtlebige Art, die ihn so liebenswert machte.

Nein, geliebt hat sie ihn sicher nicht. Nicht so, wie ich Liebe verstehe. Was Peter meint, wenn er sagt, ich sei zur Liebe fähig.

Kein Zweifel, daß Nicolas sie betrogen hat. Er war viel auf

Reisen, in Berlin oder in Paris, in Petersburg oder im Baltikum, wo er aufgewachsen war. Ich weiß nur, daß es eine Russin gab, Natalia Petrowna, die er sehr geliebt haben muß. Von ihr hat er mir einige Male erzählt. Von ihr stammt die Hälfte meines Namens: Nikolina Natalia. Nikolina hieß seine Mutter.

So ein Name war in unserer Familie noch nicht vorgekommen, es hat auch mein Leben lang nie jemand Gebrauch davon gemacht, ich wurde immer Nina genannt.

Übrigens war Grischa, der Diener, ein Geschenk von Natalia Petrowna an Nicolas. Grischa muß so eine Art Leibeigener gewesen sein. Später, nach Wardenburg, als sie in Breslau lebten, hat die Fürstin ihren Grischa wieder zurückgeholt. Ich war sehr traurig, als Grischa nicht mehr da war, er gehörte zum schönsten Teil meiner Kindheit.

Meine Mutter hat ihre Schwester Alice immer sehr bewundert, ganz ohne Neid. Und sie war tief betrübt, als Wardenburg verlorenging, keine Spur von Gehässigkeit oder Schadenfreude darüber, daß ihre vom Schicksal so bevorzugte Schwester nun ein bescheideneres Leben führen mußte. Einmal sagte Mutter, sie hätte im stillen gehofft, daß ich Wardenburg erben würde, weil sie doch keine Kinder hätten und mich so gern mochten.

Mein Gott, Wardenburg! Wenn im Sommer die Hitze über den Feldern stand, die polnischen Schnitter zur Ernte ins Land kamen, und ich Ferien hatte, ritt ich mit Nicolas durchs Gelände, an den Wiesenrändern entlang, durch das Waldstück, über den kleinen Bach zu der alten Hütte, wo die schöne Zigeunerin gehaust hatte, mit der Paule Koschka auf und davon ging. Wie lange das her ist!

Ganz konkret wurden dann meine Geschichten, als Erni größer wurde. Da dachte ich mir die Geschichten nicht nur aus, da erzählte ich sie. Wenn Erni wieder liegen mußte, weil er einen Anfall gehabt hatte, setzte ich mich zu ihm und las ihm vor, und wenn es nichts mehr zu lesen gab, erfand ich eben Geschichten.

Am liebsten war ihm etwas mit Musik. Geschichten über

Mozart zum Beispiel, denn Mozart war sein ein und alles.

Einmal dachte ich mir ein Märchen aus, wie ging das nur?

Ein kleiner Junge verirrte sich im Wald, es war Winter und sehr kalt, es lag hoher Schnee, und schließlich war er so erschöpft von dem Stapfen durch den Schnee und so steif von der Kälte, daß er hinfiel und nicht mehr aufstehen konnte. Jetzt muß ich erfrieren, dachte er. Und dann begann er ganz leise zu singen, schon halb betäubt, er sang vom Frühling und von der Sonne – ach ja, jetzt fällt es mir wieder ein:

Frühlingshimmel, so hell und blau, Frühlingsluft, so lind und lau, wärmt mein Herz und meine Hände, Vöglein singt zu meinem Ende, Sonne, süße Sonne, du, küsse mich zur Ruh.

Komisch, daß ich das noch weiß. Für ein kleines Mädchen war es eigentlich ein ganz hübscher Vers.

Erni stiegen Tränen in die Augen, und ich erschrak und dachte, daß ich den Jungen nicht erfrieren lassen darf, was ich eigentlich vorgehabt hatte. Aber das hätte Erni nur traurig gemacht. Also erzählte ich weiter: Und er sang so schön, daß plötzlich die Nacht ganz hell wurde, um ihn herum schmolz der Schnee, Gras und Blumen sprossen aus der Erde, eine sanfte Wärme hüllte ihn ein, und vor ihm erschien eine leuchtende Frauengestalt, die sagte: ich bin Cäcilia, die Schutzheilige der Musik. Du bist mein Geschöpf, schlafe jetzt, ich werde dich behüten, denn aus dir wird dereinst ein großer Musiker werden.

Das Kind schlief ein, und am nächsten Tag fand es sein Vater, wie es mitten im Schnee lag und friedlich schlief und nicht erfroren war.

Es war eine herzbewegende Geschichte. Erni wollte sie immer wieder hören, mit der Zeit fiel mir noch eine Menge dazu ein, ich schmückte sie aus, und sie endete damit, daß aus dem Jungen später ein ganz berühmter Mann wurde.

»So wie Mozart?« fragte Erni.

»So wie Mozart«, sagte ich.

»Niemand wird wieder so schöne Musik machen wie Mozart«, sagte er. »Aber ich möchte auch einmal Musik machen.«

»Das wirst du bestimmt, Erni.«

Als er dann zu mir nach Breslau kam, ich war schon verheiratet, lebte er bei mir und ging in die Musikschule. Einmal gingen wir zusammen in die Oper, in die ›Zauberflöte‹ – Erni war so ergriffen und bewegt, daß ich Angst um ihn bekam und fürchtete, er würde wieder einen Anfall bekommen. Zu der Zeit dachten wir alle, er sei gesund, das Loch in seinem Herzen zugewachsen. Aber die Angst blieb doch immer.

In der Elektrischen, auf der Heimfahrt von der Oper, hielt ich die ganze Zeit seine Hand, die ganz heiß war, und zu Hause steckte ich ihn gleich ins Bett und gab ihm einen Baldriantee zur Beruhigung. Ich saß bei ihm auf dem Bettrand, hielt immer noch seine Hand, und er sagte: »Die Kraft der Musik bezwingt alles, Not und Tod, Feuer und Wasser, siehst du, Mozart hat das gewußt. Und Schnee und Kälte, wie in deinem Märchen, Nindel.«

Ach Erni, sie hat dir dennoch nicht geholfen, die Musik, du mußtest sterben.

Als ich siebzehn und achtzehn war, hatte ich meine lyrische Phase, da machte ich Gedichte, möglichst traurige und schwermütige Gedichte, weil meine Gefühle traurig und voll Schwermut waren. Nicolas war nicht mehr da, Wardenburg gehörte den Gadinskis. Damals wollte ich Schauspielerin werden. Nicolas war dagegen, und so wurde ich eben keine Schauspielerin.

Heute denke ich, daß er recht hatte. Ich weiß inzwischen, wie schwer das Leben für eine Schauspielerin in der heutigen Zeit ist, und wenn ich auch immer noch der Meinung bin, daß ich Talent hatte, so hätten mir ganz gewiß die Kraft und das Durchsetzungsvermögen gefehlt, um Karriere zu machen.

Ich hätte es nicht geschafft, ich habe nie etwas geschafft.

Es fiel mir alles aus den Händen. Die Menschen, die ich liebte; die Talente, die ich besaß.

Ganz genau erinnere ich mich an einen Abend im Winter, nicht lange nach Ernis Tod. Marleen hatte mich eingeladen, sie in Berlin zu besuchen. Sie hat zwar kein Herz, aber sie wußte doch, was ich verloren hatte.

Ich weiß eigentlich nicht, warum ich nach Berlin fuhr. Zur Ablenkung, zur Betäubung, eine Weile fort aus unserer Wohnung, in der Erni gestorben war. Trudel sorgte ja für die Kinder, und sie mußten wenigstens für eine Weile mein starres, leeres Gesicht nicht mehr sehen.

Marleen war sehr nett, als ich kam, ging mit mir einkaufen, nahm mich abends mit zu einer Gesellschaft, am nächsten Tag waren wir im Theater, doch als wir vom Theater nach Hause fuhren, sagte sie so nebenbei: »Du kannst dich doch auch allein ein bißchen amüsieren, nicht? Ich fahre ein paar Tage weg. Wenn wir zurückkommen, veranstalten wir eine hübsche Fête für dich.«

Sie hatte damals einen neuen Liebhaber, mit dem wollte sie zusammen sein, das sagte sie auch ganz ungeniert.

Am nächsten Tag weigerte ich mich, mit ihr auszugehen, sie hatten irgendeine Veranstaltung in einem Club, ich sagte, ich wolle nicht mitgehen. Ich aß mit Max allein zu Abend, wir wußten beide nicht, was wir reden sollten, es war so eine peinliche Situation, denn ich wußte, daß sie einen neuen Freund hatte, und er wußte es sicher auch, und ich haßte Marleen wegen ihrer Rücksichtslosigkeit. Max ist so ein guter Mensch, so grundanständig, er tat mir leid, aber gleichzeitig verachtete ich ihn, daß er sich das gefallen ließ.

Wir sagten uns bald gute Nacht, jeder ging in sein Zimmer, es war totenstill im Haus, und ich war so allein und so verzweifelt, und ich dachte immer nur: es muß etwas geschehen, es muß etwas geschehen.

Es geschah gar nichts, ich betrank mich und wünschte mir, nicht länger leben zu müssen.

Drei Tage später fuhr ich zurück nach Breslau, ich wartete nicht ab, bis Marleen von ihrer *excursion d'amour* zurückkehrte.

Aber auf der Fahrt faßte ich einen Entschluß. Als der Zug im Breslauer Hauptbahnhof einrollte, stand es für mich fest: wir gehen fort, Trudel, die Kinder und ich. Wenn Trudel nicht mitwollte, dann mußte sie eben nach Hause zurückkehren.

Aber ich würde Breslau verlassen und nach Berlin ziehen.

Ich wußte nicht, warum ich das wollte, und ich wußte nicht, was ich mir davon versprach. Ich wußte nur, daß etwas geschehen mußte, ehe ich verrückt wurde. Ich konnte nicht bis an mein Lebensende in dieser Dreizimmerwohnung am Schießwerder bleiben, die ich im Herbst 1913 bezogen hatte, als ich Kurt Jonkalla heiratete. Ich konnte dort nicht für immer und ewig bleiben, bloß so vor mich hinvegetieren, langsam alt werden und meine Toten beweinen. Ich war noch jung und ich lebte.

Im Sommer 1925 zogen wir nach Berlin. Es war der helle Wahnsinn, ich bekomme heute noch eine Gänsehaut, wenn ich daran denke.

Ich hatte nichts zu verlieren. Ich habe auch nichts gewonnen. Aber ich begann doch wieder zu leben.

Trudel fand es total meschugge, wie sie sagte, und protestierte bis zuletzt. Aber sie kam mit. Ein Leben ohne die Kinder konnte sie sich nicht vorstellen. Sie hatte ja auch sonst keinen Menschen auf der Welt als uns.

Jetzt hat sie Fritz Langdorn. Wäre sie nicht mit nach Berlin gegangen, hätte sie ihn nicht.

Victoria war elf und höchst animiert von dem Unternehmen.

Berlin? Na, einfach toll, sagte sie.

Vielleicht hat sie damals nicht toll gesagt, aber so etwas ähnliches.

Stephan war noch nicht ganz acht, ihm war es egal. Er ging in Breslau nicht gern in die Schule, er würde in Berlin auch nicht gern gehen, Hauptsache, Trudel war da.

Ich ging aufs blanke Eis und wußte nicht, ob es mich trug.

Ich stürzte mich ins offene Meer und wußte nicht, ob ich darin schwimmen konnte.

Ich bin nicht untergegangen, aber ich kämpfe noch immer gegen das dunkle Wasser, gegen den Schlamm am Grund und die Flut, die über mir zusammenschlägt.

Wird es immer so bleiben?

Es wird immer so bleiben, weil das Leben so ist. . . . .

In den folgenden Wochen und Monaten hörte Nina wieder öfter Peters berühmte Frage am Telefon: »Sehen wir uns heute abend?« Er hatte weder eine Filmrolle noch Theaterproben und daher Zeit für sie. Aber es blieb wie früher auch unberechenbar und ungewiß, ob und wann er sich meldete, das machte ihr Leben unstet und gab ihm eine ungute Spannung. Er bestand jedoch darauf, daß sie endlich einige ihrer Geschichten aufschrieb, denn er hatte sich in den Kopf gesetzt, sie unterzubringen. »Es muß ja nicht lang sein. Ein Exposé von drei bis vier Seiten, das genügt.«

So gedrängt, setzte sich Nina schließlich eines Abends hin und versuchte, ihre Gedanken aufzuschreiben.

Was dabei herauskam, gefiel ihr nicht. Armselig und banal kamen ihr die Geschichten in der Kurzform eines Exposés vor, doch Peter meinte, das sei ganz normal, die Leute, die es lesen würden, dachten sich schon das Nötige dazu.

Doch plötzlich geriet sie in Schwung, wurde ausführlicher, schrieb Dialoge, die Einfälle überstürzten sich, es ging kunterbunt durcheinander, und auf einmal bemühte sie sich, ihren Erzählungen eine Form zu geben.

Nach mehreren vergeblichen Anläufen gelang ihr endlich eine gutgebaute Novelle.

Es war die Geschichte einer Frau, die von ihrem Geliebten verlassen wird und alle Stadien von Bestürzung, Schmerz, Wut, gekränkter Eitelkeit, Haß und Demütigung durchläuft, mit dem Gedanken an Selbstmord spielt, bis sie eines Tages entdeckt, daß sie viel mehr als den treulosen Mann ihren Schmerz liebt; ihre Enttäuschung, ihr Verlassensein zu einem tragenden Motiv ihres Lebens gemacht hat und alles andere ihm unterordnet.

›Eines Abends erkannte ich, daß die Lust am Leiden eine Sucht geworden war, ohne die ich nicht mehr leben konnte. Wie so oft ging ich wie blind durch die Straßen der Stadt, blickte an den Gesichtern der Menschen vorbei, hörte nicht auf ihre Schritte, fühlte nicht die Sonne auf meinem Gesicht. Gegen Abend kam ich in einen Park, auf den Bänken saßen Leute, eine Amsel sang, die Büsche waren grün. Es war Frühling geworden, und ich hatte es nicht bemerkt. Ich wollte die Büsche, die Amsel und den Frühling hassen, sie waren nicht für mich bestimmt, doch auf einmal, ich weiß selbst nicht, wie es kam, fand ich mich lächerlich. Ich war wie ein Trinker, der sich mit Alkohol betäubt, wie ein Süchtiger, der ohne Droge nicht leben kann – ich wollte leiden. Ich versuchte, mich zu erinnern, warum ich litt. Ich dachte an ihn, wollte in sein Gesicht schlagen, aber ich wußte nicht mehr, wie er aussah. Der Mann hatte kein Gesicht mehr. Der Mann war mir verlorengegangen.

Ich litt an einem Wesen, das es gar nicht gab.

Ich blieb stehen und lachte. Lachte über mich, so laut ich konnte. Die Leute, die auf den Bänken saßen, die Leute, die vorübergingen, sahen mich erstaunt und befremdet an, wahrscheinlich dachten sie wirklich, ich sei betrunken.

Als ich endlich aufhören konnte zu lachen, ging ich weiter, ich fror, ich fühlte mich viel einsamer als zuvor, denn mein Leid hatte mich verlassen, war von mir abgefallen wie ein zerlumptes Kleidungsstück. Nun war ich nackt, innen und außen, aber es machte mir nichts aus, ich fühlte mich jung und schön und stark, außerdem war mir klar, daß über mir in den Wolken bereits das goldene Kleid hing, das herabfallen und mein Herz und meinen Körper einhüllen würde, genau wie es vom Himmel fiel und Aschenbrödel in eine Prinzessin verwandelte. Ein atemberaubendes Glücksgefühl erfüllte mich, ich mußte nur die Hand öffnen, und die ganze Welt würde hineinfallen.‹

Das war das Ende der Geschichte, und sie zu schreiben war eine große Anspannung. Sie konnte es abends kaum erwarten, vom Büro nach Hause zu kommen, bereitete für die Kinder schnell etwas zum Essen und setzte sich dann in ihr Zimmer und schrieb, oft bis in die späte Nacht.

Die Kinder störten sie nicht. Stephan brütete über seinen Schulaufgaben oder verdrückte sich manchmal still, um Benno zu treffen; doch es war nicht nur Benno, der ihn aus dem Hause zog, denn in diesem Sommer verliebte sich Stephan zum erstenmal. Sie wohnte in der Nähe, hieß Ingeborg und war so alt wie er. Hand in Hand lief er mit ihr durch die Straßen, sie kauften sich für einen Groschen Eis und kehrten erst nach Hause zurück, wenn es dunkel wurde. Er brachte sie bis zu ihrer Haustür, und als er es das erstemal wagte, ihr einen Kuß zu geben, lief er danach wie in Trance das letzte Stück heimwärts.

Jetzt wußte er, was Liebe war.

Er erzählte keinem davon, nicht einmal Benno durfte wissen, was passiert war.

Von Victoria wurde Nina auch nicht gestört, die saß am Klavier, übte ihre Exerzisen, sang ihre Lieder, studierte den Cherubin.

Manchmal hob Nina den Kopf, lauschte eine Weile, lächelte zufrieden und schrieb weiter. Sie schrieb die Novelle viermal um, bis sie fand, besser könne sie ihr nicht gelingen.

Es war ein rauschhaftes Gefühl, es versetzte sie in eine neue Welt, die ganz allein ihre Welt war.

Diese Novelle bekam niemand zu lesen, nicht Victoria, nicht Peter. Für den Film war das sowieso kein Stoff. Aber für Nina war diese Arbeit wie ein Zauberschlüssel, der ihr die Tür zu dieser neuen Welt aufgeschlossen hatte.

An den Abenden darauf schrieb sie in rascher Folge drei Gedichte, das letzte beendete sie in der Nacht um drei Uhr, todmüde sank ihr Kopf auf die Tischplatte, sie schlief ein.

»Sie sehen so blaß aus, Frau Jonkalla«, sagte Fred Fiebig am nächsten Tag zu ihr. »Gehen Sie eigentlich nie an die Luft? Wie wär's denn, wenn Sie mal ein bißchen Urlaub nehmen? Seit Sie bei mir sind, haben Sie noch nie Urlaub gemacht. Fahren Sie doch mal an die See. Oder in den Harz.«

Er wollte mit seiner Frau im August Urlaub machen, es würde auch das erstemal sein, seit er die Fahrschule und die Werkstatt betrieb, und dann wäre es natürlich gut, wenn Nina im Geschäft sei, sagte er noch.

Das war im Juli. Nina reiste weder ans Meer noch in den Harz, sie blieb in Berlin, aber sie fuhr manchmal mit der S-Bahn nach Nikolassee, spazierte durch den Wald zur Havel hinunter, legte sich in den weißen Sand und schwamm in dem klaren warmen Wasser weit hinaus.

Victoria begleitete sie nur zweimal. Sie hätte keine Zeit, erklärte sie, und in die Sonne könne sie sich sowieso nicht legen, das schade der Stimme. Im August würde der Unterricht ohnedies für vier Wochen ausfallen, dann fuhr die Frau Professor zu den Festspielen nach Bayreuth und anschließend zu ihrer Schwester an den Bodensee. Es war in jedem Jahr das gleiche Programm, die Schüler konnten ihre Ferien danach einteilen.

Noch im Juli erhielt Nina einen Brief von der italienischen Botschaft, darin bat ein Conte Coletta mit höflichen Worten um ihren Anruf.

»Was soll denn das bedeuten?« fragte Nina erstaunt, doch Victoria kapierte sofort: »Da kann nur Herr Barkoscy dahinterstecken.«

Manchmal sprachen sie von ihm und bedauerten es, von ihm so gar nichts mehr zu hören. Victoria hatte ihm zweimal geschrieben, aber keine Antwort erhalten.

Als Nina in der Botschaft anrief, wurde sie mit dem Conte Coletta verbunden, der sie um ein Treffen bat.

Es handelte sich um eine Nachricht von Cesare.

Der Conte, ein außerordentlich gutaussehender Italiener, der perfekt deutsch sprach, richtete Grüße von Cesare aus und erklärte Nina, daß Signor Barkoscy, den er kürzlich in Milano getroffen habe, ihn gebeten habe, einen Brief mit nach Berlin zu nehmen.

»Eccola«, sagte er und legte den Brief vor Nina auf den Tisch. Signor Barkoscy befinde sich zur Zeit in Amerika, erfuhr Nina noch, werde aber wohl in zwei Monaten spätestens wieder in Europa sein.

Dann äußerte sich der Conte noch sehr angetan über Berlin, das er nun endlich genauer kennenlernen würde, denn er sei seit neuestem der italienischen Botschaft attachiert. Sein letzter Posten sei Canberra gewesen, nun sei er außerordentlich froh, der Heimat um so vieles nähergerückt zu sein.

Nina steckte den Brief ungeöffnet ein, sie las ihn zu Hause.

»Liebe, sehr verehrte gnädige Frau, meine liebe Victoria«, schrieb Cesare in seiner kleinen, regelmäßigen Schrift. »Ich muß als erstes um Vergebung bitten, daß mein Schweigen so ungebührlich lange dauerte. Zum einen waren es Geschäfte, die mich einige Zeit von Europa fernhielten, zum anderen sind es die Veränderungen, die sich in Deutschland ergeben haben, die mich von einem erneuten Besuch in Berlin abhielten. Sollte es jedoch so sein, daß Sie mir noch freundschaftlich gesonnen sind und einem Wiedersehen nichts entgegenzusetzen hätten, so wäre es mir eine außerordentlich große Freude, Sie im September in Wien begrüßen zu dürfen. Wien ist zwar eine etwas unruhige Stadt zur Zeit, die Ungewißheit über die Zukunft stört den Lebensrhythmus der Wiener. Der Conte Coletta, mit dem ich die Reisemöglichkeiten besprochen habe, machte den Vorschlag, Ihnen einen Wagen mit Chauffeur zur Verfügung zu stellen, so daß Sie ohne Mühe und wie ich hoffe auf unterhaltsame Weise nach Österreich gelangen könnten.«

»Vornehm, vornehm«, unterbrach Victoria die Lektüre an dieser Stelle. »Botschaftswagen mit Chauffeur, wenn das keine Wolke ist. Das darfst du dir nicht entgehen lassen, Mutti.«

»Und du?«

»Ich kann im September auf keinen Fall, das weißt du doch. Da sind wir voll in den Proben vom ›Figaro‹. Wenn Cesare mich sehen will, muß er schon nach Berlin kommen.«

»Ich kann doch nicht allein dahin fahren. Ich kenne ihn doch kaum.«

»Viel mehr als du kenne ich ihn auch nicht. Was spricht denn dagegen?«

»Ich weiß nicht. Außerdem habe ich ja gar keinen Urlaub mehr. Im September läuft der Betrieb bei uns wieder voll an. Herr Fiebig hat doch die Tankstelle gepachtet, die übernimmt er am 1. September.«

»Warum macht es der gute Cesare eigentlich so kompliziert?« fragte Victoria nachdenklich. »Ob er am Ende wirklich 'n Jude ist?«

»Wer sagt denn das?«

»Marleen hat es gesagt, damals in Venedig. Also ich kann das einem Menschen nicht ansehen. Ich hab' einfach keinen Blick dafür. Denkst du, für mich sieht Elga irgendwie anders aus?«

»Meinst du, daß er deswegen nicht direkt an uns schreibt?«

»Kann sein. Aber das interessiert doch keinen Menschen, woher und von wem man Post bekommt.«

»Du bekommst doch auch Post von Elga.«

»Klar. Massenweise. Sie langweilt sich zu Tode in Zürich. Alles so ein Blödsinn. Ihr Vater ist ja auch noch hier und hat erst kürzlich einen großen Prozeß geführt, du hast es ja in der Zeitung gelesen. Keine Ahnung, warum er Elga und Johannes so Hals über Kopf in die Schweiz expediert hat. Manche Leute haben offenbar gedacht, der Hitler würde alle Juden im Wannsee ersäufen. Kein Mensch tut denen was. Onkel Max wühlt nach wie vor in seinen Geschäften herum, und Marleen schwimmt in Samt und Seide.«

Vergangenen Sonntag hatte Victoria einen Besuch bei Marleen gemacht und war mit der Botschaft zurückgekehrt, daß Marleen gerade die Koffer packe. Sie werde einige Wochen am Tegernsee verbringen.

»Aha, der Loisl«, hatte Nina gesagt. »Tegernsee muß ja doch dort in der Ecke sein, wo der herstammt.«

»Hast du Max eigentlich gesehen?« fragte Nina jetzt.

»Nee, den sieht man ja nie.«

Nina schrieb einige Zeilen an Cesare, dankte für die Einladung, leider sei es unmöglich, daß sie nach Wien kämen, sie habe im September keinen Urlaub, und Victoria sei in der Musikschule voll beschäftigt.

Anschließend machte sie sich Sorgen, daß der Brief zu kühl und nichtssagend ausgefallen sei. Auch wußte sie nicht, was sie damit machen sollte. Dem Conte schicken oder direkt an Cesares Wiener Adresse?

Der Brief blieb also zunächst liegen, und das war gut so, denn Mitte August erhielt Nina abermals ein Schreiben des Conte Coletta, in dem dieser ihr mitteilte, daß man die Reise nach Wien wohl verschieben müsse. Wie er soeben zu seinem tiefsten Bedauern erfahre, habe Signor Barkoscy in Amerika einen Unfall erlitten und werde wohl in nächster Zeit nicht nach Europa reisen können.

Daraufhin rief Nina abermals in der italienischen Botschaft an, aber der Conte war nicht zugegen, auch bei einem weiteren Anruf nicht erreichbar.

So blieben sie über das Schicksal Cesares im Ungewissen, und das für längere Zeit.

»Hoffentlich ist er nicht tot«, meinte Victoria. »Täte mir leid.«

»Er muß ja nicht gleich tot sein. Irgendwann wird er sich schon melden«, sagte Nina.

Aber dann vergaßen sie beide Cesare Barkoscy, Victoria mußte singen, Nina mußte schreiben.

Diesmal schrieb sie einen Roman. Sie schrieb den ganzen Herbst und Winter daran, es ging langsam vorwärts, denn sie hatte ja immer nur am Abend und am Sonntag Zeit. Es war die Geschichte einer bittersüßen Liebe zwischen einem Mann von fünfzig und einem sehr jungen Mädchen. Es war wieder einmal, wie Peter es nannte, ihr Onkelkomplex.

Doch die Arbeit gelang ihr erstaunlich gut. Manchmal wurde sie ein wenig sentimental, doch im großen und ganzen hielt sie die Balance zwischen der unfreundlichen Wirklichkeit und der Traumwelt, in der die Liebenden lebten, gekonnt durch.

Im Frühsommer des folgenden Jahres wurde der Roman von der Zeitschrift ›Die Dame‹ zum Vorabdruck angenommen und respektabel honoriert. Später machte der Ullstein Verlag ein Buch daraus.

Es war ein Wunder, ein veritables Wunder, so empfand es Nina.

»Das habe ich dir zu verdanken«, sagte sie zu Peter.

»Wenn du es nur einsiehst«, erwiderte er.

Und da ihr Name nun nicht mehr gänzlich unbekannt war, gelang es auch, einen ihrer Filmstoffe zu verkaufen.

Für Nina begann nun doch so etwas wie ein neues Leben. Ihr Verhältnis zu Peter hatte sich in Freundschaft verwandelt, sie sah ihn häufig, auch wenn er jetzt eine junge hübsche Geliebte hatte, begabter Nachwuchs aus dem UFA-Stall.

Nina trug es mit Gelassenheit. Sie hatte dazugelernt. Und besaß etwas Neues: Selbstvertrauen.

»Jotte doch, so'n kleenet Mächen«, sagte Bärchen geringschätzig. »Möchte wissen, was er an der findet.«

»Sie ist hübsch, sie ist jung«, erwiderte Nina friedlich. »Und er braucht wieder mal was Neues. Das hebt sein Selbstgefühl.«

Denn Peter ging nun auch auf die Vierzig zu, da war eine Zwanzigjährige im Bett notwendig.

Mit Bärchen hatte Nina sich gut angefreundet und auf diese Weise einen Nachholkursus über den Marxismus und das Kommunistische Manifest absolviert.

»Seien Sie bloß vorsichtig«, warnte sie Bärchen immer wieder, »Sie reden zu viel. Sie sollten lieber die Klappe halten.«

»Mir tut schon keener was. Ick jehör zum Volk. Und den Schimmelpilz überleb ick ooch, da könnse Jift druff nehmen.«

Sie nannte Hitler den Schimmelpilz, weil sie fand, er sehe so aus.

Sie überlebte ihn nicht. Sie starb während des Krieges im KZ, nachdem man sie in einer Druckerei erwischt hatte, wo Flugblätter gedruckt wurden.

Aber in den Jahren 33, 34 und 35 lebte es sich noch recht friedlich und gemütlich in Berlin. Je weniger man sich für Politik interessierte, je weniger man sich darum kümmerte, was die Nazis sagten und taten, desto unbekümmerter konnte man das Leben genießen. Sofern man nicht gerade ein Jude, ein Sozialist oder ein ›entarteter‹ Künstler war. Oder sonstwie unangenehm auffiel.

Berlin war voller Leben und Schwung wie eh und je. Den Menschen ging es ein wenig besser, es gab wieder Arbeit, sie verdienten, sie gaben aus, sie dachten an den Kauf eines Autos, vielleicht nicht sofort, aber in nicht zu ferner Zukunft, sie konnten mit ›Kraft durch Freude‹ in den Urlaub fahren, auch jene, die noch nie in Urlaub gefahren waren, und wenn sie nicht mit ›Kraft durch Freude‹ fahren wollten, konnten sie reisen, wohin sie wollten, ins Ausland allerdings kaum. Devisen waren knapp und standen nur für Geschäftsreisen zur Verfügung.

In den Läden am Kurfürstendamm, in der Tauentzienstraße, in der Friedrich- und Leipzigerstraße gab es alles zu kaufen, was ein Mensch sich wünschen konnte. Die Kinos waren zumeist ausverkauft, die Theater spielten, und sie machten gutes Theater, in den Opern sangen berühmte Künstler, und die Philharmoniker machten die herrlichste Musik unter ihrem Dirigenten Wilhelm Furtwängler.

Hatten die Berliner einen Grund zur Klage? Konnten die Menschen in Deutschland nicht mit ihrem Führer zufrieden sein?

Es ging ihnen doch gut. Auf jeden Fall besser als zuvor. Fast allen. Die im Dunklen sieht man nicht – doch das war schon immer so.

Für die meisten, die nie gelernt hatten, politisch zu denken, konnte es noch so aussehen, als habe Adolf Hitler gehalten, was er dem deutschen Volk versprochen hatte. Viele, die früher nichts von ihm hatten wissen wollen, standen den Nazis nun positiv gegenüber. Viele drängten sich danach, in die Partei einzutreten. Viele wollten nichts mehr davon wissen, daß sie Kommunisten, Sozialisten, Zentrumsleute gewesen waren.

Genauso viele aber mochten den Führer Adolf Hitler immer noch nicht. Sie verabscheuten sein Gesicht, seine Reden, den sogenannten deutschen Gruß mit der hochgereckten Hand, sagten stur weiterhin ›Guten Tag‹ und ›Auf Wiedersehen‹. Sie verabscheuten die Gesänge, die Marschmusik, die Eintönigkeit der Presse und mißtrauten auch jenen Männern, die mit und neben Hitler regierten.

Das war bei vielen, wie bei Nina, zunächst ein unbestimmtes Gefühl; andere erkannten früh, daß hier ein System der Willkür aufgerichtet wurde, das ohne Achtung vor dem Recht und dem Leben des einzelnen und der Völker bedenkenlos seine Ziele verfolgte. Manche sprachen das aus, wie zum Beispiel Bärchen, andere blieben stumm. Sie warteten, was geschehen würde. Sie hatten Angst vor der Zukunft.

Es ging ein Riß durch das deutsche Volk. Es war geteilt. Schwer zu erfassen, wie sich diese Teilung in Zahlen hätte ausdrücken lassen: Fünzig zu fünfzig? Dreißig zu siebzig? Es war eine Frage der Bildung, der Herkunft, des Alters, der Erfahrung, der Naivität oder der politischen Weitsicht. Wieviele Menschen in einem Volk sind verführbar? Wieviele klug? Wird sich das je erfassen lassen? Wahlen waren kein Maßstab mehr, die gingen ausnahmslos mit überwältigender Mehrheit zugunsten der Nazis aus. Doch selbst die Dümmsten in diesem Lande glaubten nicht daran, daß es dabei ehrlich zuging. Doch das war ihnen relativ gleichgültig, sie hatten sich totgewählt in den Jahren zuvor. Die Wahl, Bestandteil der Demokratie, war lächerlich gemacht worden.

Im Oktober 1933 verkündete Hitler mit Aplomb den Austritt aus dem Völkerbund, anschließend mußte das deutsche Volk darüber abstimmen, ob es damit einverstanden sei.

Offensichtlich war es einverstanden, denn neunzig Prozent sagten ja zum Nein in Genf.

Vergessen war, wie sehr man sich vor nicht zu langer Zeit um den Eintritt in den Völkerbund bemüht hatte, der das besiegte Deutschland gar nicht hatte haben wollen. Jetzt brauchte man den Völkerbund mit seinen uferlosen Debatten nicht mehr, der Führer handelte, dabei kam mehr heraus, wie jeder deutlich sehen konnte. Bald würden alle wieder Arbeit haben, ein großes Autobahnnetz war geplant, und die Autos, die darauf fahren sollten, würden folgen. Der Führer verstand es, für Ordnung im eigenen Haus zu sorgen, dazu benötigte er keinen Völkerbund, der sowieso nie zu einer Einigung gelangen konnte. Das leuchtete dem deutschen Volk ein, das Wahlergebnis in diesem Fall war möglicherweise nicht einmal allzusehr gemogelt.

Im Juni 1934 bewies ihnen der Führer, *wie* er für Ordnung sorgte, sogar in der eigenen Partei: Er ließ Ernst Röhm, den Stabschef der SA, kurzerhand ermorden und eine Reihe großer SA-Führer samt ihren Trabanten dazu; die SA war ihm zu mächtig und zu selbständig geworden, sie forderte eine permanente, weitergehende Revolution, erstrebte ein Kommissarsystem, ähnlich dem in Sowjetrußland.

Das wollte Adolf Hitler nicht dulden. Der Staat war er, er duldete keine anderen Götter, auch keine Halbgötter neben sich.

Und da es gleich in einem Aufwasch ging, wurden auch sonstige mißliebige Personen ohne großen Umstand und ohne jede Gerichtsverhandlung mit um die Ecke gebracht.

Das kam so plötzlich und ging so schnell, daß es der Bürger erst richtig zur Kenntnis nahm, als es schon vorbei war. Was war da passiert? Ein Putsch? Ein Aufstand? Wer gegen wen? Die Nazis gegen die Nazis?

Noch ein anderer Mann des öffentlichen Lebens kam in diesem Sommer gewaltsam ums Leben. Der österreichische Bundeskanzler Dollfuß wurde im Juli in Wien in seinen Amtsräumen niedergeschossen, von den Nazis hieß es. Von den österreichischen oder von den deutschen Nazis? Genau wußte es keiner. Doch die Welt wartete mit angehaltenem Atem, was nun geschehen würde, denn es wäre der richtige Zeitpunkt gewesen, daß Hitler seine deutschen Nazis mit seinen österreichischen Nazis vereinigte, um das von ihm ersehnte großdeutsche Reich zu schaffen.

Erstaunlicherweise kam einer dazwischen, von dem man das nicht erwartet hatte: Benito Mussolini, der Duce Italiens, ein Faschist wie Hitler, marschierte am Brenner und an der Grenze Kärntens auf, um die Vereinigung der Nachbarländer falls nötig mit Waffengewalt zu verhindern. Mussolini, der schon ein paar Jahre länger an der Macht war, verfügte über ein schlagkräftiges Heer.

Hitler hatte noch zu wenig Soldaten, er mußte es dulden, zu Hause zu bleiben und abzuwarten.

Ein paar Wochen zuvor erst hatten sich der Führer und der Duce erstmals in Venedig getroffen, hatten vorsichtig Fühlung aufgenommen. Hitler erstrebte ein Bündnis und vor allem Freundschaft mit Italiens mächtigem Mann, den er in so vielen Dingen nachgeahmt hatte. Mussolini blieb zurückhaltend und schien für den Gesinnungsgenossen aus Deutschland nicht viel Sympathie zu empfinden.

Von Bündnis oder gar Freundschaft konnte jetzt keine Rede mehr sein. Mussolini stellte sich gegen Hitler und seine Expansionsbestrebungen.

In der weiten Welt lächelte man voller Schadenfreude. Das war gut, wenn sich diese beiden nicht vertrugen.

Das deutsche Volk kam abermals nicht dazu, sich allzuviel Gedanken zu machen, denn schon wurde es mit dem nächsten einschneidenden Ereignis konfrontiert.

Anfang August starb Hindenburg, sechsundachtzig Jahre alt, auf seinem Gut Neudeck. Die Fahnen sanken auf halbmast, die Nazis inszenierten gekonnt eine gewaltige Totenfeier.

Der Tod des alten Reichspräsidenten traf das Volk. Es war, als sei mit ihm nun wirklich die alte Zeit endgültig ins Grab gesunken.

Und die Gegner Hitlers befürchteten nicht zu Unrecht, daß das letzte Bollwerk geschwunden war, und Hitler die totale Alleinherrschaft antreten würde.

Sie irrten sich nicht. Einen neuen Reichspräsidenten zu wählen war unnötig, der Führer in seiner aufopferungsvollen Liebe für sein Volk, übernahm das Amt gleich mit.

Damit jedoch alles seine demokratische Ordnung hatte, wurde das Volk hinterher noch gefragt, ob es damit einverstanden sei.

Wie nicht anders zu erwarten, ergab die Volksabstimmung: es war einverstanden.

Jener Teil des Volkes, der nicht einverstanden war, tat gut daran, seine Meinung für sich zu behalten. Man lernte es allmählich, in einer Diktatur zu leben. Es ließ sich sogar ganz angenehm darin leben, wenn man sich nur bemühte, nicht unangenehm aufzufallen.

Dr. Jarow hatte Deutschland inzwischen verlassen, still, ohne Abschied zu nehmen, war er abgereist. Auch Kohn, der Kompagnon von August und Max Bernauer, kam nicht aus Amerika zurück.

August Bernauer, der Vater von Max, starb im Herbst 1934 einen friedlichen Herztod. Ihm hatten die Nazis nichts getan.

Er seinerseits hatte gar nicht so viel an ihnen auszusetzen.

»Nebbich«, pflegte er zu sagen, »auch schon wer, dieser Goi aus Österreich. Wird er spielen 'ne Weile den Kaiser von Deutschland, wird er stolpern über seine eigenen Beine und wird verschwinden in ein tiefes Loch, wo ihn keiner mehr findet. Werden wir leben, werden wir sehen.«

Er lebte nicht, um zu sehen, und das war gut für ihn.

Die schöne Marleen Bernauer, seine Schwiegertochter, lebte nach wie vor im Wohlstand, wenn auch nicht ganz ohne Ärgernisse, die ihre Ursache zumeist in ihren Liebesaffären hatten.

Daniel Wolfstein und der Loisl aus Oberbayern prügelten sich im Garten ihrer feinen Villa, wobei der Loisl einwandfrei Sieger blieb. Max Bernauer wurde erstmals energisch und verbot beiden Herren sein Haus. Leider war er nicht so energisch und so klug, das gleiche mit seiner Frau zu tun, seinen Koffer zu packen und dem Kohn nach Amerika zu folgen. Er sah für sich keine Gefahr; er war Deutscher, Berlin war seine Heimat, er wollte nirgendwo anders auf der Welt leben als in dieser Stadt.

Den Loisl ereilte die Strafe mit Windeseile, er geriet in die sogenannte Säuberung der SA, konnte nur mit Mühe und Not seine Haut retten, den hübschen Posten in Berlin war er los, er kehrte zurück ins heimische Dorf bei Miesbach, wo sein Vater inzwischen Bürgermeister war.

Marleen war ganz froh, ihn auf so einfache Weise loszuwerden, er war zuletzt ziemlich lästig gewesen. Sie war ihrer Affären ein wenig müde, auch schien es geraten, für eine Weile ein solides Leben zu führen. Max war in letzter Zeit sehr kühl ihr gegenüber, eine Zeitlang aß er sogar allein in seinem Herrenzimmer.

Vielleicht, wenn Marleen ein wenig klüger gewesen wäre, hätte sie es nun fertiggebracht, mit ihrem Mann solidarisch zu sein, hätte ihn veranlaßt, sein Geld zu zählen und festzustellen, wieviel davon flüssig gemacht und ins Ausland verbracht werden konnte und hätte mit dem Mann, der ihr immerhin anderthalb Jahrzehnte ein außerordentlich angenehmes Leben geboten hatte, das Land verlassen. Noch stand die Welt offen, noch konnten sie sich mit ihrem Geld Freiheit kaufen.

Aber Marleen war nicht klug, Max war es leider auch nicht.

Da er nie davon sprach, Deutschland zu verlassen, kam sie ihrerseits nicht auf die Idee.

Sie versöhnte sich statt dessen mit Max wieder, lebte für eine Weile recht brav, kaufte sich ein neues Pferd, eine bildhübsche Schimmelstute, bekam auch ein neues Auto, ein Mercedes-Kabriolett, ging zur Massage, zum Friseur, in die Modeateliers, mit Freunden zum Fünfuhrtee ins Esplanade und danach in die Jokkey-Bar.

Alles in allem führte sie ein so ausgeglichenes Leben wie nie zuvor, und dabei störten die Nazis sie nicht im geringsten. Das änderte sich schlagartig von dem Augenblick an, in dem Alexander Hesse in ihr Leben trat.

Friedlich und gemütlich ging das Leben auch in Neuruppin weiter.

Trudel war ein wenig rundlicher geworden und hatte sich nun doch endlich die Haare schneiden lassen, was sie jünger und hübscher machte. Fritz Langdorn war immer noch höchst zufrieden mit seiner Wahl; eine tüchtige, freundliche, rundherum beliebte Frau hatte er sich da genommen, spät, aber doch nicht zu spät.

»Der kluge Mann läßt sich eben Zeit«, sagte er immer.

Der Garten war eine Pracht, die Erdbeeren waren selten so gut wie in diesem Jahr, die Bäume trugen schwere Frucht, Schwein, Hühner, Enten und Gänse gediehen vortrefflich. Eine Katze gab es jetzt auch im Haus, das war Trudels Wunsch gewesen.

Im Sommer 1934 verbrachte Stephan Jonkalla wieder die großen Ferien in Neuruppin, schwamm im See, radelte durch das grüne Land, ließ sich von Trudel verwöhnen und seine Leibgerichte kochen. Und hatte sein erstes wirkliches Liebeserlebnis.

Diesmal war es nicht nur ein Kuß an der Haustür, diesmal lag er in einer Scheune und hatte ein Mädchen unter sich.

Ihre Eltern besaßen eine Gärtnerei, Fritz Langdorn kaufte dort schon seit Jahr und Tag Samen, Pflanzen, Unkrautvertilgungsmittel und was ein Gartenmensch sonst noch so braucht. Das schuf eine gewisse Verbindung, man kannte sich, die Gärtnerstochter kannte den Jungen aus Berlin und der sie.

Die Gärtnerstochter war zwei Jahre älter als Stephan und wußte schon Bescheid. Sie brachte Stephan die Sache bei. Nach dem ersten Mal war er sich nicht klar darüber, ob er das nun mochte oder nicht.

Er saß am Abend in der Dunkelheit ganz hinten in der äußersten Ecke des Gartens und streichelte die Katze, die schnurrend auf seinen Schenkeln lag.

Eigentlich widerlich! Wie die gerochen hatte. Und was sie für ein dämliches Zeug gequatscht hatte. Ihre Beine waren zu dick. Und diese dicken festen Beine hatten sich um ihn geklammert. Er zog unbehaglich die Schultern hoch, er ekelte sich und empfand gleichzeitig Lust an seinem Ekel.

Er würde es nie wieder tun.

Doch, er würde es schon morgen wieder tun, um zu wissen, wie ihm diesmal dabei und danach zumute sein würde.

Im Herbst 1933 kam das Genie in das Gesangsstudio Losch-Lindenburg.

Oskar Mosheim, der bisher den Klavierunterricht gegeben und die Sänger am Klavier begleitet hatte, bat Marietta eines Tages um eine Unterredung.

»Ich denke, daß es besser ist, wenn ich meine Tätigkeit in Ihrem Haus beende, verehrte Frau Kammersängerin«, sagte er. »Ich möchte nicht, daß Sie Schwierigkeiten bekommen. Ich bin Jude, wie Sie wissen.«

»Das kümmert mich einen Dreck«, erwiderte Marietta. »Mir macht kein Mensch Schwierigkeiten. Auch die neuen Herren dürften meinen Namen noch kennen. Ich war schon berühmt, da bohrten die noch in der Nase. Und mein Name wird noch bekannt sein, wenn man den von Herrn Hitler nicht mehr kennt.«

»Ich fürchte, Sie sind zu optimistisch, verehrte Frau Kammersängerin. So schnell wird der Name Adolf Hitler nicht vergessen werden. Obwohl ich natürlich aus tiefstem Herzen wünsche, daß Sie recht behalten. Auf jeden Fall will ich keine Schuld daran haben, wenn man Ihnen die Arbeit erschwert. Sie wissen ja, es gibt jetzt diese Reichsmusikkammer, ich darf da nicht hinein, infolgedessen bin ich auch kein Musiker mehr, nicht in Deutschland.«

»Ja, ja, ja, mir haben sie auch schon eine Aufforderung geschickt, mich da anzumelden. Ich denke nicht daran.«

»Es wird Ihnen nichts anderes übrig bleiben, wenn Sie weiterarbeiten wollen. Aber das ist im Grunde unwichtig. Die Musik wird die Reichsmusikkammer auf jeden Fall überleben. Ob ich sie überlebe, ist eine andere Frage. Für Sie ist vor allem eins wichtig: daß Sie Ihre Schüler weiterhin in bewährter Qualität ausbilden können.«

»Aber dazu brauche ich Sie, lieber Freund.«

Mosheim lächelte melancholisch. »Es gibt genügend Leute, die Klavier spielen können.«

Er war nicht zu überreden, blieb bei seinem Entschluß und informierte Marietta noch darüber, daß er gedenke, Berlin zu verlassen.

»Meine Tochter und mein Schwiegersohn leben in Baden-Baden, mein Schwiegersohn hat dort ein Hotel. In den letzten Jahren war der Geschäftsgang etwas flau, bedingt durch die wirtschaftliche Lage. Das wird sich nun wohl bessern. Mein Schwiegersohn ist kein Jude, also wird es keine Schwierigkeiten geben, weder für ihn noch für meine Tochter. Und ich werde dort unbeachtet und still im Hause leben können.«

»Na, ist ja exzellent«, sagte Marietta erbost, »Sie werden auf der Lichtenthaler Allee spazierengehen, und ich kann schauen, was ich mit meinen Kindern mache. Jetzt wo wir gerade mitten im ›Figaro‹ sind.«

Von dieser Unterredung erfuhren die Kinder nichts, man sagte ihnen nur, daß Herr Mosheim sich aus Altersgründen zurückzöge. Sie waren sehr betrübt, es gab eine Abschiedsfeier, und es rührte sie alle sehr, als Oskar Mosheim weinte. Sie umarmten ihn, er mußte versprechen, sie oft zu besuchen und bestimmt zu ihrem ersten Auftritt, gleich in welcher Stadt, zu kommen.

Er versprach es und verschwand aus ihrem Leben.

Marietta fand sehr schnell einen Ersatz.

Was heißt Ersatz! Sie fand das ›Genie‹.

Ein Kollege von ihr, der an der Staatlichen Musikhochschule unterrichtete und mit dem sie sich gelegentlich zu einem Gedankenaustausch traf, empfahl ihr einen jungen Mann, der im zweiten Semester an der Hochschule studierte.

»Der Bursche ist unerhört talentiert. Er spielt sechs oder sieben Instrumente perfekt, fragen Sie mich nicht welche, ich könnte sie nicht nennen. Ich weiß nur, daß er ein Teufel auf der Geige ist. Er geht seit neuestem in die Dirigentenklasse und hat sich dort schon unbeliebt gemacht.«

»Wie das?«

»Er weiß alles besser und er kann alles besser. Damit eckt er natürlich gewaltig bei seinen Lehrern und Mitschülern an. Tatsache ist, daß er wirklich vieles besser weiß und kann, aber das darf man um Gottes Willen nicht zugeben, sonst schnappt er restlos über. Er hat die Musik gewissermaßen erfunden.«

»Aha, einer von denen ist das. So einen hatte ich auch mal am Pult.«

»Er kommt aus der Tschechoslowakei, ist erst an einem kleinen Konservatorium ausgebildet worden, fällt mir im Moment nicht ein wo, war dann zwei Jahre in Prag; zweifellos ist einiges an ihm verhunzt worden, man hat ihn wohl überschätzt und wuchern lassen, wie er wollte. Kurz und gut, er muß jetzt hier mal richtig in die Zange genommen werden, muß vor allem Disziplin und Einordnen lernen. Aber er wird das alles schnell kapieren, er ist recht intelligent. Was ja nicht unbedingt bei einer genialen Veranlagung dazugehören muß.«

»Klingt ja sehr interessant«, meinte Marietta, »aber ich fürchte, mein Studio ist nicht der richtige Platz für dieses raumsprengende Genie.«

»Versuchen Sie es doch mal mit ihm. Der Junge muß was verdienen. Er hat überhaupt kein Geld, hungert sich durch. Stipendium bekommt er nicht, er ist noch neu und Ausländer obendrein.«

»Ist er denn um Gottes Willen wenigstens arisch?«

»Das ist er. Das wurde überprüft, weil er ja um ein Stipendium eingekommen ist. Er ist ungeheuer temperamentvoll, wissen Sie. Eine Zeitlang hat er in einem Caféhaus gespielt, bis die Hochschule dahinterkam und es untersagte. Entweder er studiert Musik an einem staatlichen Institut, oder er mimt den Zigeunergeiger, hat man ihm gesagt. Also hat er aufgehört. In dem Café haben sie bittere Tränen vergossen, als er Abschied nahm. Die hatten dort jeden Abend den Laden knallvoll, die Weiber beteten ihn an, wenn er ihnen auf seiner Geige was vorschluchzte.«

»Na, dann kommt er schon gar nicht in Frage. Denken Sie doch an meine Mädchen.«

»Bei Ihnen soll er ja Klavier spielen. Macht er jetzt in einer Ballettschule, zweimal in der Woche. Ich hole ihn mir immer, wenn ich einen Begleiter oder Korrepetitor brauche. Er ist wirklich phantastisch. Wenn er die Partitur angesehen hat, hat er sie im Kopf. Glauben Sie mir, verrückt oder nicht, er ist ein Künstler. Übrigens hat Mosheim ganz recht, daß er aufgehört hat, Ihnen hat er damit einen Dienst erwiesen. Die Richtung ist nun einmal so, wir müssen uns ihr anpassen. Bedenken Sie, meine

Liebe, was wir schon alles erlebt haben. Wir werden auch das noch überleben. Beethovens Neunte ist dauerhafter als Hitler, Lenin und diverse Könige und Kaiser zusammen.«

Das Genie kam aus Bratislava und hieß Prisko Banovace. Es war lang und hager, hatte schwarzes langes Haar, das ihm dauernd in die Stirn fiel, dunkle glühende Augen und das zerfurchte, blasse Gesicht eines Lebemannes.

Die Mädchen im Studio konnten sich tagelang nicht über ihn beruhigen, nachdem er seinen ersten Auftritt gehabt hatte.

»So was gibt's ja gar nicht.«

»Ein richtiger Dämon.«

»Kinder, vor dem fürchte ich mich.«

»Nee, ich möchte ihm auch nicht im Dunkeln begegnen.«

»Ich weiß gar nicht, was ihr wollt, ich finde ihn toll.«

»Heißt der wirklich so?«

So schnell wie Oskar Mosheim war noch nie ein redlicher und verdienter Mann vergessen worden. Der ›Figaro‹ erhielt eine ungeahnte Brisanz, seit Prisko Banovace am Flügel saß, obwohl sie ihn schon monatelang einstudiert hatten.

Bislang war es so vor sich gegangen: Mosheim spielte, die Schüler sangen, wenn es etwas zu korrigieren gab, klopfte die Frau Professor mit dem Bleistift auf ihr Pult oder den Flügel oder die Empirekommode, wo sie sich eben gerade befand, dann hörte Mosheim auf zu spielen, die Schüler auf zu singen. Frau Professor sagte, was zu sagen war.

Jetzt unterbrach das Genie.

»Falsch«, sagte er in seinem harten Deutsch. »Die Achtelnote war sich unsauber.«

Beim erstenmal war Marietta nur überrascht. Beim zweitenmal blitzten ihre Augen. Beim drittenmal sagte sie: »Die Einstudierung der Partien liegt in meiner Hand.«

Erstaunlicherweise konnte das Genie ein unerhört charmantes Lächeln auf sein Gesicht zaubern. Deswegen gab er in der Sache aber noch lange nicht nach.

»Bitte um Verzeihung, gnädige Frau. Es kann Einstudierung nur nutzen, wenn meeglichst alle Fehler hinausgebigelt werden.«

Daraufhin bekam Mary von Dorath einen Lachkrampf und konnte nicht weitersingen.

Marietta schwieg, das Genie saß unbeweglich, die Hände auf den Tasten, die Schüler feixten und tauschten Blicke.

»Mary, geh hinaus und beruhige dich«, sagte Marietta schließlich eisig. »Und versuche, dich in Zukunft besser zu beherrschen. Es gibt auch auf der Bühne manchmal Situationen, die zum Lachen reizen. Damit muß man fertig werden. Horst, wir nehmen den Aktschluß, Ihre Arie – ›non più andrai . . .‹«

Zweifellos, durch das Genie wurde das Studio noch interessanter, als es vorher schon war. Und obwohl Prisko den ›Figaro‹ erst übernommen hatte, als er schon beinahe fertig einstudiert war, gelang es ihm, in den letzten drei Wochen soviel Feuer und Schwung hineinzubringen, daß es eine fast bühnenreife Darbietung wurde.

Marietta verstand genug von Musik und Theater, um das anzuerkennen. Auch wenn sie Prisko manchmal in seine Schranken wies oder sich seine Einmischungen verbat, so war sie sich doch darüber klar, was für eine Perle sie in ihrem Musikzimmer hatte.

»Ihr verdammter Slowake ist wirklich ein Genie«, sagte sie halb lachend, halb erbittert zu ihrem Kollegen, der am Abend gekommen war, als sie den Figaro-Akt aufführten. »Manchmal möchte ich ihn am liebsten hinausschmeißen. Aber er kann's. Er hat's in den Fingerspitzen. Er braucht keine Noten, er schaut nicht auf die Tasten, er schaut meinen Kindern auf den Mund. Er merkt schon vorher, wenn sie patzen, wenn sie mit dem Tempo ins Schleudern kommen, wenn sie anfangen zu schwimmen. Er läßt ein Zischen hören wie eine Schlange. Und wie ein Kaninchen die Schlange, so sehen sie ihn an und singen besser denn je.«

Eltern, Verwandte und Freunde der Schüler waren eingeladen worden, Herr Marquard war natürlich da, der einstmals berühmte Heldentenor Friedrich Hochkirch, langjähriger Kollege Mariettas in vielen Partien und immer noch eng mit ihr befreundet, und als wichtigste Person hatte sich ein Opernagent eingefunden. Alles in allem waren es ungefähr sechzig Personen – die

Schiebetür zum Nebenzimmer war geöffnet – sie fanden alle Platz.

Nina war auch da. Zum erstenmal hörte sie Victoria vor Publikum singen.

Zum erstenmal sah sie Prisko Banovace. Victoria hatte von ihm erzählt, und Nina fand eigentlich nichts Besonderes an ihm. Eine dürre schwarze Latte von Mann, häßlich und ungepflegt mit seinen schwarzen strähnigen Haaren und dem spekkig glänzenden schwarzen Anzug.

»Er ist einfach toll«, hatte Vicky mehrmals versichert, in ihrem überschwenglichen Ton.

Na ja, vielleicht spielt er ganz gut Klaiver, dachte Nina.

Aber daß er jemals ihrer hübschen, anmutigen und ordentlichen Tochter gefährlich werden könnte, auf diese Idee kam Nina nicht.

Auf eine gefährliche Weise anziehend war er für alle Mädchen im Studio, und um das zu erklären, hätte man psychologische Theorien heranziehen müssen. Man konnte es aber auch einfacher haben: es war das Dämonische, das Geniale, das Ungewöhnliche an ihm, auch das absolut Unabhängige, um nicht zu sagen Rabiate, das die Mädchen anzog, wie so etwas zu allen Zeiten weibliche Wesen anzuziehen pflegt.

Victoria machte ihre Sache gut. Mehr als gut, ausgezeichnet. Eigentlich wäre sie gar nicht drangekommen, denn Angela, der Mezzosopran, hatte den Cherubin ebenfalls studiert und hatte ältere Rechte. Glücklicherweise war sie erkältet.

Horst Runge war natürlich erstklassig, auch Lili Goldmann kam mit der Marcellina zurecht, obwohl es ihre Partie im Grunde nicht war. Schwach war Klaus Juncker als Graf, dagegen Mary ganz bezaubernd als Susanna.

Der Chor mußte wegfallen, den übernahm Prisko auf dem Flügel.

Mary und Horst kannten den Agenten Werner Roth, sie hatten ihm schon vorgesungen. Victoria sah ihn zum erstenmal und erlebte den Triumph, daß er sie nach Schluß der Darbietung ansprach.

»Wie alt sind Sie?« fragte er ohne weitere Umschweife.

»Neunzehn«, flüsterte Victoria.

»Dann arbeiten Sie mal fleißig weiter. In drei Jahren sprechen wir uns wieder.«

Victorias Wangen glühten.

»Hast du gehört, Mutti?« fragte sie aufgeregt, als sie zu Nina kam.

Nina hatte es natürlich nicht gehört.

»Der Mann ist unerhört wichtig«, sagte Victoria. »Ohne ihn kein Engagement. Zu ihm kommen sie alle. Wenn er einen Anfänger aufnimmt, kriegt der bestimmt was. Ach, Mensch, Mutti!«

Sie war glücklich, ihre Wangen glühten, ihre Augen strahlten, sie war hinreißend anzuschauen.

Die Hübscheste von allen, fand Nina.

Touchwood reichte kleine Canapees, gefüllte Eier und hausgemachten Geflügelsalat herum, dazu gab es einen schweren süßen Wein und für die Kinder Limonade.

Touchwood war eine Art Haushälterin bei Marietta, aber diese Bezeichnung wurde ihrer Stellung nicht gerecht. Sie war viele Jahre Mariettas Garderobiere gewesen und stand nun, nach dem Rückzug von der Bühne, Mariettas Haushalt vor, verstand von Musik und Singen beinahe soviel wie Marietta, konnte aber außerdem kochen und das übrige Hauspersonal beaufsichtigen.

»Touchwood, was hast du für einen gräßlichen Wein eingekauft?« fragte Marietta im Laufe des Abends.

»Ein ganz teurer Wein, Madame.«

»Davon wird ja jeder besoffen.«

Marietta trank für gewöhnlich gar nichts, höchstens Tee oder Mineralwasser, leicht angewärmt. Und einen Sud, den Touchwood für sie aus Eiern, Cognac und irgendwelchen Kräutertropfen zusammenrührte, der angeblich gut für die Stimme war. Marietta sang zwar nicht mehr, aber sie war an das Gebräu gewöhnt.

Früher hatte sie es vor jedem Auftritt getrunken.

Bliebe noch zu erklären, wie Touchwood zu ihrem Namen gekommen war. Mit der Zeit hatte sie alle Künstlerbräuche angenommen, das Spucken über die Schulter, das Toitoitoi, das Klopfen auf Holz. Als sie einmal Marietta auf einer Amerikatournee begleitete, lernte sie, daß Amerikaner für letzteres sagten: *touch wood.*

Das gefiel ihr so gut, daß sie den Ausdruck annektierte und ihn ständig benutzte, auch wenn er nicht so ganz paßte.

War sie vorher schon bekannt gewesen, dank dem Bekanntheitsgrad ihrer Herrin, wurde sie es jetzt noch mehr.

»Hast du Touchwood mitgebracht?« fragten die Künstler, wenn sie irgendwo bei Gastspielen mit Marietta zusammentrafen, denn Touchwood wurde langsam als Talismann angesehen.

Der Abend war ein Erfolg. Als Marietta ihre Gäste und ihre Schüler verabschiedete, war sie müde und zufrieden.

Sie reichte jedem die Hand, sprach ein paar passende Worte, genoß die bewundernden Blicke, die ihr noch immer galten, heute wieder ganz besonders, da sie in ein weites wallendes Gewand aus violetter Seide gekleidet war, das mit ihrem roten Haar einen unerhörten Effekt ergab.

Zu Nina sagte sie: »Victoria macht sich gut. Sie ist aufmerksam und fleißig.«

Nina fand, das sei zu wenig, was man über einen Künstler sagen konnte. Mußte es nicht heißen: Sie ist begabt, sie hat Talent, sie hat eine schöne Stimme?

Aber Victoria selbst erklärte ihr ja immer wieder: »Das bißchen Begabung bedeutet gar nichts. Arbeit macht den Künstler.«

Und nun, nachdem Nina auch angefangen hatte künstlerisch zu arbeiten, begriff sie, was ihre Tochter meinte. Ein paar hübsche Gedanken im Kopf spazierenzuführen, bedeutete gar nichts; sollten sie sich auf dem Papier bewähren, mußten sie erarbeitet werden.

Als letzter verabschiedete sich Prisko Banovace. Er hatte den Rest des Abends ziemlich unbeachtet in einer Ecke verbracht, viel gegessen, alle Platten geleert, denn Hunger hatte er immer, was Touchwood bereits wußte, die daher für ihn immer etwas Eßbares bereithielt. Auch dem süßen Wein hatte er reichlich zugesprochen, seine dunklen Augen glühten nicht mehr, sie schwimmerten, wie Marietta fand. Er roch nach Alkohol, und seine Haare zipfelten mehr denn je in seine Stirn.

»Danke ich vielmals, gnädige Frau«, sagte er und beugte sich tief über Mariettas Hand und küßte sie, »es war ein scheener Abend. Hat es allen gefallen ganz wunderbar. Wirde gerne ich vorschlagen, daß wir machen nun zweite Akt von ›Figaro‹ auch.«

Daran hatte Marietta auch schon gedacht, und es ärgerte sie, daß Prisko es vor ihr sagte.

»Wir haben mit dem ›Rigoletto‹ angefangen.«

»Ich weiß, ich weiß, machen wir beides. Sind sich alle so gut drin in ›Figaro‹.«

»Und wer sollte die Gräfin singen? Wir haben keine Gräfin.«

»Die neue junge Dame, bittescheen. Frau Welter.«

»Wo denken Sie hin? Mit der habe ich erst einmal viel Arbeit.«

»Geht sich schneller, als Sie denken. Sehr begabtes Frau.«

Das war wieder einer der Augenblicke, wo Marietta den lebhaften Wunsch verspürte, diesen Menschen hinauszuwerfen. Sehnsüchtig dachte sie an Oskar Mosheim zurück, der niemals eigene Ideen gehabt und immer nur das gemacht hatte, was sie wollte.

»Wollte ich noch sagen, daß ich jetzt bin einverstanden mit Klavierstunden.«

»So«, sagte Marietta, weiter nichts. Dieser Mensch ging ihr auf die Nerven. Aber er war ein Genie.

Mit den Klavierstunden war es so, daß Prisko Banovace es zunächst einmal weit von sich gewiesen hatte, sie zu übernehmen.

Das war unter seiner Würde, er gab keine Klavierstunden. Zumal Klavierstunden dieser Art.

Um auch dies zu erklären: Die Klavierstunden, die im Studio erteilt wurden, waren natürlich nicht die Art von Unterricht, den jemand haben mußte, der richtig Klavier spielen wollte.

Es war keine methodische Ausbildung, es waren wirklich nur simple ›Klavierstunden‹, wie sie sie fast alle, die hier sangen, bereits gehabt hatten. Klavier spielen konnten sie alle ein bißchen, mehr oder weniger gut, was eben junge Mädchen und Knaben so an Klavierspiel erlernt hatten.

Sie sollten sich notfalls allein begleiten können, sollten mit einem Klavierauszug zurechtkommen, und wenn es zu einer Mozart- oder Beethovensonate reichte, war nichts dagegen einzuwenden. Das war für Prisko natürlich eine schandbare Stümperei.

Oskar Mosheim hatte die Bedürfnisse des Studios richtig gesehen und seinen Unterricht darauf eingestellt. Wenn einer bei Prisko Klavier spielen wollte, dann mußte er Klavier spielen, nicht klimpern. So hatte er es ausgedrückt.

»Dummes Geklimpere ich kann nicht hören.«

»Na schön«, hatte Marietta gesagt, »ich werde schon jemanden finden, der das übernimmt.«

Als nächstes hatte sie verlautbart: »Ihr könnt ja auch eure Klavierstunden woanders nehmen.«

Voll des süßen Weines und von dem Abend animiert, kam nun Priskos überraschendes Angebot, Klavierstunden zu geben.

Das würde natürlich sein Honorar entsprechend erhöhen, er konnte es brauchen. Aber das war kein Grund für ihn, Kompromisse zu machen; was die Kunst betraf, macht er keine. Er war bis jetzt auch nicht verhungert.

Jetzt übernahm er also die Klavierstunden. Anfangs zum Entzücken der Mädchen, in der Folge zu ihrem Entsetzen.

Für die Klavierstunde mußten sie jetzt intensiv üben, denn die Euphorie des ›Figaro‹-Abends hielt nicht an, und wenn sie nun zur wöchentlichen Klavierstunde kamen, geschah dies mit Bangen und Zittern.

»Verdammtes Pfusch«, schrie Prisko, »Nimm deine Fiße von Pedal. Ich heere nur Waldrauschen, kein Musik. Und hier«, sein langer spitzer Zeigefinger stach auf das Notenblatt, »hier hat Mozart ein as geschrieben, kein a. Hast du keine Ohren in deine Kopf?«

Manchmal mußte Marietta eingreifen, wenn es Tränen gab. Mußte ihre eigene Stunde unterbrechen, weil der Lärm aus dem großen Musikzimmer, wo die Klavierstunden stattfanden, unerträglich wurde. »Die Kinder sind hier, um singen zu lernen, nicht um Klaviervirtuosen zu werden.«

Aber keiner, keiner wollte Prisko Banovace missen, so weit war es nach wenigen Monaten. Sie schimpften auf ihn, beschwerten sich über ihn, zeterten laut über seine Anmaßung und Unverträglichkeit, hetzten untereinander gegen ihn, aber waren ihm total und bereitwillig ausgeliefert, respektierten ihn, sobald er Stunde gab oder in der Gesangstunde begleitete.

Bei den Übungen waren sie nach wie vor mit Marietta allein. Doch wenn sie Lieder einstudierten, Arien aus Oratorien oder Opern, saß nun meist Prisko am Klavier; für Marietta war es bequemer, sie schluderte auch gern am Klavier und war nicht selten von Prisko korrigiert worden.

»Dieses Ei hat mir der Teufel ins Nest gelegt«, sagte Marietta zwar manchmal, aber auch sie war von diesem Besessenen fasziniert.

Das wäre alles nicht so schlimm gewesen und hätte sich mit einigem Humor ertragen lassen, wären die Mädchen nicht nach und nach alle Prisko-hörig geworden.

Das Genie hatte eine so starke Persönlichkeit, daß sich keiner ihm entziehen konnte, schon gar nicht eine Frau.

»Der macht euch alle verrückt«, sagte Horst Runge. »Mein Gott, was sind Weiber doch dämlich.«

Er selbst arbeitete mit leidenschaftlicher Hingabe, auch und gerade wenn Prisko am Klavier saß, aber erstens war Horst im Endstadium der Ausbildung, zweitens war er ein Mann. Das war etwas anderes.

Horst hätte schon für diese Spielzeit ein Engagement haben können, und zwar nach Chemnitz, nur wollten die Chemnitzer Gerda nicht mitengagieren. Das war auch so etwas, was Marietta zur Raserei bringen konnte.

Horst Runge und Gerda Monkwitz waren seit Anbeginn der Welt zusammen. Zusammen waren sie zu Marietta gekommen, sie bewohnten zusammen zwei möblierte Zimmer, sie studierten zusammen, schliefen zusammen, taten alles gemeinsam. Sie kannten sich, wie Marietta sagte, vermutlich schon aus dem Sandkasten.

Ganz so war es nicht, aber immerhin kannten sie sich seit der Tanzstunde. Sie waren beide Berliner, und als Horst Runge beschloß, Sänger zu werden, tat Gerda Monkwitz desgleichen. Sie hatte eine ganz hübsche Stimme, einen etwas schrillen, aber tragfähigen Sopran, der von der Soubrette bis zur Jugendlich-Dramatischen reichte, was an sich schon ein Nonsens war, wie Marietta fand. Sie war unerhört fleißig und gutwillig und genau so hausbacken und langweilig.

Dies war Mariettas Meinung. Jedoch Horst Runge war mit Gerda durchaus zufrieden. Dagegen war nichts zu machen, auch wenn Marietta ihm des öfteren einen längeren Vortrag darüber hielt, daß ein Künstler eine künstlerisch tätige Frau so dringend brauche wie einen vereiterten Zahn.

»Ein Künstler braucht eine Frau, die für ihn sorgt, die ihm ein gemütliches Heim schafft, meinetwegen seine Kinder bekommt und sonst die Schnauze hält. Ein Sänger mit einer Sängerin als Frau ist eine Katastrophe.«

Horst hatte Gegenbeispiele parat, die Devrients, die Niemeyers, waren das nicht berühmte Künstlerpaare gewesen, unsterblich sozusagen.

Marietta war immer versucht, Gerda Monkwitz hinauszuwerfen, wußte aber, daß sie dann Horst Runge auch los war. Und er war ein begnadeter Sänger. Der beste, den sie seit langem in ihrem Studio gehabt hatte. Und so töricht, wie nur ein Sänger sein konnte, sich von Anfang an mit dieser Frau zu belasten.

Um gerecht zu sein – Gerda liebte Horst genauso wie Horst Gerda liebte, sie sorgte für ihn, stopfte seine Socken, kochte sein Essen, pflegte seine kostbare Kehle. Wenn sie nur nicht auch noch selber gesungen hätte!

Und er hatte sich in den Kopf gesetzt, nur ein Engagement anzunehmen, wenn seine Frau gleichfalls ein Engagement an derselben Bühne bekam. Denn aus diesem Anlaß wollten sie dann heiraten, das war allen bekannt.

»Mensch, Horst«, sagte Marietta, »bist du dir klar darüber, was du dir verbaust? Du bist ein hübscher Mensch, singen kannst du auch, dein Luna kann einem die Schuhe ausziehen.

Die Frauen werden sich deinetwegen zerreißen. Und da willst du gleich mit einer Frau antanzen? Das ist doch verrückt.«

»Eine Frau ist wie die andere, wa?« konterte Horst. »Wenn ich was werden will, brauche ich kein Weibergewimmel um mich herum, das stört nur. Wenn ich einmal oder höchstens zweimal in 'ner Woche mit 'ner Frau schlafe, langt's mir. Wenn es mehr wird, kostet mich det zuviel Kraft. Die brauch ich zum Singen, wa?«

Rein äußerlich gesehen war Gerda sehr hübsch, gut gewachsen, blond, blauäugig, aber sie besaß nicht einen Funken Temperament.

Marietta resignierte schließlich. Wenn es ihn nicht störte, warum sollte es sie stören?

Gerda also war gegenüber Priskos Klavierattacken, ganz zu schweigen von seinen sonstigen Reizen, immun. Wenn er sie anschrie, weil sie falsch spielte, ließ sie die Hände von den Tasten sinken und blickte phlegmatisch an ihm vorbei.

Auch Prisko war sie bald gleichgültig. Er sortierte sich die Schüler und Schülerinnen entsprechend ihrer Begabung aus; nur wer ihm dessen würdig erschien, kam in den Genuß seines vollen Zornes.

Das erste Mädchen in Mariettas Stall, das seine volle Aufmerksamkeit gewann, war Thora Welter.

Sie war im Studio genauso neu wie Prisko, war etwa zur gleichen Zeit wie er dort erschienen.

Und wie er war sie ein Außenseiter.

Einmal schon deswegen, weil sie wesentlich älter war als die übrigen Schüler. Sie hatte schon zwei Engagements hinter sich, sie war verheiratet gewesen und nun geschieden, sie hatte ein Kind.

Außerdem hatte sie eine wunderschöne Stimme, die aber leider vollkommen verdorben war.

Man hatte sie zu früh überfordert, zu anstrengend eingesetzt, genau das, wovor Marietta ihre Schüler immer warnte.

Es kamen die persönlichen Belastungen dazu, eine bösartige Scheidung, der Kampf um das Kind, das ganze politisch verbrämt, denn Thora stammte aus einer Sozialistenfamilie, ihr

Mann war Nationalsozialist der ersten Stunde und mittlerweile ein enger Mitarbeiter des Propagandaministers Goebbels.

»So wie die Dinge liegen«, sagte Marietta, »bekommst du hier sowieso keinen Fuß mehr auf den Boden. Aber deswegen kannst du doch deine Stimme wieder hinkriegen. Gesungen wird anderswo auch.«

Und, so setzte sie für sich hinzu, die Zeiten werden sich ja auch mal wieder ändern, dann singst du erst recht und gerade hierzulande.

Die Stimme war enorm. Groß, voll und reich, nur kippte sie plötzlich um, gab nach, versickerte.

Thora war heruntergekommen, sie sah schlecht aus, war viel zu dünn, geradezu mager, nervös, sie weinte oft, wollte am liebsten nicht mehr leben.

Sie behandelten sie alle wie ein rohes Ei, die Mädchen bewunderten im stillen das bewegte Leben, das sie hinter sich hatte, und alle waren bemüht, ihr Selbstvertrauen und Mut zu geben.

Denn Thora war im Grunde ein liebenswerter, anständiger Mensch, der nur, und das in mehrfacher Hinsicht, aus der Bahn geworfen worden war.

Touchwood bemühte sich zunächst, sie herauszufüttern. Im allgemeinen war es nicht üblich, daß die Schüler im Studio zu essen bekamen, aber für Thora war immer etwas da, und auch wenn sie sagte: »Danke, nein, ich habe keinen Hunger«, blieb Touchwood neben ihr stehen, bis sie gegessen hatte, was für sie bereitstand.

Da sie anfangs sehr verschlossen war, dauerte es einige Zeit, bis sie ihre Geschichte kannten.

Geheiratet hatte sie mit neunzehn, allerdings nahm sie in ihrer Heimatstadt Hamburg damals schon Gesangstunden. Ihr Vater war Däne und arbeitete in einer Werft, die Mutter war streng und unzugänglich, eine ehrpußlige Arbeiterfrau.

Als Thora schwanger wurde, flog sie zu Hause hinaus. Sie versuchte, abzutreiben, es mißlang. Ihr Freund heiratete sie, sie brachte ein schwächliches Kind zur Welt, das nach einem halben Jahr starb. In dieser Zeit hatte sie natürlich ihre Ausbildung vernachlässigt, sie war gesundheitlich in schlechtem Zustand, zumal die Ehe von vornherein voller Streit und Zank war, ihr Mann stammte aus kleinbürgerlichen Verhältnissen und war krankhaft eifersüchtig. Er ging dann nach Berlin und widmete sich voll den Aktionen der Nationalsozialisten.

Thora nahm die Gesangstunden wieder auf, immer in Geldnöten, stets unter seelischem Druck. Als schließlich ihr Mann verlangte, sie solle nach Berlin übersiedeln, tat sie es. »Ich Kamel bildete mir ein, ihn zu lieben«, sagte sie, als sie Marietta schließlich ihre Lebensgeschichte erzählte.

»Wäre ich damals hart geblieben, hätte ich mir viel erspart, denn dann wäre es aus gewesen.«

In Berlin mußte sie feststellen, daß ihr Mann eine Freundin hatte. Das allein wäre ein ausreichender Grund gewesen, sich von ihm zu lösen. Aber sie blieb, ertrug das entwürdigende Dreiecksverhältnis, das sich über zwei Jahre hinzog. Währenddessen sang sie im Chor der Charlottenburger Oper, um etwas zu verdienen, und nahm Gesangstunden bei einem Mitglied des Hauses. Er verlangte nicht viel Geld dafür, weil ihre Stimme so einmalig schön war.

Mit dreiundzwanzig bekam sie ein Engagement in eine westfälische Industriestadt und wurde dort gleich in großen Partien eingesetzt. Gelegentlich kam ihr Mann und machte ihr schreckliche Szenen, verdächtigte sie, mit dem gesamten Ensemble zu schlafen.

Dabei lebte sie ganz zurückgezogen, sie liebte ihren Mann immer noch, sie war eine treue Frau, außerdem brauchte sie ihre ganze Kraft, um ihrer Arbeit gerecht zu werden.

Schon in diesem jugendlichen Alter sang sie die Senta, die Fidelio-Leonore, die Sieglinde und ähnliche schwere Partien.

Sie blieb zwei Jahre an diesem Theater, ging dann nach Danzig, sang wieder das große Fach. Nach einem Besuch ihres Mannes wurde sie schwanger. Sie sang, solange es ging, sang in ihrem Zustand all die großen Partien, brachte aber immerhin diesmal ein gesundes Kind zur Welt.

Und sie hatte das Kind kaum geboren, als ihr Mann ihr eröffnete, daß er sich scheiden lassen wolle.

Daraufhin bekam sie einen Nervenkollaps, anschließend litt sie unter tiefen Depressionen. Sie verbrachte ein halbes Jahr in einer Nervenheilanstalt, die Ehe wurde geschieden, das Kind kam vorübergehend in Pflege.

So war das mit Thora Welter, geborene Thordsen. Unter dem Namen Thora Thordsen war sie aufgetreten, und Marietta riet ihr, den Mädchennamen wieder anzunehmen, auch für das Privatleben.

Die kranke Stimme gesundzupflegen, war eine Aufgabe, die Marietta reizte. Sie machte eine strenge Kur mit Thora, nur leichte Übungen zu Beginn, dann ein wenig Bach, ein paar leichte Lieder. Keine Rede davon, daß sie die Gräfin singen konnte.

»Wenn du alles tust, was ich dir sage, wirst du in zwei Jahren wieder auftreten und wirst schöner singen denn je«, verhieß Marietta.

Von ihrem geschiedenen Mann, der wieder geheiratet hatte, bekam Thora eine geringe Unterhaltszahlung; sie mußte sehr bescheiden leben, hatte nur ein möbliertes Zimmer, eine kleine Bude, nachdem sie während des ersten Winters, den sie dem Studio angehörte, dreimal die Wohnung gewechselt hatte, weil die Vermieterinnen das Kind nicht dulden wollten.

Dann endlich wohnte sie bei einer freundlichen älteren Frau, die gegen ihre Übungen und gegen den kleinen Jungen nichts einzuwenden hatte, ihn auch gelegentlich beaufsichtigte. Oft brachte sie das Kind mit ins Studio, wo sich Touchwood seiner annahm. Auch die Mädchen waren entzückt von dem Kleinen, einem hübschen Kind mit hellem blonden Haar, sehr artig und umgänglich.

Marietta nahm für ihre Stunden kein Geld von Thora, sie sagte: »Es ist mein Ehrgeiz, deine Stimme hinzukriegen, und wenn du etwas geworden bist, kannst du mich bezahlen.«

Alles war auf bestem Wege, Thoras Nerven stärkten sich, ihre Stimme gewann wieder Kraft und Fülle, sie konnte wieder lächeln, nahm ein paar Pfund zu und lebte nicht mehr so isoliert unter ihren Mitschülern, und ausgerechnet da begann sie ein Verhältnis mit dem Genie.

Oder besser gesagt, er begann es mit ihr.

Nachdem er den Winter über im Studio gewirkt und sich mehr oder weniger alle Mädchen untertan gemacht hatte, traf er seine Wahl. In erster Linie waren es bei ihm künstlerische Gründe, die ihn zu einer Frau führten.

Die große Musikalität Thoras – sie spielte zum Beispiel ausgezeichnet Klavier –, die wunderschöne, aber kranke Stimme, reizten ihn, sich ihr mit besonderer Aufmerksamkeit zu widmen.

In diesem Punkt trafen sich seine Ambitionen mit denen Mariettas.

Sie waren sich einig, daß Thoras Stimme es verdiente, gerettet zu werden.

Ganz behutsam und vorsichtig ging er mit ihr um, zügelte sein ungebärdiges Temperament, wenn er mit ihr arbeitete. Wenn sie bei ihm Klavier spielte, und wie gesagt, sie konnte es, und am Klavier mußte sie sich ja nicht schonen wie beim Singen, saß er still neben ihr oder lehnte an der Wand und hörte zu.

Sie war eine vorzügliche Chopin-Spielerin, und das brachte sie seiner slawischen Wesensart nahe. Wenn sie geendet hatte, die Hände von den Tasten sinken ließ, nachdem sie hingebungsvoll und bravourös eine Nocturne oder einen der Walzer gespielt hatte, lag sein Blick voll Wärme und Zärtlichkeit auf ihr. Sie sah es, wenn sie aufblickte, es verwirrte sie.

»Gut«, sagte er, »sehr, sehr gut. Sie hätten auch Klavier studieren kennen, Thora. Wären Sie auch berihmt geworden.«

»Ja«, sie lächelte, »das wollte ich anfangs. Ich war als Kind kaum vom Klavier wegzubringen. Für meine Eltern war es unbegreiflich, in unserer Familie war niemand musikalisch, spielte niemand ein Instrument.«

»Und wie kam es bei Ihnen?«

»Ich hatte eine Freundin in der Schule, schon als ich noch ganz klein war. Die Eltern waren reiche Leute, sie wohnten an der Elbchaussee, hatten dort ein wunderschönes Haus. Aber das sagt Ihnen nichts? Ich meine, was in Hamburg die Elbchaussee bedeutet.«

Er schüttelte den Kopf.

»Das ist eine ganz feine Gegend, dort wohnen lauter reiche Leute. Wir wohnten in Altona, und daß wir in die gleiche Volksschule gingen, Kirsten und ich, lag daran, daß ihre Eltern anfangs noch in der Palmaille wohnten. Sagt Ihnen auch nichts?«

Er schüttelte wieder nur den Kopf.

»Na, macht nichts. Später zogen sie an die Elbchaussee, Kirsten ging in die höhere Schule, ich ja weiter in die Volksschule. Aber wir blieben Freundinnen, und ihre Eltern hatten nichts dagegen, ich wurde eingeladen, durfte immer zu ihr kommen.«

Der Gedanke an die Freundin, an die glücklichen Stunden in dem schönen Haus über der Elbe ließ ihre Augen aufglänzen, man sah, wie hübsch sie früher gewesen sein mußte. Heute wirkte sie verhärmt und verbittert.

»Ihr Vater war Reeder. Mein Vater war Vorarbeiter auf einer Werft, aber das spielte für Kirsten und ihre Eltern keine Rolle. Kirsten bekam natürlich Klavierstunden, sie machte sich nicht viel daraus. Die Lehrerin kam ins Haus, und ich saß oft dabei, wenn sie Stunde hatte und lernte ganz von selbst ebenfalls Klavier spielen. Und wenn sie nicht üben mochte, übte ich umso leidenschaftlicher. Kirstens Vater sagte: ›Thora ist ein begabtes Kind, sie muß auch richtig Klavierstunden nehmen‹. So kam das.«

Sie schwieg, präludierte leise auf dem Flügel, den Kopf gesenkt. Prisko betrachtete mit Entzücken das schmale, mit einemmal so weich gewordene Gesicht.

Im Nebenzimmer saßen Mary und Victoria über ein musikwissenschaftliches Lexikon gebeugt, Mary hob den Kopf und kicherte.

»Bigelt er sich Thoras wunde Seele auf. Ist sich ganz still da drin.«

Victoria war ein wenig eifersüchtig.

»Findest du nicht, daß er sich reichlich viel mit Thora abgibt?«

»Aber das tun wir doch alle. Sie braucht das.«

Mary war ein verständiges, großzügiges Mädchen. Und nur mit Maßen in Prisko verknallt. Sie hatte einen netten Freund, einen jungen Leutnant der Reichswehr, mit dem sie ganz zufrieden war.

»Na, sicher. Aber trotzdem. Die Klavierstunde ist längst vorbei, was quatschen die denn da immerzu?«

»Mußt du Ohr an Schlisselloch legen, wenn du willst heeren.«

»Ach, sei nicht so albern. So spricht er ja gar nicht.«

Was denn aus ihrer Freundschaft mit Kirsten geworden sei, wollte Prisko nebenan wissen.

Thora erzählte, daß Kirstens Vater ganz plötzlich starb, er war erst neunundvierzig Jahre alt, und Kirstens Mutter zwei Jahre darauf wieder heiratete, einen Amerikaner.

»Wir waren siebzehn, als wir uns trennen mußten. Bis dahin hat unsere Freundschaft gehalten. Kirsten lebt heute in Texas, in Houston. Eine Zeitlang haben wir uns noch geschrieben, aber so etwas schläft ein. Und ich glaube, wenn ich nicht so unglücklich gewesen wäre über die Trennung, wenn ich mir nicht so verlassen vorgekommen wäre, hätte ich mich nicht so schnell und bedingungslos an Frank angeschlossen.«

Sie hatte ihn kennengelernt, kurz nachdem Kirsten nach Amerika gegangen war, und sie glaubte, es sei die große Liebe. Sie glaubte so etwas immer, sie war ein bedingungslos liebender, hingabebereiter Mensch. Leider war sie bis heute nicht klüger geworden.

Bis der Winter zu Ende ging, hatten Thora und Prisko ein Verhältnis, und eine schlechtere Wahl hätte sie auch diesmal nicht treffen können.

Dieser besessene, ichbezogene Mensch bedeutete für sie nicht Heilung, sondern neue Komplikationen.

Zunächst verbargen sie den Wandel ihrer Beziehungen gut, auch Marietta argwöhnte nichts. Denn da Prisko sich von Anfang an sehr intensiv mit Thora beschäftigt hatte, fiel es auch jetzt nicht auf, wenn sie ständig zusammen musizierten. Es ging sogar so weit, daß Marietta es Prisko überließ, die Übungen mit Thora zu machen, denn er hatte vollkommen begriffen, worauf es ankam und auf welche Weise die Stimme wieder aufgebaut werden mußte.

Auch hatte Marietta angenommen, wenn Prisko schon mit einem ihrer Mädchen intim wurde, was sie von Anfang an befürchtet hatte, würde es jede sein, nur nicht gerade Thora. Die anderen waren alle hübscher und jünger.

Mary war es, die der Sache auf die Spur kam.

»Die beiden kuscheln miteinander«, sagte sie eines Tages zu Victoria.

»Ach, du spinnst ja.«

»Na, kuck sie dir doch mal an, wie sie jetzt immer die Augen verdreht. Und sie malt sich an, das hat sie doch früher überhaupt nicht getan. Die lief doch immer rum wie ihre eigene Großmutter. Und er schleppt das Kind rauf und runter, daß es nur so eine Art hat. Früher hat er Heinzi überhaupt nicht angeschaut. Jetzt benimmt er sich, als sei er der Vater.«

Victoria beobachtete nun auch genauer und fand, daß Marys Vermutungen stimmen konnten. Auf dem Rad fuhr sie den beiden einmal nach, als sie gemeinsam das Studio verließen.

Prisko trug den kleinen Heinz auf dem Arm, und Thora ging mit neu erwachtem Schwung mit langen Schritten nebenher.

Da war es schon Frühling, die Forsythien blühten in den Vorgärten, die Büsche wurden grün. Victoria benutzte sie als Tarnung.

Thoras Zimmer befand sich in einem Hinterhaus der äußeren Kantstraße, und dort verschwanden die beiden.

Victoria war empört. So wie Prisko mit ihr arbeitete, sich mit ihr abgab, hatte sie gedacht, sie wäre es, die er am liebsten von allen Schülerinnen mochte. Es war eine Tatsache, daß Prisko sie bevorzugte. Die Intensität, mit der sie arbeitete, hatte ihn für Victoria eingenommen, dies war der beste Weg, sein Interesse zu wecken. Zur Zeit studierte sie die Micaela, eine Partie, die ihr lag, und so unentbehrlich hatte er sich inzwischen im Studio gemacht, daß Marietta ihm die Einstudierung einer Partie fast ausschließlich überließ und dann erst, wenn die Partie stand, mit den Schülern daran arbeitete.

Einmal hatte Prisko Victoria mitgenommen in den großen Saal der Musikhochschule, als er dirigierte. Sie empfand das als Auszeichnung und war sehr stolz darauf. Er dirigierte die ›Erste‹ von Brahms, er wirkte souverän und kaum wie ein Schüler, wenn er vor dem Orchester stand. Er dirigierte auswendig, mit sparsamer Gestik und großer Intensität. Victoria saß stumm und gebannt, tief beeindruckt. Neben ihr hörte sie jemanden sagen:

»Hier wächst Furtwänglers Nachfolger heran.«

Und ausgerechnet diese langweilige Thora hatte der sich ausgesucht? Die war fast dreißig und überhaupt nicht attraktiv, fand Victoria.

Sie war versucht, Mary von ihrer Entdeckung zu erzählen, doch sie genierte sich, weil sie den beiden nachgegangen war.

Möglicherweise bedeutete es auch nichts, er hatte nur das Kind nach Hause gebracht, vielleicht hatten sie noch Tee zusammen getrunken, und das war es schon.

Aber von nun an beobachtete Victoria scharf, und sie begann, was sie bisher nicht getan hatte, jedenfalls nicht bewußt, mit Prisko zu kokettieren.

Mit Mary von Dorath hatte sich Victoria näher angefreundet.

Es war nicht eine so enge Freundschaft wie mit Elga, aber sie verstanden sich gut, trafen sich auch außerhalb des Studios, meist zu einem Konzert- oder Opernbesuch, und manchmal wurde Victoria zu Doraths eingeladen, die ein gastfreies und sehr lebendiges Haus führten.

Sie wohnten in Zehlendorf. Marys Vater war aktiver Offizier, Oberst bei der Reichswehr, im Krieg war er Jagdflieger gewesen. Marys Mutter, eine heitere, hübsche Frau, war musisch veranlagt, sie spielte sehr gut Klavier und sang, sie hatte als junges Mädchen eine Gesangsausbildung gehabt, doch dann geheiratet und alle beruflichen Pläne vergessen. Auf diese Weise hatte Mary im Elternhaus von vornherein Verständnis für ihre Wünsche gefunden, die Mutter war stolz auf die begabte, vielversprechende Tochter. Mary besaß einen leichten, silbrig klingenden Sopran, eine erstaunliche Höhe, das Koloraturfach war ihr Ziel. Sie hatte zwei Brüder, einer lebte im Haus, er studierte Medizin. Der andere war ebenfalls Offizier, Flieger wie sein Vater einst. Den kannte Victoria noch nicht, da er sich noch in der Ausbildung befand und selten nach Hause kam.

Die Familie stand dem nationalsozialistischen Regime ablehnend gegenüber, das wurde nicht direkt ausgesprochen, das wagte mittlerweile keiner mehr, aber aus vielen nebensächlichen Bemerkungen wurde es deutlich genug. Das Ohr war inzwischen geschult für derartige Bemerkungen; auch wenn man so jung war wie Victoria und im Grunde politisch total uninteressiert, wuchs man ganz von selbst in diese Hellhörigkeit hinein.

Das Verhältnis zwischen Thora und Prisko hielt ungefähr ein Jahr an, mit der Zeit wußten es alle, auch Marietta, die es verständlicherweise mißbilligte, zumal Thora zunehmend wieder exzentrische Züge entwickelte.

Das Ganze nahm ein dramatisches Ende, als Prisko sich anderweitig verliebte, diesmal in eine blutjunge Geigerin, mit der er das Beethoven-Violinkonzert in der Hochschule einstudierte und aufführte. Sie gingen alle hinein, es war ein hervorragendes Konzert, die Zeitungen brachten höchst positive Besprechungen, Priskos Name war nicht mehr unbekannt in Berlin.

Es ging ihm nun auch finanziell besser, er bekam das Stipendium, sein Deutsch war so gut wie makellos geworden, und er zog sich nun auch ein wenig besser an.

Ende also mit Thora. Sie schnitt sich doch wirklich und wahrhaftig die Pulsadern auf, wurde gerettet, aber ihr Zustand war abermals desperat.

Marietta warf sie hinaus.

»Das dumme Weib! Ein für allemal, Kinder, merkt euch das: die Liebe kann für eine ernsthafte Künstlerin nur eine nebensächliche Begleiterscheinung des Lebens sein. Möglichst eine angenehme. Aber sie darf niemals die erste Rolle in eurem Denken und Fühlen beanspruchen. Sonst gebt ihr besser den Beruf auf. Die großen Gefühle könnt ihr auf der Bühne ausleben. Privat, an einen Mann, sind sie verschwendet.«

Victoria nickte dazu mit entschlossener Miene. Sie war fest überzeugt davon, daß sie es stets und ständig so handhaben würde, wie Marietta empfahl. Schließlich hatte sie es bisher ganz von selbst so gehalten.

Ihre erste große Liebe war Peter Thiede gewesen, heute lächelte sie darüber – eine Jugendschwärmerei. Dann ihre

Freundschaft zu Johannes Jarow, das war sehr nett gewesen und hatte ihr Gefühlsleben nicht strapaziert. Seitdem gab es keinen Mann in ihrem Leben, der ihr etwas bedeutete. Sie hätte gar keine Zeit dafür gehabt.

Natürlich wurde sie hier und da angesprochen, es kam zu einem Rendezvous in einem Café, einem kleinen Flirt, das war auch schon alles. Sie brauchte Zeit und Nerven für ihre Arbeit.

Wenn sich ihre Gedanken näher mit einem Mann beschäftigten, so war es Prisko Banovace, das häufige Zusammensein, die enge Zusammenarbeit, das Einverständnis, das sie bei der gemeinsamen Arbeit erzielten, schuf eine Verbindung. Und er interessierte sie, reizte sie, nicht zuletzt deswegen, weil er über die Arbeit hinaus kein Interesse an ihr zu haben schien. Und sie war eifersüchtig – zunächst auf Thora, dann auf die schmale, ätherisch wirkende Angela, die ganz unverhohlen mit Prisko flirtete.

Sie erwischte die beiden einmal, als sie sich küßten.

Victoira kam ins große Musikzimmer geplatzt, auf der Suche nach einem Band Schumann-Lieder, und da fand sie die beiden in enger Umarmung. Soeben war noch ›Rosen brach ich nachts mir am dunklen Haage‹ zu hören gewesen, das Lied war mittendrin unterbrochen worden, eine Korrektur schien vonnöten, statt dessen war es ein Kuß.

Den beiden schien es gar nicht viel auszumachen, sie lösten sich voneinander, Prisko setzte sich wieder vor die Tasten, Angela lächelte auf ihre langsame, überlegene Art, die Victoria sowieso immer ärgerte.

»Ei, potz Blitz«, sagte Victoria, nur um überhaupt etwas zu sagen. Es kam keine Antwort.

Prisko fing wieder an zu spielen, Angela sang weiter, so als sei nichts geschehen.

Victoria griff sich den Schumann, verschwand wieder und murmelte draußen: »Heimtückisches Biest!« Das galt Angela, mit der sie sich ohnehin nicht gut vertrug.

An einem Abend im Oktober traf Victoria zufällig in der Staatsoper mit Prisko zusammen. Sie hatte von Marietta eine Karte bekommen, die ihren Schülern, gerecht verteilt, hier und da eine Karte schenkte, wenn sie welche erhielt und selbst nicht gehen konnte oder wollte.

Es war eine Aufführung von ›Eugen Onegin‹ unter der Leitung von Robert Heger. Maria Cebotari sang die Tatjana, der von allen Frauen angeschwärmte Heinrich Schlusnus den Onegin. Marietta hatte gesagt: »Geh mal rein und paß gut auf, die Tatjana wäre etwas für dich.«

In der Pause also traf sie Prisko, der sie weltmännisch zu einem Glas Sekt einlud.

Inzwischen konnte man sich mit Prisko sehen lassen, sein Haar war kürzer und einigermaßen ordentlich frisiert, er besaß zwar weder Frack noch Smoking, aber immerhin einen neuen, nicht mehr glänzenden schwarzen Anzug.

Er schwang sich zu einem Kompliment auf.

»Du siehst aber hübsch aus.«

»Danke, Maestro«, sagte Victoria mit Augenaufschlag. Sie wußte, daß sie gut aussah. Vom Mozartzopf hatte sie sich inzwischen getrennt, sie trug das Haar in einer kurzen Lockenfrisur, die sehr apart wirkte, und das Kleid, kürzlich erst von Marleen geerbt, war umwerfend: schwarzer Panne, ganz eng auf Figur gearbeitet, das Rückendekolleté reichte bis zur Taille.

Nina hatte zwar gesagt: »Schwarz ist nichts für ein junges Mädchen«, doch Victoria fand: gerade.

Als sie ging, konnte Nina nicht umhin zuzugeben, daß ihre Tochter großartig aussah.

An diesem Abend, in dem schwarzen Kleid, bei Tschaikowskys morbider Musik, fühlte sich Victoria ganz als Vamp.

Nach der Oper schlenderten sie Unter den Linden entlang, er fragte: »Was machen wir denn jetzt? Wollen wir noch irgendwohin gehen?«

Und Victoria darauf, mit größter Lässigkeit: »Gehn wir doch auf einen Cocktail in die Adlon-Bar.«

Das raubte sogar Prisko die Fassung.

»Ins Adlon?«

»Klar. Sehr nett dort.«

»Warst du denn da schon?«

»Schon oft.«

Zweimal mit Cesare, und das war nun auch schon eine ganze Weile her, aber das brauchte Prisko ja nicht zu wissen.

Ganz große Dame durchschritt sie die Halle des Adlon, ließ sich den Mantel abnehmen, blickte gelassen und leicht gelangweilt um sich. Damit imponierte sie Prisko ungeheuer. Er hätte es nie gewagt, das Adlon zu betreten, aber in Victorias Begleitung ging es ganz mühelos. Im Geist zählte er sein Geld, sicher würde es teuer hier sein.

Victoria hatte das wohlweislich bedacht, aber in ihrem Täschchen steckte auch etwas Geld, sie bekam jetzt von Nina ein ausreichendes Taschengeld.

Denn Nina war nun nicht mehr so knapp mit Geld: da war zuerst der Abdruck in der ›Dame‹ gewesen, und das Buch, das in diesem Herbst herausgekommen war, hatte ihr einen ansehnlichen Vorschuß gebracht. Vorsichtshalber allerdings hatte sie ihre Stellung bei Fiebig noch nicht aufgegeben, nur arbeitete sie etwas weniger. Fred Fiebigs Betrieb ging gut, er konnte sich eine Stenotypistin leisten, die von Nina eingearbeitet wurde.

»Wenn Sie nun eine Schriftstellerin sind, Frau Jonkalla«, sagte Fred Fiebig voll Respekt, »brauchen Sie ja auch Zeit für Ihre Arbeit. Aber ich wäre Ihnen dankbar, wenn Sie noch dreimal in der Woche kommen könnten.«

Victoria ließ sich voll Grandezza in einem der roten Ledersesselchen der Adlon-Bar nieder, ihre Miene war leicht blasiert, sie benahm sich, als sei sie ein täglicher Gast hier.

Prisko war beeindruckt. Mit Thora hätte er hier nicht sitzen können. Mit Thora konnte er nirgends hingehen, da war das Kind, da war ihre Menschenscheu, da war ihre Sucht, ständig und immer mit ihm, und nur mit ihm, zusammen zu sein. Ihre klammernde, besitzergreifende Liebe war lästig.

Er hatte sie satt. An ihre Karriere glaubte er mittlerweile auch nicht mehr. Was nützte die schönste Stimme, sie war einfach nicht der Typ dazu, etwas aus sich zu machen. Mit der kleinen Violinistin hatte er auch einen Mißgriff getan. Die war siebzehn, und auch wenn sie erstklassig Geige spielte, war sie noch ein dummes Kind. Diese Schöne hier, die würde es schaffen, die besaß nicht weniger Selbstbewußtsein als er. Mit Genugtuung bemerkte er, daß ihre reizvolle Erscheinung sogar in diesem Rahmen manchen Blick auf sich zog.

Man konnte, rückblickend, den Beginn der Beziehung zwischen Victoria und Prisko auf diesen Abend datieren.

Sie unterhielten sich ausgezeichnet, an Gesprächsstoff mangelte es ihnen nicht. Sie fachsimpelten mit Leidenschaft; die Aufführung, die sie gerade gesehen hatten, mußte besprochen und kritisiert werden, dann hechelten sie das Studio durch, von Marietta angefangen bis zum neuesten Zugang, einem jungen, etwas dicklichen Tenor, Siegfried mit Namen, blond und doof, wie Victoria gnadenlos urteilte, unmusikalisch bis auf die Knochen, wie Prisko bereits festgestellt hatte.

Sie tranken einen Coktail, dann einen zweiten.

»Mach dir keine Sorgen«, sagte Victoria kameradschaftlich, »ich habe Geld bei mir.«

Das kränkte ihn.

»Du bist selbstverständlich eingeladen.«

»Ja, sicher. Aber könnte ja sein, du hast nicht genug bei dir.«

Später umriß sie mit Sicherheit ihre Zukunftspläne.

»Spielzeit 36/37 geh' ich ins Engagement. Ich möchte ein anständiges Provinztheater, wo ich möglichst voll ins Repertoire hineinkomme, damit ich nach ungefähr zwei Jahren zehn Partien sicher auf der Pfanne habe. Das Theater darf nicht zu klein sein, damit ich keine Partien übernehmen muß, die mich überfordern, und nicht zu groß, damit ich auch an die Rollen komme. Das mach' ich zwei Jahre. 39/40 muß es dann schon ein gutes Haus sein. So etwa Mitte der vierziger Jahre möchte ich hier an der Staatsoper singen.«

Prisko lachte verblüfft.

»Du bist gut. Du weißt, was du willst.«

»Das muß man. Wenn man das nicht weiß, soll man gar nicht erst anfangen. Weißt du es nicht?«

Doch, er wußte es auch. Er machte die Augen schmal, seine schlanke, langfingerige Hand fuhr durch sein Haar.

»Ich werde ein wenig länger brauchen. Aber sagen wir so in zwölf bis fünfzehn Jahren möchte ich hier an der Philharmonie dirigieren. Und in Bayreuth.«

»Salzburg nicht?«

»Doch, natürlich auch.«

Sie blickten sich in die Augen, prüften sich gewissermaßen, schätzten die gegenseitigen Chancen ab. Dann lächelten sie.

In diesem Augenblick war ein Bund geschlossen, sie fanden sich einander ebenbürtig.

Dann unterhielten sie sich eine Stunde lang großartig damit, sich die Partien auszumalen, die sie singen, die Opern und Konzerte aufzuzählen, die er dirigieren würde, und wann und bei welcher Gelegenheit sie auf der Bühne, er am Pult stehen würde.

Sie waren jung. Sie waren begabt. In dem Leben, das vor ihnen lag, konnte es gar keine Hindernisse geben.

Was zur Zeit in diesem Land geschah, ging sie nichts an. Interessierte sie nicht. Was unter Gottes Sonne konnte unwichtiger sein als Politik.

Ihre Freundschaft entwickelte sich anders als seine hitzige Beziehung zu Thora, als die Affäre mit dem Geigenmädchen. Es war zunächst, wie bisher auch, und nun noch in verstärktem Maße, die gemeinsame Arbeit.

In diesem Winter 34 auf 35 erarbeitete sich Victoria ein recht umfassendes Liedrepertoire, und nachdem sie mit der Micaela fertig war, studierte sie – ein alter Wunschtraum von ihr – die Mimi.

Und sie tat dies, jedenfalls im ersten Arbeitsgang, fast allein mit Prisko.

Marietta war hochzufrieden. Bei einem der öffentlichen Abende, der im Februar stattfand, sang Victoria zusammen mit Siegfried, dem Tenor, die zweite Hälfte des ersten Aktes von ›La Bohème‹, von Mimis Auftritt an. Und sie war so gut, daß Marietta sie vor allen Leuten umarmte und küßte.

»Mein Mauseschwänzchen«, sagte Marietta, und das war die größte Liebkosung, die über ihre Lippen kommen konnte, »ich bin stolz auf dich.«

Leider konnte Nina nicht dabei sein, was Victoria sehr bedauerte. Aber Nina hatte jetzt eigene Verpflichtungen, ihr neuester Roman gedieh aufs beste und sollte im nächsten Herbst erscheinen. An diesem Abend war sie von ihrem Verleger zu einem Empfang in seiner Grunewaldvilla eingeladen.

Kein Zweifel, die Familie Jonkalla war im Aufstieg begriffen.

Nur mit Stephan klappte es nicht so ganz, er mußte zur Zeit eine Klasse repetieren, was Nina sehr ärgerte.

»Von mir aus kannst du mit der Schule aufhören«, hatte sie gesagt, »und in eine Lehre gehen. Wenn ich schon das teure Schulgeld für dich bezahle, kann ich wohl erwarten, daß du dich auf den Hosenboden setzt und fleißig bist.«

Stephan hatte Besserung gelobt und bemühte sich nun wirklich, fleißig zu arbeiten. Wenn nur nicht die Mädchen wären, die ihn ständig von der Arbeit abhielten. Zur Zeit war er rasend verliebt in eine junge Serviererin vom Café Wien. Er saß wie angenagelt neben Benno auf seinem Stühlchen im Café und wartete, bis seine Angebetete Schluß machte, um sie nach Hause zu bringen. Da Benno auch eine Flamme unter den Bedienungen hatte, verlief der Abend nicht so einsam.

Auf diese Weise kam er oft spät ins Bett, und es gab regelmäßig eine Szene, wenn er nach Hause kam; Nina wartete auf ihn und machte ihm Vorwürfe.

»Nimm dir ein Beispiel an deiner Schwester«, fuhr ihn Nina an. »Die arbeitet, und Liebesaffären gibt es bei ihr nicht.«

»Die geht auch oft abends aus.«

»Erstens ist sie drei Jahre älter als du, und wenn sie geht, geht sie in die Oper oder ins Konzert.«

Doch nun hatte Victoria ihre erste Liebesaffäre. Das ergab sich an dem Abend ganz von selbst, als sie ihren Erfolg als Mimi hatte.

Es war gegen elf Uhr, als Marietta ihre Gäste und ihre Schüler entließ. Zunächst gingen sie in einer Gruppe, der Tenor war dabei, Ulrike wurde von ihrem Freund abgeholt, Mary von ihrem Leutnant, sie überlegten, ob sie noch irgendwo hingehen sollten, denn sie waren zwar müde, aber doch noch erregt von dem Abend.

Besonders Victoria.

»Kinder, ich könnte die ganze Welt umarmen!« sagte sie. »Ich muß aber nach Hause, morgen um zehn habe ich Stunde.«

»Komm doch ein bißchen mit«, bat Mary. »Wir trinken ein Glas Wein.«

Es gab, etwa zehn Minuten von Mariettas Haus entfernt, eine nette kleine Kneipe, wo sie manchmal noch zusammensaßen.

Aber Victoria blieb fest. »Nee, heute nicht. Ich muß heim. Sonst krächze ich morgen nur.«

»Ich bring dich an die Straßenbahn«, erbot sich Prisko, und zu den anderen sagte er: »Ich komm dann nach.«

Er kam nicht.

Auf dem Weg zur Straßenbahn blieb er stehen und sagte: »Dann umarme wenigstens mich.«

»Wie?«

»Du hast eben gesagt, du könntest die ganze Welt umarmen.«

»Ach so«, Victoria lachte. Dann legte sie mit einer weichen Bewegung beide Arme um seinen Hals.

»Du hast die Umarmung verdient. Ohne dich wäre die Mimi nicht so gut gelungen.«

Er küßte sie. Es war nicht das erstemal, sie hatten sich manchmal schon geküßt, aber diesmal war es anders, er küßte sie sehr ausdauernd, sehr leidenschaftlich, drängte seinen Körper an ihren, und Victoria begriff sofort, jetzt wurde es ernst. Kein Widerstand, keine Abwehr. Sie waren sich schon so nahe, daß der letzte Schritt unvermeidlich erschien.

»Du kommst mit«, bestimmte er, als sie in der Straßenbahn saßen, die den Kurfürstendamm hinein stadteinwärts fuhr.

Nur wenige Leute fuhren mit ihnen, Victoria blickte in ihre Gesichter, ein junges Paar, ein älterer Mann, griesgrämig, eine junge Frau, die vor sich hin lächelte. Der Schaffner knipste die Fahrscheine, Victoria lächelte ihn strahlend an.

»Na, Frollein, so vagniejt?« sagte er freundlich.

»Ja. Ist doch ein schöner Tag heute.«

»Mir isses zu kalt.«

»Aber jetzt wird es bald Frühling.«

»Na, wennse meenen.«

Er ging weiter, er lächelte jetzt auch.

»Du kommst mit«, wiederholte Prisko. Seine dunklen Augen bohrten sich in die ihren.

»Warum?«

»Du weißt warum. Wir gehören zusammen.«

Er sagte nicht: ich liebe dich. Oder: ich will dich.

Er sagte: wir gehören zusammen.

Victoria empfand es auch so. Er würde Karriere machen, sie würde Karriere machen. Sie wußten beide, was sie wollten.

Er wollte sie. Und sie wollte ihn.

Sie war zwanzig und ein halbes Jahr alt, sie hatte noch nie mit einem Mann geschlafen.

Auch das wollte sie endlich wissen.

Er bewohnte ein möbliertes Zimmer in der Bleibtreustraße, sie kannte es, sie war zusammen mit Mary und Horst und Gerda schon einmal dort gewesen, ihn zu besuchen, als er krank war.

Sie hatten ihm etwas zu essen gebracht, sein Fieber gemessen, seinen Zustand furchtbar bedauert – es war nur eine Magenverstimmung gewesen, darunter litt er von Zeit zu Zeit. Essen wollte er nicht, Fieber hatte er nicht und nach kurzer Zeit hatte er sie alle drei hinausgeworfen, weil sie seine Leiden nicht ernst nahmen.

»Ihr kommt bloß, weil ich Bauchweh habe«, sagte er. »Wäre ich erkältet, würdet ihr euch einen Dreck um mich kümmern.«

Alle vier legten wie auf Kommando die Hand auf die Kehle.

»Bestimmt nicht«, erwiderte Mary. »Leute mit Erkältung missen allein sterben. Kein Sänger wird sich um ihnen kimmern.«

Es war ein großes altes Haus aus der Gründerzeit, die Wohnung befand sich im vierten Stock, sie gehörte einer Beamtenwitwe, die nur eine Kammer bewohnte, alles andere war vermietet. Das alles wußte Victoria schon. Vor dem Haus verhielt sie dennoch zögernd den Schritt. »Ich weiß nicht . . .«

»Kimmert sich kein Mensch drum«, sagte er, vor Erregung wieder in seine alte Sprache verfallend. »Hier kommt und geht jeder, wie er will.«

»Ich kann aber nicht lange bleiben. Nina wundert sich sonst.«

Sie blieb nicht lange. Es ging außerordentlich schnell.

Prisko, hochgradig erregt und rücksichtslos wie er in der Liebe war, hielt sich nicht mit langem Vorspiel auf. Er schälte sie mit zitternden Händen aus dem Mantel, dann auch gleich aus ihrem langen Kleid, das sie an diesem Abend trug, und riß ihr fast die Wäsche vom Leib.

Victoria biß die Zähne aufeinander, sie bereute es, mitgegangen zu sein, sie hatte Lust, ihn fortzustoßen und wegzulaufen.

Sein gieriges nacktes Gesicht, seine hastigen Hände, dann sein nackter Körper, das befremdliche Aussehen eines Mannes in erregtem Zustand – sie fand es widerlich.

Aber es gab kein Weglaufen mehr, das erkannte sie auch. Es mußte wohl sein.

Sie zitterte nun auch, aber mehr vor Angst als vor Wollust.

Er warf sie aufs Bett, er warf sich über sie, in wenigen Minuten war alles vorbei.

Er keuchte, küßte sie mit feuchten Lippen mitten ins Gesicht, wälzte sich zur Seite.

Victoria lag wie erstarrt. Das also war es! Das war ja schrecklich. Das würde sie nie wieder tun.

Als er sich beruhigt hatte, streichelte er sie, flüsterte in einer fremden Sprache wilde Worte in ihr Ohr.

Ganz plötzlich kam ihr zu Bewußtsein, daß er ein Ausländer war. Sie hatte es in letzter Zeit manchmal vergessen, so gut war sein Deutsch nun, so vertraut waren sie durch die gemeinsame Arbeit, auch durch die gemeinsame Sprache der Musik geworden. Abrupt schob sie sich aus dem zerwühlten Bett.

»Ich muß weg.«

Er setzte sich auf. »Du bist enttäuscht?«

»Aber nein.« Sie versuchte, ihre Fassung wiederzugewinnen, lächelte flüchtig auf ihn herab. Auf dem Bettlaken waren Blutflecken. Angeekelt wandte sie den Kopf ab und griff nach ihren Sachen.

Er sah schuldbewußt aus, saß nun auf dem Bettrand, ganz nackt und so mager und seltsam, sie mochte ihn nicht ansehen.

»Entschuldige. Ich war zu heftig. Ich habe nicht daran gedacht . . .« Sie fingerte am Verschluß des Büstenhalters.

»Daß ich Jungfrau bin? Tut mir leid. Jetzt bin ich es nicht mehr.« Plötzlich lachte sie. »Muß ja wohl auch mal sein. Aber ich muß jetzt wirklich gehen.«

»Warte, ich zeige dir das Badezimmer.«

»Na schön.«

In einem alten Bademantel von ihm ging sie über den Gang, ganz ungeniert, ob jemand sie sah oder nicht.

Wenn sie nur schon aus dieser Wohnung und aus diesem Haus draußen wäre.

Sie betrachtete ihr Gesicht im Spiegel über dem Waschbekken. ›Man nennt mich Mimi. Einst hieß ich Lucia . . .‹

So schön hatte sie gesungen heute, der Klang saß noch in ihrer Kehle, strömte noch in ihr. Liebe war also nur gesungen schön. Das war es. Dafür konnte man leben.

Liebe!

Das war zum Lachen. Mit Liebe hatte das nichts zu tun.

Dieser fremde Mensch da drin im Bett – der ging sie gar nichts an. Sie liebte den Mann, der am Flügel saß, wenn sie sang. Nicht den Mann im Bett.

Und nun noch der erschreckende Gedanke: O Gott, ich werde doch kein Kind bekommen!

Er hatte sich angezogen, als sie zurückkam.

»Ich bringe dich nach Hause.«

»Nicht nötig.« Es klang hochmütig.

Wut blitzte aus seinen Augen.

»Selbstverständlich bringe ich dich nach Hause.«

»Bitte sehr.«

Sie saßen schweigend nebeneinander in der U-Bahn. Schweigend gingen sie das Stück zu ihrer Wohnung.

»Victoria . . .«, begann er vor der Haustür.

»Gute Nacht«, sagte sie freundlich. »Bis morgen. Schlaf gut.«

Die Tür klappte hinter ihr zu. Prisko stand verdattert davor. So etwas war ihm noch nicht passiert.

Nina war auch gerade erst nach Hause gekommen, es war ein Uhr.

»Du kommst aber spät. Hat es heute so lange gedauert?«

»O Nina!« Victoria warf stürmisch beide Arme um Ninas Hals. »Ich war fabelhaft. Einfach fabelhaft. So schade, daß du nicht da warst. Meine Arie! Das Duett! Dieser Siegfried ist ja ein Doofkopp, aber er singt nicht schlecht. Das Duett war gekonnt.

Und mein a am Schluß, ganz rein, ganz klar. Durchgehalten bis zum geht nicht mehr. O Nina!«

Das, was sie in der letzten Stunde erlebt hatte, war vergessen. War total unwichtig.

Nina lächelte, strich ihr das Haar aus der Stirn.

»Dein Haar ist ganz verwirrt.«

»Ja? Na, heute drehe ich es mir nicht mehr ein, ich bin zu müde. Und weißt du, weißt du, was ich als nächstes mache?«

»Na?«

»Die Pamina. Das ist das Schwerste, was ich bisher überhaupt gesungen habe. Marietta hat es am Schluß gesagt, als wir gingen, da hat sie gesagt, Kindchen, jetzt kommt die Pamina dran. »Was sagst du dazu?«

»Fabelhaft. Und nun geh schlafen.«

Und dann ihre Stimme, rein, süß – ›Wenn ich mit euch ich nun ginge.‹

Und, in Ermangelung des Partners, sang sie Rudolfs Partie mit, ›Es wär doch schön zu weilen hier, draußen weht der Nachtwind.‹ ›Will euch ja nicht lassen – wenn wir zurück sind‹ und so den ganzen Aktschluß, bis ›Liebst du mich wirklich?‹ – ›Ich liebe dich, ich lieb nur dich allein.‹

Rein und fest gehalten das Aktschluß-a der Mimi.

Nina lauschte entzückt.

»Wunderschön, mein Herz.«

»Und wie war's bei dir?«

»Auch gut. Ich habe das neue Buch fertig im Kopf. Und diesmal wird es etwas Originelles. Mein Herr Verleger ist ganz begeistert.«

»Wir werden beide berihmt, berihmt, berihmt«, sang Victoria, umfaßte Nina und tanzte mit ihr durchs Zimmer.

Dann blieb sie stehen, ihre Augen strahlten, wie nur Victorias Augen strahlen konnten, und sie rief: »Ist das Leben nicht herrlich?«

An Prisko Banovace dachte sie dabei allerdings nicht.

»Ja, Vicky«, sagte Nina. »Manchmal.«

Und als Victoria aus dem Zimmer getanzt war, sagte Nina leise: »Ich hoffe, es wird immer herrlich sein, für dich.«

Das Jahr 1935 zeigte Deutschland, zeigte der Welt, wie fest Hitler mittlerweile im Sattel saß. Gleich der Januar brachte einen rauschenden Erfolg; bei der Abstimmung im Saargebiet stimmte eine überwältigende Mehrheit für Deutschland, und diesmal konnte keiner sagen, die Nazis hätten die Wahl manipuliert, eine internationale Wahlkommission hatte die Aufsicht geführt.

Der Jubel der Partei war gewaltig, das Volk jubelte mit: Die Saar ist wieder deutsch.

Nun ging es Schlag auf Schlag. Im März verkündete Hitler die Wiedereinführung der Wehrpflicht, und von Göring erfuhr man, daß sich eine deutsche Luftwaffe im Aufbau befand. Noch im gleichen Monat verlangte Hitler eine Flotte für Deutschland; er gab sich bescheiden, er würde mit 35 Prozent der englischen Flottenstärke zufrieden sein, und im Juni bereits wurde in London das Flottenabkommen unterzeichnet.

Genaugenommen hatte das Ausland damit die deutsche Wiederaufrüstung genehmigt.

Ebenfalls im Juni wurde die Arbeitsdienstpflicht eingeführt, damit waren die letzten Arbeitslosen von der Straße verschwunden. Die Arbeitslosigkeit war vorher schon stark zurückgegangen, statt sechs Millionen im Jahr 1932 waren es nur mehr zwei Millionen Arbeitslose, und diese verschwanden jetzt auch – es wurde aufgerüstet, Straßen wurden gebaut, das erste Teilstück der Autobahn war bereits dem Verkehr übergeben worden. Schlecht sah es allerdings um den Export aus, das Ausland kaufte zögernd und ungern deutsche Produkte, zumal Deutschland selbst kaum importierte, da es an Devisen fehlte. Für private Auslandsreisen, für Ferienreisen standen Devisen nicht zur Verfügung. Zehn Reichsmark wurden umgetauscht, wenn man die Grenze überschreiten wollte, das reichte für einen Tagesausflug. Wer jedoch Freunde, Bekannte oder Verwandte im Ausland hatte, die ihn einluden, konnte reisen, sooft er wollte und bleiben, solange er konnte.

Im Lande selbst sah es äußerlich recht erfreulich aus, die Menschen waren zufrieden. Es ging ihnen weitaus besser als noch vor wenigen Jahren und daß sie das dem Führer verdankten, bekamen sie oft genug zu hören. Die meisten glaubten es gern. Laut zu kritisieren wagte keiner mehr.

Eine Vorahnung kommenden Unheils jedoch ging durch die Welt, als während des Nürnberger Parteitages im Herbst die sogenannten Nürnberger Gesetze verkündet wurden, die die Juden praktisch rechtlos machten.

Eine neue Welle der Emigration setzte ein, doch noch immer schwieg die Welt, griff nicht ein.

Mussolini hatte staunend Hitlers rapiden Aufstieg mitangesehen, nun wollte auch er beweisen, daß er ein Mann der Tat war. Im Oktober überfiel er ohne Kriegserklärung Abessinien, ein Überraschungsangriff, ein Kampf mit ungleichen Waffen, denn Italien war modern gerüstet, der afrikanische Staat dagegen hatte weder Waffen noch ausgebildete Soldaten. Der Duce erfocht einen Sieg nach dem anderen, im Frühjahr 1936 war der Krieg zu Ende, der Negus ging außer Landes, Abessinien wurde italienische Kolonie. Daran hatten auch die wirtschaftlichen Sanktionen gegen Italien, an denen sich dreiundvierzig Staaten beteiligten, nichts ändern können.

Deutschland hatte sich an den Sanktionen nicht beteiligt, das knüpfte nun endlich das Freundschaftsband zwischen den beiden Ländern, die Achse Rom-Berlin war geboren.

Hitler ergriff die Chance, als sich die Augen der Welt auf Italien statt auf Deutschland richteten, einen neuen Coup zu landen. Überraschend marschierten im März 1936 deutsche Truppen im Rheinland ein, das bis dahin nach dem Versailler Vertrag eine entmilitarisierte Zone gewesen war.

Die Welt schrie auf und – tat nichts.

Alles in allem genommen waren die Bestimmungen des Versailler Vertrages damit fast bedeutungslos geworden. Schon sprach man davon, daß der polnische Korridor zwischen Pommern und Ostpreußen wohl nicht mehr lange erhalten werden könne, auch daß man Deutschland die verlorengegangenen Kolonien zurückgeben müsse.

Da flammte ein Brand in einem anderen Teil Europas auf, in Spanien brach der Bürgerkrieg aus.

Rechts gegen links, Kommunismus gegen Faschismus, immer noch und immer wieder, die beherrschenden Ideologien dieser sogenannten modernen Zeit standen sich erbittert gegenüber, der Religionskrieg des zwanzigsten Jahrhunderts vernichtete wieder einmal erbarmungslos Gesundheit, Wohlstand und das Leben der Menschen, zu deren Glück die Heilsbringer angeblich angetreten waren.

Es war von vornherein klar, welche Staaten auf welcher Seite in diesen Krieg eingreifen würden.

Die Sowjetunion für die Kommunisten, Deutschland und Italien für die Faschisten. Die Legion Condor, gebildet aus Angehörigen des bisher bestausgebildeten Teils der neuen deutschen Luftwaffe, würde schließlich entscheidenden Anteil am Sieg Francos haben.

Aber dieses Geschehen, das doch alle Aufmerksamkeit verdient hätte, trat für viele Menschen in Deutschland und in der ganzen Welt in den Hintergrund, denn ein großes Fest stand vor der Tür: Die Welt kam zu den Olympischen Spielen nach Berlin.

Und die Nazis hatten damit Gelegenheit, zu zeigen, wie hervorragend sie es verstanden, solch ein Fest zu organisieren. Berlin erstrahlte in Flaggenschmuck und Blumenpracht, die neu erbauten Olympiastätten waren gigantisch, die Organisation der Spiele vollkommen. Die Welt bestaunte die Deutschen, die Welt bewunderte diesen Hitler, und dann sammelten diese Deutschen noch mit größter Selbstverständlichkeit die meisten Medaillen ein; dieses besiegte, geknechtete, verelendete Volk war auf einmal jung, stark, unbesiegbar. Die USA, die große Sportnation, erreichte nur den zweiten Platz in der Nationenwertung.

Die Juden? Die Wiederaufrüstung? Die Wehrpflicht? Und nun noch ein Krieg in Spanien?

Man wollte es nicht sehen, wollte es nicht wahrhaben, nichts sollte den Frieden stören, den Frieden um jeden Preis. Denn in einem Punkt war die Welt sich einig: nie wieder Krieg.

Und war sich darin mit Hitler einig, denn er verkündete das ja ununterbrochen, in jeder Rede, in jedem Schriftstück: Krieg will ich nicht.

Nur Gerechtigkeit für Deutschland. Die faire Chance, aufzubauen, wirtschaftlich gesund zu werden, internationales Ansehen zu erringen. Die Welt war auf einmal bereit, diese Wünsche anzuerkennen.

Es war wohl der Preis, den man bezahlen mußte für den Frieden um jeden Preis.

Frieden um jeden Preis – das gibt es nicht. Eines Tages würde die Welt erkennen, daß der Preis zu hoch gewesen war. Daß sie bezahlt hatten für etwas, das sie nicht bekamen. Doch dann würde es zu spät sein.

Hitler verlängerte die Wehrpflicht auf zwei Jahre, verkündete den zweiten Vierjahresplan, der erste war vorzeitig und erfolgreich abgeschlossen worden.

An die Erfolge Hitlers, an die Leistungen des Regimes hatten sich die Deutschen inzwischen gewöhnt. Wer wollte es noch wagen, wer konnte es noch wagen, an dem einmaligen Genie des Führers zu zweifeln?

Wieviel Prozent waren es jetzt noch, die sich noch immer nicht mit ihm abfinden konnten? Dreißig Prozent? Zwanzig? Zehn?

Wieviel auch immer es waren, es war die schweigende Minderheit.

Die Mehrheit war laut, zufrieden und fand an diesem Dasein im Dritten Reich nichts oder nicht viel auszusetzen.

»Siehst du«, sagte Trudel, »wie alles gut geworden ist. Habe ich es dir nicht gleich gesagt? Ich wage gar nicht daran zu denken, was aus uns ohne den Führer geworden wäre.«

Sie war in Berlin, um Nina beim Umzug zu helfen. Es war im Frühjahr des Jahres 1936. Nina bezog eine prachtvolle Fünfzimmerwohnung am Victoria-Luise-Platz, große helle Räume, durch Schiebetüren verbunden, Stuckdecken, schönster Jugendstil.

»Meine Güte«, hatte Trudel gesagt, als sie die leeren Räume das erstemal besichtigte, »was willst du denn da eigentlich reinstellen?«

»Muß ja nicht alles vollstehen«, meinte Nina leichtherzig. »Ist doch schön, wenn man Platz um sich hat.«

»Schade, daß wir unser schönes Buffet nicht mehr haben«, bedauerte Trudel. »Kannst du dich noch an unser riesiges Buffet erinnern?«

»Ich kann«, sagte Nina und schüttelte sich, »das wäre das letzte, was ich hier sehen möchte.«

Sie kaufte mit Bedacht einige Möbel, gute, ausgesuchte Stükke, es war gar nicht mal teuer, so viele jüdische Wohnungen wurden aufgelöst. Bei Händlern, aber auch aus privater Hand kam man billig an die Sachen. Sie kaufte eine breite Couch, lachsfarben, und einen dazu passenden Teppich mit grauer Kante.

Sogar Trudel gefiel das.

»Sieht vornehm aus.«

Die wichtigste Anschaffung war ein Flügel für Vicky. Endlich kam das alte Klavier aus dem Haus.

Nina hatte jetzt ein richtiges Arbeitszimmer mit einem großen Schreibtisch, bisher hatte sie ihre Manuskripte am Wohnzimmertisch geschrieben.

»Na ja, du bist ja jetzt direkt 'ne berühmte Frau«, sagte Trudel nicht ohne Stolz. »Fritz findet dein Buch wunderbar. Er hat's schon dreimal gelesen.«

»Vielen Dank.«

»Aber du wirst zugeben, wenn Hitler nicht gekommen wäre, hättest du das nicht erreicht.«

»So ein Blödsinn«, erwiderte Nina gereizt. »Was hat denn meine Arbeit mit dem zu tun?«

»Früher haben nur die Juden Bücher geschrieben. Und Filme haben nur die Juden gemacht. Da wärst du gar nicht rangekommen.«

Nina schwieg. Es war sinnlos, mit Trudel zu diskutieren, ihr Glaube an Adolf Hitler war unerschütterlich.

Einen echten Erfolg hatte Nina mit dem Buch gehabt, das im Herbst 1935 erschienen war. Erst ein Abdruck in einer Tageszeitung, dann ein Filmvertrag, dann das Buch im Ullstein-Verlag. Es gab zwar die Brüder Ullstein nicht mehr, aber der Verlag existierte noch. Der Name war ein weltweit bekanntes Markenzeichen, auf das die Nazis noch nicht verzichten wollten. Erst im Jahr 1937 sollte der Ullstein-Verlag in Deutscher Verlag umbenannt werden.

Das Buch hieß ›Sieben Tage hat die Woche‹, und es war ihr wirklich gut gelungen.

Wie der Titel verhieß, spielte es im Ablauf einer Woche, von Montag bis Sonntag. Es geschah nichts Aufregendes, aber der Alltag einer Familie wurde in einer Weise geschildert, die deutlich machte, daß es oft gerade die kleinen Ereignisse sind, die den einzelnen prägen und sein Leben nachhaltig beeinflussen.

Hauptpersonen waren ein Ehepaar, deren fast erwachsene Tochter, ein Sohn im Flegelalter und die jüngste Tochter, eine Zwölfjährige. Drumherum gruppiert Bekannte und Verwandte, Freundschaften, Begegnungen mit Fremden, alte und neue Sorgen und Freuden.

Nina war es gelungen, vor allem zwei Dinge in den Roman hineinzubringen: Herz und Humor.

Die Leser schmunzelten, sie waren gerührt, ähnliches hatte fast jeder schon erlebt. Ganz besonders gut getroffen war die Zwölfjährige, eine helle Göre, die auf berlinisch-schnoddrige Art das Geschehen kommentierte.

Die Leute lasen jeden Morgen als erstes die Romanfortsetzung, die Zeitung bekam Briefe aus allen Bevölkerungsschichten und keiner, nicht einer darunter, war negativ. Das Buch später ging weg wie warme Semmeln. So nannte es Ninas Verleger. Bei alledem hatte Nina das Zeitgeschehen, die Naziumwelt, ganz aus der Geschichte ausgeklammert. Diese Geschichte konnte überall auf der Welt, in jeder Gesellschaft, in jedem Volk spielen, nur spielte dennoch die Stadt Berlin eine beherrschende Rolle, und so gesehen konnte der Roman eben doch nirgends anders angesiedelt sein als gerade in Berlin.

Die einzige kleine Nazianspielung, die darin enthalten war, bestand darin, daß der Vierzehnjährige, der natürlich bei der Hitlerjugend war, immer unpünktlich zum Dienst erschien. Deshalb tauchte eines Tages der jugendliche Führer, stramm und zackig, in voller Uniform im Hause auf und machte den Eltern Vorhaltungen über die Disziplinlosigkeit des Filius.

»Wie nennt sich denn so ein führender Knabe bei der Hitlerjugend?« hatte Nina ihren Sohn gefragt, und der empfahl: »Da nimmst du am besten einen Fähnleinführer«, denn das war Benno inzwischen. Unpünktlichkeit und Säumnis im Dienst waren nach wie vor Stephans Spezialität, Nina hatte in diesem Fall nicht einmal ihre Phantasie zu bemühen brauchen.

Der Fähnleinführer kommt also und macht seinem Unmut Luft.

»Das ist ja unerhört«, spricht darauf der Vater des Jungen. »Versteh ich gar nicht, woher der Junge die Unpünktlichkeit hat. Hier bei uns herrscht Ordnung. Pünktlichkeit ist die Höflichkeit der Könige, so sagt man ja wohl. Einen König haben wir ja nicht mehr, aber pünktlich sind wir trotzdem.«

Die ganze Familie grinst dazu, denn der Witz an der Szene bestand darin, daß gerade der Herr des Hauses an notorischer Unpünktlichkeit litt, was die Familie ständig in Atem hielt.

Mit diesem Buch hatte Nina das geschafft, was ihr Verleger einen ›Durchbruch‹ nannte. Von nun an war alles begehrt, was sie schrieb.

Und sie hatte begriffen, worin ihr Talent bestand.

Nicht Blut und Boden, nicht Marschmusik und Heroismus, nicht Liebesleid und Todeslust, nein, der Alltag, das Menschliche, das Lächeln über beides und eine gewisse Leichtigkeit in den Beziehungen der Menschen untereinander, das war es, was die Menschen gern lasen. Immer schon, und in dieser Zeit erst recht.

Eine große Dichterin würde sie nie werden. Aber sie hatte die Gabe, den Leser zu unterhalten, und das war, bei Licht besehen, eine Gabe, die man nicht hoch genug bewerten konnte.

Dies, unter anderem, sagte ihr Verleger.

»Liebe Nina«, sagte er, »kommen Sie nie auf die Idee, die Menschheit neu zu erfinden. Das ist in der Wirklichkeit und auch in der Literatur nicht möglich. Den Menschen Freude zu machen, sie zu unterhalten, sie abzulenken vom grauen Alltag, ihnen dabei ruhig einen Spiegel vorzuhalten, in dem sie sich erkennen, das ist eine verdienstvolle Aufgabe.«

Niemand auf der Welt konnte überraschter sein über Ninas Erfolg als Nina selbst. Dieses schwere, mühselige Leben, das hinter ihr lag, dieser oft hoffnungslose Kampf, mit dem sie sich durch die Jahre gerungen hatte, die Demütigungen, die sie hatte einstecken müssen, die Enttäuschungen, die zu ihrem täglichen Leben gehört hatten – und nun dies.

Frau Jonkalla hier, Frau Jonkalla dort – was schreiben Sie? Was stellen Sie sich als nächstes vor? Was dürfen wir für Sie tun? Wie hoch soll der Vorschuß sein?

Konnte so etwas möglich sein? War es nicht nur ein Traum, aus dem sie morgen erwachen würde?

Sie schrieb ein Drehbuch für die UFA, sie brauchte dazu Peters Vermittlung nicht mehr. Und sie war ganz besonders stolz, als ›Die Dame‹ zwei Gedichte von ihr abdruckte.

Sie hatte auf einmal Geld. Sie konnte sich Wünsche erfüllen, in einen Laden gehen und kaufen, was ihr Freude machte. Sie war frei.

Frei nun auch von der Vergangenheit. Frei endlich auch von Nicolas. Sie war nicht mehr sein Geschöpf, sie war ein eigener Mensch geworden.

Nina
Reminiszenzen

Manchmal denke ich, ich wache auf, und alles ist vorbei. Vorgestern, als wir dieses Essen bei Habel hatten, war mir plötzlich so, als säße ich nicht mehr auf meinem Stuhl, als schwebe ich davon, als löse sich alles in Nebel auf. Die Gesichter um mich herum waren Fratzen, ihre Stimmen klangen wie das Gekreisch von Unglücksraben.

Vielleicht kann ein Mensch, der all das erlebt hat, was ich erlebt habe, nie mehr unbeschwert glücklich sein. Vielleicht, weil er um die Fragwürdigkeit der großen wichtigen Dinge weiß, Liebe, Erfolg, Glück, Gesundheit; weil er es weiß, wie schnell das alles vergeht, kann er ihnen nicht trauen. Kann sich selbst nicht trauen.

Das merkt man mir nicht an. Sie decken mich mit Komplimenten ein, und ich finde selbst, daß ich gut aussehe, besser denn je.

Ich leiste mir jede Woche den Friseur, kosmetische Pflege, kaufe mir schicke Kleider. Sie küssen mir die Hand, und hin und wieder ist einer dabei, der ganz gern in nähere Beziehung zu mir treten würde. Kein Mann mehr in meinem Leben seit Peter, und mit Peter habe ich lange nicht mehr geschlafen. Ich kann es immer noch nicht, wenn ich nicht so etwas wie Liebe dabei empfinde.

Irgend so ein Heini von der Reichsschrifttumskammer war auch dabei, vorgestern, und er salbaderte einen endlosen Unsinn, wie wichtig es sei, dem Volk Freude und Entspannung zu schenken in dieser großen und bewegten Zeit, in der wir leben, die den Menschen soviel Kraft und Mut abverlangt.

Und ich hätte das Talent, den Menschen mit meiner Feder Kraft durch Freude zu schenken.

So sagte er es wörtlich, und ich mußte mich zusammennehmen, um nicht laut herauszulachen.

Natürlich ist das ein gelungener Ausdruck: Kraft durch Freude.

Woher soll ein Mensch denn Kraft nehmen, wenn nicht aus der Freude. Sie sind ja überhaupt außerordentlich gewandt im Erfinden solcher Formulierungen, das muß man ihnen lassen.

Daß ich sie nicht leiden kann, ist ein Manko meinerseits. Richtig erklären kann ich es immer noch nicht. Sie haben mir nichts getan, es geht mir gut unter ihrem Regime. So gut wie nie zuvor, da hat Trudel schon recht.

Warum kann ich ihnen nicht trauen?

Weil die Dummen ihnen trauen? Gott soll mich schützen, ich will nicht von mir behaupten, ich sei klug. Ich bin nie sehr klug gewesen. Vielleicht habe ich nur so ein Gefühl. Und es sagt mir, daß ich auf dünnem Eis tanze. Ich habe das Gefühl, um mich herum steigt die Flut und wird mich eines Tages hinwegspülen.

Vielleicht habe ich zu viele Menschen gekannt, denen es so ergangen ist – mein Vater, meine Mutter. Nicolas, Alice, Kurtel, Erni. Wer noch? Felix, der auch.

Und was ist mit Peter? Ich sehe ihn noch vor mir stehen auf den Stufen des Salzburger Doms, die Arme ausgebreitet: »Hier möchte ich einmal spielen.«

Es geht ihm gut, er ist ein vielbeschäftigter Filmstar, aber er kommt mir nervös und unstet vor. Den Hamlet hat er immer noch nicht gespielt, und er wird ihn niemals spielen. Er hat geheiratet und will sich schon wieder scheiden lassen, und neulich sagte er zu mir: »Mich kotzt das alles an.«

Warum sagt er das? Er hat Erfolg und Geld, er kann Frauen haben, soviel er will, warum ist er nicht glücklich? Ich weiß warum, er ist nur scheinbar ein oberflächlicher Mensch, er hat Ideale, hatte bestimmte Vorstellungen von seinem Beruf, und nun spielt er diese albernen Filmrollen, Flirt, ein paar Schwierigkeiten, Kuß in Großaufnahme, aus. Neuerdings haben sie ihn als Offizier entdeckt, er sieht so gut aus in Uniform, und darum verkaufen sie ihn dann in irgend so einem verlogenen Heldenepos aus dem Weltkrieg.

»Und kannst du dir vorstellen, was als nächstes kommt? Ich mime einen Helden beim Alten Fritz, der ist jetzt groß in Mode.«

»Mach's doch nicht, wenn es dir nicht paßt.«

»Richtig. Bloß wer bezahlt dann meine Rechnungen und meine Schulden?«

Bärchen hingegen, wider alle Grundsätze, findet ihn in diesen Rollen wunderbar.

»Hamsen jesehn, unsern Peter, als Hauptmann hoch zu Roß? War er doch wieder zum Valiebn, nich?«

Es geht zweifellos eine gewisse Verführung aus von diesen Filmen, wenn sogar so ein überzeugtes Kommunistenweib wie Bärchen sich davon beeindrucken läßt.

Marleen, meine verwöhnte Schwester, ist ebenfalls unstet und nervös. Ich sehe sie selten, und wenn, kann ich kaum vernünftig mit ihr reden. Sie hat sich so etwas Klirrendes angewöhnt, es ist wie ein Gitter um sie, das man nicht durchbrechen kann. Es gibt einen neuen Mann, soviel ich weiß, aber von dem spricht sie nicht, ganz gegen ihre sonstige Gewohnheit. Ihr Verhältnis zu Max muß denkbar schlecht sein. Neulich sagte sie zu mir: »Ich sehe ihn ja kaum.«

»Arbeitet er denn noch so viel?« fragte ich.

»Was soll er denn arbeiten? Die meisten Beteiligungen und was da alles so ist, betreiben Kohn und Wolfstein von Amerika aus. Was hier an Anteilen noch war, mußten sie ja fast alles hergeben, die Firmen sind arisiert, da hat Max nichts mehr drin verloren. Das Bürohaus am Jerusalemer Platz ist auch verkauft. Neuerdings hängt er meist in einer von diesen Textilfirmen in der Kronenstraße herum, das gehört ihm wohl noch mehr oder weniger. Damit hat sein Vater angefangen. Max hat sich früher nie darum gekümmert.«

»Will er nicht auch nach Amerika gehen?«

»Max nicht. Er verläßt Berlin nicht, sagt er. Er sei zu alt, um noch einmal von vorn anzufangen. Für ihn reicht es, und da wird er eben für den Rest seines Lebens bescheiden leben.«

Sie lachte dann auf diese seltsam klirrende Art und sagte noch: »Bescheiden gelebt hat er schließlich immer. Er hat von seinem Reichtum nie Gebrauch gemacht.«

»Aber du wirst ja kaum einverstanden damit sein, bescheiden zu leben.«

»Für mich ist immer noch genug da.«

Sie hat das Pferd verkauft, weil man es nicht mehr so gern sieht, daß Juden in den Reitställen sind. Marleen ist keine Jüdin, aber sie hat viele jüdische Freunde, und da die verschwunden sind, hat sie auch aufgehört. Sehr viel hat ihr das Reiten nie bedeutet.

Manchmal frage ich mich, wie es wohl unserer Schwester Hedwig gehen mag. Sicher ganz gut, sie ist in den Vereinigten Staaten, ihr Mann, ein Professor der Chemie, auch Jude, unterrichtet dort an einer Universität. Hede wird gar nicht wissen, wie es bei uns ist. Es ist ihr sicher auch gleichgültig, sie hat nie nach uns gefragt.

Glücklich ist Trudel. Sie verdient es. Sie soll glücklich sein, auch wenn es nur das Glücklichsein der Einfalt ist.

Meinen Bruder Willy habe ich wiedergesehen. Er kam zu den Olympischen Spielen nach Berlin, zusammen mit seiner Frau und drei Kindern; das vierte ist zu klein und war nicht dabei. Sie waren bei mir zum Abendessen, Trudel und Fritz aus Neuruppin waren gekommen, natürlich hatte ich Marleen verständigt, sie sagte nur: »Bitte verschone mich.«

Aber Stephan war da, er hatte extra Urlaub vom Arbeitsdienst bekommen, und Vicky natürlich auch, es war ein richtiger Familienabend. Nur ich saß dabei, als ginge mich das alles nichts an.

Willy ist groß und breit, laut und fröhlich, ein gutaussehender deutscher Mann wie aus dem Bilderbuch und, wie ich schon vermutet hatte, ein echter Nationalsozialist. Ist komisch, aber ich kann inzwischen vom Wesen her, vom Charakter aus beurteilen, ob einer dazugehört oder nicht. Kreisleiter ist er da bei uns zu Hause, was immer das ist. Alter Kämpfer, wie er stolz betonte.

Vor mir hat er jetzt eine Menge Hochachtung. Schriftstellerin! Na so was! Wie machst du das bloß!

Einmal, ob es meinem Verleger gefällt oder nicht, werde ich die Geschichte meiner Kindheit aufschreiben, so wie ich sie sehe. Trudel bleibt dabei, daß wir eine schöne Kindheit gehabt haben. Kann ich etwas anderes sagen?

Meine verhärmte, kranke Mutter, mein unbefriedigter, kranker Vater, die Furcht, in der wir Kinder vor ihm lebten.

Kraft durch Freude – wie wenig Freude hatten wir. Woher haben wir die Kraft genommen, das Leben zu bestehen? Wie elend, wie mühsam ist das Leben der Menschen. Und wie unwichtig. Woran erfreuen sie sich denn? Sie kratzen sich das bißchen Freude zusammen, wo sie es finden können, eine neue Wohnung, neue Möbel, ein neues Kleid, eine Urlaubsreise, ach, und nicht zu vergessen, unser wunderbarer Führer.

Worüber sollte man sich denn freuen, wenn nicht über dieses Ungeheuer.

Woraus besteht das Leben denn? Aus Tagen. Aus Nächten. Tage und Nächte, immer so weiter, immer so weiter. Ein Tag beginnt und er endet und damit läuft das Leben davon, schneller und schneller, und man läuft hinterher und meint, man müsse etwas davon haben. Was denn eigentlich?

Erfolg. Geld. Liebe.

Es ist alles unwichtig.

Nein, es ist nicht unwichtig. Geld, Erfolg und Liebe – wenn man schon leben muß, muß man es haben. Wenigstens eins davon.

Keiner kann alles haben.

Ich wünschte mir, ich wäre nie geboren. Und was für eine Schuld habe ich auf mich geladen, daß ich Kinder zur Welt gebracht habe. . . . .

Noch ein überraschendes Wiedersehen brachten die Olympischen Spiele für Nina; Felix Bodman kam seit seiner Emigration zum erstenmal wieder nach Berlin.

Allerdings war Emigration der falsche Ausdruck, davon sprach man 1929 noch nicht, auch eine Auswanderung konnte man es nicht nennen, Felix war ganz schlicht und einfach in die Vereinigten Staaten übergesiedelt, als sein Theater pleite ging, weil seine Frau ihm kein Geld mehr dafür gab. Aber sie hatte Geld, sie war Amerikanerin, sie wünschte, daß er fortan mit ihr in Florida lebte.

Er hatte Berlin schweren Herzens verlassen, er war todunglücklich gewesen, daß er das Theater hatte schließen müssen, und er trennte sich schwer von Nina, die er liebte.

Nina hingegen fiel der Abschied leicht, denn sie hatte Felix betrogen und verlassen, als sie sich in Peter Thiede verliebte.

Damals, im Jahr 1925, als Nina den gewaltigen Entschluß faßte, mit den Kindern und mit Trudel nach Berlin zu gehen, war es eine Reise ins Ungewisse gewesen. Es war eine Verzweiflungstat, ein Sprung in ein unbekanntes Wasser. Verantwortungslos nannte es Trudel.

»Wenn du allein wärst«, hatte sie gesagt, »dann könntest du ja machen, was du willst. Aber denkst du denn nicht an die Kinder?«

»Doch, gerade«, war Ninas bockige Erwiderung. »Wir haben hier nichts und wir haben dort nichts. Aber wenn es irgendwo Möglichkeiten auf der Welt gibt, dann gibt es sie in Berlin.«

»Das muß du mir mal erklären, mußt du!«

»Das kann ich nicht erklären. Das ist so.«

Erstaunlicherweise fand sie dann in Berlin sehr schnell Arbeit, als Garderobenfrau in einer Bar am Kurfürstendamm. Trudel war entsetzt, sogar Marleen zeigte sich schockiert.

»Also weißt du, alles was recht ist. Ich bin ein vorurteilsloser Mensch, aber das geht zu weit. Max wird dir schon irgendeine Stellung besorgen. Zunächst kannst du meine Hilfe ruhig annehmen.«

Marleens Hilfe war sowieso vonnöten, bei der Beschaffung der Wohnung, bei den Umzugskosten, in der ersten Zeit der Ungewißheit.

Aber Nina hatte das Gefühl, daß für ihr Selbstgefühl nichts wichtiger sei, als eine Tätigkeit und ein eigener Verdienst, und sei er noch so bescheiden. Sie studierte täglich die Stellenanzeigen in den Zeitungen, schrieb oder rannte sofort hin und bewarb sich, aber wie schon in Breslau zeigte sich, daß niemand sie brauchte. Sie konnte nichts. Sie hatte nichts gelernt.

Eine Anzeige lautete: Freundliche junge Frau mit gutem Leumund für Abendtätigkeit gesucht.

Sie erging sich in wilden Vermutungen, was damit gemeint sein konnte, als sie sich auf den Weg machte, um sich vorzustellen. Von ihren Besuchen in Berlin her wußte sie immerhin, was es möglicherweise an abendlichen Tätigkeiten für eine freundliche junge Frau geben könnte, Bardame, Tischdame in einem Nachtlokal, Animiermädchen und Schlimmeres.

Es handelte sich tatsächlich um eine Bar, aber kein Wüstling betrachtete ihren Busen und ihre Beine, sondern eine energisch wirkende Dame mittleren Alters erwartete sie dort.

Lotte Wirtz war durchaus eine Dame; sie führte mit ihrem Mann diese gepflegte Bar am Kurfürstendamm, die von gutem Publikum frequentiert wurde, worauf Lotte Wert legte.

Zwielichtige Vögel, Gesindel, wie sie es nannte, kamen bei ihr gar nicht über die Schwelle. Sie war früher Schauspielerin gewesen, hatte den Beruf aufgegeben, als sie merkte, daß sie darin nicht erfolgreich sein würde.

Sie sah sich Nina an, ließ sich berichten, sagte dann: »Es ist vielleicht nicht das richtige für Sie, aber Sie gefallen mir, und wenn Sie glauben, dem Nachtbetrieb gewachsen zu sein, versuchen wir es mal. Ich brauche an der Garderobe jemanden, der ehrlich ist, nicht klaut und nicht mit den Gästen im Bett verschwindet.«

Nina fand ihre Tätigkeit zwar abenteuerlich, doch ganz unterhaltsam. Die Bezahlung war ganz gut, die Trinkgelder besser.

Es war die Zeit des wirtschaftlichen Aufschwungs nach der Inflation; die Leute hatten Geld, wollten ausgehen, das Leben genießen. Berlin war eine vergnügungssüchtige Stadt zu jener Zeit.

Nina fand, brav und bieder habe sie lange genug gelebt.

Das war das neue Leben, das sie suchte. Das war Berlin.

Sie nahm Mäntel, Pelze, Capes, Frackumhänge, Hüte in Empfang, lächelte freundlich, bürstete Revers ab, half mit einer Sicherheitsnadel, nähte Knöpfe an und mußte sich auch manche mehr oder weniger traurige Lebensgeschichte anhören.

Unverschämt kam ihr keiner. Die Männer, die einen Flirt versuchten, waren leicht im Zaum zu halten. Denn alles in allem wirkte Nina doch recht harmlos und provinziell. Und gleichzeitig wie ein staunendes Kind, das erstmals eine ganz fremde Welt erlebte.

Vielleicht war es das, was Felix Bodman anzog. Er kam oft, zwei- oder dreimal in der Woche, er ging nach der Vorstellung nie nach Hause, er ging in die Kneipe zu Ossi in der Uhlandstraße, oder er kam in diese Bar. Meist war er allein, manchmal in Begleitung von Kollegen. Lotte kannte er von einer gemeinsamen Spielzeit her, als sie beide, er jung, sie jung, zusammen Romeo und Julia gespielt hatten.

Bei Nina, an die Garderobentheke gelehnt, unterhielten sie sich einmal darüber. Es war spät in der Nacht oder besser gesagt früh am Morgen, Nina war müde, Lotte wohl auch, aber Felix, leicht beschickert, hatte keine Lust nach Hause zu gehen.

»Romeo und Julia, soll man es für möglich halten! Mensch, Lotte, bist du sicher, daß du das warst?«

»Absolut.«

»Ich nicht. Zu denken, daß ich den Romeo gespielt habe, und mit welcher Begeisterung. Und wie ich heute aussehe!«

»Du warst ein guter Romeo, Felix.«

»Na ja, sicher. Ich war überhaupt ein guter Schauspieler. Und jetzt habe ich die zerschossene Fresse. Und das hier . . .«

Er schlenkerte den leeren Jackenärmel. »Das ist aus mir geworden.«

»Du bist nicht der einzige«, sagte Lotte sachlich.

»Ist auch ein Trost. Können Sie sich vorstellen, liebe Dame«, wandte sich Felix an Nina, »können Sie sich in Ihren kühnsten Phantasien vorstellen, daß ich den Romeo gespielt habe?«

Er sprach ein wenig undeutlich, die Zunge gehorchte ihm nicht mehr ganz, er schwankte ein wenig.

Nina war verlegen, weil er sie so direkt ansprach, aber dann blickte sie ihn gerade an und erwiderte: »Wenn ich Ihre Augen ansehe, kann ich es mir sehr gut vorstellen.«

»Meine Augen?«

Nina wurde rot, sie wußte nicht recht, was sie noch sagen sollte, aber sie fuhr tapfer fort: »Ihre Augen sehen aus wie die eines Menschen, der eine große Liebe erleben kann.«

»Na bitte, na, wer sagt's denn? Lotte, hast du das gehört? Die Kleine hier sieht meine Augen und nicht mein Gesicht. Wissen Sie denn überhaupt, Fräulein, was das ist, Romeo und Julia?«

Das ärgerte Nina. Wenn sie auch jetzt hier die Garderobenfrau mimte, so war sie doch ein gebildetes Mädchen und hatte selbst einmal Schauspielerin werden wollen.

Ohne lange nachzudenken, begann sie: »Willst du schon

gehn? Der Tag ist ja noch fern. Es war die Nachtigall und nicht die Lerche, die eben jetzt dein banges Ohr durchdrang. Sie singt des Nachts auf dem Granatbaum dort. Glaub, Lieber, mir, es war die Nachtigall.«

Es war ein voller Erfolg. Felix hatte zuerst den Mund aufgemacht, dann wieder zugemacht, er schien auf einmal nüchtern geworden. Seine Augen, und es waren wirklich schöne Augen, dunkel und groß, betrachteten Nina voll Erstaunen.

Er nickte mehrmals und ohne den Blick von Nina zu lassen, sagte er: »Lotte, du mißbrauchst eine hoffnungsvolle junge Schauspielerin als Garderobenfrau.«

»Nicht, daß ich wüßte«, sagte Lotte Wirtz. »Abgesehen davon, daß dergleichen zur Zeit öfter vorkommen mag. Sind Sie Schauspielerin, Frau Jonkalla?«

Nina schüttelte den Kopf.

»Aber nein. Ich wäre nur gern eine geworden.«

So hatte es angefangen mit Felix. Er blieb jetzt jedesmal eine Weile bei ihr stehen, wenn er kam oder ging. Er blieb schließlich so lange stehen, daß es Nina unangenehm wurde.

»Bitte, Herr Bodman, das fällt auf. Frau Wirtz wird denken . . .«

»Na? Was wird sie denken?«

»Ach, Sie wissen schon . . .«

»Sie wird denken, daß Sie mir gefallen. Und da denkt sie richtig. Und sie wird gleichzeitig denken, daß so ein Krüppel wie ich bei einer jungen hübschen Frau sowieso keine Chancen hat.«

Eines Tages wartete er auf sie, als sie auf die Straße trat, es war vier Uhr morgens, im November, es war kalt und es regnete.

»Wie kommen Sie eigentlich nach Hause?« fragte er.

Abwehrend sagte sie: »Ich wohne nicht sehr weit.«

Manchmal fuhr schon eine U-Bahn oder eine Straßenbahn, manchmal ging sie zu Fuß.

»Wo denn?«

»In der Motzstraße.«

»Nicht so weit, sagt sie. Wollen Sie etwa sagen, daß Sie laufen? Das ist doch ein Weg von einer halben Stunde.«

»Die Luft tut mir gut.«

Er winkte einem Taxi und brachte sie heim. Er versuchte keine Annäherung, begleitete sie an die Haustür, küßte ihr die Hand.

Von da an wartete er jede Nacht auf sie.

Nina sagte: »Aber das geht doch nicht.«

»Liebes Kind, ich kann nicht schlafen, wenn ich daran denke, daß Sie einsam und allein durch die kalten, dunklen Straßen irren.«

Schließlich küßte er sie vor der Haustür. Nina widerstrebte nicht, erstens hatte sie es erwartet, zweitens tat es wohl, ein wenig Freundlichkeit und Wärme in dieser großen fremden Stadt zu spüren.

Dann küßte er sie bereits im Taxi, und eines Nachts sagte er: »Also, wenn ich dir wirklich kein Graus bin, könntest du dir vorstellen, daß wir uns näher befreunden?«

Ach Nicolas, dachte Nina.

Das war es immer, was sie damals dachte. Nur einen Mann hatte sie geliebt, nur einen gab es, den sie je lieben konnte. Aber Nicolas war tot, und sie war allein.

»Ich könnte dir sogar eine andere Tätigkeit bieten, falls du nicht scharf darauf bist, weiterhin die Garderobentante zu machen. Ich hab' 'n kleines Theater, das weißt du ja schon. 'ne Schmiere, wenn du so willst. Aber ich tue mein Bestes. Du könntest bei mir arbeiten, Kind. Lissy will nämlich heiraten. Lissy ist meine Sekretärin, wenn du den hochtrabenden Ausdruck gestattest. Sie ist außerordentlich tüchtig, versteht eine Menge vom Theater, kann gut mit Schauspielern umgehen. Das sind ja sowieso meist Verrückte. Ich bin total aufgeschmissen, wenn Lissy geht.«

»Und ich? Was soll ich . . .«

»Du sollst ihren Posten übernehmen.«

»Aber wenn Lissy so tüchtig ist und alles so gut kann, ich kann das sicher nicht.«

»Vielleicht nicht gleich. Aber bald. Außerdem hätte ich dich gern bei mir. Richtig, wenn du verstehst, was ich meine. Ich mache das nicht zur Bedingung, aber ich wünsche es mir. Verstehst du?«

Drei Jahre lang arbeitete Nina für und mit Felix. Sie war Felix' Geliebte, und sie war ganz glücklich dabei. Was hieß glücklich? Sie fand ihr Leben erträglich, und sie hatte Felix gern. Und das Theater machte ihr Spaß. Es war nun wirklich ein amüsantes, wenn auch oft entbehrungsreiches Leben. Ohne Sorgen waren sie nie; die täglichen Kämpfe vor und hinter der Bühne, jeden Abend die Angst, ob auch genügend Leute kommen würden, damit sie nicht vor leerem Haus spielen mußten, die Neuinszenierungen, die Erfolge, die durchgefallenen Stücke, das ganze Theatermilieu, das Nina faszinierte.

Felix liebte sie, daran gab es keinen Zweifel. Und Nina war dankbar für seine Liebe. Für einige Zeit war die Einsamkeit von ihr genommen. Sie wußte, was sie ihm bedeutete. Er litt unter den Blessuren, die der Krieg hinterlassen hatte, litt darunter, daß er nicht mehr auf der Bühne stehen konnte, setzte dafür seinen Ehrgeiz ein, ein guter Regisseur zu werden, was ihm nur mäßig gelang.

Ihre Liebe fand auf dem Sofa im Büro statt, tagsüber, wenn keiner im Hause war, wenn keine Proben stattfanden, und da sie en suite spielten, war das Haus tagsüber meist leer. Oder sie gingen nach der Vorstellung in ein mieses kleines Hotel am Bahnhof Friedrichstraße.

Eine Absteige nannte es Felix, und Nina hatte gleich beim erstenmal gemerkt, daß er hier nicht unbekannt war. Zu ihr nach Hause konnten sie nicht gehen, da waren Trudel und die Kinder. Zu ihm nach Hause konnte sie nicht mitgehen, da war seine Frau.

Allerdings war Miriam, seine Frau, oft verreist. Sie fuhr heim, nach Amerika, sie hatte die Nase voll von dem maroden Nachkriegsdeutschland. Sie hatte sich in Felix verliebt, vor dem Krieg, da war er ein gutaussehender junger Schauspieler gewesen. Sie hatte ihn geheiratet, sie hatte den ganzen Krieg in Deutschland ausgehalten, sie hatte den entstellten Mann zurückbekommen: einen Arm hatte er verloren, das Gesicht war von einem Granatsplitter zerfetzt. Felix erwartete eigentlich immer, daß sie die Scheidung verlangen würde.

Aber sie blieb bei ihm. Sie finanzierte das kleine Theater,

zahlte seine Schulden, ertrug seine Liebschaften, erduldete seine Launen.

Sie war alles in allem eine großartige Frau.

Natürlich sah Nina es anders. Das Vorhandensein einer Ehefrau, auch wenn sie oft nicht anwesend war, blieb lästig; sie weigerte sich, während Miriams Abwesenheit mit in seine Wohnung zu gehen, es geschah nur einmal, und das war schon kurz vor dem Ende ihrer Beziehung.

Schließlich hatte es Miriam satt. Sie wollte zurück nach Amerika, und Felix sollte mitkommen. Sie gab kein Geld mehr, das Theater mußte zumachen. Sie standen alle auf der Straße: Felix, Nina, die Schauspieler, der Inspizient, der Portier, alle.

Das war zu Beginn des Jahres 1929.

Es hätte für Nina ein schwerer Schlag sein müssen, aber da war etwas Neues in ihr Leben getreten: Liebe.

Peter Thiede, Schauspieler an diesem Theater, in den sie sich stürmisch und leidenschaftlich verliebt hatte.

Sie ließ Felix ohne Bedauern ziehen. Im Gegenteil, sie war froh, daß er mit Miriam nach Amerika ging, das ersparte ihr, ihn weiter zu betrügen oder zu enttäuschen.

Jetzt, 1936, zu den Spielen kam Felix das erstemal wieder nach Europa.

Er rief Nina an, sie freute sich und lud ihn zum Abendessen ein. »Wollen wir nicht lieber ausgehen?« fragte er.

»Komm erst einmal zu mir. Wir haben uns so lange nicht gesehen. Hier können wir in Ruhe reden.«

Sie war ganz unbefangen, mit der neuen Sicherheit, die der Erfolg ihr verliehen hatte. Und sie freute sich wirklich, ihn wiederzusehen. Er sah aus wie damals, er war nicht dünner und nicht dicker geworden, das Haar ein wenig grau, die Augen immer noch schön und lebendig.

»Nina, mein geliebtes Herz!« Er legte den Arm um sie, zog sie fest an sich, nach einem kleinen Zögern küßte er sie. »Wie schön, dich wiederzusehen. Und noch dazu als berühmte Frau.«

»Du kannst mir nicht weismachen, ich sei in Amerika berühmt.«

»Noch nicht. Aber das kann ja noch werden.«

»Und woher weißt du?«

»Lissy. Ich weiß immer alles, was in Berlin vorgeht.«

»Ach, Lissy. Ich habe nie wieder von ihr gehört.«

»Warum solltest du. Lissy gehörte zu meinem Inventar. Sie hat mir immer getreulich berichtet, was hier so vorgeht. Auch, daß du mich mit Thiede betrogen hast.«

»Lieber Himmel!«

Es war leicht, mit ihm zu reden, die alte Vertrautheit stellte sich rasch wieder ein.

»Du bist allein hier?«

»Nein. Zwei Freunde sind dabei. Nachbarn aus Florida. Große Sportfans. Sie wollten partout zu den Spielen, und da sie nicht deutsch sprechen, mußte ich mitfahren. Für mich war es ein erwünschter Anlaß, Berlin wiederzusehen. Ist ja ganz phantastisch hier geworden. Dieser Hitler ist ja wohl eine tolle Nummer.«

Nina verzog das Gesicht. »Ist er. Und deine Frau? Ist sie nicht dabei?«

»Miriam ist krank. Sie hat Krebs. Sie wird nicht mehr lange leben.«

Es schockierte Nina, weil er es so sachlich und unbeteiligt aussprach.

Später, nach dem Essen, erzählte er von Florida.

»Es ist wunderschön. Die Sonne, das Meer, unser Haus. Die ewigen Blumen. Ich langweile mich zu Tode.«

»Tust du gar nichts?«

»Nichts. Ich bin ein Prinzgemahl.«

Schon am nächsten Tag lernte Nina die beiden Amerikaner kennen, die mit Felix nach Berlin gekommen waren; Jim Avenger und Kenneth Shaw. Es waren große, gutaussehende Männer, fröhlich und aufgeschlossen, bereit, alles *wonderful* zu finden, was sie in Germany zu sehen bekamen.

Wonderful war es wirklich, und Nina empfand geradezu so etwas wie Nationalstolz, als sie miterlebte, wie gekonnt diese Spiele abliefen, wie großartig alles organisiert war, wie mühelos die Deutschen siegten.

Glücklicherweise gab es auch eine Menge amerikanischer Sieger, das freute Nina, und das brachte die beiden Amerikaner zu kindlichem Jubel.

Nina war dabei, als Helen Stephens den 100-Meter-Lauf gewann und als Jack Medica im Freistilschwimmen die Goldmedaille errang. Nach Deutschland sammelten die USA die meisten Medaillen ein.

Und es war wirklich ein Fest der Freude und des Friedens, für eine Weile vergaß die Welt, wollte es auch vergessen, was Hitler ihr schon für Nüsse zu knacken gegeben hatte.

Berlin war so angefüllt mit Menschen, daß man meinte, die Stadt müsse auseinanderplatzen. Aber sie wurden alle untergebracht, alle verpflegt, versorgt, befördert und bestens unterhalten.

Felix und seine Freunde wohnten im Eden, Nina wurde des öfteren eingeladen, mit ihnen zu speisen, abends auszugehen, sie zu begleiten, was immer sie taten. Felix zeigte sich gern mit ihr, er demonstrierte Vertrautheit. Den beiden Amerikanern imponierte sie ungeheuer, weil sie Bücher schrieb.

»Hierzulande bedeutet das gar nicht so viel«, sagte Nina einmal zu Felix.

»Ja, ich weiß. In Amerika ist es anders. Dort sind Autoren höchst angesehene Leute, auch wenn sie nur Kriminalromane schreiben. Der Durchschnittsamerikaner steht allem geistigen Tun mit einer bewundernden Naivität gegenüber. In Deutschland hat man für geistig arbeitende Menschen nie viel übrig gehabt. Allerdings dachte ich, es sei inzwischen ein wenig besser geworden.«

»Vielleicht. Kommt darauf an, ob man den Nazis genehm ist oder nicht. Der größte Dichter gilt nichts, wenn er Jude ist.«

»Vielleicht hatten sich die Juden hier wirklich zu breit gemacht. Ich weiß das schließlich noch von meiner Theaterzeit her. Als Nichtjude, als *goi*, war man sowieso immer am untersten Ende. Die Kritik, die Presse, alles, was zählte, war in jüdischen Händen.«

»Und heute ist es in Nazihänden. Wo ist da der Unterschied?«

»Du sprichst so abfällig über die Nazis? Magst du sie nicht?«

Nina zögerte mit der Antwort. Es war so schwierig, darauf zu antworten. Doppelt schwierig, einem Menschen zu antworten, der aus dem Ausland kam. Es war nicht zu erklären, wie es war. Man konnte es nur erleben. Auch hatte man Bedenken, sich allzu offenherzig zu äußern, selbst einem alten Freund gegenüber.

»Ich kann es schwer erklären«, sagte sie. »Mir geht es gut. Mir ist es nie so gut gegangen. Aber ich mag sie nicht. Ich habe keinen Grund. Aber ich mag sie nicht.«

»Du mußt einen Grund haben. Es ist doch albern, zu sagen, ich mag sie nicht und damit basta.«

»Na gut, ich werde versuchen, es zu erklären. Es ist der Zwang. Verstehst du?«

»Nein. Ich verstehe nicht. Was für ein Zwang? Du bist ein freier Mensch, du kannst tun und lassen, was du willst. Du schreibst deine Bücher, deine Tochter studiert Musik, dein Sohn hat seine Schule fertig und kann studieren. Macht jetzt ein bißchen Arbeitsdienst, das wird ihm nicht schaden. Berlin ist eine herrliche Stadt voller Leben und Betrieb. Und dies Theater! Mein Gott, dies Theater! Dafür würde ich zu Fuß vom Nordpol nach Berlin latschen. Weißt du überhaupt, was dir hier geboten wird?«

»Das ist alles wahr und alles richtig, und dennoch fühle ich mich nicht als freier Mensch. Ich soll denken, was die denken. Und sagen, was die sagen. Und schön finden, was die schön finden. Und ablehnen, was die ablehnen.«

»Nina, das sind doch Kinderkrankheiten. Übereifer, eine typisch deutsche Eigenschaft. Ich würde sagen, nicht unbedingt eine Erfindung der Nazis. Wir waren immer ein gründliches Volk. Wir tun immer etwas um der Sache willen, und das mit tödlichem Ernst. Willst du sagen, es war bei Wilhelm anders? Damals sollte man auch alles schön finden, was der Kaiser schön fand. Aber das kannst du doch nicht als Unfreiheit bezeichnen. Man tut es oder man tut es nicht. Ich finde, man lebt nach wie vor in Deutschland besser als irgendwo sonst auf der Welt. Und ich weiß jetzt, wovon ich rede.«

Es war nicht zu erklären, Nina gab auf.

»Ich würde gern zurückkommen«, sagte Felix nach einer Weile. Nina betrachtete ihn kühl. »Wenn sie tot ist?«

»Ja.«

Er blickte sie lange an, und in seinen Augen stand, was er dachte, aber nicht aussprach. Nicht nur zurückkehren nach Deutschland wollte er, auch zurückkehren zu ihr.

In diesem Augenblick überkam Nina ganz stürmisch, geradezu leidenschaftlich das Gefühl der Freiheit. Im Gegensatz zu dem, was sie eben noch gesagt hatte. Aber das hatte jetzt nichts mit den Nazis zu tun, nichts mit Hitler und seinem Regime. Es war ihre eigene, persönliche, ihre selbstgewonnene Freiheit: ihre Arbeit, ihr Erfolg, das Geld, das sie verdiente.

Einen Mann zu haben oder zu lieben, war vielleicht ganz nett. Aber es stand in ihrem Belieben, ob sie wollte, wen sie wollte, wann sie wollte. Oder ob sie gar nicht wollte.

Sie mußte lachen, und es war ein unpassender Moment, um zu lachen, denn sie hatten gerade vom Tod seiner Frau gesprochen.

Aber ihr war plötzlich ein verblüffender Gedanke durch den Kopf geschossen.

Es ist nicht zu glauben, dachte sie, aber ich bin doch wirklich und wahrhaftig eine emanzipierte Frau geworden. Ganz von selbst. Und ich finde es großartig.

Felix blickte sie befremdet an, vielleicht empfand er ihr Lachen auch als deplaciert.

Glücklicherweise klappte in diesem Augenblick die Wohnungstür. Nina stand rasch auf.

»Da kommt Vicky. Ich mache uns was zu essen, ja? Sie wird auch Hunger haben.«

Es war der letzte Abend, den Felix in Berlin verbrachte, und er hatte ihn mit ihr verbringen wollen. In den vergangenen vierzehn Tagen waren sie stets zu viert gewesen, Nina, Felix, Jim und Kenneth.

Die drei Männer planten noch einen Trip durch Europa, wie Nina inzwischen wußte. Paris natürlich, die Riviera, Italien, vielleicht sogar Griechenland. Jim hatte eine Frau, die er zu Hause gelassen hatte, Kenneth war Witwer.

Kenneth war es auch, der in den vergangenen Tagen Nina überreden wollte, die Reise mitzumachen. Er hatte keinen Hehl daraus gemacht, wie gut ihm Nina gefiel. Er hatte es so deutlich gezeigt, daß Felix eifersüchtig wurde.

Beim Tanz im Quartier Latin schmiegte Kenneth seine Wange an Ninas Wange, küßte ihr Ohr und flüsterte: »You're so sweet, honey. You won't believe it but I love you.«

Nina verstand zwar nicht viel Englisch, aber soviel immerhin.

Es war ganz nett, umworben zu sein. Aber die Vorstellung, wochenlang mit den drei Männern unterwegs zu sein, fand sie fürchterlich. Wie angenehm war ihr Leben jetzt, wie unabhängig, in ihrer schönen Wohnung, mit der Freiheit, die ihr das Schreiben verschaffte.

»Ich habe zu tun«, sagte Nina denn auch, »ich arbeite an einem neuen Buch.«

Das machte Eindruck. Das respektierte man.

Abgesehen davon war die Arbeit an dem neuen Buch wirklich problematisch. Ein großer Erfolg war eine Hypothek, das erkannte Nina inzwischen. Den Erfolg der ›Sieben Tage‹ zu erreichen, wenn nicht zu übertreffen, war eine schwierige Aufgabe, der sie sich gegenüber sah. Dazu kam, daß sie nun nicht einfach einen Aufguß dieses Buches schreiben wollte. Sie wollte etwas Neues, etwas anderes machen. Sie wußte nur noch nicht, was es werden sollte.

Victoria aß mit ihnen zu Abend, aber sie war sehr schweigsam, fast unhöflich, ganz gegen ihre sonstige Art. Sie wirkte bedrückt.

Sie hatte eine schwere Zeit hinter sich, das wußte Nina.

Schwierigkeiten mit der Stimme, das hatte Victoria tief getroffen, aber nun war das wohl behoben. Doch das Kind war verändert, fand Nina, und das beschäftigte sie weit mehr als Felix und seine Trabanten.

Beim Abschied sagte Felix: »Hast du noch einmal darüber nachgedacht? Willst du wirklich nicht mit uns kommen?«

»Ich kann nicht. Ich habe zu arbeiten, du weißt es doch.«

»Wenigstens für einen Teil der Reise, Nina. Komm doch an die Riviera.«

»An die Riviera im Sommer? Das ist doch meschugge.«

Nicolas war im Fühling an die Riviera gefahren, das wußte sie noch sehr genau.

»Jim und Kenneth würden sich wahnsinnig freuen.«

»Ja, sicher«, sagte Nina gelangweilt.

»Kenneth hat sich schwer in dich verliebt, das hat er mir gestern gestanden.«

»Ich fühle mich hochgeehrt.«

»Wen liebst du eigentlich, Nina?«

»Geht dich nichts an.«

»Könntest du mich nicht wieder lieben, Nina?«

»Ich werde mich immer freuen, dich gelegentlich zu sehen«, gab Nina zur Antwort.

»Du bist nicht mehr meine Nina«, sagte er traurig. »Du bist hart geworden.«

»Hart? Das glaube ich nicht. Vielleicht ein wenig klüger.«

Und ein wenig älter, fügte sie im Geist hinzu.

Als er gegangen war, mußte sie wieder lachen.

Ich bin eben doch eine emanzipierte Frau.

Victoria war in ihrem Zimmer, sie saß da, tat gar nichts und starrte in die Luft.

»Vicky, würdest du auch sagen, daß ich eine emanzipierte Frau bin?«

Nun mußte Victoria auch lachen.

»Wer sagt das? Doch nicht Felix?«

»Nein, ich sage es.«

»Ach Nina!« Victoria stand auf und legte den Arm um Ninas Schulter. »Du wirst nie eine emanzipierte Frau sein. Wie kommst du auf diese abwegige Idee?«

»Ich weiß nicht, was du unter einer emanzipierten Frau verstehst«, sagte Nina beleidigt, »aber ich finde, ich bin eine. Ich habe allein zwei Kinder großgezogen, ich habe mir mein Geld verdient, und nun schreibe ich auch noch Bücher. Und wenn ich einen Mann nicht will, dann will ich ihn nicht.«

»Wollte Felix denn?«

»Er, und der eine Amerikaner auch.«

»Schade.«

»Was schade?«

»Dieser Amerikaner, wie heißt er gleich? Den fand ich ganz nett. Wär doch mal eine Abwechslung für dich.«

»Ich habe eine andere Abwechslung im Sinn. Ich werde verreisen.«

»Also doch.«

»Nicht, was du denkst. Nicht mit diesen Knülchen an die Riviera. Ich fahre nach Bayern.«

»Auch nicht schlecht.«

»So ist es. Kommst du mit?«

»Nein. In acht Tagen kommt Marietta wieder, dann muß ich arbeiten.«

Es klang nicht so beschwingt wie sonst, nicht so begeistert. Sie hatte diese Stimmbandgeschichte offenbar noch immer nicht ganz verwunden.

»Hast du was, Liebling?« fragte Nina besorgt.

»Was soll ich haben?« gab Victoria unwirsch zur Antwort. »Gar nichts. Alles okay, wie deine Amerikaner sagen.«

Gar nichts war okay. Victorias schlechte Laune hatte guten Grund. Während Berlin feierte und die olympischen Kämpfer bejubelte, war sie endlich beim Arzt gewesen und hatte erfahren, daß sie schwanger war.

Ihre erste Reaktion war hemmungslose Wut. Das mußte ihr passieren, gerade jetzt, da es mit der Stimme wieder langsam aufwärts ging. Und dann überkam sie, zum erstenmal in ihrem Leben, eine tiefe Mutlosigkeit. Alles ging schief. Sie hatte versagt. Sie würde es niemals schaffen. Am besten wäre es, zu sterben.

Der vergangene Winter hatte für sie den ersten Tiefpunkt ihres Lebens gebracht. Victoria, vom Glück verwöhnt, so sicher ihrer selbst und ihrer Zukunft, hatte die Erfahrung machen müssen, daß sich das Glück ihr versagte. Die Stimme wurde krank.

Sie wurde immer wieder ohne äußeren Anlaß heiser, keine Erkältung trug die Schuld, es kam von selbst und kam immer häufiger. Marietta schickte sie zu einem Halsspezialisten, dem bewährtesten Sänger- und Schauspielerarzt von Berlin.

Der entdeckte eine Rötung und Schwellungen auf den Stimmbändern. »Volkstümlich nennt man so etwas Stimmbandknötchen. Eine bekannte Sängermalaise. Manche haben es nie, manche haben es manchmal. Manche leiden oft darunter, die sollten das Singen besser aufgeben.«

Das sagte er ihr kalt und nüchtern, entsprechend streng waren seine Anordnungen. Mindestens drei Monate nicht singen. Am besten auch nicht sprechen.

Februar, März und April gingen darüber hin, Victoria hielt sich strikt an das Gebot des Arztes, sie sang keinen Ton, sie sprach sowenig wie möglich, sie war beinahe stumm.

Anfangs saß sie mit unglücklichem Gesicht bei den Ensemblestunden dabei und hörte den anderen zu. Beobachtete aus schmalen Augen, einen Mundwinkel herabgezogen, Prisko, wie hingebungsvoll er mit den anderen probte. Haßte ihn deswegen. Bösartige Gefühle waren Victoria bisher fremd gewesen, jetzt stellte sich heraus, daß sie dazu fähig war.

Schließlich ging sie nicht mehr hin, sie wollte nichts hören und sehen, sie blieb zu Hause, las ein Buch nach dem anderen, ging viermal, fünfmal in der Woche ins Kino. Dort war sie allein, sie mußte nicht sprechen.

Ihr Verhältnis zu Prisko bekam auf diese Weise die ersten Risse. In dem vergangenen Jahr waren sie einander sehr nahegekommen, sie nannten es Liebe, und Victoria hatte mit der Zeit mehr Gefallen an dem körperlichen Zusammensein gefunden, obwohl es keine große Leidenschaft war, die sie empfand. Sie war im Grunde ein zu ichbezogener Mensch, um sich wirklich hingeben zu können.

Ihre Zusammenarbeit jedoch blieb vollkommen; das gemeinsame Musizieren und Studieren vereinte sie mehr als es Umarmungen im Bett fertigbrachten. Damit war es nun erst einmal vorbei, und mit anzusehen, wie er mit den anderen arbeitete, erregte Eifersucht und Neid in ihr. Jetzt gab es auch manchmal Streit zwischen ihnen, und da sie nicht reden sollte und schon gar nicht laut reden, waren es vernichtende Streits. Wurde sie dann doch laut, so machte sie ihm Vorwürfe, er sei schuld daran, daß die Stimme nicht gesundete.

Es folgte die Versöhnung, logischerweise Versöhnung im Bett, aber das war oft nur Selbstbetrug. Manchmal weinte sie, sie hatte früher nie geweint, manchmal war sie von unvermuteter Zärtlichkeit, Zärtlichkeit, die aus ihrem Kummer, ihrer Hilflosigkeit geboren wurde. Sie verlangte nach Zuspruch, nach Trost, doch das fand sie bei Prisko kaum, dazu war er nun wieder zu egoistisch, oder besser gesagt, viel zu sehr mit sich selbst und seiner Arbeit befaßt.

Mitte Mai konnte sie wieder mit leichten Übungen anfangen, zur Kontrolle besuchte sie jede Woche den Arzt. Es war so, als finge alles noch einmal von vorn an, und damit war ihre Geduld, ihre Ausdauer überfordert, sie war nervös, blaß und leicht gereizt.

»Wenn Sie so weitermachen, bekommen Sie noch einen Nervenkoller dazu«, sagte der Arzt. »Hat Ihnen niemand gesagt, was für einen erbarmungslosen Beruf Sie sich ausgesucht haben? Haben Sie nur die eine Seite gesehen? Wie einer auf der Bühne steht und singt und sich hinterher vor dem Vorhang verbeugt? Das ist der kleinste Teil von allem. Nur wer von robuster Gesundheit ist und Nerven wie Stahlseile hat, sollte sich diesen Beruf erwählen. Haben Sie schon einmal darüber nachgedacht, warum man erfolgreichen Sängern so oft nachsagt, sie seien dumm? Weil es eine höchst brauchbare Eigenschaft für einen Sänger ist. Denken macht anfällig, Intellekt macht krank. Dummheit gibt Kraft.«

»Kind, du bist so jung. Nimm doch Vernunft an und reibe dich nicht so auf. Das kommt schneller in Ordnung, als du denkst, dann singst du genauso gut wie früher«, tröstete Marietta.

»Und wenn es wiederkommt?«

Das war die Angst, die von nun an ihr Leben begleiten würde: wenn es wiederkommt.

»In der Spielzeit 36/37 gehe ich ins erste Engagement«, hatte sie einst selbstsicher verkündet. Nicht einmal für 37/38 konnte sie jetzt damit rechnen.

In diesem Herbst traten mehrere der Mitschüler ihr erstes Engagement an; Angela würde nach Breslau gehen, Charlotte nach Augsburg, Horst und Gerda hatten nun endlich eine Bühne gefunden, die sie zusammen engagierte. Im Juli hatten sie verabredungsgemäß geheiratet und waren in den Harz auf Hochzeitsreise gegangen.

Nur Mary sagte: »Mir eilt es nicht.«

Mary, die wohlbehütete Tochter aus gutem Hause, hatte im Grunde ein wenig Bange vor dem Theaterleben, das zeigte sich nun.

Statt dessen hatte sie sich mit ihrem Leutnant verlobt und wollte heiraten.

»Oder? Was meinst du?« fragte sie unsicher Victoria.

»Na, dann heirate doch«, erwiderte Victoria gleichgültig.

»Du siehst ja, wie es mir geht. Ist doch wirklich ein Scheißberuf.«

So etwas sagte Victoria auf einmal.

Lili Goldmann hatte nie Schwierigkeiten mit ihrer Stimme, sie sang so schön, daß einem die Tränen kommen konnten, zum Beispiel bei der Arie des Orpheus ›Ach, ich habe sie verloren, all mein Glück ist nun dahin.‹

»Kind, Kind, Mauseschwänzchen«, flüsterte Marietta ergriffen, »du wirst eines Tages in der Scala singen.«

Zunächst allerdings würde Lili gar nicht singen, kein Theater in Deutschland würde sie engagieren, sie war schließlich Jüdin.

Ihr Vater hatte sein Geschäft inzwischen verkaufen müssen, nachdem man ihm einige Male die Schaufenster eingeschlagen hatte, auch Schmuck war gestohlen worden.

Die Polizei zuckte nur mit den Achseln.

»Tja, in Ihrem Fall . . .« sagte sie.

Das Geschäft war also arisiert worden, wie der *terminus technicus* dafür lautete. Das war an der Tagesordnung; immerhin bekamen die Juden zu dieser Zeit noch Geld, wenn sie ihr Geschäft verkauften, nicht den vollen Wert, aber sie gingen nicht mit leeren Händen aus.

Marietta verlangte von Lili keine Mark mehr für die Gesangstunden. »Es ist mir eine Ehre und eine Wonne, deine Stimme auszubilden, und damit basta«, beschied sie Lilis schüchterne Einwände. »Wenn du berühmt bist, kannst du allen erzählen, daß du bei mir singen gelernt hast.«

»Ach, ich und berühmt! Ich werde nie singen dürfen.«

»Und ob du singen wirst. Wenn sich hier demnächst nichts ändert, gehst du ins Ausland. Deine Stimme verstehen sie überall.«

»Ich hätte Angst davor«, erwiderte Lili, die inzwischen restlos eingeschüchtert war und sich kaum mehr auf die Straße wagte.

Gemessen an Lilis Sorgen waren Victorias Sorgen gering, aber das sah sie nicht ein. Kein Mensch auf der Welt hatte ein so schweres Los wie sie. Und nun noch das, sie bekam ein Kind, das war der Gipfel allen Elends. Sie war ratlos. Aber sie brachte es nicht übers Herz, Nina davon zu erzählen. Nina würde außer sich sein, sie mochte Prisko nicht, hatte Victorias Verhältnis zu ihm immer ablehnend gegenübergestanden.

Die Olympischen Spiele waren zu Ende, die Gäste abgereist, die Flaggen eingeholt. Die Nazis waren wieder ein Stück gewachsen, reckten sich satt und selbstzufrieden. Das sollte ihnen erst mal einer nachmachen.

Ende August brachte Victoria ihre Mutter an die Bahn.

Nina hatte ihre Freundin Victoria angerufen und gesagt: »Du hast mich schon so oft eingeladen, was hältst du davon, wenn ich jetzt käme?«

»Eine Menge«, erwiderte Victoria von Mallwitz. »Komm geschwind, mit der Ernte sind wir so gut wie fertig, und wir werden das Leben genießen. Du mußt mir aber versprechen, daß du den ganzen September bleibst. September ist in Bayern der schönste Monat, da ist der Himmel meistens blau. Wir werden in die Berge fahren, im Garten herumliegen, auf die Jagd gehen und uns jeden Abend besaufen. Und reiten, Nina.«

»Ach Gott, Victoria! Weißt du, wie lange es her ist, daß ich zum letztenmal im Sattel gesessen habe? Ich kann gar nicht mehr reiten.«

»Das verlernt man nicht.«

Wie ein verlorengegangenes Kind blieb Victoria auf dem Bahnsteig zurück, als der Zug abgefahren war. Nina abgereist,

Prisko nicht in Berlin, Marietta noch nicht vom Urlaub zurück. Kein Mensch, mit dem sie reden konnte.

»Kind, du siehst so schlecht aus«, hatte Nina eben noch gesagt, als sie vom Abteilfenster auf Victoria hinabsah, »und so dünn bist du geworden. Grämst du dich immer noch wegen der dummen Knötchen? Aber das ist doch jetzt wieder gut. Wärst du doch mitgekommen. Victoria hätte dich so gern einmal wiedergesehen.«

»Sie hat mich doch erst vor ein paar Monaten gesehen«, murmelte Victoria, denn wie meist war Victoria von Mallwitz, ihre Patin, während der Grünen Woche in Berlin gewesen.

»Vielleicht überlegst du es dir noch und kommst nach, ja? Du würdest mir eine große Freude machen.«

Victoria nickte.

Vor dem Anhalter Bahnhof stand sie eine Weile traumverloren herum, schlenderte dann zum Potsdamer Platz, lief geradeaus weiter zum Pariser Platz und durch das Brandenburger Tor in den Tiergarten hinein. Hier setzte sie sich auf eine Bank und starrte vor sich hin.

Sie dachte an Elga. Von der hatte sie lange nichts gehört. Johannes sei nun in Amerika, war die letzte Nachricht, die vom Genfer See gekommen war.

Elga hatte schon vor einem Jahr geheiratet, einen Mann aus Genf, der beim Völkerbund tätig war.

»Es ist sehr hübsch hier«, hatte sie damals geschrieben, »der See und die Berge, und die Stadt gefällt mir auch. Man kann schick einkaufen. Durch den Völkerbund ist hier immer etwas los, sehr interessante Leute. Wir werden viel eingeladen. Unsere Villa liegt direkt am Genfer See, ganz, ganz wunderschön. Wann besuchst du uns?«

Ich könnte hinfahren, dachte Victoria. Vielleicht kriegt Elga auch gerade ein Kind, dann haben wir ein gemeinsames Thema.

»Na, Frollein, so allein?« wurde sie angesprochen. Ein flotter junger Mann, ein Strohhütchen auf dem Scheitel, lächelte auf sie nieder.

Victoria ließ einen eiskalten Blick an ihm vorbeigehen, er verzog sich rasch.

Das fehlte ihr gerade noch, ein Mann. Von Männern hatte sie ein für allemal genug.

Prisko war seit Mitte Juni nicht da, er hatte ein Engagement. Er leitete in einem großen Seebad an der Ostsee das Kurorchester.

Das Angebot war im Mai überraschend von einer Agentur gekommen, der vorgesehene Dirigent hatte aus Gesundheitsgründen absagen müssen.

Wie es sich gehörte, hatte Prisko die Hochschule um Erlaubnis gefragt.

Sein Lehrer, der Leiter der Dirigentenklasse, hatte zweifelnd das Haupt gewiegt, sich sodann mit der Direktion beraten, schließlich bekam Prisko die Genehmigung, das Engagement anzunehmen.

»Sie können ja auf Niveau achten«, gab ihm sein Professor mit auf den Weg.

Und ob er das tat! Er probte mit dem verblüfften Kurorchester, als hätte er die Philharmoniker vor sich. Die Herren waren anfangs erstaunt, erbost, widerwillig. Dann riß sein Können, sein Schwung sie mit.

»Meine Herren«, hatte Prisko gesagt, als er sich der anfänglichen Verweigerung gegenübersah, »es ist nicht einzusehen, warum wir Schund abliefern sollen. Spielen müssen wir, also können wir auch gut spielen. Bedenken Sie, daß vielleicht Leute hier sind, die etwas von Musik verstehen. Oder auch solche, die noch nie anständige Musik gehört haben. Gerade denen sollten wir zeigen, wie es klingt, wenn es stimmt. Sie können es, das weiß ich.«

Eine erstklassige Musik kam aus der Muschel auf der Promenade, erst recht abends im Kursaal, ob sie nun Filmmelodien spielten, einen Querschnitt aus ›Eine Nacht in Venedig‹, ›Die Moldau‹ und sogar die ›Kleine Nachtmusik‹, es war immer hörenswert.

Natürlich hatte es in den vergangenen Jahren viele arbeitslose Musiker gegeben, auch auf diesem Sektor waren die Nationalsozialisten emsig gewesen. So wurde es beispielsweise verboten, mit wenigen Ausnahmen, Plattenaufnahmen im Rundfunk zu verwenden, jeder Sender mußte möglichst Originalorchester spielen lassen. In den Kurbädern, in den Sommerfrischen an der See und im Gebirge, wurden wieder Orchester für die gesamte Saison engagiert, denn das Ferienleben nahm einen ungeahnten Aufschwung, die Leute verdienten mehr, ins Ausland reisen konnten sie aus Devisengründen so gut wie gar nicht, das kam den deutschen Kurorten zugute.

Von Victorias Nöten ahnte Prisko nichts. Ihm ging es großartig an der Ostsee, ein eigenes Orchester, jeden Tag Musik, vormittags, nachmittags und abends, ganz gleichgültig, ob die ›Lustige Witwe‹, ob ›Madame Butterfly‹, die Ouvertüre zu ›Wilhelm Tell‹ oder Paul Lincke, ihm machte das Spaß.

Dann überkam es ihn, bei den Zigeunerweisen von Sarasate nahm er selbst die Geige in die Hand. Das Publikum war hingerissen.

Und die Frauen! Er war so umschwärmt, er konnte sich vor Angeboten kaum retten. Wo er hinkam, ob am Strand, in einem Lokal beim Essen, bis vor die Tür seiner Pension am späten Abend, er war immer umlagert.

Kein Zweifel, er hatte ein Stardasein in diesen Sommermonaten, und er genoß es.

Er betrog Victoria zum erstenmal. Erst war es ein junges Mädchen aus Wuppertal, das mit seinen Eltern da war, eine süße Kleine, aber gut behütet, das war ein wenig umständlich. Dann eine leicht verderbte Berlinerin, die die Ferien mit einem viel älteren Freund verbrachte, der sie sofort beim Schlafittchen packte und abreiste, als er merkte, was im Gange war.

Doch dann kam die Witwe. Goldblond, bildhübsch, jung und sehr temperamentvoll, und Geld hatte sie auch. Sie blieb, bis die Saison zu Ende war, keine andere Frau kam mehr an Prisko heran, doch ihm war es recht so, diese Frau konnte einen Mann befriedigen, in jeder Beziehung. Er war stürmisch in sie verliebt, konnte nicht genug von ihr bekommen, selbst wenn er auf dem Podium stand, den Taktstock in der Hand, erregte es ihn, zu wissen, daß sie da unten saß, er sah ihren nackten Körper, der Sinnlichkeit ausstrahlte, ihre Hände, die ihn zu liebkosen verstanden wie keine Frau bisher.

Sie hatte für ihn ein Zimmer in ihrem Hotel gemietet, im ersten Haus am Platze, und da konnte er gehen oder bleiben, wie er wollte. Außerdem überschüttete sie ihn mit Geschenken; seidene Hemden, Krawatten, goldene Manschettenknöpfe, eine neue Uhr, eine Brieftasche aus Kroko, irgend etwas fand sie immer.

Prisko blies sich auf wie ein Pfau. Was für ein tolles Weib!

Sie wohnte in Frankfurt, hatte ein Landhaus im Taunus.

»Du kannst bei mir wohnen, wann immer du willst«, sagte sie, »du kannst in Ruhe arbeiten, ich störe dich nicht. Ich lasse gleich den Flügel stimmen, wenn ich zurückkomme. Du mußt dich auch niemals verpflichtet fühlen. Es ist nicht unbedingt so, daß ich gleich wieder heiraten will. Mir gefällt mein Leben sehr gut, so wie es jetzt ist.«

Ihr Mann war vor einem knappen Jahr an einer Blutvergiftung gestorben, da war sie gerade zwei Jahre verheiratet gewesen. Sie war erst sechsundzwanzig Jahre alt. Kinder hatte sie nicht.

»Ich würde dich ganz gern heiraten«, sagte Prisko. »Was Besseres kann mir gar nicht mehr über den Weg laufen.«

Victoria hatte er total vergessen.

Die schöne Witwe lachte. »Warten wir erstmal ab. Wenn du versprichst, ein ganz berühmter Mann zu werden, läßt sich darüber reden.«

Als er im September sein Abschiedskonzert gab, hatte sich der Kurdirektor höchstpersönlich eingefunden, Prisko bekam viele Blumen, das Publikum applaudierte mit einer Ausdauer, die der Kurort noch nicht erlebt hatte. »Es wäre schön, wenn wir Sie nächstes Jahr wieder hier sehen würden«, sagte der Kurdirektor.

»Mal sehen«, meinte Prisko gnädig, »wenn mich bis dahin die Philharmoniker nicht brauchen, komme ich vielleicht.«

In Berlin teilte ihm Victoria gleich am ersten Abend in lakonischer Kürze die Neuigkeit mit.

»Ich bekomme ein Kind.«

»Das gibt's doch nicht«, staunte er. Und so ferngerückt war ihm Victoria, daß er die dumme Frage anhängte: »Von wem denn?«

Victoria machte die Augen ganz schmal, ihr Mundwinkel bog sich herab.

»Ich bringe dich um«, sagte sie leise.

Vorausgegangen war ein Gespräch mit Marietta. Sie war die erste, der sich Victoria anvertraute.

»Du schreckst vor nichts zurück«, sagte Marietta. »Erst die Stimmbänder und nun auch das noch. Weiß es Prisko schon?«

»Nein.«

»Was seid ihr doch für dumme Kinder! Konntet ihr nicht aufpassen?«

Victoria preßte die Lippen zusammen, sie wollte nicht weinen.

»Tja«, meinte Marietta, »ich kann dir da nicht helfen. Früher war das kein Problem, da ließ man eben abtreiben. Aber bei den Nazis ist es nicht möglich, kein Arzt traut sich mehr. Ich habe erst neulich von einem Fall gehört, eine junge Sängerin, die ich kenne, sie sitzt im Zuchthaus und der Arzt auch. Ich wüßte auch keine illegale Adresse für dich, ich bin über das Alter hinaus. Wie weit bist du denn?«

»Schon drei Monate. Ich wußte es ja nicht.«

»Na ja, da kannst du sowieso nichts mehr machen. Bißchen doof bist du ja wohl auch.«

»Ich dachte, ich hätte eine Störung, ich habe doch so viele Medikamente genommen wegen dieser Stimmbandgeschichte. Unregelmäßig war ich sowieso immer schon.«

»Willst du ihn heiraten?«

»Ich wollte eigentlich nicht«, sagte Victoria mit unglücklichem Gesicht.

»Aber du wirst ihn heiraten müssen. Oder willst du ein uneheliches Kind zur Welt bringen? Das kannst du deiner Mutter nicht antun.«

»Ja, das stimmt. Mir wäre es egal, ob ich verheiratet bin oder nicht.«

»Ach, sag das nicht so unüberlegt. Das ist schwierig. Und für das Kind auch. Wenn eine Frau keine Kinder will, das kann ich verstehen, besonders wenn sie einen anstrengenden Beruf hat. Wenn man aber ein Kind hat, dann trägt man auch Verantwortung. Ein uneheliches Kind ist ein unglückliches Geschöpf. Ich weiß, wovon ich rede, ich war eins.«

Victoria sah ihre Lehrerin erstaunt an. Das hatte sie nicht gewußt. Woher auch und wieso? Was wußte man über Mariettas Leben, ehe sie *die* Losch-Lindenberg war.

»Als ich geboren wurde, war es noch eine große Schande, ein uneheliches Kind zu haben. Meine Mutter war eine Lehrerstochter in einer Kleinstadt, und mein Vater machte Musik, fiedelte in Tanzlokalen herum. Er soll ein hübscher Mensch gewesen sein. Er verführte meine Mutter, und dann war er weg. Und ich war da. Meine Mutter wurde verstoßen, wie das so üblich war, wir lebten hier in Berlin, draußen im Wedding bin ich aufgewachsen, in sehr, sehr engen Verhältnissen. Meine Mutter war verbittert und todunglücklich. Ich habe sie nie lachen gesehen. Sie starb, als ich siebzehn war. Ich hatte damals eine Stellung als Dienstmädchen, schon seit zwei Jahren. Siehst du, so war das. Ich bin nicht daran kaputtgegangen, ich bin daran stark geworden. Ich wollte es allen zeigen. Darum habe ich gearbeitet bis zum Umfallen. Darum wurde ich etwas. Darum habe ich auch einen reichen Mann geheiratet. Auch das. Ich wollte nie wieder arm sein.«

»Hatten Sie nie . . . ich meine . . .«

»Ein Kind? Doch. Es wurde tot geboren, und da dachte ich mir, daß es wohl doch nicht meine Aufgabe sei, Kinder in die Welt zu setzen. Mein Beruf war mein Leben. Der war wichtiger als Männer, Liebe und Kinder. Und ich habe Kinder genug – meine Schüler.«

»Ich wünschte, ich könnte auch so leben.«

»Jeder lebt sein Leben. Jetzt bekommst du ein Kind. Mach keinen Unsinn, mach nichts an dir kaputt, *so* wichtig ist es auch wieder nicht. Man sagt ja, die Stimme einer Frau wird schöner, wenn sie ein Kind geboren hat. Prisko wird dich heiraten. Ich werde dafür sorgen.«

»Das ist nicht nötig«, sagte Victoria hochmütig. »Selbstverständlich wird er mich heiraten. Das wollte er immer schon.«

Sie fand, Marietta nahm die Angelegenheit recht leicht.

Marietta macht sich nichts mehr aus mir, dachte sie. Erst das mit der Stimme und jetzt meine Blödheit mit dem Kind, und sie hat neue Schüler, die ihr viel wichtiger sind.

Besonders auf eine war Victoria eifersüchtig, ein Mädchen namens Carola. Neunzehn, braunes lockiges Haar, sehr lebhaft, sehr begabt, mit einem erstaunlich vollen und klangschönen Sopran.

Schon zweimal hatte Marietta ›mein Mauseschwänzchen‹ zu ihr gesagt, und das schon nach einem halben Jahr.

Victoria von Roon und Nina Nossek waren eng befreundet, als sie zwölf und dreizehn Jahre alt waren.

Als Victorias Vater, der als Rittmeister bei der einheimischen Garnison stand, versetzt wurde, bedeutete es Trennung für die beiden Mädchen.

Für Nina war es ein Verlust; sie kam zwar mit allen Mitschülerinnen gut aus, nannte die eine oder andere Freundin, aber ein wirklich enges Verhältnis hatte es nur zu Victoria gegeben.

Zu den Roons ging Nina gern; der Rittmeister war ein eleganter, verbindlicher Mann, Victorias Mutter war Engländerin, eine kühle blonde Schönheit, von Nina sehr bewundert.

Victoria war ein Einzelkind und entsprechend sorgfältig und intelligent erzogen. Der freie, kameradschaftliche Ton, der zwischen ihr und ihren Eltern herrschte, hatte Nina sehr beeindruckt.

Am meisten imponierten ihr jedoch die Pferde; in dieser Familie konnte jeder gut reiten, und Victoria besaß damals schon ein eigenes Pferd, das Nina manchmal reiten durfte.

Nina hatte bei Nicolas auf dem Gut reiten gelernt, aber Gelegenheit dazu hatte sie immer nur in den Ferien. Solange jedoch Victoria in der Stadt lebte, ergab sich in der übrigen Zeit des Jahres dazu öfter eine Möglichkeit.

Viele Jahre hörten sie nichts voneinander, bis sie sich in Breslau wiedertrafen. Nina, bereits verlobt, ging eines Abends mit Kurtel ins Lobetheater, sie sahen ›Hedda Gabler‹, und in der Pause trafen sie überraschend Victoria, am Arm eines Mannes.

Wie sich herausstellte, war Victoria nicht erst verlobt, sondern bereits verheiratet. Ihr Mann, Ludwig von Mallwitz, aus guter bayerischer Familie stammend, stand damals als Oberleutnant beim Grenadierregiment König Friedrich III. in Breslau.

Die Freude des unverhofften Wiedersehens war groß. Sie gingen anschließend in ein Weinlokal, es gab viel zu erzählen, die alte Freundschaft lebte schnell wieder auf. Kurt Jonkalla, zu jener Zeit Verkäufer im Warenhaus Barasch, war ein wenig befangen im Umgang mit dem Offizier von Adel und der vornehm-kühlen Victoria, Nina war selig.

Als Nina dann geheiratet hatte und in Breslau lebte, sahen sich die beiden jungen Frauen häufig. Victoria war die einzige, die von der Liebe zwischen Nina und Nicolas wußte, und der einzige Mensch auf Erden, der die Wahrheit kannte, daß nämlich Ninas Tochter ein Kind von Nicolas war.

Sie wurde Patin bei dem Kind, das kurz vor Kriegsausbruch geboren wurde. Von ihr bekam Victoria Jonkalla den Vornamen, Victoria mit c. Darauf hatte Victoria von Mallwitz, geborene Roon, immer Wert gelegt, auf das c.

Victoria von Mallwitz bekam ihr erstes Kind im Dezember 1914, da lebte ihr Mann nicht mehr, er war gleich zu Beginn des Krieges in der Schlacht von Tannenberg gefallen. Sie verließ bald darauf Breslau, ihr Schwiegervater wünschte, daß sie mit dem kleinen Sohn nach Bayern kam.

Nina und Victoria blieben in Verbindung, sie schrieben sich regelmäßig, sie wußten voneinander, was in ihrem Leben geschah, und das war wenig Gutes. Nicolas fiel 1916, Kurt Jonkalla kam aus Rußland nicht zurück, und gegen Ende des Krieges fiel Victorias Vater, was ihr sehr naheging.

Ihre Mutter kehrte nach dem Krieg nach England zurück, doch Victoria blieb in Bayern, sie verstand sich mit der Familie ihres Mannes außerordentlich gut. Einige Jahre nach dem Krieg heiratete sie dann ihren Schwager, den älteren Bruder ihres Mannes, der gesund aus dem Krieg heimgekehrt war.

An Nina schrieb sie: »Ich will nicht behaupten, daß es eine Liebesheirat ist; es gibt zwar gewisse Familienähnlichkeiten, aber im Grunde ist er ein ganz anderer Mann als Ludwig. Mehr ein bäuerlicher Typ, ein echter handfester Bayer. Aber er ist die Güte in Person, und ich lebe so gern hier auf unserem Gut; ich verstehe mich so wunderbar mit meinem Schwiegervater, und vor allem möchte ich, daß meinem Sohn diese schöne Heimat erhalten bleibt. Daß er hier aufwächst.«

Es war eine glückliche Ehe geworden, wie Nina wußte. Zwei Kinder hatte Victoria noch geboren, und noch immer lebte sie gern im bayerischen Land.

Nina war ständig eingeladen worden, zu Besuch zu kommen. Sie war nie gefahren, Unsicherheit, ein wenig dummer Stolz hatten es verhindert, es war ihr so schlecht gegangen in all den Jahren, sie hatte einfach Hemmungen. Victoria hingegen kam öfter nach Berlin.

Vor fünf Jahren, als Nina mit Peter in Salzburg war, hatte sie die feste Absicht gehabt, auf dem Rückweg Victoria zu besuchen. Doch dann fuhr sie allein nach Hause, mißgestimmt, unglücklich, und so kam es wieder nicht dazu.

Doch nun hatten Ninas Lebensumstände sich grundlegend geändert, sie fühlte sich frei und unabhängig, sie hatte endlich etwas geleistet, was sich sehen lassen konnte. Jetzt fuhr sie gern nach Bayern.

Victoria war selbst am Münchner Hauptbahnhof, um Nina abzuholen, schlank, hübsch und blond, mädchenhaft wirkend, stand sie auf dem Bahnsteig, an ihrer Seite Albrecht, ihr fünfzehnjähriger Sohn.

»Fein, daß du da bist«, sagte sie gelassen wie immer, küßte Nina auf die Wange, winkte einem Gepäckträger. Auf dem Bahnhofsvorplatz hatte sie ihren Wagen stehen, einen großen Ford, den sie selbst steuerte, rasch und sicher kamen sie hinaus zum Waldschlössl, wie das Gut hieß.

Es lag im bayerischen Voralpenland, oberhalb des Isartals, abseits der großen Straßen. Nach Süden zu, gegen die Berge hin, hatte man einen weiten Blick, von allen anderen Seiten war das Gut von Wald umgeben, der gleich hinter den Feldern begann.

Das Waldschlössl, ein verspielter Bau mit rosa getöntem Mauerwerk, mit Türmchen und Erkern, lag in einem kleinen Park, eigentlich war es mehr ein großer Garten. Es dämmerte schon, als sie ankamen, Nina sah nicht viel von der Gegend, die Berge in der Ferne, besonders klar und deutlich bei Föhn, erblickte sie erst am nächsten Tag.

Es war ein schönes Land, eine schöne Heimat, genau wie Victoria gesagt hatte, und Nina fühlte sich von Anfang an wohl. Sie bewohnte ein großes Eckzimmer im ersten Stock und konnte vom Fenster aus auf die Koppeln sehen, auf denen die Pferde grasten. Sorglich davon getrennt lag eine andere Weide mit Rindern.

Seit ihrer Kindheit hatte sie so etwas nicht mehr gesehen, und natürlich kamen viele Erinnerungen, auch wenn hier alles anders war als in Wardenburg. Gut Wardenburg war ein großer Besitz gewesen, weit in die Ebene hingelagert. Wald hatte es kaum gegeben, auf den Feldern wuchsen Weizen, Roggen, Hafer; Rüben und Kartoffeln.

Hier baute man nur wenig Getreide an, Hafer und Gerste vor allem; ein Drittel des Besitzes bestand aus Wald. Aber es gab auf dem Hof alles, was zu einem richtigen Gutsbetrieb dazugehörte: zwei Hunde, mehrere Katzen, Hühner, Enten. Aus einem Fischweiher in der Nähe holten sie die Karpfen und aus dem Bach die Forellen. Es gab auch zahlreiches Gesinde auf dem Gut, aber natürlich keinen Grischa, sondern eine Zenzi und Mariele im Dirndl, Mägde und Knechte, deren Sprache Nina kaum verstand. Freundlich waren sie alle, die preußische Dame aus Berlin wurde aufmerksam bedient.

»Du hast recht«, sagte Nina schon am Tag nach ihrer Ankunft. »Hier ist es wunderschön. Ich kann es verstehen, daß du geblieben bist.«

»Gell?« sagte Victoria, aber das war der einzige bayerische Laut, den sie sich leistete, sonst sprach sie nach wie vor reinstes Hochdeutsch und streute hier und da einen englischen Ausdruck dazwischen, das hatte sie als Kind schon getan.

Joseph von Mallwitz war kein so schneidiger Mann wie sein gefallener Bruder, er war breit, ein wenig schwer und gedrungen, er sprach nicht viel, doch wenn er sprach, war es kernigstes Bayerisch.

»Verstehst du ihn eigentlich immer?« fragte Nina.

»*Sure*. Ich habe es gelernt«, erwiderte Victoria.

Aber es gingen wirklich, wie Victoria einst geschrieben hatte, Güte und Wärme von diesem Mann aus. Er hatte viel Humor, konnte herzhaft lachen; er war gemütlich, wie die Bayern es nannten. Und er liebte Victoria von Herzen, das stand in seinem Gesicht geschrieben, wenn er sie nur ansah.

Sein Vater, Albrecht von Mallwitz , glich im Typ mehr seinem gefallenen Sohn, schlank und drahtig, er besaß eine ausgesprochene Reiterfigur, auch wenn er nun schon fast achtzig war.

Zwischen ihm und Victoria bestand eine sehr enge Bindung, das war deutlich zu spüren, er war stolz auf die schöne Schwiegertochter, immer noch tief befriedigt darüber, daß es ihm gelungen war, sie auf dem Gut zu halten.

Victoria war unumschränkte Herrin hier, sie wurde allseits respektiert und geliebt. Ihre Schwiegermutter lebte schon lange nicht mehr.

Sie hat ein beneidenswertes Leben gehabt, dachte Nina. All die Jahre wurde sie umsorgt und liebgehabt.

Wie allein war ich, wie schwer war mein Leben. Wie allein bin ich heute noch.

Victorias ältester Sohn studierte in München, hatte allerdings noch Semesterferien und hielt sich zur Zeit in England bei seiner *grandma* auf. Die beiden Kinder aus zweiter Ehe gingen noch zur Schule. Neben dem fünfzehnjährigen Albrecht gab es noch eine zwölfjährige oder beinahe zwölfjährige Elisabeth, Liserl genannt.

Und dann die Pferde! Schon am dritten Tag ihres Aufenthaltes mußte sich Nina aufs Pferd setzen.

Sie war ein wenig ängstlich, sagte: »Ich kann nicht mehr reiten. Weißt du, wann ich das letztemal auf einem Pferd gesessen habe? Das war 1913.«

»Du hast doch nicht etwa Angst?« fragte Victoria in ihrer kühlen Art. »Ich sag dir doch, daß man Reiten nicht verlernt. Jetzt probier mal meine Hosen, die müßten dir passen.«

Die Hosen paßten, die Stiefel waren ein wenig zu groß, Nina bekam dicke Socken. Daß sie damals mit Nicolas nur im Damensattel geritten war, erwähnte sie nicht. Es wäre ihr vorgekommen, als sei sie hundert Jahre alt.

Victoria führte ihr das Pferd selbst vor. Ein brauner Wallach mit einer schmalen weißen Blesse.

»Das ist der Buele, der ist ganz brav, der tut bestimmt keinen Schritt zuviel. Auf dem hat die Liserl auch reiten gelernt, und jetzt ist er für dich da.«

Buele war wirklich brav, er stand, ohne sich zu rühren, bis Nina sich mühselig hinaufgezogen und zurechtgesetzt hatte.

Sie hatte in den vergangenen Jahren keinen Sport getrieben

und war ziemlich steif. Und wie hoch so ein Pferd war, das hatte sie auch vergessen.

Victoria bestieg einen rassigen Fuchs, der aufgeregt tänzelte.

»Das braucht dich nicht zu stören«, sagte sie, »das macht der immer so. Ist hauptsächlich Angabe. *Just for show.* Buele stört das nicht, der ist daran gewöhnt.«

Sie ritten im Schritt aus dem Tor, ein Stück die Straße entlang, auf der, wie Victoria sagte, höchstens einmal im Jahr ein Auto käme. Dieser Tag schien es jedoch gerade zu sein, eine Staubwolke wirbelte auf, ein Auto näherte sich in flotter Fahrt.

Nina nahm die Zügel fest in die Hand und legte instinktiv die Knie an. Der Fuchs sprang in die Höhe, zur Seite und dann mit einem gewaltigen Satz über den Graben auf das Stoppelfeld.

Buele hingegen war durch das Auto nicht im mindesten irritiert, er ließ es ruhig an sich vorbeifahren.

Nina faßte Vertrauen zu ihm, er schien wirklich ein braves Pferd zu sein.

Sie bogen in einen Feldweg ein und ritten, immer noch im Schritt, auf den Wald zu.

Es war ein herrlicher Tag, der Himmel von tiefem Blau, die Sonne warm wie im Hochsommer.

»How do you feel?« wollte Victoria wissen.

»Fein«, sagte Nina und lachte.

Auf einem weichen Waldweg versuchten sie es mit einem Trab, es ging gut, Nina hielt sich tapfer, abgesehen davon, daß sie die Bügel entweder verlor oder daß sie ihr nach hinten rutschten.

Nach einer halben Stunde sagte Victoria: »*That will do.* Für das erste Mal ist es genug.«

Im Schritt ging es nach Hause zurück, Nina saß ab, zwar erleichtert, doch gleichzeitig von Bedauern erfüllt, daß es vorüber war. Sie war stolz und glücklich, daß sie es gekonnt hatte.

»Ich muß Wotan noch bewegen, sonst ist er morgen der reine Teufel«, rief Victoria und stob zum Tor hinaus, auf das nächstgelegene Stoppelfeld zu, verschwand in rasantem Galopp.

Nina klopfte Buele den Hals und stellte fest, daß sie keinen Zucker bei sich hatte.

»Das passiert mir auch nur einmal«, sagte sie zu ihm. »Weißt du, ich bin den Umgang mit einem Pferd nicht mehr gewöhnt. Ich bringe dir gleich Zucker in den Stall, ja?«

Der Knecht, der erstaunlicherweise Nazi hieß, kam grinsend herbei und nahm ihr das Pferd ab, um es in den Stall zu führen.

»No? Wie is denn ganga?«

»Gut«, sagte Nina und lachte ihn an.

»Sixt as. Bal mas amal ko, ko mas.«

Daß der Knecht Nazi hieß, hatte ihre Verwunderung erregt.

»Ist er denn so ein großer Nazi, daß man ihn so nennt?« hatte sie gefragt.

Darüber hatten sie alle gelacht.

»Er heißt Ignaz. Nazi ist seit eh und je die landesübliche Abkürzung für diesen Namen. Der arme Nazi kann nichts dafür, daß sein ehrlicher Name heute so in Verruf gekommen ist.«

Victoria sprach so etwas laut und ungeniert aus. Daß sie in dieser Familie keine Anhänger des derzeitigen Regimes waren, hatte Nina allerdings schon gewußt; sie waren alteingesessene Bayern, gut katholisch, dem Wittelsbacher Königshaus noch immer treu ergeben.

Ehe sie ihr zweites Kind bekam, war Victoria konvertiert, auch das wußte Nina. »Der Kinder wegen«, hatte Victoria damals in ihrer gelassenen Art gesagt, »und auch meinem Schwiegervater zuliebe«.

Sie hatte sich für dieses Leben und diese Familie entschieden, darum tat sie es gründlich und fair, wie es ihre Art war.

Nina sah Buele nach, bis er im Stall verschwunden war, reckte sich dann und atmete tief aus.

Nicolas, hast du mich gesehen? Ich habe wieder auf einem Pferd gesessen. Gott, wie bin ich glücklich.

Sie schlenderte langsam zum Tor, lehnte sich an die sonnenwarme Mauer und hielt nach Victoria Ausschau. Weit und breit nichts zu sehen.

Doch, ganz hinten am Waldrand wehte ein goldener Schweif. Das war Wotan, dem jetzt die Flausen ausgetrieben wurden. Eine halbe Stunde später kam Victoria zurück, erhitzt, strahlend auch sie.

»So, für heute reicht es ihm. Morgen mehr von dieser Nummer.«

Am nächsten Tag hatte Nina zwar einen gewaltigen Muskelkater, doch das konnte sie nicht davon abhalten, Buele zum zweitenmal zu besteigen. Nach acht Tagen ritt sie schon zwei Stunden lang mit Victoria spazieren, keine wilden Sachen, einen ruhigen Trab, ein kurzes Stück Galopp, wovon der Buele sowieso nicht viel hielt, er war nicht nur brav, er war auch faul.

»Siehst du jetzt ein, wie dumm es von dir war, mich nie zu besuchen?« fragte Victoria während eines Rittes.

»Du hast recht. Aber du weißt nicht, wie es war.«

Victoria schwieg darauf. Sie wußte es. Und sie verstand ihre Freundin. Und darum freute sie sich auch ehrlichen Herzens über Ninas neue Tätigkeit und die ersten Erfolge, die sie damit erzielt hatte.

Mitte September kehrte Ludwig, der Älteste, aus England zurück, nun ritten sie manchmal zu dritt. Am Sonntag, wenn die Kinder keine Schule hatten, waren die beiden jüngsten auch dabei.

Joseph machte seinen Ritt schon in aller Früh, kaum daß es hell wurde. Dann arbeitete er auf dem Hof, im Büro, oder er war im Dorf, sie sahen ihn meist erst zum Mittagessen.

Am Sonntag, manchmal schon am Sonnabend, oder am Samstag, wie sie hier sagten, kam stets Besuch, Freunde aus der Umgebung oder aus München. Dann gab es eine große Kaffeetafel mit selbstgebackenem Kuchen, nicht von Victoria gebakken, die sich um den Haushalt kaum kümmerte, das machte Mirl, die Köchin.

Abends wurde feierlich bei Kerzenlicht gespeist, dazu wurde ein frischer herber Wein gereicht.

Nina mußte von Berlin erzählen, von den Olympischen Spielen und was sich sonst so tat in der Reichshauptstadt.

Sie konnte aussprechen, was sie dachte, in dieses Haus kam keiner, der der Nazipartei nahestand.

»Mich wundert das sehr«, sagte Nina an einem dieser Abende naiv, »ich habe immer gedacht, in Bayern gibt es besonders viele Nazis. Hier hat es doch schließlich angefangen.«

Einer der Gäste am Tisch, ein Mann namens Silvester Framberg, blickte sie an und nickte.

»Ja, dieser Makel wird uns bleiben, weit über die jetzige Zeit hinaus. Es hat wirklich in München angefangen. Und natürlich haben wir in unserem Land viele Anhänger des Hakenkreuzlers. Hier wie anderswo auch. Aber mindestens ebenso viele, die anderer Meinung sind. Und so ist es sicher überall, in Berlin doch auch, nicht wahr?«

»Ich muß Ihnen ehrlich sagen, ich weiß es nicht«, antwortete Nina. »Ich spreche eigentlich mit keinem Menschen darüber. Man spricht darüber nicht mit Fremden. Und Freunde habe ich nicht.«

»Wie kommt denn das? Eine so charmante Frau wie Sie und eine bekannte Schriftstellerin dazu.«

»Das bin ich noch nicht lange. Die Leute vom Verlag oder von den Redaktionen, die ich nun kenne – also, man vermeidet das Thema. Notgedrungen. Man weiß ja nicht, wie die anderen denken. Manchmal sind es Andeutungen, kleine Bemerkungen am Rande, die man hört oder besser überhört. Ich bin in der Reichsschrifttumskammer, das ist obligatorisch, aber da komme ich fast nie mit irgend jemand zusammen.«

»Und Kollegen von Ihnen?«

»Kenne ich auch nicht. Ich lebe sehr zurückgezogen.«

Es war für sie selbst erstaunlich, hier in diesem geselligen Kreis, richtig zu erkennen, wie einsam sie im Grunde war.

Sie hatte wirklich keine Freunde. Außer Peter gab es keinen Menschen in ihrem Leben, der ihr nahestand.

Bärchen gab eine gute Geschichte ab, von ihr konnte sie erzählen, die Tischrunde lachte.

»Ich habe jahrelang eine Stellung in einem kleinen Betrieb gehabt«, erzählte Nina anschließend, »ehe ich anfing zu schreiben. Dort waren sie alle begeisterte Nazis. Das war schon vor 33 und dann noch zwei Jahre danach, und ich habe dadurch gewissermaßen alles, was geschehen ist, von der Naziseite aus miterlebt. Sie waren so begeistert, so voller Zuversicht. Und sie waren anständige Menschen, ich müßte lügen, wenn ich ihnen etwas Übles nachsagen sollte. Das ist ja das Seltsame an der ganzen Sache, daß ich eigentlich gar nichts Konkretes gegen die Nazis sagen kann, sie haben mir nichts getan. Es ist mehr ein Gefühl, daß ich sie nicht mag. Ich kann es nicht begründen.«

»Ein gesunder Instinkt würde ich sagen«, meinte Silvester Framberg. »Aber es gibt außerdem Tatsachen, die nicht aus der Welt zu schaffen sind. Sie als Schriftstellerin werden ja beispielsweise eine Meinung über die Bücherverbrennung im Mai 1933 haben.«

»Ja, natürlich. Das war ein großer Schock für mich.«

Es kam ihr immer noch merkwürdig vor, wenn man sie als Schriftstellerin bezeichnete. War sie damit gemeint?

»Wir sind sehr arm geworden in Deutschland, unsere geistige Elite ist emigriert«, sagte Framberg. »Juden oder Nichtjuden, sie konnten oder sie wollten in diesem Land nicht mehr leben.«

Nina empfand fast so etwas wie ein schlechtes Gewissen. Die geistige Elite war emigriert, und nun schrieb sie selbst und hatte sogar ein bißchen Erfolg, vielleicht auch nur deswegen, weil die Elite nicht mehr da war.

»Aber von Konzentrationslagern hat man in Berlin schon gehört?«

Nina kam sich examiniert vor. Dieser Mann war hartnäckig. Seine grauen Augen blickten sie unverwandt an.

»Ich habe nichts davon gehört«, sagte sie. »Eben nur gerade, daß es sie gibt. Und was andere darüber wissen, kann ich nicht sagen.«

»Wie geht es deinem Schwager?« fragte Victoria.

Wie ging es Max? Abermals ein Grund, um ein schlechtes Gewissen zu haben. Aber wann hatte sie je gewußt, was Max dachte, tat und empfand? Es war nie möglich gewesen, ihm näherzukommen. »Ich weiß es nicht«, gab sie hilflos auf Victorias Frage zur Antwort.

Das, was sie wußte, wollte sie vor fremden Menschen nicht gern erzählen. Marleen und Max hatten sich getrennt. Oder schienen sich getrennt zu haben, ganz genau wußte Nina nicht einmal das.

Die Villa am Wannsee war verkauft, sie hatten eine Wohnung in Dahlem, doch aus der war Max ausgezogen, vor gar nicht langer Zeit. Er lebte jetzt mitten in der Stadt, in der Wohnung seines Vaters, der gestorben war.

Der Grund war ein neuer Mann in Marleens Leben. Oder besser gesagt, einer der Gründe, denn neue Männer hatte es in Marleens Leben immer gegeben. Aber diesmal schien es ein ernster Fall zu sein, der allerdings Marleen nicht gut bekam. Als Nina sie zuletzt gesehen hatte, war sie nervös und rastlos, trank viel und rauchte ununterbrochen.

Die Tatsache, daß dieser Mann ein großes Tier in der Partei war, schien Max offenbar tief getroffen zu haben.

»Ich finde dich geschmacklos«, sagte Nina zu ihrer Schwester, und Marleen darauf, müde: »Das habe ich schon einmal von dir gehört.«

Bei der Loisl-Affäre mochte Nina es gesagt haben. Aber das war im Vergleich hierzu eine harmlose Angelegenheit gewesen; dieser neue Mann, Alexander Hesse, war wirklich ein bedeutender Mann, Industrieller aus Westdeutschland, der seit einiger Zeit in Berlin lebte und in leitender Position dem Planungsstab des neuen Vierjahresplanes angehörte. Ein Mann der Wirtschaft, der Partei, von großem gesellschaftlichen Ansehen dazu. Das Bittere für Marleen bestand darin, daß sie total im Hintergrund bleiben mußte, eine Geliebte, die versteckt wurde. Alexander Hesse war verheiratet, Marleen die Frau eines Juden.

»Ich möchte mich scheiden lassen«, hatte Marleen gesagt, als Nina kurz vor ihrer Reise mit ihr zusammentraf.

»Das kannst du Max nicht antun. In seiner jetzigen Situation.«

»Das wird Max egal sein«, erwiderte Marleen kalt. »Und ich kann wohl einmal auch an mich denken.«

»Du hast immer an dich gedacht, und zwar ausschließlich«, sagte Nina. »Ich bin der Meinung, du mußt jetzt zu Max halten.«

So war der Stand der Dinge, mehr wußte Nina nicht, und auf Victorias Frage: »Wie geht es Max«? konnte sie wirklich nur antworten: »Ich weiß es nicht.«

»Ich kann Ihnen übrigens ein Buch empfehlen«, sagte Dr. Framberg am gleichen Abend zu Nina. »Wenn Sie einmal nachlesen wollen, wie es war in München und wie alles begonnen hat. Lesen Sie ›Erfolg‹ von Lion Feuchtwanger. Meiner Ansicht nach eines der besten Bücher, das in unserer Zeit geschrieben wurde. Feuchtwanger hat uns auch verlassen. Ein bedeutender Mann. Ich kannte ihn gut.«

Bücher von mir würde dieser Silvester vermutlich gar nicht lesen, dachte Nina, das hält er sicher für unter seinem Niveau.

»Ich habe noch nie gehört, daß jemand Silvester heißt«, sagte Nina.

»Das kommt ganz einfach daher, daß ich an einem Silvesterabend zur Welt gekommen bin. Das ersparte meinen Eltern jedwedes Kopfzerbrechen, wie sie mich taufen sollten.«

Zwar war Nina ein wenig eingeschüchtert von dem prüfenden Blick der grauen Augen, aber sie fühlte sich dennoch zu diesem Mann hingezogen.

Zu Victoria sagte sie: »Ich finde ihn sehr sympathisch.«

»Er und Ludwig waren eng befreundet«, erzählte Victoria, »ich lernte ihn schon kennen, als wir uns verlobten. Ich erinnere mich genau an folgende Szene: Ludwig hatte uns bekannt gemacht, Silvester nickte ihm zu und sagte: ›Genehmigt!‹ Wie findest du das? Ich antwortete: ›Das beruhigt mich außerordentlich.‹«

Nina mußte lachen. Sie konnte sich gut vorstellen, wie die junge Victoria das damals hochnäsig hervorgebracht hatte.

»Hat er Ludwig auch gefragt, als er heiraten wollte?«

»Es ist eine etwas verworrene Geschichte mit seinem Privatleben. Er hatte immer Pech mit der Liebe. Die erste Frau, die er heiraten wollte, kam bei einem Lawinenunglück ums Leben. Er ist ein begeisterter Skifahrer, ein sehr guter dazu, und er machte sich danach Vorwürfe, daß er sie auf eine Hochgebirgstour mitgenommen hatte. Er konnte sich ausgraben, aber als er sie fand, war sie tot.«

»Schlimm.«

»Ja. Er hat es lange nicht verwunden. Dann war er mit einer jüdischen Malerin liiert, er wollte sie sofort heiraten, als es mit den Nazis anfing, doch sie weigerte sich. Sie hat sich das Leben genommen.«

»Mein Gott, warum denn?«

»Warum? Frag nicht so naiv. Es paßte ihr wohl nicht, als ein *outcast* zu leben. Vielleicht liebte sie ihn und wollte sein Leben nicht noch schwieriger machen. Die Nazis hatten ihn nämlich sofort abgesetzt, er hatte sich schon vorher zu eindeutig gegen sie geäußert.«

Silvester Framberg war Kunsthistoriker, erzählte Victoria weiter, und bis zum Jahr 33 Direktor eines Museums gewesen. Heute war er Mitarbeiter in einem wissenschaftlichen Verlag, hatte eine Werkstatt, in der alte Bilder und alte Möbel restauriert wurden, und war außerdem an einem Antquitätenladen beteiligt.

»Den führt seine derzeitige Freundin. Auf ihren Namen läuft das Geschäft auch. Er meint, es sei besser, wenn er im Hintergrund bleibt.«

Ein guter Reiter war er auch, im Krieg hatte er bei der Kavallerie gedient. An einem Sonntagvormittag, es war der dritte Sonntag, den Nina im Waldschlössl verbrachte, machte sie mit Silvester Framberg allein einen Ausritt.

Victoria hatte keine Zeit, zum Mittagessen wurden mehr Gäste als sonst erwartet, Josephs Schwester mit Mann und Kindern war angesagt, und außerdem hatte das Liserl Geburtstag. Sie wurde zwölf, eine große Kindergesellschaft sollte am Nachmittag stattfinden.

»Paß mir gut auf Nina auf«, sagte Victoria, als Nina und Silvester aufgesessen waren. »Keine wilden Sachen, bitte.«

Silvester warf einen Blick auf Buele, der geduldig, mit gesenktem Kopf, der Dinge harrte, die da kommen würden.

»Ich weiß nicht, was sich Buele unter wilden Sachen vorstellt«, sagte er. »Meinst du, er würde freiwillig einem Baum ausweichen, der sich ihm in den Weg stellt?«

»*Go ahead*«, lachte Victoria und patschte Buele auf sein rundes Hinterteil.

Buele hatte wirklich einen ziemlich wilden Tag, er schnob zufrieden und sprang zum Galopp an, als sie auf eine Waldschneise kamen und galoppierte sie in relativ flottem Tempo durch, ohne einmal auszufallen. Das konnte Nina nun schon wieder mühelos.

»Bravo«, lobte Silvester. »Das war ein anständiger Galopp. Dafür, daß Sie solange nicht geritten sind, machen Sie es sehr gut.«

»Sie wissen nicht, was es für mich bedeutet«, sagte Nina. Und plötzlich begann sie zu erzählen. Sie sprach von Nicolas, von ihrem Kindheitsglück auf Wardenburg. Sie ritten am Waldrand entlang, im Schritt nun, und Nina redete und redete.

Wie eine Flut stürzte es aus ihr heraus, Nicolas, Tante Alice, Grischa, das Haus und die Felder, wie sie dort lebten, Nicolas' Lachen und sein Charme, das Ende von Wardenburg.

Silvester hörte zu, stellte nur manchmal eine Frage, sein Blick streifte sie von der Seite.

»Entschuldigen Sie«, sagte Nina dann. »Ich langweile Sie sicher gräßlich.«

»Keineswegs. Was könnte interessanter sein, als etwas über das Leben eines Menschen zu erfahren, den man erst flüchtig kennt, über den man jedoch gern ein wenig mehr wissen möchte.«

Eine kokette Antwort wäre naheliegend gewesen, Nina kam sie nicht in den Sinn. Sie fühlte nur eine dunkle Unruhe, gemischt aus Freude, Erwartung und Angst.

»Das Beste, was ein Mensch haben kann«, fuhr er fort, »sind schöne Kindheitserinnerungen. Das kann ihm keiner nehmen, das bleibt durch alle Zeit, was immer sie auch bringen mag. Haben Sie jemals daran gedacht, das aufzuschreiben, was Sie mir eben erzählt haben?«

»O ja, das ist es, was ich am liebsten schreiben würde. Und ich habe es auch schon einmal versucht. Als ich überhaupt das erstemal zu schreiben begann, wollte ich das Leben meines Onkels erzählen. Aber es glückte mir nicht.«

»Ich meinte auch nicht das Leben Ihres Onkels, sondern ich meinte das, was Sie als Kind erlebt und empfunden haben. Wie die Augen eines Kindes es sahen.«

»Aber es war vor allem er, was ich sah. Ich wollte seine Lebensgeschichte aufschreiben, aber das mißlang.«

»Nach allem, was Sie erzählt haben, mußte es mißlingen. Er war wohl eine vielseitig schillernde Gestalt und von einem kleinen Mädchen schwer zu durchschauen. Sie kannten sicher nur eine Seite seines Wesens, was halt ein Kind zu begreifen und aufzunehmen fähig ist. Sie sollten nur die Kindheitserlebnisse des kleinen Mädchens erzählen. Ehe es erwachsen war, war es vorbei, so haben Sie es gerade berichtet.«

Es war nicht vorbei, dachte Nina. Dann kam das andere, die Erlebnisse des großen Mädchens. Fast fühlte sie sich versucht, ihm den Rest auch noch zu erzählen. Diesem fremden Mann hätte sie erzählen können, was sie sonst verschwieg.

Der Tag wurde turbulent, das Haus war voller Gäste und Betrieb. Doch spät am Abend, als Silvester Framberg sich verabschiedete, um nach München hineinzufahren, hielt er ihre Hand fest und sagte: »Soviel ich gehört habe, waren Sie erst einmal in München drinnen, seit Sie hier sind. Möchten Sie mir nicht einen Tag schenken? Ich würde Ihnen gern meine Stadt zeigen.«

»Das wäre sehr nett«, sagte Nina verlegen.

»Aber Sie kommen allein, ja?«

»Aber Victoria . . .«

»Erstens kennt Victoria München gut genug, und zweitens hat sie bestimmt Verständnis dafür, wenn ich Sie einmal für mich allein haben möchte. Oder glauben Sie, sie hat noch nicht gemerkt, daß wir uns gut verstehen? Darf ich Sie am Mittwoch um zehn abholen?«

Nina war verwirrt wie ein junges Mädchen vor dem ersten Rendezvous. Victoria hat bemerkt, daß wir uns gut verstehen. Was sollte das denn heißen? Hatte er mit Victoria über sie gesprochen?

Mittwoch früh um zehn war er pünktlich da, sein hellgrüner Adler wartete vor dem Haus auf sie, er stand daneben. Victoria begleitete Nina hinaus.

»Am Abend bringst du sie mir aber zurück«, sagte sie zu Dr. Framberg.

»Ungern«, erwiderte der.

Es war wieder ein blauer Tag mit Sonnenschein, allerdings schon merklich kühler. Nina trug ihr graues Flanellkostüm und eine weiße Bluse.

»Du siehst aus wie fünfundzwanzig«, hatte Victoria gesagt, ehe sie das Haus verließen.

Es begann mit einem Rundgang durch die Stadt: die Frauenkirche, die Residenz, das Nationaltheater, die Theatinerkirche wurden besichtigt, alles mit Sachkenntnis geschildert und mit historischen Anmerkungen versehen.

»Das«, meinte Silvester sodann, »genügt vorerst, sonst bekommen Sie müde Füße. Natürlich würde ich noch gern mit Ihnen in die Pinakothek gehen, aber das heben wir uns für einen anderen Tag auf. Jetzt gehen wir erst einmal essen.«

Sie speisten ausgezeichnet im Preysing-Palais, wo er einen Tisch bestellt hatte und gut bekannt war.

Den Nachmittag verbrachten sie im Schloß und im Park Nymphenburg.

Als er sie am Abend zum Waldschlössl hinausfuhr, sagte er:

»Falls der Tag Ihnen angenehm war, könnten wir einen zweiten folgen lassen. Da wäre noch verschiedenes, was ich Ihnen gern zeigen würde.«

»Ich muß ja wieder einmal nach Hause fahren.«

»Das eilt doch nicht. Sie sind eine Frau im freien Beruf, was versäumen Sie?«

»Meine Tochter . . .«

»Wie ich gehört habe, doch schon eine erwachsene und sehr selbständige junge Dame.«

»Ich höre gar nichts von ihr. Das beunruhigt mich.«

»Es beweist, daß sie beschäftigt ist.«

Victoria hatte kein einziges Mal geschrieben. Nina hatte zweimal ein Gespräch mit Berlin angemeldet, Vicky jedoch nur einmal erreicht.

»Ist alles in Ordnung bei dir?«

»Klar, was soll denn nicht in Ordnung sein?« Das hatte fast unfreundlich geklungen.

»Du bist so allein.«

»Mein Gott, Nina, ich bin nicht allein. Ich habe zu tun, ich bin im Studio, mir geht's fabelhaft.«

So hörte es sich gar nicht an, fand Nina. Vielleicht hatte sie Ärger mit diesem Prisko. Nina wünschte schon lange das Ende dieser Affäre herbei. Sie mochte den Burschen nicht, und wenn er ein noch so großes Genie war. Er war dennoch kein Mann für Victoria.

Länger als beabsichtigt blieb Nina im Waldschlössl, der Oktober begann, und sie war immer noch da.

Sie hatte inzwischen viel gesehen, sie waren einige Male im Gebirge gewesen, waren vom Kochelsee zum Walchensee die Kesselbergstraße hinaufgefahren. Sie kannte Garmisch-Partenkirchen, wo die Winterspiele stattgefunden hatten, sie kannte Mittenwald, und sie hatte einige der bayerischen Seen kennengelernt: den Tegernsee, den Starnberger See, den Ammersee.

Am allerbesten war sie jedoch mit München bekannt geworden, der ersten Führung von Silvester Framberg waren drei weitere gefolgt.

Sie waren in der Oper, in den Kammerspielen gewesen, und im Odeon hatte sie ein herrliches Konzert erlebt. Das war alles wunderschön und höchst anregend; noch viel anregender jedoch und jeden Tag schöner und aufregender gestaltete sich die Beziehung zu Silvester.

Der Mann mit den prüfenden grauen Augen besaß unerwartet viel Temperament, er küßte Nina, als er sie vom zweiten Münchenbesuch ins Waldschlössl fuhr.

Hielt einfach am Straßenrand, wandte sich ihr zu und zog sie in die Arme, blickte ihr eine Weile in die Augen, dann, als er merkte, daß sie etwas sagen wollte, legte er seine Lippen auf ihre Lippen, es war ein richtiger, langer und sehr intensiver Kuß.

Einer von jener Art, der einer Frau die Knie weich machen konnte. Und erst recht einer Frau wie Nina, die so gefühlsbetont war.

Während der letzten Woche, die Nina in Bayern verbrachte, waren sie jeden Tag zusammen. Sie war in München, oder er kam ins Waldschlössl, er begleitete Victoria und Nina auf ihren Exkursionen ins Gebirge, und einige Male ritten sie auch zusammen aus.

»*Now, that's rather fun*«, meinte Victoria trocken. »Endlich kommst du mich mal besuchen, nach Jahren und Jahren, und was machst du? Du schnappst dir das Herz meines liebsten Freundes.«

»Ach Gott, das Herz!« wehrte Nina ab. »Von Herz wollen wir doch nicht reden.«

»Wovon denn? Er *ist* ein Mann mit Herz, und wenn du ihn jetzt schlecht machen willst, sind wir geschiedene Leute.«

Nina kam es unwahrscheinlich vor, daß sich wirklich ein Mann in sie verliebt hatte, noch dazu ein so kluger und erfahrener Mann. Es fiel ihr schwer, daran zu glauben, sie war scheu und zurückhaltend, kam ihm nicht entgegen und war überwältigt, wenn er sie in die Arme nahm. Sie kannte inzwischen die Werkstatt und den Laden; dort hatte sie seine Partnerin kennengelernt, nach Victorias Meinung die Frau, mit der er liiert war.

Sie war eine große energische Dame, etwa in Ninas Alter, dunkelhaarig, nicht hübsch, aber ein interessanter Typ. Sie betrachtete Nina so prüfend, wie er es anfangs getan hatte, sie war nicht gerade sehr freundlich.

Er verhielt sich ganz sachlich, so als ginge ihn keine der Damen etwas an, aber auf jeden Fall hatte er beide gut beobachtet.

Als er später mit Nina beim Abendessen in den Torggelstuben saß, sagte er ohne große Umschweife: »Ich wollte gern, daß du Franziska kennenlernst. Und sie dich. Victoria wird dir ja erzählt haben, daß wir seit vielen Jahren befreundet sind, aber es war immer ein etwas eckiges Verhältnis, falls du dir darunter etwas vorstellen kannst.«

»Offen gestanden, nein.«

»Nun, dann hör zu. Franziska ist eine sehr resolute Person. Sehr raumfüllend und dominierend. Ich gebe zu, daß sie außerordentlich tüchtig ist. Als ich meinen Posten verlor, war sie eine große Hilfe. Sie hatte zuvor schon einen kleinen Laden, ich konnte dann Geld zusteuern, und wir leisteten uns das neue Geschäft. Die Werkstatt mußte ich erst aufbauen, der Verlag kam später. Ich bin nicht an sie gebunden, ich könnte heute mit den beiden anderen Berufen gut durchkommen. Damals, 33, als ich meine Bezüge verlor, war das nicht so. Franziska leitet daraus einen gewissen Anspruch ab.«

»Sie möchte dich heiraten.«

Er lachte plötzlich jungenhaft.

»Das kann sie Gott sei Dank nicht, sie ist verheiratet. Ihr Mann läßt sich nicht scheiden, und ich denke, daß sie das auch gar nicht will. Sie ist katholisch erzogen, außerdem ist ihr Mann krank, sie könnte ihn nicht im Stich lassen. Aber sie führt keine Ehe mehr mit ihm.«

»Sondern mit dir.«

»So ist es. Aber ich hatte schon lange den Wunsch . . .« Er brach ab, nahm Ninas Hand. »Versteh mich recht, ich will sie nicht schlechtmachen, ich will eigentlich überhaupt nicht über sie reden, aber sie ist keine Frau für mich. Ich sagte ihr das bereits, ehe ich dich kennenlernte. Ich hatte nie sehr viel Glück mit Frauen, vielleicht hat Victoria dir auch davon erzählt, sie kennt ja mein Leben recht gut. Du brauchst deswegen nicht zur Seite zu schauen, ihr wäret keine normalen Frauen, wenn ihr nicht darüber gesprochen hättet.«

»Sie machte einige Andeutungen«, sagte Nina abwehrend. »Victoria ist keine Schwätzerin.«

»Ich weiß. Schau, es ist so, wie ich hier vor dir sitze, bin ich in diesem Jahr fünfzig geworden. Ich war nie verheiratet. Es ergab sich so. Ich war wählerisch, und die beiden Frauen, die ich gern geheiratet hätte, gingen mir verloren. So etwas macht natürlich kopfscheu. Man zieht sich zurück.« Und mit einem seiner prüfenden Blicke in Ninas Gesicht fuhr er fort: »Und jetzt will ich dich nicht kopfscheu machen, indem ich vom Heiraten rede. Wir kennen uns wenige Wochen, aber ich habe mich in dich verliebt, das gebe ich zu. Daß es bei dir nicht im gleichen Maße der Fall ist, weiß ich auch.«

Er machte eine wirkungsvolle Pause, Nina blickte auf, blickte auf die Tischplatte, griff verwirrt nach ihrem Glas, wußte nicht, was sie antworten sollte.

»Ich habe dich sehr gern«, murmelte sie.

»Dein Glas ist leer, entschuldige. Darf ich dir noch ein Viertel bestellen?«

»Ich habe schon zwei, aber ich trink' noch eins.« Jetzt sah sie ihm voll in die Augen, sie lachte. »Es gelingt dir wirklich, mich aus der Fassung zu bringen. Deswegen trinke ich auch so schnell. Ob du es glaubst oder nicht, ich habe gar nicht so viel Erfahrungen mit Männern. Und ich habe nie gedacht, daß sich noch einmal einer in mich verlieben wird.«

»Jetzt schwindelst du aber. Du bist eine hübsche Frau, du bist eine charmante Frau, und du bist vor allem eine sehr weibliche Frau. Ich würde sagen, du bist zur Liebe geschaffen.«

Nina öffnete weit die Augen. Wie hatte Peter einmal gesagt? Du bist zur Liebe fähig. Wenn es also so war, wenn sie so auf einen Mann wirkte, warum zum Teufel liebte sie dann keiner?

Doch hier war ja einer, der es tat. Und Peter hatte es auch getan. Und Felix schließlich auch.

Es war nicht allzuviel für das Leben einer über vierzigjährigen Frau, aber vielleicht war sie selber schuld. Sie hatte so zurückgezogen gelebt, sie war kaum unter Menschen gekommen, sie hatte die Liebe nicht gesucht.

Nina neigte sich näher zu ihm, ihre Augen waren voll kindlichem Staunen.

»Ich möchte sehr gern ein wenig geliebt werden«, sagte sie leise.

»Von mir?«

Sie nickte.

»Wir bleiben also in Verbindung? Ich darf dich in Berlin besuchen?«

»Ja. Ich würde mich sehr freuen, wenn du kommst.«

Und sie dachte: Wie gut, daß ich jetzt die schöne Wohnung habe.

Und Trudel darf er nicht zu sehen bekommen mit ihrem Nazigeschwätz. Vicky wird ihm gefallen. Er liebt Musik, er versteht viel von Musik.

Zwei Tage später fuhr sie nach Berlin zurück, er kam mit an die Bahn, es war ein trüber, schon recht kühler Tag, das schöne Wetter schien vorbei zu sein.

Victoria küßte sie auf beide Wangen, Silvester küßte sie auf den Mund.

»Simsalabim«, mokierte sich Victoria. »Willst du nicht lieber dableiben?«

»Vergönn mir doch die Freude, nach Berlin zu fahren«, sagte Silvester. »Hatte ich schon lange vor, mal nachzuschauen, was die Preußen da so treiben. Außerdem muß ich den Furtwängler und seine Philharmoniker wieder mal hören. Und vor allen Dingen die Erna Berger als Violetta. Da gibt es nämlich eine Neuinszenierung in Berlin, und die Berger ist mein Höchstes. Schöner kann überhaupt niemand singen. Tja, ich bin bestens informiert, ich lese Zeitung.«

»Und wer singt, bittschön, den Alfredo?«

»Helge Roswaenge.«

»Na ja, das ist wohl eine Reise wert. Genehmigt! Nina, der Besuch aus München wird dir nicht erspart bleiben. Und jetzt mußt du einsteigen, der Zug fährt sonst ohne dich ab, der Schaffner hat schon dreimal gerufen.«

»Du siehst, wie schwer es ihr fällt, von mir zu scheiden«, sagte Silvester.

Er trug heute einen Lodenmantel und ein grünes Hütchen, er lachte geradezu übermütig, als Nina aus dem Abteilfenster sah.

»Er wird kommen«, dachte sie. »Und was mach ich dann?«

Nina
Reminiszenzen

Er wird kommen, und was mach ich dann?

Irgendwie kommt es mir unmöglich vor, daß es noch einmal einen Mann in meinem Leben geben sollte. Warum eigentlich nicht? Aber ich habe Angst davor, ich bin nicht mehr jung, ich bin nicht mehr schön.

Schön bin ich nie gewesen. Ganz nett vielleicht, ein bißchen hübsch, wenn ich glücklich war.

Du hast ein Traumgesicht, das sagte Nicolas, als ich auf den ersten und einzigen Ball meines Lebens ging. Mit ihm. Ich sah nur ihn, ich hörte nur ihn, es gab nichts auf der Welt außer ihm. Zur Liebe geschaffen, zur Liebe fähig, wie immer man es nennen will, ich bin eine Närrin in der Liebe. Ich verliere mich, wenn ich liebe. Und das will ich nicht mehr. Das kann man nicht mehr in meinem Alter.

Aber vielleicht kann man etwas anderes, eine Gemeinschaft haben mit einem Mann, eine Freundschaft, ein . . . wie soll man das nennen? Einverständnis, Gemeinsamkeit, ja, das ist es wohl.

Aber er spricht von Liebe. Und wenn er mich küßt, ist es mehr als Freundschaft. Wenn er mit mir schlafen will, was mache ich denn da?

Ja, was mache ich denn da?

Ob er noch mit dieser Franziska schläft? So etwas kann man nicht fragen. Und er kann es nicht sagen, das wäre auch nicht das Benehmen eines Kavaliers. Manchmal sieht er ganz jung aus. Das bißchen Grau an den Schläfen steht ihm. Sein Haar ist ganz dunkel und dazu die grauen Augen, die einen so ansehen können.

Ich muß jetzt mal ganz nüchtern versuchen, meine Männer auseinanderzusortieren. Da war Nicolas am Anfang, und solange er lebte, war das die ganz große Liebe.

Dazwischen Kurtel, notgedrungen, weil ich ihn ja geheiratet hatte.

Das berührte mich nicht. Gott, war das gemein von mir, er hat mich so geliebt.

Dann die Affäre in Breslau, Anfang der zwanziger Jahre, an die will ich nicht denken, da schäme ich mich. Die vergesse ich.

Ich habe sie vergessen.

Und dann also Felix und Peter. Aus. Das war schon alles.

Sonst war da wirklich nichts mehr.

Und es war ja, genaugenommen, nie eine richtige Ehe dabei.

Die mit Kurtel dauerte ja nicht lange, da begann der Krieg, und er war fort. Ich habe nie eine Ehe geführt. So wie andere Frauen. Wie Victoria zum Beispiel. Ich war eine alleinstehende Frau mit zwei Kindern, die sie allein aufzog, und mit ganz wenigen Liebhabern.

Die Kinder sind nun groß, und es ist nicht einzusehen, warum ich nicht noch einmal einen Liebhaber haben soll, ehe ich uralt werde.

Habe ich mich denn verliebt?

Ich weiß es nicht. Aber es beschäftigt mich. Es beschäftigt mich gewaltig. Das ist kindisch in meinem Alter.

Warum ich bloß immerzu an mein Alter denke. So alt bin ich noch gar nicht. – Was ist das für ein Fluß, über den wir fahren?

Ist das die Donau?

Ich bin nicht alt, und ich werde nicht pausenlos an einen Mann denken, mit dem ich ein bißchen geflirtet habe. Ich werde statt dessen darüber nachdenken, was ich als nächstes schreibe. Es ist Oktober, bis zum März muß ein neues Buch fertig sein.

Ich werde einen Liebesroman schreiben. Eine richtig schöne, glückliche Liebesgeschichte, ohne Politik, ohne Komplikationen, nur zwei Leute, die sich lieben.

Und wenn es denn sein muß, ist nicht einzusehen, warum ich nicht ein paar Studien machen sollte. . . . .

Beide Kinder waren an der Bahn, Victoria und Stephan, um sie abzuholen.

Stephan hatte seine Arbeitsdienstzeit beendet. Er hatte sie widerwillig begonnen, aber schlecht bekommen war ihm das Leben an der frischen Luft nicht, er war kräftiger geworden, sein Gesicht war gebräunt. Er hatte eine gewisse Wurschtigkeit entwickelt.

»Mußt du nun wirklich gleich zum Militär?« fragte Nina.

»Es hilft nichts, ich muß. Wenn ich jetzt anfange, zu studieren, muß ich nächstes Jahr unterbrechen, das hat auch keinen Sinn. Ich habe mich freiwillig gemeldet, nach Cottbus.«

»Da befindet sich sein lieber Benno«, warf Victoria ein.

»Benno will dabeibleiben«, sagte Stephan.

»Das paßt erstklassig zu ihm. Das ist genau der Typ, wie ich mir einen Feldwebel vorstelle«, meinte Victoria spöttisch.

Nina lächelte. Sie waren erwachsen, aber die Überheblichkeit, mit der Victoria in der Kindheit ihren Bruder behandelt hatte, war geblieben.

»Nach zwei Jahren bin ich ROB und Fahnenjunker.«

»Was um Himmels willen ist das denn«, wollte Nina wissen.

»Reserveoffiziersbewerber«, sagte Stephan wichtig. »Wenn ich noch ein Jahr dranhänge, bin ich Reserveoffizier.«

»Es ist nicht zu fassen«, sagte Nina. »Ich kann mich immer noch nicht daran gewöhnen, daß es bei uns wieder so militärisch zugeht. In meiner Jugend war es auch so. Da war das Militär überhaupt das wichtigste von allem. Wer gesellschaftlich anerkannt werden wollte, mußte Reserveoffizier sein.«

Ihr Vater war es nie gewesen, weil er das Abitur nicht hatte. Er hatte sein Leben lang darunter gelitten, wenn am Sedanstag oder an Kaisers Geburtstag die anderen aus dem Landratsamt in Uniform herumstolzierten. Er kam sich drittklassig vor, ein kleiner Mann, ein Nichts und Niemand.

Nach dem Krieg wurde alles Militärische verteufelt. Man riß den Offizieren die Schulterstücke herunter, als sie heimkehrten, spuckte sie an, verachtete sie. Und jetzt ist es wie früher.

»Das hat der Führer fertiggebracht. Er hat uns die Ehre wiedergegeben«, plapperte Stephan, es klang eingedrillt.

Nina warf ihm einen schiefen Blick zu.

»Graust es dir denn nicht vor dem Rekrutendasein?«

»Doch, schon. Aber Benno hat erzählt, es ist nicht so schlimm für einen Abiturienten. Nur in den ersten Wochen muß man ein bißchen 'ran, dann wird das Leben sehr angenehm.«

»So. Na, hoffentlich wirst du nicht enttäuscht.«

»Was soll ich denn machen? Es muß doch sein.«

Vor dem Studium grauste es Stephan auch. Und er wußte auch gar nicht, was er studieren sollte, Jura oder Germanistik?

Ihn interessierte weder das eine noch das andere, vor allen Dingen hatte er nicht die geringste Lust, schon wieder seinen Kopf anstrengen zu müssen. Die Schule war ihm sauer genug geworden. Daß er die endlich hinter sich hatte, war das beste, was ihm passieren konnte.

Seit neuestem hatte er entdeckt, daß er am liebsten Schauspieler werden wollte.

Das erfuhr Nina an diesem Abend auch.

»Das ist ja ganz etwas Neues. Du hast dich doch nie besonders für Theater interessiert.«

»Also, die haben alle festgestellt, meine Kameraden, meine ich, daß ich toll begabt bin. Wir haben manchmal bunte Abende gemacht, und da war ich immer eine Bombe. Wenn wir Mädchen eingeladen hatten, die waren immer ganz verrückt nach mir.«

»Vielleicht ist es wirklich besser, du gehst erstmal zu den Soldaten. Da hast du Zeit, dir das zu überlegen.«

»Na ja, eben«, sagte Stephan wurschtig, »das dachte ich mir auch.«

Am nächsten Tag entschwand er nach Neuruppin, um sich in der Zeit, die ihm blieb, ehe er einrücken mußte, von Trudel verwöhnen zu lassen. Sie stand ihm immer noch näher als Mutter und Schwester, daran hatte sich nichts geändert.

»Ich weiß nicht, ob der je richtig erwachsen wird«, sagte Victoria, als sie mit Nina beim Abendessen saß. »Er braucht immer jemanden, der ihn bemuttert und bevatert. Ich war nie so. War unser Vater denn so eine Type?«

»Keineswegs. Kurtel war ein weicher und umgänglicher Mensch, und er wurde von seiner Mutter sehr betan und umsorgt, aber er hatte so eine stille Hartnäckigkeit, wenn er etwas wollte. Und er war sehr umsichtig und tüchtig.«

Wie immer widerstrebte es ihr, Victoria gegenüber das Wort ›dein Vater‹ zu gebrauchen.

»Mit Mädchen ist mein Herr Bruder offenbar groß eingestiegen. Er hatte fünf verschiedene Fotografien dabei, alle mit liebevollen Widmungen versehen.«

»Woher weißt du das denn?«

»Weil er sie mir gezeigt hat. Er mußte ja mit seinen Erfolgen angeben, nicht? Er wollte wissen, welche meiner Meinung nach die hübscheste ist. Ich fand sie alle doof.«

»Was du ihm auch nicht vorenthalten hast.«

»Bestimmt nicht. Wenn er mich schon fragt.«

Er hat so eine hübsche Schwester, dachte Nina, das müßte seinen Geschmack eigentlich beeinflussen.

Sie fand, Victoria sah zur Zeit besonders hübsch aus, die Haut weich und samten, das Haar schimmernd honigfarben, sie war auch nicht mehr so dünn, schien nicht mehr so gereizt und nervös zu sein wie vor einigen Wochen. Offenbar war mit der Stimme alles wieder in Ordnung.

Was Victoria so hübsch machte, erfuhr Nina kurz darauf, denn Victoria hatte sich entschlossen, reinen Tisch zu machen, hier und heute.

»Nina«, sagte sie, »ich muß mit dir sprechen.«

»Ja?« sagte Nina verträumt. Sie hatte soeben an Silvester Framberg gedacht, der an diesem Vormittag angerufen und sich erkundigt hatte, ob sie gut angekommen sei, wie ihr Berlin wieder gefalle und ob sie nicht ein wenig Sehnsucht nach München habe.

»Ich hab' mir gedacht, daß ich so in drei Wochen etwa in Berlin vorbeischaue. Wär' dir das recht?«

»Laß mir etwas Zeit«, hatte sie geantwortet.

»Das ist genau das, was ich nicht vorhabe. Du sollst dich an mich gewöhnen und sollst mich nicht gleich wieder vergessen bei deinen rasanten Berlinern.«

»Ich hab' mich schon viel zu sehr an dich gewöhnt.«

»Soll das heißen, daß ich dir fehle?«

Dieses Gespräch rekapitulierte Nina im Geist, als Victoria mit ihrem Geständnis herausrückte.

»Ich kriege ein Kind.«

Das kam ohne Vorwarnung, ohne Einleitung. Knallhart, mitten auf den Abendbrottisch serviert.

Nina begriff es zunächst gar nicht. Sie starrte Victoria nur entgeistert an, fragte: »Wie?«

»Es tut mir leid, ich bin mir durchaus klar darüber, was ich dir damit antue. Und was ich vor allem mir antue. Aber es ist nun mal so. Und ich dachte, du mußt es endlich wissen.«

»Endlich?«

»Ich wußte es schon, ehe du nach München gefahren bist. Ich wollte dir die Reise nicht verderben.«

»Na, vielen Dank«, sagte Nina zornig. »Dafür verdirbst du mir nun die Heimkehr. Ist das wirklich wahr? Kann es das geben? Dieser verdammte Prisko! Ich habe dir immer gesagt, ich kann den Kerl nicht ausstehen.«

»Hast du. Ich kann ihn auch nicht mehr ausstehen. Du hast recht gehabt.«

Victoria schien ganz ruhig zu sein, von einer geradezu kalten Überlegenheit, die Nina absurd vorkam. Begriff sie nicht, was das bedeutete?

Nina stand auf, ging zum Rauchtisch, nahm eine Zigarette und zündete sie an. Ihre Hände zitterten. Sie konnte keinen klaren Gedanken fassen, der Überfall war zu plötzlich gekommen, traf sie völlig unvorbereitet.

»Vicky, das kann doch nicht wahr sein.«

»Doch, es ist wahr.«

»Du bist so ruhig. Macht dir das gar nichts aus? Weißt du eigentlich, was das bedeutet?«

»Ich weiß es. Und ich war nicht so ruhig in den letzten Wochen, ich habe genug durchgemacht. Wäre es dir lieber, wenn ich mir das Leben nehme? Mich vor die U-Bahn schmeiße? Daran habe ich auch gedacht. Das kann ich immer noch tun. Das war der gute Stil in früherer Zeit bei so einem Malheur. Das gefallene Mädchen geht ins Wasser. Aus. Aber ich weigere mich, das Gretchen zu spielen, ich bin kein Gretchentyp. Und ich bin nicht verführt worden, ich wußte, was ich tat. Vielleicht hättest du mir erklären sollen, wie ich mich schützen kann.«

»Soll das ein Vorwurf sein?«

»In gewisser Weise schon. Du wußtest, wie ich mit Prisko stehe. Du hättest ja mal mit mir reden können.«

Nina schwieg, Zorn und Verzweiflung erstickten sie fast.

»Ich versuche, nüchtern und sachlich zu bleiben«, sprach Victoria weiter. »Ich kann mich nicht hinsetzen und Tag und Nacht heulen, das führt zu gar nichts. Schön, du kannst mich rausschmeißen, wenn du willst. Dann gehe ich.«

»Und wohin, wenn ich fragen darf? Zu diesem slowakischen Hintertreppengenie?«

»Nein«, sagte Victoria mit schmalen Lippen.

Nina kam an den Tisch zurück, setzte sich wieder, stützte den Kopf in die Hände und begann zu weinen.

Victoria saß gerade aufgerichtet auf ihrem Stuhl, in ihrem Gesicht standen Härte und Entschlossenheit. Sie hatte Zeit gehabt, während Ninas Abwesenheit alles zu durchdenken.

Von tiefster Verzweiflung war sie zu totaler Apathie gelangt, hatte ernsthaft an Selbstmord gedacht. Der Umschwung war vor acht Tagen eingetreten, und er hatte seine Ursache in ihrer Wut auf Prisko und in einem Gespräch mit Marietta.

»Also gut«, hatte Prisko gesagt, »dann müssen wir eben heiraten.«

Der Ton, in dem er es sagte, sein Gesichtsausdruck dazu, hatten Victoria mit wildem Haß erfüllt. Auf einmal fühlte sie sich stark und mutig. Sie wollte nicht von ihm abhängig sein, von einem Mann, den sie nicht liebte.

Es war auf einmal glasklar, daß sie ihn nie geliebt hatte.

Die gemeinsame Arbeit, die gemeinsamen Interessen hatten sie zusammengeführt, das andere geschah nur am Rande.

Sie wußte mittlerweile, daß er sie betrogen hatte, die Witwe schrieb und telegraphierte pausenlos. Er machte sich nicht einmal die Mühe, Briefe und Telegramme vor ihr zu verbergen; und befragt erzählte er bereitwillig, genauer gesagt, er prahlte mit dieser Eroberung.

Es ließ Victoria kalt.

»Das ist doch keine Umgebung, in der ein kreativer Mensch etwas leisten kann«, sagte er hochtrabend und wies mit wegwerfender Handbewegung auf sein zugegebenermaßen bescheidenes, möbliertes Zimmer. »Ich kann hier nicht länger wohnen.«

Und dann schilderte er ausführlich, wie er sich sein zukünftiges Leben vorstellte.

Victoria hörte mit herabgezogenem Mundwinkel zu, es konnte keinen Menschen auf Erden geben, der ihr gleichgültiger war als dieser Mann, der der Vater ihres Kindes war.

Von der Bleibtreustraße aus fuhr sie zu Marietta; es war spät am Abend, keine Schüler mehr im Haus.

»Ich heirate Prisko nicht«, teilte sie Marietta kurz mit.

»Und warum nicht?«

»Ich will nicht.«

»Will *er* nicht?«

»Er reißt sich nicht gerade darum, aber er würde mich heiraten, wenn ich darauf bestehe.«

»Und du bildest dir ein, allein schaffst du es besser?«

»Ja«, sagte Victoria mit Bestimmtheit. »Ich würde an meinem Haß ersticken, wenn ich ihn täglich sehen müßte. Ich will ihn nicht mehr sehen. Ich hasse ihn.«

»Das ist eine neue Konstellation«, sagte Marietta langsam. »Rein gefühlsmäßig eine durchaus verständliche Reaktion. Ich glaube, es geht Frauen oft so in diesem Zustand. Es ist das Gefühl des Gefangenseins, der Unfreiheit, die eine Schwangerschaft mit sich bringt. Du willst also kämpfen und nicht unterkriechen, so ist es doch, nicht wahr?«

»Ich wußte, daß Sie mich verstehen.«

»Und deine Mutter?«

»Ich werde ihr alles sagen, wenn sie zurückkommt.«

»Wenn sie es schwernimmt, Victoria, bin ich bereit, mit ihr zu sprechen.«

»Danke, Frau Professor. Ich werde versuchen, ihr meinen Standpunkt zu erklären. Sie kann Prisko sowieso nicht leiden. Es ist die Frage, ob es ihr lieber wäre, ihn als Schwiegersohn zu haben und dafür ein legales Kind, oder ob sie zu mir hält, wenn ich es allein durchstehen will. Nein, das ist Unsinn, was ich sage, natürlich hält sie zu mir. Es ist gemein von mir, daran zu zweifeln. Aber es wird natürlich schwer für sie sein.«

»Deine Mutter ist ein sehr empfindsamer Mensch, nicht wahr?«

»Das kann man sagen.«

»Im Gegensatz zu dir.«

Victoria warf den Kopf in den Nacken.

»Ich bin es nicht. Und ich werde es nie sein.«

»Nun mach es nicht so dramatisch, Kind. Verlieb dich nicht in deine eigene Pose. Jedenfalls freut es mich, daß du dich nicht für die Gretchentragödie entschieden hast. Du bist kein Gretchentyp.«

Das waren Mariettas Worte, und sie gefielen Victoria so gut, daß sie sie übernahm.

»Und wie soll es also weitergehen?«

»Es gibt verschiedene Möglichkeiten, ich habe mich noch nicht entschieden. Ich warte noch auf eine Nachricht. Vor allem, Frau Professor, möchte ich Sie bitten, im Studio nicht darüber zu sprechen, das geht hier keinen etwas an.«

»Weiß es noch niemand? Auch Mary nicht?«

»Nein. Niemand weiß es.«

»Und Prisko? Wird er denn den Mund halten?«

»Er hat es mir versprochen. Das ist der Preis, den ich dafür gefordert habe, daß ich ihn laufenlasse.«

Marietta lachte laut auf.

»Mädchen, du imponierst mir. Du hast Haltung.«

»Er wird sowieso nicht mehr hierher kommen. Er hat bei seiner Tingelei in dem Seebad eine Eroberung gemacht, schöne Witwe mit viel Geld und angeblich besten Verbindungen, er will jetzt ins Engagement.«

»Jetzt? Im Oktober?«

»Ist mir egal, wie er sich das vorstellt. Er sagt, die Hochschule hat er sowieso dick, er kann genug und braucht nichts mehr zu lernen. Und einen Posten als Korrepetitor kriegt er allemal. Aber am liebsten will er komponieren, und dazu braucht er Ruhe und Zeit und eine luxuriöse Umgebung.«

»Mit einem Wort, er wird sich von der Dame aushalten lassen. Damit wären wir ihn los.«

»Und ich möchte auch fort von hier.«

»Wohin denn?«

»Das weiß ich noch nicht. Ich könnte ohne weiteres zu meiner Tante nach Neuruppin, die ist ein Rührstück und würde sich die Beine für mich ausreißen. Aber das ist mir zu blöd. Ich könnte vermutlich auch zu Victoria von Mallwitz. Sie ist eine sehr kluge und großzügige Frau. Das ist da, wo meine Mutter jetzt ist. Eine Verwandte in Breslau habe ich auch noch, die Tante meiner Mutter. Ich hab' das alles durchdacht. Von vorn bis hinten und immer wieder. Vielleicht gibt es auch noch eine andere Möglichkeit, das weiß ich aber noch nicht. Sobald das Kind da ist, fang ich sofort an zu üben. Vielleicht kann ich nächstes Jahr doch ins Engagement.«

»Und das Kind?«

Das Kind? Dafür hatte Victoria keine Verwendung. Und darüber hatte sie noch nicht nachgedacht.

»Man kann es doch irgendwohin in Pflege geben«, sagte sie gleichgültig. »So etwas gibt es doch.«

»Gewiß«, sagte Marietta nachdenklich, »so etwas gibt es.«

Du bist hart geworden, Victoria, dachte sie. Aber du mußt es sein, anders geht es nicht. Und ein wenig warst du es immer schon.

Das Gespräch zwischen Nina und Victoria verlief nicht so sachlich, es dauerte bis spät in die Nacht. Victoria redete, Nina hörte zu und versuchte mit der unerwarteten Situation fertig zu werden.

Es war schwer für sie. Jetzt ging es ihnen endlich besser, und nun dies. Victorias fester Entschluß, Prisko Banovace nicht zu heiraten, verwunderte sie sehr.

»Ich dachte, du liebst ihn?«

»Mein Gott, Nina, sei nicht so sentimental. Liebe! Ich liebe ihn nicht. Wenn ich ihn heiratete, würde ich mich wahrscheinlich bald wieder scheiden lassen.«

»Aber ein uneheliches Kind . . . das ist doch furchtbar.«

»Ja, sicher.«

»Nie wird ein anständiger Mann dich heiraten.«

»Sei nicht so altmodisch. Wenn ich erst berühmt bin, wird kein Mensch danach fragen. Und ich werde mich durch diesen dämlichen Zwischenfall nicht von meinen Plänen abbringen lassen. Ich bin eine moderne Frau, kein Gretchen.«

Nina schwieg, starrte vor sich hin, rauchte eine Zigarette nach der anderen. An München, an Silvester Framberg, dachte sie nicht mehr.

Statt dessen dachte sie: Im Grunde ist sie anständiger als ich. Ich habe Kurt Jonkalla geheiratet und trug ein Kind von Nicolas. Dieses Kind hier. Kurtel hat es nie erfahren, und ich hätte es auch nicht gesagt, wenn er aus dem Krieg zurückgekehrt wäre. Aber ich habe Nicolas geliebt.

Schließlich kam Victoria mit ihrem Entschluß heraus, Berlin zu verlassen. Daran hatte Nina gar nicht gedacht.

»Hättest du es denn gern, wenn ich hier mit einem dicken Bauch herumlaufe? Gerade das will ich dir nicht antun.«

Nun dachte Nina doch an Bayern. »Victoria«, rief sie erleichtert. »Du könntest zu Victoria gehen, ins Waldschlössl.«

»Daran habe ich natürlich auch gedacht. Aber ich hatte noch eine bessere Idee. Ich habe an Cesare geschrieben.«

»Was hast du? An wen hast du geschrieben?«

»Cesare Barkoscy. Er hat einmal zu mir gesagt: ›Victoria, wenn Sie jemals Hilfe brauchen, dann denken Sie an mich.‹«

»Du bist ja verrückt. Das ist doch ein Fremder für uns. Was gehen wir denn den an? Außerdem haben wir seit Jahren nichts von ihm gehört. Das war doch damals die Sache mit diesem Conte . . . wie hieß er doch gleich?«

»Coletta.«

»Richtig. Der von der Botschaft. Und da hieß es doch, Herr Barkoscy habe einen Unfall gehabt. Vielleicht lebt der gar nicht mehr.«

»Er lebt. Gestern habe ich mir seinen Antwortbrief in der Italienischen Botschaft abgeholt. Kurz bevor dein Zug ankam.«

Ninas Kopf war wirr, ihre Augen vom Weinen gerötet. Victoria wurde ihr immer unverständlicher, jetzt redete sie plötzlich von diesem Italiener, den sie nur flüchtig kannten.

»Ich hatte in den letzten Wochen Zeit genug zum Nachdenken«, sagte Victoria, »ich bin wirklich alle Möglichkeiten durchgegangen. Auch die, mein Leben zu beenden. Einmal saß ich an meinem Sekretär und wollte dir einen Abschiedsbrief schreiben.«

»Mein Gott, Kind!«

»Ich fing an zu kramen und fand die Briefe von Cesare. Da kam es wie eine Erleuchtung über mich. Am nächsten Tag bin ich zur Italienischen Botschaft gegangen und habe nach dem Conte Coletta gefragt. Er war da und er war sehr, sehr nett. Er erzählte mir, daß Cesare lange krank war, und es geht ihm auch heute noch nicht gut. Er ist in Baden bei Wien, da hat er ein Haus. Hast du das gewußt?«

»Woher soll ich das denn wissen?«

»Ich sagte dem Conte, daß ich gern an Cesare schreiben wollte, und zwar in sehr vertraulicher Angelegenheit. Und er sagte, ich solle ihm den Brief bringen, er würde ihn mit der diplomatischen Post befördern. Via Italien. Und da habe ich ihm geschrieben. Alles.«

»Das ist ja ungeheuerlich.«

»Man tut ungeheuerliche Dinge in meiner Situation.« Und plötzlich schrie sie: »Es ist nicht so ungeheuerlich, als wenn ich mich vor die U-Bahn schmeiße, oder? Wäre dir das lieber?« Sie fing sich sofort wieder. »Entschuldige. Aber ich bin kein Gretchentyp.«

»Das sagtest du bereits mehrfach. Und weiter also.«

»Gestern rief der Conte an. Er ist Militärattaché bei der Botschaft, wußtest du das?«

»Es ist mir wirklich egal, was er dort macht. Er rief also an.«

»Ja. Und er sagte, es sei soeben ein Brief für mich eingetroffen, ob er ihn mir schicken solle oder ob ich ihn abholen wolle. Da habe ich ihn abgeholt. Warte!«

Sie sprang auf, lief aus dem Zimmer, sie war schlank und behend, man sah ihr noch nichts an.

Sie kam mit dem Brief zurück, schwenkte ihn triumphierend.

»Hier, lies! Er schreibt, ich soll zu ihm kommen. Der Coletta wird mir das Geld geben. Man muß ja tausend Mark hinterlegen, wenn man nach Österreich will. Lies mal.«

Es war ein herzlicher, ein geradezu liebevoll väterlicher Brief.

›Keine Panik‹, stand unter anderem darin. ›Es gibt katastrophale Ereignisse in unserer Welt, Victoria, aber dies ist keine Katastrophe. Damit kann man fertig werden. Kommen Sie zu mir, wenn Ihre Mutter es erlaubt. Ich habe hier ein stilles Haus für mich allein, ein Flügel ist auch vorhanden. Ich bin ein alter kranker Mann und sehr einsam. Ich werde glücklich sein, wenn Sie bei mir sind, und ich werde alles für Sie tun, was in meinen Kräften steht.‹

»Na, was sagst du?« fragte Victoria, nachdem Nina zu Ende gelesen hatte.

»Ich kann das nicht fassen.«

»War das nicht eine gute Idee von mir? Laß mich zu ihm fahren. Er wird mir helfen. Sehr schade, daß mir das nicht früher eingefallen ist, dann wäre vielleicht in Österreich eine Abtreibung möglich gewesen. Aber nun fahre ich zu ihm, ich kann dort bleiben, bis die Geschichte erledigt ist, ich kann sogar singen, siehst du. Es braucht niemand etwas von diesem Malheur zu wissen. Nicht mal Stephan braucht es zu erfahren.«

»Und was machst du mit dem Kind? Willst du es ersäufen, wenn es auf der Welt ist? Ich denke, du bist kein Gretchen.«

»Da wird mir schon etwas einfallen. Oder Cesare weiß etwas, ein Heim oder so. Manche Leute adoptieren auch Kinder, nicht?«

Das Kind war noch nicht geboren, und sie hatte es schon aus ihrem Leben entfernt. Nina begriff das in diesem Augenblick, sie begriff dies schneller, als sie alles bisher Gesprochene begriffen hatte.

Sie sah Victoria an, als sähe sie sie zum erstenmal.

Die lachte jetzt. »Cesare war für mich eine wichtige Begegnung. Das war schon damals in Venedig so. So etwas ist doch Schicksal. Ich kann mich noch erinnern, wie er einmal sagte: ›Wir brauchen nicht gleich das Schicksal zu bemühen.‹ Aber es war eben doch Schicksal.«

»Er ist krank, schreibt er.«

»Vielleicht von dem Unfall her. Baden bei Wien, kennst du das?«

»Woher soll ich das denn kennen? Ich war ja noch nicht einmal in Wien.«

»Ich meine dem Namen nach. Ich hab' im Lexikon nachgesehen. Das ist ein Kurort, ein ganz berühmter. Kaiser Franz Joseph war dort. Und Beethoven hat dort oft gekurt. Es liegt im Wienerwald. Ich werde hinfahren. Aber ich möchte, daß du damit einverstanden bist.«

»Zuviel der Ehre«, sagte Nina müde. »Du hast ja alles schon allein entschieden.«

Victoria fuhr Mitte November nach Wien, Noten im Gepäck, Entschlossenheit im Gesicht, Verzagtheit im Herzen. Denn gar so stark, wie sie sich gab, war sie nicht.

Am Wiener Westbahnhof wurde sie von einem kräftigen dunkelhaarigen Mann von ungefähr Mitte Vierzig abgeholt.

»Ich bin der Anton Hofer«, war der einzige Satz, den er sprach, dann fuhr er sie schweigend nach Baden hinaus.

Es war schon dunkel, Nebel hing in den Bäumen des Wienerwaldes, und Victoria dachte: »Was tue ich eigentlich hier? Oh, ich wünschte, ich wäre tot.«

Das Haus lag am Rand von Baden, da, wo es nach Helenental hinausging. Es schien sehr groß zu sein, vor dem Eingang brannte eine matte Laterne, fünf Stufen führten zu einem Portal hinauf, das rechts und links von Säulen flankiert war. Das war alles, was Victoria, die todmüde war, als ersten Eindruck aufnahm.

Der Mann, der sie gefahren hatte, trug ihre beiden Koffer ins Haus. In einer weiten düsteren Halle erwartete sie eine kleine rundliche Frau, die doch wahrhaftig einen Knicks machte.

»Grüß Gott, gnä' Frau«, sagte sie. »Ich bin die Anna. Darf ich Ihnen Ihr Zimmer zeigen?«

Eine breite knarrende Treppe führte hinauf in den ersten Stock, und dort war das Zimmer, groß, mit alten gemütlichen Möbeln eingerichtet, mollig warm geheizt. Ein breites Himmelbett ragte ins Zimmer hinein. Der Raum wirkte anheimelnd, er sah aus, als könne man sich darin wohlfühlen.

Anna nahm ihr den Mantel ab und sagte: »Ich pack' Ihre Koffer dann gleich aus, gnä' Frau. Wann'S jetzt erst zum Nachtessen kommen mögen, ist eh' schon spät.«

Victoria blickte sehnsüchtig auf das Bett, ihr Rücken schmerzte vom langen Sitzen, im Leib verspürte sie ein Ziehen.

»Vielleicht krieg ich eine Fehlgeburt«, dachte sie, »das wäre fabelhaft.«

Im angrenzenden Badezimmer wusch sie sich die Hände und folgte Anna ins Erdgeschoß hinunter.

Sie vergaß die Müdigkeit, als sie Cesare erblickte. Er saß vor einem Kamin, in dem ein Feuer brannte, er wirkte klein und schmal, das Gesicht war wächsern. Er saß in einem Rollstuhl.

»Danke, daß ich kommen durfte«, sagte Victoria befangen.

»Es bedeutet ein großes Glück für mich, daß Sie gekommen sind, mein Kind«, war seine Antwort.

Sie ergriff die kalte Hand, die er ihr entgegenstreckte, beugte sich dann in raschem Entschluß hinab und küßte seine Wange.

Anton kam ins Zimmer, trat hinter Cesare und schob den Rollstuhl durch eine breite Tür in das danebenliegende Zimmer, in dem mit Silber, schimmerndem Porzellan und Kerzen der Tisch gedeckt war.

»Sie haben auf mich mit dem Abendessen gewartet«, sagte Victoria verlegen, »das wäre doch nicht nötig gewesen.«

»Es ist seit Jahren das erstemal, daß ich in Gesellschaft einer schönen Frau speisen darf. Und da soll ich nicht warten?«

Er war gelähmt. Seit seinem Unfall konnte er nicht mehr gehen.

Daß es kein Unfall gewesen war, sondern ein Attentat, erfuhr Victoria im Lauf der nächsten Wochen, in denen sie viel Zeit hatten, einander alles zu erzählen, was geschehen war, seit sie sich zuletzt getroffen hatten.

Nun erfuhr Victoria auch, was Cesares Beruf gewesen war, wenn man es so nennen wollte. Sie hatte ja nie gewußt, was er tat, er hatte nie davon gesprochen.

Er hatte mit Waffen gehandelt.

Das erstaunte Victoria über die Maßen.

»Sie haben damals zu mir gesagt, daß Sie den Krieg verabscheuen.«

»Das tue ich auch heute noch. Aber ich habe nie das Geld verabscheut. Das muß ich leider zugeben. Und ich wurde in dieses Milieu hineingeboren. Mein Vater hatte eine Fabrik, in der Waffen hergestellt wurden: Gewehre, Pistolen, zuletzt während des Krieges Handgranaten. Ich mußte sehr früh seine Arbeit übernehmen, es war ein kriegswichtiger Betrieb, das Geld verdiente sich von allein. Nach dem Krieg habe ich die Fabrik verkauft, aber ich blieb in dem Geschäft. Der Handel mit Waffen geht über alle Grenzen hinweg. Und ich hatte die allerbesten Beziehungen. Die Aufrüstung in Italien unter Mussolini hat mich reich gemacht, gab mir das wieder, was ich in der Inflation verloren hatte. Tja, so ist das. Daß ich versuchte, Waffen nicht in allzu schlechte Hände gelangen zu lassen, hat mich in diesen Stuhl gebracht. Ich verweigerte einem Gangstersyndikat in Chicago, was es von mir haben wollte, dafür knallte man mich nieder. Ich hatte fünf Kugeln im Leib, zwei davon im Rückgrat. Die Waffen haben sich also letzten Endes gegen mich gerichtet. Ich sehe eine gewisse Gerechtigkeit darin.«

Victoria hörte sich das staunend an. Das war eine völlig unbekannte Welt, von der sie nichts gewußt hatte. Und daß ausgerechnet dieser zarte, feinsinnige Mann mit seinen sensiblen Händen solch ein blutiges Geschäft betrieben hatte, war schwer zu verstehen.

»Ich habe die Waffen mein Leben lang gehaßt und bin doch nie von ihnen losgekommen. Ich liebte und begehrte Musik, Bilder, schöne Frauen und schöne, gesunde Kinder, Victoria, auch das, obwohl ich nie Kinder hatte, und ich mußte immer für Vernichtung und Tod arbeiten. Das war der Konflikt in meinem Leben, von Anfang an.«

In diesem Haus in Baden war Cesare geboren, er hatte die ersten Jahre seines Lebens hier verbracht. Und hier war auch seine Mutter gestorben, sie hatte sich mit einer Pistole aus der Produktion ihres Mannes erschossen. Ein Ereignis, das auf das Kind einen furchtbaren Eindruck gemacht hatte.

»Seitdem habe ich die Waffen so gehaßt. Sie war schön, sie sang wie ein Engel, und ich liebte sie.«

»Warum hat sich Ihre Mutter das Leben genommen?«

»Ich erzählte Ihnen damals schon, daß sie Italienerin war. Sie war Sängerin, jung und begabt, und sie sang im Teatro Fenice in Venedig, als mein Vater sie kennenlernte. Er war viel älter als sie, eine sehr dominierende, herrische Erscheinung, nicht so klein und schwach wie ich. Anfangs war es wohl eine große Liebe. Er brachte sie in dieses Haus, er muß krankhaft eifersüchtig gewesen sein, denn er sperrte sie geradezu ein, sie durfte nur in seiner Begleitung das Haus verlassen. Keine Rede davon, daß sie je wieder auftreten würde. Als sie dieses Leben nicht mehr ertrug, beendete sie es. Ich war acht Jahre alt. Alt genug, um zu leiden. Ich kam dann in ein Internat, mein Vater lebte mit einer anderen Frau zusammen, die ich nie gesehen habe. Dieses Haus hier haßte ich. Ich habe hier nie gewohnt. Erst als ich lahmgeschossen war, kehrte ich in dieses Haus meiner Jugend zurück. Ich dachte mir, zum Sterben ist es gerade der richtige Ort. Aber jetzt sind Sie hier, Victoria, jetzt habe ich gar keine Lust mehr zum Sterben. Sie bringen das Leben in dieses Haus. Ein neues Leben. Ich werde Ihrem Kind das Haus vermachen. Es hat keinen Vater, aber es soll ein Vaterhaus haben. Durch sein Leben wird es das Haus von seinem Fluch erlösen.«

Manchmal war er ja ein wenig pathetisch, fand Victoria.

Der frühere Charme, die Leichtigkeit der großen Welt waren nur noch in Spuren vorhanden. Doch sie ging geschickt auf ihn ein, widmete sich ihm, sang ihm vor und war sich klar darüber, daß nicht nur er ihr half, sondern sie ihm auch.

Das erleichterte ihr den Aufenthalt in diesem einsamen Haus.

Der einzige Gast, der regelmäßig kam, war sein Arzt, ein älterer, sehr sympathischer Mann, der sich auch um Victoria kümmerte.

Er kam zweimal in der Woche zum Abendessen, anschließend spielten die Herren Schach. Victoria las oder strickte, etwas, das sie nie zuvor getan hatte.

Auch das Dienerehepaar, die Hofers, das Cesare versorgte, hatte der Arzt ihm verschafft. Anton war im Krieg Sanitäter gewesen und hatte im Lazarett bei dem Doktor, der Stabsarzt gewesen war, gearbeitet. Darum auch war Anton geübt und geeignet, den gelähmten Mann zu versorgen. Er war und blieb schweigsam, war aber hilfsbereit und immer gutwillig. Anna dagegen redete gern.

Außerdem kochte sie hervorragend. Nachdem Victoria vierzehn Tage im Hause gelebt hatte, sagte sie: »So gut habe ich in meinem Leben noch nie gegessen«, und das gewann ihr Annas Herz.

Einmal fragte Cesare nach Marleen, und Victoria erzählte, was sie wußte. Daß Marleen sich von ihrem Mann getrennt habe und sich vermutlich scheiden lassen werde.

»Nicht, weil er Jude ist. Oder vielleicht ein bißchen doch. Onkel Max hat die Villa verkauft, es war zuletzt sehr ungemütlich für sie. Es kamen böse Anrufe und böse Briefe, der Hund wurde vergiftet, dem Auto die Reifen zerschnitten und lauter solche Sachen. Es ist eben bei uns jetzt so.«

»Und wie trägt Ihr Onkel das alles?«

»Von ihm kann ich eigentlich gar nichts erzählen. Er war immer sehr verschlossen und ist es jetzt noch mehr. Ich habe ihn eine Ewigkeit nicht gesehen. Marleen liebt einen Mann, der eine große Position in der Partei hat.«

»Nicht gerade eine dankbare Situation für die Frau eines Juden.«

»Nein. Sie ist auch nicht mehr so unbeschwert und heiter wie früher.«

»Verständlich.«

Als Victoria das letztemal einen Besuch bei Marleen in Dahlem gemacht hatte, das war im September gewesen, hatte sie eigentlich vorgehabt, Marleen von ihren Sorgen zu erzählen. Aber Marleen sprach nur von sich, von ihren eigenen Sorgen. Victoria hatte den Eindruck, daß Marleen sich für nichts anderes auf der Welt interessierte als für Marleen. Aber war das nicht immer so gewesen?

Heute war Victoria ganz froh, daß sie geschwiegen hatte. So wenig Menschen wie möglich sollten wissen, was geschah. Dann würde auch an ihr selbst dieses Ereignis spurlos vorübergehen.

Über Weihnachten kam Nina. Sie verbrachten einige ruhige Tage, bekamen gut zu essen und sprachen sehr vertraut miteinander.

»Sie können ganz beruhigt sein, Frau Nina«, sagte Cesare. »Hier wird alles für Victoria getan, was getan werden muß. Ich liebe sie wie ein eigenes Kind, das sollen Sie wissen.«

Nina war gerührt von seinen Worten. Victoria lächelte. Sie war die Herrin in diesem Haus, Cesare erfüllte ihr jeden Wunsch, jede Laune wurde akzeptiert.

Ein großer, ganz moderner Plattenspieler war ins Haus gekommen, und ab und zu fuhr Victoria mit Anton nach Wien und kaufte ein, Platten, Bücher, Pralinen. Aber auch einen Pelzmantel besaß sie nun, neue Schuhe, seidene Wäsche, ihre Kleider wurden von einer Schneiderin genäht und verbargen geschickt ihren Zustand.

Beruhigt, aber auch wieder beunruhigt fuhr Nina ab. Victoria war ihr entglitten, sie entwickelte sich auf seltsame Weise.

Auch war sie zu dick, fand Nina.

»Iß nicht zu viel, die Geburt wird sonst zu schwer.«

Ihr Angebot, zu kommen, wenn es soweit sein würde, hatte Victoria zurückgewiesen.

»Ich habe hier alles, was ich brauche. Es würde mich nur nervös machen, wenn du hier herumhängst.«

Über Silvester blieb Nina nicht, sie wollte nach München.

»Das ist schade«, meinte Cesare. »Warum wollen Sie dieses wichtige neue Jahr nicht mit uns zusammen erwarten?«

»Wieso ist es ein wichtiges Jahr?«

»Sie werden Großmama, meine Liebe.«

Nina verzog das Gesicht. »Darauf hätte ich leicht verzichten können.«

»Wir sind eine kosmopolitische Familie geworden«, sagte Victoria, »früher saßen wir ewig und drei Tage in der Motzstraße herum, Weihnachten, Silvester und überhaupt. Jetzt bin ich im Wienerwald, du fährst nach München. Und mein Brüderlein, dieser Dusselkopp, verlobt sich in Cottbus.«

Das war eine Neuigkeit, die Nina mitgebracht hatte: Stephan hatte in Cottbus eine Braut gefunden. Nina hatte sich geweigert, davon Notiz zu nehmen.

Im Februar brachte Victoria eine Tochter zur Welt. Es war ein gesundes Kind, die Geburt war nicht allzu schwer gewesen.

»Das kommt davon, weil ich richtig atmen gelernt habe«, verkündete sie stolz, kaum daß sie wieder sprechen konnte.

»Ich erinnere mich, Victoria«, sagte Cesare liebevoll, »dein Zwerchfell ist eine Pracht.«

Victoria betrachtete das kleine Mädchen ziemlich gleichgültig.

Sie war vor allem froh, es hinter sich zu haben.

»Ein wunderschönes Kind«, sagte Cesare. »Es hat ganz

dunkle Augen und ganz dunkles Haar. Und viel Haar für so ein Baby. Oft kommen Kinder ohne Haare auf die Welt.«

Er beugte sich über das Kind, machte ihm das Kreuzzeichen auf die Stirn und flüsterte: »Gott schütze dich.«

Sein Vater war Jude gewesen, aber durch seine Mutter war er katholisch getauft und erzogen worden.

»Vielleicht war das auch ein Grund, daß sie sterben wollte«, hatte er einmal gesagt. »In den Augen der Kirche lebte sie in Sünde, weil sie einen Juden geheiratet hatte. Mein Vater wollte sich nicht taufen lassen. Immerhin erlaubte er, daß ich Christ sein durfte.«

Als er Victoria fragte, auf welchen Namen das Kind getauft werden sollte, überlegte sie nicht lange.

»Wie hat deine Mutter geheißen, Cesare?«

»Maria«, sagte er.

»Dann nennen wir sie Maria Henrietta«, sagte sie.

Sie dachte dabei an Marietta. Denn das war der richtige Name der Frau Professor Losch-Lindenberg. Und sie war der nächste Mensch, dessen Zuwendung und Zuneigung Victoria brauchte.

Zweites Buch

1937–41

Eigentlich hatten sie keine Zeit mehr zu verschwenden, denn ihrer beider Leben hatte die Mitte überschritten. Die Tage und Nächte begannen kostbar zu werden.

Dennoch heirateten Nina und Silvester Framberg erst im Frühjahr 1938. Es war Ninas Schuld, daß es so lange dauerte, und sie stellte mit ihrem Zögern Silvesters Geduld und Zuneigung auf eine harte Probe. Denn trotz seiner äußeren Ruhe war er ein temperamentvoller Mann, kein Zögerer, kein Grübler, einer, den es zur Tat drängte. Einige Male kam es beinahe zum Bruch zwischen ihnen.

Von Heirat sprach er ziemlich bald.

»Ich weiß sofort, ob ja oder nein«, sagte er. »In den beiden Fällen, in denen ich heiraten wollte, zweifelte ich nicht daran, die passende Frau gefunden zu haben, es ist beide Male nichts daraus geworden, und mit dir wird es auch nichts. Du willst nicht.«

Nina wollte schon. Einerseits. Andererseits war sie voller Bedenken.

Sie hatte ihn gern. Vielleicht war es Liebe. Sie hatte nur Angst, von Liebe zu sprechen.

Er dagegen sprach von Liebe. Und wurde sehr ärgerlich, als sie wiederholte, was Peter einmal gesagt hatte.

»Liebe ist altmodisch. Sie gehört ins vorige Jahrhundert.«

»Ich halte mich absolut nicht für altmodisch. Und ich bin der Meinung, Liebe ist so modern wie eh und je. Allein das Wort modern ist im Zusammenhang mit Liebe ein unpassender Begriff. Liebe ist lebendig. Ein Mensch, der lebt, kann auch lieben.

Er muß es sogar, sonst lebt er nicht. Sonst führt er nur ein Schattendasein. Und nie konnte Liebe wichtiger sein, als in einer Zeit wie der unsrigen. Es kann sehr schnell sehr kalt werden, Nina, und dann muß man einen Menschen haben, der zu einem gehört.«

Schon bei seinem ersten Besuch in Berlin, im November '36, war sie seine Geliebte geworden, und es war ein überwältigendes Gefühl für Nina, die so lange allein gelebt hatte, die immer nur heimliche oder unsichere Bindungen an einen Mann gekannt hatte, daß da plötzlich einer war, der voll und ganz für sie da war, nur für sie da sein wollte, der alles, was eine Frau sich wünschen konnte, Leidenschaft, Zärtlichkeit und Fürsorge, ganz offen darbot, und zwar für immer. Er war zur Liebe fähig, genau wie sie auch, und er war reif und erfahren genug, um auf Einschränkungen verzichten zu können. Sie fühlte sich geborgen und beschützt, auch das war ein neues Gefühl für sie.

Daß sie dennoch zögerte, ihn zu heiraten, hatte mehrere Gründe. Sie hatte so lang allein gelebt, eigentlich immer, und Alleinleben macht stark und unabhängig. Es fiel ihr schwer, diese Unabhängigkeit aufzugeben, gerade jetzt, da sie beruflich Erfolg hatte und zum ersten Mal ausreichend Geld verdiente. Auch wollte sie sich ungern von ihrer Wohnung trennen. Endlich hatte sie eine schöne Wohnung, noch dazu eine, die sie sich ganz aus eigener Kraft geschaffen hatte, und die aufzugeben, war ein Opfer. Das verstand er nicht, das konnte ein Mann wohl überhaupt nicht verstehen.

Auch von Berlin mochte sie sich nicht trennen. Gewiß war München eine schöne Stadt, für sie war es jedoch eine fremde Stadt.

In Berlin war sie heimisch geworden, sie konnte sich kaum mehr vorstellen, je anderswo gelebt zu haben. Es ging ihr wie allen Menschen, die irgendwann nach Berlin kamen: Die Stadt verschloß sich nicht, wehrte nicht ab, sie kam einem entgegen und nahm einen an und auf. Die lebendige Atmosphäre Berlins, die Aufgeschlossenheit, die Leichtigkeit und der Schwung, mit denen man hier lebte, brachten es mit sich, daß der Fremde sich schnell und leicht akklimatisierte.

Es war also eine dreifache Trennung, die von ihr verlangt wurde – die Trennung von Berlin, von ihrer Wohnung, von ihrer Unabhängigkeit.

Aber das alles hätte Nina wohl in absehbarer Zeit bewältigen können, wäre da nicht das größte Hindernis gewesen, das sich ihrer Ehe in den Weg stellte: Victoria.

»Sie braucht mich. Ich kann sie nicht allein lassen.«

»Deine Tochter ist eine erwachsene Frau. Sie hat bisher sehr selbständig gehandelt und nicht nach deiner Hilfe gefragt. Ich kann nicht einsehen, warum du mich ihretwegen schlecht behandeln mußt.«

Wider Erwarten verstanden sich Silvester und Victoria nicht besonders gut. Er fand sie egoistisch und eingebildet. Sie verhielt sich ablehnend, geradezu feindselig.

Er lernte sie erst im April 1937 kennen, als sie nach Berlin zurückkehrte. Ohne das Kind.

Sie hatte das Kind in Baden gelassen, und darüber war Nina sehr empört.

»Du kannst doch dein Kind nicht hilflos bei fremden Leuten lassen.«

»Also, erstens sind es keine fremden Leute, und zweitens ist ein kleines Kind immer hilflos, ganz egal, wo es sich befindet. Meiner Ansicht nach ist sie dort besser aufgehoben als bei mir. Ich kann sie nicht brauchen. Oder willst du vielleicht mit dem Kinderwagen durch die Straßen schieben und die Großmutter spielen? Gerade jetzt, wo du dir einen Mann geangelt hast. Da wärst du schön blöd. Und der Herr aus München wird sich bestens bedanken. Von mir aus kannst du heiraten, soviel du willst. Ich brauche dich nicht. Ich komme sehr gut allein zurecht.«

»Warum willst du denn dein Kind nicht bei dir haben?«

»Weil ich nicht will, verdammt nochmal. Ich kann gar nicht damit umgehen.«

»Das kann jede Frau, die Mutter ist.«

»Bitte, Nina, verschone mich mit deinen Kalendersprüchen. Ich will keine Mutter sein. Und ich bin keine. Ich habe gar keine Zeit dafür. Anna macht das fabelhaft. Sie bringt sich rein um mit der Kleinen. Und Cesare gebärdet sich wie Vater und Großvater zusammen. Was willst du denn mehr? Laß sie doch glücklich werden mit dem Kind, wenn sie partout wollen.«

Die Hofers hatten keine Kinder, worüber sie sehr betrübt waren. Kurz nach Ende des Krieges hatte Anna zwar ein Kind bekommen, aber das kleine Mädchen wurde nur ein Jahr alt, dann starb es an einer Grippe. Anton, der sich noch in Gefangenschaft befand, hatte seine Tochter nie gesehen. Anna gab sich die Schuld am Tod des Kindes; wenn sie besser aufgepaßt hätte, so sagte sie, hätte es sich nicht erkälten können. Hielt man ihr vor, daß es sich um eine Grippewelle, und zwar um eine bösartige, gehandelt hatte und das Baby vor einer Ansteckung nicht bewahrt werden konnte, beharrte sie eigensinnig: »Hätt' ich besser drauf geschaut, hätt's sich net angesteckt.«

Nachdem Maria Henrietta geboren war, drehte sich der ganze Haushalt in Baden nur noch um sie. Alle drei, Cesare, Anna und Anton, standen um das Kind herum, als wäre ein Wunder geschehen.

»Sie haben sich aufgeführt, als sei es das erste Kind, das auf die Welt gekommen ist«, kommentierte Victoria spöttisch, später in Berlin.

Anna badete, wickelte und fütterte das Kind, sie redete in hundert zärtlichen Lauten zu ihm, trug es herum, legte es schlafen und bewachte seinen Schlaf.

So kam es, daß Victoria eigentlich von Anfang an kaum etwas mit dem Baby zu tun hatte. Da sie auch keine Neigung zeigte, die ihr zukommenden Aufgaben zu übernehmen, wuchs Anna ganz von selbst in die Mutterrolle hinein. Victoria war es nur zu recht. Gestillt hatte sie nur vier Wochen, dann meinte sie, das lange nun, sie wolle sich die Figur nicht total verderben.

Für Cesare hatte ein neues Leben begonnen. Sein Rollstuhl stand neben dem Stubenwagen, in dem das Kind schlief, und er wurde nicht müde, das kleine Gesicht zu betrachten.

»Sie wird einmal wunderschön«, sagte er andachtsvoll.

»Das kannst du doch heute noch gar nicht sehen«, antwortete Victoria und fand, daß Cesare doch schon reichlich vertrottelt war.

Maria Henrietta war wirklich ein hübsches Baby. Sie hatte riesengroße, ganz dunkle, fast schwarze Augen. Auch ihr Haar war tiefdunkel und für ein so kleines Kind reichlich vorhanden. Sie war sehr artig, schrie selten, lag da und blickte mit diesen großen Augen staunend in die Welt, von der sie noch nichts wußte.

»Der Zauber der Unschuld«, sagte Cesare. »Dio mio, geboren werden in diese schreckliche Welt und nicht zu wissen, was es bedeutet. Ich wünschte, ich könnte . . .« Er stockte.

»Was?« fragte Victoria.

»Ich wollte eben sagen, ich wünschte, ich könnte eine Mauer um sie bauen, so hoch wie der Himmel, um alles Unheil, alles Leid von ihr fernzuhalten. Aber auf diese Weise könnte sie ja nicht wirklich leben.«

»Eben. Soviel ich weiß, versuchte dein Vater um die Frau, die er liebte, diese Mauer zu bauen. Und als sie das nicht ertrug, beendete sie ihr Leben.«

»Ja, vielleicht müssen Menschen leiden, um wirklich zu leben. Aber nicht zu viel, Victoria, nicht zu viel. Wenn das Leid zu groß ist, erstickt es das Leben.«

Die Begeisterung, die Maria Henrietta in Baden auslöste, kam Victoria sehr gelegen. Unter sich hatten sie wohl schon darüber gesprochen, Cesare und die Hofers. Aber sie wagten es zunächst nicht, Victoria mit ihrem Angebot zu kommen.

Cesare schnitt eines Tages vorsichtig das Thema an.

»Ich weiß ja nicht, was du vorhast, Victoria.«

»Wieso weißt du es nicht? Ich habe laut und deutlich genug davon gesprochen. Ich will wieder anfangen zu üben, will arbeiten und so bald wie möglich ins Engagement.«

»Und die kleine Maria? Was wirst du mit ihr machen?«

»Das habe ich auch schon gesagt. Ich suche ein nettes Heim für sie, wo sie gut versorgt wird.«

»In Berlin?«

»Ja, sicher. Wo sonst?«

»Selbstverständlich. Es ist halt weit von Berlin her zu uns. Sonst könnte sie ja dableiben.«

Natürlich hatte Victoria schon daran gedacht. Und sie hatte

gehofft, daß er etwas sagen würde, denn der Vorschlag mußte von ihm kommen. Es mußte so aussehen, als trenne sie sich ungern von dem Kind.

»Es ist wirklich sehr weit. Und so umständlich mit dieser Tausendmarksperre.«

»Das soll kein Hinderungsgrund sein. Das Geld wird immer für dich bereit sein. Du bekommst ein Konto in Berlin und kannst dort immer abheben, was du brauchst.«

»Aber. . .«

»Ich weiß, Victoria, es ist eine Zumutung. Du bist die Mutter. Wir wollen nicht mehr darüber sprechen.«

Und ob Victoria darüber sprechen wollte!

»Du kannst das doch nicht allein entscheiden«, sagte sie. »Die Arbeit hätte Anna. Ich bezweifle, daß sie auf die Dauer ein Baby auf dem Hals haben will. Und Anton würde sich auch schön bedanken.«

Das wußte Cesare allerdings besser.

»Anton ist ganz vernarrt in die Kleine. Und Anna! Na, das brauche ich dir wohl nicht zu erklären, das siehst du ja selbst. Soweit ich es beurteilen kann, versteht sie es sehr gut, mit einem Baby umzugehen. Oder was meinst du?«

»Auf jeden Fall besser als ich«, sagte Victoria trocken.

Sie ließ ein kleines Lächeln folgen, dann seufzte sie.

»Darüber muß ich erst nachdenken.«

»Selbstverständlich, mein Kind. Gott soll mich strafen, wenn ich dir dein Kind abschwatzen will. Ich bin ein alter Egoist. Verzeih mir.«

Victoria war bereits fest entschlossen, Maria Henrietta in Baden zu lassen. Etwas Besseres konnte ihr gar nicht passieren. Die Kleine würde bestens versorgt sein, und sie war jede Last und Verantwortung los. Sie konnte in Berlin so frei und unabhängig leben und arbeiten wie zuvor auch. Prisko hatte keinerlei Recht an dem Kind, und wenn er je auftauchen und fragen würde, dann, so hatte sie sich vorgenommen, würde sie einfach erklären, sie hätte das Kind zur Adoption freigegeben und wisse nicht, wo es sich befinde.

Maria Henrietta mit den großen dunklen Augen im kleinen

blassen Gesicht blieb also in Baden bei Wien, in einer alten Villa, die ihr gehörte, denn Cesare hatte wahrgemacht, was er angekündigt hatte, das Haus war auf Maria Henrietta Jonkalla überschrieben worden.

Er unternahm auch noch weitere finanzielle Transaktionen, sein Anwalt kam einige Male von Wien heraus, Aktien wurden verkauft oder umgeschrieben, nur seine Konten in der Schweiz und in Italien ließ Cesare unangetastet.

Zu Anna und Anton sagte er: »Ihr habt Wohnrecht in diesem Haus auf Lebenszeit, und ihr werdet auch ausreichend Geld von mir erben, damit ihr immer in der Lage seid, für Maria zu sorgen, wenn ich nicht mehr bin. Das Geld, das Maria von mir erben wird, wird der Anwalt verwalten, bis sie mündig ist.«

So war das Leben des kleinen Mädchens, kaum daß es auf der Welt war, sorglich ausgepolstert. Soweit es sich voraussehen ließ.

Cesares Vorsorge erwies sich als klug; als im Jahr darauf die Deutschen in Österreich einmarschierten und das Großdeutsche Reich entstand, war Maria Henrietta eine wohlhabende junge Dame, verfügte über eigenes Vermögen und eine Villa.

Nina hielt sich gerade in München auf, als der sogenannte Anschluß stattfand. Sie wollte nun wirklich heiraten und war wieder einmal in eine andere Stadt gekommen, um sich Wohnungen anzusehen. Um eine Wohnung auszusuchen, in der sie dann mit einem Mann leben sollte, der ihr Mann sein würde.

Damals, in Breslau, war sie neunzehn gewesen. Nun war sie vierundvierzig. Eine große Spanne Zeit, ein ganzes Leben lag dazwischen.

War es möglich, noch einmal zu beginnen?

Daran zweifelte sie noch immer.

Sie hörten in München im Radio, was vor sich ging, und Nina rief aufgeregt: »Lieber Himmel, was wird mit Cesare? Er muß fort. Er kann da nicht bleiben.«

»Das wird hart für ihn sein«, sagte Silvester. »Er hat ein glückliches Jahr gehabt. Und nun soll er alles aufgeben.«

»Ich muß hinfahren. Ich muß die Kleine holen.«

Silvester seufzte lautlos. Es würde wohl nie möglich sein,

Nina für sich allein zu haben. Da waren die Kinder, und da war nun noch dieses Kind, um das sich zwar die eigene Mutter nicht kümmerte, aber die Großmutter.

Silvester fand es nicht so verlockend, eine Großmutter zu heiraten. Er hatte einmal, im Scherz, eine derartige Bemerkung gemacht, und Nina hatte sehr zornig darauf reagiert.

»Du brauchst mich überhaupt nicht zu heiraten. Ich habe bisher sehr gut ohne dich gelebt.«

Solche Gespräche gab es manchmal zwischen ihnen, und schuld daran war einzig und allein Victoria. Die Sorge um sie, die Sorge um das Baby beanspruchten viel Raum in Ninas Fühlen und Denken, sie rückten Silvester in eine zweite Position, die ihm nicht gefallen konnte.

»Ich sehe nicht ein, warum du dir Gedanken um das Kind machen sollst, wenn es die eigene Mutter nicht tut.«

Seiner Meinung nach war Victoria egoistisch und lieblos, er hatte darüber mit der anderen Victoria, mit Victoria von Mallwitz gesprochen, die das natürlich alles hautnah miterlebte und oft dafür herhalten mußte, dem Liebespaar das gesträubte Gefieder zu glätten.

»Mein Lieber, du hast dir nun einmal eine Frau ausgesucht, die ein Leben hinter sich hat und erwachsene Kinder dazu. Du mußt dich damit abfinden oder Nina aufgeben. Sie wird sich niemals von ihren Kindern trennen.«

»Das will ich ja gar nicht. Nur möchte ich mindestens gleichberechtigt neben den Kindern vorhanden sein.«

»Nina liebt dich von Herzen, das weiß ich.«

»Da weißt du mehr als ich«, sagte er verärgert.

Natürlich war auch er egoistisch; er hatte nie eine Frau gehabt, nie Kinder, er liebte Nina und wollte sie haben, sie allein.

Zweifellos waren die Voraussetzungen für diese Ehe nicht die besten. Aber gerade die Schwierigkeiten banden sie aneinander. Wenn Nina etwas brauchte, so war es ein Mensch, mit dem sie über all das sprechen konnte, was sie bewegte. Das war vor allem und immer noch an erster Stelle Victoria. Das vergangene Jahr war schwer gewesen, und Nina hatte viel Kraft gebraucht, um ihre Tochter vor tiefster Verzweiflung zu bewahren.

Die Stimme war daran schuld. Zunächst, aus Baden zurückgekehrt, war Victoria mit großem Elan wieder an die Arbeit gegangen. Wenn man sich im Studio Losch-Lindenberg wunderte, wo sie so lange gewesen war, überhörte sie es, ging souverän darüber weg.

»Eine Liebesaffäre«, sagte sie lässig. »Muß auch mal sein.«

Doch inzwischen waren neue Schüler da, die sie nicht kannten, von den alten nur noch wenige, Lili Goldmann natürlich, die nicht ins Engagement gehen konnte, obwohl sie längst reif dafür war. Mary war noch da, doch sie heiratete im Sommer 37 und erwartete kurz darauf ein Kind. Vom Singen sprach sie nicht mehr. Ein Jammer bei ihrer schönen Stimme. Victoria war zur Hochzeit eingeladen, eine große prachtvolle Hochzeit mit allem, was dazu gehörte.

Denn, so sagte Marys Vater, der inzwischen General geworden war: »Man muß Feste feiern, solange noch Gelegenheit dazu ist. Es wird uns bald vergehen.«

Victoria lernte bei dieser Gelegenheit Marys Bruder kennen, den Hauptmann Helmut von Dorath, einen großen blonden Recken, Luftwaffenoffizier und seit dem vergangenen Jahr im Einsatz in Spanien bei der Legion Condor. Daher war er schon so bald Hauptmann geworden, wie Mary erzählte, denn ihr Bruder sei ein Held.

»Leider«, fügte Mary hinzu. »Mir ist viel lieber, er bleibt am Leben.«

Mary und ihr Bruder verstanden sich sehr gut, und Victoria wußte, daß Mary immer in Angst um ihn lebte.

Zwischen Victoria und Helmut von Dorath war es ein *coup de foudre*, der Hauptmann verliebte sich Hals über Kopf, und auch er gefiel Victoria außerordentlich.

»Ein toller Mann, dein Bruder«, sagte sie zu Mary, und es war ganz der Tonfall ihrer Jungmädchenzeit.

Viel konnte nicht daraus werden, der Hauptmann verschwand sehr schnell wieder aus Berlin, der Krieg in Spanien ging weiter.

Aber die Küsse, die Victoria bekommen hatte, als er sie heimbrachte, leidenschaftliche stürmische Küsse, vergaß sie lange nicht. Seit Prisko hatte kein Mann sie mehr geküßt, und Priskos Küsse waren gegen die des Fliegers nicht wert, daß man sich an sie erinnerte.

Victoria arbeitete also wieder bei Marietta, und noch immer war Marietta die einzige, die von dem Kind etwas wußte.

Nach ihrer Rückkehr hatte Victoria einen kurzen Bericht gegeben. Ob Marietta sich geschmeichelt fühlte, daß das Kind hieß wie sie, war nicht zu erkennen, statt dessen sagte sie: »Du bist ein ganz gerissenes kleines Luder, wie ein Kuckucksei hast du das Kind in ein fremdes Nest gelegt. Und dir ist es total schnurz und piepe, was daraus wird.«

»Na ja, so würde ich es nicht ausdrücken.«

»Aber ich! Denn so ist es. Nun gut, jeder Mensch muß wissen, was er tut. Alt genug bist du. Und wenn du eben keine Muttergefühle hast, hast du sie nicht.«

»Ich habe sie nicht«, sagte Victoria kühl. »Ich will Karriere machen, sonst nichts.«

Aber gerade das gelang ihr so schwer. Ihre Geduld wurde abermals auf eine harte Probe gestellt. Zwar übte sie wie eine Wahnsinnige, sang vier, fünf Stunden am Tag, bis zur totalen Erschöpfung.

»Deine Stimme ist nicht mehr geschmeidig«, rügte Marietta. »Sie ist hart, überanstrengt. Ich will dir etwas sagen, mit Gewalt kann man gar nichts erreichen. Fleiß ja, Arbeit, aber nicht Verbissenheit.«

Sie sollte recht behalten. Bereits Anfang Juli hatte Victoria zum zweitenmal geschwollene Stimmbänder und wurde wieder zum Schweigen verurteilt.

Und das war, trotz allem was zuvor geschehen war, die größte Krise, die sie je durchgemacht hatte. Das war die Zeit, in der sie unleidlich wurde, unausstehlich, als kein Mensch mehr mit ihr auskommen konnte, und die Hauptleidtragende war Nina.

Das war auch die Zeit, als es zu einer ernsthaften Krise und beinahe zur Trennung zwischen Nina und Silvester kam, denn er mußte miterleben, wie Nina sich quälte und vor allem von Victoria gequält wurde.

Anfang August verschwand er türenknallend aus Ninas Wohnung, reiste ab, und sie hörte drei Wochen lang nichts von ihm. Also gut, dann ist eben Schluß, dachte sie trotzig. Ich kann sehr gut ohne ihn leben.

Aber das konnte sie bereits nicht mehr. Sie weinte, auch sie wurde blaß, unleidlich, unausstehlich.

Stephan, der um diese Zeit auf Urlaub kam, sagte: »Das ist ja das reinste Irrenhaus hier bei euch«, und entschwand nach Neuruppin.

Victoria von Mallwitz brachte die Dinge wieder ins Lot. Sie kam angereist, verfrachtete Victoria zu Cesare und ihrer Tochter nach Baden, und schickte Nina an den Tegernsee, wo Silvester im Hotel Bachmair auf sie wartete.

»Er will nichts mehr von mir wissen«, sagte Nina widerborstig.

»Das wirst du dann schon sehen. Zuerst geht ihr mal jeden Tag ausführlich spazieren. Und jeden zweiten Tag macht ihr eine Bergtour. Wenn der See noch warm genug ist, wird gründlich geschwommen. Da werdet ihr schon wieder zu euch kommen. *For heaven's sake, Nina, don't be such a fool*. Er liebt dich. Und du liebst ihn auch. Was erwartest du eigentlich noch von deinem Leben? Du bist alt genug, endlich ein wenig Verstand zu entwickeln.«

In Baden wurde Victoria verwöhnt und umsorgt wie eine Prinzessin. Cesare ertrug geduldig ihre Launen, Anna kochte einen Kräutertee, der angeblich das beste Heilmittel für eine kranke Stimme war, der brave Anton fuhr sie im Wienerwald spazieren oder auch nach Wien hinein, wenn sie einkaufen wollte.

Sonst lag Victoria im Liegestuhl im Garten, schwieg hartnäkkig, aß die Leckerbissen, die Anna ihr zubereitete, nahm etliche Pfunde zu und spielte erstmals mit ihrem Kind. Und fand, Maria Henrietta sei eigentlich sehr niedlich.

»Siehst du!« sagte Cesare glücklich. »Ich habe dir doch gleich gesagt, daß sie zauberhaft ist. Sie wird das schönste Mädchen, das je auf dieser Erde gelebt hat.«

»Phhh!« machte Victoria, das ging auch ohne Ton.

Die Stimme besserte sich diesmal rasch, schon Anfang Oktober kehrte sie nach Berlin zurück und fing wieder an zu üben, diesmal vorsichtiger, kam gut über den Winter. Die Stimme wurde wieder weich, geschmeidig und klangvoll. Im Februar schloß sie ein Engagement für die kommende Spielzeit an das Stadttheater von Görlitz ab.

»Gerade richtig«, meinte Marietta. »Du mußt erst Bühnenerfahrung bekommen, und für den Anfang ist es besser, du hast kein zu großes Haus. Da überanstrengst du dich nicht.«

»Wenn deine Tochter nun ein Engagement hat und endlich für sich allein sorgen kann, darf ich dann meinen Antrag wiederholen?« fragte Silvester Framberg.

»Ich warne dich. Diesmal wird es ernst. Dann hast du mich auf dem Hals.«

Und dann kam also der Anschluß Österreichs, als Nina gerade in München war, um eine Wohnung auszusuchen.

»Ich muß hinfahren. Ich muß das Kind holen.«

»Du fährst auf keinen Fall allein in diesen Hexenkessel. Ich komme mit. Und wichtiger als die Kleine ist jetzt Cesare Barkoscy. Er muß Österreich verlassen.«

»Du meinst, weil er Jude ist? Er ist Halbjude. Und getauft.«

»Sei nicht so naiv, Nina. Das hilft ihm gar nichts.«

»Er hat gute Verbindungen zu Mussolini. Wegen seiner Waffengeschäfte, das habe ich dir doch erzählt.«

»Sehr fraglich, ob ihm das was nützt. Erst spielen sie mal verrückt in Österreich, das hörst du doch.«

Sie hörten es im Radio. Das Gebrüll, das über den Äther kam, war beachtlich.

»Ich möchte bloß wissen, warum sie so begeistert sind«, sagte Nina. »Sie haben doch Zeit genug gehabt, um zu erkennen, was bei uns los ist.«

»Und was ist bei uns los? Den meisten Leuten geht es gut. Und Leute, die nicht unter den Nazis leben wollen, gibt es hier und gibt es dort. Die hörst du bloß nicht. Was schreit, ist die Straße. Die schreit immer. Immer wieder und immer wieder das gleiche dumme Geschrei der Betörten. Das ist so alt wie die

Welt. Nichts Neues unter der Sonne. Außerdem, das darfst du nicht vergessen, hat die Begeisterung in Österreich vor allem wirtschaftliche Gründe. Sie wollen auch mit von dem großen Kuchen essen. Wie bald er ihnen im Halse stecken bleiben wird, das wissen sie nicht. Und die, die es wissen, schreien nicht.«

Vierzehn Tage später fuhren sie mit Silvesters Wagen nach Österreich.

Im Haus Barkoscy in Baden lebte man ganz unbehelligt. Es lag weit ab. Cesare war den Leuten so gut wie unbekannt, denn seit er dort wohnte, hatte er das Haus nie verlassen. Anna und Anton Hofer aber waren Leute aus dem Volk, denen keiner etwas Übles wollte.

»Das Haus gehört mir nicht«, sagte Cesare, »also kann es mir keiner wegnehmen. Ich bin ein alter, gelähmter Mann, ich kann ihnen nicht einmal das Pflaster putzen, was die Juden in Wien tun mußten. Keiner sieht etwas von mir, keiner hört etwas von mir. Nur Anna und Anton kommen unter die Leute. In einem Konzentrationslager würde ich ihnen auch nicht viel nützen, denn ich kann nicht arbeiten. Außerdem sind die Leute hier heraußen ganz kommod, Baden ist nicht Wien.«

»Ich wundere mich über Ihre Gelassenheit«, sagte Silvester, der bei dieser Gelegenheit Cesare kennengelernt hatte. »Soviel ich gehört habe, sind Sie ein kluger und welterfahrener Mann. Sie können sich doch keinen Illusionen hingeben über das Regime, unter dem wir leben.«

»Das tue ich nicht. Früher oder später wird es zum Krieg kommen. Hitler will ihn haben, und er wird ihn kriegen. Auch wenn die ganze übrige Welt ihn nicht will. Die Frage ist nur wann. Ich würde sagen, in vier oder fünf Jahren.«

Silvester wiegte den Kopf, er war skeptisch.

»Der Mann auf der Straße spricht nicht von Krieg, denkt nicht an Krieg, hat ihn überhaupt nicht in seinem Vorstellungsvermögen. So ist es in Deutschland. Bisher war es so. Erstmals jetzt, als das Unternehmen Österreich lief, flackerte die Angst auf. Da haben manche daran gedacht. Haben Angst bekommen. Vier oder fünf Jahre sagen Sie? So lange wird es nicht mehr dauern.«

»Hört auf«, sagte Nina. »Ich kann das nicht hören. Es gibt keinen Krieg. Ich mag den Hitler auch nicht, aber Krieg will er bestimmt nicht. Das sagt er ununterbrochen.«

»Der sagt viel, wenn der Tag lang ist. Die Leute schreien Hoch und Heil und haben morgen vergessen, was er gestern gesagt hat.«

»Fünf Jahre, vielleicht sogar sechs«, wiederholte Cesare. »Mehr Zeit habe ich sowieso nicht mehr. Wenn ich diese Zeit noch friedlich in diesem Haus leben kann, bin ich Gott dankbar dafür. Ich bin sogar bereit, Herrn Hitler dafür dankbar zu sein, wenn er mir noch soviel Zeit läßt.«

»Und warum wollen Sie nicht von hier fortgehen?« fragte Silvester. »Es wäre doch auf alle Fälle sicherer. Wie ich gehört habe, haben Sie doch gute Verbindungen in Italien. Der Mussolini ist auch ein Verrückter. Aber nicht so gefährlich wie unserer. Wäre es nicht besser für Sie, nach Italien zu gehen?«

»Nein«, sagte Cesare eigensinnig. »Ich möchte hierbleiben. Sehen Sie, wenn ich jetzt nach Italien übersiedle, wäre ich dort sehr allein. Hier werde ich sehr gut versorgt. Ich könnte die Hofers nicht veranlassen, mit mir ins Ausland zu gehen. Sie sind einfache Menschen, das hier ist ihre Heimat. Ich glaube nicht, daß sie woanders leben möchten. Und für Maria ist es auch gut hier. Sie kann hier ungestört aufwachsen, ihr tut kein Mensch was. Und ich möchte es noch ein wenig miterleben, wie sie heranwächst.«

Das brachte Silvester auf ein anderes Problem.

»Victoria muß sich unbedingt die Papiere von diesem Menschen beschaffen, der der Vater des Kindes ist.«

Cesare hob alarmiert den Kopf.

»Das ist richtig. Maria muß geschützt sein. *Dio mio*, Nina, dieser Mann ist doch kein Jude?«

»Kann ich mir nicht denken, nachdem er ja in Berlin an der Hochschule studiert hat. Und das letzte, was Victoria von ihm hörte, klang auch ganz unverfänglich. Er ist am Opernhaus in Frankfurt engagiert, das wäre doch unmöglich, wenn er Jude wäre.«

»Auf jeden Fall muß sich Victoria die Unterlagen beschaffen.

Wir müssen wissen, ob er Arier ist. Das muß vorliegen.«

»Victoria will nichts mehr von ihm wissen. Sie hat nur über Dritte erfahren, daß er ein Engagement hat. Und daß er die Witwe geheiratet hat.«

Klein und zusammengesunken saß Cesare in seinem Stuhl.

Nina dachte, daß es wirklich nicht so aussah, als ob er noch lange leben würde. Ob er wohl Schmerzen hatte? Er sprach nie davon.

»Ach ja, die Witwe. Von der hat Victoria mir einmal erzählt. Da geht es ihm sicher gut. Da kann Victoria vergessen, was war, und sachlich mit ihm reden. Maria ist wichtiger. Und was mich betrifft«, er hob die blasse schmale Hand, »da machen Sie sich keine Sorgen. Ich habe noch Freunde. Und wenn ich sage Freunde, dann sind es Freunde. Sie dürfen sich nicht täuschen lassen. Der Jubel der Masse ist nur die eine Seite des Gesichts, das Österreich heute bietet. Es gibt genügend Menschen in diesem Land, die genau wissen, was los ist. Zugegeben, ich lebe hier in einem Vakuum. In einem luftleeren Raum, der sich sehr schnell mit Sturm füllen kann. Ich habe vorgesorgt, soweit es möglich ist. Das Haus gehört Maria. Anna und Anton haben Wohnrecht. Der Wagen läuft auf Antons Namen. Mir gehört hier eigentlich gar nichts mehr. Nur eine Pistole. Von ihr werde ich Gebrauch machen, wenn es notwendig sein sollte. Entschuldigen Sie, es klingt so dramatisch, das mag ich nicht. Ich möchte, daß Sie diese Worte ganz nüchtern aufnehmen. Wie sie gemeint sind. Es würde mir wirklich nicht viel ausmachen, mein Leben zu beenden. Oder sagen wir mal, es hat eine Zeit gegeben, in der es mir nichts ausgemacht hätte. Seit Maria hier ist, genieße ich es, noch zu leben. Aber wenn sie durch mein Vorhandensein gefährdet wäre, dann würde ich nicht lange überlegen, was ich tue.«

Es war ein heller Frühlingstag, ein erster grüner Schimmer lag über den Büschen, auf der Wiese blühten Krokusse.

Sie saßen auf der breiten Holzveranda hinter dem Haus, geschützt vor allen Blicken, nur der Wienerwald blickte zu ihnen herein. Das Kind trippelte schon, sein dunkles Haar lockte sich an den Spitzen.

Nina hatte Angst gehabt, es könne die Stufen hinunterfallen, die in den Garten führten, und hatte es auf den Schoß genommen. Es saß nun dort, zwar artig, aber ein wenig steif und unbehaglich. Es waren fremde Hände, die es hielten. Aber es wehrte sich nicht, es war nur eingeschüchtert.

Liebe ich dieses Kind? dachte Nina.

Nein, warum sollte ich? Ich kenne es kaum. Und es kennt mich nicht. Aber es ist Victorias Kind. Sie sollte es lieben. Es ist wirklich ein hübsches Kind. Und es ist nicht verlassen und ausgestoßen, es bekommt ausreichend Liebe und Fürsorge.

»Maria kann nichts passieren«, wiederholte Cesare hartnäkkig. »Wenn wirklich eine Gefahr droht, würden Anna und Anton sie retten. Anton hat den Wagen. Er kann damit fahren, wohin er will.«

»Wir sorgen uns nicht um Maria«, sagte Silvester, »sondern um Sie, Herr Barkoscy.«

»Das ist nicht mehr der Mühe wert. Aber dennoch vielen Dank. Sehen Sie, ich muß nicht unbedingt weiterleben. Mein Leben war amüsant, abwechslungsreich, auch erfolgreich, wenn man es von der finanziellen Seite aus betrachtet. Und nun sitze ich in diesem Stuhl. Schon eine ganze Weile. Ich muß nicht eine Ewigkeit darin sitzen. Vor allem muß Victoria den Nachweis erbringen, daß Maria einen arischen Vater hat. Das müssen Sie ihr sagen. Wenn sie mit diesem Mann nicht reden will, kann sie es über einen Anwalt erledigen lassen.«

Nina und Silvester blieben noch zwei Tage in Wien. Aber es war nicht das Wien, das Silvester kannte, es gefiel ihm derzeit nicht.

»Laß uns nach Hause fahren, Nina. Laß uns heiraten und beisammen bleiben. Es wird dunkel und stürmisch. Man sollte nicht allein sein in dieser Zeit. ›Wer jetzt kein Haus hat, baut sich keines mehr . . .‹ Laß uns wenigstens eine Zeitlang in Frieden miteinander leben.«

»Eine Zeitlang?«

»Ich wünschte, ich könnte sagen, eine lange Zeit.«

Er nahm sie in die Arme, küßte sie, und in seinem Kuß spürte sie zum erstenmal seine Angst.

Und ein Echo war in ihren Ohren – wie war das doch gleich?

Eine Weile möchte ich dich behalten . . .

Würde es denn nie in ihrem Leben einen Mann geben, den sie für immer behalten konnte?

Sie heirateten im Mai, Victoria von Mallwitz richtete die Hochzeit aus, draußen im Waldschlössl, im allerkleinsten Kreis.

Zur selben Zeit lief der Abdruck eines Romans von Nina in der Berliner Illustrirten, und der Titel des Romans gab Anlaß zu Gelächter am Hochzeitstag.

Der Roman hieß: »Wir sind geschiedene Leute«.

Es war die Geschichte eines Künstlerehepaars, Schauspieler, beide bekannt und berühmt, beide temperamentvoll und schwierig, die sich scheiden lassen und jeweils ein neues Leben mit neuem Partner beginnen, aber immer wieder auf der Bühne zusammentreffen. Es gab Nina zwei Möglichkeiten: erstens einmal die, ausführlich über Theater zu schreiben, was sie schon lange verlockt hatte, und zweitens Himmel und Hölle, in der zwei Liebende leben müssen, darzustellen. Dazu kam die Theaterwelt und die Komik des Alltagslebens zweier ehrgeiziger, eitler und in sich selbst verliebter Künstler.

Auch das Buch wurde später sehr erfolgreich und noch später gab es einen hervorragenden Film, in dem zudem noch Peter Thiede die Hauptrolle spielte.

Zunächst aber bezog Nina eine Fünfzimmerwohnung in München-Bogenhausen in der Holbeinstraße.

Eine neue Welt, ein neuer Mann, eine neue Liebe.

Es ist ein Augenblick, und alles wird verwehn . . .

Genau ein Jahr und drei Monate blieben ihr, um im Frieden sich in diesem neuen Leben einzurichten. Dann begann der Krieg.

Zuvor noch, im Sommer 1938, reiste Nina zum erstenmal nach vielen Jahren in ihre Heimat. Es war ein spontaner Entschluß, nicht einmal Silvester wußte von dieser Reise. Es ging ihr um Martha Jonkalla, Kurtels Mutter, ihre Schwiegermutter.

Martha war ein Problem. Natürlich hätte es sich gehört, daß sie Martha von ihrer Heirat verständigte, darüber war Nina sich klar. Aber sie brachte es nicht übers Herz, ihr das einfach zu schreiben. Martha, diese vernünftige, realistische Person, hatte die Hoffnung ja noch immer nicht aufgegeben, daß ihr Sohn eines Tages doch noch aus Rußland zurückkehren würde. War die Welt nicht voller Wunder? Warum sollte denn ausgerechnet dieses Wunder nicht geschehen? Sie sprach nicht mehr ständig davon wie früher. Aber sie wartete, sie hoffte, sie betete.

In den vergangenen Jahren hatte Nina ihre Schwiegermutter selten gesehen. Nur zweimal war Martha nach Berlin gekommen, obwohl es wirklich keine weite Reise war von Niederschlesien. Das erste Mal kam sie, bald nachdem Nina mit den Kindern und mit Gertrud von Breslau nach Berlin umgezogen war. Nina hatte gerade angefangen, bei Felix im Theater zu arbeiten, sie war relativ heiter und erfüllt von ihrem neuen Leben, nur verheimlichte sie Martha, daß sie ein Verhältnis mit Felix hatte.

Das beengte Leben in der Motzstraße gefiel Martha, die in dem großen Gadinski-Haus lebte, gar nicht. Sie sagte immer wieder: »Kindel, hier kannst du doch nicht bleiben. Komm doch mit mir nach Hause.«

Aber Nina wäre lieber in die Hölle gegangen als in ihre Heimatstadt, das sprach sie auch aus, und das konnte Martha nicht verstehen.

»Es ist doch schön bei uns. Alles wie früher. Und du bist dort nicht so allein, ich bin da, dein Bruder ist da und seine Familie.«

»Geh mir los mit dem. Du weißt genau, daß ich ihn nicht ausstehen kann.«

»Guter Gott, Kindel, du bist doch nun eine erwachsene Frau, man kann doch einen Kinderstreit nicht ein Leben lang mit sich rumschleppen.«

Nina ersparte sich die Antwort. Martha verstand nicht, keiner verstand, was sie von ihrem Bruder Willy trennte.

Natürlich wäre auch Trudel gern nach Hause zurückgegangen, daran bestand kein Zweifel, Martha hatte in ihr eine Verbündete.

»Geh doch«, sagte Nina kalt. »Wir kommen schon allein zurecht.«

»So? Kommt ihr das? Du gehst arbeiten, bist nächtelang in deinem Theater, und wer kümmert sich um die Kinder?«

Als Martha zu ihrem zweiten Besuch nach Berlin kam, arbeitete Nina bereits in der Fahrschule, und Gertrud war seit einiger Zeit verheiratet. Letzteres war wohl hauptsächlich der Anlaß für Marthas erneute Reise. Die Tatsache, daß Trudel Nossek geheiratet hatte, war so ungeheuerlich, daß sie sich mit eigenen Augen davon überzeugen wollte.

Sie verbrachte einige Tage in Berlin, in der Motzstraße hatten sie ja nun mehr Platz, und anschließend fuhr sie für eine Woche nach Neuruppin, wo es ihr ausnehmend gut gefiel. So eine kleine Stadt war ihr angenehmer als das riesige Berlin, das ihr Furcht einflößte.

Wie eh und je bewunderte sie Nina ohne Einschränkung, und in Kurtels Kindern sah sie verständlicherweise die Vollendung menschlicher Wesen. Immer wieder sagte sie: »Wenn Kurtel doch nur seine Kinder sehen könnte! Wie stolz er wäre! Wie glücklich!«

»Vielleicht fände er uns ganz widerlich«, sagte Victoria aus purer Opposition, denn das Gerede dieser Großmutter, die sie kaum kannte, ging ihr erheblich auf die Nerven.

»Daß du so schön singen kannst, was glaubst du denn, wie ihn das glücklich machen würde.«

»Na ja, sicher«, meinte Victoria gelangweilt, und Nina wechselte rasch das Thema.

In all den Jahren waren viele Pakete von Martha gekommen, meist mit Lebensmitteln, denn sie hatte immer Angst, Nina und die Kinder würden in Berlin verhungern. Und dann strickte sie unentwegt für die Kinder – Strümpfe, Handschuhe, Schals und Pullover, Sachen, die die Kinder nie anziehen wollten.

Verändert hatte sich Martha Jonkalla kaum, klein, fest und stämmig, auf sicheren Beinen, arbeitsam wie in jungen Jahren. Das Haar war grau geworden, die Haut ein wenig verschrumpelt, aber nicht sehr, dazu war sie zu lebendig und aktiv.

In diesem Sommer, als Nina zu ihr fuhr, war sie fünfundsiebzig.

Mehr als mit Nina und ihren eigenen Enkelkindern war sie

verständlicherweise mit den Gadinskis und deren Nachwuchs verbunden. Sie gehörte zu der Gadinski-Familie, seit sie als junge Witwe, den eben geborenen Kurtel im Steckkissen, in dieses Haus gekommen war, als Amme für die kleine Karoline, denn Ottilie Gadinski, zart, empfindsam und blutarm, konnte ihr Kind nicht stillen. Die Tatsache allein, ein Kind zur Welt gebracht zu haben, betrachtete Ottilie als derart enorme Leistung, daß sie beschloß, fortan nicht mehr am tätigen Leben teilzunehmen. Sie lag auf dem Sofa, ließ sich bedienen und verwöhnen, klagte über unzählige Schmerzen und Krankheiten, und keiner erwartete, daß sie noch lange leben würde.

Doch sie überstand ihre verschiedenen Leiden bei bester Gesundheit, an ihrem Lebensstil hatte sich bis heute nichts geändert, sie lag, sie seufzte, sie klagte und ließ sich verwöhnen.

Dies war von Anfang an eine von Marthas Hauptaufgaben gewesen: sich um Ottilie zu kümmern. Und natürlich um den Herrn des Hauses, Adolf Gadinski, Besitzer der Zuckerfabrik, den reichsten Mann der Stadt, gesund, vital, lebensfroh, geschlagen mit der jammernden Frau, die er dennoch zärtlich liebte. Martha führte meisterhaft den großen Haushalt, befehligte eine Schar von Dienstboten, kochte allerdings selbst, denn sie kochte großartig und sehr gern, und erzog die beiden Kinder, Karoline, die das einzige Kind der Gadinskis blieb, und ihren Sohn Kurtel. Als Kurtel mit vierzehn die Schule verließ, sollte er in der Fabrik arbeiten, aber Kurtel, der bei aller wohlerzogenen Bescheidenheit immer sehr genau wußte, was er wollte, mochte nicht in die Fabrik. Und Martha wollte es eigentlich auch nicht; bei allem Respekt für Herrn Gadinski stellte sie sich vor, daß ihr Sohn etwas Besseres werden könnte.

Kurtel ging also in die Lehre zu Münchmann & Co., dem größten Textilhaus der Stadt, und Herr Gadinski, gutmütig wie er war, hatte nichts dagegen einzuwenden. Wenn der Junge lieber Koofmich werden wollte, bitte sehr.

Nina und Kurt Jonkalla waren Nachbarskinder und Jugendfreunde, er liebte sie, seit sie ein kleines Mädchen war, und sie heiratete ihn im Jahr 1913 nur aus dem einzigen Grund, weil er eine Stellung in Breslau antrat und weil in Breslau Nicolas von

Wardenburg lebte, seit er das Gut verloren hatte. Wardenburg gehörte jetzt Herrn Gadinski, an den Nicolas tief verschuldet gewesen war.

Als Gadinskis Karoline einen Leutnant von den Breslauer Leibkürrassieren heiratete, bekam sie als Hochzeitsgeschenk von ihrem Vater Gut Wardenburg, und Nina haßte sie darum aus tiefstem Herzen.

Lange konnte sich Karoline nicht am Leben einer Gutsherrin erfreuen, sie bekam zwar rasch hintereinander vier Kinder, doch ihr Mann kehrte mit einer schweren Verwundung aus dem Krieg heim, an deren Folgen er einige Jahre später starb. Und ganz überraschend für alle erlag der starke, gesunde Adolf Gadinski, auch nicht lange nach dem Krieg, einem Gehirnschlag.

Die kränkliche, seufzende Ottilie lebte immer noch. Und Karoline mit ihren vier Kindern lebte bei der Mutter in dem Gadinski-Haus, da sie in den schweren Nachkriegsjahren das Gut nicht halten konnte.

Arbeit also gab es für Martha Jonkalla mehr als genug. Nach wie vor führte sie den Haushalt, allerdings nicht mehr so unangefochten und selbständig wie früher, denn Karoline war weder so passiv wie ihre Mutter noch so umgänglich wie ihr Vater, sie war zänkisch, rechthaberisch, launisch, mit einem Wort, sie konnte unausstehlich sein. Martha ertrug es mit Geduld, schreckte allerdings auch vor energischen Worten und Taten nicht zurück; die schlimmste Drohung: Ich gehe.

Dann lenkte Karoline ein. Sie wußte sehr gut, was sie an Martha hatte.

Das war die Situation, als Nina im Sommer 1938 einen Besuch im Haus Gadinski machte, das sie während ihrer Jugendzeit nie betreten hatte. Denn die Gadinskis waren reiche Leute, die Nosseks nur bescheidene mittlere Beamte.

Als Nina sich zu dieser Reise entschloß, befand sie sich in Berlin, und zwar zum erstenmal wieder, seit sie geheiratet hatte. Es ging um die Wohnung. Ihre Wohnung.

Als sie nach München umzog, im Mai, hatte sie sich nicht entschließen können, die Wohnung zu kündigen. Victoria hatte gesagt: »Ist doch Blödsinn, Wohnungen sind knapp in Berlin, wir können froh sein, daß wir sie haben. Erst kann ich doch mal drin wohnen.«

»Aber Kind, du kannst doch nicht allein in der großen Wohnung sein. Und außerdem gehst du ja im Herbst nach Görlitz.«

»Du wirst ja wohl kaum erwarten, daß ich lange in Görlitz bleibe. Vielleicht kriege ich bald ein Engagement in Berlin, dann wäre es doch dumm, wenn die Wohnung nicht mehr da wäre.«

Den Traum, an der Staatsoper oder am Deutschen Opernhaus zu singen, hatte sie nicht aufgegeben, das war ihr ständiges zweites Wort: Wenn ich erst in Berlin engagiert bin.

»Und Stephan wird ja auch mal mit seinem Militär fertig sein, dann wird er froh sein, wenn er weiß, wohin. Ob er nun studiert oder was er macht, irgendwo muß er ja wohnen.«

Nina, von Kindheit an sparsam erzogen, sagte: »Es ist doch heller Wahnsinn, Miete für zwei Wohnungen zu bezahlen.«

»Die in München zahlst du doch nicht. Die zahlt dein zukünftiger Mann. Und alles andere zahlt er auch, wenn du erst mit ihm verheiratet bist. Schließlich verdienst du genug mit deinen Büchern, daß du dir die Miete für diese Wohnung leisten kannst.«

Das entbehrte nicht der Logik, Nina sah es ein. Außerdem kam es ihren Wünschen entgegen, es fiel ihr so schwer, die Wohnung aufzugeben. Sie war so schön, die hellen großen Räume, hübsch eingerichtet, lauter leichte elegante Möbel; der Horror, den ihr die schweren wuchtigen Eichenmöbel in ihrem Elternhaus eingeflößt hatten, war nicht vergessen. Schön hatte sie es auf Gut Wardenburg gefunden, Tante Alice und ihr englisches Zimmer; alles licht, leicht, helle Polstermöbel, helle Teppiche, das hatte ihr gefallen.

Silvester hatte zwar ein wenig bitter gesagt: »Du hältst dir den Rückzug offen«, aber in diesem Punkt war Nina hart geblieben. Victoria konnte in der Wohnung sein, Stephan, wenn sein Militärdienst beendet war, natürlich auch, wenn er auf Urlaub kam und ihn ausnahmsweise mal nicht in Neuruppin verbringen wollte, auch wenn man selbst nach Berlin kam – »sieh mal, wenn wir nach Berlin kommen, brauchen wir kein Hotel, dann wissen wir gleich, wo wir hingehören.«

»Ich wohne sehr gern im Hotel«, sagte Silvester eigensinnig.

Kurz und gut, die Wohnung blieb, und noch bevor Nina heiratete, ergab sich eine günstige Gelegenheit, drei Zimmer davon zu vermieten. Horst Runge, Victorias früherer Kollege aus dem Studio, hatte es geschafft: ein Engagement ans Deutsche Opernhaus. In der Spielzeit 38/39 würde er in Berlin singen.

»Mensch, Horst, hast du ein Schwein«, hatte Victoria neidisch gesagt.

»Schwein?« Er pochte mit dem Finger auf seine Kehle. »Stimme.«

Übrigens würde er allein in dieses Engagement gehen, das Deutsche Opernhaus dachte nicht im Traum daran, Gerda Monkwitz, seine Frau, ebenfalls zu engagieren.

Zwar hatte er früher erklärt: kein Engagement ohne Gerda. Aber das hatte er sich inzwischen anders überlegt. Die Karriere würde er machen, nicht sie. Das hatte jeder gewußt, jetzt wußte er es auch.

Gerda fand sich ohne Kommentar damit ab und bereitete sich darauf vor, eine gute Hausfrau zu werden, das heißt, sie war es sowieso schon, sie würde es in Zukunft ausschließlich sein.

»Vielleicht kriege ich ein Kind«, sagte sie in ihrer wurschtigen Art zu Victoria, als sie im April in Berlin zusammentrafen und die Wohnungsangelegenheit besprachen.

»Wenn du partout willst.«

»Eine Frau muß einfach ein Kind haben. Sonst ist sie keine richtige Frau.«

»Ach ja?«

»Das wirst du schon auch noch merken. Wenn du erst den richtigen Mann hast.«

»Ich mache mir nichts aus Kindern«, sagte Victoria.

»Das kommt dann schon, wenn du erst eins hast.«

Victoria lächelte. Gerda war immer eine Gans gewesen, daran hatten Gesangsstudium und Horst Runge nichts ändern können, daran würde auch ein Kind nichts ändern.

Die Runges mieteten also drei Zimmer der Wohnung. Es gab zwei Bäder, das machte keine Schwierigkeiten. Die Küche war groß, Nebenräume waren ausreichend vorhanden.

»Aber wir machen nur einen kurzen Mietvertrag«, sagte Victoria zu Nina, »kann ja sein, ich brauche die Wohnung mal ganz für mich allein.«

»Für dich allein? Was willst du denn allein in dieser Riesenwohnung machen?«

»Wenn ich heirate –«

Nina starrte ihre Tochter sprachlos an. »Du willst heiraten?«

»Na, warum denn nicht? Einmal wird ja dieser Krieg in Spanien zu Ende sein. Helmut will nicht heiraten, solange er dort herumbombt. Er sagt, er will mich nicht zur Witwe machen, ehe ich eine Frau geworden bin.« Sie lachte unbeschwert. Nina war schockiert.

Über die Art, wie Vicky redete. Und darüber, daß sie an eine Heirat dachte.

Sie kannte den Flieger. Er gefiel ihr, kein Vergleich mit dem slowakischen Genie, ihrer Meinung nach.

»Er will dich also wirklich heiraten?«

»Klar will er. Die Frage ist nur, ob ich will.«

»Liebst du ihn denn?«

Victoria lachte und schloß Nina in die Arme.

»Ja, mein geliebtes Huhn, ich liebe ihn ganz wahnsinnig. Was sagst du dazu? Ich bin ganz verrückt nach ihm, wenn du es wissen willst.«

»Weiß er denn . . .«

»Aha, das dachte ich mir, daß das kommt. Er weiß nicht. Aber sei beruhigt, ehe ich ihn heirate, werde ich ihm alles beichten. Es wird ihm schnurz und piepe sein. Zufällig liebt er mich. Und außerdem lebt er ziemlich gefährlich da unten. Ich kann mir vorstellen, daß man da andere Perspektiven bekommt. Wenn man damit rechnen muß, jeden Tag abgeschossen zu werden, und sollte man wunderbarerweise überleben, von den Kommunisten massakriert zu werden, also, dann denke ich mir, daß einem das Vorhandensein eines kleinen Bastards nicht allzuviel ausmachen kann.«

»Wie du redest«, sagte Nina aufgebracht. »Ich mag das nicht hören.«

»Ich rede ganz sachlich.«

»Es klingt furchtbar.«

»Ach, Nina, tu nicht, als seist du eben vom Mond gefallen. Das Leben ist kein weiches Nest, in dem das Weibchen sich behaglich kuscheln kann, bewacht vom großen starken Männchen, das ihm die besten Happen in den Schnabel steckt.«

»So war mein Leben bestimmt nicht«, sagte Nina.

So war ihr Leben jetzt. Ganz plötzlich, ganz unerwartet war ihr Leben so. Und sie brauchte lange, bis sie sich daran gewöhnte. Sie gewöhnte sich im Grunde nie ganz daran, und das war nur gut für sie, denn solch ein Leben war nicht für sie bestimmt.

Ende August also war sie in Berlin, das erste Mal nach ihrer Heirat, nach drei glücklichen Monaten, man konnte ohne Übertreibung sagen, nach drei sehr, sehr glücklichen Monaten.

Sie wollte die Zimmer, die Runge demnächst beziehen würde, freimachen, beziehungsweise war vereinbart worden, daß ein Teil ihrer Möbel drin bleiben sollte, und Nina wählte sorgfältig aus, was sie dem Sänger und seiner Frau überlassen wollte. Trudel war gekommen, wie immer, wenn man ihre Hilfe brauchte, sie räumten um, hatten sich viel dabei zu erzählen, und Trudel sagte immer wieder: »Was bin ich froh, nein, was bin ich froh, daß du doch noch geheiratet hast, Nindel. Wann bringst du ihn mir denn mal mit, deinen Mann? Ich muß ihn doch kennenlernen, muß ich doch. Und Fritz ist auch schon so neugierig auf seinen neuen Schwager.«

Nina lächelte ein wenig gequält. Bisher hatte sie es vermieden, Silvester mit Neuruppin zusammenzubringen, die politischen Ansichten waren gar zu gegensätzlich. Obwohl sie sicher war, daß Silvester souverän darüber hinweggehen würde.

Silvester war nicht mitgekommen nach Berlin, er schrieb an einem Buch über mittelalterliche Kunst und meinte, ein paar Tage Ruhe und Sammlung täten ihm ganz gut, Ehe sei doch viel anstrengender als er vermutet hatte.

Mit der Wohnung waren sie nach drei Tagen fertig, und da kam Nina auf die Idee, zu Martha zu fahren. Einfach so. Einen Besuch von zwei Tagen und bei der Gelegenheit erzählen, daß sie geheiratet hatte. So vernünftig Martha war, es würde sie treffen, es würde sie verletzen, das wußte Nina, das verstand sie auch, aber erfahren mußte sie es dennoch.

Fred Fiebig lieh ihr einen Wagen und damit fuhr sie ostwärts. Allein.

Sie hatte flüchtig daran gedacht, Trudel mitzunehmen, die wäre sicher gern einmal in die Heimat gefahren. Aber nein, Nina verwarf den Gedanken sofort, das Ganze bekam dann einen unnötig sentimentalen Anstrich, denn Trudel würde zweifellos unerträglich sentimental werden.

Sieh mal hier, guck mal dort, da haben wir, da war doch – nein, das denn doch nicht.

Doch fragte Nina ihre Tochter, ob sie mitkommen wolle.

»Bestimmt nicht«, sagte Victoria in ihrer kühlen entschiedenen Art. »Was soll ich denn in dem Kaff?«

»Wir haben auch ein schönes Stadttheater.«

»Freut mich. Aber von Görlitz aus kann es nur noch aufwärts gehen, das weißt du doch. Nicht abwärts. Außerdem studiere ich meine Partien.«

Als erstes würde sie die Anna singen aus ›Hans Heiling‹ und dann Lortzings Undine. Beides schöne und nicht ganz leichte Partien. Sie studierte sie mit Marietta ein, beziehungsweise mit dem derzeitigen Klavierbegleiter im Studio, einem ziemlich faden Burschen, wie Victoria fand. Seit langem dachte sie zum erstenmal wieder einmal an Prisko. Schade, daß sie mit ihm nicht arbeiten konnte. Auch wenn sie ihn nicht mehr leiden konnte, als Korrepetitor war er unvergleichlich gut.

Als dritte Partie, das wußte Victoria auch schon, würde sie die Sonja aus dem ›Zarewitsch‹ singen, denn sie war mit Operettenverpflichtung engagiert. Erst hatte sie die Nase gerümpft, aber Marietta sagte: »Auch eine Operette kann man anständig singen. Erst recht, würde ich sagen. Und der Lehar hat allerhand an Musik geschrieben, das mußt du singen können, mein Kind, sonst gehst du baden.«

Kein Begleiter also für die Reise in die Vergangenheit. Nina fuhr allein.

Reminiszenzen

Es macht Spaß, mit dem Auto durch das Land zu fahren. Fred hat das schon vor Jahren gesagt. Es ist warm, die Sonne scheint, das Verdeck habe ich zurückgeschlagen, das Land ist grün und weit und friedlich. Nein, es gibt bestimmt keinen Krieg, alles Unsinn, was Silvester und seine Freunde daherreden. Dies ist ein Land des Friedens; ich wußte gar nicht mehr, wie schön es hier ist, die weite Ebene, Wälder, Wiesen, die Ernte geht zu Ende, dann fahren die polnischen Schnitter wieder nach Hause. Ob es überhaupt noch polnische Schnitter gibt?

Sicher doch, wir haben sie ja immer gebraucht, sie waren fleißig und fröhlich, Nicolas spendierte ihnen zum Abschluß der Ernte ein Faß Bier und ein Faß Schnaps, guter schlesischer Korn, er holte ihn selbst aus der Brennerei. Sie tranken ihn wie Wasser. Sie sangen, und sie tanzten und dann waren sie betrunken. Köhler, der Verwalter von Wardenburg, sah es nicht gern, daß sie Schnaps bekamen. Er trank nie. Er war hart und streng mit den Leuten, aber Nicolas sagte: ›Sie haben fleißig gearbeitet, nun sollen sie sich besaufen‹. Im Gutshaus tranken wir Champagner. Als ich klein war, bekam ich nur einen Schluck, aber so ab zehn Jahren etwa bekam ich ein ganzes Glas. Nicolas bot auch Köhler immer ein Glas an, der nahm es, verbeugte sich steif, sagte, ›Auf Ihr Wohl, Herr Baron‹, nippte an dem Glas und ließ den Rest stehen.

Grischa schüttelte seinen großen Kopf und brummte: ›Mann nix weiß, was gut ist.‹ Er hätte niemals Köhlers Glas ausgetrunken, er goß den Rest aus. Alices und Nicolas' Gläser leerte er immer mit Behagen, wenn sich noch etwas darin befand. ›Wohl bekomm's, Väterchen, wohl bekomm's Mütterchen‹ sagte er, wenn er ihnen die gefüllten Gläser auf einem Silbertablett anbot, und er lachte dazu über sein gutes breites Gesicht.

Ich werde zwei Tage bleiben, länger nicht, das genügt. Ob

Martha weinen wird? Nein, sie weint nicht. Aber sie wird mich ansehen, so . . . ich weiß jetzt schon, wie sie mich ansehen wird. Ich bin nicht sentimental, sie ist nicht sentimental, aber sie ist unglücklich. Ich bin glücklich. Jetzt bin ich glücklich. Ach, Silvester in München. Du hättest mitkommen sollen auf diese Reise. Ich wollte es nicht, aber nun wünsche ich doch, du wärst hier.

Ich werde mich nie an deinen Namen gewöhnen. Wie kann ein Mensch Silvester heißen. Ich nenne dich Silvio. Vergangenen Winter waren wir in München in der Oper, im ›Bajazzo‹, und die Nedda sang im Liebesduett so beseelt ihr *Silvio*, das blieb mir im Ohr. Als wir nach der Oper beim Walterspiel zum Essen waren, sagte ich zum erstenmal zu ihm: Silvio.

Er lachte. ›Ich bin doch kein Italiener‹, sagte er. ›Aber einmal werden wir nach Italien fahren, wir beide. Ich möchte dir Florenz zeigen. Und Capri. Und die Bucht von Sorrent. Wir werden im Mittelmeer baden.‹

Diesen Sommer haben wir viel im Starnberger See gebadet. Und ein paar schöne Bergtouren haben wir gemacht. Ich war auf dem Herzogstand, und auf der Benediktenwand, das fand ich schon sehr hoch. ›Sehr beachtlich für eine Preußin‹, sagte er.

Ich habe mit Martha gesprochen, habe es ihr gesagt, und sie hat mich so angesehen, wie ich es erwartet hatte, aber sie war sehr lieb und verständnisvoll. Außerdem wußte sie es schon, von Trudel. Hätte ich mir denken können.

›Du bist eine junge hübsche Frau, Nindel, warum sollst du nicht wieder heiraten. Ich wünsche dir alles Gute.‹

Und dann sagte sie noch: ›Ich wünsche dir einen Mann, den du behalten kannst.‹

Bisher habe ich keinen behalten können. Meine Ehe mit Kurtel dauerte nicht einmal ein Jahr, dann begann der Krieg. Dann noch zweimal Urlaub und dann war er verschwunden. Einfach weg. Als hätte es ihn nie gegeben. Nicht tot. Nur weg.

›Über Rußlands Leichenwüstenei faltet hoch die Nacht die blassen Hände‹ – so fängt ein Gedicht an, ich glaube, es ist von Richard Dehmel, ich habe es in der Schule aufgesagt. Gedichteaufsagen war mein Höchstes, da war ich nicht zu schlagen.

Fräulein von Rehm lebt nicht mehr, das habe ich gleich ermittelt. Sie hätte ich gern wiedergesehen, sie war eigentlich das Beste an meiner Kindheit. Was sie wohl sagen würde, daß ich Bücher schreibe. Die ersten Gedichte, die ich gemacht habe, las ich ihr vor, und über ihr strenges Gesicht glitt ein Lächeln. Sie hat mich verstanden. Ich wußte das gleich, schon am ersten Tag, an dem ich zur Schule ging. Ich bin gern in die Schule gegangen, ihretwegen. Dabei war sie wirklich streng und sehr unnahbar. Die meisten Mädchen fürchteten sie und konnten sie nicht leiden. Marleen zum Beispiel. Diese alte Schreckschraube, sagte Marleen immer. Ich liebte meine Lehrerin. Nach Nicolas liebte ich sie am meisten von allen Menschen. Erni natürlich immer ausgenommen, aber das war ein anderes Gefühl, Erni war ein Teil von mir. Mein Herz schlug für sein krankes Herz mit, auch wenn ihm das nicht helfen konnte. Sein Grab kann ich nicht besuchen, er liegt in Breslau begraben, aber es ist ja auch überflüssig, auf den Friedhof zu gehen, das ist nur eine dumme Sitte, von der keiner was hat. Kurtel hat kein Grab, und Nicolas hat kein Grab. Oder wenn sie welche haben, weiß man nicht wo. Eines in Frankreich, eines in Rußland.

Wie international die Toten sind nach so einem Krieg.

Meine Eltern sind hier begraben. Fräulein von Rehm auch.

Vielleicht gehe ich doch mal auf den Friedhof. Fräulein von Rehm wußte, daß ich Nicolas liebte. Und wie verzweifelt ich war, als Wardenburg verloren war. Ihr habe ich auch gesagt, daß ich gern Schauspielerin werden wollte. Sie hat mich immer verstanden. Ich habe sie richtig geliebt, mehr als meine Mutter.

Arme Mutter, verzeih mir, daß ich das denke. Natürlich habe ich dich liebgehabt, du hast mir immer leid getan. Dein Leben war so eng. Du warst so geängstigt und gedemütigt, du warst nie frei, du hattest keine Möglichkeit, du selbst zu sein, dich zu entwickeln, ein freier Mensch zu werden. Manchmal habe ich dich ein wenig verachtet. Weil du dich nicht gewehrt hast.

Heute sehe ich das anders – wogegen hättest du dich denn wehren sollen? Gegen den Mann, gegen die Kinder, gegen die Armut? Sie waren dein Schicksal, und du hättest nur gehen können und alles verlassen, aber dann wäre gar nichts mehr da gewesen.

So ein Gedanke ist dir natürlich nie gekommen, nicht der leiseste Hauch eines solchen Gedankens. Du warst zum Dienen geboren, zum Dienen und zum Dulden, und in der Bibel steht ja wohl, daß der Mensch damit auch glücklich sein kann. Wenn man überhaupt im Zusammenhang mit dir von Glück reden will. Glück war für dich so unerreichbar wie der Thron des Kaisers.

Aber vielleicht täusche ich mich, vielleicht warst du manchmal glücklich. Wenn du ein Kind geboren hattest, das gesund war und am Leben blieb. So ein Kind wie ich, nicht eins wie Erni, das krank zur Welt kam.

Was ist überhaupt Glück? Ein Augenblick, und alles wird verwehn . . .

Martha wollte, daß ich im Gadinski-Haus wohne, und Karoline ließ sich herab, eine Einladung auszusprechen. Als junges Mädchen nannte ich sie immer die dicke Karoline, dabei war sie gar nicht dick, nur ein bißchen üppig um den Busen herum. Jetzt ist sie dick. Martha kann gut kochen, und Karolines Kinder sind schon groß, arbeiten braucht sie nicht. Geheiratet hat sie auch nicht wieder. Viel hat sie wohl nicht mehr, die Pension einer Offizierswitwe, und von ihres Vaters Vermögen blieb ja wohl ein wenig übrig, was eben die Inflation übriggelassen hat.

Damals übersah sie mich. Ich war das arme Mädel von nebenan. Und ich haßte sie abgrundtief, als sie Wardenburg übernahm. Abgesehen von Willy habe ich nie mehr einen Menschen so gehaßt. Dabei konnte sie gar nichts dafür, Nicolas hat das Gut verwirtschaftet, das ist die nackte Tatsache.

Ein Mann wie er war zu Arbeit und Verantwortung nicht geschaffen. Auch nicht dazu erzogen. Er war einer, der nur mit dem Leben spielt. Manche sind so. Und ich habe ihn geliebt, weil er so war, wie er war. Und auch heute noch gestehe ich ihm das Recht zu, so zu sein, wie es zu ihm paßte. Aber ich sollte Karoline nicht mehr hassen, sie trägt keine Schuld am Verlust von Wardenburg. Außerdem hat sie es nicht mehr.

Natürlich dachte ich nicht im Traum daran, bei ihnen zu wohnen, ich kann mir schließlich ein Hotel leisten. Ich wohne im Hotel Drei Könige, noch immer das erste Haus am Platze. Ich habe das schönste Zimmer des Hauses, denn ich bin eine berühmte Tochter dieser Stadt. Eine Schriftstellerin. Der Stadtanzeiger schickte mir einen Reporter zum Interview, und in der Zeitung erschien ein zweispaltiger Bericht mit Bild. Martha ist sehr stolz.

Auch mein gräßlicher Bruder. Er lud mich ein, und ich mußte hin, das ging ja nun nicht anders. Er ist ein hohes Nazitier, es geht ihm blendend, mit einem Mercedes holte er mich ab, und ihr Haus am Stadtrand ist ganz prachtvoll. Ein fünftes Kind haben sie auch noch gekriegt, und seine Frau, die doofe blonde Kuh, trägt das Mutterkreuz auf dem Busen. Ich war kühl und hochmütig und lächelte nur aus dem Mundwinkel. Das kann ich mir leisten, ich bin eine bekannte Autorin und neuerdings auch noch mit Herrn Dr. Framberg verheiratet. Für meine Heimatstadt bin ich eine Wolke, so würde Vicky es ausdrücken.

Komischerweise gibt es sonst keinen mehr in der Stadt, der mich kennt. Falls noch ehemalige Schulfreundinnen hier leben, lassen sie sich nicht blicken. Gott sei Dank. Sie sind neidisch. Oder sie lesen keine Zeitung. Oder sie sind fortgezogen wie ich.

Doch das Erstaunlichste, was mir hier passiert: Mir gefällt diese Stadt, in der ich geboren bin. Ich habe nie gewußt, wie hübsch sie ist.

Der riesige Marktplatz, Ring genannt, und in der Mitte das Rathaus, breit hingelagert mit seinem hohen Turm, wirklich ein wohlgelungener Bau. Schöne alte Bürgerhäuser umrahmen den Platz, hohe Giebel haben sie und lange blanke Fenster, und unten die Laubengänge, rundherum, auf drei Seiten des Platzes. Auf der vierten Seite steht die Elisabethkirche, ein rein gotischer Bau. Wunderschön. Ich bin sicher, das würde Silvio auch gefallen.

Ich habe früher auch nie bemerkt, wie schön das Schloß ist, vollendetes Barock, und dieser zauberhafte Schloßpark mit dem großen See in der Mitte. Ich habe hier gelebt und habe das alles nicht gesehen.

Einmal werde ich mit Silvio herfahren, er ist schließlich der Kunsthistoriker in der Familie, er wird mir die Stadt meiner Kindheit richtig erklären können. Ich schreibe ihm einen langen Brief, schreibe ihm alles, was ich denke und empfinde. Er wird lächeln, wenn er den Brief liest.

Lieber Gott, beschütze mich, aber ich liebe ihn.

Hier, weit weg von ihm, hier, wo mein Leben begann, hier erkenne ich zum ersten Mal, wie sehr ich ihn liebe. Lieber Gott, mach, daß ich ihn behalten kann.

Es ist ein Augenblick, und alles wird verwehn – diesmal nicht, lieber Gott, bitte, diesmal nicht.

Das Schönste von allem, habe ich ihm geschrieben, ist die Oder.

Das Schönste von allem ist wirklich die Oder. Ich stehe auf der Brücke und schaue in den dunklen, geruhsam fließenden Strom. Wie oft bin ich über diese Brücke gegangen, auf dem Weg in die Stadt, auf dem Weg in die Schule. Wenn ich bei Nicolas im Wagen saß, wurden die Rappen vor der Brücke durchpariert und trabten erst jenseits der Brücke wieder an.

Auf einer Brücke trabt man nicht, sagte Nicolas, da gehen die Pferde im Schritt.

Die Brücke ist ein Symbol. Über den Abgrund, der mich von meiner Jugend trennte, ist eine Brücke geschlagen. Ganz von selbst. Hier ist alles geblieben, wie es war, aber ich bin eine andere geworden. Endlich frei. Es ist, weil ich dich habe, Silvio. Und nun kann ich auch meine Heimat lieben. . . .

Ganz zuletzt, ehe Nina zurückfuhr nach Berlin, kam es noch zu einer unerwarteten Begegnung. Ein Anruf von Gut Wardenburg, Paul Koschka war am Telefon.

Er habe gelesen, daß sie in der Stadt sei, ob sie nicht einen Besuch auf Wardenburg machen wolle? Er und seine Frau würden sich sehr darüber freuen.

Nina zögerte mit der Antwort, sagte dann leise: »Nein, ich möchte lieber nicht.«

»Verstehe«, rief Paul munter durchs Telefon. »Versteh' ich alles sehr gut, gnädige Frau. Aber dürfen wir Sie dann wenigstens besuchen?«

Nina konnte es nicht gut abschlagen, also vereinbarten sie für denselben Nachmittag ein Treffen bei ihr im Hotel, denn am nächsten Tag wollte sie abreisen.

Während ihres Aufenthalts hatte Nina mit keinem über Wardenburg gesprochen, und keiner hatte mit ihr darüber gesprochen.

Es war wie ein Zauberkreis, der um die Glücksstätte ihrer Jugend gezogen war, die keiner zu überschreiten wagte.

Allerdings bedeutete Wardenburg für die anderen nichts Besonderes, nicht für Martha, nicht für ihren Bruder, der höchstens ein- oder zweimal dort gewesen war. Der einzige Mensch, mit dem Nina zusammengetroffen war, der zu Wardenburg eine persönliche Beziehung hatte und für den es ebenfalls Kummer und Trauer bedeuten mußte, daran zu denken, war Karoline von Belkow, die geborene Gadinski. Gerade mit ihr konnte und wollte Nina aber nicht darüber sprechen. Daß die alte Koschka vor einigen Jahren gestorben war, wußte Nina, das war via Martha und Trudel bekannt geworden. Aber sie hatte nicht gewußt, wem Wardenburg jetzt gehörte.

Ganz einfach, immer noch Paul Koschka.

Paule, der uneheliche Sohn der Mamsell, aufgewachsen auf dem Gut, siebzehn Jahre alt, als Nina geboren wurde; und als sie als kleines Mädchen nach Wardenburg kam, arbeitete er dort noch, zog aber bald darauf fort in die große weite Welt. Verflucht und verstoßen von seiner Mutter, die es nicht verwinden konnte, daß ihr Sohn sie und das Gut verließ, weil er sich in das hergelaufene Stück, das da in einer Bretterhütte in den Büschen hauste, verliebt hatte.

Die Leute in der Gegend nannten das Mädchen nur die Zigeunerin, und die Kinder warfen Steine nach ihr. Und ausgerechnet an so etwas war der ordentliche brave Paule geraten, sorgfältig und streng von seiner Mutter aufgezogen, das machte Pauline Koschka rasend. Es war ihr Stolz, daß ihr Sohn so gut geraten war, auch wenn er keinen Vater besaß. Er war fleißig und arbeitsam und verstand es besonders gut, mit Pferden umzugehen. Nicolas erlaubte ihm schon in jungen Jahren, seine Pferde zu reiten und zu longieren, auch den Zweispänner durfte er fahren. Es bestand also die durchaus berechtigte Hoffnung, daß Paule eines Tages die angesehene Stellung eines Kutschers auf Wardenburg bekleiden würde.

Und dann dies! Eine Wilde, eine Analphabetin, die nie eine Schule besucht hatte, von ungewisser Herkunft, die die Gemeinde nur widerwillig duldete. So etwas behauptete der Paule zu lieben, verließ das Gut, verließ seine Mutter und kroch zu der Zigeunerin in die schmutzige Hütte.

Nicolas machte dem ein Ende. Er ritt zufällig eines Tages in der Nähe vorüber, als Katharina von einem Stein getroffen am Boden lag, und er empörte sich außerordentlich über diese Zustände. Er brachte sie in die Hütte, wusch und verband ihre Wunde und ließ sich durch Katharinas zitternde Angst nicht davon abbringen, die Rückkehr Paules abzuwarten, der auf Arbeitssuche war.

Das Mädchen war schön, von einer wilden naturhaften Schönheit, das beeindruckte Nicolas, den Frauenkenner. Sie war auch keine Zigeunerin, sie war das Kind von Landstreichern, die eines Tages hier gelandet waren, die Mutter gestorben, der Vater im Gefängnis, die Brüder weitergezogen, sie allein war zurückgeblieben und hauste in der armseligen Hütte, verachtet und gemieden von allen.

Nicolas sprach in aller Ruhe mit dem trotzigen Paule, machte ihm klar, daß dies auf die Dauer kein Leben sei, nicht für ihn, nicht für das Mädchen, und riet ihm fortzugehen und an einem anderen Ort Arbeit zu suchen und auf vernünftige Weise für

Katharina zu sorgen. Denn ich kann verstehen, daß du sie liebst, sagte Nicolas, und das brach Paules Trotz.

Nicolas gab den beiden ein kleines Anfangskapital mit auf die Reise, das hatte Paule ihm nie vergessen. Überdies hatte er es gut genützt.

Später wurde Katharina eine berühmte Frau, eine exzellente Schulreiterin, ein international bekannter Zirkusstar; Anfang des Jahrhunderts sah Nicolas sie im Zirkus Busch in Berlin auftreten, verbrachte einen Abend mit den beiden und hörte die erstaunliche Geschichte von Katharinas Karriere.

Aber diese Karriere war noch nicht zu Ende, ihr Höhepunkt kam erst. Nicht viel später trat Katharina in Amerika bei Ringling Brothers auf, dem größten Zirkus der Welt, und von dort führte ihr Weg direkt nach Hollywood. Sie wurde ein recht bekannter Stummfilmstar. Eine Karriere, wie sie nur zu jener Zeit denkbar war.

Bis dahin hatte Paul mehr oder weniger im Schatten seiner berühmten Frau gelebt, doch in Hollywood begann sein Aufstieg. Das junge Unternehmen Film bot viele Möglichkeiten, Paul wurde Filmproduzent und verdiente rasch sehr viel Geld.

Ende der zwanziger Jahre kehrte er nach Deutschland zurück, um nun hier Filme zu produzieren, doch beim Börsenkrach von 1929 verlor er sein Geld. Zuvor aber hatte er Wardenburg bereits gekauft, seine Mutter, die ehemalige Mamsell, war nun die Gutsherrin auf Wardenburg, und verziehen hatte sie ihm auch.

Das war das letzte, was Nina über ihn gehört hatte.

Er hatte damals Peter Thiede für einen Film engagiert, den er machen wollte, doch ehe es dazu kam, war Paul Koschka aus Deutschland verschwunden; das geschah im Oktober 1929, nach dem schwarzen Freitag.

Nun lebten sie beide auf Wardenburg, Paul und Katharina. Nina fand es verwunderlich, daß niemand ihr davon erzählt hatte. Es war doch kaum denkbar, daß Karoline von Belkow es nicht wußte.

Aber möglicherweise verbot ihr derselbe Hochmut, den Nina im Zusammenhang mit Wardenburg empfand, davon zu sprechen. Auch lag das Gut ja nicht sehr nahe bei der Stadt. Früher, mit den Pferden, war es eine Stunde Fahrt, jetzt mit dem Wagen ging es natürlich ein wenig schneller. Paule hatte damals mit den Rappen die Strecke schon in einer dreiviertel Stunde geschafft.

Sie aßen zusammen im Restaurant des Hotels zu Abend, Paul war alt geworden, aber er war nicht mehr so dick wie damals, als Nina ihn in Berlin getroffen hatte. Katharina war noch immer eine schöne Frau, das dunkle Haar von weißen Fäden durchzogen, das schmale Gesicht gebräunt, die dunklen Augen mit den überlangen Wimpern klar wie einst.

»Sie sollen wissen, daß wir Wardenburg lieben«, sagte sie.

»Ja«, fügte Paule hinzu, »und gut bewirtschaften. Mit Gewinn. Das Gut ist in bester Verfassung. Schade, daß Sie nicht einmal hinauskommen wollen, gnädige Frau.«

»Vielleicht später einmal«, murmelte Nina und betrachtete das erstaunliche Paar nicht ohne Sympathie.

»Es war ein Triumph für mich, das Gut zu kaufen, das müssen Sie begreifen«, sagte Paule im Verlauf des Abends. »Meine Mutter hatte von mir nichts mehr wissen wollen, sie beantwortete keinen meiner Briefe, ich war nicht mehr ihr Sohn, ich war ein verhaßter Fremder für sie, der sie verraten hatte. In Katharina sah sie eine Teufelin. Was wir erreicht hatten in den Jahren, besonders was Katharina geworden war, imponierte ihr nicht im geringsten. Aber dann kaufte ich das Gut und machte sie dort zur Herrin, wo sie ein Leben lang gedient hatte. Da war ich wieder ihr Sohn. Und als ich dann mein Geld in Amerika verlor, hätte ich lieber Zeitungen verkauft, ehe ich Wardenburg hergegeben hätte. Verstehen Sie das?«

Nina nickte.

»Doch, so wie Sie es erklären, ist es gut zu verstehen. Und nun wollen Sie hier bleiben?«

»Ja«, sagte Katharina ernst, »und sehr gern. Ich habe nie eine Heimat gehabt. Ich bin in meinem ganzen Leben nirgendwo zu Hause gewesen. Wardenburg ist für mich Heimat geworden.«

Nina lächelte wehmütig. Wie sich die Welt verändert hatte! Das verfemte Mädchen aus der Hütte am Busch, die verachtete Zigeunerin, für sie war Wardenburg Heimat geworden.

Es war Nicolas' Heimat, es müßte meine Heimat sein, dachte Nina, und eine Weile kämpfte sie mit einem jäh aufwallenden Haßgefühl.

Sie wußte, es war lächerlich und ungerecht. Diese beiden konnten nichts dafür, daß Nicolas sein Recht auf Wardenburg verloren hatte. Er hatte es von seinem Großvater geerbt, und er hatte es, wie alles in seinem Leben, mit leichter Hand verspielt und vertan.

Paul erzählte, daß er während der Weltwirtschaftskrise noch einige Jahre in Amerika hart gearbeitet hatte, allerdings ohne sein verlorenes Vermögen wiederzugewinnen. Aber immerhin hatte er sich wieder soweit saniert, daß er Pläne machen konnte, und einer davon war, nun doch in Deutschland Filme zu drehen.

»Doch dann kamen die Nationalsozialisten an die Regierung, und das Filmwesen wurde total zentralisiert. Heute kontrolliert die UFA praktisch alles, da sah ich keine Möglichkeit mehr. Und nach meinem ersten Herzanfall dachte ich mir, daß es vielleicht besser sei, nun etwas ruhiger zu leben.«

»Ich vor allem dachte es«, sagte Katharina und lächelte ihm zu.

»Ja, du, *my love,* du hast immer die besten Einfälle.« Er nahm ihre Hand und küßte sie.

Seit zwei Jahren lebten sie nun auf Wardenburg, hatten einen tüchtigen Verwalter, und Paul hatte begonnen, Pferde zu züchten.

»Das war immer mein Traum. Ich habe einen Prachtburschen von einem Trakehnerhengst gekauft. Ein Pferdchen, gnädige Frau, ein Pferdchen! So etwas haben Sie noch nicht gesehen. Die ersten Fohlen sind in diesem Frühling geboren worden, fünf Stück, alle gesund, alle wunderschön.«

Pferde, die später im Krieg elend zugrunde gehen würden, aber das wußten sie in diesem Sommer 1938 noch nicht.

Paul hatte große Pläne mit seinen Pferden.

»Es ist ja wieder aufwärts gegangen in Deutschland. Gott sei Dank. Jetzt lebt man wieder gern hier. Und unsere Regierung tut viel für den Sport, auch für den Reitsport. Ich träume davon, daß eines meiner Pferde auf der nächsten oder übernächsten Olympiade starten wird. Stellen Sie sich das doch bloß mal vor, gnädige Frau, ein Wardenburger Pferd kommt mit einer Goldmedaille nach Hause. Wäre das nichts? Würde das Ihren Herrn Onkel nicht freuen?«

Als Nina zurückfuhr nach Berlin, mußte sie an diesen Satz noch denken und lachte. Paule, der Stalljunge, dann der dickliche Filmproduzent, als den sie ihn in Berlin gesehen hatte, und jetzt Gutsherr von Wardenburg, wollte eine Goldmedaille für eins seiner Pferde. Es war kaum zu glauben.

Ganz verzeihen konnte es ihm Nina nicht, daß er dort war, wo Nicolas hingehörte. Nicolas, der Herr, der wirkliche Herr.

Paule würde nie ein Herr sein. Aber das war wohl nicht mehr vonnöten. Und direkt unsympatisch, das dachte sie wieder, war er ihr nicht. Das Gut wirtschaftete mit Gewinn, und die Nazis schien er auch zu mögen. Nun ja.

Vielleicht, dachte Nina, fahre ich wirklich einmal mit Silvio hin, nächstes Jahr oder übernächstes. Mit ihm zusammen könnte ich es ertragen. Und es ist sehr seltsam, jetzt, da ich hier war, ist mir Wardenburg nicht nähergekommen, es ist mir ferner gerückt. Es ist auf einmal alles so lange her. Nicht vergessen, aber so lange her. Vielleicht liegt es auch daran, daß ich zu ihm fahre. Daß am Ende dieser Reise ein Mensch auf mich wartet, den ich liebe.

Marietta war nicht nur eine Frau mit Einfällen, Marietta verstand es auch zu handeln. Oder, mußte man nun schon sagen, sie besaß den Mut dazu. Kurz vor Weihnachten 1938 verreiste sie und kehrte erst im Januar des neuen Jahres zurück.

Das war noch nie dagewesen. Üblicherweise fuhr sie im Sommer zu den Festspielen nach Bayreuth und nach Salzburg, anschließend zu ihrer Schwester an den Bodensee.

Nach Salzburg zu gelangen, hatte ihr nie Schwierigkeiten bereitet, die Tausendmarksperre war kein Problem für sie, und Freunde besaß sie genug in Salzburg, deren Gast sie sein konnte, so daß die Devisenknappheit sie nicht behelligte. Außerdem war ihr Name noch immer so bekannt und auch bei den Herren des Dritten Reiches so angesehen, daß keiner wagte, ihr irgendwelche Fragen zu stellen. Das machte Marietta sich jetzt zunutze.

Im Sommer, in Salzburg, war erstmals ein Gedanke in ihrem Kopf aufgetaucht, ein Geistesblitz, wie sie es nannte, der sie seitdem nicht losließ und den sie weiter ausgebaut hatte. Nun, nach allem, was im Herbst geschehen war, schien es ihr an der Zeit, den Gedanken in die Tat umzusetzen.

Sie war lange in Salzburg geblieben, sie war ja nicht mehr auf einladende Freunde angewiesen, denn nach dem Anschluß Österreichs konnte man solange dort bleiben, wie man wollte. Sie hatte das ganze reichhaltige Programm konsumiert und genossen: ›Don Giovanni‹ und ›Der Rosenkavalier‹ unter Karl Böhm, die ›Meistersinger‹ unter Furtwängler, ›Tannhäuser‹ und ›Fidelio‹ unter Knappertsbusch; die berühmtesten Sänger der Zeit waren zu hören, und nach ihrer Rückkehr hatte Marietta ihren Schülern ausführlich berichtet, erklärt und analysiert und in den sehnsüchtigen jungen Augen überall denselben Traum erkannt: Wenn ich erst dort singen werde . . .

Neben dem Kunstgenuß aber hatte Marietta viele alte Freunde und Kollegen wiedergetroffen und mit einigen ein bestimmtes Gespräch geführt, das nicht abgeschlossen, aber auch nicht abgerissen, sondern über ihre Schwester in Konstanz fortgeführt worden war.

Darum die überraschende Reise zur Weihnachtszeit.

Sonst hatte Marietta immer gesagt: »Weihnachten und Silvester ist durchaus kein Anlaß, sich auf die faule Haut zu legen. Das werdet ihr später im Beruf auch nicht können. Im Gegenteil, während der Feiertage gibt es große Abende und ausverkaufte Häuser.«

Diesmal sagte sie: »Ich hab' was zu erledigen. Ihr arbeitet fleißig, übt mit Brasch« – das war der neue Korrepetitor –, »macht keinen Unsinn, sonst raucht's im Karton. Ich möchte von jedem eine Stunde fertige Arbeit vorliegen haben, wenn ich zurückkomme. Carola, deine Frau Fluth unlängst war höchst bescheiden. Sie war, genau gesagt, schlampig. Das höre ich nochmal, ist das klar? Vor allem das Duett im 1. Akt, und zwar mit dir, Lili. Du hast die Frau Reich doch früher schon mal gesungen?«

Lili nickte stumm. Die zweite Altistin im Haus, die jüngere Eva Paulsen, hob alarmiert den Kopf und wollte protestieren, denn sie hatte die ›Lustigen Weiber von Windsor‹ mit Carola einstudiert.

Ein herrischer Blick von Marietta ließ sie schweigen.

»Und dann, Lili«, fuhr Marietta fort, »möchte ich endlich die Amneris komplett von dir haben. Und zwar so!« Sie hob die rechte Hand, Daumen und Zeigefinger zum Kreis geschlossen.

»Wozu denn?« fragte Lili leise, die ganze Hoffnungslosigkeit ihrer Lage stand in ihrem Gesicht geschrieben.

»Halt den Mund!« fuhr Marietta sie an. »Du arbeitest und damit basta!«

Ihr Blick prüfte rasch und hart die Gesichter vor sich, haftete kurz auf Eva, Lilis Rivalin. War Lili gefährdet, wenn sie sie hier in der Schule ließ? War Eva eine Denunziantin?

Oder dieser farblose Brasch, den sie nicht mochte?

In der Reichsmusikkammer wußten sie, daß eine Jüdin ihr Studio besuchte. Zweimal schon war eine Anfrage gekommen, wieso und warum. Die erste hatte Marietta ignoriert. Die zweite vor einem Vierteljahr jedoch diplomatisch beantwortet.

In Lilis Interesse erschien ihr das notwendig. Fräulein Goldmann werde nur noch kurze Zeit ihr Studio besuchen, da ihre Ausbildung abgeschlossen sei, so ungefähr lautete der knappe Inhalt ihres Briefes, den sie geschickt in elegante Redewendungen verpackt hatte.

Doch dann hatte der 9. November 1938 nur zu deutlich gezeigt, wie bitter ernst die Lage für die Juden geworden war, und daß es zum Krieg kommen werde, fürchtete Marietta manchmal auch.

Touchwood wurde angehalten, Augen und Ohren offenzuhalten, dann reiste Marietta ab, drei Tage vor dem Weihnachtsfest. Als sie wiederkam, Mitte Januar, bestellte sie als erstes Herrn Marquard, den ehemaligen Musiklehrer von Victoria und Lili ins Studio. Er kam noch ab und zu, aber seltener als früher. Er war an die sechzig und wegen eines Herzleidens frühzeitig pensioniert worden. Vor einem Jahr etwa war seine Frau gestorben. Marietta wußte, daß er sehr einsam war und vielleicht auch sehr unglücklich. Er kam an einem Sonntagnachmittag, das Haus war leer und still, Touchwood servierte Tee und Kuchen.

»Vielen Dank für die Einladung«, sagte Herr Marquard höflich. »Wie komme ich zu der seltenen Ehre? Gibt es etwas zu feiern?«

»Vielleicht«, antwortete Marietta.

Herr Marquard war ein wenig irritiert. Die Frau Kammersängerin kam ihm verändert vor. Sie rührte schweigend ihren Tee um, blickte mit ernster Miene auf das große Ölgemälde an der Wand, das den verstorbenen Herrn Losch darstellte.

»Ich war einmal hier, während Sie verreist waren«, versuchte er das Gespräch in Gang zu bringen. »Die Kinder haben fleißig gearbeitet. Dieser neue Tenor, den Sie hier haben, macht sich recht gut. Nur diesen Brasch, den finde ich langweilig. Hat überhaupt kein Temperament, der junge Mann.«

»Ich weiß«, sagte Marietta abwesend und schwieg weiter.

Nach einer Pause sagte er: »Übrigens hat mir Victoria geschrieben. Sie scheint ganz zufrieden zu sein. Endlich hat sie jetzt die Mimi gesungen, das war ja immer ihre Traumrolle. ›Ich war fabelhaft‹, hat sie geschrieben. Echt Victoria, nicht wahr? Sie litt ja nie an übergroßer Bescheidenheit. ›Meine Garderobe quoll über von Blumen, und vor Einladungen kann ich mich überhaupt nicht retten, ich verkehre hier bei allem, was gut und teuer ist, angefangen beim Bürgermeister und Polizeipräsidenten und hohen Offizieren und allerersten Parteigrößen.‹ Das schreibt sie auch. Na ja, das ist nun mal heute so.«

Wieder trat eine Pause ein. Nun vollends verwirrt, verspeiste Herr Marquard ein zweites Stück Kuchen, das Marietta ihm schweigend auf den Teller gelegt hatte.

»Ausgezeichnet, der Kuchen«, murmelte er. »Hat sicher Touchwood gebacken.«

»Haben Sie Lili auch gehört, als Sie hier waren?« fragte Marietta unvermutet.

»Lili? Nein, die war nicht da. Ich fragte Touchwood nach ihr, und sie sagte, Lili sei schon seit einer Woche nicht dagewesen.«

»Ja, das habe ich auch gehört«, sagte Marietta, richtete sich auf und blickte Herrn Marquard an. »Sie war überhaupt nicht da, während ich verreist war. Sie traut sich kaum mehr aus dem Haus. Das heißt also, sie übt nicht. Da, wo sie jetzt wohnen, kann sie nicht singen. Hierher kommt sie nicht. Wie finden Sie das, Herr Marquard?«

»Tief, tief bedauerlich. Sie besitzt eine der schönsten Stimmen, die ich je gehört habe. Zumal sie dank Ihrer Schulung soviel Höhe dazugewonnen hat. Sie hat einen phantastischen Umfang. Ich würde sagen, sie kann jetzt glatt die Eboli singen. Auch die Carmen. Oder meinen Sie nicht, Frau Kammersängerin?«

Schweigen.

»Wirklich ein Jammer«, sagte Herr Marquard und senkte den Kopf. »Ein Jammer.«

»Es ist kein Jammer, es ist eine Schweinerei«, fuhr Marietta auf.

Wieder erfaßte ihr Blick voll den Besucher.

»Wie leben Sie eigentlich jetzt, Herr Marquard?« kam überraschend eine Frage.

»Ach lieber Gott, wie soll ich schon leben. So ein bißchen übriggelassen komme ich mir vor. Die Schule fehlt mir. Und meine Frau fehlt mir. Von meiner Tochter höre ich wenig, ihr Mann hat zwar eine gute Position in Düsseldorf in einem großen Industrieunternehmen, er hat wohl viel zu tun dort, und meine Tochter hat ja die Kinder, nicht wahr?«

»Sehr innig war das Verhältnis wohl nie.«

»Ach, so würde ich es nicht nennen. Es gab nur keine gemeinsamen Interessen. Meine Tochter macht sich gar nichts aus Musik. Sie ist eine sehr gute Tennisspielerin, hat sogar Turniere gespielt. Sport ist überhaupt für sie das Wichtigste. Sie hat nie ein Instrument gespielt, und ich habe mir weiß Gott viel Mühe gegeben.«

»Spielen Sie noch viel?«

»Gewiß, jeden Tag. Ohne Musik, Sie wissen es, kann ich nicht leben.«

»Apropos Leben – wie geht es Ihrem Herzen?« kam es ohne Umweg von Marietta.

»Danke, danke, recht gut. Ich lebe ja sehr ruhig und friedlich, ich habe zur Zeit keinerlei Beschwerden.«

»Ich kenne in Zürich einen ausgezeichneten Herzspezialisten«, sagte Marietta.

Herr Marquard lächelte. »Aber verehrte Frau Kammersängerin, wie käme ich nach Zürich? Und wir haben auch gute Ärzte hier, nicht wahr?«

»Haben Sie nie daran gedacht, wieder zu heiraten?«

Diese Frage nun verblüffte Herrn Marquard aufs äußerste. Er ließ die Teetasse, aus der er gerade trinken wollte, sinken und blickte Marietta aus erschrockenen Augen an.

»Aber verehrte liebe Frau Kammersängerin!«

»Ich habe daran gedacht, Herr Marquard, und ich möchte gern, daß Sie heiraten«, sagte Marietta ohne Umschweife.

»Sie möchten, daß ich . . .«

»Sie sind allein, ohne große Bindungen an irgend jemand, Sie sind nicht ganz gesund, aber auch nicht so krank, daß eine Heirat Sie umbringen würde, Sie lieben die Musik über alles, und außerdem finde ich, daß ein Mensch die Gelegenheit nutzen sollte, wenn es ihm vergönnt ist, ein gutes Werk zu tun.«

Mit diesem erstaunlichen Satz vermochte Herr Marquard nun gar nichts anzufangen. Er saß nur da und starrte Marietta sprachlos an.

Sie ließ ihn nicht länger in Zweifel, was sie im Sinn hatte.

»Ich möchte, daß Sie Lili Goldmann heiraten. Und nun seien Sie still und hören Sie zu.«

Still war Herr Marquard ohnedies, und zuhören mußte er, da blieb ihm gar nichts anderes übrig.

»Ich denke seit Jahr und Tag darüber nach, wie ich Lili helfen könnte. Ihre Stimme ist so schön, sie muß endlich gehört werden. Hier bei uns kann sie nicht singen. Vielleicht nie. Außerdem geht das Mädchen seelisch kaputt. Sie ist jung und auch ganz hübsch, aber schauen Sie sich an, wie sie jetzt aussieht. Ein wandelnder Trauerkloß. Ich kann dieses verzweifelte hoffnungslose Gesicht nicht mehr sehen. Außerdem geht die

Stimme dabei auch in die Binsen. Letzten Sommer in Salzburg habe ich einen ehemaligen Kollegen getroffen, der jetzt in Zürich arbeitet. Er gibt genau wie ich Unterricht. Dem habe ich die ganze Malaise mit Lili erzählt. Er hat mir an die Adresse meiner Schwester geschrieben, und jetzt, als ich Weihnachten bei meiner Schwester war, bin ich für einige Tage nach Zürich gefahren. Kurz und gut, passen Sie auf, ich stelle mir das so vor: Sie heiraten Lili, und zwar in Konstanz bei meiner Schwester machen wir das, ganz schnell und nebenbei. Sie hat dann einen arischen Mann und einen anderen Namen, und dann fahrt ihr nach Zürich. Georges wird mit ihr weiterarbeiten, wird ihr ein Engagement besorgen, was bei Lili kein Problem sein wird, sobald sie ihre Depression überwunden hat. Für Sie, lieber Herr Marquard, gibt es zwei Möglichkeiten. Sie bleiben in Zürich, sind den ganzen Kram hier los, vermutlich allerdings auch Ihre Pension, das müßte man ermitteln. Dafür könnten Sie sich um Lili kümmern, sie wäre nicht allein, und wenn sie erst angefangen hat, wird sie bald sehr viel Geld verdienen. Das wird für Sie dann auch reichen. Denn Lili wird Ihnen nicht vergessen, was Sie getan haben, dafür kenne ich sie gut genug. Oder Sie kommen zurück und leben weiter wie bisher. Wobei nicht ganz auszuschließen ist, daß man Ihnen ein paar unbequeme Fragen stellen wird. Aber das weiß ich nicht. Ich brauche wohl nicht zu betonen, daß es sich um eine pro-forma-Ehe handeln wird, eine Ehe also, die nicht vollzogen wird. Sie können sich natürlich auch sofort wieder scheiden lassen. Na, was sagen Sie?«

Zunächst sagte Herr Marquard gar nichts. Er saß nur da und schaute wie hypnotisiert in Mariettas nun lächelndes Antlitz.

»Noch Tee?« fragte sie. »Oder lieber einen Cognac auf den Schreck? Schauen Sie, lieber Freund, Sie brauchen mir heute keine Antwort zu geben. Denken Sie in Ruhe darüber nach. Aber nicht zu lange. Denn wenn Sie nein sagen, muß ich mir etwas anderes ausdenken. Ich bin fest entschlossen, Lili aus diesem Land zu bringen. Und wenn es die letzte Tat meines Lebens ist.«

»Das . . . das ist ja ungeheuerlich«, brachte Herr Marquard schließlich hervor.

»Mag sein. Ungeheuerliche Zeiten erfordern ungeheuerliche Taten. Keine Bange, ich finde auch einen anderen Weg. Und ich finde ihn bald. Und wenn ich das Kind eigenhändig über die Grenze bringe. Ich bin das einfach ihrer Stimme schuldig.«

Marietta lehnte sich zurück und schwieg. Touchwood steckte den Kopf zur Tür herein.

»Wird etwas gewünscht?« fragte sie.

»Bring uns Cognac.«

Cognac trank Marietta sonst nie, heute ließ sie sich ein großes Glas davon einschenken, auch Herr Marquard bekam eins hingestellt, er nahm es und trank es leer, als sei es Wasser.

»Das kann Ihrem Herzen nur guttun«, meinte Marietta sachlich. Dann machte sie »Ksch!« zu Touchwood hin, die neugierig im Zimmer stehengeblieben war. Touchwood kannte Marietta gut genug, um zu begreifen, daß irgendwelche ungewöhnlichen Dinge hier verhandelt wurden.

Als Touchwood mit beleidigter Miene verschwunden war, richtete sich Herr Marquard kerzengerade auf. Er hatte rote Flecken auf den Wangen, seine Hände zitterten ein wenig.

»So schlecht ist mein Herz gar nicht«, sagte er. »Und wenn auch! Kein Mensch kann ewig leben. Und so lebenswert ist mein Leben nicht mehr. Sie haben gesagt, ein Mensch sollte die Gelegenheit nutzen, wenn es ihm vergönnt ist, ein gutes Werk zu tun. Wie wahr! Wie wahr! Lili war meine Schülerin, ich habe ihr Talent entdeckt. Jetzt ist sie Ihre Schülerin, Sie haben dieses Talent entwickelt. Ich mache es.«

Marietta sprang auf.

»Bravo, lieber Freund! Sie sind ein Mann von raschem Entschluß. Ich wußte es, daß Sie der Richtige sind. Morgen hole ich mir Lili hierher und werde ihr das sagen. Sie wird weinen, sie wird nicht wollen, wegen ihrer Eltern, das ist verständlich. Ich werde mit ihren Eltern sprechen. Für sie können wir nichts tun. Aber Lili ist ihr einziges Kind, sie werden zustimmen. Und dann muß das schnell über die Bühne gehen. Der einzige Mensch, der bis jetzt davon weiß, ist meine Schwester. Sie ist eine patente Person, sehr angesehen in Konstanz. Sie wissen ja, ihr Mann hat dort einen großen Besitz, sie wird das arrangieren. Eine kurze Zeremonie auf dem Standesamt und dann ab die Post.«

Herr Marquard war ebenfalls aufgestanden, seine dunklen Romantikeraugen leuchteten.

»Ich bewundere Sie, Frau Kammersängerin. Ich habe Sie immer bewundert, als Künstlerin, als Mensch. Aber jetzt . . .« Die Stimme versagte ihm. Tränen traten in seine Augen. »›Und wenn die Welt voll Teufel wär'‹ – das sagte Martin Luther. Wie wahr! Wie wahr! Wir sind alle viel zu feige. Stellen Sie sich vor, wenn jeder nur einen Menschen retten würde. Jeder nur einen, was damit gewonnen wäre.«

»Erstens braucht nicht jeder zweite gerettet zu werden«, sagte Marietta trocken, »so viele sind gar nicht in Gefahr, und zweitens sind die Menschen nicht so. Nicht jeder ist zum Helden geboren, nicht jeder zum Märtyrer. Das kann man nicht fordern, das wäre weltfremd und verlogen. Außerdem muß man erst einmal in die Situation kommen, einen Menschen retten zu können. Wir sind in dieser Situation. Und wir werden diesen einen Menschen retten. Und seine Stimme. Und nun wollen wir einen genauen Plan ausarbeiten.«

Mariettas Plan war gut. Und ihre Regie erstklassig. Schon Mitte März trafen Herr und Frau Marquard in Zürich ein, und bereits im Herbst darauf sang Lili Marquard kleine Partien im Zürcher Opernhaus. Hochzeit und Ausreise waren relativ unbeachtet geblieben, beides fand gerade zu der Zeit statt, als die Nazis Prag und die Tschechoslowakei besetzten, die letzte Unverschämtheit, die sie sich leisteten, ehe die Welt genug hatte und sich wehrte.

Im Jahr 1941 gelangte Lili dann unversehrt in die Vereinigten Staaten, begleitet von ihrem Mann. Er war nicht nach Deutschland zurückgekehrt, sie hatten sich auch nicht scheiden lassen. Sie führten keine Ehe im üblichen Sinn, aber sie blieben Freunde und einander verbunden bis zu seinem Tod. Er konnte ihren Aufstieg noch miterleben, sie sang an der Met, nach dem Krieg an der Scala und in Salzburg, genau wie Marietta es prophezeit hatte. Und sie nannte sich Lili Marquard, unter diesem Namen machte sie eine internationale Karriere.

Von ihren Eltern hatte sich Lili nur schweren Herzens getrennt, es hatte Mariettas ganzer Energie bedurft, daß Lili den Weg zu ihrer Rettung akzeptierte.

Ihre Eltern sah sie niemals wieder, sie erfuhr auch nicht, was aus ihnen geworden war. Sie wurde weltberühmt, sie wurde reich – die Schwermut aus ihren Augen verschwand nie.

Die große Treibjagd auf die Juden hatte im November 1938 begonnen. In Paris war ein Attentat von einem Juden an einem deutschen Botschaftsangehörigen verübt worden, das gab den Nazis die willkommene Gelegenheit, die Juden nun vollkommen aus der Wirtschaft und dem Kulturleben auszuschließen, ihre Rechtlosigkeit auf jedem Gebiet zu manifestieren und obendrein, quasi als Sühne für das Pariser Verbrechen, noch vorhandenes jüdisches Vermögen zu beschlagnahmen.

Gleichzeitig wurde in einer konzentrierten Aktion gewalttätig gegen die Juden vorgegangen; in der Nacht des 9. November, die unter der makabren Bezeichnung Reichskristallnacht in die deutsche Geschichte einging, brannten im ganzen Land die Synagogen, wurden jüdische Geschäfte aufgebrochen, Waren vernichtet, Einrichtungen zertrümmert, auch in jüdische Wohnungen drangen SA-Männer ein und schlugen alles kurz und klein.

Das Ganze sollte so aussehen, als sei es eine spontane Demonstration der Bevölkerung gegen die Juden, doch davon konnte keine Rede sein, nur die SA trat in Aktion. Die Bevölkerung war größtenteils höchst empört. Mit verdutzten und nun auch schon viele mit finsteren Gesichtern, standen die Menschen anderntags vor den zerschlagenen Schaufensterscheiben, vor verbrannten Möbeln, vor zerschnittenen Kleidungsstücken und Stoffballen. Die blinde Zerstörungswut, oder, noch schlimmer, die gelenkte und befohlene Zerstörungswut, die hier am Werk gewesen war, stieß die Deutschen ab. Dies Volk war nie reich gewesen, zudem lagen die Notzeiten noch nicht so weit zurück, als daß man sie vergessen hätte, und schließlich war es ein ordnungsliebendes und arbeitsames Volk;

Dinge einfach kaputtzumachen, ohne Sinn und Zweck Sachen zu zerstören, die nützlich und brauchbar waren, dafür hatten die Deutschen kein Verständnis, das konnten sie nicht gutheißen. Und auch in dieser Zeit und in dieser Welt verabscheute ein normal empfindender Mensch jede Art von Gewalt, erst recht, wenn sie an Wehrlosen verübt wurde.

Ohne daß es ihnen recht klar wurde, verloren die Nazis als Folge der Reichskristallnacht viele Anhänger, das reichte bis in die Reihen der alten Kämpfer hinein, unter denen sich ja auch ehrbare und anständige Menschen befanden, die nun sagten: So haben wir es nicht gemeint.

Und es gehörten dazu die Lauen und die Leichtherzigen, die bisher gesagt hatten: So schlimm wird es schon nicht werden, das schaukelt sich alles zurecht, und die nun ihren Irrtum einsehen mußten. Und es betraf die Hoffnungsvollen und idealistisch Gesinnten, die geglaubt hatten, das neue Deutschland werde das beste, anständigste und edelste Deutschland sein, das es je gegeben hatte. Und auch die, die nicht hatten sehen wollen, und die, die nicht hatten hören wollen, konnten sich nun Augen und Ohren nicht länger zuhalten.

Man lebte in einer Diktatur und war ihrer Willkür ausgeliefert. In dieser Nacht waren es die Juden, wer würde es in kommenden Nächten sein?

Diejenigen, die es sowieso gewußt hatten, hätten dieser Bestätigung nicht bedurft. Allerdings blieb ihnen ein positives Ergebnis: Sie waren mehr geworden, viel mehr, die nun den Nazis ablehnend, feindlich, haßerfüllt gegenüberstanden.

Genaugenommen hatten die Juden, auch wenn es ihnen nichts nützte, einen Sieg errungen. Da man sie geschlagen hatte, waren viele getroffen worden, denen der Schlag nicht galt. Die Juden hatten nicht geschrien, sie waren stumm geblieben, aber ihr gequältes Schweigen hatte viele wach gemacht.

Schweigen mußten auch diese. Keiner durfte sagen, was er wirklich dachte, sofern er dachte, was dem Regime nicht genehm war. Der doppelte Mechanismus der Diktatur funktionierte ganz von selbst, denn jedwede politische Diktatur braucht zum Überleben die Diktatur der Angst. Diese Partnerschaft war so alt wie die Welt, oder besser gesagt, so alt wie die Menschheit, auch das zwanzigste Jahrhundert bediente sich ihrer, nicht nur in Deutschland, aber dort besonders gründlich und gut durchorganisiert.

Erstmals schien nun auch Cesare Gefahr zu drohen. SA-Leute kamen ins Haus und wollten ihn mitnehmen. Der stille Anton Hofer entpuppte sich als Held. Nur über seine Leiche, so sagte er, werde man den kranken Mann aus dem Haus schaffen.

»Das ist ein Pflegefall, und ich bin verantwortlich«, sprach er in reinstem Hochdeutsch. »Ich bin geprüfter Krankenpfleger, und im Krieg war ich Sanitätsunteroffizier. Ich war verwundet und zwei Jahre in russischer Gefangenschaft. Wenn ihr meint, daß ihr mich niederschlagen dürft, dann tut es.«

So viele Sätze hintereinander hatte er seit Jahren nicht mehr gesprochen, aber das wußten die SA-Männer nicht. Sie sahen nur einen einfachen Mann, der ihnen so mutig entgegentrat, wie sie es nicht gewohnt waren bei ihren schändlichen Einsätzen.

Und neben ihm stand eine kleine rundliche Frau und schimpfte im geschertesten Dialekt auf sie ein.

»Ihnen will ja ka Mensch was tun, sans doch stad«, versuchte einer der SA-Männer sie zu überschreien. »Aber schämen solltens sich, in einem jüdischen Haus zu wohnen und für an Juden zu arbeiten.«

Mit einer geradezu herrischen Handbewegung brachte Anton seine Frau zum Schweigen.

»Das ist meine Sache, was ich tue. Da laß ich mir keine Vorschriften machen. Und das Haus gehört uns und unserem Pflegekind und keinem Juden. Schämen solltet *ihr* euch, hier einzudringen und einen solchen Spektakel zu machen und nicht zu wissen, wer hier der Hausherr ist. Und jetzt schleichts eich!«

Sie gingen wirklich, nicht ohne die Drohung, alles nachzuprüfen und wiederzukommen.

Sie kamen nicht wieder. Noch am selben Tag führte Cesare zwei Telefongespräche, das eine mit seinem Anwalt, das andere wieder einmal mit der italienischen Botschaft. Die unsichtbare

Mauer um das Haus bewährte sich, sie wurden nicht wieder behelligt.

Cesare änderte sein Testament noch einmal. Das Legat, das er den Hofers zugedacht hatte, verdoppelte sich.

»Schneidig warst, Anton. Einen tapferen Mann hast du, Anna.«

»Wär ja noch schöner, wann er sich von den hergelaufenen Schratzn was sagen ließ. Der eine war der Bua von aner Standlfrau am Markt, da wo ich das Gemüs kauf. Den kenn ich, wie er noch in die Hosen gemacht hat. In der Schul war er allweil der Dümmste, das hat mir sei Mutter selber erzählt. Naa, vor sowas kriechen wir noch lang net ins Mausloch.«

Die Juden rückten enger zusammen, duckten sich. Max Bernauer, der allein in dem Dahlemer Haus wohnte, warfen sie die Fensterscheiben ein, morgens fand er immer wieder einen Zettel an der Tür: Juden raus!

Er war schon einmal ausgezogen und auf Marleens Bitten wieder zurückgekehrt. Es war eine verquere Situation mit den beiden, denn Marleen hielt sich nur noch selten in ihrem Haus auf, meist bewohnte sie eine kleine Wohnung in der Grunewaldstraße, ein Notbehelf, ihr nicht angemessen, wie sie fand. Aber hier konnte ihr Freund sie ungehindert besuchen.

Nun wollten sie sich scheiden lassen. Gesprochen hatten sie schon öfter davon, Max machte keine Schwierigkeiten, er hatte einen Großteil seines noch vorhandenen Vermögens auf Marleen überschrieben, es war sicher angelegt, ein Anwalt kümmerte sich darum. Doch Marleen war die Situation unbehaglich. In acht Tagen änderte sie achtmal ihre Meinung und kam schließlich zu der Erkenntnis: Es muß etwas geschehen, oder ich werde verrückt.

Wie schon einmal, zog Max in die alte Wohnung seines Vaters am Jerusalemer Platz, im selben Haus, in dem sich früher die Büroräume von Bernauer & Co. befunden hatten. Das Haus gehörte ihm nicht mehr, aber die Wohnung. Es war eine alte Berliner Wohnung, eingerichtet mit Möbeln der Jahrhundertwende, alles alt und verwohnt, aber nicht ungemütlich. Ein älteres jüdisches Ehepaar wohnte derzeit darin, außerdem zwei Brüder, auch schon über sechzig, sie alle hatten früher für Bernauer & Co. gearbeitet, der alte Mann als Buchhalter, einer der Brüder als Korrespondent, der andere als persönlicher Sekretär des alten Bernauer, der niemals eine Sekretärin um sich dulden wollte. »Frauen sind zum Aufräumen, zum Kochen und fürs Bett da«, hatte er gesagt, »in einem Büro haben sie nichts zu suchen.«

Sie waren allesamt aus ihren Wohnungen vertrieben oder hinausgegrault worden, und Max hatte sie aufgenommen.

Die Firma Bernauer & Co. gab es längst nicht mehr, aber Max lebte vom Vermögen, und das würde ihm bis ans Lebensende reichen, er hatte nie viel für den eigenen Bedarf gebraucht, hatte immer bescheiden und ohne Ansprüche gelebt.

Er bewohnte zwei Zimmer, auch das große Badezimmer, der reinste Saal, hatten die anderen stillschweigend für ihn freigemacht, obwohl er protestiert hatte. Sie respektierten in ihm immer noch den Chef, den reichen und mächtigen Mann, was er ja alles nicht mehr war.

Er lebte schweigsam und zurückgezogen unter ihnen, las viel. Die Bibliothek seines Vaters war hervorragend ausgestattet, obwohl der alte Bernauer in seinem Leben kein Buch gelesen hatte. Da die Frau kränklich war, besorgte Max die Einkäufe für alle; er tat das ganz gern, für so etwas hatte er nie Zeit gehabt, aber nun spazierte er durch die Friedrichstraße oder die Leipziger entlang, besah sich die Schaufenster, ein scheuer kleiner Mann, den keiner beachtete. Erst als im September 1941 der gelbe Stern eingeführt wurde, verzichtete er auf diese Spaziergänge, besorgte nur noch die wenigen Lebensmittel, die ihnen zustanden, in denjenigen Geschäften, die sie betreten durften, ansonsten ging er nur bei Dunkelheit aus dem Haus.

Und dunkel war es in Berlin geworden, in der lebensfrohen, vergnügungssüchtigen Stadt waren die Lichter ausgegangen.

Anfang des Jahres 1939 wurde die Ehe von Marleen und Max geschieden, das ging ganz leicht, Marleen war Arierin und brauchte bloß zu sagen, daß sie nicht mehr mit einem Juden verheiratet sein wollte, das genügte als Begründung. Die Scheidung war eine reine Formsache.

Doch kurz vor dem Scheidungstermin tauchte Marleen überraschend am Jerusalemer Platz auf.

Sie klingelte, hörte es hinter der Tür huschen und wispern, dann Totenstille. Sie klingelte ungeduldig dreimal hintereinander.

Max öffnete ihr.

»Du bist es«, sagte er ohne ein Zeichen von Freude.

»Ja. Entschuldige, daß ich hier so hereinplatze, aber du hast ja kein Telefon.«

Irgendwo klappte eine Tür, dann war es wieder still.

»Und was möchtest du?«

»Gar nichts. Ich wollte mal schauen, wie es dir geht. Mal mit dir reden.«

»Brauchst du Geld?« fragte er kalt.

»Nein danke. Du hast mich großartig versorgt. Müssen wir hier im Flur stehenbleiben?«

Sie war ein wenig nervös, doch immer noch eine schöne und aparte Frau, elegant gekleidet, sorgfältig geschminkt. Ein paar Falten hatte sie nun allerdings doch, das sah Max, als sie aus dem düsteren Flur in sein Wohnzimmer kamen.

Sie blickte sich um.

»Kurios. Sieht aus wie bei deinem Vater. Willst du nicht lieber die Möbel aus der Dahlemer Wohnung?«

»Nein. Wozu? Ich habe alles, was ich brauche. Sie stehen in einem Lagerhaus, du kannst darüber verfügen.«

»Ja, das hast du mir schon gesagt. Aber ich habe mich neu eingerichtet.«

»Dann verkauf sie. Oder verschenk sie. Ist mir egal.«

Marleen zündete sich eine Zigarette an und blickte sich suchend um.

»Gib mir einen Schluck zu trinken.«

»Was möchtest du? Cognac? Whisky?«

»Cognac, bitte.«

Er trank und rauchte nicht. Saß ihr nur schräg gegenüber auf dem alten grünen Kanapee seines Vaters und blickte seine Frau abwartend an. Nicht mißtrauisch, nicht kritisch, nicht feindselig. Eher gleichgültig.

»Also, was willst du?«

»Das mit der Scheidung – Max, ich habe darüber nachgedacht, vielleicht sollten wir es doch nicht tun.«

»Warum nicht?«

»Ich weiß nicht. Es ist nur so ein Gefühl.«

»Und dein Freund?«

»Es ist ja bis jetzt auch so gegangen. Heiraten kann er mich sowieso nicht. Er kann sich nicht scheiden lassen.«

»Du hast mir gesagt, er könnte nicht mit dir – zusammentreffen, solange du mit einem Juden verheiratet bist. So war es doch?«

»Ja. Das hat er gesagt.«

»Gut.« Max sprach leise, sein Blick ging an ihr vorbei. »Da dir an diesem Mann viel liegt, wie du auch gesagt hast, mußt du dich scheiden lassen. Ich habe das eingesehen. Und abgesehen von Herrn Dr. Hesse ist es auf jeden Fall für dich günstiger, in der heutigen Zeit nicht mit einem Juden verheiratet zu sein.« Das klang kühl und unbeteiligt, als spreche er von einem Fall, der ihn nicht im geringsten berührte. »Also lassen wir es dabei. In zwei Wochen ist es erledigt.«

»Ich habe direkt ein schlechtes Gewissen.«

Jetzt sah er sie an, seine dünnen Lippen kräuselten sich spöttisch.

»Ach nein! Meinetwegen?«

»Weil ich dich im Stich lasse.«

»Du läßt mich nicht im Stich. Nicht mehr und nicht weniger, als du es immer getan hast.«

»Das ist ungerecht, Max. Wir haben uns doch immer ganz gut verstanden.«

»Gewiß. Ich hatte Verständnis für dich. Und dabei wollen wir es lassen. Und weil es so ist, kann ich mir kaum vorstellen, daß du mit mir in dieser Wohnung leben möchtest.«

»Ach, sei nicht albern. Natürlich nicht. Aber wir könnten uns woanders eine hübsche Wohnung mieten. Oder ein kleines Haus. Dann hättest du es auch wieder ein wenig komfortabler.«

»Und dein Freund?«

»Ich kann ja meine jetzige Wohnung behalten, da kann er

mich besuchen. Meine Freunde haben dich doch nie gestört. Das läßt sich alles arrangieren.«

»Nicht mehr so leicht wie früher. Wo immer wir wohnen würden, wir wären Angriffen ausgesetzt. Du auch.«

»Ach, wegen diesem Blödsinn da im November, wo sie alles zerteppert haben. Wegen diesem Mord in Paris an diesem Botschaftssekretär, diesem – wie hieß er doch gleich?«

»Ernst vom Rath.«

»Eben. War doch dumm von diesem Juden, den Mann zu erschießen. Konnte er sich doch denken, daß es die Juden in Deutschland auszubaden hätten. Aber das ist ja jetzt vorüber.«

»Es wird andere Anlässe geben, mach dir keine Illusionen. Und ich möchte nicht eines Tages im Konzentrationslager landen, weil ich deinem Freund im Wege bin.«

»Der kümmert sich da nicht drum. Der hat Wichtigeres zu tun. Und überhaupt – der ist nicht so. Ich glaube, du kennst ihn sogar.«

»Kann sein.«

»Na schön, wie du willst. Es war ein Vorschlag. Dir zuliebe.«

»Ich danke dir.«

Er sah sie an, sein Blick war kalt.

Es war das letzte Mal, daß sie sich sahen. Anfang des Jahres 1941 wurde Max in eine Fabrik dienstverpflichtet, was er gesundheitlich nicht lange aushielt. Er war erst knapp über sechzig, aber verbraucht und müde über seine Jahre hinaus. Daß er seine Arbeit nicht mehr hatte, machte ihn doppelt müde. Und die Demütigungen, die er einstecken mußte, vernichteten jeden Lebenswillen.

In der Wohnung waren sie nun sieben Menschen, ängstliche, zitternde Verfemte. Jedes Klingeln an der Tür versetzte sie in Panik. Und dann klingelte es wirklich eines Tages in der Morgendämmerung, sie wurden ohne große Umstände alle sieben eingesammelt, auf einen offenen Lastwagen verfrachtet, weggefahren. Von dem Lastwagen stiegen sie um in einen Eisenbahnwaggon in Richtung Osten, das Ziel war das Lager Theresienstadt.

Man hörte nie wieder von Max Bernauer.

Marleen Bernauer, die sich wieder Magdalene Nossek nannte, lebte gefahrlos, denn sie war Arierin, und sie lebte in relativ guten Verhältnissen, denn Max hatte ihr genügend Geld zurückgelassen. Dieses Geld hätte man ihr abgenommen, wäre sie seine Frau geblieben, damit tröstete sich Marleen, wenn sie wieder einmal ein Anfall von schlechtem Gewissen plagte. Was jedoch selten vorkam.

Im Frühling 1939 wechselte sie noch einmal die Wohnung und etablierte sich sehr geschmackvoll im vierten Stock eines Hauses in der Budapester Straße, gleich neben dem Hotel Eden. Sie hatte ein Dienstmädchen, fuhr einen eigenen Wagen bis zum September 1939, ging viel aus, zum Fünf-Uhr-Tee, abends mit Freunden zum Essen oder ins Theater, gab hübsche kleine Feste, kleidete sich, wie sie es gewohnt war, elegant von Kopf bis Fuß. Alles in allem lebte sie recht angenehm.

Freunde und Bekannte hatte sie genug, mehr denn je, und wer sich einige Zeit zurückgezogen hatte, weil sie noch jüdisch verheiratet war, ließ sich nun wieder bei ihr blicken, sehr erfreut, die attraktive Frau erneut seinem Bekanntenkreis hinzuzufügen.

Und sie hatte einen Freund. Einen Mann, der sie aufrichtig liebte, im Grunde mehr, als sie es verdiente. Dr. Alexander Hesse, an leitender Stelle in Görings Stab der Vierjahresplanung beschäftigt, blieb all die Jahre, auch während des Krieges, treu und liebend ihr verbunden. Anders konnte man es nicht ausdrücken, als mit diesen vergleichsweise romantischen Worten, denn Alexander, ein kühl planender, nüchterner, absolut unromantischer Mensch, hatte endlich in seinem Leben etwas gefunden, was er nie gehabt und bis dato nicht gebraucht oder scheinbar nicht gebraucht hatte: eine Frau, die er liebte.

Sie hatte ihn kurioserweise durch Daniel Wolfstein kennengelernt, das war noch vor der Hitlerzeit. Wolfstein hinwiederum kannte Hesse aus Amerika. Es war eine eher flüchtige Bekanntschaft, aber Wolfstein, der alle Bekanntschaften pflegte, von denen er meinte, sie könnten ihm irgendwann nützlich sein, hielt die Verbindung aufrecht, und die Herren trafen sich gelegentlich in Berlin zum Abendessen.

Dr. Alexander Hesse war zu jener Zeit Inhaber eines angesehenen Chemiewerkes im Ruhrgebiet; er kam aus kleinbürgerlichen Verhältnissen, hatte Chemie studiert und war der geborene Manager. In die Fabrik hatte er eingeheiratet, sie genial durch die schwierige Zeit gesteuert und sogar vergrößert. Er war kein Nationalsozialist, aber er war auch kein Gegner Hitlers, er gehörte zu jenen, für die nur der Aufstieg der Wirtschaft zählte, sonst nichts. Kein Opportunist, er war schon ohne die Nazis jemand gewesen, aber jemand, den die Zeit und die Stunde ganz nach oben brachte.

Er liebte ausgewähltes Essen und gute Weine und insgeheim auch schöne Frauen. Wenn ihm die provinzielle Enge und seine sauertöpfische Frau mehr als sonst auf die Nerven gingen, kam er gern für einige Tage nach Berlin.

An einem Abend war Marleen mit ihrer Freundin Lotte Gutmann in der Oper, und Daniel hatte ihr gesagt, daß er mit Hesse bei Lutter und Wegener esse, sie solle doch nach der Vorstellung vorbeischauen.

Alexander Hesse war wie elektrisiert, als er Marleen erblickte, damals noch *ravissante* von Kopf bis Fuß. Was für eine Frau! Der Charme, der Esprit, die mondäne Welt, alles in einer Person.

Jedesmal, wenn er nun nach Berlin kam, rief er sie an. Sie traf ihn einige Male, ohne sich besonders für ihn zu erwärmen. Es war ja wieder einmal nicht ihr Typ, kein breitschultriger großer Blonder, sondern ein kleiner Dunkler mit klugen Augen, von nicht gerade blendendem Aussehen, der ungeschickterweise allzu deutlich zeigte, wie fasziniert er von ihr war.

Seine Hartnäckigkeit siegte.

Im Frühsommer des Jahres 1935 verbrachten sie eine Woche in Swinemünde, und selbst der vielgeliebten Marleen war es selten passiert, daß sich ein Mann ihr so bedingungslos hingab. Er bewunderte jeden Zentimeter an ihr, fand alles wunderbar, was sie sagte oder tat, genoß ihre Capricen wie ein seltenes Geschenk. Sie sei die erste Frau, die er wirklich liebe, das sagte er ihr immer wieder.

Anfang '36 wurde er dann in Görings Stab berufen. Im Sommer kam seine Frau nach Berlin, widerwillig, sie konnte Berlin nicht ausstehen, wollte nirgends sonst leben als im Rheinland. Dabei war sie alles andere als eine fröhliche Rheinländerin, sie war fad und blond, bläßlich und hager, und Alexander schätzte es gar nicht, sie bei den vielen offiziellen Gelegenheiten, bei denen er sich zeigen mußte, an seiner Seite zu haben. Denn das gesellschaftliche Leben der Nazis war sehr rege, und da er eine Führungsposition innehatte, wurde er ständig eingeladen.

»Mit dir möchte ich dort auftreten«, sagte er zu Marleen, »da würden sie alle den Mund aufsperren mit ihren doofen Frauen.«

Aber leider, gerade das ging nicht. Marleen mußte versteckt werden, Marleen war mit einem Juden verheiratet.

Dr. Hesse drängte auf Scheidung. Nicht, daß er persönlich etwas gegen Juden hatte, aber er hielt es für Marleen besser, wenn sie diese Ehe beendete, zumal er wußte, daß keine enge Bindung zwischen ihr und ihrem Mann bestand. Und auch in eigener Sache schien es ihm geboten, es würde ein unnötiges Druckmittel in den Händen der Nazis bedeuten, wenn man wußte, wen er besuchte, mit wem er verstohlene Wochenenden verbrachte. Er war ohnedies sicher, daß die Gestapo Bescheid wußte, die wußten immer alles. Aber es war nicht nötig, daß sie eines Tages Gebrauch von ihrem Wissen machten. Und daß so etwas von heute auf morgen der Fall sein konnte, das wußte er nun wiederum genau. Über die Methoden eines diktatorischen Regimes machte er sich keine Illusionen. Er besaß für das vorliegende einen gewissen Gebrauchswert, jetzt hatte er ihn noch, das konnte sich ändern.

War Marleen erst geschieden, konnten sie sich freier bewegen, auch zusammen ausgehen, gemeinsam die Oper besuchen, er konnte ungeniert ihr Gast sein.

Und so ergab es sich denn auch, nachdem Marleen geschieden war. Seine Frau hielt sich höchst selten in Berlin auf, reiste eigentlich nur zu offiziellen Anlässen an, bei denen sie mit ihm erscheinen mußte. Das große Haus in Zehlendorf, das er bewohnte, wurde von Personal geführt, seine Frau entschwand nach einem flüchtigen Aufenthalt ins heimatliche Köln, wo ihre Eltern lebten und die beiden Söhne studierten.

Scheiden lassen würde sie sich nie, daran hatte sie keinen

Zweifel gelassen. »Und da ich keine Jüdin bin, kriegst du mich auch nicht los«, hatte sie tückisch hinzugefügt. Das war so ihre Art, aus dem Hinterhalt zu schießen. Sonst schien es sie nicht sonderlich zu interessieren, was ihr Mann trieb und mit wem er verkehrte. Daß er beruflich sehr angespannt war und kaum über freie Zeit verfügte, wußte sie ohnedies.

Das bekam Marleen natürlich auch zu spüren, aber das störte sie wenig. Ihr Leben war amüsant genug, es fehlte weder an Geld noch an Unterhaltung.

Im Sommer 1939 verbrachte sie vier Wochen am Wörther See. Sie wohnte im Schloßhotel in Velden, war fast wieder die Marleen von früher, hübsch, unbeschwert, amüsierbereit, Max hatte sie vergessen. Einen süßen kleinen Flirt hatte sie auch, endlich einmal wieder ihr Typ, ein Tänzer, ein Schwimmer, ein Tennisspieler, groß und blond; es war der letzte Seitensprung ihres Lebens, denn erstaunlicherweise hatte sie für Alexander Hesse Gefühle entwickelt, die ihr früher fremd gewesen waren. Sie nannte es nicht Liebe, das lag ihr nicht, aber es war auf jeden Fall Zuneigung, die sie für diesen Mann empfand.

Sie trennte sich daher ohne großes Bedauern von dem blonden Seitensprung, als Alexander angereist kam, um endlich auch einmal zwei Wochen Urlaub zu machen.

Soweit wäre alles höchst zufriedenstellend gewesen, wenn – ja, wenn nicht immerzu von Krieg geredet worden wäre.

»Denkst du denn auch, daß es Krieg gibt?« fragte Marleen, als sie beim Frühstück saßen.

»Ich fürchte, ja.«

»Aber das ist doch Wahnsinn! Wir haben schon einmal einen Krieg verloren, weil die ganze Welt gegen uns war. Was hat sich denn geändert? Weiß das denn der Hitler nicht?«

Alexander reichte Marleen seine Tasse und ließ sich Kaffee nachschenken, dann zündete er eine Zigarre an.

»Das weiß er bestimmt. Jedermann weiß es. Aber es ist ihm zu leicht gemacht worden. Österreich, das Sudetenland, im Frühjahr der Zaubertrick mit Prag – das ist wie beim Poker. Man versucht das Blatt auszureizen, das man in der Hand hat. Und hat man es nicht, wird geblufft. Hitler wird die Karten nicht auf den

Tisch werfen und passen. Jetzt nicht mehr. Ich wünschte, man könnte ihn noch bremsen.«

Hesse arbeitete zwar für das Dritte Reich, aber er war im Grunde kein echter Nazi. Zweifellos jedoch war er ein Nutznießer des Regimes, und die Möglichkeiten, die man ihm zur Verfügung stellte, reizten ihn.

Seine Hauptarbeit bestand darin, die Entwicklung von Ersatzstoffen zu fördern, dafür hatte er einen großen Stab an Wissenschaftlern und Technikern und unbegrenzte Mittel zur Verfügung. Das deutsche Reich war knapp an Rohstoffen, das würde von vornherein jeden Sieg verhindern. Das wußten die Nazis auch; wenn sie Krieg führen wollten, brauchten sie die Mittel dazu, und die bestanden nicht nur aus Menschen. Aber es brauchte Zeit, um Ersatz für die fehlenden Rohstoffe zu erfinden, zu entwickeln, zu erproben. Dazu reichte kein noch so großzügig ausgestatteter und finanziell reich bestückter Vierjahresplan aus, es brauchte Zeit, Zeit, Zeit.

Und diese Zeit wollten sie sich nicht nehmen. Hitler vor allem nicht. Erst vor kurzem, als Alexander während eines Empfangs mit ihm zusammengetroffen war, hatte der Führer Hesses Zeitpredigt, wie er es nannte, schroff zurückgewiesen.

»Ich habe keine Zeit.«

Marleen war gerade wieder eine Woche in Berlin, als der Krieg begann. Trotz aller Rederei, die vorausgegangen war, saß sie verdutzt und verdattert in ihrer schönen Wohnung über dem Zoo, lauschte ins Radio, und als Alexander abends auf einen Sprung vorbeikam, fragte sie: »Und was nun?«

»Jetzt stecken wir uns erstmal Polen in die Tasche, das ist kein Kunststück. Das ist der erste Schritt zum Lebensraum im Osten, von dem der Führer träumt. Danzig wird wieder deutsch, und den Korridor können wir auch vergessen. Und wenn der Himmel oder die Vorsehung oder wer auch immer ein Einsehen hat, ziehen sie alle noch einmal den Schwanz ein und lassen uns mit Polen so friedlich nach Hause ziehen wie mit der Tschechoslowakei. Ich glaub's bloß nicht. Irgendwann läuft das berühmte Faß über. Und dann haben wir den großen Krieg am Hals.«

»Und den verlieren wir wieder.«

»Sag es nicht laut. Aber verlieren werden wir ihn bestimmt.«

»Ein Glück, daß wir wenigstens das Bündnis mit Rußland haben. Das hat der Hitler ganz geschickt gemacht, finde ich.«

»Hm«, machte Alexander nur. Die Zigarre hing ihm im Mundwinkel, seine Lider verdeckten die Augen. Er trank heute den schweren Rotwein, den er sonst genoß, schnell und achtlos.

Er macht sich Sorgen, dachte Marleen. Ich auch. Wir wissen beide, was auf uns zukommt. Wir haben einen Krieg mitgemacht.

»Ob wir wieder so wenig zu essen kriegen wie das letzte Mal?«

»Das befürchte ich weniger. Die Organisation ist vorbildlich. Die Lebensmittelkarten sind längst gedruckt. Das klappt wie am Schnürchen. In der Beziehung sind sie nicht zu schlagen. Nein, hungern werden wir nicht. Ich meine, richtig hungern. Du wirst natürlich manches nicht bekommen, was du gern hättest. Aber dafür laß mich nur sorgen, ich gehöre schließlich zu den Privilegierten, ich habe Sonderrechte. Nein, was ich befürchte, ist der Luftkrieg.«

»Ach, da kann doch nicht viel passieren. Göring hat doch gesagt . . .«

»Geschenkt. Ich weiß, was er gesagt hat. Leider ist es blanker Unsinn.«

»Aber wir haben doch diese phantastische Luftwaffe. Was die da in Spanien geleistet haben, soll ja enorm sein. Übrigens will Victoria ihren Fliegerhauptmann nun wirklich heiraten. Der Mann sieht großartig aus. Ehe sie mit den Dreharbeiten anfing, waren sie beide mal bei mir. Er hat jetzt einen Posten im Luftfahrtministerium. Die Schreibtischarbeit liegt ihm nicht, meinte er, er will lieber fliegen.«

»Das kann er jetzt wieder.«

»Ich glaube, er ist wahnsinnig verliebt in Victoria. Und sie mag ihn auch sehr gern. Ich finde, sie passen gut zusammen. Wenn es dir recht ist, lade ich die beiden mal ein, wenn du hier bist.«

Hesse hob abwehrend die Hand. Die knappe Zeit, die er für Marleen erübrigen konnte, verbrachte er lieber mit ihr allein.

Der Spanienflieger interessierte ihn nicht im geringsten, mochte er aussehen wie er wollte. Victoria kannte er längst.

Zur Zeit drehte sie ihren ersten Film bei der UFA in Babelsberg, was Marleen höchst beachtlich fand. Hesse hatte sich ihre Erzählungen darüber bisher geduldig angehört. Heute hatte er andere Gedanken im Kopf.

»Am besten ist es, sie heiratet ihn möglichst bald«, sagte er trocken. »Ehe er abgeschossen wird. Da bekommt sie wenigstens die Pension.«

»Du hast eine seltsame Art, über ein Liebespaar zu reden.«

»Kindchen, ich rede nur realistisch. Singen ist bestimmt eine schöne Sache, aber an eine internationale Karriere kann Victoria jetzt nicht mehr denken. Jetzt schmoren wir erst einmal im eigenen Saft. Und wenn alles so ausgeht, wie ich es mir vorstelle – na, ich bezweifle, ob man in diesem Land überhaupt wieder Theater spielen wird.«

»Du machst mir Spaß.«

»Sie soll ihren Flieger heiraten, bestell ihr das von mir. Überleben wird er den Krieg gewiß nicht. Das brauchst du ja nicht dazu zu sagen. Und was dich betrifft, so habe ich mir schon Gedanken gemacht. Ich werde ein Haus auf dem Land kaufen.«

»Für mich?« Marleen richtete sich alarmiert auf. »Das kommt nicht in Frage. Ich geh' nicht aufs Land. Ich kann nur in Berlin leben.«

»Kannst du ja. Sollst du ja. Aber Göring in Ehren, man weiß nicht, was passiert. Ich denke an ein Haus in Bayern.«

Marleen lachte amüsiert.

»Vielleicht in Miesbach, wie? Also das kommt nicht in Frage. Nicht bei mir.«

»Kindchen, überlaß das mir. Ich werde in einer hübschen Gegend ein Haus kaufen, am Tegernsee oder in Garmisch, irgendwo da herum. Gelegentlich richtest du das nett ein, das kannst du ja, und das macht dir auch Spaß. Und wenn es hier mal ungemütlich wird, weißt du, wo du hingehörst. Solange die Luft sauber bleibt, brauchst du Berlin ja nicht zu verlassen.«

»Dich sollte der Göring hören. Morgen hätten sie dich eingesperrt.«

»Vielleicht. Vielleicht auch nicht. Göring ist nicht ganz so dumm, wie er redet. Und vor allem ist er kein Fanatiker. Das unterscheidet ihn von den meisten, mit denen er da im selben Karren sitzt.«

»Und wo sitzt du eigentlich?«

»Ich sitze, wenn du so willst, zwischen sämtlichen Stühlen. Ich mache meine Arbeit und das so gut, wie ich kann, und ich mache sie für diesen Staat. Aber ich bin kein Phantast. Und kein gläubiger Hitlerjunge. Wenn es irgend geht, will ich überleben. Und meine Kinder sollen überleben. Und du auch.«

Marleen registrierte, daß sie erst nach ihm und den Kindern kam, doch war nicht die Zeit, jetzt darüber zu argumentieren. Seine Frau war unter den Überlebenden nicht vorgekommen. Doch das überraschte sie nicht, sie wußte, daß ihm nicht viel an ihr lag.

Und warum würde man ausgerechnet in Bayern überleben? Das war ihr nicht ganz klar. Vielleicht wurde es gar nicht so schlimm mit diesem Krieg. Bisher jedenfalls, das war eine Tatsache, hatte sich der Hitler immer ganz geschickt aus der Affäre gezogen.

Nach vier Wochen war der Polenfeldzug beendet. Siegreich. Und was für ein Sieg!

Sieg schmeckt gut.

Zwar hatten weder England noch Frankreich Hitlers Friedensangebot angenommen, aber der Krieg ging auch nicht weiter. In Berlin lebte man, als gebe es keinen Krieg. Zwar war die Stadt am Abend verdunkelt, aber sonst war alles wie immer. Am Nachmittag trafen sich die Damen bei Kranzler oder bei Schilling zum Kaffee, in der Dämmerstunde bei Mampe zum Cocktail mit der besten Freundin oder dem neuesten Flirt. Die Restaurants waren gut besucht, das Essen noch vorzüglich, die Lebensmittelkarten zeigte man nur pro forma vor. Am Abend ging man ins Theater oder ins Konzert. Es gab, wie eh und je, viele Theater in Berlin, und alle spielten. Gründgens im Staatstheater, Hilpert im Deutschen Theater, einst Reinhardts Haus, George im Schillertheater. Dazu die vielen Privattheater, deren

Programm sich sehen lassen konnte. Die Scala hatte ein volles Haus, genau wie der Wintergarten. In der Staatsoper entzückten sich die Damen über einen neuen Dirigenten, er hieß Karajan, man sagte von ihm, er sei ein Genie. Die Aufführungen des Deutschen Opernhauses in Charlottenburg standen in Qualität denen der Staatsoper kaum nach. Das Problem bestand eigentlich immer nur darin, Karten zu bekommen, denn alle Häuser waren ständig ausverkauft.

Man merkte in der Reichshauptstadt wirklich nichts vom Krieg. Der erste Schreck legte sich, die große Angst verging wie Rauch. Der Führer würde es schon richten.

Victoria hatte im Spätsommer, in den Theaterferien, ihren ersten Film gedreht. Das heißt, der Film war schon fast abgedreht, als sie nach Berlin kam, man hatte ihre Szenen an den Schluß gelegt, damit sie die Spielzeit ungestört zu Ende führen konnte. Probeaufnahmen hatte sie schon vor einem Jahr gemacht, das Filmangebot war dennoch überraschend gekommen und hatte sie sehr gefreut.

Film spielte eine große Rolle. Filmstars waren die Lieblinge der Menschen, zum Film zu kommen der Traum jedes Mädchens, es brauchte dazu keine Schauspielerin zu sein. Doch die UFA, unter dem wachsamen Auge von Goebbels arbeitend, bemühte sich um Qualität, um gute Schauspieler, um gute Drehbücher. Die Rolle, die der Film im Bewußtsein der Masse spielte, wurde nicht unterschätzt. Drei- bis viermal in der Woche gingen die Leute ins Kino – fasziniert, bezaubert, hingerissen.

Und Kino war gesellschaftsfähig geworden, nicht mehr wie früher eine zweitrangige Kunst. Die besten Schauspieler drängten sich nach Rollen. Denn nichts machte so populär, so prominent, nichts war so einträglich wie der Film. Noch war es keine Hauptrolle, die man Victoria angeboten hatte, auch keine große Rolle, doch eine interessante Aufgabe.

Eine Sängerin, schön, berühmt, verwöhnt, die an einem Opernhaus die schönsten und die besten Partien singt. Sie wird ermordet, sie stirbt auf der Bühne, doch keinen Bühnentod, sondern einen echten. Glücklicherweise hatte man für die Musikaufnahmen die ›Bohème‹ gewählt, und darüber war Victoria besonders erfreut, denn die Mimi hatte sie nun, wie sie es nannte, ›totsicher im Kasten‹.

Die Arie des Tenors, ihre Arie, das Duett aus dem ersten Akt waren bereits aufgenommen worden. Ihr Partner war ein bekannter Sänger der Staatsoper. Sterben allerdings soll Mimi erst am Ende des vierten Akts. In diesem Film jedoch sank sie schon während des Quartetts im dritten Akt tot zu Boden.

Das war sehr gut gemacht – wie ihre Stimme zu flackern begann, wie sie wankte, in die Luft griff, aussetzte, die Verwirrung der drei anderen, die mit ihr auf der Bühne standen, schließlich ihr Sturz. Vorhang.

Damit war Victorias Rolle zu Ende. Was dann folgte, war die Aufklärung des Falls.

Peter Thiede spielte ebenfalls in diesem Film, er war der Mann am Pult, der Dirigent der Oper, im Privatleben mit der schönen Sängerin verheiratet, allerdings nicht glücklich. Er gerät in Verdacht, eine junge Sängerin gerät in Verdacht, die im Schatten der verwöhnten Diva stand, keiner von beiden war es natürlich, dem *happy end* zwischen Dirigent und Nachwuchsmimi stand nichts im Wege.

Keine große Rolle, doch eine dankbare Rolle. Victoria sah wunderschön aus, sie sang herrlich, und sie starb gekonnt.

Ehe der Film abgedreht war, hatte sie einen neuen Vertrag in der Tasche, diesmal für die Hauptrolle in einem Revuefilm.

Vorher aber hatte sie Ärger.

Dabei war alles in letzter Zeit nach Wunsch gegangen. Sie hatte Erfolg in ihrem ersten Engagement, sang schöne Partien, wurde gefeiert und gelobt von Presse und Publikum, und ihr Agent hatte bereits zwei Angebote für die Spielzeit 40/41 parat, beides angesehene Opernhäuser. Nun dieser erste Film, dem ein zweiter folgen würde, was ihren Namen bekannt machte. Und dazu ein gutaussehender Mann, den sie liebte, der heil aus der Luft über Spanien zurückgekehrt war und der sie heiraten wollte; konnte eine Frau mehr vom Leben verlangen?

Helmut von Dorath war ohne Kratzer heimgekehrt aus der

mörderischen Schlacht auf der Iberischen Halbinsel. Franco hatte gesiegt, Hitlers Waffenhilfe hatte sich gelohnt. Von den Toten, von den Krüppeln, von den Gefolterten und den Ermordeten, von den Heimatlosen und Obdachlosen sprach man nicht, davon sprach keiner nach einem Sieg. Nur die Niederlage macht das Elend offenbar.

Ganz unverletzt war der Hauptmann von Dorath dennoch nicht geblieben. Sein Körper wies keine Verletzung auf, jedoch seine Seele, seine Nerven waren genauso beschädigt wie bei jedem Mann, der aus dem Krieg kommt. Er mochte nicht darüber sprechen. Er wollte nichts davon hören. Er wollte vergessen, was er erlebt hatte, aber vergessen konnte er es nicht. Er wollte es verdrängen, doch dazu war es zu nah. Der einzige, der ihn verstand, war sein Vater, der hatte schon einen Krieg mitgemacht. Die anderen sagten: »Erzähl doch mal!« Er wich aus, er wehrte ab, er wurde unfreundlich. Das ließ sich nicht erzählen. Darüber plauderte man nicht. Das mußte weg.

Das einzige, was er sich wünschte, war ein ruhiges Heim und darin eine Frau, die zärtlich und liebevoll war und nicht die geringste Ahnung hatte von dem, was er erlebt hatte. Eine Kuschelfrau in einem Kuschelheim und vielleicht Kinder, mit denen man spielen konnte, und dann würde eines Tages die spanische Wirklichkeit einem anderen Leben angehören, an das man sich nur vage erinnerte.

So ungefähr sah des Hauptmanns Wunschbild aus, auch wenn er das nicht aussprach, sich auch selbst nicht bewußt machte.

Und dazu nun Victoria, die allerdings an seinen spanischen Erlebnissen nicht interessiert war, aber auch nicht an dem Leben, das er sich vorstellte.

Sie liebte ihn und wollte ihn heiraten. Er würde ihrem Leben den gesellschaftlichen Rahmen geben, den sie sich wünschte.

Und außerdem war sie voll Verlangen nach ihm, nach seinen Umarmungen, das war ganz anders als damals bei Prisko, der ihr Verlangen niemals in dieser Art wecken konnte.

Und da der Hauptmann sie auch liebte, leidenschaftlich sogar, und durch die lange Trennung angefüllt war mit Sehnsucht nach ihr und ihrer Liebe, hätte eigentlich ihrer Verbindung nichts im Wege gestanden.

Doch er sagte, das war gegen Ende der Filmaufnahmen: »Ich werde froh sein, wenn du mit diesem Unsinn fertig bist.«

Sie lachte.

»Ich auch. Die Filmerei ist ziemlich anstrengend. Hätte ich nie gedacht. Ich habe mir immer eingebildet, die tun da nicht viel. Aber du hast keine Vorstellung, wie strapaziös das ist. Zum Beispiel . . .«

Und dann redete sie. Redete wie immer und meistens von sich selbst. Von ihrer Arbeit, ihren Wünschen, ihren Partien, jetzt also von dem Film. So war es immer gewesen, er kannte es.

Er kannte es nicht. Sie waren nicht sehr viel und nicht sehr oft zusammen gewesen, und da hatten sie denn doch meist von Liebe gesprochen.

Jetzt sprach sie vom Film, auch von den Partien, die sie als nächstes singen würde. Und vom nächsten Engagement. Und vom nächsten Film.

Er sagte: »Das hört jetzt alles auf.«

Sie verstand ihn zunächst nicht. Begriff gar nicht, was er meinte. Bis er ihr unmißverständlich klarmachte, was er von ihr verlangte. Daß sie aufhörte mit allem – kein Theater mehr, keine Oper, kein Film. Sie sollte seine Frau sein, sonst nichts.

Victoria nahm das zuerst gar nicht ernst.

»Du bist verrückt. Du kannst nicht erwarten, daß ich nicht mehr singe.«

»Natürlich sollst du singen. Für mich. Du singst wunderschön. Ich will das oft hören. Nur ich. Keine fremden Menschen.«

So begann die Auseinandersetzung, anfangs noch spielerisch, von Victorias Seite aus mit Lachen abgetan.

»Warte nur, wenn ich erst hier an der Staatsoper singe. Oder am Deutschen Opernhaus. Dann wirst du sehen, wie albern das ist, was du jetzt redest.«

Sie schliefen zusammen, versöhnten sich im Bett, früh um sechs mußte Victoria aufstehen, um sieben kam der Wagen, um sie zu den Aufnahmen abzuholen.

»Das ist doch kein Zustand«, sagte er.

»Das ist nur der Film. Der ist in einer Woche abgedreht. Die Proben beim Theater fangen nicht so früh an.«

»Wann immer sie anfangen, sie fangen in Görlitz an. Und ich bin hier. Wie stellst du dir das vor?«

»Görlitz ist nur noch eine Spielzeit, das weißt du doch. Und ich kriege im Februar oder März Urlaub, wenn wir den Film machen. Dann bin ich sowieso in Berlin.«

»Dann spielt sich das so ab wie jetzt.«

»Na ja, sicher. Vorübergehend. Nächste Spielzeit gehe ich vermutlich nach Leipzig. Dort ist ein reines Opernhaus, keine Operettenrollen für mich. Höchstens mal Silvester. Ich würde gern mal die Rosalinde singen oder die Lustige Witwe.«

»Das ist in Leipzig, und ich bin hier.«

»Himmel, sei doch nicht so stur. Das ist doch keine Entfernung. Und von dort komme ich bestimmt nach Berlin. Mein Agent sagt das, jeder sagt das. Dann ist es überhaupt kein Problem mehr.«

»Victoria, daß wir uns recht verstehen: Wenn du meine Frau werden willst, verlange ich, daß du das Theater und den Film aufgibst.«

»Was sind denn das für Töne! Verlange ich! Wenn du meine Frau werden willst! Was bildest du dir eigentlich ein? Ich habe jahrelang gearbeitet für diesen Beruf. Du denkst doch nicht, daß ich ihn aufgebe für eine Ehe.«

»Ich denke, du liebst mich?«

»Sicher liebe ich dich. Das eine hat doch mit dem anderen nichts zu tun.«

»Für mich schon. Ich will keine Frau, die für die anderen Hopsassa macht.«

»Ich mache kein Hopsassa. Ich bin Opernsängerin.«

»Das ist für mich dasselbe.«

»Auf welchem Stern lebst du eigentlich? Eine berühmte Sängerin ist viel mehr als ein General. Falls du je einer wirst.«

So die Gespräche. Lang und kurz, laut und leise, mit zunehmender Gereiztheit.

Er führte seine Mutter ins Spiel.

»Sie hat auch eine schöne Stimme. Sie ist als Sängerin ausgebildet. Als sie meinen Vater heiratete, hat sie selbstverständlich damit aufgehört.«

»Das ist ihre Sache. Ich höre nicht auf.«

»Und Mary? Singt sie etwa schlecht? Sie singt mindestens so gut wie du. Sie hat eben ihr zweites Kind bekommen. Sie denkt nicht mehr daran, auf der Bühne herumzuhopsen.«

»Schön blöd von ihr. Aber jeder kann ja machen, was er will. Ich gebe den Beruf nicht auf. Für keinen Mann der Welt.«

Er, leise, drohend: »Auch nicht für mich?«

Victoria, laut, triumphierend: »Auch nicht für dich.«

»Dann liebst du mich nicht.«

»Du bist lächerlich. Du hast immer gewußt, wer ich bin und was ich bin. Ich habe dich nie im Zweifel gelassen, was mein Ziel ist.«

»Ja, ich weiß jetzt, wer du bist und was du bist.«

»Und was bitte?«

»Eine Egoistin, die nur an sich denkt.«

Die Gespräche steigerten sich, sie wurden Streit, sie wurden Zank, sie wurden Hader und Haß. Keiner gab nach, keiner suchte nach einem Kompromiß. Vielleicht wenn er nicht aus Spanien gekommen wäre, vielleicht wenn er nicht drei Jahre Krieg hinter sich gehabt hätte, vielleicht hätte er anders reagiert.

Vielleicht auch nicht. Herkommen, Familie, Beruf hatten ihn geprägt. Er wollte eine Frau lieben, besitzen, behüten. Aber mit nichts und niemandem teilen.

Versöhnung im Bett wurde unmöglich. Victoria wies ihn ab. Er trotzte. Der Kampf, neben den anstrengenden Filmarbeiten geführt, zermürbte sie. Er hatte die meisten Nächte mit ihr in Ninas Wohnung am Victoria-Luise-Platz verbracht, dann lief er mitten in der Nacht fort, kam drei Tage nicht.

Als er wiederkam, sah er elend aus. Er liebte sie, und er litt. Aber Victoria war inzwischen verbiestert. Gereizt, müde, wütend. Neben der Arbeit waren diese Auseinandersetzungen schwer zu verkraften. Und im Grunde hatte sie schon begriffen, daß es so nicht gehen würde. Einer mußte nachgeben.

Als er wiederkam, es war der Abend vor dem letzten Drehtag,

es war schon spät, sie wollte gerade ins Bett gehen, fielen sie sich in die Arme. Liebe, noch einmal. Es war das letzte Mal.

Denn nach der Umarmung flammte der Streit erneut auf. Und er sagte, was er schon einmal gesagt hatte und worauf sie nie eine Antwort gegeben hatte: »Und unsere Kinder? Denkst du nicht an unsere Kinder?«

»Was für Kinder?« fragte sie gereizt.

»Wir werden Kinder haben, Victoria. Ich wünsche mir Kinder von dir.«

Und sie, bösartig nun: »Ich werde keine Zeit haben, um Kinder zu bekommen.«

Sie standen sich im Schlafzimmer gegenüber, Victoria, eben noch nackt, hatte sich ein Negligé um die Schultern geworfen, ein leichtes hellrotes Gewebe, das ihren Körper deutlich sehen ließ, und sie war sich dessen bewußt. Sie war schön, und er sollte es sehen. Wenn er sie wollte, das, was er hier sah, dann sollte er auch das andere wollen, das, was sie war: eine Künstlerin. Nicht nur eine simple Frau für den Hausgebrauch.

»Du willst keine Kinder haben?« fragte er fassungslos.

Sie stand vor dem Toilettenspiegel und kämmte ihr Haar.

»Du benimmst dich wie ein Relikt aus dem vorigen Jahrhundert. Kinder! Ich möchte wissen, warum man Kinder kriegen soll. Vielleicht denkst du mal darüber nach, daß vor genau sechs Tagen der Krieg begonnen hat. Welcher Mensch, der seine fünf Sinne beisammen hat, kriegt denn Kinder mitten im Krieg?«

»Der Krieg wird nicht lange dauern. Und gerade in so einer Zeit ist es wichtig, das Leben weiterzugeben.«

»Du redest einmaligen Stuß«, sagte Victoria verächtlich. »Leben weitergeben! Als wenn das ein Kunststück wäre, Kinder zu kriegen. Das kann jeder. Und ich brauche dich nicht dazu. Ich habe bereits ein Kind.«

»Das ist ein alberner Witz«, sagte er.

»Das ist kein Witz. Ich habe eine Tochter, sie ist zweieinhalb Jahre alt. Ein süßes Kind. Aber mein Bedarf an Kindern ist damit gedeckt.«

Er wollte es nicht glauben; er war fassungslos, als sie schließlich ein Bild von Maria Henrietta holte und es ihm zeigte. Es war das neueste Bild, das Cesare ihr geschickt hatte. Maria Henrietta auf der Veranda stehend, an das Geländer gelehnt, eine Puppe im Arm, ein scheues Lächeln im Gesicht, die großen dunklen Augen staunend und voll Unschuld.

»Das ist wirklich dein Kind?«

»Aber ja! Ist sie nicht goldig?«

»Wo ist sie denn?«

»Bei Bekannten. In Österreich. Es geht ihr dort sehr gut.«

»Du hast mir nie ein Wort davon gesagt.«

»Nun habe ich es gesagt. Ist das wichtig für dich?«

»Ob es wichtig ist?«

Er blickte auf von dem Bild, sah sie an, als sei sie eine Fremde, die er noch nie gesehen hatte.

»Und wer ist der Vater dieses Kindes?«

»Das ist noch unwichtiger, ich habe ihn vergessen«, sagte sie lässig über die Schulter. Jetzt wollte sie ihn provozieren, sie hatte die ganze Affäre satt.

»Ich kann dich nicht heiraten, wenn du ein uneheliches Kind hast.«

»Dann läßt du es eben bleiben. Du kannst mich nicht heiraten, weil ich singe, du kannst mich nicht heiraten, weil ich filme, du kannst mich nicht heiraten, weil ich am Theater bin, und nun kannst du mich nicht heiraten, weil ich ein Kind habe. Ein uneheliches Kind«, sprach sie ihm prononciert nach. »Wer bist du eigentlich? Dein eigener Großvater? Du hast total vermottete Ansichten. Ein Spießer bist du. Das ist es, was du bist. Von mir aus kannst du des Teufels Großmutter heiraten. Ich jedenfalls verzichte dankend. Der letzte, den ich jemals heiraten würde, der bist du. Und nun laß mich bitte allein. Ich muß schlafen, denn morgen muß ich arbeiten.«

Das war nun wirklich das Ende. So überlegen allerdings, wie sie sich gab, war sie nicht, sie weinte, als er gegangen war, konnte lange nicht einschlafen.

Als der Wagen sie abholen kam, hatte sie verschwollene Augen und ein paar Falten im jungen Gesicht.

Der Maskenbildner fluchte, er hatte lange mit ihr zu tun. An diesem Tag mußte eine Szene mit Peter nachgedreht werden, die beim erstenmal mißlungen war. Ein Streit zwischen dem Dirigenten und der Sängerin, die ein Ehepaar waren und sich nicht mehr liebten.

Beim Mittagessen in der Kantine sagte Peter: »Du warst dufte heute. Du bist ja direkt eine Schauspielerin. Habe ich gar nicht gewußt.«

»Du weißt vieles nicht von mir.«

»Das läßt sich nachholen. Aber warum machst du so ein mieses Gesicht? Schlecht gelaunt?«

»So kann man es nennen.«

»Liebeskummer?«

»Bißchen mehr. Eine geplatzte Verlobung.«

»Der Flieger?«

»Ich heirate ihn nicht.«

»Du ihn nicht oder er dich nicht?«

»Sowohl als auch.«

Sie schob den Teller mit dem Gulasch beiseite, ihre Augen füllten sich mit Tränen.

»Weine nicht. Denk an die geklebten Wimpern. So was kannst du dir hier nicht leisten. Lächle, Süße. Das ist nicht so wichtig. Viel wichtiger ist es, daß der Film gut wird. Und der nächste besser. Dann bist du oben. Wozu brauchst du einen Mann, der dich zum Weinen bringt. Heute abend gehen wir zusammen essen, und dann erzählst du mir die Chose, ja?«

Mit einem verständnisvollen Menschen über das ganze Desaster zu reden, war Victoria ein dringendes Bedürfnis. Nina war in München, Cesare, der ein noch besserer Gesprächspartner gewesen wäre, allzuweit entfernt, und eine Reise konnte Victoria im Augenblick nicht ermöglichen, ihr blieben einige Tage zur Erholung, dann begann die Spielzeit in Görlitz. Flüchtig hatte sie daran gedacht, sich bei Marleen auszuweinen, die kannte sich gut aus mit Männern und Liebesaffären und würde vermutlich ein paar passende Worte dazu sagen können. Aber nun war Peter bereit, sie anzuhören, das war ihr höchst willkommen.

Abends, als sie beide abgeschminkt waren, holte er sie in ihrer Garderobe ab.

»Wo möchtest du denn gern hingehen?«

»Ist mir egal. Wo ich was Anständiges zu essen kriege. Ich bin schrecklich hungrig.«

»Dann kann es ja nicht so schlimm sein mit deinem Kummer. Solange du Appetit hast, geht das Leben weiter.«

»Bei mir ist es anders. Wenn ich glücklich bin, brauche ich nichts zu essen.«

»Gut. Geben wir dir ordentlich zu essen heute abend. Wenn's dir recht ist, gehen wir zu mir. Ich habe vorhin mit Bärchen telefoniert, sie hat die ersten Rebhühner bekommen, die macht sie uns mit Weinkraut und Kartoffelpüree, während wir in Ruhe eine Flasche Champagner trinken und die Füße auf den Tisch legen.«

»Rebhühner! Wo hat sie die denn her? Doch nicht auf Lebensmittelmarken.«

»Bärchen hat ihre Quellen. For Ihnen, Herr Thiede, wird immer was Gutes zu essen da sein, det kann ick vasprechen. Der Schimmelpilz wird mir nich vorschreiben, wat uff'n Tisch kommt.«

»Redet sie immer noch so leichtsinnig daher? Das kann gefährlich werden.«

»Ich warne sie jeden Tag mindestens dreimal. Aber ich kann sie nicht ändern. Also wie wäre es mit den Rebhühnern? Sie weiß, daß ich heute letzten Drehtag hatte, und da besorgt sie immer etwas Besonderes.«

»Fabelhaft wäre es. Champagner, Rebhühner, Beine auf den Tisch, das alles kann ich brauchen.«

»Gut. Dann rufe ich sie an, ehe wir hier abfahren, da kann sie schon mal anfangen.«

Peter hatte noch seinen Wagen. Als berühmter Star hatte er den roten Winkel bekommen, der ihn bis auf weiteres berechtigte, ein Auto zu fahren.

Als sie von Babelsberg in die Stadt hineinfuhren, sang er Zarah Leanders berühmten Song – merci, mon ami, es war wunderschön –, er sang ihn von Anfang bis Ende und hatte auch den Text lückenlos parat.

Victoria betrachtete ihn von der Seite. Er sah besser aus denn je, er war jetzt dreiundvierzig, schlank, gebräunt, das hübsche Gesicht geprägter und interessanter als früher.

Er fing ihren Blick von der Seite auf.

»Ich hoffe, mein Gesang gefällt dir.«

»Ausgezeichnet. Du hast eine angenehme Stimme.«

»Ich habe im Film ja auch schon gesungen.«

»Ja, ich weiß; in ›Liebe mit Musik‹. Das war ein süßer Film. Habe ich dreimal gesehen.«

»Ehrt mich ungemein.«

Er begann einen neuen Song, amerikanisch diesmal – *stormy weather*.

»Kenne ich gar nicht.«

»Hab' ich auf Platte. Spiele ich dir nachher vor. Und dann habe ich alle Songs von der Dietrich. Das ist eine tolle Frau. Mit der hätte ich gern mal gearbeitet.«

»Aber die kommt nicht wieder.«

»Jetzt bestimmt nicht mehr.«

»Vielleicht wenn wir den Krieg gewonnen haben.«

Er lachte. »Erst recht nicht.«

»Weißt du, daß ich mal schrecklich verliebt in dich war«, sagte Victoria nach einer Weile des Schweigens.

»Ich denke schon, daß ich das weiß. Ich bedaure nur, daß du in der Vergangenheit redest.«

»So mit sechzehn und siebzehn, da dachte ich Tag und Nacht nur an dich. Ich war so eifersüchtig auf Nina. Hast du das bemerkt?«

»Ich hielt es für selbstverständlich«, sagte er eitel.

»Ganz schön eingebildet bist du, das kann man sagen.«

»Hast du von Nina kürzlich etwas gehört?«

»Ja. Am Tag nachdem der Krieg in Polen angefangen hat. Sie rief an. Total verzweifelt. Als wenn die Welt untergehen würde. Ich beruhigte sie.«

»War sie zu beruhigen?«

»Kaum. Sie hat schon einen Krieg mitgemacht und sie wisse, was Krieg bedeutet. Diesmal könne es nur noch schlimmer werden. Ich sagte ihr, es werde gar nicht schlimmer. Kein Mensch will diesen Krieg. Er wird bestimmt bald vorbei sein.«

»Glaubst du das wirklich?«

»Bombensicher. Wir sind so stark, an uns wagt sich keiner ran. Helmut sagt das auch.«

»Der sollte es besser wissen. Drei Jahre haben sie gebraucht, um den Krieg in Spanien zu beenden.«

»Das ist doch ganz etwas anderes. Das war ein Bürgerkrieg. Und wir haben da überhaupt nicht gekämpft. Eben gerade die Legion Condor ein bißchen.«

»Ja. Ein bißchen Bomben geschmissen. Hat ihm das denn gefallen, deinem Hauptmann?«

»Er spricht nicht darüber. Kein Wort.«

»Aha. Typisch.«

»Wieso? Was ist daran typisch?«

»Wir haben auch nicht darüber gesprochen.«

»Warst du denn im Krieg?«

»Ja. Ein bißchen. Ich hatte Glück. Ich kam 1915 in die Gegend von Verdun. Die Fronten waren schon erstarrt, nur Grabenkrieg. Schon am zweiten Tag bekam ich einen Schuß in den Oberschenkel, 'ne Menge Splitter und so, ich kam ins Lazarett hinter der Front, dann nach Hause, denn die Wunde heilte nicht. War weiter keine große Sache, aber sie heilte eben nicht. Später machte ich dann Fronttheater, das war ganz lustig. 1917 kam ich nach Mazedonien, dort war es herrlich. Vom Krieg merkten wir nicht viel. Und ich hatte ein wunderbares Mädchen dort. So was Schönes hast du selten gesehen. Schwarzhaarig und schwarzäugig und ein Temperament, meine Güte, die war anstrengender als der ganze Krieg.«

»Und dann?«

»Im September 1918 überrannten uns die Engländer, der bulgarische Zar dankte ab, es war ein großes Durcheinander, ich landete in englischer Gefangenschaft. Da ging es mir auch nicht schlecht. Ich meine, gemessen an dem, was andere erlebt haben. Das ist mit dem Krieg wie mit dem ganzen Leben, du kannst Glück haben oder Pech. So, da sind wir. Ich nehme an, die Rebhühner schmurgeln schon, der Champagner ist kalt gestellt.«

Peter Thiede war für Victoria eine Wohltat an diesem Abend.

Sie kuschelte sich auf die Couch, nachdem sie in der Küche artig Bärchen begrüßt hatte, die sie von einigen Besuchen her kannte. Bärchen fragte sogleich nach Nina, und ehe Victoria Auskunft geben konnte, sagte sie: »Det wird ihr woll mächtig in die Knochen jefahrn sein, det mit dem Kriech.«

»Ja. Sie war ganz außer sich, als wir neulich telefonierten.«

»Vasteht sich. Aber bestelln Se ihrer Mutter von mir, die Russen wern den Schimmelpilz in Klump haun, un denn wird endlich for alle Zeiten Ruhe sein.«

»Aber wir haben doch ein Bündnis mit Rußland?«

»So?« fragte Bärchen hämisch. »Ham wa det? Det is ja nur Kleister in die Augen for die Doofen, det könnse mir glooben, so is det.«

Als Peter mit dem Champagner kam, hatte Victoria schon die Schuhe ausgezogen und lag in der Couchecke.

»Daß die immer noch frei herumläuft, wundert mich«, sagte sie, »hast du nicht Angst, daß dir das mal schadet?«

»Was?«

»Daß sie bei dir arbeitet.«

»Nö, hab ich nicht. Ich bin keine ängstliche Natur. Angst zieht Gefahr an. Und vergiß nicht, was für ein hochangesehener Mann ich bin. Als ich das letzte Mal bei Goebbels eingeladen war, hat er mir lang und breit auseinandergesetzt, daß ich genau jener Typ des deutschen Mannes sei, den der deutsche Film am nötigsten braucht.«

»Ach nee! Wie meint er denn das?«

»Hat er mir genau erklärt. Also da gibt es diese echten kernigen deutschen Männer, edel, treu, mutig, Marke Held. So einer wie dein Flieger etwa. Davon hätten wir einige, sagte er. Aber die andere Sorte, charmant, elegant, leichtlebig, Marke Gentleman, im Kern aber eben doch richtig deutsch und sich gegebenenfalls zum Helden emporrankend, also so was ist rar, und so was bin ich.«

»Na denn Prost, charmanter Held. Übrigens schlecht gesehen ist das nicht. Das charakterisiert dich ganz gut.«

»Ich hoffe nur, daß ich mich nie zum Helden emporranken muß. Außer im Film natürlich. Und das neueste und beste weißt du noch nicht. Ich werde diesen Winter bei Hilpert spielen. Eine wonnige Rolle.«

»Glückwunsch. Einziehen wird man dich hoffentlich nicht.«

»Glaub' ich nicht, ich werde hier gebraucht. Soldaten haben wir genug.«

Der Abend verlief wie nach einem Drehbuch, und beide spielten ihre Rollen perfekt. Bärchen servierte die Rebhühner, brachte den Wein, sah befriedigt zu, wie sie die ersten Bissen nahmen, und ließ sich loben.

Dann sagte sie: »Denn jeh ick nu. Det Jeschirr brauchen Se nachher nur in die Küche stelln, Fräulein Victoria. Und 'n schönen Abend noch.« An der Tür drehte sie sich nochmal um. »Morgen könn wa ja ausschlafen, nich?«

»Können wir«, sagte Peter. »Dem Himmel sei Dank.«

Während des Essens plauderten sie unbeschwert, wie gute alte Freunde, sprachen auch von Nina.

»Ich glaube, sie hat jetzt den Richtigen«, sagte Peter. »Was meinst du?«

»Doch, glaub' ich auch. Sie ist glücklich mit ihm.«

»Das hat sie verdient. Ich kenne ihn ja nicht, sie hat ihn mir vorenthalten.« Er grinste. »Käme ihr wohl indezent vor.«

Victoria hatte sich sichtlich erholt. Das Essen schmeckte ihr, der Wein auch, und an den Hauptmann dachte sie erst wieder, als sie nach dem Essen, wieder auf der Couch, Peter das ganze Drama erzählte.

Daß der Flieger von ihr verlangte, den Beruf aufzugeben, überraschte ihn nicht. Das sei zu erwarten gewesen, sagte er, und sie sei naiv und keine gute Menschenkennerin, wenn sie das nicht einkalkuliert hätte.

»Wenn einer hier kein Menschenkenner ist, dann er«, erwiderte Victoria. »Er mußte wissen, wie wichtig mir meine Arbeit ist.«

»Und wie ehrgeizig du bist. Und daß du das Zeug hast, etwas zu werden.«

»Findest du?«

»Finde ich.«

Daß sie ein Kind hatte, war allerdings auch für Peter ein

Schock. Sie hatte es erzählt, auch das, sie sah keinen Grund, es ihm zu verschweigen, es gehörte zu der Geschichte.

Erst lachte er, dann sagte er: »Das ist ja ein dicker Hund. Wie hast du das denn gemacht?«

»Na, wie wohl?«

»Ich meine, daß du es so unbeachtet über die Bühne gebracht hast. Meist merkt ja die Umwelt was davon.«

»Hat sie eben bei mir nicht. Dank Cesare.«

»Dein venezianischer Flirt. Und du hast das Baby einfach dort bei ihm stehen und liegen lassen?«

»Sie hat es dort wunderbar. Schöner kann ein Kind gar nicht aufwachsen.«

Er betrachtete sie mit neugieriger Verwunderung.

»Ganz schön gerissen, wie du das hingekriegt hast.«

»Hat Marietta auch gesagt. Sie ist außer Nina die einzige, die es weiß. Bis jetzt. Jetzt weiß es Helmut, und du weißt es auch. Macht mir aber nichts aus. Ich schäme mich nicht, ein Kind zu haben. Es ist ein bezauberndes Kind, wirklich.«

»Wann hast du es zuletzt gesehen?«

»Ehe ich ins Engagement gegangen bin.«

»Also vor einem Jahr. Seltsam, man sollte meinen, dir entgeht etwas.«

»Wieso?«

»Nun – also, ich habe keine Kinder. Aber ich könnte mir vorstellen, daß es Freude macht, sie heranwachsen zu sehen. Und wenn es einem Menschen wichtig sein sollte, dann der Mutter.«

»Willst du mir eine Moralpredigt halten?«

»Da sei Gott vor. Ich denke nur eben drüber nach. Und es wundert mich offen gestanden genauso sehr, daß Nina das Kind nicht zu sich genommen hat.«

»Sie hätte es vielleicht getan, aber ich finde, sie kann es Silvester nicht zumuten.«

»Hm. Das mag sein. Wie käme er dazu. Hat er Kinder?«

»Nicht, daß ich wüßte. Und nun glaube mir eins, besser als in Baden bei Cesare könnte die Kleine es nirgends auf der Welt haben.«

»Ich glaube es ja. Mich stört an der Geschichte nur, daß er

Jude ist. Bist du dir bewußt, was für eine gefährliche Situation das ist. Überhaupt jetzt, wo wir Krieg haben.«

»Er ist Halbjude. Keiner tut ihm was. Das ist ein Mann, der gut auf sich selber aufpassen kann.«

Sie tranken eine zweite Flasche Wein, und später am Abend fragte Peter lässig: »Bleibst du hier heute Nacht?«

»Heißt das, daß wir . . .«

»Ja, das heißt es. Es ist zwar lange her, daß du in mich verliebt warst, aber wir können ja mal nachforschen, ob davon noch etwas übriggeblieben ist.«

Sein Blick, sein Lächeln, viel erprobt, immer erfolgreich.

»Es sei denn, du liebst ihn immer noch, den Mann mit den strengen Grundsätzen.«

»Wenn ich das täte«, sagte Victoria entschieden, »wäre es für mich erst recht ein Grund, hierzubleiben.«

»Ah, ja, nach dem Motto: Die beste Therapie gegen eine unglückliche Liebe ist eine neue Liebe.«

»Sprechen wir von Liebe?«

Er stand auf, trat hinter sie und legte seine Hände auf ihre Schultern.

»Ja, verdammt nochmal, das tun wir. Wenn du das nicht willst, dann geh nach Hause.«

Victoria bog den Kopf zurück und blickte in sein Gesicht. Mein Dritter, dachte sie. Und der erste, den ich geliebt habe, und jetzt kriege ich ihn.

Und dann noch: Das geschieht dir recht, Helmut, recht geschieht es dir. Es geht auch ohne dich. Es ist schon einer da, der mich haben will. Es wird immer einer da sein, wenn ich einen haben will.

»Ich möchte nicht nach Hause gehen«, sagte sie.

Ninas Entsetzen, als der Krieg begann, war grenzenlos. Sie war keine Frau, die zur Hysterie neigte, doch sie gebärdete sich total hysterisch, sie weinte, sie schrie: »Nein! Nein! Es kann nicht sein! Es darf nicht sein!«

Sie verfluchte Hitler mit wilden Worten.

»Diese Bestie! Dieser Teufel! Ich hasse ihn!« Silvester mußte ihr den Mund zuhalten, sie wohnten schließlich in einem Mietshaus, und sie schrie so laut, daß man es durch die Wände hören konnte.

»Beruhige dich. Bitte, beruhige dich. Du wußtest es doch. Ich habe es dir doch immer gesagt.«

»Ich habe es nicht geglaubt. Nein, ich habe es nicht geglaubt, daß wir von einem Verbrecher regiert werden.«

»Nina, er hat schon viele Menschen auf dem Gewissen, auch das weißt du. Was jetzt geschieht, ist nur eine logische Folgerung aus allem, was bisher geschehen ist.«

»Wie du redest! Als wenn es dich nichts anginge. Man muß doch etwas tun.«

»Es geht mich genausoviel an wie jeden Menschen in diesem Land. Du kennst meine Meinung.«

»Ach, deine Meinung. Ja, ich weiß, was ihr redet, du und deine Freunde. Aber getan habt ihr nichts. Warum redet denn jeder bloß und läßt alles geschehen? Warum bringt ihn keiner um? Heute. Gleich heute. Ehe der Wahnsinn Wahrheit wird.«

»Das Attentat«, sagte Silvester. »Das nicht stattgefundene Attentat. Der Mord, den keiner begehen wollte. Wie oft haben wir darüber gesprochen. Wir paar Menschen, die einander vertrauen können. Ich bin sicher, viele haben davon gesprochen. Man hätte es gleich am Anfang tun müssen. Ehe er so stark und mächtig war. Und ehe er so erfolgreich war. Aber Deutschland ist kein Land für Attentäter. So wenig wie es ein Land für Revolutionen ist. Wir sind ein ordentliches Volk. Ein gehorsames Volk. Doch wie man sieht, können solche Tugenden sehr verhängnisvoll sein.«

»Philosophiere nicht! Sag, was wir tun sollen?«

Die Augen voller Tränen klammerte sie sich an ihn, er schloß sie in die Arme, hielt sie ganz fest.

»Ich weiß es nicht. Ich habe erwartet, er würde durch das Militär beseitigt werden. Die meisten Offiziere, jedenfalls soweit sie noch aus dem alten Offizierskorps stammen, verachten ihn. Und ich habe gedacht, sie würden ihn eines Tages stürzen. Aber er war auch in diesem Punkt geschickt – er hat ihren Stand wieder aufgewertet, er hat ihnen die Ehre wiedergegeben, wie es immer so schön heißt. Zeifellos sind viele unter ihnen, für die die Ehre aus seiner Hand eine Schande ist. Aber gehandelt haben sie nicht. Und ein Mörder war auch nicht unter ihnen.«

»Mörder sagst du! Er wäre kein Mörder, er wäre ein Wohltäter der Menschheit. Man müßte ihm ein Denkmal errichten. Aber die Männer sind feige geworden. Feige. Heil, mein Führer, und dann kriechen sie vor ihm. Heil Hitler. Ich weiß jetzt genau, wann ich angefangen habe, ihn zu verabscheuen. Als dieser lächerliche Gruß eingeführt wurde. Heil Hitler – das ist doch idiotisch. Hat es jemals in Deutschland einen Mann gegeben, einen König, einen Kaiser, einen Staatsmann, der auf so eine irrwitzige Idee gekommen wäre? Hat es das je auf der ganzen Welt gegeben? Kannst du mir in der ganzen Weltgeschichte ein Beispiel nennen, daß einer von einem ganzen Volk verlangt, man solle jedesmal seinen Namen hinausplärren, wenn man ›Guten Tag‹ sagt?«

»Das einzige, was mir in diesem Zusammenhang einfällt, wäre ›Salve Caesar‹, und das ist, zugegeben, eine ganze Weile her und war wohl auch anders gemeint.«

»Du bist so ruhig, ich verstehe dich nicht.«

»Ich bin nicht ruhig. Allerdings bin ich auch nicht überrascht.«

»Ja, du hast gesagt, es wird Krieg geben. Ich hielt es nicht für möglich. Wie lange ist es denn her? Zwanzig Jahre. Wenig mehr als zwanzig Jahre, als der Krieg zu Ende war. Wir waren besiegt. Wir hatten verloren. Und so viele waren tot. Aber es leben doch noch genügend Menschen, die es wissen. Die es mitgemacht haben. Dieser verdammte Verbrecher hat es doch selber mitgemacht. Er kann es doch nicht vergessen haben.«

»Gewiß nicht. Und das ist es ja, was ihn herausfordert. Besiegt, verloren, das will er auslöschen. Er will der Held sein, der Deutschland zum Sieger macht.«

»Das kann er doch nicht im Ernst glauben. Er kann doch nicht so dumm sein, das zu glauben. Wir werden wieder die Welt gegen uns haben, genau wie beim letztenmal. Und warum denkt er, daß wir, dieses kleine Volk in der Mitte, die ganze Welt besiegen können? Hat er sich noch nie eine Landkarte angeschaut? Dieser Mann ist verrückt. Ach, und Stephan! Was sollen wir bloß mit Stephan machen? Sag mir, was mach ich mit dem Jungen? Er wird tot sein, wie alle tot waren.«

Sie schluchzte verzweifelt. Silvester gab ihr einen Cognac und versuchte, sie zu trösten, obwohl er keinen Trost wußte.

Sie fing an von Nicolas zu sprechen, von Kurtel, von Erni, sie sagte: »Alle, die ich liebte, hat der Krieg mir genommen. Auch Erni wäre noch am Leben. Er war ja schon ganz gesund. Aber es gab so wenig zu essen. Und ich hatte keine Kohlen, ich konnte im Winter nicht heizen. Und dann die Inflation. Wir waren so arm. Du weißt nicht, wie arm wir waren. Er lebte noch, bestimmt, er lebte, wenn das alles nicht gewesen wäre.«

Das Telefon klingelte, Franziska rief aus dem Geschäft an.

»Warum kommst du denn nicht, Silvester? Was soll ich denn tun? Soll ich zusperren? Feuer legen? Alles in Trümmer schlagen? Komm bitte, ich muß mit dir reden.«

»Tu mir den Gefallen«, sagte Silvester leise, »und spiel du nicht auch noch verrückt.

Ich kann Nina nicht allein lassen, sie ist völlig außer sich.«

»Ihr Sohn?«

»Auch. Und wegen allem.«

»Wie recht sie hat. Kommst du dann später?«

»Sobald sie sich etwas beruhigt hat.«

Franziska Wertach, die Inhaberin des Antiquitätengeschäftes, an dem Silvester beteiligt war, hatte sich mit seiner Heirat ganz gut abgefunden. Man konnte nicht gerade sagen, daß Nina und sie Freundinnen waren, aber es bestand keine Feindschaft, sie kamen miteinander aus. Franziska, eine kluge Frau, war der Meinung, es hätte schlimmer kommen können, wenn er denn unbedingt heiraten mußte in seinem Alter.

Nina saß in der Sofaecke, hatte sich noch einmal Cognac eingeschenkt, ihre Hand, die das Glas hielt, zitterte.

»Es war Franziska. Sie will den Laden anzünden.«

»Eine gute Idee. Warum tun wir nicht alle so etwas? Feuer anzünden, Scheiben einschlagen, Schienen rausreißen, die Gebäude stürmen und die ganze Nazisippe rausholen und erschießen. Sag mir, Silvio, warum tun wir das nicht? Kein Mensch in diesem Volk will einen Krieg, das weiß ich ganz genau. So wie ich denken heute alle. Alle.«

»Fast alle, ja. Da möchte ich dir zustimmen. Begeisterung für den Krieg wirst du nirgends finden.«

»Also warum tun wir nichts? Es ist doch ganz einfach. Wenn jeder Mann sich weigern würde, einzurücken. Keiner marschiert. Er kommt einfach nicht. Das Vaterland ist ja nicht angegriffen worden. Also bleibt er zu Hause.«

»Dann wird er erschossen.«

»Du kannst nicht ein ganzes Volk erschießen. Ich sagte, keiner kommt. Alle bleiben zu Hause.«

»So etwas gibt es nicht.«

»Das sehe ich nicht ein. Damals, 1918, haben sie die Waffen weggeworfen. Warum können sie es nicht heute gleich tun, ehe sie damit schießen. Sollen doch die Nazis ihren Krieg allein führen. Was meinst du, wo Stephan ist?«

»Keine Ahnung. Vielleicht auf dem Marsch nach Polen. Vielleicht noch in Jüterbog bei seinem Lehrgang. Sie werden vermutlich kaum die ganze Wehrmacht brauchen, um Polen zu erobern.«

Nina reichte ihm ihr leeres Glas. »Gib mir noch einen.«

Er schenkte ihr wortlos ein. Es änderte nichts an der Situation, wenn sie sich betrank, aber vielleicht half es ihr über die erste Stunde hinweg.

»Werden wir Polen denn erobern?«

»Es ist anzunehmen.«

»Und was werden die anderen machen? Frankreich? England? Amerika? Rußland?«

»Mit Rußland haben wir seit neuestem ein Bündnis, wie du weißt.«

»Das hat er fein gemacht, wie?«

»Zweifellos. Er wußte sehr gut, was er tat. Ein Meisterstück. Eine Woche ist es her. Er hat sich den Rücken freigemacht, und acht Tage später marschiert er. Nein, dumm ist der nicht.«

»Aber wird Rußland es denn zulassen, daß wir Polen angreifen?«

»Erstens ist das den Russen egal, die haben den Polen noch nie etwas Gutes gewünscht, und zweitens ist das für die Russen keine Überraschung. Über Hitlers Absichten waren sie sich wohl im klaren. Und zweifellos werden sie ihren Reibbach dabei machen. Und schließlich und endlich kann es ihnen nur lieb sein, wenn Hitler endlich das bekommt, wovon er ewig redet: Lebensraum für sein Volk. Es geht ja nicht nur um Danzig und um den Korridor, das hätte man uns vermutlich früher oder später freiwillig gegeben, schon damit es zu keinem Krieg kommt. Nein, es geht ihm um den Lebensraum für das deutsche Volk. Und den sucht er im Osten, daran hat er ja nie Zweifel gelassen.«

»Haben wir denn zu wenig Raum?«

»Wir leben sehr eng aufeinander, das ist wahr. Und einiges haben wir nach dem Versailler Vertrag ja noch verloren. Und wir sind immer zu kurz gekommen mit überseeischen Besitzungen. Wir sind keine Seefahrernation wie Großbritannien, das sich ein Weltreich zusammenstahl. Frankreich, Belgien, die Niederlande, sie alle haben Kolonien, die ihnen Reichtum bringen und Arbeitsmöglichkeiten für ihre Menschen. Wir kamen da zu spät, und das bißchen, das wir uns im letzten Jahrhundert geholt haben, sind wir ja wieder los.«

»Na bitte, die haben es, und wir haben nichts. Egal, ob das nun gerecht ist oder nicht, auf Erden geht es nie gerecht zu, oder? Im einzelnen Menschenleben nicht und bei den Völkern nicht. Das ist halt so.«

»Ja, das ist so. Nur wie der einzelne Mensch versucht, es zu ändern, einen Ausgleich in der Gerechtigkeit herzustellen, so tut es auch ein Volk.«

»Willst du damit den Krieg verteidigen?«

»Da sei Gott vor. Ich versuche nur meinerseits gerecht zu sein, oder sagen wir besser, sachlich. Daß dies ganze Unternehmen aussichtslos ist, wenn sich aus Hitlers Ostlandritt ein Weltkrieg entwickelt, daran besteht kein Zweifel.«

»Du denkst also, es ist noch möglich, daß es . . . ich meine, daß es kein großer Krieg wird?«

»Nina, ich weiß es nicht. Es kommt darauf an, was die Weltmächte tun. Frankreich und England haben Garantieabkommen mit Polen. Sie haben sich verpflichtet, Polen zu helfen, falls es angegriffen wird. Sie müßten uns jetzt den Krieg erklären.«

»Und werden sie es tun?«

»Das eben ist die Frage. Wenn sie es nicht tun, dann haben wir auch keinen Krieg. Dann haben wir bloß einen Aufguß von dem, was wir vergangenes Jahr und dieses Jahr mit der Tschechoslowakei erlebt haben. Aber ich glaube nicht, daß Chamberlain und Daladier noch einmal dieselbe Reise unternehmen können. Es gibt Dinge, die lassen sich nicht wiederholen.«

»Auch nicht, um den Frieden zu erhalten?«

»Chamberlains *peace for our time* ist nur ein Wunschtraum. Es gibt keinen Frieden um jeden Preis. Nicht für ein Volk von Ehre.«

»Volk von Ehre – wie du redest. Du redest wie die. Das sind doch nur Phrasen.«

»Es sind keine Phrasen, Nina. Aber bitte, ich kann es anders formulieren. Es gibt keinen Frieden um jeden Preis für einen Staat von Vernunft. Denn der Frieden um jeden Preis ist ein kranker Frieden, ein verlogener Frieden, der den Krieg in sich trägt wie ein eiterndes Geschwür, das eines Tages aufbricht. Wenn England und Frankreich noch einmal vor Hitler kuschen, dann haben sie den Krieg halt nächstes oder übernächstes Jahr. Aber haben werden sie ihn, und man sollte meinen, das wissen sie mittlerweile.«

Sie wußten es. Zwei Tage nach dem Einmarsch der deutschen Truppen in Polen, der ohne Kriegserklärung erfolgt war, erklärten England und Frankreich dem Deutschen Reich den Krieg, nachdem zwei Tage und zwei Nächte lang fieberhaft versucht worden war, einen großen Krieg zu vermeiden. Sogar Mussolini war als Vermittler eingeschaltet worden. Hitler und das betrogene deutsche Volk hatten eine letzte Chance. Wenn Hitler sich zu einem sofortigen Waffenstillstand bereitfand, wollten die Westmächte über Deutschlands Forderungen gegenüber Polen verhandeln.

Man war zu jedem Entgegenkommen bereit, nur um den Krieg zu vermeiden. Vergebens.

Dabei hätte Hitler zweifellos bei diesen Verhandlungen abermals mit einem günstigen Ergebnis rechnen können, die Frage Danzig, die Frage Polnischer Korridor wären sicher zufriedenstellend für ihn und Deutschland beantwortet worden. Hitler wußte das. Er mußte es wissen. Und schon darum trug er und er allein die Schuld an diesem Krieg, der so unendliches Elend über die Menschen brachte. Keiner außer ihm wollte diesen Krieg, das deutsche Volk schon gar nicht, das bis zuletzt seinen verlogenen Friedensbeteuerungen geglaubt hatte. Weil es glauben wollte um jeden Preis.

»Ich frage mich«, sagte Silvester, als sie am 3. September abends wußten, daß sie sich mit England und Frankreich im Kriegszustand befanden, als kein Zweifel mehr bestand, daß es ein großer Krieg werden würde, nicht nur ein kurzer Feldzug in Polen, »ich frage mich, wer eigentlich wirklich noch daran geglaubt hat, daß der Krieg zu vermeiden war.«

»Fast alle«, sagte Franziska bestimmt.

»Ich«, sagte Nina.

Sie war erschöpft nach den vielen Tränen, den Verzweiflungsausbrüchen der letzten Tage, sie war blaß und müde, wirkte um Jahre älter.

Victoria von Mallwitz und ihr Mann waren am späten Nachmittag nach München gekommen, sie besaßen noch ihr Auto und hatten vorsorglich einen größeren Benzinvorrat angelegt, denn Benzin war schon seit einiger Zeit knapp geworden. Es war Victoria nicht gelungen, ihren Sohn zu erreichen, der als Volontärarzt in der Universitätsklinik arbeitete, und das machte sie so unruhig, daß sie darauf bestand, in die Stadt zu fahren. Sie hatte zwei Söhne, um die sie bangen mußte. Der jüngste, Albrecht, hatte in diesem Jahr das Abitur gemacht und befand sich zur Zeit beim Arbeitsdienst. Vorher hatte er noch Victorias Mutter in England besucht.

Als er zurückkam, hatte er berichtet: »Sie haben Angst vor Hitler und Angst vor Krieg. Jeder hat mich ewig gefragt, wie das bei uns ist.«

»Und was hast du geantwortet?« fragte Victoria.

»Daß wir auch Angst haben, vor beiden.«

Victoria hatte nach diesem Gespräch gedacht, ob es recht gewesen war, die Kinder in diesem Geist zu erziehen, sie mußten nun einmal in diesem Staat leben. Doch war es keine bewußte Erziehung zu diesem Denken gewesen, es war der Geist und die Tradition des Hauses, in dem sie aufgewachsen waren, die Kinder hatten niemals anders gedacht als ihre Eltern.

Zwei Söhne im wehrfähigen Alter – Victoria wußte, was das bedeutete. Sie war beherrscht wie immer, sie ließ sich nicht gehen wie Nina, aber ihr Gesicht war starr, und ihren Händen merkte man an, wie nervös sie war, sie öffneten und schlossen sich ununterbrochen, und um das zu verbergen, rauchte sie eine Zigarette nach der anderen.

»Es ist absurd«, sagte sie an diesem Abend, »wir müssen diesem verdammten Hitler Erfolg und Sieg wünschen, um unseretwillen, um unserer Kinder willen. In Wahrheit wünschen wir ihm den Untergang. Aber sein Untergang wird auch der unsere sein.«

»Nicht unbedingt«, widersprach Silvester. »Ich denke, daß sich jetzt, gerade jetzt, die Hand finden wird, die sich gegen ihn erhebt.«

Das schien bei ihm zu einer fixen Idee geworden zu sein. Er sprach im Laufe des Abends immer wieder von einem Attentat. Würde man Hitler beseitigen, so war seine These, zu diesem Zeitpunkt, da seine Lügen vor aller Augen deutlich sichtbar geworden waren, würde mit ihm die ganze Partei untergehen.

Sie konnten so offen sprechen. Wie sie hier zusammensaßen, kannten sie sich gut genug, kannten ihre Ansichten, vertrauten einer dem anderen.

Victoria und ihr Mann hatten ihren Sohn kurz gesprochen, der sie beruhigt hatte. Es lag kein Einberufungsbefehl vor, er würde in nächster Zeit in München bleiben. Daß sich das von heute auf morgen ändern konnte, wußten sie alle drei.

Anschließend waren Victoria und Joseph von Mallwitz in die Innenstadt gefahren, zu Franziskas Geschäft, und hatten dort Silvester getroffen. Auch Nina war da, die nicht allein zu Hause bleiben wollte. Außerdem befand sich im Laden Professor Guntram, ein Historiker der Universität München, Silvesters

Freund seit ihrer gemeinsamen Studienzeit, auch er ein leidenschaftlicher Gegner Hitlers.

Alle zusammen kamen sie in die Wohnung in der Holbeinstraße, und Nina und Victoria hatten sich zunächst damit abgelenkt, für alle ein gutes Abendessen zu bereiten.

»Solange wir noch etwas zu essen haben«, sagte Victoria, »wollen wir es genießen.«

In der Küche sagte Nina: »Ich wünschte, ich wäre tot. Du wirst sehen, Victoria, das ist das Ende für uns alle.«

»Nimm dich zusammen, Nina. Du änderst nichts. Mach nicht so ein trostloses Gesicht, damit hilfst du Silvester nicht und dir nicht.«

»Denkst du vielleicht, du siehst besonders fröhlich aus? Wir beide, wir wissen doch, was uns bevorsteht. Wenn es jemand wissen kann, dann wissen wir es. Ich habe einfach nicht die Kraft, noch einen Krieg durchzustehen. Ich kann nicht.«

»Du wirst staunen, was du alles kannst.«

»Ich habe Angst um Stephan. Und ich habe Angst um Silvester. Er war Offizier im letzten Krieg, sie werden ihn holen.«

»Nicht so schnell. Er ist über fünfzig, ihn brauchen sie noch nicht. Wir müssen viel mehr Angst um unsere Söhne haben.«

»Ich habe nichts von Stephan gehört. Ich weiß nicht, wo er ist. Mit Victoria habe ich telefoniert. Aber die kapiert das gar nicht richtig. Wird schon nicht so schlimm werden, hat sie gesagt. Und dann hat sie von ihrem Film geredet. Das ist ihr wichtiger als der Krieg. Wie findest du das?«

»Verständlich. Sie ist jung, und sie weiß nicht, was uns bevorsteht.«

»Vielleicht dauert es wirklich nicht so lange, was meinst du?« Victoria stieß ein kurzes trockenes Lachen aus. »Kommt mir sehr bekannt vor. Das muß ich schon mal gehört haben.«

Silvester war inzwischen in den Weinkeller gegangen und mit mehreren Flaschen Frankenwein zurückgekehrt.

»Gott sei Dank«, sagte er, »mein Keller ist gut gefüllt. Ich habe erst letzten Monat eine große Fuhre in Würzburg geholt.«

»Wir sind auch ganz gut bestückt draußen«, meinte Joseph von Mallwitz. »Nicht nur was den Wein betrifft.«

So war es. Sie begannen sich einzurichten, sich umzustellen, sich abzufinden.

»Keine Situation auf dieser Erde, an die der Mensch sich nicht anzupassen versteht«, sagte Professor Guntram. »Er arrangiert sich, mit allem und mit jedem. Nur so kann die Menschheit überleben.«

»Und nur so macht sie immer wieder denselben Mist«, rief Franziska temperamentvoll. Sie fuhr sich mit beiden Händen durch ihr kurzes schwarzes Haar. »Alles hätt' ich erwartet, nur nicht, daß ich nochmal einen Krieg erleben muß. Damals war ich zweiundzwanzig, als es losging. Und hatte mich grad verlobt. Gleich am Anfang ist er dann gefallen, an der Marne. Ich dacht', ich überleb's nicht. Ich hab' ihn so gern gehabt. Mei, bin ich froh, daß ich keine Kinder hab'.« Und dann nach einem erschrockenen Blick auf Nina und Victoria: »Entschuldigt, das war gedankenlos.«

»Sag mir eins, Bertl«, wandte sich Silvester an den Professor, »du als Historiker müßtest es wissen; war dieser Krieg unvermeidbar? Ist er ein Gesetz der Geschichte?«

»Ein Gesetz der Geschichte gibt es nicht. Dieses Etikett kann man immer erst hinterher draufpappen. Es gibt höchstens eine gewisse Gesetzmäßigkeit des Ablaufs, das große Pendel der Weltenuhr, das von rechts nach links, von Ost nach West schwingt. Aber immer war es der Mensch, der die Geschichte schrieb. Und die Kriege werden meist durch seine Torheit, seine Machtgier, seine Unvernunft heraufbeschworen. Es ist der Große, der Gewaltige, der das Blut der vielen Armen und Kleinen fließen läßt.«

»Also ist Hitler ein großer Mann?«

»Ach verdammt, hört auf zu theoretisieren«, rief Nina. »Er ist kein großer Mann, er ist ein Ungeheuer.«

»Auch ein Ungeheuer kann im geschichtlichen Sinn ein großer Mann sein«, sagte der Professor. »Nehmen wir mal Dschingis Khan, den Hitler so sehr bewundert. Der war zweifellos ein Ungeheuer und ein großer Mann der Geschichte dazu, er hat Reiche vernichtet und Reiche entstehen lassen.«

»Das kann uns doch egal sein, das ist lange her.«

»Eines Tages wird auch Hitler lange her sein, und denen, die dann leben, wird es ebenfalls egal sein. Das ist die Erbarmungslosigkeit der Geschichte, die gleichgültig über Menschenleben hinweggeht. Ich lehre sie zwar, aber gelernt hat bislang noch keiner daraus. Denn immerhin weiß man eins genau: Die Großen und Gewaltigen bringen Tod und Zerstörung in die Welt, und die Kleinen und Armen müssen jedesmal dafür sorgen, daß es dennoch weitergeht.«

»Diesmal auch?« fragte Silvester.

»Aber gewiß. Diesmal auch. Das ist, wenn du so willst, ein Gesetz. Nicht das Gesetz der Geschichte, sondern das Gesetz des Lebens.«

»Und warum«, fragte Franziska, »können die Armen und Kleinen nicht vorher sagen: bis hierher und nicht weiter? Warum können sie das nicht ein einziges Mal sagen?«

»Weil sie keine Stimme haben, die gehört wird. Sie haben nur ihren Körper, der vernichtet werden kann, und wenn er überlebt, haben sie ihre Hände, mit denen sie arbeiten. Sie fangen immer wieder an. Und weil sie immer wieder anfangen, hört es nie auf.«

»Ich sehe«, sagte Silvester und füllte die Gläser wieder, »du bist in Gedanken schon nach dem Krieg. Das ist die Erbarmungslosigkeit des Historikers.«

»Es ist doch seltsam«, meinte Franziska, »wie man eigentlich schon vorher ahnt, was kommt. Ich weiß zwar nicht mehr, wie das damals war, ich war zu jung und zu dumm. Aber diesmal, da hab' ich das als bewußter Mensch miterlebt. Wie die Kriegsangst plötzlich da war, wie sich das gesteigert hat. Er will keinen Krieg, hat das Scheusal immer gesagt. Und wir haben es nur zu gerne geglaubt. Und doch war die Angst plötzlich da. Man hat davon gesprochen. Man hat gedacht, es kommt. Man hat direkt körperlich gespürt, wie es näherkam. Wie eine schwarze Wolke, die größer und größer wird. Man wollte sie nicht sehen. Aber man hat gewußt, daß sie da ist, daß sie kommt, näher und näher.«

»So wie Tiere spüren, daß ein Gewitter kommt«, sagte Victoria. »Bloß sind sie nicht so dumm wie wir, es nicht sehen zu wollen. Sie wissen, daß es kommt. Und sie fliehen. Oder sie verbergen sich. Aber wir denken: Es wird schon nicht kommen.«

»An diesem Krieg sind die Amerikaner schuld«, sagte der Professor zu aller Erstaunen. »Hätten sie sich nicht ganz überflüssigerweise 1917 in den europäischen Krieg eingemengt, dann wäre das Ende nicht so fatal gewesen. Wir hätten verloren, gewiß, aber nicht so schmählich. Es hätte einen Verständigungsfrieden gegeben, die große gesellschaftliche Umschichtung in Europa wäre behutsamer vor sich gegangen, das große wirtschaftliche Elend wäre uns erspart geblieben, und damit hätte Hitler keine Chance gehabt. Soll man dies nun ein Gesetz der Geschichte nennen, daß Amerika, das von Europäern entdeckt und bevölkert worden ist, am Ende Europas Untergang bewirkt?«

»Werden sie diesmal auch eingreifen?«

»Aber ganz gewiß. Diesmal müssen sie eingreifen, um Hitler zu vernichten. Wenn wir von ihm befreit sein wollen, brauchen wir Amerikas Hilfe dazu.«

»Können wir uns nicht selbst von ihm befreien?« fragte Silvester.

»Wir können es versuchen«, sagte der Professor langsam. »Ich weiß bloß nicht wie.«

»Gesucht wird ein antiker Held«, sagte Franziska spöttisch, »der den Opfergang fürs Vaterland auf sich nimmt. Nur fürchte ich, daß es so etwas nicht mehr gibt. Das ist kein Zeitalter für Helden, das haben die letzten Jahre schon gezeigt. Es ist ein Zeitalter für den Heldentod.«

»Nun hört auf, darüber zu reden, wie man Hitler umbringen soll, es tut ja doch keiner«, sagte Victoria energisch, »laßt uns lieber über *facts* sprechen.«

»Was meinst du?« fragte Silvester. »Sprechen wir nicht pausenlos über *facts*?«

»Ich meine Isabella. Was machen wir mit ihr?«

Das brachte alle zum Schweigen, sie blickten sich betreten an, tranken aus ihren Gläsern, zündeten Zigaretten an.

Guntram hob die Schulter und seufzte.

»Ich hab' auf sie eingeredet wie auf einen kranken Gaul, daß sie endlich ihren Koffer packen und verschwinden soll. Sie will nicht. In München bin ich geboren, in München bin ich aufgewachsen, in München hab' ich studiert, in München hab' ich meine Freunde, in München will ich sterben. So ihre Worte. Und sie will die Praxis nicht aufgeben. Sie brauchen mich, sagt sie. Sie haben sonst keinen mehr.«

»Und das stimmt ja auch«, sagte Franziska. »Es gibt kaum noch jüdische Ärzte, die praktizieren. Und sie ist eine gottbegnadete Ärztin, sie hat es in den Fingerspitzen. Ich geh' auch zu ihr, wenn mir was fehlt.«

Sie gingen alle zu ihr, das wußte Nina. Sie selbst kannte Dr. Isabella von Braun nur flüchtig. Das heißt, von dem Adelsprädikat machte Isabella keinen Gebrauch. Dr. Braun, so kannte man sie, so hatte es auf ihrem Türschild gestanden, unten an dem Haus, nahe dem Englischen Garten, in dem sie wohnte und praktizierte. Das Schild war nicht mehr da, doch ihre Patienten wußten, wo Dr. Braun zu finden war.

Eine gute alte Münchner Familie, der Vater war Maler gewesen, Professor an der Akademie, ein Zeitgenosse von Lenbach und Stuck, er war vom Prinzregenten Luitpold geadelt worden. Isabellas Mutter, eine wunderschöne, zartgliedrige Frau, erkrankte nach der Geburt der zweiten Tocher an Tuberkulose, das Leiden war zweifellos latent vorhanden gewesen, nur hatte man es nicht gewußt, nun machte es rapide Fortschritte. Bis dahin hatten die Brauns ein großes Haus geführt, viele Freunde gehörten zu ihrem Leben, es gab rauschende Feste, im Fasching durchtanzte Sylvia von Braun, umschwärmt und immer von verliebten Männern umgeben, ganze Nächte. Damit war es nun vorbei. Sie starb im Alter von sechsunddreißig Jahren.

Isabella war bereits elf Jahre alt, als ihre Schwester Marie Sophie geboren wurde, sie erlebte das qualvolle Sterben ihrer Mutter sehr intensiv mit. In jener Zeit entstand in dem jungen Mädchen der Wunsch, Ärztin zu werden.

Eine Menge Verantwortung hatte sie immer tragen müssen, sie stand dem großen Haushalt vor, obwohl sie noch in die Schule ging, denn ihr Vater, ein höchst emotionaler Mann, war nach dem Tod seiner Frau total zusammengebrochen, lebte ganz zurückgezogen. Sie mußte sich um die kleine Schwester kümmern, an der sie mit großer Liebe hing, eine Bindung, die nie zerbrach, auch als Marie Sophie vorübergehend eigene Wege ging.

Silvester kannte die beiden Mädchen, die etwa gleichaltrige Isabella und die jüngere Marie Sophie, genannt Sopherl, seit seiner Jugend, denn sein Vater, der Archäologe Professor Framberg, und der Maler, Professor von Braun, waren Freunde. Silvester verliebte sich schon als Jüngling in das Sopherl; anmutig, zart, fragil, glich sie der Mutter, jeder hatte Angst, sie könne deren Leiden geerbt haben; Isabella behütete die kleine Schwester vor jedem Luftzug. Sie wußte um Silvesters Gefühle, da war Sopherl noch ein halbes Kind. Nie hätte Silvester es gewagt, zu früh diesem elfenhaften Wesen seine Zuneigung zu gestehen.

Dann war es zu spät. Marie Sophie war neunzehn, als sie sich verliebte. Sie hatte nicht nur der Mutter Schönheit, sondern auch des Vaters Talent geerbt, also malte sie, und bei einer Vernissage, zu der sie eingeladen war, lernte sie einen jungen Maler kennen, einen großmäuligen kraftvollen Typ, von zugegeben bestechendem Äußeren, allerdings mit rüden Manieren und wenig Begabung versehen.

Letzteres störte Sopherl anfangs nicht. Sie war wie in einem Treibhaus aufgewachsen, auf einmal blies ihr der Wind hart ins Gesicht, das gefiel ihr. Nicht sehr lange, aber lange genug, um verheerende Folgen für sie zu haben. Sie heiratete den Maler Hals über Kopf, gegen den Widerstand des Vaters, den Widerstand der Schwester, sie gebar sehr bald ein totes Kind, sie war der Brutalität des Mannes nicht gewachsen, sie wurde nervös, überreizt, schließlich depressiv und kehrte nach der Scheidung, ein Schatten ihrer selbst, ins Elternhaus zurück.

Isabella hatte noch vor dem Krieg ihr Medizinstudium begonnen, Anfang der zwanziger Jahre eröffnete sie ihre erste Praxis, in einem alten Schwabinger Haus, nicht weit von ihrem Elternhaus entfernt, in dem sie immer noch wohnte.

Zu jener Zeit waren weibliche Ärzte noch selten und wurden zumeist mit gewissem Mißtrauen betrachtet und kaum in Anspruch genommen. Nicht so Isabella. Die Patienten strömten ihr zu, es ging ihr bald ein sagenhafter Ruf voraus, viele ihrer Patienten schwärmten in höchsten Tönen von ihr, sprachen von ihren heilenden Händen.

Zu jener Zeit starb Isabellas Vater, der lange krank gewesen war, und nun gab es in ihrem Leben nur noch zwei Pole: ihre Patienten und Marie Sophie.

Die beiden Schwestern lebten zusammen, später verkaufte Isabella die Villa, nahm dafür eine schöne große Wohnung, in der sie beide wohnten und in der auch die Praxis untergebracht war. Marie Sophie hatte nach einigen Jahren menschenscheuer Zurückgezogenheit wieder angefangen zu malen, sie war unvorstellbar labil und empfindsam, hatte immer wieder Anfälle von Depression, von Männern wollte sie nichts mehr wissen.

Aber sie malte nun mit wachsendem Erfolg interessante Bilder. Die Bilder waren wie sie: überspannt, nervös, depressiv, jedoch von großem Reiz für den Kenner. Sie bekam Ausstellungen, es gab Galerien, die sich für sie interessierten, es fanden sich gelegentlich Käufer.

Auch Silvester hatte Unglück erlebt. Er hatte ein anderes Mädchen gefunden, in das er sich verliebte, er wollte heiraten. Seine Verlobte kam bei einem Lawinenunglück ums Leben, und er gab sich die Schuld an ihrem Tod, er hätte die unerfahrene Skiläuferin nicht auf eine so große Tour mitnehmen dürfen. Auch er war zerzaust, verbittert, schreckte vor einer neuen Bindung zurück.

Die Freundschaft zu den Schwestern Braun jedoch war geblieben, er kam oft ins Haus, von Liebe war nicht die Rede, lange nicht. Er ging sehr oft mit Marie Sophie in die Oper oder ins Konzert, Isabella kam selten mit, die Praxis nahm sie meist zu lange in Anspruch, bis sie fertig war, hatte die Vorstellung längst begonnen. Marie Sophie jedoch konnte trunken werden von Musik, erregt bis zur Ohnmacht. Nach Isoldes Liebestod, nach Lohengrins Abfahrt – Wagner war ihre große Leidenschaft – saß sie blaß und zitternd auf ihrem Platz, Silvester mußte sie behutsam aufwecken wie eine Schlafwandlerin.

Die Gefühle, die er ihr einst entgegengebracht hatte, erwachten erneut, anders, stärker, er begehrte sie, aber er wartete lange, er war sich bewußt, wie vorsichtig man mit ihr umgehen mußte. Es fiel ihm schwer, er war ein temperamentvoller, leidenschaftlicher Mann, die Zeit, die er um sie warb, war lang und mühevoll für ihn. Doch dann wurde sie seine Geliebte.

Er wollte sie heiraten, Isabella hatte nichts dagegen. Nach Hitlers Machtergreifung wurden Marie Sophies Bilder aus Galerien und Ausstellungen entfernt, sie bekamen das Etikett ›Entartete Kunst‹.

Auch wenn sie dieses Schicksal mit den großen Meistern der Epoche teilte, stürzte es Marie Sophie von Braun wieder einmal in tiefste Depressionen. Bald danach verlor auch Silvester seinen Posten als Museumsdirektor, woran sie sich die Schuld gab, was unsinnig war, denn nicht seine Bindung an eine Jüdin, sondern seine eindeutigen Äußerungen über Hitler hatten seine Entlassung bewirkt.

Daß sie Jüdin war, hatte Marie Sophie nie bewußt zur Kenntnis genommen, sie war katholisch getauft und erzogen genau wie Isabella, das Judentum war in ihrem Elternhaus niemals ein Thema gewesen, sie waren Münchner und Bayern, notfalls auch Deutsche, aber nun auf einmal waren sie Ausgestoßene, gehörten einer fremden, geschmähten Rasse an.

Isabella registrierte das mit schweigendem Ingrimm, ihrer Praxis tat es zunächst kaum Abbruch. Aber Marie Sophie ertrug die Diffamierung nicht. Sie wollte nicht mehr malen, und Silvester sollte sie nun auch nicht mehr heiraten.

Das könne ihm nur schaden, sagte sie.

»Sie stellen mich sowieso nicht mehr ein«, sagte er. »Und außerdem müssen wir nicht hier bleiben. Wir werden in der Toscana wohnen, du wirst malen, und ich werde ein Buch schreiben, über die Medici und die Kunst ihrer Zeit. Das hat mich schon immer gereizt, und es stört mich gar nicht, daß es schon eine Menge Bücher darüber gibt.«

»Und wovon werden wir leben?«

»Das wird sich finden.«

»Und Isabella?«

»Am besten ist es, sie kommt mit.«

»Sie wird sich nie von ihren Patienten trennen.«

Das hatte Marie Sophie richtig gesehen. Isabella dachte nicht daran, München zu verlassen. Wegen der Nazis? Die kranken Menschen, die sie brauchten, waren wichtiger.

In einem neuen Anfall von Depression griff Marie Sophie in den Medikamentenschrank ihrer Schwester. Natürlich war der Medikamentenschrank abgeschlossen, doch Marie Sophie hatte die Scheiben zerschlagen und gefunden, was sie brauchte, mehr als genug, um daran zu sterben.

So verlor Silvester die zweite Frau, die er heiraten wollte. Seine Freunde, die auch Isabellas Freunde waren, hatten nun Angst um Isabella. Ihr stand der Medikamentenschrank erst recht zur Verfügung.

Aber Isabella war stark. Sie litt, aber sie lebte weiter, lebte nun ausschließlich für ihre Patienten. Und es kamen in den folgenden Jahren immer noch viele zu ihr, auch wenn das Schild an der Haustür verschwunden war. Die Nazis versuchten, ihr eine Abtreibungsgeschichte anzuhängen, es gab eine langwierige Untersuchung, die ihre Unschuld erwies, einer der besten Anwälte Münchens, der auch zu ihrem Freundeskreis gehörte, übernahm die Verteidigung. Noch war die Rechtsbeugung nicht so weit gediehen, daß man sie verurteilen konnte, aber sie bekam Praxisverbot.

Doch sie praktizierte weiter, und die Patienten kamen, wenn es auch fast nur noch jüdische Patienten waren. Sie durfte keine Rezepte mehr schreiben, doch sie kannte genügend Kollegen, die ihr wohlgesonnen waren und einsprangen. Es gab natürlich andere, vor denen sie sich hüten mußte, vor Denunziationen war sie nie sicher, auch in der Umgebung gab es Leute, die sie beobachteten, der Blockwart der Straße, eine Frauenschaftsziege in der Nachbarschaft, die sie gern vertrieben hätten.

Aber sie ließ sich nicht dazu überreden zu emigrieren.

»Ich werde hier gebraucht«, lautete ihre Antwort, wenn die Freunde ihr rieten, Deutschland zu verlassen.

»Sie ist sehr mutig«, sagte Franziska an diesem Abend des 3. September des Jahres 1939. »Aber auch sehr leichtsinnig. Unlängst, als ich bei ihr war, kam die Milchfrau, die um die Ecke ihren Laden hat. Die hat ein offenes Bein, und Isabella behandelt sie. Erfolgreich, wie ich hörte. Die Milchfrau schwört auf Dr. Braun und spricht in den höchsten Tönen von ihr, auch in ihrem Laden. Das erzählte sie selber, in aller Unschuld. Aber liebe Frau, sagte ich, das dürfen Sie doch nicht tun, Sie schaden doch der Frau Doktor. Die schaut mich mit großen Augen an. ›Aber gengans, bei uns heraußen hier kennt doch jeder die Frau Doktor, der tut keiner was zuleid.‹ Sagt sie und entschwindet mit ihrem Verband am Bein. Das stellt euch einmal vor. Bei uns heraußen ist mitten in Schwabing, und nicht einmal in Schwabing sind alle Leute so harmlos, oder besser gesagt, so blöd, wie die Milchfrau. Wir können darauf warten, bis Isabella in einem Konzentrationslager landet. Zudem sie ja selber auch nicht vorsichtig ist. Sie könnte ja nun wenigstens bloß noch Juden behandeln und keinen anderen.«

»Du gehst ja auch hin«, sagte Silvester.

»Aber ich rede nicht darüber.« Und als alle sie nun schweigend ansahen, fügte sie ärgerlich hinzu: »Na, zu euch halt. Das werd' ich ja noch dürfen. Ich hab' sie gefragt, wie sie sich das Leben in einem KZ vorstellt. Wißt ihr, was sie geantwortet hat? ›Da brauchen sie auch Ärzte.‹ Jetzt seid ihr dran.«

»Wann warst du das letzte Mal bei ihr?« fragte Victoria.

»No, das wird so zehn Tage her sein. Als ich wieder so scheußliche Rückenschmerzen hatte.«

»Dann weißt du nicht das neueste. Ich war nämlich erst am Donnerstag bei ihr. Ich hab' sie heimgebracht, sie war zwei Tage draußen bei uns, denn sie hat in unserem Dorf auch eine dankbare Patientin, die alte Theres, die keinen anderen Doktor an sich heranläßt. Sie ist zweiundachtzig, und, na ja, sie hat Alterskrebs, sagt Isabella, da ist sowieso nichts mehr zu machen. Aber es tut ihr gut, wenn Isabella hin und wieder nach ihr schaut. Kurz und gut, ich bringe Isabella heim, wir kommen in ihre Wohnung, und da ist eingebrochen worden.«

Die ganze Runde gab Laute des Erstaunens von sich.

»Das weiß ich ja gar nicht.«

»Das erste, was ich höre.«

»Warum hast du das nicht erzählt?«

»Einfach deswegen, weil am nächsten Tag der Krieg mit Polen begann. Ich bin spät in der Nacht nach Hause gefahren, als ich am nächsten Morgen aufstand, war Joseph schon beim Hafer draußen, und auf einmal war Krieg. *You see*?«

»Was ist gestohlen worden?« fragte Silvester.

»Instrumente und Medikamente. Sie hat ja nicht mehr viel da, es gibt ja kaum noch Apotheken, bei denen sie etwas bekommt. Aber wir wissen, was daraus gemacht werden kann.«

»Was habt ihr getan?«

»Sie hat die Polizei angerufen, da kennt sie nichts. Und die sind auch gekommen. Sie könnten gar nichts machen, haben sie gesagt, es gibt keine Arztpraxis in diesem Haus, folglich können auch keine Instrumente und Medikamente gestohlen worden sein. Und wenn sie so etwas dergleichen im Haus gehabt hätte, dann hätte *sie* sich strafbar gemacht, und das werde man untersuchen. Vielleicht hat die Gestapo sie schon abgeholt. Wir müßten mal bei ihr vorbeischauen.«

»Warst du noch dort, als die Polizei gekommen ist?« fragte Victorias Mann.

»Ich war dort.«

»Victoria, das ist sehr leichtsinnig von dir.«

»Ich bin doch nicht feige. Sie haben mich gefragt, wer ich bin.«

Victoria legte den Kopf in den Nacken, ihre Stimme war kalt und hochmütig, als sie sagte: »Ich bin Victoria von Mallwitz, habe ich ihnen geantwortet. Und sie angesehen. Da haben sie nichts mehr zu mir gesagt. Und nichts gefragt.«

Professor Guntram lachte. »Du bist leichtsinnig, da hat dein Mann recht. Vielleicht kannst du einen Schwabinger Revierbeamten mit dieser Miene einschüchtern. Die Gestapo bestimmt nicht. Du mußt an deine Kinder denken, Victoria.«

»Ja, ich weiß. Alle müssen immerzu an etwas denken und auf etwas Rücksicht nehmen: auf die Kinder, auf den Mann, auf die Frau, auf den Beruf, auf die Karriere, auf ihr ganzes verdammtes Leben, und auf diese Weise haben wir jetzt den Krieg auf dem Hals. *That's it*.«

Eine Weile schwiegen sie. Dazu gab es keinen Kommentar. Sie hatte recht. Aber Joseph hatte auch recht.

»Fahren wir schnell hinüber, Joseph, und schauen, ob Isabella da ist?« fragte Silvester dann.

Es war halb zwölf, und es war zwölf, als die beiden Männer zurückkamen. Auf ihr Klingeln hatte niemand geöffnet, die Fenster waren dunkel.

»Entweder sie haben sie abgeholt, oder sie hat sich abgesetzt. Endlich doch.«

»Wenn sie sich versteckt hat, dann weiß ich, wo sie ist«, sagte Franziska.

»Sie hätte doch zu uns kommen können«, sagte Silvester.

»Das täte sie nie. Sie will keinen gefährden, und deine Lage ist eh prekär genug, darüber bist du dir wohl klar. Du stehst auch auf der Schwarzen Liste. Wir alle, die wir hier sitzen, da macht euch keine Illusionen. Ich werde morgen schauen, ob ich sie finde. Ich sag euch nicht wo, je weniger man weiß heutzutage, desto besser.«

Franziska und Silvester sahen sich an. Er wußte, was sie meinte.

In einem kleinen Haus in Forstenried draußen wohnte eine alte, eine sehr alte Frau, die einstmals im Haus von Professor von Braun Köchin gewesen war. Isabella hatte ihr das Häuschen gekauft, damals, als sie die Villa am Englischen Garten verkaufte. Franziska und Silvester waren selbst schon mit draußen gewesen in Forstenried, sie kannten die Alte. Die würde sich für Isabella in Stücke reißen lassen.

Bloß hat keiner was davon, dachte Silvester. Und in dem Dorf mit lauter neugierigen Leuten ist Isabella viel gefährdeter als in der Großstadt.

Nina hatte sich an dem Gespräch nicht beteiligt, sie kannte Isabella kaum, in die Holbeinstraße war sie nie gekommen. Und als Patientin hatte Nina sie nicht besucht, das hatte wohl keinen Sinn mehr.

Sie saß dabei und hörte zu. Sie hatte Kopfschmerzen, ihre Augen brannten. Mit einem Mal war alles anders geworden. Sie war so glücklich gewesen mit Silvester, es schien, als wäre endlich Ruhe in ihr Leben gekommen. Als hätte sie eine Heimat gefunden, in der sie bleiben konnte.

Die Stimmen der anderen gingen an ihrem Ohr vorbei. Isabella, der Krieg, was werden sollte. Was sein könnte. Was sie vielleicht noch retten würde.

Hitlers Tod. Frankreichs und Englands Nachgeben. Das russische Bündnis.

Ein Wunder.

Nina
Reminiszenzen

Ihr Gerede gestern abend hat mich ganz krank gemacht. Da haben wir gesessen und geredet und getrunken bis spät in die Nacht. Es war vier Uhr morgens, als wir schlafen gingen. Joseph und Victoria blieben bei uns.

Reden, reden, reden – das ist alles. Seit ich hier bin, höre ich sie reden. Das hilft gar nichts. Ich habe auch versucht, mich zu erinnern, wie das damals war, 1914, aber Franziska hat wohl recht, wir waren jung und dumm, wir hatten keine Ahnung, das ist über uns gekommen wie Regen und Wind, wir wußten nicht, wieso und warum. Wie man heute in Büchern lesen kann, haben zwar damals viele Leute auch mit einem Krieg gerechnet. Aber sie haben ihn nicht so gefürchtet, wie wir ihn heute fürchten. Es war lange Zeit Frieden gewesen, es erinnerte sich kaum jemand mehr an einen Krieg, und die Kriege, die vorher waren, müssen vergleichsweise harmlos gewesen sein. Außerdem hat Bismarck sie gewonnen. Wir lernten in der Schule alle unsere glorreichen Siege auswendig, und am Sedanstag hatten wir schulfrei, in der Stadt machte die Garnison eine große Parade. Wir Kinder genossen es sehr, es war jedesmal ein großes Fest. Robert, mein blonder Vetter, schwärmte immer vom Krieg. Er wollte so gern einen Krieg erleben und Offizier werden und möglichst auch ein Held. Er fiel vor Verdun.

Nicolas? Er war zwar Offizier, aber in den Krieg ziehen

wollte er bestimmt nicht. Er war ein Lebenskünstler, aber kein Held. Und mein armer Kurtel? Du lieber Gott, der war kein Offizier, der war kein Held, der eignete sich nicht einmal als Soldat. Aber er mußte einer werden. Er lebte gerade noch lange genug, daß ich ein Kind von ihm bekam, meinen armen Stephan, den sie diesmal töten werden.

Heute nacht, als ich nicht einschlafen konnte, habe ich an sie gedacht, an jeden einzelnen. Und wie das damals war. Auf einmal waren alle Männer verschwunden. Victorias Mann fiel als erster, gleich zu Kriegsbeginn in der Schlacht von Tannenberg. Als ihr Sohn geboren wurde, hatte er schon keinen Vater mehr. Ich weiß genau, was Victoria heute empfindet, auch wenn sie nicht davon spricht.

Was haben wir eigentlich damals über den Krieg geredet? Ich kann mich überhaupt nicht daran erinnern. Was hat mein Vater gesagt, was meine Mutter? Gar nichts haben sie vermutlich gesagt. Krieg war für sie etwas Mögliches. Willy, ihr Sohn und mein Bruder, hat den Krieg unbeschadet überlebt. Was er wohl jetzt sagen mag, der Herr Kreisleiter, schreit er Heil oder ist er entsetzt?

Der Krieg dauerte über vier Jahre, wir hungerten, und wir froren, und als Kurtel auf Urlaub kam, war er still und verstört, ganz verändert sah er aus. An einer Hand fehlte ein Finger, davon wußte ich gar nichts. Das sei doch nur eine Lappalie, sagte er. Nachts fuhr er aus dem Schlaf auf und schrie.

Was hat man mit diesen Männern gemacht? Die Toten können es nicht mehr erzählen, und die überlebt haben, sprachen zu wenig davon. Aber sie können es nicht vergessen haben. Warum schreien sie jetzt nicht?

Das Unbegreifliche für mich ist, daß dieser Hitler es auch erlebt hat. Es heißt, er sei blind gewesen nach einem Gasangriff. Das kann doch nicht ohne Eindruck auf diesen Menschen geblieben sein. Er ist doch ein Mensch, mag er immer sein, was er sonst noch ist.

Ich habe ein Buch von einem Schriftsteller namens Remarque gelesen, und dieses Buch hat mich tief erschüttert. Es heißt ›Im Westen nichts Neues‹. Das haben wir nicht gewußt, damals, und nicht erfahren. Es ist ein sehr berühmtes Buch, viele Menschen haben es gelesen. Haben sie es nicht verstanden? Die Nazis haben es dann verboten, und schließlich haben sie es verbrannt. Gleich am Anfang, als sie die Bücher verbrannten.

Das fiel mir heute nacht auch ein. Als ich Silvester das erste Mal sah, draußen im Waldschlössl, sprach er von der Bücherverbrennung. Er sah mich an und sagte: Und die Bücherverbrennung? Was sagen Sie dazu, als Schriftstellerin? Und ich antwortete so läppisch darauf. Es sei ein Schock für mich gewesen, sagte ich, richtig zickig, geradezu im Plauderton. Darüber ärgere ich mich heute noch. Ich wundere mich, daß er mich daraufhin überhaupt noch jemals angesehen hat.

Wie kann ich sagen, ich sei 1914 jung und dumm gewesen? Jung bin ich nicht mehr, aber dumm immer noch. Ich habe nicht gemerkt, was da geschah. Nicht wirklich. Nur so ein bißchen törichtes Gerede – eigentlich mag ich den Hitler nicht, nein, sympathisch ist der mir nicht, ich kann auch nicht sagen, warum. Blind und blöd, auch heute noch.

Allerdings war keiner da, mit dem ich darüber hätte sprechen können. Einer, der mir die Augen geöffnet hätte. Diese Bücherverbrennung zum Beispiel, so einen großen Eindruck hat sie wirklich nicht auf mich gemacht. Ich hab's in der Zeitung gelesen, hab' den Kopf geschüttelt, fand es im Grunde mehr albern als furchterregend. Ich kann mir vorstellen, daß es vielen Menschen so erging wie mir, daß sie die Nazis in erster Linie albern fanden. Eine aufgeblasene Horde, die sich selbst höchst wichtig nahm und die man nicht ernst zu nehmen braucht.

Heil Hitler – da muß doch einer nicht ganz klar im Kopf sein, wenn er das als Gruß einführt. Dazu noch die Hand heben.

Hier in München gibt es ein sogenanntes Mahnmal, gleich hinter der Feldherrnhalle am Beginn der Residenzstraße. Am 9. November 1923 war dieser berüchtigte Marsch zur Feldherrnhalle, wo der Hitler das erste Mal versuchte, die Macht zu ergreifen. Das ist auch so ein schwachsinniger Begriff – Macht ergreifen. Worte, dumme Worte, man hört sie, und man hört sie nicht.

Die bayerische Polizei, oder Soldaten, oder was weiß ich, haben diesen Marsch aufgehalten und dabei ein paar Nazis umgelegt. Hitler haben sie anschließend eine Weile eingesperrt. Bärchen sagt immer, die Bayern können eben nicht schießen, wenn das in Preußen passiert wäre, wären wir die Brüder ein für allemal los.

Für die Toten des 9. November befindet sich eine Art Denkmal an der Seite der Feldherrnhalle, ich habe es mir noch nicht näher angesehen. Zwei Posten stehen daneben, und das wäre ja noch nicht so schlimm, aber es ist Vorschrift, daß jeder Mensch, der dort vorbeigeht, die Hand hebt zum sogenannten Hitlergruß.

Das sind so die Sachen, die denen einfallen. Ich geh' vorbei und schau nicht hin. Franziska sagt, eines Tages werden sie mich verhaften deswegen. Und ich habe gesagt, ich bin fremd in München, ich weiß das eben nicht. Aber nun bin ich nicht mehr fremd in München, und nun tue ich das, was die meisten Münchner tun, ich weiche aus. Zwischen der Residenzstraße und der Theatinerstraße gibt es eine kleine Verbindungsstraße, ich weiß gar nicht, wie die eigentlich richtig heißt, in München nennt man sie nur noch das Drückebergergasserl. Weil alle da einschwenken, um nicht an dem Mahnmal vorbeigehen zu müssen und die Hand zu heben. Ich kann mir nicht helfen, für einen Menschen des zwanzigsten Jahrhunderts finde ich so etwas unglaublich. Ich muß immer an Wilhelm Tell denken – siehst du den Hut dort auf der Stange.

Seit ich Silvester kenne, gibt es einen Menschen auf der Welt, mit dem ich über dies alles reden kann. In Berlin hatte ich keinen. Bei Fred Fiebig redeten sie zwar auch, aber die waren dafür, fanden alles großartig, was der Hitler tat. Und ich war allein, es gab keinen Menschen, der zu mir gehörte. Meine Schwester Marleen? Die interessierte sich nicht sonderlich für das Zeitgeschehen, auch wenn sie mit einem Juden verheiratet war und man annehmen mußte, daß sie das verdammt nochmal sehr viel anging. Mit Max konnte man nie ein Gespräch führen, Max hatte Hemmungen. Und Peter? Der meckerte so ein bißchen, wie alle Leute es taten, machte sich lustig über die Nazis, und sonst hatte er nur seine Karriere im Kopf. Bärchen, die war die einzige; aber das war schon wieder so extrem, daß man es auch nicht ernst nehmen konnte. Außerdem wollte ich ja keineswegs statt Hitler den Stalin haben. Schließlich Trudel. Das ist erst recht zum Lachen, die schwärmte für Hitler. Weil der Lokomotivführer ihr das vorredete, laberte sie es nach.

Was sie wohl jetzt sagen in Neuruppin? Er hat ja wohl allerhand mitgemacht im vorigen Krieg. Ob er noch so begeistert ist von seinem Führer? Oder sitzt er jetzt mit dummem Gesicht im Neuruppiner Gemüsegarten und fragt sich, ob er wohl ganz verblödet war?

Bleiben meine Kinder. Stephan quatschte nach, was Benno quatschte. Ärgerte sich mit der Schule, wurschtelte sich so durch, ob in der Schule, ob beim Arbeitsdienst, ob beim Militär, und später hatte er nur noch Mädchen im Kopf. Und Victoria? Die lachte, als ich mit ihr telefonierte. Wird schon nicht so schlimm werden, nimm das nicht so ernst, und dann sprach sie nur noch von ihrem Film.

Nein. Ich kann nichts dafür. Ich kannte keinen, mit dem ich hätte reden können. Erst seit ich Silvester kenne und seine Freunde und wieder mit Victoria zusammen bin, erst seitdem kenne ich diese Gespräche. Es muß aber viele Menschen in Deutschland geben, die diese Gespräche führen. Nur genützt hat es nichts. Gar nichts. Ein antiker Held wird gesucht, sagte Franziska. Wieso eigentlich? Rathenau wurde ermordet, Erzberger wurde ermordet, wieso hat sich in den ganzen Jahren keiner gefunden, der Hitler erschießt?

Heute bin ich allein in der Wohnung, das erste Mal wieder, seit es angefangen hat. Silvester ist in seine Werkstatt gegangen, nachdem wir alle zusammen gefrühstückt hatten.

Wie fühlst du dich? fragte er mich. Und ich sagte, danke, mir geht's gut. Tut mir leid, daß ich mich so aufgeführt habe.

Das ist jetzt vorbei. Der Mensch arrangiert sich, hat der Professor gesagt. Er arrangiert sich mit allem und jedem. Also gut, ich arrangier mich auch.

Aber das war eine Lüge. Ich kann mich nicht mit dem arrangieren, was jetzt passiert.

Ich habe ein neues Buch angefangen, nachdem mein Verleger aus Berlin mehrmals angefragt hatte, ob denn die Flitterwochen noch nicht zu Ende seien, ob ich nicht wieder einmal etwas schreiben möchte. Eine hübsche heitere Liebesgeschichte, die müßte mir doch jetzt leicht aus der Feder fließen.

Silvio lachte, als er den Brief las, er sagte, na, dann laß es mal fließen.

Hundertachtunddreißig Seiten habe ich bis jetzt geschrieben. Kein weiteres Wort wird mir einfallen zu dieser hübschen heiteren Liebesgeschichte, ich werde dieses Buch nie zu Ende schreiben. Das, was ich wirklich schreiben möchte, kann ich nicht schreiben. Ich möchte meine ganze Empörung, meinen ganzen Haß niederschreiben. Oder ich schreibe ein Buch über politische Attentate. Zur Anregung. Das wäre eigentlich eine interessante Arbeit, das zu recherchieren und zusammenzustellen, einiges fällt mir gleich ein, Marat und die Corday, Abraham Lincoln, der Arme, und natürlich Cäsar – ich muß unbedingt heute noch Silvio fragen, was er davon hält. Das wäre eine richtige ernsthafte Arbeit. Der Professor würde mir sicher helfen, würde mir sagen, wo ich die nötigen Bücher dafür herbekomme.

Und ich könnte eigene Zwischentexte machen, wieso und warum es in jedem Fall zu dem Attentat kam. Ob es begründet war oder nicht. Ob es berechtigt war oder nicht.

Berechtigt, das ist das Wort. Der Mord, den Gott und die Menschen verzeihen.

Ob sie mich dann einsperren?

Aber eigentlich müßte das Attentat geschehen sein, ehe ich das Buch fertig habe; ich warte darauf.

Am 9. November, dem schicksalsträchtigen Datum der Nationalsozialisten, wurde auf Hitler ein Attentat verübt. Wie jedes Jahr fand im Münchner Bürgerbräukeller die Gedenkfeier für die Toten des 9. November 1923 statt, dabei gab es eine Explosion und acht Tote. Hitler war nicht darunter, er hatte nach seiner Rede sofort den Saal verlassen, was ungewöhnlich war.

Das Gerücht hielt sich hartnäckig, dieses Attentat sei nichts anderes gewesen als eine Inszenierung von Goebbels, um dem deutschen Volk zu zeigen, daß der Führer unverletzlich sei, weil von der Vorsehung beschützt.

Möglicherweise sollten auch ein paar mißliebige Parteigenossen auf diese Weise beseitigt werden, die mit den Kriegsplänen ihres Führers nicht einverstanden waren.

Der Fall war mysteriös, er blieb es für alle Zeit, denn aufgeklärt wurde er nie. Elsler hieß der Mann, der die Bombe hochgehen ließ, ein Einzelgänger, den keiner kannte. Seltsam war es, wie er in den wohlbewachten Bürgerbräukeller hineingekommen war, um dort rechtzeitig und ungestört eine Zeitbombe zu installieren. Noch seltsamer, daß ihm weder der Prozeß gemacht noch daß er sofort hingerichtet wurde. Man sperrte ihn zwar ein, doch später wurde bekannt, daß er im Gefängnis ein relativ angenehmes Leben gehabt haben sollte. Erst kurz vor Kriegsende wurde er ohne Aufsehen liquidiert.

Wieviele Menschen im Land insgeheim dachten: wie schade, daß dies schiefgegangen ist, blieb ebenfalls eine Frage, die nicht beantwortet werden konnte. Doch es ist anzunehmen, daß es sich um eine große Zahl handelte.

»Verdammt schade«, das sagte auch Silvester, und Nina meinte: »Stell dir bloß vor, es hätte geklappt. Wir wären ihn los und hätten keinen Krieg mehr. Der liebe Gott und die Vorsehung sind nicht identisch, er hat uns im Stich gelassen.«

»Man kann sagen, er läßt die großen Toren immer im Stich. Ich glaube, allzuviel Dummheit widert ihn an, was verständlich ist. Übrigens hättest du jetzt den besten Aufhänger für dein Buch. Du könntest es damit einleiten, daß dein Abscheu über dieses scheußliche, an dem Führer verübte Verbrechen, das, der Vorsehung sei Dank, den Führer nicht verletzt habe, dich auf den Gedanken gebracht hat, ein Buch über die Geschichte des Attentats zu schreiben. Schöner Anfang.«

»Das wäre ein schön verlogener Anfang. Wie sagt ihr hier in Bayern? Ich tät mich der Sünden fürchten.«

»Es gäbe dir das Alibi, in dem Buch selbst um so freier und ungenierter zu Werk zu gehen. Der Zweck der Übung soll ja die Anregung sein, die du deinen Mitmenschen geben willst.«

»Du bist allerhand raffiniert, das muß man sagen. Meinst du wirklich, ich soll so ein Buch schreiben? Wird das nicht zu schwierig für mich sein?«

»Beginne mit den Recherchen, beschäftige dich mit dem Stoff, dann wird es sich herausstellen, ob du damit fertig wirst. Du hast Zeit. Niemand drängt dich.«

Aber der Krieg lag wie ein lähmendes Gespenst über Ninas Denken, sie konnte sich auf keine geistige Arbeit konzentrieren. Sie ging soviel wie möglich aus dem Haus, lief durch die Stadt, ging im Englischen Garten spazieren, saß bei Silvester in der Werkstatt und sah ihm zu, wie er geduldig und liebevoll einen alten Schrank restaurierte. Bei solch einer Arbeit redete er gern, doch der junge Mann, der bisher bei ihm gearbeitet hatte, war eingezogen worden, also freute es ihn, wenn Nina da war, um ihm zuzuhören.

Er sagte beispielsweise: »Es ist ein angenehmes Gefühl, in einer Zeit, die die Zerstörung in sich trägt, in der man für die Zerstörung belohnt und belobt wird, sich damit zu beschäftigen, etwas zu heilen, zu pflegen, wieder lebendig zu machen. Sieh dieses Holz an! Als es noch ein Baum war, hatte Columbus Amerika entdeckt, Gutenberg die Buchdruckerkunst erfunden und Martin Luther den christlichen Glauben gespalten. Als aus dem Baum ein Schrank geworden war, tobte der Dreißigjährige Krieg in Deutschland. Vielleicht ist ihm damals schon diese Ecke abgeschlagen und diese Wunde an der Seitenwand zugefügt worden, sie sieht aus, wie mit einem Säbel geschlagen. Und hier, siehst du, sind Rauchspuren wie von einem Schuß, der ihn gestreift hat. Und über die Innenseite der linken Tür muß einmal Blut gelaufen sein, anders kann ich mir diese dunklen alten Flecken nicht erklären.«

»Mein Gott, wie schrecklich, Silvio! Das siehst du alles diesem Schrank an?«

»Ich versuche, mir seine Geschichte auszumalen. Vielleicht hat er irgendwo in der Magdeburger Gegend in einem Bauernhaus gestanden, als Tillys Landsknechte plündernd in Haus und Hof drangen, den Bauer erschlugen, die Frau vergewaltigten, den Schrank ausraubten. Mitnehmen konnten sie ihn nicht, er war zu schwer. Es ist natürlich nicht gesagt, daß er in der Magdeburger Börde stand, er kann genausogut in Brügge zu Hause gewesen sein, und Herzog Albas erbarmungslose Söldner schleppten die Frau aus dem Haus, um sie als Hexe zu verbrennen, sie klammerte sich an den Pfosten des Schranks, siehst du, diesen hier, und als sie nicht losließ, schlugen sie ihr die Hand ab, und so drang ihr Blut in das Holz. Oder er stand auf einem Schloß in der Normandie, und als Katharina von Medici ihre Häscher losschickte, um die Hugenotten auszuräuchern, verbarg sich die Schloßherrin, die schmal und zierlich war, in diesem Schrank, und als man sie fand, durchbohrte der Stahl ihr Herz.«

»Silvio, du machst mich ganz krank mit deinen Geschichten. Kann denn nicht dieser Schrank auch einmal in einem friedlichen Haus bei glücklichen Menschen gestanden haben, die sich liebten?«

»Vorübergehend, vielleicht. Tatsache ist, daß es auf dieser Erde viel mehr Not und Blut und Krieg gegeben hat als Glück und Frieden und Liebe.«

»Willst du mir damit klarmachen«, fragte Nina leise, »daß wir also in einer ganz normalen Zeit leben? Daß es durchaus gebräuchlich ist, daß die Menschen einander umbringen?«

»Gebräuchlich ist es. Ob es normal ist, wage ich zu bezweifeln. Denn sonst wäre die Lust am Töten und am Sterben ja größer, als sie in Wirklichkeit ist. Jedenfalls heute ist diese Lust gering. Früher mag es anders gewesen sein, als die Lebenserwartung der Menschen um vieles geringer war und sie darum vertrauter mit ihrem eigenen Tod leben mußten. Was auch schon durch den Glauben bedingt war. Deswegen mag ihr Sterben nicht weniger bitter gewesen sein als das unsere.«

»Können wir nicht von etwas anderem reden?«

Er konnte über vieles reden. Er erzählte von seiner Studienzeit, die er in München und in Heidelberg verbracht hatte, er erzählte mit besonderer Begeisterung von seiner ersten Stellung in München, im Landesamt für Denkmalspflege, wo er sich offenbar so gut bewährt hatte, daß man ihn anschließend in das Nationalmuseum versetzte, und ihm später, in relativ jungen Jahren, ein eigenes Museum anvertraute.

Nina begriff, daß es ihn nicht glücklich machen konnte, hier in diesen beiden ebenerdigen Räumen in einem Hinterhaus am Oberen Anger zu sitzen und an alten Möbeln herumzubasteln, auch wenn er dazu Geschichten erfand.

Manchmal war ihre Gesellschaft unerwünscht. Immer dann, wenn einer seiner Freunde kam, Professor Guntram, der Rechtsanwalt Dr. Hartl, der Internist Dr. Fels und der Brauereibesitzer Münchinger. Das waren die vier, die Nina kannte, manchmal kam nur einer, manchmal kamen sie auch alle vier, und sie wußte, daß noch einige andere Männer, die sie nie gesehen hatte, zu diesem Kreis gehörten. Sie sprachen über Politik. Oder besser gesagt darüber, was man tun müsse und tun könne, um das Naziregime loszuwerden. Nina fürchtete diese Gespräche, weil sie immer Angst um Silvester hatte. Teilnehmen durfte sie an diesen Gesprächen nie. Silvester sagte: »Nun geh ein bißchen rüber zu Franziska und trink eine Tasse Kaffee mit ihr.«

Er sagte es liebenswürdig, aber bestimmt, so wie man ein Kind aus dem Zimmer schickt. Es verärgerte Nina jedesmal. Sie ging, aber sie machte ihm abends Vorhaltungen, einmal sogar eine regelrechte Szene.

»Du behandelst mich, als sei ich die größte Schneegans des Jahrhunderts.«

»Bringen die anderen vielleicht ihre Frauen mit? Sei nicht kindisch, Nina. Das ist kein Thema, in das ich dich einbeziehen kann. Um deinetwillen nicht.«

»Ach? Bin ich vielleicht nicht einbezogen, ganz von selbst? Genügt nicht die Tatsache, daß ich deine Frau bin, um mich an eurer Verschwörung zu beteiligen?«

»Wer redet von Verschwörung?« rief er zornig. »Hüte dich vor so törichten Worten. Wir unterhalten uns ganz einfach, das ist alles. Jeder hat so seine Erfahrungen in seiner Berufswelt, die tauschen wir aus. Wir informieren einander, so könnte man es nennen.«

»Es ist mir egal, wie du es nennst. Ich hasse eure Gespräche. Ich fürchte sie.« Und damit lief sie aus dem Zimmer, knallte die Tür hinter sich zu.

Sie sprach auch mit Franziska darüber, bei der sie landete, wenn sie fortgeschickt wurde. Denn die wußte um diese Treffen, und sie war genau Ninas Meinung, daß es gefährlich für die Männer war.

»Sie bilden sich ein, Silvesters Bude da hinten ist unverfänglich. Sie können sich weder in der Arzt- noch in der Anwaltspraxis treffen und schon gar nicht in der Universität und auch in keinem Lokal, und nach Hause gehen sie nicht, eben wegen ihrer Damen, also machen sie da so ein bißchen Untergrundbewegung hinter Silvesters blinden Scheiben. Die denken, dort fällt das nicht weiter auf. Weißt du, was sie sind? Sie sind wie Buben, die Indianer spielen. Ich kenne das schon jahrelang, das ist nicht neu. Und jetzt mach' ich uns eine Tasse Kaffee.«

Der Antiquitätenladen befand sich in der Sendlinger Straße, ein langer schmaler Raum, der sich im rückwärtigen Teil nach beiden Seiten verbreiterte, also eine Art T-Form besaß. Der eine Balken des T war Franziskas Büro, dort stand ein Schreibtisch, das Telefon, auch das Schränkchen mit den Flaschen und der Topf mit dem Tauchsieder. Vorn an der Straße gab es ein Schaufenster und die Eingangstür, an der sich eine Glocke befand, die einen Dreiklang von sich gab, wenn jemand den Laden betrat. Was selten vorkam, denn nach Beginn des Krieges stand den Leuten nicht der Sinn danach, nach altem Silber, wertvollen Gläsern, englischen Möbeln, einem Rokokoschränkchen oder einem alten Stich zu suchen.

»Wenn das so weitergeht, werden wir bald zusperren müssen. Ich will ja nicht behaupten, daß sich vorher die Kunden die Klinke in die Hand gegeben haben, aber es kamen doch durchschnittlich in der Stunde zwei bis drei herein. Und gekauft hat auch immer mal einer ein Stück. Unsere Lage hier ist erstklassig, Sendlinger Straße, kurz vorm Marienplatz, hier kommt jeder mal vorbei, wenn er in der Stadt ist. Heute bist du der erste Mensch, der den Laden betreten hat. Mist ist das! Ausgewachsener Bockmist!«

»Vielen Dank«, sagte Nina lachend. »Soll ich wieder gehen?«

»Nein, du bleibst, wir trinken Kaffee und schimpfen noch ein bißchen auf die Männer. Mein Gott, was sind wir geschlagen. Deiner ist ja noch wenigstens aller Liebe wert. Aber wenn ich an mein altes Möbel zu Hause denke, da kommt mir der Kaffee schon hoch, ehe ich ihn getrunken habe.«

Dazu schwieg Nina. Sie kannte Franziskas Mann nicht, denn sie kam stets ohne ihn, es hieß, er sei ein Trinker, er sei brutal und gewalttätig gewesen, dazu war er nun allerdings zu schwach und zu krank. Franziska hatte eine denkbar schlechte Ehe geführt, aber sie hatte sich nie scheiden lassen, sie war praktizierende Katholikin.

Nina dachte für sich, daß es ehrlicher sei, sich scheiden zu lassen, als auf den Tod eines Mannes zu warten, den man nicht liebte. Es machte sie auch immer ein wenig befangen, daß Franziska und Silvester ein Liebespaar gewesen waren, und auch wenn Silvester versicherte, sie seien es bereits nicht mehr gewesen, als Nina in sein Leben kam, so glaubte ihm das Nina nicht so ganz. Oder wenn sie es ihm glaubte, vermutete sie, daß möglicherweise Franziska auf eine Fortsetzung oder Wiederaufnahme ihrer Beziehung gehofft hatte. Denn Freunde waren sie, daran bestand kein Zweifel. Warum es mit der Liebe nicht geklappt hatte oder woran sie gescheitert war, wagte Nina nicht zu fragen, ihren Mann nicht und Franziska schon gar nicht. Sie waren alle drei nicht von der Wesensart, über intime Verhältnisse zu reden.

Manchmal kam Silvester rechtzeitig, um Nina abzuholen, und sie fuhren gemeinsam nach Hause. Aber manchmal wurde es sieben, halb acht, und sie hörten und sahen nichts von ihm.

»Ich sperr jetzt zu«, sagte Franziska. »Die basteln da drüben noch an Hitlers Ableben herum. Wollen wir essen gehen?«

»Nein, ich geh' nach Hause.«

Dann war Nina trübsinnig, und wenn Silvester heimkam, ergaben sich unliebsame Gespräche, die von ihrer Seite aus heftig geführt wurden. Es kam nicht oft vor, aber es kam vor.

Doch abgesehen davon liebten sie sich, waren sie glücklich. Und gerade darum fürchtete Nina, dieses Glück könne zerstört werden.

Denn zunächst einmal lebten sie wieder höchst friedlich und relativ sorglos in diesem Herbst und Winter. Der Krieg hatte aufgehört. Er war gewissermaßen eingeschlafen.

Deutschland und Rußland hatten Polen unter sich aufgeteilt, die Russen ihren Einflußbereich auf die baltischen Staaten ausgedehnt, daneben war Hitlers großes Umsiedlungsprogramm angelaufen. Die Deutschen, die in den Ostgebieten Haus, Hof und Besitz gehabt hatten, kehrten heim ins Reich, sie wurden zum großen Teil im Warthegau, im eroberten polnischen Gebiet, auch im Reich selbst angesiedelt. Die Begeisterung über die Veränderung ihres Lebens hielt sich in Grenzen. Sie lebten seit Generationen, teils seit Jahrhunderten im Baltikum, in Wolhynien, in der Ukraine, selbst noch an der Wolga, hatten diese Gegenden zivilisiert und kultiviert, es war ihre Heimat, und nun kamen sie als besitzlose Fremdlinge in ein Land, das sie Heimat nennen sollten, obwohl sie es gar nicht kannten.

Daß sie die Vorläufer jenes ungeheuren Flüchtlingsstroms waren, der sich einige Jahre später in derselben Richtung wie sie bewegen würde, doch dann nicht willkommen und versorgt, sondern gehetzt, verletzt und armselig, das konnten sie nicht ahnen. Oder besser gesagt, nicht wissen. Eine Ahnung mochte einem nachdenklichen Menschen schon kommen bei diesem Exodus, denn eine gewisse Folgerichtigkeit ließ sich geschichtlich immer erkennen und deuten, auch im voraus, wenn man den Sinn und Verstand dazu besaß.

Der Krieg hatte sich auf die Meere zurückgezogen, die deutsche Kriegsmarine sorgte für Sondermeldungen und fügte der englischen Flotte schwere Verluste zu, mußte allerdings auch eigene hinnehmen. Und dann gab es auf einmal auch Krieg im fernen Nordosten. Als die Sowjetunion ihren Einfluß auf Finnland ausdehnen wollte, wehrte sich das tapfere kleine Volk. Der russisch-finnische Winterkrieg erwies sich als ein Heldenlied für die Finnen, nur half es natürlich nichts, auf die Dauer hatten sie keine Chance gegen das riesige Reich, gegen das sie kämpften.

Zwischen Deutschland und Frankreich herrschte tiefster Frieden. Der deutsche Westwall, die französische Maginotlinie, vom jeweiligen Staat als Wunderbauwerk moderner Verteidigung gepriesen, schien von Schläfern besetzt und bewacht zu sein. Beide Seiten hüteten sich, die Feindseligkeiten zu eröffnen, hüteten sich vor jedem Schuß. Bloß den Krieg nicht anfangen. Tun, als sei er nicht vorhanden. Dann mochte er sich wie eine Nebelwolke eines glücklichen Tages in der Ferne auflösen. So ungefähr waren die Gefühle nicht nur der Zivilisten, auch der Soldaten. Immer noch wollte kein Mensch in Europa den Krieg. Offenbar wollte Hitler ihn auch nicht, denn er gab keinen Befehl zum Angriff. Er schien darauf zu warten, daß man ihm seine Beute Polen ließ und Frieden schloß.

Wegen Stephan konnte Nina ganz beruhigt sein, er war zwar nach Polen in Marsch gesetzt worden, doch nicht zum Einsatz gekommen. Jetzt lag seine Einheit in einem Dorf bei Posen im Quartier, und jeder seiner Briefe endete mit dem Seufzer: Wir langweilen uns hier zu Tode.

»Der Junge spinnt«, sagte Nina aufgebracht. »Er soll doch froh sein, daß es langweilig ist. Was will er denn eigentlich? Kämpfen? Marschieren? Noch mal siegen?«

Das wollte Stephan alles nicht, daran ließ er keinen Zweifel. Im Gegenteil, er hatte es satt bis obenhin, beim Militär zu sein. Das schrieb er ganz ungeniert.

Das ist kein Leben für mich, schrieb er. Ich möchte wie ein ganz gewöhnlicher Bürger leben und auch gern endlich einen Beruf haben.

Ende November schrieb er: Ich wünsche mir eine gemütliche Wohnung mit einem richtigen warmgeheizten Badezimmer, und dann möchte ich drei neue Anzüge haben und abends mit einem netten Mädchen ausgehen, erst zum Essen, dann zum Tanzen oder ins Theater. Hier ist es kalt und dreckig und schlammig, und wir öden uns gegenseitig an.

Und gleich darauf folgte ein anderer Brief, in dem stand nur: Heureka! Weihnachten kriege ich Urlaub. Darf ich mal in München vorbeischauen?

»Oh, Silvio«, sagte Nina glücklich. »Das wird ein schönes Weihnachten. Ich bin so gespannt, wie er sein wird. Und wie er aussieht. Wir müssen viel zu essen besorgen, sicher ist er hungrig.«

»Wir werden viel zu essen dahaben, dafür sorgt schon Victoria. Wir bekommen eine Gans, hat sie gesagt, und der Joseph schießt uns auch noch einen Hasen.«

»Und ich mach Klöße dazu und Rotkohl.«

»Da du jetzt in Bayern lebst, mein Herz, machst du Knödel und Blaukraut, aber sonst ist es eine herrliche Vorstellung.«

Und das deutsche Volk im übrigen? Wie ging es auf das erste Weihnachtsfest im Krieg zu? Hoffnungsvoll, konnte man sagen. Hartnäckig hielt sich der Glaube, bei manchen, bei vielen, es werde das einzige Weihnachtsfest sein, das man im Krieg erleben mußte. Der Führer hatte es wieder einmal gut gemacht, er hatte gesiegt, und keiner wagte sich nun noch an das deutsche Volk heran. Es konnte nur noch Wochen dauern, höchstens Monate, dann war von Krieg keine Rede mehr. Manche, wie gesagt, viele dachten so. Nicht alle.

Fred Fiebig in Berlin zum Beispiel hatte den Krieg mit Ärger betrachtet. Das denn doch nicht, jetzt, wo man die großartigen Autobahnen hatte und noch mehr bekommen würde und bald diese ebenso großartigen Volkswagen in Massen gebaut würden, die so billig waren, daß jeder Volksgenosse sich ein Auto leisten konnte. So hatte er sich das schon immer vorgestellt und dafür so fleißig Autofahrer ausgebildet.

Aber dann sah er schnell ein: kein Grund zur Besorgnis. Der Krieg war vorbei, und der Führer war eben doch der Größte und der Beste. Fred Fiebig und seine Freunde waren in ihrem Glauben nicht schwankend geworden, höchstens ein wenig, und das nur vorübergehend.

Willy Nossek in seiner niederschlesischen Kleinstadt fühlte sich ganz als Sieger. Adolf Hitler war der Mann, den sie gebraucht hatten, und er, Willy Nossek, sein treuer Gefolgsmann.

Die paar Unbelehrbaren, die trotz aller Erfolge des Führers nicht bekehrt und belehrt werden konnten, mit denen mußte man kurzen Prozeß machen. Weg mit Schaden.

Hier und da hatte es jedoch erstaunlichen Gesinnungswandel gegeben.

Zum Beispiel in Neuruppin.

Fritz Langdorn, der ehemalige Lokomotivführer, der tapfere Soldat des ersten Weltkrieges, ausgezeichnet mit dem Eisernen Kreuz, verwundet, so lange in russischer Gefangenschaft, ein anständiger deutscher Mann, Hitlers Anhänger seit langer Zeit, Fritz Langdorn war nicht zu täuschen. Er spürte es in allen Knochen, daß das nicht gutgehen konnte.

Am 1. September 1939 ähnelten seine Gefühle in erstaunlicher Weise denen seiner fernen Schwägerin in München. Ungläubig, fassungslos, außer sich vor Wut und Enttäuschung, hatte Fritz Langdorn den Kriegsbeginn erlebt.

»Das kann er doch nicht machen. Das ist eine Schweinerei. Das ist eine gottverdammte Schweinerei«, so hörte sich das bei ihm an. »Er macht Krieg. Und er hat immer gesagt, er will keinen Krieg. Er hat uns betrogen und belogen, dieser gemeine Schuft.«

Trudel blieb vor Schreck der Mund offen stehen.

»Aber Fritz! Um Gottes willen! Wie redest du von dem Führer?«

»Führer? Der ist mein Führer gewesen. Krieg macht er. Weißt du, was das bedeutet? Hast du eine Ahnung, was ein Krieg heute ist? Dieses Schwein! Dieser Betrüger!«

»Sei doch still, wenn dich einer hört. Der Führer wird schon wissen, was er tut.«

»Er weiß es eben nicht.«

»Du mußt ihm vertrauen.«

»Halt dein Maul! Davon verstehst du nichts.«

Trudel war still. In diesen Tönen hatte er noch nie mit ihr geredet. Sprachlos und zutiefst erschüttert blieb sie in der Küche zurück, als ihr Mann hinaus in seinen Garten stapfte. Er hinkte stärker denn je, zog das Bein nach, das ihn auf einmal schmerzte, wie es ihn seit Jahren nicht geschmerzt hatte. Nicht, daß dieser Wandel gar so plötzlich gekommen wäre. Das mit Österreich hatte er gerade noch geschluckt. Hitler war nun mal Österreicher, und wenn er partout den Anschluß von Österreich wollte, hatte das wohl persönliche Gründe. Obwohl er, Fritz Langdorn, sehr gut ohne die Österreicher leben konnte. Deutschland war Deutschland, das genügte ihm.

Die Annexion des Sudetenlandes, schließlich die Besetzung der Tschechei hatten ihn bereits mit tiefem Grimm erfüllt.

»Was gehn uns denn die Tschechen an? Kannst du mir das sagen? Die konnten uns noch nie leiden. Ein Reichsprotektorat – was soll denn dieser gottverdammte Unsinn, damit werden wir bloß Ärger haben. Und in der Welt macht es uns Feinde. Sie können uns sowieso nicht leiden, das war auch schon immer so. Müssen wir ihnen denn noch Gründe dafür liefern?«

Trudel hatte ihn nur ratlos angesehen. Sie war ahnungslos wie immer, Wien und Prag waren bloße Namen für sie, sie war dort nie gewesen, sie wollte auch gar nicht hin, aber wenn der Führer . . . »Sei still«, hatte er sie damals schon beschieden, »davon verstehst du nichts.«

Und so langsam, denn im Grunde steckte es ihm wirklich noch in den Knochen, war die Angst vor einem Krieg in ihm gewachsen. Das war wie eine kleine schmerzende Wunde, die nicht heilen wollte. Irgendwann hatte er begonnen, die Zeitung mit Mißtrauen zu lesen, irgendwann saß er mit skeptischer Miene vor seinem Volksempfänger, wenn der Führer sprach.

Reden konnte er nur mit einem Menschen darüber, mit seinem alten Freund und Kriegskameraden Böhlke.

Sie hatten viel zusammen mitgemacht, waren gemeinsam von Neuruppin aus in den Krieg gezogen, auch Böhlke war Unteroffizier, auch er hatte sich die Füße erfroren, was für einen seiner Füße nicht so schlimm war, denn nach einer schweren Verwundung wurde ihm ein Bein amputiert. Das ersparte ihm Sibirien, er kam früher als Fritz in die Heimat zurück.

Böhlke war Schreiner, besaß eine eigene Werkstatt, die heute sein Sohn leitete, er selbst pütscherte nur noch so ein wenig mit herum.

Böhlke junior war ebenfalls früh zu den Nazis gestoßen,

Böhlke senior hatte es mit Mißfallen betrachtet. Er hatte früher SPD gewählt, später gar nicht mehr gewählt, den Hitler auf keinen Fall.

Als sein Freund Fritz Langdorn sich so überzeugt den Nazis zuwandte, trat eine Entfremdung zwischen den Männern ein.

»Du bist'n Döskopp«, sagte Böhlke. »Das ist doch'n Spinner. Aus dem wird nie was.«

Aus dem war was geworden, aber das hatte Böhlkes Meinung nicht geändert. Mit Zurückhaltung und großem Mißtrauen sah und hörte er sich an, was da vor sich ging.

»Siehste«, hatte Langdorn gesagt, »du hast mir ja nich geglaubt. Das ist der Mann, den wir brauchen. Der macht uns wieder gesund und stark.«

»Erst mal abwarten«, war die Antwort.

Die Schreinerei florierte nach den mageren Jahren, der Junior trug stolz die SA-Uniform spazieren und paradierte damit in Neuruppin herum, wenn es einen Anlaß gab.

»Irgendwie paßt mir die Richtung nicht«, knurrte der Senior weiter, wenn auch schon leiser.

Ein Anhänger der Nazis wurde er nie. Er wartete ab. All die Jahre lang wartete er ab, alle Erfolge, aller Fortschritt konnten ihn nicht überzeugen, daß da der richtige Mann am richtigen Platz zu finden sei.

Als der Krieg begann, sagte nun er: »Siehste! Was hab' ich immer gesagt? Du mit deinem Hitler. Der bringt uns in dieselbe Scheiße wie Wilhelm. In eine größere Scheiße würde ich sagen.«

Er trug es seinem alten Freund nicht nach, daß er sich für eine Weile verirrt hatte. Für Böhlke ging das Leben langsam, gewissermaßen nur noch auf einem Bein. Zehn Jahre waren für ihn gar nichts.

Fritz Langdorn schämte sich nicht zuzugeben: »Du hast recht gehabt.«

Diesen Gefolgsmann hatte Adolf Hitler verloren. Der friedliche Winter '39 auf '40 täuschte Fritz Langdorn nicht. Er zweifelte nicht daran, daß es weitergehen würde. Und er wußte ganz genau, daß es schiefgehen würde. Wieder einmal.

Emsiger denn je arbeitete er in seinem Garten, vergrößerte die

Hühnerschar, fütterte zwei Schweine und hielt Trudel an, Vorräte anzulegen und einzukochen, was einkochbar war.

»Wir werden es brauchen. Ich weiß, was Hunger ist. Und du wirst es kennenkernen.«

»Ich weiß auch, was Hunger ist. Ich hab' den Krieg auch erlebt. Aber diesmal ist es anders, das wirst du sehen.«

»Diesmal wird es schlimmer, das wirst *du* sehen.«

Trudel liebte und bewunderte Hitler. Fritz hatte sie zwar damals in Windeseile zu Hitler bekehrt, aber es gelang ihm nicht, sie gegen Hitler aufzuhetzen. Es kriselte in dieser bisher so freundlichen Ehe.

Davon wußte Nina in München nichts. Ihre große Schwester Gertrud, der treueste Gefährte seit ihrer Kindheit, war ihrem Leben entglitten, nur selten tauschten sie Briefe aus, zu Weihnachten, zum Geburtstag, wenn es irgend etwas Neues über Stephan zu berichten gab.

Von Stephan erfuhr Nina dann, wie sich die Lage in Neuruppin verändert hatte. Wie gewohnt war Stephan erst einmal nach Neuruppin gefahren, als er Urlaub hatte, er fand einen mürrischen Fritz Langdorn, der kaum die Zähne auseinanderbrachte, er fand eine verstörte Tante Trudel, die törichtes Zeug schwätzte. Nach vier Tagen hatte Stephan diesmal genug von Neuruppin gehabt und war nach München gefahren.

Ninas erster Gedanke, als sie ihn sah: was für ein hübscher Junge! Das war er immer gewesen, doch nun war er männlicher geworden, das Gesicht schmal und straff, das hellbraune Haar ein wenig zu lang für einen Soldaten, sein Blick, früher immer etwas verträumt und abwesend, war ernst, aufmerksam und nachdenklich geworden. Er hatte eine besonders charmante Art, mit seiner Mutter umzugehen, machte ihr Komplimente, scheute vor Zärtlichkeiten nicht zurück, nahm sie einfach in die Arme und küßte sie. Während seines Aufenthalts begleitete er sie auf jedem Weg; ob sie in der Umgebung einkaufen ging oder in die Stadt fuhr, ins Geschäft oder in die Werkstatt, Stephan wich nicht von Ninas Seite. Und er genoß das Leben, von dem er geträumt hatte, ein Zimmer für sich allein, wo er so lange schlafen konnte, wie er wollte, und dann brachte Nina oder Betty, das Hausmädchen, das tagsüber kam, ihm das Frühstück ans Bett. Er lag genießerisch in der Badewanne und bewegte sich in Silvesters schwarzem Seidenmorgenrock den halben Tag von Sessel zu Sessel, lesend, Platten hörend, redend, wenn jemand da war, mit dem er reden konnte, und er sagte: »So möchte ich immer leben.«

Nina war amüsiert. »Wie findest du das?« fragte sie Silvester.

»Verständlich. Er ist ein durch und durch ziviler Mensch, ein Lebensgenießer und Kavalier mit Manieren. Daß er sich beim Militär nicht wohlfühlt, ist mir ganz klar.«

»Und wie bekommen wir ihn da fort?«

»Ja, wie?«

Erfreulicherweise kamen Silvester und Stephan sehr gut miteinander aus, obwohl sie einander kaum gekannt hatten. Silvester hatte dieser Begegnung mit ein wenig Bedenken entgegengesehen, eingedenk seines kühlen Verhältnisses zu Ninas Tochter. Doch mit dem Sohn gab es keine Schwierigkeiten. Stephan war höflich und liebenswürdig, interessiert an allem, was Silvester sprach und erzählte, über Bücher, über Bilder, über Vergangenheit und Gegenwart, er zeigte sich aufgeschlossen für Belehrung und nahm dankbar Silvesters Angebot an, ihm München zu zeigen. Sie gingen in Museen und Ausstellungen, er begleitete Silvester in die Werkstatt, las die Bücher, die Silvester ihm gab und wollte auch darüber reden.

Silvester war angenehm überrascht, er besaß ja keinen Sohn, doch jetzt entwickelte er dem jungen Mann gegenüber geradezu väterliche Gefühle. Auch Nina freute sich über das gelungene Familienleben, obwohl sie nicht überrascht sein mußte, sie kannte ja Stephans Bereitschaft, sich einer stärkeren Persönlichkeit anzuschließen, einem Mann, bei dem er Freundschaft und Verständnis fand.

So hatte er sich als halbwüchsiger Junge an Fritz Langdorn angeschlossen, auch seine Freundschaft mit Benno, wenn auch ganz anders geartet, basierte auf dem Wunsch nach dem männlichen und stärkeren Partner.

Sie gingen in die Oper und ins Residenztheater, sie wurden eingeladen, hatten selbst Gäste und waren am zweiten Feiertag draußen im Waldschlössl. Jedermann war von Stephan höchst angetan. Die Uniform hatte er gleich ausgezogen, er trug einen eleganten braunen Anzug, den Silvesters Schneider ihm innerhalb von zwei Tagen angefertigt hatte.

Ganz besonders entzückt von Stephan war Franziska.

»Was für ein goldiger Bursch«, sagte sie zu Nina. »Warum hast du ihn uns bis jetzt vorenthalten?«

Bei Franziska im Laden hielt sich Stephan mit Vorliebe auf, er half ihr die Bilder und Möbel abstauben, räumte die Vitrine mit den alten Gläsern um, tat es mit so vorsichtigen Fingern, daß sie ganz beruhigt sein konnte, er machte Kaffee für sie, holte Kuchen in der naheliegenden Bäckerei und hörte sich bereitwillig ihre Geschichten über Antiquitäten und ihr Leben an.

»Schau'n Sie, Stephan, ist die nicht schön?« sagte sie und wies auf eine Kommode. »Echtes Empire. Ist es nicht eine herrliche Form?«

»Wunderschön, gnädige Frau«, nickte Stephan, betrachtete die Empirekommode und sodann Franziskas Beine, die ebenfalls das Ansehen wert waren.

»Ich bin heute abend eingeladen bei Freunden in Schwabing. Wissen Sie was, Stephan, ich nehm' Sie mit.«

»Aber gern.«

Mit einem Wort, Stephan war ein Erfolg.

Der Abschied war herzzerreißend. Er hielt Nina im Arm, ehe sie die Wohnung verließen, um zum Bahnhof zu fahren, klammerte sich an sie, als sei er noch ein kleiner Bub.

»Jetzt muß ich in dieses blöde Kaff zurück, und ich würde so gern bei dir bleiben. Es ist so schön hier bei euch.«

»Ach, Stefferl«, sagte Nina und strich ihm über das Haar, »ich wünschte mir nichts so sehr, als daß du hierbleiben könntest. Vielleicht geht alles bald vorbei, und dann kommst du zu uns nach München. Du kannst hier studieren, du kannst machen, was du willst, Hauptsache, der Krieg ist aus, und du bist da. Dann werden wir uns das Leben schön machen.«

Widerwillig hatte er den schönen braunen Anzug ausgezogen, trug wieder die Uniform, die ihm zwar gut stand, die er aber haßte.

Ganz zum Schluß, ehe sie gingen, sagte er auf einmal: »Wir müssen nur den Hitler loswerden, dann können wir endlich leben, wie wir wollen.«

Über Stephans Schulter hinweg blickte Nina in Silvesters Augen. Sie hatten das Thema vermieden, Silvester sagte auch jetzt nichts, aber Nina rief: »Dann sind wir uns ja einig.«

Als der Zug abgefahren war, weinte sie.

»Ich werde ihn wiedersehen, nicht wahr, Silvio? Es ist kein Krieg mehr. Sag es.«

»Ach, mein geliebtes Herz, ich wünschte, es wäre so. Komm, laß uns durch München bummeln. Und dann gehen wir ganz fein zum Essen.«

Vor dem Bahnhof blieb er stehen, sah sie an. »Ich bin so froh, daß ich dich hab', Nina. Ich muß dir ganz schnell was sagen: Ich liebe dich.«

Nina, noch mitgenommen von dem Abschied, stiegen wieder die Tränen in die Augen.

»Ich liebe dich auch. Und ich möchte euch behalten. Dich. Und Stephan. Und Vicky. Endlich möchte ich behalten, was ich liebe.«

Er schob seinen Arm unter ihren, über den Bahnhofsplatz gingen sie in die Schützenstraße hinein, auf den Stachus zu. Und sie empfanden beide das gleiche: ein starkes Zusammengehörigkeitsgefühl, das sich so rasch in dieser späten Ehe entwickelt hatte.

»Wo möchtest du heute essen? Im Schwarzwälder? Im Preysingpalais? Beim Walterspiel?«

»Im Preysingpalais. Da waren wir, als wir zum erstenmal zusammen essen gingen. Weiß du es noch?«

»Ich werde es nicht wissen! Die Dame aus Berlin, die berühmte Schriftstellerin, die mir die Ehre gab, mit mir essen zu gehen. Ich weiß noch genau, wie stolz ich war.«

»Jetzt nimmst du mich auf den Arm«, sagte sie und konnte wieder lachen.

Victoria hatte über Weihnachten natürlich nicht kommen können, sie hatte an einem Feiertag die Pamina gesungen, zwischen den Jahren einmal die Martha und einmal die ›Verkaufte

Braut‹ und am Silvesterabend zum erstenmal die ›Lustige Witwe‹.

Am Neujahrstag hatte sie angerufen und gesagt: »Ich war fabelhaft.«

Das kannten sie schon. Victoria war sich selbst immer ein dankbares Publikum, außerdem zweifelten sie nicht daran, daß sie eine fabelhafte Hanna Glawari hingelegt hatte.

»Es ist eine Gemeinheit, daß ihr nicht kommt, um mich zu sehen. Ich werde ja wahrscheinlich nie wieder Operette machen. Nina, halt mir die Daumen, ich hab' eine ganz dolle Sache im Busch. Wenn das klappt, dann bin ich oben.«

»Berlin?« fragte Nina.

»Noch besser. Dresden.«

Nina war überrascht. Bisher hatte Victoria als Höhepunkt ihrer Engagementswünsche immer Berlin vorgeschwebt. Allerdings hatte die Dresdner Oper einen sagenhaften Ruf, es gab Kenner, die sie der Berliner Staatsoper vorzogen. Zum Teil sangen dieselben Sänger hier wie da, und wer in Dresden engagiert war, gastierte bestimmt hin und wieder in Berlin.

»Jetzt schreib dir bitte die Daten auf, wann ich die Hanna wieder singe. Bitte, bitte, Nina, komm einmal her. Ich hab' so eine fabelhafte Garderobe, ich seh' umwerfend aus.«

»Gut, Liebling, ich werde kommen.«

»Aber es muß bald sein. Ab Ende Februar bin ich beurlaubt, da drehe ich meinen Film. Da bin ich endlich mal wieder in Berlin. Da könntest du eigentlich auch für eine Weile kommen. Ich sehe nicht ein, warum die Runges die ganze Wohnung für sich allein haben.«

Das Gespräch hatte am Neujahrstag stattgefunden, und Nina fand die Idee, sich wieder einmal für einige Zeit in Berlin aufzuhalten, höchst verlockend. Das ließ sich ja sicher mit einem Abstecher nach Görlitz verbinden.

»Weißt du schon, wann du die Witwe zum letztenmal singst, ehe du nach Berlin abdampfst?«

»Nö, so genau habe ich den Spielplan nicht im Kopf.«

»Also dann schreib es mir. Ich komme zu dir, und dann fahren wir gemeinsam nach Berlin.«

»Knorke, das machen wir so.«

Vielleicht, dachte Nina, nachdem sie den Hörer aufgelegt hatte, mache ich sogar einen Abstecher nach Neuruppin, das kann ich mir nicht entgehen lassen.

Denn von der veränderten Atmosphäre in Neuruppin hatte Stephan berichtet.

»Irgendwie stimmt das nicht mehr bei denen. Onkel Fritz ist sehr schweigsam, und Tante Trudel sagt, er ist komisch geworden.«

»Was meint sie damit?«

»Soweit ich es mitbekommen habe, ist er gegen den Krieg.«

»Mein Gott, Junge, wer nicht? Freut sich Trudel vielleicht über den Krieg?«

»Er ist nicht nur gegen den Krieg, er ist auch gegen seinen einst so heiß geliebten Führer.«

»Das kann nicht wahr sein.«

»Ist doch wahr. Er spricht davon nicht. Aber Tante Trudel hat gesagt: Er ist so komisch geworden, er zweifelt an unserem Führer.«

Nina hatte hellauf gelacht.

»Es ist nicht zum Lachen«, sagte sie dann. »Die Zeit ist traurig genug. Aber wenn ich denke . . . nein, Stephan, wenn ich denke, wie das angefangen hat. Wie ihr damals immer nach Neuruppin gefahren seid und Trudel plötzlich eine Nazisse wurde, bloß wegen dem Lokomotivführer. Und jetzt ist er nicht mehr dafür? Das gibt's doch nicht.«

»Wie gesagt, er hat nicht davon geredet. Aber sie. Sie versteht die Welt nicht mehr.«

»Arme Trudel! Sie war nie die Klügste. Aber so lieb. Und so gut. Und sie hat nie begriffen, was der Hitler eigentlich ist.«

Und gleich darauf dachte Nina: Ich brauche mich gar nicht so aufzuspielen, ich habe auch nichts begriffen. Daß ich jetzt klüger geworden bin, verdanke ich Silvio.

Aber sie war nicht so klug, die Gefahr zu begreifen, in der sie alle lebten. Der schlafende Krieg hatte auch ihre Angst einschlafen lassen. Kurz nach Stephans Abreise kramte sie das Manuskript hervor, an dem sie im vergangenen Sommer geschrieben hatte, die heitere Liebesgeschichte, an der weiterzuschreiben sie keine Lust empfunden hatte, nachdem der Krieg begonnen hatte. Sie las, was sie geschrieben hatte, es gefiel ihr gut. Sie fand wieder in den Stoff hinein, setzte sich hin und schrieb fleißig jeden Tag. Wenn sie im Februar nach Berlin fuhr, konnte sie ihrem Verlag vielleicht schon ein Teilmanuskript mitnehmen.

Mit der Geschichte der Attentate war sie in einen toten Winkel geraten. Vielleicht würde sie später einmal daran weiterarbeiten.

Nina
Briefe

Berlin, 5. März 1940

Lieber Silvio, heute habe ich endlich mal einen ruhigen Nachmittag und will Dir einen langen Brief schreiben. Die Tage in Görlitz waren so turbulent, ich bin kaum zu mir selbst gekommen – Theater, Einladungen, Packen, und immerzu kam noch Besuch. Vicky hat unendlich viele Verehrer und Freunde hier, die ihr alle noch Adieu sagen wollten. (Allerdings hatte ich nicht den Eindruck, daß eine ernsthafte Liebesaffäre darunter war.)

Vicky hat fast ihre ganze Garderobe mitgeschleppt, weil sie ja nach den Dreharbeiten nur noch vier bis fünf Wochen in Görlitz auftreten wird, auch keine Neueinstudierung mehr macht, sondern nur ein paar Reprisen aus dem Repertoire. Ich habe alle wichtigen Leute kennengelernt, den Intendanten, den Dirigenten, die Regisseure und fast alle Kollegen von Vicky. Alle bedauern, daß sie weggeht, aber wie mir der Intendant sagte: ›Das ist eben mein Schicksal, daß die großen Talente bei mir nur Durchgangsstation machen, Tür auf und rein, Tür auf und raus.‹ An einem Abend waren wir sogar beim Bürgermeister eingeladen, wo es nur so wimmelte von Honoratioren. Alles dreht sich um Vicky, das müßtest du sehen. Mich stellt sie dann immer sehr feierlich vor – meine

Mutter. Ich komme mir vor wie eine Matrone. Wenn wir allein sind, nennt sie mich Nina. Aber sie waren alle sehr nett zu mir, manche kannten meinen Namen und hatten sogar etwas von mir gelesen, also das war schon irgendwie befriedigend für mich, daß ich nicht nur so als doofe unbedarfte Mutter hier durch die Kulissen schiebe.

Nun zur ›Lustigen Witwe‹. Es war wirklich eine gute Aufführung. Eine bombastische Ausstattung, ich frage mich nur, wo so ein kleines Stadttheater das Geld dafür hernimmt. Aber wie der Intendant mir erklärte, stecken sie das meiste von den Subventionen in die Operetten, weil die den größten Publikumszulauf haben. Vicky war natürlich fabelhaft, da muß ich mich schon ihrer eigenen Worte bedienen. Sie sah hinreißend aus, und ich saß da unten und staunte, wie ich zu dieser schönen Tochter gekommen bin. Ihre Kostüme waren unerhört elegant, sie schleift diese tollen Roben mit einer Nonchalance über die Bühne, die umwerfend ist.

Am Tag, ehe wir abreisten, habe ich sie noch als Martha gehört, war auch eine hübsche Aufführung. Ganz unter uns gesagt, bin ich mit Vickys Stimme nicht ganz glücklich, sie ist sehr hart geworden, manchmal schrill, sie forciert im Forte, und das Piano klingt gepreßt. Ich bin nur ein Laie, aber ich habe im Laufe der Jahre doch eine ganze Menge über Gesangstechnik mitbekommen, so daß ich mir ein Urteil erlauben kann. In der ›Lustigen Witwe‹ fiel es nicht so auf, aber zum Beispiel so ein Lied wie ›Letzte Rose‹, das ja im Grunde ganz einfach ist, oder besser gesagt, das so einfach scheint, da merkt man es deutlich, die Stimme ist zu hart und angestrengt.

Natürlich habe ich mich nicht getraut, ihr das zu sagen, sie nimmt das sicher krumm und würde mir antworten, was verstehst denn du davon? Aber ich habe halt immer Angst wegen ihrer Stimmbänder, sie darf sich nicht überanstrengen; nun kommen diese wochenlangen Filmaufnahmen, das geht auch ganz schön an die Nerven.

Jedenfalls sind wir aber bequem im Auto nach Berlin gekommen, der Polizeipräsident persönlich, ein großer Verehrer von Vicky, stellte uns einen Wagen mit Chauffeur.

Sorgt Betty auch ordentlich für Dich? Mit den Marken geht sie ziemlich konfus um, kauft immer alles auf einmal, und dann ist nichts mehr da. Geh doch mal selber zu meinem kleinen Kaufmann in der Schumannstraße, der ist ein Schatz, er hat immer etwas extra für mich, Orangen oder Zitronen und auch mal ein italienisches Gemüse, das man sonst nirgends bekommt. Wie heißt es denn gleich? Schirokko oder so ähnlich. Es hat Dir jedenfalls sehr gut geschmeckt. Nur mußt Du in der Küche bleiben, wenn Betty das Gemüse zubereitet. Oder vorher den Mehltopf verstekken. Meine Art, Gemüse ohne Mehl zuzubereiten, findet sie greislich. ›Wann ma scho a Gmies fressn müssen, muß a was nei‹, sagt sie immer. Das erinnert mich an meine Küchenpflichten. Vicky wird sicher bald heimkommen, und ich will ihr noch was kochen.

Ich küsse Dich, mein Liebster. Und ich schreibe Dir bald wieder. Und, bitte, sei vorsichtig. Du weißt schon, was ich meine.

Berlin, 8. März 1940

Lieber Silvio, es war so schön, gestern Deine Stimme zu hören. Und zu hören, daß ich Dir fehle. Du hast so lange allein gelebt, ganz frei und unbelastet, es könnte ja sein, daß Du Dir so ein Leben wieder wünschst. Ich könnte das verstehen. Wer, wenn nicht ich. Obwohl ich natürlich nie frei und unbelastet war, denn da waren ja die Kinder und Trudel, und früher Erni, also richtig allein war ich eigentlich nie. Manchmal habe ich mir gewünscht, einmal ohne Verantwortung zu sein, aber ich kann nicht sagen, ob ich mich dabei sehr wohlgefühlt hätte. Verantwortung ist halt doch etwas, das dem Leben erst einen Sinn gibt. Oder was meinst Du? Wenn eine Frau keinen Mann hat und keine Kinder und auch keinen richtigen Beruf, dann muß das Leben doch sehr leer sein. Natürlich gibt es Menschen, die eine so starke Persönlichkeit haben, daß sie ausreichend mit sich selbst beschäftigt sind. Aber vielleicht wird man dann doch sehr egoistisch. Darum war ich ja so froh, daß es bei mir mit dem Schreiben doch noch geklappt hat, weil ich mir sagte, wenn ich die Kinder einmal nicht mehr bei mir habe, dann habe ich doch wenigstens eine Art Beruf und hänge nicht nur so verloren in der Gegend herum. Aber wenn ich ganz ehrlich bin, so habe ich mir im Grunde meines Herzens immer einen Mann gewünscht, der zu mir gehört. Nicht irgendeinen, sondern den Mann, der mich versteht und den ich liebhaben kann. Und es kommt mir immer noch ganz unwahrscheinlich vor, daß ich ihn jetzt habe.

Ach Silvio, es ist sicher albern, in meinem Alter von Liebe zu reden wie ein Backfisch. Aber es hat wohl nichts mit dem Alter zu tun. Jeder Mensch in jedem Alter wünscht sich, geliebt zu werden und zu lieben. Entschuldige, ich finde es selber dumm, immerzu von Liebe zu reden, das klingt wie aus einem Schlagertext, aber es ist nun mal das Wort, das man dafür braucht. Und ich verstehe jetzt viel besser, was Liebe ist. Es ist hauptsächlich das Gefühl, einen Menschen zu haben, der zu einem gehört; für den man da ist.

Weißt Du, was ich mir wünsche? Du wirst lachen. Ich wünsche mir, daß wir zehn und zwanzig Jahre lang zusammenbleiben können, und ich weiß dann bei jedem Blick und bei jeder Geste von Dir, was Du meinst. (Ich weiß es auch jetzt schon sehr oft.) Wenn Du so nach innen blickst, so als ob Du gar nichts mehr siehst, wer oder was um Dich herum ist, dann weiß ich, Du bist in der Vergangenheit. Oder denkst über etwas Wichtiges nach. Später werde ich dann von selbst wissen, ob Du es mir erzählen willst oder nicht. Jetzt drängle ich Dich manchmal, auch wenn Du gar nicht darüber sprechen willst.

Vicky kommt jeden Abend sehr spät, sie ist reichlich nervös, und sie greift sich immer wieder mit der Hand an die Kehle. Das kenne ich schon. Ich habe den Eindruck, daß sie manchmal leicht heiser spricht. Das arme Kind, sie hat es nicht leicht. Was für ein mörderischer Beruf.

12. März 1940

... gestern war ich endlich bei meinem Verlag und habe ihnen das Manuskript gebracht, soweit vorhanden. Sie freuten sich sehr, ich solle fleißig weiterschreiben, dann könne das Buch im Herbst noch erscheinen. Dann bin ich durch die Stadt gebummelt. Berlin ist wie immer, vom Krieg merkt man gar nichts. Ich bin zu meiner Parfümerie gegangen, wo ich immer Crème und Kosmetikartikel eingekauft habe, und sie haben mir anstandslos alles gegeben, was ich wollte. Und dann war ich bei meiner Schneiderin, die hat noch eine große Auswahl von Stoffen da liegen, sie macht mir zwei neue Kleider, solange ich hier bin. Es ist wichtig, diese Verbindungen nicht einschlafen zu lassen.

Heute abend gehen wir mit Peter zum Essen, Vicky und ich. Sie hat nur zwei Einstellungen heute und wird früher fertig sein. Er tut zur Zeit gar nichts, zuletzt hat er en suite in einem Stück in den Kammerspielen vom Deutschen Theater gespielt, leider ist das schon aus, ich hätte ihn gern wieder einmal auf der Bühne gesehen. Sein nächster Film beginnt Ende April. Ich bin ein freier Mensch, hat er gesagt, ganz zu Ihrer Verfügung, Madame.

14. März 1940

... Das war ein hübscher Abend mit Vicky und Peter. Wir waren wieder einmal bei Kempinski, seligen Angedenkens. Die beiden verstehen sich gut, aber das war schon immer so. Er hat ihr sehr geholfen bei ihrem ersten Film, sagt sie, da war er ja ihr Partner. Mit dem jetzigen kommt sie nicht besonders gut aus, das ist ein sehr berühmter, der furchtbar eitel ist. Ein richtiger Piesepampel, sagt sie, ewig meckert er herum und ist eifersüchtig, wenn sie eine Großaufnahme hat und er nicht. Komisch, was die Leute für Sorgen haben.

Sie spielt diesmal ein junges Mädchen aus der Provinz, das nach Berlin kommt und von Tuten und Blasen keine Ahnung hat, aber auf jeden Fall zum Theater will. Aber sie landet nur im Chor, und es passiert dies und das, und am Schluß verkracht sich der weibliche Star mit dem Direktor und haut ab. Und dann bekommt Vicky die große Rolle und ist natürlich fabelhaft und gleich berühmt. Na ja! Typisch Film, nicht?

Peter flachste den ganzen Abend herum. Da ist denen ja wieder mal was Originelles eingefallen, sagte er, Aschenbrödel auf Revue dressiert. Das Doofste vom Doofen sind Drehbuchschreiber. Jedenfalls bin ich nicht gleich am Anfang tot, sagte Vicky, das hat auch sein Gutes. Und ich hab' ein paar dolle Nummern drin. – Besser ist es, du machst so was nicht wieder, sagte Peter, sonst werden sie in Dresden dankend auf dich verzichten.

Dresden schwebt nämlich noch, da ist noch nichts entschieden, und das beschäftigt Vicky sehr.

Wir kamen nicht spät nach Hause, ich dachte, Peter würde uns noch zu sich einladen, aber er meinte, Vicky solle ins Bett gehen, sie müsse am nächsten Morgen früh wieder raus.

Als wir zu Hause waren, sagte ich vorsichtig zu ihr, vielleicht hat Peter recht, und du solltest dich schonen und mehr an deine Stimme denken.

Sie wurde gleich ziemlich böse. Was ist mit meiner Stimme? Der fehlt gar nichts. Die strenge ich hierbei sowieso nicht an. Was gefällt dir denn an meiner Stimme nicht?

So habe ich es nicht gemeint, sagte ich, ich hatte nur den Eindruck, sie klingt ein bißchen überanstrengt.

Ich dachte, sie frißt mich auf. Kümmere dich nicht um Sachen, von denen du nichts verstehst. Ich weiß selber am besten, was ich tue. Schon gut, schon gut, sagte ich, geh schlafen. Aber sie ging nicht schlafen, kuschelte sich in die Sofaecke und wurde wieder ganz umgänglich.

Und dann erzählte sie, wie sie es machen wird, das weiß sie nämlich schon ganz genau. Wenn der Film fertig ist, macht sie noch die letzten Vorstellungen in Görlitz, dann fährt sie für einige Wochen nach Baden und schweigt erst mal ausgiebig. Und ab Herbst will sie wieder eine Weile bei Marietta arbeiten. Und Dresden? fragte ich ganz erstaunt.

Das wäre sowieso erst für die Spielzeit 41/42, sagte sie. Ich war ganz erstaunt, das hatte ich nicht gewußt. So gesehen hat sie ja Zeit genug, sich zu erholen, nicht?

Besonders gefreut hat es mich, daß sie sich endlich einmal um das Kind kümmern will. Sie hat es lange nicht gesehen. Wir auch nicht, Silvio. Manchmal vergißt man die Kleine ganz. Das ist auch nicht recht. Sie ist jetzt drei Jahre alt, das ist ein süßes Alter für ein Kind. Meinst du nicht, wir sollten einmal hinfahren? Auch schon Cesare zuliebe. Eigentlich benehmen wir uns doch schandmäßig.

Ißt Du auch ordentlich? Und paßt Du gut auf Dich auf? Ich freue mich so, Dich wiederzusehen.

. . . endlich habe ich Marleen besucht. Seit ich in Berlin bin, habe ich diese Begegnung vor mir hergeschoben, ich habe sie geradezu gefürchtet. Ich kann selber nicht sagen, warum. Auf jeden Fall waren es unnötige Hemmungen, Marleen geht es großartig, sie sieht wie immer blendend aus, schick von Kopf bis Fuß. Sie hat eine prachtvolle Wohnung, gleich über dem Zoo. An ihrer Tür steht M. Nossek. Sie hat sich neu eingerichtet, das tat sie ja immer gern, mit Seidentapeten und indirekter Beleuchtung, und sehr schöne Bilder hat sie hängen. Das sei eine neue Liebhaberei von ihr, erklärte sie mir und führte mir stolz jedes Stück vor. Ich nehme an, das hat sie bei ihrem Neuen gelernt. Und natürlich hat sie eine Perle von Dienstmädchen, die für alles sorgt und auch noch hervorragend kochen kann, wie ich feststellen konnte. Es ist merkwürdig auf dieser Welt, aber es gibt Menschen, die fallen immer auf die Füße, ganz egal, was sie tun oder was sich um sie herum tut.

Abends lernte ich dann den sagenhaften neuen Mann kennen. Was heißt neu, sie hat ihn ja nun schon viele Jahre. Das ist ein eigenartiger Fall. Erzähl ich Dir lieber mündlich.

. . . heute bin ich, gewissermaßen zum Abschied, ganz allein im Grunewald spazierengegangen. Es roch schon nach Frühling, auch wenn alles noch ganz kahl ist. Und ich habe nachgedacht. Zum Beispiel darüber, wie sehr sich mein Leben verändert hat, seit ich mit Dir lebe. Berlin, das mir so vertraut ist, war auf einmal eine Stadt, in der ich zu Besuch war. Ich will nicht behaupten, daß ich mich in München schon ganz heimisch fühle, aber in München habe ich etwas, was ich in Berlin gar nicht hatte: Freunde. Es sind natürlich alles Deine Freunde. Abgesehen von Victoria. Dabei sind die Berliner viel geselliger und unkonventioneller als die Münchner. Trotzdem habe ich in Berlin sehr einsam gelebt. Also lag es wohl an mir. Aber vielleicht ist es einfach so, daß eine Frau nur Freunde findet, wenn sie einen Mann hat. Eine Frau allein will keiner haben. Ich hatte natürlich meine Schwestern, aber mit Marleen war es immer eine sehr lose Verbindung, wir haben uns manchmal monatelang nicht gesehen, und was wir miteinander sprachen, war meist sehr oberflächlich. Auf jeden Fall wirst Du Marleen nun bald kennenlernen, sie kommt nach München, sie wollen nämlich ein Haus in Bayern kaufen, und sie will sich verschiedenes ansehen. Er will das Haus, sie nicht. Erzähle ich Dir.

Schlimm ist es, daß ich Trudel nicht getroffen habe. Ich konnte mich einfach nicht dazu aufschwingen, nach Neuruppin zu fahren. Aber sie wäre sicher gekommen, wenn ich sie verständigt hätte, daß ich in Berlin bin. Es ist gemein von mir, Trudel, die immer zu meinem Leben gehört hat, die mir so nahe stand wie sonst kein Mensch. Warum ist das jetzt anders geworden?

Nun tue ich nur noch eins – ich freue mich. Ich freue mich auf Dich.

Peter brachte Nina zum Anhalter Bahnhof. Er küßte sie zärtlich zum Abschied und sagte: »Ich bin traurig, Ninababy. Du liebst mich nicht mehr, du liebst einen fremden Mann.«

»Ich liebe meinen Mann. Aber du bist mein Freund, mein allerbester Freund.«

Er verzog das Gesicht.

»Mager, sehr mager. Mehr ist nicht übriggeblieben?«

»Das ist doch viel. Freundschaft ist etwas Wunderbares. Und ein bißchen liebe ich dich auch noch. Du bist ein ganz wichtiger Teil meines Lebens, und das weißt du sehr genau.«

»Dein Mann ist zu beneiden. Weiß er eigentlich, was er an dir hat?«

»Ich hoffe es. Peter, ich habe eine große Bitte. Kümmere dich um Vicky, ja? Sie ist so nervös. Und ihre Stimme macht mir Sorgen. Manchmal ist sie heiser. Hast du es bemerkt?«

»Natürlich. Wenn der Film abgedreht ist, wird sie einen langen Urlaub machen.«

In dieser Nacht schlief Victoria bei Peter, das erste Mal wieder, seit sie in Berlin war.

»Sie hat nichts gemerkt«, sagte Victoria und lachte. »Nina ist und bleibt naiv.«

»Was hätte sie denn merken sollen? Wir haben uns ganz korrekt verhalten. Sie sieht in mir deinen väterlichen Freund und hat mir noch extra aufgetragen, mich um dich zu kümmern.«

»Na, das tust du denn ja auch«, sagte Victoria und streckte sich wohlig in seinem Arm. »Gott, bin ich kaputt. Aber ich habe heute eine dufte Szene hingelegt. Burkert wer ganz hin und weg. Du bist ja direkt 'ne Schauspielerin, Puppe, hat er zu mir gesagt.«

»Wenn du dich gütigst erinnern würdest, das habe ich dir auch schon mal gesagt.«

»Ja, ich weiß, aber von seinem Regisseur hört man das besonders gern. Dafür ist dieser Piefke steif wie ein Stück Holz. Wo der eigentlich seinen Ruhm her hat, möchte ich auch mal wissen. Der bildet sich ein, er macht's allein mit seiner Schönheit. Mit dir habe ich viel lieber gespielt. Mir graust jetzt schon vor den Liebesszenen mit dem.«

Piefke nannte sie ihren derzeitigen Partner, er war einer der berühmtesten und beliebtesten Filmschauspieler, doch sie hatte sich vom ersten Tage an nicht mit ihm vertragen. Er hatte ausgeprägte Starallüren und hatte sie von Anfang an merken lassen, daß er sie für eine unbedarfte Anfängerin hielt. Doch damit kam er bei Victoria nicht an, sie hatte ein viel zu starkes Selbstbewußtsein und hielt eine Menge von sich selber.

Sie setzte sich im Bett auf und schlang die Arme um die Knie. »Willst du das Neueste hören? Ich kann diesen Sommer noch einen Film machen. Sie haben ein fabelhaftes Drehbuch, mir auf den Leib geschrieben.«

»Wer sagt das?«

»Na, Burkert. Und der Produzent. Ich hab' das Buch natürlich noch nicht gelesen, aber sie sagen, sie hätten schon immerzu überlegt, wer das spielen könnte, jetzt wüßten sie es. Ich. Mal sehen, habe ich gesagt, und wenn, dann für die doppelte Gage.«

»Ich denke, du willst Ferien machen. Und bei Marietta arbeiten.«

»Mach ich alles. Angenommen wir haben bis Ende April abgedreht, dann kann ich Mai und Juni in Baden verbringen. Das ist zum Erholen fabelhaft dort. Und dann anschließend könnte ich den Film machen und ab September bei Marietta arbeiten. Vorher ist sie sowieso nicht da. Im Winter möchte ich ein paar Liederabende geben, mit einer Konzertagentur bin ich schon im Gespräch. Erstmal in der Provinz. Berlin ist schwierig, da bin ich noch zu unbekannt. Mit Marietta studiere ich diesmal die Elsa, das habe ich mir fest vorgenommen. Und dann werde ich . . .«

Sie redete weiter, Peter schwieg, blickte zu ihr auf. Er kam sich alt neben ihr vor. Sie war jung, sie war schön, sie war ehrgeizig, das vor allem. Zwar lag sie hier bei ihm im Bett, aber es bedeutete ihr nicht viel. Ein paar Liebkosungen, ein paar Küsse, eine mäßig leidenschaftliche Umarmung, und dann sprach sie wieder nur von sich, von ihren Plänen, von ihrer Karriere.

Unwillkürlich verglich er sie mit Nina. Was für eine zärtliche, hingebungsvolle Geliebte war sie gewesen, ganz auf ihn eingestellt, ohne je eigene Wünsche in den Vordergrund zu stellen. Ihre Tochter war jünger und schöner, aber nicht fähig, Liebe zu geben oder Liebe zu nehmen. Sie konnte keinen Mann lieben, sie liebte nicht einmal ihr Kind, sie liebte nur sich selbst.

Auf einmal kam es ihm vor, als sei er niemals mit einer Frau so glücklich gewesen wie mit Nina. Es war ein Fehler gewesen, das dumme Wort, das damals am Anfang stand – für eine Weile möchte ich dich behalten. Er hätte sie heiraten sollen, was machten die paar Jahre aus, die sie älter war. Im Wesen war sie jünger als ihre Tochter. Jetzt hatte ein fremder Mann sie bekommen. Und den liebte sie. So wie Nina lieben konnte.

»Wie ist er eigentlich, dein sogenannter Stiefvater in München?« unterbrach er Victorias Redefluß.

»Wer?«

»Ninas Mann.«

»Ach, der. Och, der ist schon in Ordnung. Sieht gut aus. Ich kann nicht viel mit ihm anfangen, er kann mich nicht leiden.«

»Warum nicht?«

»Weiß ich nicht. Wir können's eben nicht miteinander. Ich glaube, er hält mich für ein ziemlich egoistisches Frauenzimmer.«

»Da hat er ja nicht so unrecht.«

»Eben«, sagte sie ungekränkt und legte sich wieder zurück und gähnte herzhaft. »Nina ist ganz gut aufgehoben bei ihm. Wenn sie sich auch einbildet, eine selbständige Frau zu sein, im Grunde ist sie es nicht. Ein Mann, ich meine ein richtiger Ehemann, ist für sie schon recht nützlich.«

»Sie war in all den vielen Jahren eine sehr selbständige Frau, vergiß das nicht. Sie hat sich sehr tapfer durchs Leben geschlagen. Du hast allen Grund, ihr dankbar zu sein. Sie hat gearbeitet und hat dir das teure Gesangstudium finanziert.«

»Mensch, was sind denn das für Töne? Hat sie dich heute weich gekocht beim Abschied? Ich weiß das ja alles. Anfangs hat ja Onkel Max ein bißchen was dazugesteuert, aber später dann nicht mehr. Klar bin ich Nina dankbar, und ich mag sie auch, wir sind immer gute Freunde gewesen. Ich bin halt anders als sie.«

»Das bist du wirklich.«

»Dafür mache ich auch Karriere. Du weißt selbst gut genug, daß man mit Samtpfötchen in diesem Beruf nicht weit kommt.«

Wie von einer Feder geschnellt, fuhr sie wieder in die Höhe.

»Du! Das Allerneueste weißt du noch nicht. Nächste Woche dirigiert Prisko hier in der Singakademie. Das Mozart-Requiem. Was sagst du dazu? Ich hab's heut mittag in der BZ gelesen.«

»Was für'n Prisko?«

»Peter, sei nicht so bescheuert. Der Banovace. Marias Vater. Mein Verflossener. Der hat es nun auch geschafft. Es sind nicht gleich die Philharmoniker, aber die kriegt er auch noch. Das ist auch einer ohne Samtpfötchen. Und unerhört begabt. Ein Genie. Man kann sagen von ihm, was man will, ein Genie ist er.«

»Wie schön für ihn! Willst du ihn wiederhaben?«

»Nicht die Bohne. Ich hab' ihn längst vergessen. Obwohl wir sicher mal irgendwo zusammentreffen werden, wenn ich singe, und er dirigiert. Aber das würde mir heute nichts mehr ausmachen.«

»Was hältst du denn davon, jetzt mal ein bißchen zu schlafen? Morgen mußt du früh raus.«

»Muß ich nicht. Es genügt, wenn ich um elf draußen bin. Früh ist der Piefke dran mit einer großen Szene, da brauchen sie mich nicht.« Sie gähnte wieder, kuschelte sich an Peters Schulter zurecht. »Da kann sich Burkert abschinden mit diesem Holzbock«, fügte sie schadenfroh hinzu. »Sowas Unbegabtes hast du selten gesehen. Also gut, schlafen wir eine Runde.«

Wie immer schlief sie in Windeseile ein, ohne Gutenachtkuß, ohne zärtliches Wort. Peter dagegen lag noch lange wach, er dachte wieder an Nina.

Sie würde jetzt in München sein. Und sie war gern heimgefahren zu diesem Mann, das hatte er ihr angemerkt. Ob sie jetzt in seinem Arm lag, so wie ihre Tochter hier bei ihm? Es war erstaunlich, es war kaum zu glauben, aber er beneidete diesen Mann in München.

Sie schliefen noch nicht in München, sie saßen in der Sofaecke, tranken Wein, und Nina erzählte. Erzählte alles noch einmal, was sie schon geschrieben hatte, nun kamen die Details, ihre Gedanken, ihre Beobachtungen, alles sollte er wissen und verstehen.

Sie hatte es kaum abwarten können, bis der Zug im Münchner Hauptbahnhof einlief, schon lange vorher stand sie im Gang, unruhig, voll erwartungsvoller Freude. Drei Wochen waren es, daß sie ihn nicht gesehen hatte, es kam ihr vor wie drei Jahre.

Silvester schien sich genau so zu freuen. Er sah sie schon von draußen, hob sie vom Trittbrett und hielt sie im Arm.

»Gengans weiter, gengans weiter«, tönte eine ungeduldige Männerstimme hinter ihnen, denn sie versperrten den Ausgang, Ninas Koffer und Taschen auf dem Boden verstreut. »Mei, ist des was mit dene junga Leit.«

Der Sprecher konnte kaum älter sein als Silvester, aber er war grantig. Sie lachten übermütig hinter ihm her.

»Der ist bloß neidisch, weil ihn keiner abholt. Ach, Silvio! Ich bin so froh, daß du noch da bist.«

»Wo soll ich denn sein?«

»Ich hab' immer Angst, du könntest plötzlich nicht mehr da sein.«

Der Gepäckträger, der Ninas Koffer beförderte, ging schmunzelnd hinter ihnen her. Ihm gefielen die zwei, die da Arm in Arm, eifrig aufeinander einredend, zum Ausgang steuerten.

Silvester hatte ein reichliches Abendbrot eingekauft, Heringssalat, Schinken und Wurst, Käse, frische Semmeln und Brezen.

»Lieber Himmel, da hast du aber eine Menge Marken verbraucht.«

»Fast gar keine. Ich war bei deinem netten Kaufmann in der Schumannstraße und hab' ihm erzählt, daß du heute kommst. Da hat er mir alles so gegeben.«

Zuerst redete sie nur von Victoria.

»Ich kann es noch immer nicht fassen, daß ich eine so berühmte Tochter habe. In der Nachtausgabe war ein großer Bericht über sie, mit Bild. Über den neuen Film. Ein neues Engagement hat sie noch nicht abgeschlossen. Sie hätte Leipzig haben können. Und Danzig. Aber Dresden reizt sie mehr. Sie hat dort schon vorgesungen, und sie wird im Winter zweimal auf Engagement gastieren. Wahrscheinlich mit der Pamina. Und dann will sie eine Tournee mit Liederabenden machen. Kennst du Dresden?«

»Natürlich. Ich würde sagen, es ist die schönste deutsche

Stadt. Wenn deine Tochter dort wirklich engagiert ist, werden wir sie besuchen. Dresden mußt du kennenlernen. Ein Schmuckstück. Wir haben mal hier von der Universität aus eine Exkursion nach Dresden gemacht, als ich studierte. Und ich erinnere mich noch genau, was mein Professor damals sagte. Es fällt einem Bayern schwer, eine Stadt jenseits der Mainlinie überhaupt zur Kenntnis zu nehmen, sagte er, aber diese Stadt, meine Herren, sollten Sie sehr aufmerksam betrachten. Sie werden ihresgleichen innerhalb der deutschen Grenzen nicht finden. Und damit hatte er recht.«

Dann kam der Film dran, dann der gräßliche Piefke, schließlich die Wohnung.

»Tipptopp in Ordnung. Gerda Runge ist eine vorzügliche Hausfrau. So ordentlich war es bei mir nie. Übrigens kriegt sie ein Kind. Und er hat eine wunderschöne Stimme. Ich hab' ihn als Rigoletto gehört, einfach phantastisch.«

»Und was sprechen die Berliner so im allgemeinen?«

»Du meinst wegen Krieg? Davon sprechen sie eigentlich gar nicht. Du merkst auch nichts davon. Gerade, daß es abends verdunkelt ist. Das ist natürlich seltsam in einer Stadt, die immer so voll Licht war. Aber du kannst hingehen, wohin du willst, überall ist Betrieb. Die Theater sind jeden Abend ausverkauft, an den Kinokassen stehen die Leute Schlange. Du, und zweimal war ich bei Mampe am Kudamm, da servieren sie dir noch einen erstklassigen Cocktail, man weiß nicht genau, was drin ist, schmeckt aber gut, so rötlich, mit einem dicken Zuckerrand um das Glas.«

»Brrr!« machte Silvester.

»In den Cafés bekommst du kaum einen Platz, und der Kuchen schmeckt noch prima. Nee, du merkst wirklich nichts vom Krieg. Einmal bin ich in der Motzstraße vorbeigegangen, bei meiner alten Wohnung. Komisch, daß ich da so lange gewohnt habe. Und bei meinem Friseur war ich, wo ich früher immer hingegangen bin. Rosmarie ist nicht mehr da. Und der alte Fiebig ist gestorben. Ich habe Fred mal angerufen, und er erzählte mir, daß sein Vater ganz leicht gestorben sei, das Herz ist einfach stehengeblieben. Er war ganz allein.«

Und so ging es weiter, kunterbunt durcheinander, Silvester hörte sich alles geduldig an, sah ihr Gesicht, lebendig, jung und glücklich lächelnd, wenn ihre Augen sich trafen. Die verzweifelte Nina vom Tag des Kriegsbeginns war vergessen.

Lange hielt sie sich bei Marleen auf, schilderte genau den feudalen Haushalt und das Kleid, das Marleen getragen hatte.

»Das war schon kein Kleid mehr, ein Hausgewand, lang, mit weiten Ärmeln, so ein irisierendes Blau, umwerfend sah sie aus, wie ein Zauberwesen.«

Silvester fragte nach Max.

»Der soll immer noch am Jerusalemer Platz wohnen, in der alten Wohnung seines Vater. Sie besucht ihn nicht, sie sagt, er legt keinen Wert darauf. Ich hatte erst recht keinen Grund, ihn zu besuchen. Du brauchst mich gar nicht so tadelnd anzuschauen, das ist nicht lieblos, aber zu Max hatte ich nie Kontakt. Der ist ein schwieriger Mensch.«

»Und Marleens Freund?«

»Ich würde sagen, schwierig ist der auch. Aus dem wird man nicht schlau. Ich hab' mich ja gewundert, daß er kam, als ich da war. Wir haben abends zusammen gegessen, ganz toll, Champagner und Kaviar und danach ganz zarte Filets, ich weiß auch nicht, wo sie das herbekommt. Das heißt, vermutlich bringt er das ja mit. Er muß irgendein hohes Tier sein, aber ich weiß nicht, was er macht. Ich glaube, er wollte mich kennenlernen. Er hat mich auch nach dir gefragt.«

»Und hast du ihm von mir erzählt?«

»Ein bißchen. Er muß eine große Nummer in der Partei sein, irgendwo muß der Luxus ja herkommen, in dem Marleen lebt. Aber unsympathisch ist er nicht. Und sehr gebildet. Wir haben viel über Musik und Theater gesprochen. Na, und Bilder, da ist er überhaupt Experte, da hast du gefehlt. Er nannte Namen, die ich gar nicht kenne. Weißt du, die jetzt verboten sind, weil sie entartete Kunst sind. Er wischte das mit einer Handbewegung weg, das sei alles Blödsinn, wirkliche Kunst lasse sich nicht verbieten, die bestehe weiter. Und als ich von unserer Münchner Kunstausstellung sprach, sagte er: Das kann ich mir schenken.«

»Hm. Und was war das mit dem Haus in Bayern?«

»Er will das. Das hat Marleen mir erzählt, ehe er kam. Sie soll dort eine Zuflucht haben, falls mal in Berlin was passiert.«

»Was soll das heißen? Wenn was passiert?«

»Er fürchtet, daß es Luftangriffe geben wird.«

»Aha, also doch. Spricht man in Berlin doch von Krieg.«

»Marleen sagt, sie will in Berlin bleiben. Aber wenn er es partout will, richtet sie halt ein Haus am Tegernsee ein. Oder vielleicht in einem Vorort von München, wir sollen ihr mal sagen, wo es hübsch ist. Ich muß da ja nicht wohnen, hat sie gesagt, ich versteh' sowieso nicht, wie du das in München aushältst. Nur in Berlin kann man leben. Ich hab' gesagt, ich bin gern in München. Schon allein deswegen, weil ich dich in München habe. Da hat sie gelächelt. Das hört sich an, als ob du glücklich bist, hat sie gesagt.« Nina rückte näher zu Silvester, legte den Kopf an seine Schulter. Sie war jetzt müde, vom vielen Reden, von der großen Freude, vom Wein. »Das bin ich, habe ich gesagt.«

Er legte den Arm um sie. Eine Weile saßen sie schweigend, und für eine Weile hatten sie keine Angst vor der Zukunft.

Plötzlich setzte sich Nina gerade auf und sah ihn an.

»Wirklich, Silvio, manchmal frage ich mich, haben wir überhaupt noch Krieg? Oder hat er vielleicht so plötzlich aufgehört, wie er angefangen hat?«

Der Krieg erwachte gar nicht sehr viel später aus seinem Winterschlaf. Am 9. April 1940 zogen die Deutschen unerwartet gen Norden, besetzten Dänemark, deutsche Schiffe drangen in Norwegens Fjorde ein. Das Volk erfuhr: Dies geschehe, um einer geplanten englischen Invasion in Norwegen zuvorzukommen. Was der Wahrheit entsprach. Nur ging es weder den Deutschen noch den Engländern um Norwegen, sondern allein um die Erzbahn, um die Sicherung beziehungsweise Kontrolle der schwedischen Erzlieferungen. Dieser kriegswichtige wirtschaftliche Hintergrund des Überfalls auf Skandinavien wurde zweifellos von den wenigsten richtig verstanden, weswegen die Ausweitung des Krieges nach Norden als unverständlich und unwichtig betrachtet wurde.

Dänemark kapitulierte ohne Gegenwehr, wurde besetzt und

durfte zunächst die eigene Regierung behalten. Die Norweger wehrten sich tapfer und hofften auf englische Hilfe, doch unterlagen sie sehr rasch den deutschen Landungstruppen, die in einer Blitzaktion per Schiff und per Flugzeug das Land eroberten und innerhalb eines Tages sämtliche wichtigen Hafenstädte besetzten.

Auch für die Engländer war die Überraschung komplett, die *home fleet* dampfte so schnell es ging auf Norwegen zu, in dem festen Glauben, sich vereinzelten vorwitzigen Schiffen gegenüber zu finden, die leicht vernichtet werden konnten. Aber die Deutschen waren aus Norwegen nicht mehr zu vertreiben, auch wenn die deutsche Flotte in den ausweglosen Fjorden starke Verluste hinnehmen mußte. So wurden allein zehn deutsche Zerstörer versenkt, was sich nie mehr ausgleichen ließ bei dem bescheidenen Stand der deutschen Kriegsmarine. Die englische Flotte beherrschte die Nordsee, was entsprechende Nachschubschwierigkeiten für die Deutschen mit sich brachte. Aber dennoch, Norwegen wurde gehalten.

Hoch im Norden bei den Lofoten lag der Erzhafen Narvik, ein Name, in Deutschland so gut wie unbekannt, ein Ort, über tausend Seemeilen von der Heimat entfernt, und dort war ein einziges Gebirgsjägerregiment unter dem kühnen General Dietl an Land gegangen, ein aussichtsloses Unternehmen. Um Narvik wurde hart gekämpft, niemand erwartete, weder auf deutscher noch auf englischer oder norwegischer Seite, daß die Deutschen sich halten würden, ohne Nachschub, ohne Verbindung zur Heimat. Selbst Hitler gestattete schließlich widerwillig, daß der verlorene Haufen versuchen sollte, sich zu retten, wenn er schon nicht auf ehrenvolle Weise zu Grunde gehen wollte.

Aber sie schafften das Wunder, sie hielten Narvik, am 10. Juni kapitulierte Norwegen, König Hakon verließ das Land.

Allerdings ging das Heldenlied von Narvik in einem größeren Ereignis unter, denn mittlerweile war auch der Krieg im Westen erwacht. Frankreichs *drôle de guerre* war zu Ende. Am 10. Mai marschierten, nein, stürmten deutsche Truppen durch die Niederlande und Belgien, ungeniert die Neutralität dieser Länder verletzend, nach Frankreich hinein. Vorweg die Panzer, darüber die Bomber und Jäger, die von Anfang an den Luftraum beherrschten. Ein Siegeszug ohnegleichen! Bis Mitte Juni war auch dieser Feldzug beendet, Holland und Belgien besetzt, Frankreich besiegt, die Engländer ins Meer gedrängt, in wilder Flucht zurück auf ihre Insel.

Es ging so schnell, es verlief so stürmisch, daß Sieger wie Besiegte kaum zur Besinnung kamen. Im deutschen Rundfunk ertönten täglich, fast stündlich die Sondermeldungen, die Erfolg auf Erfolg, Sieg auf Sieg verkündeten. Keiner begriff, was da vor sich ging. Sah so ein Krieg aus? Wovor hatte man sich eigentlich gefürchtet? Und war die übrige Welt wirklich so schwach, so krank, so kaputt, daß man sie im Handumdrehn erobern und besiegen konnte? Selbst mancher leidenschaftliche Kriegsgegner wurde von dem Rausch dieser Siege mitgerissen.

Hitler befand sich auf dem Gipfel seiner Macht, und das bewirkte verständlicherweise im deutschen Volk wieder einmal einen Umschwung der Gefühle. Diejenigen, die sich enttäuscht von Hitler abgewandt hatten, weil er einen Krieg begann, mußten nun, bekehrt oder zumindest widerwillig, zugeben: Der Führer war der Größte. Was er vollbracht hatte, war keinem zuvor je gelungen. Jetzt mußte jede Kritik verstummen, keiner hätte es noch wagen dürfen, ein abfälliges Wort gegen Hitler oder seine Partei zu sagen. Und jeder, fast jeder dachte nur eins: Gott sei gepriesen, der Krieg ist vorbei.

»Gott sei Dank«, sagte auch Nina, »jetzt ist Schluß mit dem Krieg. Bin ich froh, nun wird für immer Frieden sein.«

Es war Anfang Juli, an einem Sonntag, sie waren alle draußen im Waldschlössl, saßen im Garten, tranken guten Bohnenkaffee, und Mirl hatte Kirschtorte gebacken, es gab sogar Schlagrahm dazu. Die Männer sahen sich an. Nachgerade wußte keiner mehr recht, was in dieser Situation zu sagen war.

Victoria von Mallwitz jedoch hatte eine Meinung.

»Nein«, sagte sie. »Der Krieg ist nicht zu Ende. Ich kenne meine Engländer. Die werden sich mit dieser Schande nicht abfinden. *They will fight.* Dieser neue Premier, dieser Churchill, ist ein harter Bursche.«

»Er kann nur darauf hoffen, daß die Amerikaner jetzt eingreifen«, sagte ihr Mann. »Aber die Amerikaner wollen keinen Krieg. Diesmal nicht.«

»Darauf würde ich mich nicht verlassen«, meinte Professor Guntram. »Churchill mag ein harter Bursche sein, doch Roosevelt ist ein gerissener Bursche. Er wird einen Weg finden. Was wissen wir denn, was wirklich vorgeht in der Welt? Gar nichts wissen wir. Wir bekommen nur das zu lesen und zu hören, was unsere Regierung uns erlaubt. Das ist heute so wenig die Wahrheit wie gestern. Ich möchte annehmen, ein Gespräch zwischen England und Amerika ist bereits im Gang, dem sehr bald Taten folgen werden. Und trotz aller Siege ist unsere Situation fatal. Bedenkt nur einmal, war wir alles besetzt halten. Wo sollen wir die Menschen hernehmen, dies alles zu bewachen und zu verwalten? Wo nehmen wir das Material her, die Waffen, die Munition, das Öl, das Eisen, die Rohstoffe, um all das gegebenenfalls zu halten und zu verteidigen? Und wir brauchen auch Menschen im Land, die Waffen und Munition und Versorgungsgüter, Maschinen und Fahrzeuge und Flugzeuge und Schiffe und der Teufel weiß, was noch alles, herstellen. Uns fehlen die Menschen, uns fehlt das Material. Uns fehlt alles. Denkt ihr, das wissen die andern nicht? Das ist kein Rechenkunststück, das liegt offen zutage. Wenn die amerikanische Kriegsmaschinerie erst einmal anläuft, sind wir hoffnungslos verloren, da mögen unsere Soldaten noch so tapfer sein. Ich gebe Victoria recht: Der Krieg ist nicht zu Ende. Er fängt erst an.«

»Nein«, bat Nina, »nein, sagt so etwas nicht. Wenn Hitler mit sich reden läßt, und das kann er doch jetzt in dieser phantastischen Position, in der er sich befindet, und es will doch offensichtlich niemand Krieg, dann werden sie Frieden machen.«

»Er würde mit sich reden lassen, selbstverständlich. Er will sich mit England verständigen, das ist deutlich zu sehen, aber ich fürchte, die anderen werden nicht mehr mit sich reden lassen. Wenn sie jetzt Frieden machen, mit einem Hitler in dieser phantastischen Position, wie du es zu Recht nennst, dann hat Deutschland die Hegemonie über Europa auf lange Zeit. Und das werden sie nicht dulden. Also geht der Krieg weiter.«

Dr. Isabella Braun, die jüdische Ärztin, saß diesmal mit in ihrem Kreis. Joseph hatte sie mit dem Wagen abgeholt und, ihren Widerspruch nicht beachtend, mit herausgebracht.

»Du bleibst ein paar Tage bei uns. Du brauchst frische Luft und Sonne. Wenn du so weitermachst, haben deine Patienten bald nichts mehr von dir.«

»Das werden sie sowieso nicht. Und außerdem ist es zu gefährlich für euch.«

»Schmarrn«, war Josephs Erwiderung. »In meinem Haus bestimm' immer noch ich, was da geschieht. Ich bin Major gewesen im letzten Krieg, mir soll einer kommen und dumm daherreden.«

Blaß und hager, das schmale Gesicht beherrscht von den dunklen Augen, keine Furcht, Gelassenheit im Gesicht, so saß Isabella in ihrer Runde. Nina betrachtete sie scheu. Was für eine Frau! Zweimal schon, das wußten sie alle, war die Gestapo bei ihr gewesen, zweimal war sie ungeschoren davongekommen. Aber wenn sie zum dritten Mal kämen?

»Ich hätt' gern, wenn du verschwinden würdest«, sagte Franziska an diesem Nachmittag. »Können wir denn nicht irgendwo ein schönes Versteck für Isabella finden? Vielleicht dauert es ja wirklich nicht mehr so lange, ich denke ähnlich wie Nina. So hirnlos und verbohrt können die Leut' doch gar nicht sein, hier bei uns nicht und drüben bei den andren auch nicht. Aber Isabella, du mußt aus deiner Wohnung raus. Und du mußt mit der Praxis aufhören, das hilft nun mal nix.«

»Du kannst bei uns bleiben«, sagte Victoria, »in unser Haus kommt keiner. Wir sind angesehene Leute hier draußen.«

»Du hast Personal im Hause, Victoria. Du hast Kinder«, erwiderte Isabella und nahm eine Zigarette. »Das kommt nicht in Frage.«

Joseph gab ihr Feuer. »Auf unsere Leut' ist Verlaß. Du mußt ja nicht grad' im Dorf herumspazieren, wo unsere dreieinhalb Nazis wuchern. Und Kinder haben wir nur noch eins im Haus, die Liserl. Und die ist sogar BDM-Führerin, das ist der beste Schutz.«

»Der Krieg ist aus«, sagte Nina hartnäckig, es klang wie eine Beschwörung, »er ist aus, ich weiß es.«

Die anderen schwiegen, tranken ihre Tassen leer, rauchten, blickten in den blauen Sommerhimmel hinauf. Es war so friedlich hier im Garten des Waldschlössls. Durch eine Lücke im Buschwerk sah man die Kühe grasen, und vom Hinterhof her kam das Gegacker der Hühner. Am Tor lehnten der Nazi und die Leni und alberten miteinander, und draußen auf der autoleeren Straße spielte Liserl mit ihren Freunden Ball über die Schnur. Sie hatten die Schnur wirklich quer über die Landstraße gespannt, es war schon früher kaum ein Auto auf dieser Straße gefahren, jetzt kam schon gleich gar keins mehr. Liserl, Elisabeth von Mallwitz, war fast sechzehn, groß, langbeinig, hübsch und sehr selbständig und eigenwillig. Sie war wirklich seit einiger Zeit Führerin bei den Jungmädeln.

»Laßt mich das nur machen«, hatte sie gesagt, »da bestimm' *ich* nämlich, was da geschieht. Das ist fei besser, als wenn irgend so a depperte Nazigeiß daherkommt und den Mädels an unnötigen Schmarrn in die Köpf' setzt.«

Sie machte das auf ihre Weise genial. Am Sonntag führte sie die Elf- und Zwölfjährigen geschlossen in die Kirche, worüber sich das ganze Dorf amüsierte. Der Ortsgruppenleiter war mit einem Protest im Waldschlössl vorstellig geworden, aber Joseph von Mallwitz hatte schlitzohrig gesagt: »Mei, was wolln'S denn? Ich kann doch meiner Tochter nicht in ihr Amt dreinreden. Das will der Führer gewiß nicht, daß man die Jugend beeinflußt. Die jungen Leut' machen das schon recht. Und meine Tochter, wissen'S, die ist gescheiter als ich. Sie ist die Beste in ihrer Klasse. Fragen Sie mal nach bei ihren Mädeln, was die alles wissen. Da könnten Sie und ich fei noch was lernen, über Geschichte und Heimatkunde und die einschlägige Literatur. Haben Sie den Mythos des 20. Jahrhunderts gelesen? Sehngs! I aa net. Hab' ich gar ka Zeit dazu. Aber meine Tochter und die Mädels, die lesen das. Und die Winterhilfe, vergessen Sie die nicht. Die Mädels haben das Meiste gesammelt im ganzen Landkreis, hören'S Ihnen mal um. Meine Tochter meint, man muß wisssen, was in der Kirch geredet wird, drum muß man auch hingehn.«

An diesem Nachmittag warfen sie draußen auf der Straße den Ball über die Schnur, fünf Mädel, fünf Buben, ein paar aus Liserls Schule, die andern aus dem Dorf. Liserl war die schnellste und gewandteste, sie erwischte jeden Ball, noch in der abwegigsten Position. Sprang hoch, wie von einer Feder geschnellt, griff ihn in der Luft und warf ihn kräftig der Gegenseite zu.

Victorias Söhne waren nicht im Haus. Ludwig von Mallwitz war nun doch eingezogen worden und tat derzeit Dienst als Unterarzt in einem Feldlazarett in der Gegend von Troyes. Albrecht von Mallwitz hatte den Arbeitsdienst hinter sich und hatte sich zu Victorias Entsetzen zur Ausbildung bei der Luftwaffe gemeldet.

»Wenn ich schon Soldat sein muß, will ich fliegen«, hatte er gesagt. »Flieger wollte ich sowieso werden. Da lern' ich das gleich bei der Gelegenheit.«

Auch wo Stephan sich aufhielt, wußte Nina. Er hatte den Frankreichfeldzug mitgemacht, war unverletzt geblieben und befand sich in Paris.

Der Benno hat gut auf mich aufgepaßt, hatte er in seinem letzten Brief geschrieben. Der ist überhaupt der beste Soldat, den man sich vorstellen kann, der weiß schon vorher, wo es hinschießt, und dann nimmt er mich am Kragen und bringt mich auf Nummer Sicher.

Nun ist der Krieg ja bald aus, das hatte er auch geschrieben, und dann komme ich nach München und studiere. Ich freue mich schon darauf. Ich möchte Kunsthistoriker werden, wie Silvester.

Nina hörte nicht auf das, was sie redeten. Sie wollte es nicht mehr hören, es war sowieso Unsinn.

Sie legte den Kopf in den Nacken und blickte in den friedlichen blauen Sommerhimmel. Alles Unsinn. Der Krieg war vorbei. Und Stephan hatte ihn überlebt.

Vicky war in Berlin und drehte ihren neuen Film, nun schon der dritte. Diese schöne und berühmte Tochter, die auch noch eine Menge Geld verdiente.

Maria in Baden ging es gut – sie ist wirklich süß, hatte Vicky geschrieben – und ganz demnächst, das hatte Nina sich vorgenommen, würde sie das Kind besuchen. Es war doch eine Schande, daß das Kind ganz ohne ihre Familie aufwuchs.

Silvester war hier, saß neben ihr, keiner hatte ihm etwas getan, sie hatten den Krieg ganz ohne ihn gewonnen. In einem verstohlenen Winkel ihres Herzens hegte Nina an diesem Nachmittag freundliche Gefühle für Adolf Hitler. Sie taten ihm alle Unrecht, wie sie hier beieinander saßen. So ein Unhold war er gar nicht, er hatte wunderschön gesiegt, und, nun den Mund voller Sieg und Lob und Jubel, würde er einen vernünftigen Frieden machen.

»Er kann gar nicht anders«, murmelte sie vor sich hin.

»Was sagt du?« fragte Silvester und beugte sich zu ihr.

»Ach, nichts weiter«, sie drückte ihre Schulter gegen seine. Sie war glücklich.

Frieden würde sein in der Welt. Sie fühlte es ganz genau.

Ihr Gefühl hatte sie getrogen. Der Krieg war nicht zu Ende, er fing erst an. Damit hatte der Professor recht gehabt. Immer mehr Schauplätze bekam dieser merkwürdige Krieg, er dehnte sich nach allen Seiten aus, ob man wollte oder nicht.

Ob Hitler wollte oder nicht. Zunächst war der Achsenpartner daran schuld, der Duce in Italien, Benito Mussolini, um dessen Anerkennung und Freundschaft Hitler einst gebuhlt hatte, auf den er heute liebend gern verzichtet hätte.

Nachdem der Sieg in Frankreich feststand, hatte der Duce ganz schnell noch in letzter Minute den Franzosen den Krieg erklärt, um auch zu den Siegern zu gehören und von der Beute etwas abzubekommen. Und dann wollte er den deutschen Bundesgenossen zeigen, daß er auch zu siegen verstand. Er versuchte es in Ägypten, er versuchte es in Griechenland, er versuchte es in Jugoslawien, in jedem Fall vergebens, und in jedem Fall mußten ihm die Deutschen nachmarschieren, um ihn rauszuhauen. Auf diese Weise bekam der Krieg eine gewaltige räumliche Ausdehnung. Hitlers Bestreben, den Balkan auf jeden Fall herauszuhalten, war durch Mussolinis Ungeschick vereitelt worden. Und dann kämpften auf einmal deutsche Truppen in Nordafrika gegen die Engländer, was in Deutschland kein Mensch begriff. Was in aller Welt hatte man denn in Afrika verloren? Die afrikanische Wüste war bisher in Hitlers lautesten

Tönen nicht vorgekommen. Aber wie auch immer, auch hier siegten die Deutschen, das Afrikakorps, eine Handvoll tapferer Männer, nicht ausgebildet für diese Art von Krieg, sorgte eine Weile für neue Siegesfanfaren.

Aber dennoch beschlich jeden denkenden Menschen ein heimliches Grausen, wenn er sich die Landkarte ansah.

Wie hatte Professor Guntram gesagt?

Wo sollen wir die Menschen hernehmen?

Im Norden und im Süden, im Westen und im Osten, überall kämpften, siegten, standen die Deutschen. So viele Deutsche konnte es gar nicht geben, um all diese fernen Plätze zu halten, zu behalten, zu behaupten, zu beschützen, zu verteidigen, zu ernähren und schließlich und endlich – zu befrieden.

Doch halt – im Osten kämpften sie nicht. Im Osten gab es keinen Krieg. Da würde es auch keinen geben. Denn da gab es keinen Feind, nur einen Freund. Einen Verbündeten: das große mächtige russische Reich. Die Sowjetunion.

Im Osten fand kein Krieg statt. Die beiden großen Mächte, die stärksten Europas, hatten sich geeinigt, sie würden Europa unter sich aufteilen. Friedlich und freundlich würden sie darüber verhandeln, denn sie waren Freunde, waren Bündnispartner – das Großdeutsche Reich und die Sowjetunion.

Doch Hitler wollte nicht teilen.

Am 22. Juni 1941 marschierten deutsche Truppen in Rußland ein. Ein neuer Feldzug, ein neuer Blitzkrieg und wieder, wieder die strahlenden Fanfaren des Sieges.

Fast zwei Jahre währte der Krieg schon, aber nun begann er erst wirklich. Ein halbes Jahr später, im Dezember, erklärte Hitler den Vereinigten Staaten von Amerika den Krieg. Dazu zwang ihn der Dreimächtepakt, das Verteidigungsbündnis, das Deutschland, Italien und Japan einte, denn Japan hatte Amerika angegriffen und befand sich mit der Weltmacht im Krieg. Dazu zwangen Hitler aber auch die ungeheuren Lieferungen, die von Amerika nach England über das Meer kamen und denen die schwache deutsche Kriegsflotte nicht Einhalt gebieten konnte.

Wie arm, wie verlassen war Deutschland inmitten der feindlichen Welt. Ein winziges Land, ein kleines Volk, verdammt zum Untergang. Durch eigene Schuld.

Durch eigene Schuld?

Heil, mein Führer!

Führer, befiehl, wir folgen dir!

Wußten sie, was sie versprachen, was sie beschworen, was sie bejubelten? Die Törichten, die Verführten, die Gläubigen, die Widerwilligen, die Feindseligen – sie gehörten nun alle zusammen. Sie waren gleich geworden. Sie waren nur noch Verlorene.

Von beiden Seiten brandeten gleich gewaltigen Flutwellen die Kraft und die Macht der wirklich Starken über sie her: die Flutwelle von Menschen aus dem Osten, die Flutwelle von Material aus dem Westen.

Die Verlorenen

1942–45

»Ich«, sagte Victoria Jonkalla, »danke Ihnen für Ihr Verständnis.« Es klang müde. Sie stand, einen Ellenbogen auf die Theke gestützt, scheinbar lässig an die Bar gelehnt. Der lange Rock ihres Abendkleides verbarg das Zittern ihrer Knie, das Lächeln lag wie eine gefrorene Maske auf ihrem Gesicht.

Der Mann, der eine Armlänge entfernt von ihr stand, sah, wie steif ihre Lippen waren und wie abwesend ihr Blick. Am Haaransatz über dem linken Ohr befand sich noch ein Rest Schminke.

»Es war rücksichtslos, Sie einfach hierherzubringen, ohne Ihre Erlaubnis zu erbitten. Vielleicht wären Sie lieber allein gewesen. Verzeihen Sie mir!«

Sie gab keine Antwort, sah ihn nicht an. Er legte behutsam seine Finger auf ihre Hand. Die Hand war eiskalt, zur Faust geballt, was ihre lockere Haltung Lügen strafte.

»Wie schön Sie sind!«

Victoria hielt den Blick gesenkt, ihre Lippen begannen zu beben. Es kostete sie unendlich viel Mühe, sich zu beherrschen. Wer war dieser fremde Mensch? Sie wäre gern allein gewesen, und sie hätte gern geweint.

»Entspannen Sie sich, gnädige Frau«, sagte er leise. »Ich kann mir vorstellen, wie schwierig es ist, ohne Probe in eine routiniert laufende Inszenierung einzusteigen.«

»Ich hatte eine kurze Stellprobe.«

»Darf ich Ihnen noch ein Glas Champagner geben?«

»Gern.«

Das erste Glas hatte sie fast in einem Zug geleert, ohne Blick oder Geste zu ihrem Gastgeber, dann hatte sie es fahrig zurückgestellt, nur sein rascher Zugriff bewahrte es vor dem Hinunterfallen.

»Wollen Sie sich nicht setzen?« Er wies mit einer Handbewegung zum Kamin hinüber, vor dem sich die meisten Gäste niedergelassen hatten.

Ein Sessel war frei geblieben, wohl für sie bestimmt. Der Tenor, der den Tamino gesungen hatte, führte das große Wort. Für die Partnerin dieses Abends hatte er keinen Blick mehr gehabt, seit sie die Bühne verlassen hatten.

»Ich möchte gern noch hier stehenbleiben. Einen Moment noch.« Es klang bittend, fast flehend. Gleichzeitig spürte sie die Wärme und die Hilfe, die von seiner Hand ausgingen, die noch immer die ihre umschloß. Ihre Finger lockerten sich, sie bog die Schultern zurück und seufzte.

Er ließ ihre Hand los und sagte: »Sie können in diesem Haus tun, was Sie wollen. Betrachten Sie es als das Ihre.« Mit einer Kopfbewegung rief er den Diener herbei, nahm ein Glas vom Tablett und reichte es ihr. »Wenn Sie heute abend niemand mehr sehen wollen, steht Ihnen ein Zimmer zur Verfügung, in dem Sie allein speisen können.«

Sie lächelte. »Das wäre ziemlich töricht, nicht wahr? Nein, danke, es geht mir schon besser. Ich weiß auch nicht, aber ich fühlte mich den ganzen Abend lang etwas benommen.« Sie hob die Hand an die Kehle. »Ich fürchte, eine Erkältung ist im Anzug. Ich war leider etwas indisponiert heute abend.« Nun hatte sie gelogen, aber das konnte niemand außer ihr wissen.

»Sie haben wunderbar gesungen. Wenn ich Sie auf der Bühne sehe, weiß ich nie, was ich mehr bewundern soll, Ihre Schönheit oder Ihre Stimme.«

Jetzt war es ihm endlich gelungen, sie zum Leben zu erwekken. Sie hob langsam die Lider. Es war das erste Mal, daß sie ihn aus der Nähe sah, daß er eine wirkliche Person wurde, ein Mensch, ein Mann, nicht nur ein schemenhaftes Gesicht unten im Publikum. Aufgefallen war er ihr einige Male in Görlitz. Er saß immer in der ersten Reihe, seitlich. Das Licht von der Bühne beleuchtete sein Gesicht, und das Gesicht war so bemerkenswert, daß man es wiedererkannte.

»Dein Verehrer ist wieder da«, hatte ihr Partner gesagt, es war bei der Premiere der Martha, die sie in Görlitz gesungen hatte. »Und du weißt wirklich nicht, wer er ist?« hatte sie damals gefragt, langsam von Neugier geplagt, wer dieser Fremde sein mochte, der in unregelmäßigen Abständen ins Theater kam, nur wenn sie sang, aber durchaus nicht immer, wenn sie sang. Manchmal in dichter Folge, manchmal wochenlang nicht.

Zuerst hatte man *sie* gefragt, wer er sei. Keiner der Kollegen kannte ihn. Sie hatte die Schulter gehoben. »Keine Ahnung.« Sie war zu stolz, um Nachforschungen anzustellen, wer dieser Mann mit dem markanten Kopf war. Irgendwann würde sie es erfahren, irgendwann würde sie ihm begegnen.

Daß sie ihm hier in Dresden begegnete, war eine Überraschung, die ihr jetzt erst richtig zu Bewußtsein kam. Immer noch hatte sie keine Ahnung, wer er war, wie er hieß. Nur daß sie sich hier in seinem Haus befand, in einem Haus von nie gesehenem Luxus, war ihr inzwischen klargeworden. Sicher hatte jemand seinen Namen genannt, als sie das Haus betraten. Aber sie war wie erstarrt gewesen, bewegte sich wie eine Marionette, man nahm ihr den Pelz ab, sie ordnete vor dem Spiegel ihr Haar, und dann küßte jemand ihre Hand. Das mußte dieser Mann gewesen sein. Sie hatte ihn gar nicht angesehen.

Die anderen waren plaudernd, lachend an ihr vorbei in diesen Raum gegangen, sie schienen hier gut bekannt zu sein, kamen wohl öfter in das Haus. Es waren die meisten der Sänger, mit denen sie heute abend auf der Bühne gestanden hatte, es war der Dirigent des Abends, einige Damen waren dabei, wohl ihre Frauen, und dann noch einige andere Leute, von denen sie nicht wußte, wer sie waren, so wenig, wie sie es von ihrem Gastgeber wußte. Sie war am Nachmittag erst in Dresden angekommen, sie war vormittags in Berlin noch beim Arzt gewesen, dann bei Marietta. »Ich kann heute abend nicht singen. Unmöglich.« Sie hatte Pillen geschluckt, die Wundermischung von Touchwood, Annas Kräutertee. Sie befand sich am Rande der Hysterie.

»Nimm dich zusammen«, hatte Marietta gesagt. »Du übertreibst. Die Stimme ist in Ordnung. Wozu hast du deine Technik? Es ist die Chance deines Lebens. Wenn man dich in Dresden engagiert, bist du ganz oben. Deine verdammte Filmerei hat dich total verdorben. Du bist zu jung, mein Kind, um dir Nervenkrisen leisten zu können. Verdammt nochmal, hörst du mir überhaupt zu?«

Sie hatte im Zug gesessen wie in Trance, sie war in Dresden kurz ins Hotel gegangen, dann in die Oper, die Probe, ein Gespräch mit dem Regisseur, kurz vor der Vorstellung ein paar karge Worte vom Dirigenten.

Sie war auch auf die Bühne gegangen wie in Trance, sie hatte das Gefühl, schlecht geschminkt zu sein, das Kleid saß nicht, und die Stimme war eine Katastrophe. Bei dem Duett mit Papageno drohte sie das erste Mal wegzukippen, und von da an hatte sie nur noch vor der g-moll-Arie gezittert. Sie würde die Arie an diesem Abend nie singen können. Nicht diese Arie. Die nicht.

Jetzt war sie hier, es war vorbei, und irgendwie hatte sie die Arie gesungen.

Sie lächelte und hob ihrem Gastgeber diesmal leicht das Glas entgegen.

»Ich kenne Sie. Ich habe Sie schon öfter von der Bühne aus gesehen. Und ich nehme an, diese herrlichen Blumenarrangements, die immer ohne Karte kamen, waren von Ihnen?«

»Sie werden viele Blumen bekommen haben.«

»Na ja, sicher. Aber es hielt sich in Grenzen. Jedenfalls war das, was ich jetzt rückwirkend als Ihre Blumen betrachte, außer Konkurrenz.«

Sie hatte sich gefangen, sie konnte plaudern, und sie empfand nun auch wie einen magnetischen Strom die Suggestion, die von diesem Mann ausging.

Sie leerte auch das zweite Glas sehr rasch, ihre Haltung war nun wirklich locker, ihre Finger glitten durch das honigfarbene Haar, das lang und lockig bis auf ihre Schultern fiel. Eine bewußte Geste, für den Mann bestimmt. Sie war wieder sie selbst. Zum Teufel mit Dresden! Wenn man sie nicht engagierte, machte es auch nichts. Sie konnte soviele Filme machen, wie sie wollte, soviel Geld verdienen, wie sie wollte, sie war berühmt. Sie wandte sich dem Raum zu und blickte sich um.

Der Raum war riesig, kein Zimmer, eine Halle. Er wirkte wie eine Bühne mit einer überschwenglichen Dekoration. Er war rechteckig, an der einen Schmalseite befand sich die Tür, durch die sie eingetreten waren, gegenüber bedeckte ein Gobelin, der im Kerzenlicht seltsam lebendig wirkte, die ganze Wandfläche. Die Bar, an der sie lehnten, nahm ein Drittel der Breitseite des Raums ein, daran anschließend stand ein Bechsteinflügel auf einem Podest, dann folgte eine Sesselgruppe, die im Rund stand, bei einem Konzert vermutlich dem Flügel zugewandt aufgereiht wurde. Dort saßen zwei der Gäste in ein eifriges Gespräch vertieft, Victoria erkannte den Dirigenten des Abends und einen älteren Mann mit einem fleischigen geröteten Gesicht.

Die andere Breitseite des Raums wurde von dem Kamin in der M!tte beherrscht, vor dem die anderen Gäste saßen. Rechts und links davon befand sich je eine geöffnete Flügeltür, die eine gab den Blick auf Bücherwände im Halbdunkel frei, wohl eine Bibliothek, durch die andere Tür erblickte man eine gedeckte Tafel, an der sich der Diener und ein Mädchen in schwarzem Kleid und weißem Schürzchen zu schaffen machten.

Victorias Staunen wuchs mit jedem weiteren Blick. Wo befand sie sich hier eigentlich? Es schien ein Märchenschloß zu sein. Ein Wirklichkeit gewordener Film. Aber weder in Babelsberg noch auf der Bühne hatte sie je eine derart phantastische Dekoration gesehen. Ihr letzter Rundblick galt dem Boden. Er war von riesigen Teppichen bedeckt, Teppichen, die übereinander zu liegen schienen, Teppichen von leuchtenden Farben und unwahrscheinlichen Mustern.

Der Mann hatte schweigend ihre Blicke verfolgt.

»Dieser hier stammt aus Samarkand«, sagte er und wies auf den Teppich direkt vor ihren Füßen. »Die Experten streiten sich darüber, wie alt er ist. Mir ist das ziemlich egal, ob man sein Alter auf hundert oder dreihundert Jahre schätzt. Mir ist er von allen der liebste. Sehen Sie diese seltsamen Blüten? Sieht aus, wie aus einem Zauberwald, nicht wahr?«

»Ein schönes Stück«, sagte Victoria gelassen. »Ich komme mir überhaupt vor wie in einem Zauberschloß. Ist es Ihr Haus, in dem wir uns befinden?«

»Es ist mein Haus.«

»Ein bemerkenswertes Haus. Ich habe ähnliches noch nicht gesehen. Wäre es sehr unhöflich, wenn ich Sie frage, wer Sie sind?«

»Mein Name ist Cunningham. Das klingt englisch, aber das darf Sie nicht täuschen. Ich bin Deutscher. Mein Urgroßvater war der Sohn eines englischen Lords und kam eines Tages nach Dresden, um einen Besuch bei Friedrich August I., dem damaligen sächsischen König, zu machen. Es ist nicht überliefert, warum er nach Dresden kam. Ob er eine Mission bei Hof zu erfüllen hatte oder ob er nur kam, um diese prachtvolle Stadt zu besichtigen, die ihresgleichen in Europa nicht hat. Gleichviel, er verliebte sich in Dresden und sodann in eine Hofdame der Königin. Möglicherweise war die Reihenfolge auch umgekehrt, jedenfalls blieb er hier, heiratete die Dame, bekam drei Söhne und vier Töchter und wurde ein reicher Mann. Seitdem gehören die Cunninghams zu dieser Stadt.«

»Ich war noch nie in England. Und wenn ich es mir genau überlege, kenne ich auch keinen Engländer. Aber Sie sehen so aus, wie ich mir einen vorstelle. Auch wenn Sie Deutscher sind.«

»Wir befinden uns mit England im Krieg. Hoffentlich hat Ihre Beobachtung keinen negativen Effekt.«

»Ich führe mit niemandem Krieg«, sagte Victoria lächelnd. »Und ich wüßte nicht, was ich gegen Engländer haben sollte.«

Cunningham war groß, schlank, seine Haltung ein wenig vornüber geneigt, was aber an der Gesprächssituation liegen mochte, denn er neigte sich ihr zu, ohne sie wieder berührt zu haben, seit er ihre Hand losgelassen hatte. Sein Gesicht war schmal und scharf geschnitten, er wirkte herrisch, aber in seinen braunen Augen standen Wärme und Güte. Sein Haar, eisgrau, fast weiß, lag wie eine Kappe um seinen Kopf. Er mochte Mitte vierzig sein, vielleicht auch älter. Es ließ sich schwer schätzen.

Victoria überkam auf einmal ein großes Gefühl der Erleichterung. Den ganzen Tag lang, noch mehr am Abend, hatte sie das Gefühl gehabt, sich einer feindlichen Umwelt gegenüber zu sehen. Dieser Mann bot Schutz gegen die Bosheit der Welt.

»Es ist bestimmt ungewöhnlich, zu Gast in einem Haus zu sein und den Gastgeber nicht zu kennen. Ich hoffe, Sie werden mir das verzeihen.«

»Ich haben Ihnen nichts zu verzeihen. Und woher sollten Sie wissen, wie ich heiße. Sie sind mit meinem Wagen abgeholt worden, Sie sind in ein fremdes Haus gekommen . . .«

Sie hörte nicht mehr zu, eine Melodie ging flüchtig durch ihren Kopf – ›war ein Haus da und die Leut' schicken mich hinein‹. Einmal hatte Marietta mit ihr die Sophie geprobt, aber dann abgebrochen.

»Keine Partie für dich«, hatte sie gesagt.

»Warum nicht?« hatte Victoria gefragt, die nichts auf Erden lieber singen wollte als den ›Rosenkavalier‹.

»Deine Stimme ist nicht locker genug für die Sophie. Später kannst du vielleicht mal die Marschallin singen. Wenn du sehr, sehr an dir arbeitest.«

Die Verzweiflung stieg noch einmal wie eine schwarze Woge in ihr hoch.

Ich werde bald überhaupt nicht mehr singen, wenn das so weitergeht. Ein bißchen Operette und Filmlieder, dafür wird es reichen. Ach, ich wünschte, ich wäre tot!

Er mußte etwas gefragt haben, sie hatte es überhört.

Sie schenkte sich eine Rückfrage, es war Zeit, dieses Gespräch abzubrechen. Sie hatte nur den Wunsch, der Abend möge zu Ende gehen, sie wollte ins Hotel, in ihr Bett, sie wollte endlich allein sein.

»Wäre es nicht an der Zeit, daß ich die Gastgeberin auch kennenlerne?« fragte sie kühl.

»Es gibt keine. Sie müssen mit mir allein vorliebnehmen.«

Das hatte sie gewußt. Keine Ehefrau würde einen Mann wie diesen so lange ungestört mit einer anderen Frau sprechen lassen. Sie gab keinen Kommentar, stellte eine zweite Frage.

»Sie waren in der Vorstellung?«

»Selbstverständlich. Wenn ich extra nach Görlitz gefahren bin, um Sie so oft wie möglich zu sehen, werde ich doch nicht Ihren ersten Auftritt in Dresden versäumen.«

Sie registrierte, daß er gesagt hatte: zu sehen. Bei einer Sängerin wäre es näherliegend zu sagen: Sie zu hören.

Sie war versucht, eine weitere Frage folgen zu lassen, nämlich die Frage: »War ich sehr miserabel?«

Aber erstens wußte sie die Antwort darauf, und zweitens gab es keinen Menschen auf der Welt, dem sie diese Frage gestellt hätte. Möglicherweise Marietta. Aber da hätte sie sich die Frage sparen können, Marietta hätte es ihr ohnedies gesagt.

»Wie ich gehört habe, werden Sie das nächste Mal als Micaela gastieren?«

»Vielleicht. Im nächsten Monat, ich weiß es noch nicht.«

Das war wieder gelogen. Sie wußte genau, daß die Micaela in drei Wochen geplant war. Das zweite Gastspiel auf Engagement. Die Micaela war leichter als die Pamina, aber vermutlich würde man nach der heutigen Darbietung auf eine weitere Präsentation verzichten. Sicher war nur eins, wenn sie sich in derselben Verfassung befand wie heute, würde sie absagen.

Es waren alles berühmte Leute, mit denen sie heute auf der Bühne gestanden hatte, Namen von Weltruf. Es war ein neues Erlebnis für sie, daß sie das eingeschüchtert hatte. So eingeschüchtert, wie es nicht im entferntesten zu ihr paßte. Sie waren hilfreich gewesen, solange die Vorstellung lief, hatten sie eingewiesen in die unbekannte Inszenierung. Danach hatte keiner ein freundliches Wort zu ihr gesagt.

Seit Wochen kämpfte sie wieder mit der Heiserkeit. Und das bevorstehende Gastspiel hatte psychisch eine verheerende Wirkung auf die Stimme gehabt. Erst auf ihre Nerven, dann auf die Stimme. Dabei war die Tournee mit dem Liederabend, die sie im November und Dezember absolviert hatte, erfolgreich gewesen. Erst am Ende, besonders am letzten Abend in Lübeck, war sie heiser gewesen. Und danach in steigendem Maße. Vier Wochen hatte sie geschwiegen. Dann der Arzt, dann Marietta.

»Ich sag' ab.«

»Kind, was ist bloß mit dir los? Du übertreibst. Du machst

dich verrückt. Wenn du so weitermachst, wirst du nicht mehr singen können.« So Marietta.

»Ich hab' Ihnen schon vor Jahren gesagt, das wichtigste, was ein Sänger braucht, sind gute Nerven. Am besten gar keine«, so der Arzt. »Die Stimmbänder sind klar. Sie haben nichts zu befürchten.«

Aber sie fürchtete sich. Sie war nicht mehr sie selbst. Eine andere Victoria, eine, die sie nicht kannte, gewann die Oberhand. Sie haßte diese andere.

Es war keine Basis für eine Künstlerin, sich selbst zu hassen. Sie mußte sich selbst lieben. Sich selbst über alles andere stellen, nur so war es möglich, Leistung zu erbringen.

Marietta hatte recht, sie hätte das mit dem Film nicht anfangen sollen. Der leichte Ruhm verdarb sie für die schweren Aufgaben. Wenn Dresden sie nicht engagierte, hatte sie für die nächste Spielzeit kein Engagement. Aber das war ihr gleichgültig. Sie wollte kein Engagement, sie wollte Ruhe. Allein sein. Sie wollte gar nichts mehr.

»Wenn Sie sich ein wenig erholt haben, gnädige Frau, würde ich Sie gern zu Tisch bitten.«

»Erholt? Ich hatte keine Erholung nötig«, erwiderte sie hochmütig. »So anstrengend ist die Pamina nicht. Und ich habe großen Hunger.«

Die anderen hatten offenbar nur auf sie gewartet. Alles erhob sich, als Cunningham mit ihr auf den Kamin zukam, Tamino schenkte ihr auch jetzt keinen Blick, aber der Sänger des Papageno schob seinen Arm unter ihren.

»Sie haben sich wacker gehalten, Frau Jonkalla«, sagte er freundlich. »Meine Frau sagt, sie hat das Duett selten so gut gehört wie von uns beiden.« Er griff nach einer kleinen blonden Frau, die mit zwei reizenden Grübchen zu Victoria hinauflächelte. »Elly, meine Frau. Sie findet mich eigentlich immer großartig.«

»Na, ist er doch ooch«, sagte die Blonde. Sie sächselte ein wenig, es klang lieb. »Aber ich fand Sie ganz wunderbar, Frau Jonkalla. Und so scheen ham Sie ausgesehn. Ich guck mir alle Ihre Filme an. Nich, Liebchen, ich sach immer, Victoria is prima.«

Sie waren zwölf Leute um den Tisch, Victoria saß zur Rechten des Gastgebers. Es gab zwei Gabeln voll Geflügelsalat, eine Tasse kräftige Brühe mit Eierstich, Fasanenbrüstchen auf Weinkraut, danach ein warmes auflaufartiges Dessert. Dazu französische Weine, erst einen weißen Burgunder, dann roten Bordeaux. Der Diener und das Mädchen servierten perfekt.

Man befand sich im Februar 1942. Doch in diesem Haus merkte man nichts vom Krieg, vergaß man den Krieg. Auch wenn der Krieg inzwischen fürchterliche Wirklichkeit geworden war. Die Katastrophe, die sich im Herbst und Winter in Rußland abgespielt hatte, konnte nicht einmal von der geschulten nationalsozialistischen Propaganda vertuscht werden. Die zurückgekehrt waren, verwundet und verstümmelt, mit erfrorenen Gliedmaßen, konnten davon erzählen, wie grauenvoll die Soldaten gelitten hatten und gestorben waren. Sie hatten Moskau nicht erreicht; diesmal war der stürmische Vormarsch steckengeblieben, erst im Schlamm, dann im Schnee. 20 Grad Kälte, 30 Grad, bis zu 50 Grad war das Thermometer gefallen, darauf waren die Eroberer nicht vorbereitet, dafür waren sie nicht ausgerüstet. Die Motoren streikten und versagten, die Pferde verhungerten, erfroren und verreckten, der Nachschub fehlte; vom Baltischen Meer bis zum Schwarzen Meer standen die Deutschen, versuchten verzweifelt zu halten, was nicht zu halten war.

Napoleons Schatten schien sich gespenstisch über der weißen Ebene Rußlands zu erheben.

Zu spät! Man hätte früher an ihn denken sollen. Diese Weite war nicht zu erobern und nicht zu besiegen, nicht von Menschen. Napoleon allerdings hatte den Rückzug befohlen. Hitler erlaubte ihn nicht. Er erlaubte nicht einmal, die Front zu begradigen, winterfeste Stellungen auszubauen, den Frühling abzuwarten. Gleich, gleich sollte es vorwärts gehen, die Siege durften nicht abreißen, es mußte geschehen, was er wollte.

Er berief verdiente Generale ab, war keinem Argument, mochte es noch so vernünftig sein, zugänglich, übernahm schließlich selbst den Oberbefehl, aber er befahl aus der Ferne, die Front selbst besuchte er nicht.

Die ganze Welt wußte nach dem Winter 41/42, daß die Wende des Krieges gekommen war. Der Untergang Hitlers und mit ihm der Untergang des deutschen Volkes waren nur noch eine Frage der Zeit. Und je länger diese Zeit währen würde, um so mehr Menschen würden sterben müssen.

An diesem Tisch im Hause Cunningham sprach man davon nicht. Die Künstler lebten in einer Schutzzone, die alle Not, alle Unbill von ihnen fernhielt, jedenfalls zu dieser Zeit noch. Die Künstler wurden verwöhnt und bevorzugt behandelt, sie bekamen alles, was sie wünschten, denn das Regime wußte, wie wichtig sie waren. Sie allein konnten es fertigbringen, das Volk an eine bessere und schönere Welt glauben zu machen, es hinwegzutäuschen über die hoffnungslose Wirklichkeit. Die Ausstattung von Opern, Operetten und Revuen war so prächtig wie nie zuvor, von einer kriegsbedingten Sparsamkeit war nichts zu bemerken. In den Ateliers drehte man Film auf Film. Das Angebot an Konzerten in allen größeren Städten war immens. Der Rundfunk, der deutsche Reichssender bot ein vielseitiges Programm, und in Berlin erprobte man bereits die ersten Fernsehsendungen. Wer in diesen künstlerischen Berufen Beschäftigung fand, brauchte unter den Einschränkungen des Krieges, die nun mehr und mehr wirksam wurden, nicht zu leiden, es drohte keine Einberufung und keine Dienstverpflichtung. Noch nicht.

Victoria hatte immerhin in Berlin schon nächtliche Luftangriffe erlebt. Nach dem ersten Schreck gewöhnte man sich daran, es passierte nicht allzuviel. Sie stand bei Alarm meist nicht einmal mehr auf, um in den Keller zu gehen. Zwar klopfte Gerda Runge aufgeregt an ihre Tür: »Victoria, Alarm! Komm mit in den Keller!« Sie hielt ihr Baby im Arm und war jedesmal ganz außer sich vor Angst.

Einige Male war Victoria in den großen Luftschutzkeller des Hauses mitgegangen, doch es war ihr lästig, dort angestarrt und angesprochen zu werden. Victoria Jonkalla, die Filmschauspielerin. Einmal bat man sie sogar um ein Autogramm.

Ungeschminkt, in einen Morgenrock gehüllt, kam sie sich nackt und bloß vor. Darum hatte sie in letzter Zeit meist bei Peter genächtigt, der das Bett nicht verließ, wenn die Sirenen heulten.

»Alles halb so wild. Berlin ist groß. Es muß schon des Himmels Wille sein, wenn ausgerechnet unser Haus getroffen wird.«

In den letzten drei Wochen war er nicht dagewesen, er hatte Außenaufnahmen für einen Winterfilm in Östereich. Allerdings hatte er sich geweigert, Skilaufen zu lernen, die Sportszenen mußten gedoubelt werden.

»Ich bin ein total unsportlicher Mensch«, hatte er gesagt. »Das einzige, was ich eventuell tue, ich setze mich auf ein braves Roß, wenn es sein muß.«

Victoria blieb während dieser Zeit in seiner Wohnung. Gerda Runge mit ihrem Muttertick ging ihr auf die Nerven. Immerzu kam sie an, um zu berichten, was das Baby gepiept, geziept oder sonst von sich gegeben hatte, wie seine Verdauung und sein Appetit gewesen seien, Victoria sollte kommen und sich das Bübchen ansehen.

»Nein, das mußt du gesehen haben! Ist er nicht süß?«

In Peters Wohnung war sie allein, hatte ihre Ruhe, brauchte vor allen Dingen nicht zu sprechen. Sie konnte schweigen, sie mußte schweigen, um der Stimme willen.

Bärchen war nicht mehr da. Man hatte sie im Dezember verhaftet, Peter wußte nicht warum, wußte auch nichts über ihren Verbleib. Auf seine Anfrage hatte man ihn ziemlich unfreundlich abgewiesen und die drohende Bemerkung hinzugefügt, wie sehr man sich wundere, daß er, ein verdienter Künstler des deutschen Volkes, eine gefährliche Kommunistin in seinem Haushalt beschäftigt habe. Davon habe er nichts gewußt, hatte Peter ungerührt erwidert, Frau Bär habe seine Wohnung aufgeräumt und seine Wäsche in Ordnung gehalten, Gespräche habe er mit ihr nicht geführt.

»Hoffentlich hält sie wenigstens jetzt die Klappe«, sagte er zu Victoria. »Sonst geht es ihr nämlich wirklich an den Kragen. Das wäre ein Verlust für mich und ein Verlust für die Menschheit.«

Er sollte Bärchen nie wiedersehen, sie starb im KZ.

Jetzt kam eine ältere mürrische Frau in die Wohnung, die

wortlos aufräumte, das Geschirr abwusch, vom Kochen nichts verstand.

»Dieser Scheißkrieg!« sagte Peter. »Er kann einem das ganze Leben vermiesen.«

In Dresden allerdings wußten sie offenbar so gut wie nichts vom Krieg, hier war noch keine Bombe gefallen. Hier würde auch keine fallen, wie Victoria an diesem Abend erfuhr. Der Mann mit dem dicken roten Gesicht sagte es während des Essens.

»Man weiß in der Welt, was für ein unersetzliches Juwel diese Stadt ist. Nur ein Barbar könnte Bomben auf Dresden werfen.«

Es war eine unwirkliche Umgebung, in der Victoria sich befand. Selbst sie, die sich um den Krieg so gut wie gar nicht kümmerte, empfand das Illusionäre dieses Hauses und dieser Gesellschaft. In Berlin fürchtete man den Krieg mittlerweile doch, und das sprach man aus.

Victoria begriff, daß der dicke Mann eine wichtige Rolle in der Stadt zu spielen schien, darum lächelte sie liebenswürdig zu seinen Komplimenten. Möglicherweise hatte er bei ihrem Engagement mitzureden.

Doch welche Rolle spielte Cunningham? War er ein hoher Parteifunktionär? War er ein Diplomat? Einfach ein reicher Grandseigneur, der sich seine eigene Welt erschaffen hatte? Ein Künstler am Ende gar?

Er verstand viel von Musik, von der Oper besonders, das erfuhr sie aus dem Gespräch. Außerdem beobachtete sie, daß alle, die anwesend waren, ihn respektierten und offenbar auch mit Sympathie, wenn nicht gar mit Zuneigung bedachten.

Tamino sagte im Laufe des Abends: »Was wäre unser Leben ohne Richard Cunningham? Es gibt zwei Orte auf Erden, wo ich glücklich bin: auf der Bühne und hier in Richards Paradies.«

»Und wo bleibe ich?« fragte neckisch seine Frau, eine rundliche Brünette, worauf die anderen pflichtschuldigst lachten.

Es war drei Uhr in der Nacht, als Victoria, die todmüde war, Cunningham bat, sie nun zu entschuldigen. Sie verabschiedete sich von den anderen, die ans Heimgehen nicht zu denken schienen.

»Sie haben seßhafte Gäste«, sagte sie zu Cunningham, der sie hinausbegleitete.

»Daran bin ich gewöhnt. Es steht notfalls für jeden auch ein Zimmer und ein Bett zu Verfügung.«

Vor dem Haus blieb Victoria stehen und versuchte im Dunkeln etwas von der äußeren Fassade zu erspähen.

»Sie werden mich hoffentlich einmal am Tag besuchen«, sagte Richard Cunningham. »Es ist ein schönes, stilechtes Barockpalais. Mein Urgroßvater bewies Geschmack, als er es kaufte.«

Diesmal erschien kein Chauffeur, Richard Cunningham steuerte den Horch selbst. Auch darüber wunderte sich Victoria nicht mehr, natürlich hatte dieser Mann auch jetzt noch einen Wagen. Irgendwann würde sie ja wohl erfahren, worin die Macht dieses Mannes lag. Denn daß sie ihn wiedersehen würde, daran zweifelte sie nicht.

Er sprach während der kurzen Fahrt nicht. Vor dem Hotel Bellevue stieg er aus, ging um den Wagen herum und öffnete ihr den Schlag. Sie war so müde, daß sie beim Aussteigen taumelte. Mit einer schützenden Gebärde legte er den Arm um sie, und einen Augenblick lang lehnte sie sich an ihn.

»Werde ich Sie morgen sehen?«

»Ich fahre morgen nach Berlin zurück.«

»Das ist schade. Ich hätte Ihnen gern die Stadt gezeigt.«

»Vielleicht werde ich wiederkommen.«

»Sie werden bestimmt wiederkommen. Ich habe lange genug auf Sie gewartet, Victoria. Und so sehr mir die Dresdner Oper am Herzen liegt, so geht es mir in diesem Fall nicht um ihre Belange. Ich möchte, daß Sie zu mir kommen.«

Er sagte es ganz ruhig, ganz gelassen, ganz undramatisch, aber es sprach so viel Sicherheit aus seinen Worten, daß es Victoria noch einmal bestätigte, was sie eigentlich den ganzen Abend schon gewußt hatte: Dieser Mann würde fortan zu ihrem Leben gehören.

Und wieder hatte sie das Gefühl der Geborgenheit, des Schutzes. Das hatte sie noch bei keinem Mann empfunden.

Doch. Flüchtig ging ihr der Gedanke an Cesare durch den

Kopf. So anders ihr Verhältnis zu Cesare war, so verschieden Cesare selbst von Cunningham war, es gab eine gewisse Ähnlichkeit zwischen den beiden Männern. Doch sie war zu müde, um länger darüber nachzudenken.

In der Hotelhalle küßte Cunningham ihre Hand, drehte die Hand dann und küßte die Innenfläche.

»Auf Wiedersehen, Victoria. Wir sehen uns bald.«

In ihrem Zimmer trat sie vor den Spiegel, ließ den Pelz herabgleiten, zu Boden fallen, sah die Frau im Spiegel an. Die Frau war blaß. Sie war wie ausgelöscht. Das Kleid aus schwarzer glänzender Seide lag eng um ihre Figur, das Dekolleté war tief und ließ den Ansatz der Brüste sehen.

Wie sie es immer tat, legte sie die Hand um ihre Kehle. Die Kehle schmerzte.

Sie versuchte, einen leisen Ton zu singen, doch es gelang nicht, sie hatte keine Stimme mehr.

Wenn doch irgendein Mensch bei ihr wäre, in dessen Armen sie weinen konnte!

Peter? Nein, er nicht.

Sie dachte an Nina. Warum war Nina nicht bei ihr, warum hatte sie keine Mutter, die sie behütete, die ihr half, die sie tröstete. Den Trost, den sie als Kind nicht gebraucht hatte, jetzt suchte sie ihn.

Wieder dachte sie an Cesare.

Cesare, so klein und schwach und alt geworden in seinem Rollstuhl, nur noch ein Lächeln, ein liebevoller Blick, sonst schien an ihm nichts mehr zu leben.

Angenommen, sie würde das zweite Gastspiel absagen, was jedermann begreifen würde nach dieser erbärmlichen Pamina, und engagieren würde man sie in Dresden ohnedies nicht, dann konnte sie bereits in zwei Tagen bei Cesare und Maria in Baden sein. In der Stille und Friedlichkeit des alten Hauses am Rande des Wienerwaldes. Dort wollte keiner etwas von ihr. Anna würde sie verwöhnen, Cesare ihre Hand streicheln und ihr liebe Worte sagen, und dieses anmutige dunkelhaarige Kind, nach dem sie sich auf einmal sehnte, würde die Arme um ihren Hals legen und zärtlich Mami flüstern.

Sie konnte dort bleiben, so lange sie wollte. Es fielen keine Bomben, es war kein Krieg, sie wurde geliebt, sie konnte sprechen oder schweigen, und wenn sie heiser war, spielte es keine Rolle. Zum Teufel mit der Pamina!

Sie fuhr sich mit beiden Händen ins Haar, hob es hoch, ließ es fallen, schüttelte wild den Kopf.

Ich sprach, daß ich furchtlos mich fühle . . .

Ich werde Ihnen eine Micaela hinlegen, wie sie noch keine Micaela gehört haben. Ich habe drei Wochen, und in diesen drei Wochen werde ich die Stimme auf Hochglanz bringen. Marietta und ich, wir werden das schaffen.

Dann warf sie sich über das Bett und weinte. Endlich.

In derselben Nacht, nur zwei Stunden später, wurde Cesare Barkoscy aus dem Bett geholt, verhaftet und abtransportiert. Den Anton Hofer, der sich wieder schützend vor Cesare stellte, nahmen sie auch gleich mit.

Es ging so schnell, daß Cesare nicht dazu kam, von seiner Pistole Gebrauch zu machen. Es war auch nicht notwendig. Er starb bereits fünf Tage später in dem Waggon eines Zuges, der nach Auschwitz rollte. Anton Hofer, der bei ihm war, drückte ihm die Augen zu, machte das Kreuzeszeichen auf seiner Stirn und sprach ein stummes Gebet, in dem er Gott dankte, daß er den geliebten Herrn erlöst hatte, ehe man ihm weitere Pein zufügen konnte.

Er selbst blieb nicht im Lager. Er wurde zunächst bei Straßenarbeiten eingesetzt und als man von seiner Sanitätervergangenheit erfuhr, zum Dienst in ein Feldlazarett überstellt. Von dort endlich schrieb er an seine Frau, bekam aber keine Antwort, was ihn sehr beunruhigte. Erst vier Monate später, im Juni 1942, kehrte Anna Hofer in das Haus nach Baden zurück. Allein.

Sie war am Tag nach Cesares und Antons Verhaftung Hals über Kopf aus dem Haus geflüchtet, nachdem man auch gegen sie massive Drohungen ausgesprochen hatte. Sie hatte nur den einzigen Gedanken: Maria zu retten.

Sie besaß eine Cousine in der Steiermark, die mit einem Bauern verheiratet war. Man nahm sie nicht gerade mit offenen Armen auf, man kannte sie kaum, und nachdem Anna ungeschickterweise in ihrer Aufregung erzählt hatte, was geschehen war, legte man ihr unverhohlen nahe, das Haus wieder zu verlassen.

»Damit wollen wir nichts zu tun haben«, sagte die Cousine und fügte hinzu, daß sie sowieso nicht verstehe, wie man bei einem Juden leben und arbeiten könne.

Anna Hofer war in ihrem Leben nie gereist. Und sie hatte immer noch Angst, scheute vor jeder Uniform, hatte das Gefühl, jeder Polizist, jeder Soldat, ja, sogar jeder Bahnbeamte habe es auf sie und das Kind abgesehen.

Sie kam bis nach Graz, dann wußte sie nicht weiter. Sie hatte kaum Gepäck, und sie hatte auch wenig Geld bei sich, und auch die Lebensmittelmarken würden bald zu Ende sein.

In einem kleinen Beisl in Graz kehrte sie ein, es war bitterkalt, und wo sie am Abend schlafen sollten, war auch noch ungeklärt.

An diesem Tag hatte Maria Geburtstag, sie wurde fünf Jahre alt. Anna trieb es die Tränen in die Augen, wenn sie nur daran dachte. So schön hatten sie immer den Geburtstag des Kindes gefeiert, sie hatte einen großen Kuchen gebacken, mit Lichtern darauf, und viele Geschenke wurden darum herum aufgebaut.

Maria war verständlicherweise verstört durch die unvermutete Unruhe, den Ortswechsel, die unfreundlichen Worte, die sie auf dem Bauernhof zu hören bekommen hatte. Aber sie saß still und artig vor dem Teller mit der heißen dünnen Suppe und löffelte das Gebräu in sich hinein.

Wenn sie möglichst brav war, würde man vielleicht bald nach Hause zurückkehren, und Anna würde aufhören zu weinen.

Die Wirtin des kleinen Gasthauses in der Grazer Altstadt hatte die beiden schon länger beobachtet, die Frau mit dem unglücklichen Gesicht, die sich manchmal die Tränen abtupfte, das kleine Mädchen mit den ratlosen Rehaugen.

Das Lokal leerte sich, die Mittagszeit war vorbei, die beiden saßen immer noch dort.

Die Wirtin, eine resolute Person, setzte sich an den Tisch und fragte unverhohlen, woran es denn fehle.

Anna Hofer, gewitzigt durch ihre Erfahrung bei den Verwandten, erzählte nicht die Wahrheit, nur daß sie durch einen Krankheitsfall von ihrem Mann getrennt worden sei und nicht wisse, wohin und was tun.

Ob sie denn sonst keine Familie habe, fragte die Wirtin.

Und da kam Anna die große Erleuchtung. Nina Framberg in München, das war die Rettung.

Von da an ging alles ganz einfach. Die Nummer herauszubringen war für die Wirtin keine schwere Aufgabe, das Telefongespräch kam bereits nach einer Stunde, und Nina war glücklicherweise zu Hause.

Da die Wirtin zuhörte, sprach Anna nur in Andeutungen, aber Nina begriff sofort, daß etwas Schlimmes geschehen sei, mehr oder weniger hatte man es ja immer erwartet.

Klar und knapp kamen ihre Anweisungen. Anna solle für sich und das Kind ein Zimmer suchen in einem Hotel oder einem Gasthaus, die Adresse sofort durchtelefonieren, sie würde dann kommen und die beiden abholen.

Erleichtert atmete Anna auf, bedankte sich vielmals bei der hilfreichen Wirtin, die auch ein Zimmer für die beiden wußte. Drei Tage später landeten Anna und Maria Henrietta in München in der Holbeinstraße.

Das war im Februar 1942.

Zu dieser Zeit machte Stephan Jonkalla die schlimmste Zeit seines bisherigen Lebens durch.

Bis vor kurzem hatte er den Krieg in recht angenehmen Verhältnissen verbracht. Von Paris aus war seine Einheit in die Normandie verlegt worden, nach Evreux, wo die Männer das taten, was man bei der Wehrmacht ›eine ruhige Kugel schieben‹ nannte. Stephan hatte eine bezaubernde junge Französin als Freundin, lernte erstklassig französisch, verkehrte sogar in der Familie seiner Freundin, denn zu jener Zeit gab es Bevölkerungskreise, die gegenüber den Deutschen noch nicht ausgesprochen feindselig waren. Nach Paris waren es etwa hundert Kilometer, und Stephan nahm jede Gelegenheit wahr, um hinzufahren, die Stadt kennenzulernen und jedes Museum, jede Galerie zu besuchen, die er finden konnte. Benno Riemer, noch immer sein bester Freund und Beschützer, Feldwebel inzwischen, hielt jede Unbill, jedes Ärgernis von ihm fern.

Die fatale Situation im Osten machte dem bequemen Leben ein Ende. Vierzehn Tage zur Eingewöhnung in Polen, um besser auf die Kälte vorbereitet zu sein, eine vergleichsweise bessere Ausrüstung für die winterlichen Temperaturen, darin bestanden ihre Vorteile, ehe sie an die zersplitterte russische Front kamen.

In der Gegend von Welikije-Luki kam ihre Division gerade zurecht, um der erfolgreichen Winteroffensive der gut gerüsteten Russen entgegengeworfen zu werden. Schon während der ersten Tage erlitten sie schwere Verluste, die gutgenährten Frankreichbesetzer sahen sich auf einmal dem schrecklichsten Gesicht des Krieges gegenüber. Stephan wurde gleich anfangs verwundet, ein Streifschuß am Oberarm, eine geringfügige Verletzung, die nicht einmal zu einem Heimaturlaub reichte. Daß er nicht getötet worden war, verdankte er Benno, der, mit einem sechsten Sinn für Gefahr begabt, ihn zur Seite riß, ehe der Schuß ihn tödlich treffen konnte.

Nach einem Monat, bei teilweise 52 Grad unter Null, bei minimaler Ernährung, war Stephan genauso demoralisiert wie die meisten seiner Kameraden. Benno hatte einem toten Russen den Mantel abgenommen, und in diesen Mantel hüllte er Stephan ein, wo immer er saß oder lag, denn Stephan war inzwischen so lethargisch geworden, daß er selbst nichts mehr dazu tat, um sich vor der Kälte zu schützen.

»Laß doch«, sagte er. »Wir krepieren sowieso. Je schneller, desto besser. Erfrieren soll gar kein unangenehmer Tod sein.«

Benno trieb auch immer wieder etwas zu essen auf und fütterte Stephan wie ein kleines Kind, ehe er selbst einen Bissen in den Mund steckte.

Eines Tages wurde ein kleiner Trupp von ihnen versprengt und geriet in einem Waldstück in eine russische Falle, sie waren ringsum eingeschlossen, ein Ausweg schien unmöglich.

Als sie ihre Munition verschossen hatten, sagte Stephan:

»Endlich! Wir haben es hinter uns«, und ließ sich einfach rücklings in den Schnee fallen.

Benno Riemer fand einen Durchschlupf. Vier Männer konnte er retten, einer davon war Stephan, den er buchstäblich durch den Schnee schleifen mußte.

Und schließlich das Ende. Mit dem einzigen Kübelwagen, den sie noch besaßen, waren sie auf einer Erkundungsfahrt, um festzustellen, ob überhaupt noch Anschluß an deutsche Gruppen möglich war. Der Kübelwagen fuhr auf eine von Partisanen gelegte Mine und flog in die Luft. Zwei Mann waren gleich tot, zwei schwer verwundet. Stephan blutete aus einer Kopfwunde, er war ohne Besinnung. Benno lebte noch. Und er sah, daß Stephan lebte. Er kratzte mit den Händen Schnee zusammen, häufte ihn auf Stephan, nahm die Pistole aus dem Gurt, die einzige Waffe, die ihm geblieben war, und wartete auf den Angriff der Partisanen. Erst würde er Stephan erschießen, dann sich.

Es blieb still, nichts rührte sich. Offenbar war keiner in der Nähe, der auf das Hochgehen der Mine gewartet hatte.

Benno, dessen blutgetränkte Uniform am Leib festgefroren war, grub den bewußtlosen Stephan wieder aus dem Schnee und brachte es fertig, ihn so weit hinter sich herzuzerren und zu schleifen, bis er auf einen Posten traf.

»Hauptverbandsplatz«, keuchte er. »Schnell.« Und als die Männer ihn aufheben wollten: »Nein, nicht ich. Er. Kann bei ihm nicht so schlimm sein.« Die Männer zögerten, blickten in sein leichenblasses Gesicht.

»Los, los, Beeilung. Ihr könnt später nach mir sehen, wenn ihr ihn abgeliefert habt.«

Er lag im Schnee, hob mit letzter Kraft den Kopf und sah den Männern nach, die Stephan forttrugen. Dann starb er.

Ende Mai, nicht lange nachdem der vielgehaßte Judenjäger, der SS-Führer Reinhard Heydrich, in Prag ermordet worden war – ein gelungenes Attentat, das wiederum viele Juden zu büßen hatten –, wurde Silvester Framberg das erste Mal verhaftet. Nach sechs Wochen kam er wieder, eine tiefe Narbe im Genick, eine kahle Stelle auf dem Kopf. Er sprach nicht, er schwieg. Er erzählte nicht, was ihm widerfahren war, aber er war ein anderer Mensch geworden: grimmig, kalt, schweigsam, entschlossen. War er bisher ein leidenschaftlicher Gegner der Nazis gewesen, so war er jetzt ihr fanatischer Feind.

Nina war in diesen Wochen wie gelähmt vor Entsetzen gewesen, doch ihre Erleichterung, daß er wieder da war, wich Verwirrung und Verstörtheit, als sie bemerkte, daß das Geschehene nicht nur ihn, sondern auch ihr gemeinsames Leben verändert hatte. Sie erfuhr nicht, warum man ihn verhaftet hatte, sie vermutete jedoch, daß Dr. Isabella Braun der Anlaß war.

Von ihr war nämlich seit geraumer Zeit nicht mehr die Rede gewesen. Keiner der Freunde sprach von ihr, keiner äußerte Besorgnis über ihr Schicksal; auch wenn man abends zusammensaß, wurde nicht mehr von ihr gesprochen. Es war, als hätte es sie nie gegeben.

In ihrer Wohnung war sie auch nicht mehr. Das hatte Nina selbst ergründet. Sie war einfach eines Tages hingegangen, hatte an der Tür geklingelt, eine dickliche blonde Frau öffnete ihr.

»Entschuldigen Sie«, sagte Nina, »ich wollte zu Frau Dr. Braun.«

»Schon wieder jemand, der nach der Judensau fragt. Die gibt's nicht mehr hier«, rief die Frau böse und knallte die Tür zu.

Eine Weile lehnte Nina am Treppengeländer, zutiefst erschrocken, das Herz klopfte ihr bis zum Hals, so unverhohlen war ihr Gemeinheit noch nie begegnet.

Aber dann nahm sie allen Mut zusammen und klingelte im Parterre beim Hausmeister.

Hier war die Reaktion eine andere. Die Hausmeisterin, eine grauhaarige kleine Frau, spähte über Ninas Schulter besorgt ins Treppenhaus, zog dann Nina an der Hand in die Wohnung.

»Wir wissen aa nix. Fort is. Gsagt hats nix. Ihre Sachen san alle noch da gewesen. Vor acht Wochen hat der Hausherr die Wohnung räumen lassen und andre Leut' neigenommen. Greisliche Leut' sans, die Neuen. San Sie bekannt mit der Frau Doktor?« Nina nickte.

»Mei, des is schlimm. Wissen'S, mir ham Angst, mei Mann und i, daß sie sich was antan hat. Pillen und so Zeug hat's ja grad gnu ghabt. Mei, des is a Zeit.«

Nina wußte, daß Isabella nicht mehr auf die Straße gegangen war, seit der Zwang bestand, den gelben Stern zu tragen. Erst war sie ohne den Stern gegangen, dann, als sie angepöbelt worden war, blieb sie zu Hause. Die Freunde hatten sie mit Lebensmitteln versorgt, vermutlich auch die Hausmeisterin, die ihr wohlgesonnen schien. Aber wo war Isabella nun?

Nina war sicher, daß Silvester es wußte. Denn wenn sie sich das Leben genommen hätte oder wenn sie verschwunden wäre, ohne eine Spur zu hinterlassen, dann hätte er darüber etwas gesagt. Und Franziska hätte bestimmt ihrer Besorgnis Ausdruck gegeben. Also wußten sie etwas, was Nina nicht wußte.

Auf ihre Fragen antwortete Silvester: »Keine Ahnung. Sie wird sich abgesetzt haben.«

»Du lügst mich an«, rief Nina erregt. »Du weißt genau, was mit ihr los ist. Und ihretwegen haben sie dich geholt. Denkst du denn gar nicht an mich, Silvio? Ich denke, du liebst mich.«

»Das ist keine Zeit mehr für Gefühle. Ich möchte nicht, daß du in etwas hineingezogen wirst, was dich nun nicht betrifft.«

»Es betrifft mich nicht? Etwas was dich betrifft, soll mich nicht betreffen? Und natürlich mache ich mir wie ihr Sorgen um Isabella. Sonst wäre ich nicht hingegangen, um nach ihr zu sehen.«

»Es war sehr leichtsinnig von dir, in Isabellas Wohnung zu gehen. Am besten ist, du kümmerst dich um gar nichts. Wir führen einen Kampf, Nina. Ich hätte dich nicht heiraten sollen. Du warst unbelastet, du hattest deinen Beruf, der dir Freude machte, du warst niemals in Gefahr. In Kampfzeiten darf ein Mann keine Frau haben, ich hätte es wissen müssen.«

»Du redest einen horrenden Blödsinn«, sagte Nina zornig.

»In was für ein albernes Pathos steigerst du dich da hinein. Wer verlangt von dir, daß du kämpfst? Gegen Hitler, gegen die Nazis? Du allein wirst sie nicht besiegen. Und ein wenig Rücksicht schuldest du mir am Ende doch, denn du hast mich ja geheiratet, auch wenn du es jetzt bedauerst.«

Sein Verhalten erbitterte sie. Sechs Wochen Tränen und Angst, schlaflose Nächte und Verzweiflung, und nun zeigte sich, daß er kein Vertrauen zu ihr hatte. Ihr fiel ein, was Franziska einmal gesagt hatte: »Je weniger man weiß, desto besser.«

Nina fuhr hinaus ins Waldschlössl, was jetzt ein ziemlich umständliches Unternehmen geworden war, von einer Bushaltestelle aus mußte man ein ganzes Stück zu Fuß gehen. Einen Wagen hatten sie auf dem Gut nicht mehr.

Maria war draußen. Nina hatte sie sofort zu Victoria gebracht, nachdem Silvester verhaftet worden war.

Sie beklagte sich bitter bei Victoria über Silvesters Verhalten. Schließlich fragte sie: »Du weißt natürlich, wo Isabella ist?«

»Ich weiß es nicht.«

»Du lügst. Ihr lügt alle.«

»*For heaven's sake,* Nina, benimm dich nicht wie eine Närrin. Ich weiß es nicht, ich schwöre es. Wenn sie Isabella irgendwo versteckt haben, werden sie es uns nicht sagen. In unserem eigenen Interesse. Ich bin sicher, daß Joseph es auch nicht weiß.«

»Sie ist hier im Dorf.«

»Da ist sie nicht. Ich will es auch gar nicht wissen, wo sie ist. Wenn sie in Sicherheit ist, gut. In relativer Sicherheit. Sie könnten sie zum Beispiel auf eine Berghütte gebracht haben. Silvester wird es wissen. Und seine Freunde auch. Möglicherweise Franziska. Aber frage nicht. Sei so klug und frage nicht.«

»Wenn sie auf einer Berghütte ist, muß sie verpflegt werden. Sie brauchen Silvester nur zu beobachten, dann ist es aus mit ihm. Sie werden ihn wieder holen. Sie werden ihn umbringen. Bedeutet ihm denn Isabella so viel mehr als ich?«

»Isabella ist in Lebensgefahr, du nicht. Das mit der Berghütte ist auch nur eine Vermutung von mir. Genausogut kann sie in einem Keller versteckt leben. Du kannst diese Männer nicht hindern zu tun, was sie tun müssen.«

»Müssen?«

»Ja. Müssen. Der Krieg ist überall. Auch hier bei uns. Du kannst keinen Mann daran hindern, wenn er kämpfen will.«

»Um den Preis seines Lebens«, sagte Nina bitter.

»Jeder Kampf hat das Leben als Einsatz.«

»Ich verstehe dich nicht. Wie kannst du so reden!«

Victoria schwieg. Auch Nina sagte lange nichts.

Es war Sommer geworden, das Getreide war reif, die Kühe grasten auf den Weiden. Es war wie früher. Und doch war alles anders.

Silvester war nicht mehr der Mann, der ihr gehörte. Silvester war ein Fremder geworden. Einer, der sein Leben einsetzte in einem sinnlosen Kampf. Sie würde ihn verlieren. Das war etwas, was sie bereits wußte.

»Was soll ich mit Maria machen?« fragte sie müde.

»Laß sie bei mir. Sie hat sich gut eingelebt, Luft und Sonne tun ihr gut. Sie war ein rechter Blaßschnabel, als sie herkam.«

»Soll das ein Vorwurf sein?«

»Ach, halt den Mund!« rief Victoria wütend. »Du hast keinen Grund, dich so idiotisch zu benehmen. Für das Kind war es eine ungeheure Umstellung, und damit muß sie erst fertig werden, und das kann sie hier besser, als wenn sie dich mit trostloser Miene und Silvester in seiner Verbiesterung um sich hat. Da, schau sie dir an.«

Maria saß in der Nähe im Gras und hatte, wie immer, den kleinen Hund bei sich. Im Frühjahr hatte Josephs Jagdhündin geworfen, zwei Welpen waren auf dem Hof geblieben und wuchsen hier auf. Sie waren Marias ganzes Entzücken. Besonders die kleine Hündin Mali war ständig mit ihr zusammen, schlief in ihrem Zimmer, lag in ihren Arm gekuschelt, lief ihr nach, wo sie ging und stand.

»Cesare und Baden in Ehren«, sagte Victoria, »und diese Anna ist bestimmt ein Rührstück, ich habe sie ja kennengelernt, aber darüber bist du dir wohl klar, daß dieses Kind vollkommen weltfern und unkindlich aufgewachsen ist. Sie hat nie mit anderen Kindern gespielt, sie hat Angst vor anderen Kindern. Liserl hat sich rührend Mühe gegeben, hat Kinder aus dem Dorf mitgebracht, vergebens. Maria läuft fort und versteckt sich, wenn Kinder kommen. Nächstes Jahr, spätestens übernächstes, muß Maria in die Schule. Wie stellst du dir das vor«?

»Willst du mir die Schuld dafür geben?«

»Ein wenig schon. Wenn sich deine Tochter schon nicht um das Kind kümmert, hättest du es wenigstens tun können.«

»Ich habe jetzt andere Sorgen.«

»Eben. Drum laß sie hier.«

Anna Hofer hatte bei ihnen in der Holbeinstraße gewohnt, nachdem sie mit Maria aus Graz gekommen war. Daher war es Nina auch gar nicht möglich gewesen, dem Kind näherzukommen, das sich immer an Anna klammerte, nur bei Anna sein wollte, mit Anna in einem Zimmer schlief. Nina hielt es für besser, das Kind vorerst in Ruhe zu lassen, damit es mit der Veränderung in seinem Leben fertig werden konnte, also hatte sie sich dem kleinen Mädchen nicht aufgedrängt.

Dann wurde Silvester verhaftet, was verständlicherweise den Haushalt in Aufruhr brachte. Anna geriet in Panik, sie erlebte dies nun schon zum zweitenmal.

Nina schlug ihr vor, nach Baden zurückzukehren. Ihr werde man sicher nichts tun, vielleicht sei ihr Mann auch schon wieder da, und vor allem müsse sie für ihn erreichbar sein. Er wisse ja gar nicht, wo sie sich aufhalte.

Das hatte sich Anna auch schon gedacht. Außerdem wünschte sie sich nichts so sehr, wie nach Hause, in die vertraute Umgebung, zurückzukehren und dort auf Anton zu warten, der sicher bald kommen würde. Daran zweifelte sie nicht.

Natürlich hätte sie gern Maria mitgenommen. Aber Nina schüttelte den Kopf.

»Maria bleibt vorerst hier. Ich muß meine Tochter fragen, was mit Maria geschehen soll. Das müssen Sie einsehen, Anna.«

Anna sah es nicht ein und schied ein wenig erbost aus der Holbeinstraße. Nina hatte ihr eine Fahrkarte nach Wien gekauft, sie reichlich mit Geld und Proviant versehen, brachte sie an die Bahn, allerdings ohne Maria. Mit Tränen in den Augen fuhr Anna ab. Und sie kam in ein leeres Haus, kein Cesare, kein Anton, keine Maria.

Aber wenigstens daheim war sie wieder.

Gleich am Tag nach der Ankunft setzte sie sich hin und malte einen langen, herzbewegenden Brief an Victoria Jonkalla.

›Liebe, gute gnädige Frau‹, schrieb sie, ›geben Sie mir meine Maria wieder. Ich hab' doch immer gut auf sie aufgepaßt. Und sie hat es bei mir doch am besten. Ich weiß doch genau, was gut für sie ist.‹

Jetzt, im Waldschlössl, sagte Nina zu Victoria: »Vicky hat immer gesagt, Maria hat es bei Cesare so gut wie nirgends sonst auf der Welt.«

»Daran zweifle ich nicht. Aber es ist kein normales Leben für ein Kind. Sie haben ja offenbar ganz für sich und ganz zurückgezogen gelebt. Sie ist ein bezauberndes Kind. Erstaunlich klug für ihr Alter, sie redet wie eine Zehnjährige. Wenn sie überhaupt redet. Sie ist ein total isoliertes Wesen. Mir vertraut sie jetzt ein wenig. Man kann das ja auch verstehen. Denk doch mal, was sie alles erlebt hat in letzter Zeit. Das muß sie ja verstören. Sie muß einfach mal für einige Zeit am selben Platz bleiben. Außerdem würde es ihr das Herz brechen, wenn sie den Hund nicht mehr hätte, der ist ihr ganzes Glück. Ich versuche gerade, Mali stubenrein zu machen, damit wir nicht immer die *mess* in Marias Zimmer haben.«

Maria und der kleine Hund interessierten Nina nicht besonders. Sie wollte über Silvester reden. Aber Victoria war diesmal keine Hilfe. Victoria verstand sie nicht.

Oder wußte sie doch mehr, als sie sagte?

Mit Unruhe und Mißtrauen im Herzen fuhr Nina wieder nach München zurück. Victorias letzte Worte beim Abschied: »Hab Verständnis für Silvester. Und laß ihm Zeit. Er wird wieder zu sich kommen. Und dann kümmere dich um Stephan. Der braucht dich jetzt am nötigsten.«

Aber um Stephan konnte man sich nicht viel kümmern und helfen konnte man ihm auch nicht. Nina hatte ihn schon zweimal besucht und war jedesmal tief verstört von dieser Reise zurückgekehrt. Er lag seit zwei Monaten in einem Lazarett in der Fränkischen Schweiz. Ein Halbtoter, ein Halblebendiger, der fahle Schatten eines Mannes, er hörte schwer, hatte Sehstörungen, und wenn er versuchte aufzustehen, fiel er in Ohnmacht, in eine tiefe Bewußtlosigkeit, aus der er manchmal stundenlang nicht erwachte. Außer der sichtbaren Kopfwunde hatte er einen Schädelbasisbruch gehabt, was man erst viel später entdeckt hatte. Sein rechtes Bein war steif, an seiner linken Hand fehlten zwei Finger.

Dies war die geringste seiner Verletzungen, doch gerade sie erschütterte Nina zutiefst. Damals, als Kurtel das letzte Mal auf Urlaub gekommen war, fehlte an seiner linken Hand ein Finger. War es nicht grauenvoll, wie sich das Schicksal des Vaters an dem Sohn wiederholte? Kurtel war in Rußland zugrundegegangen, sicher auf elende Weise. Stephan allerdings war da, aber kaum noch lebensfähig. Eigentlich erwartete Nina täglich, daß man ihr schreiben würde, er sei gestorben.

Bei ihrem ersten Besuch hatte er sie nicht erkannt. Beim zweitenmal war immerhin ein kurzes Gespräch möglich. Er sprach nur von Benno. Wo Benno sei, wann er komme, wie es ihm gehe?

Nina hatte sich schließlich bei den Riemers in Berlin erkundigt und erfahren, daß Benno gefallen war. Doch sie wagte nicht, es Stephan zu sagen.

Bei ihrem nächsten Besuch im Lazarettt traf Nina ihre Tochter; telefonisch hatten sie dieses Treffen vereinbart, und Vicky kam wirklich. Sie kam in einem großen Auto, das von einem Chauffeur gesteuert wurde, sie war höchst elegant gekleidet und sah bildschön aus. Sie kam Nina vor wie ein Wesen von einem anderen Stern.

Nachdem sie Stephan besucht hatten, weinte Nina. Victoria nahm sie liebevoll in die Arme und tröstete sie.

»Unser Jungele wird schon wieder. Dafür werde ich sorgen. Überlaß alles mir, Nina. Ich weiß schon, was wir mit ihm machen. Das hier ist nicht der richtige Ort, er braucht individuelle Betreuung und einen vorzüglichen Arzt. Wir bringen ihn auf den Weißen Hirsch.«

»Wohin?« fragte Nina unter Tränen.

»Ich werde es dir erklären. Aber nun laß uns mal schauen, ob wir in diesem Nest ein Café oder etwas ähnliches finden, wo wir uns in Ruhe unterhalten können. Wir werden es Oswald überlassen, der findet immer was.«

Oswald war der Chauffeur, wie Nina erkannte. Und Oswald schien Victoria gut zu kennen, das war offenbar nicht die erste Fahrt, die er mit ihr machte. Er lehnte am Kotflügel, stand aber sofort stramm, als sie auf den Wagen zugingen, und zog die Mütze. Er war ein älterer, zuverlässig erscheinender Mann, der erstaunlicherweise breit sächsisch sprach. Das verwunderte Nina noch mehr. Wie kam Vicky zu einem sächsischen Chauffeur, sie war doch noch gar nicht in Dresden.

Aber noch vordringlicher war die Frage: Wie kam sie überhaupt zu Wagen und Chauffeur, und das in dieser Zeit?

Es konnte nur ein Mann dahinterstecken, vermutete Nina. Sie war neugierig.

»Oswald«, sagte Victoria, »ob es wohl hier eine Kneipe gibt, wo man sich mal eine Stunde niederlassen kann?«

»Aber sicher doch, gnädche Frau«, erwiderte Oswald, »ich hab' vorhin schon eene gesehn, wie wir reingefahrn sin. Da bringch Sie gleich hin. In zwee Minuten sin mer da.«

Es war ein kleines Lokal mit einer gemütlichen holzgetäfelten Wirtsstube, und die Wirtin war sogar bereit, Kaffee zu kochen und ein Butterbrot, gegen Marken natürlich, herzurichten. Der Kaffee war Muckefuck, Victoria trank nur zwei Schlucke davon, aber Nina leerte das Kännchen ganz und aß zwei Brote. Sie war seit den frühen Morgenstunden unterwegs, sie war hungrig und durstig und außerdem mittlerweile an das Gebräu gewöhnt. Zwar besorgte Franziska ihnen immer wieder einmal Bohnenkaffee, aber meist tranken sie nun doch Ersatzkaffee.

»Was war das für ein Hirsch, von dem du gesprochen hast?«

»Das ist ein Ort bei Dresden. Mehr ein Vorort. Liegt wunderschön an den Elbhängen und ist berühmt für seine gute Luft. Angefangen hat es irgendwann mit einem Kurheim, und das hieß Weißer Hirsch. Da gingen die reichen Leute hin, auch Ausländer, um zu kuren und um sich zu erholen. Inzwischen nennt man den ganzen Stadtteil so, verstehst du? Hast du nie davon gehört? Der Weiße Hirsch ist weltberühmt. Es gibt dort jetzt mehrere Sanatorien, alles gutgeführte erstklassige Läden. Von einem kenne ich den Chefarzt persönlich, ein fabelhafter Mann, ein vorzüglicher Arzt. Und dort bringe ich Stephan unter. Da hat er die beste Pflege und die beste Behandlung, die sich überhaupt nur denken läßt. Und ich kann mich jeden Tag um ihn kümmern.«

Daß Victoria an die Dresdner Staatsoper engagiert war, wußte Nina natürlich. Und was das für eine Sängerin bedeutete, wußte sie auch.

Wenigstens einer in unserer Familie, der glücklich ist, dem es gut geht, dachte Nina. Wenigstens einer. Und ich habe immer gewußt, daß es Vicky sein würde.

»Ich bin sowieso meist in Dresden, auch jetzt schon«, sagte Victoria. »Der ewige Luftalarm in Berlin macht mich ganz krank. Du weißt nie, ob du eine Nacht durchschlafen kannst. Ich brauche meinen Schlaf.«

Unwillkürlich mußte Nina lächeln. Das war echt Vicky. Wer brauchte seinen Schlaf nicht?

»In Berlin wird es langsam ungemütlich. In Dresden gibt es keinen Alarm.«

»Wieso nicht?«

»Weiß ich nicht. Es gibt eben keinen. Das mit Dresden war überhaupt das beste, was mir passieren konnte. In mehr als einer Beziehung. Kannst du dich noch erinnern, wie ich immer davon geträumt habe, in Berlin engagiert zu werden? Da stände ich jetzt schön blöd da.«

Die Berliner Staatsoper war in diesem Jahr, bereits im April, total zerstört worden. Das hatte die Berliner schwer erschüttert; ihre schöne Oper, die ihnen so viel bedeutete. Bomben mitten Unter den Linden. Der Krieg ging ihnen mehr und mehr auf die Nerven. Zwar hatte Göring sofort mit dem Aufbau der Oper begonnen, die Staatstheater gehörten ja zu seinem Ressort, worüber sich der Propagandaminister Goebbels ständig ärgerte, denn Göring machte mit seinen Theatern, was er wollte und ließ sich nicht hineinreden. Jetzt hatte er versprochen, die Oper in Windeseile neu und schöner denn je aufzubauen. Das geschah auch, nützte jedoch wenig, denn kurz nach ihrer Wiederherstellung wurde sie zum zweitenmal zerbombt.

»Nein, das ist schon alles prima gelaufen«, erzählte Victoria weiter. »Dresden ist fabelhaft.«

»Hast du denn schon eine Wohnung, wenn du so oft da bist?«

»Ich wohne im Hotel.«

»Aber das ist doch sehr teuer.«

»Ninaschatz, das spielt überhaupt keine Rolle. Ich werde soviel Geld haben, wie du dir gar nicht vorstellen kannst.«

Nina verstummte. Es schienen bedeutende Dinge in Vickys Leben vorzugehen, und es betraf offenbar nicht allein die Oper. Zunächst aber sprach Victoria wieder von Stephan.

»Gleich nächste Woche werde ich zum Weißen Hirschen hinauffahren und alles für Stephan vorbereiten. Und dann kommt es mir noch darauf an, wann und wie wir ihn hier rausbekommen.«

»Ich bezweifle, daß er transportfähig ist.«

»Ich werde das organisieren. Laß mich nur machen. Wir machen ihn gesund, du wirst sehen. Schön langsam, damit sie ihn nicht mehr holen können. Für ihn ist der Krieg zu Ende. Das hat doch auch sein Gutes, nicht wahr?«

Am erstaunlichsten aber war, was Victoria zum Schluß sagte, kurz bevor sie sich trennten.

»Sobald ich in Dresden etabliert bin, nehme ich Maria zu mir.«

»Du willst Maria zu dir nehmen?«

»Aber ja. Natürlich. Es wird höchste Zeit, daß ich mein Kind bei mir habe.«

Darüber war Nina so verdutzt, daß sie nicht wußte, was sie sagen sollte. Victoria lachte.

»Du siehst mich an, als hättest du mich nie gesehen. Es ist doch ganz normal, daß eine Mutter ihr Kind um sich haben will. Bisher habe ich keine Zeit gehabt, na bitte, da ging es eben nicht.«

»Und hast du denn jetzt Zeit?«

»Jetzt wird mein Leben sehr viel bequemer werden. Ich nehme mir ein Kindermädchen. Du siehst ja, daß ich Wagen und Chauffeur habe. Also!«

»Und ein Mann gehört ja sicher auch dazu.«

»Du sagst es. Ich werde bald heiraten.«

»Du wirst heiraten?«

»Was schaust du so erstaunt? Ich kann doch auch mal heiraten. Ich werde in sehr guten Verhältnissen leben. Maria wird das herrlichste Leben bei mir haben. Und wir werden auch Kinder finden, die mit ihr spielen, da kann Victoria ganz beruhigt sein. Für ein Kind ist es schließlich die Hauptsache, bei seiner Mutter zu sein. Aber jetzt mußt du einsteigen, sonst fährt der Zug ohne dich ab.«

»Aber Vicky, um Gottes willen, wer ist denn dieser Mann?«

Victoria lachte. »Du wirst ihn kennenlernen. Bald.«

Es war eine lange Fahrt nach München, in Bayreuth mußte Nina umsteigen, in Nürnberg noch einmal, der Zug war voll, die Leute lästig dicht um sie herum.

Aber sie sah und hörte nichts, sie dachte immer nur an das, was Vicky gesagt hatte. Diese schöne, erfolgreiche Tochter, die sie mit einem schwarzen Horch und einem livrierten Chauffeur an die Bahn gebracht hatte, und das im dritten Kriegsjahr.

Wie sie dort auf dem kleinen Bahnsteig stand, in einem schilfgrünen Leinenkostüm, und lächelnd sagte: Es wird höchste Zeit, daß ich mein Kind bei mir habe.

Und dann: Für ein Kind ist es die Hauptsache, bei seiner Mutter zu sein.

Vicky, die sich nie um dieses Kind gekümmert hatte. Die sich nie selbst als Mutter bezeichnet hatte.

Und schließlich: Ich werde bald heiraten.

Bis Nina in München ankam, war sie verärgert. Warum wußte sie nicht, was im Leben ihrer Tochter vor sich ging?

Hatte sie Vicky nicht immer geliebt, sich Sorgen um sie gemacht, immer darum gebangt, ob auch alle ihre Wünsche, ihre Träume in Erfüllung gehen würden? Stephan war im Grunde stets zu kurz gekommen.

Gewiß, Vicky war freundlich, liebenswürdig, auch hilfsbereit, aber sie war ihr ferngerückt, fremd geworden, lebte ihr Leben für sich.

Das hatte sie immer getan, auch das war genaugenommen keine neue Erkenntnis für Nina. Ein wenig rücksichtslos, egoistisch, unabhängig, bei allem Charme und aller Liebenswürdigkeit. Die Tochter von Nicolas. So war er gewesen, so war sie.

Von mir, dachte Nina, hat sie eigentlich wenig. Aber als sie das alles zu Ende gedacht hatte, war Ninas Ärger verschwunden. Vicky gehörte auf die Sonnenseite des Lebens, und das war es schließlich, was sie immer gewünscht hatte.

Gut gelaunt kam Nina in der Holbeinstraße an. Silvester war nicht da. Eine kurze Nachricht auf dem Küchentisch teilte ihr mit, daß er noch eine Verabredung habe und spät nach Hause kommen werde.

Ninas gute Laune verflog. Sie hatte gehofft, daß er sie erwarten würde, daß sie ihre Neuigkeiten gleich loswerden konnte. Aber nein, sicher saß er wieder irgendwo mit seinen Freunden zusammen und plante die Götterdämmerung des Dritten Reiches. Oder sie besuchten Isabella, die in einer Berghütte oder einem Kellerloch oder wo auch immer versteckt lebte. So lange, bis man sie fand und in ein Lager brachte und Silvester und seine konspirativen Freunde dazu.

Nina zog sich aus und stellte sich unter die Dusche. Es war heiß gewesen an diesem Tag, besonders heiß im Zug. Sie empfand Überdruß an allem, an Silvesters Untergrundtätigkeit, an den Nazis, an Hitler, am Krieg.

Nackt stellte sie sich vor den Spiegel im Schlafzimmer. Im nächsten Jahr würde sie fünfzig sein. Ihr Körper war immer noch schlank und straff, ihre Brüste fest, ihre Beine wohlgeformt. Nicht so lang wie Vickys Beine, aber es ging. Vicky hatte schließlich Nicolas von Wardenburg zum Vater gehabt, und sie bloß Emil Nossek, das war ein Unterschied.

Nina lachte.

Jetzt würde sie in der Küche nachsehen, was es zu essen gab. Irgendetwas würde schon da sein. Sie hatte einen Riesenhunger. Vicky würde heiraten. Und Maria zu sich nehmen. Und dafür sorgen, daß Stephan gesund wurde.

Morgen mußte sie zu Victoria hinausfahren und ihr das alles mitteilen. Silvester würde es sowieso nicht sonderlich interessieren.

Nach ihrem ersten Gastspiel in der ›Zauberflöte‹ und dem Zusammentreffen mit Richard Cunningham in Dresden hatte Victoria eigentlich erwartet, diesen Mann bald wiederzusehen. Doch dies war nicht der Fall. Sie hörte nichts von ihm, als sie wieder in Berlin war, und sie wußte so wenig von ihm wie an jenem Abend in seinem Haus.

Sie war versucht, Marietta davon zu erzählen, aber sie ließ es bleiben. Marietta hätte vermutlich gesagt: »Hast du nichts anderes im Kopf als einen neuen Flirt? Arbeite lieber.«

Das tat sie. Drei Wochen später sang sie eine glanzvolle Micaela in Dresden. Sie hatte selbst das Gefühl, nie so gut gesungen zu haben. Sie war hervorragend in Form, sah blendend aus, hatte sich vor allem diesmal in der Hand.

Ihr Partner, ein Star der Berliner Staatsoper, war die Liebenswürdigkeit in Person. Schon das Duett gelang so hervorragend, daß sie Szenenapplaus bekamen. Und im dritten Akt steigerte sich Victoria zur Höchstform, auch im Spiel.

Es war ein Erfolg, das Publikum feierte sie begeistert.

Im Hotel Bellevue hatten sie Blumen erwartet und eine Karte von Cunningham.

Würden Sie mir die Freude machen, nach der Vorstellung mit mir zu speisen?

Es war wie das letzte Mal, der Wagen, der Chauffeur, das märchenhafte Haus. Cunningham, der sie an der Tür begrüßte, ihr die Hand küßte, den Pelz abnahm.

Der Unterschied zum letztenmal bestand darin, daß keine anderen Gäste da waren, daß sie allein mit ihm war.

Der riesige Raum, das Feuer im Kamin, die Kerzen, die leuchtenden Farben der Teppiche, der Diener mit dem Tablett, auf dem die gefüllten Champagnergläser standen. Nur zwei.

»Wir sind allein,« sagte Cunningham, nachdem sie den Raum betreten hatten. »Und es kommt auch niemand mehr. Beliebt es Ihnen, dennoch zu bleiben?«

Victroia lächelte. Sie hatte so etwas erwartet. Aber heute war sie Herrin der Situation. Sie hatte gut gesungen, hatte einen erfolgreichen Abend hinter sich, außerdem war sie neugierig auf diesen Mann. Drei Wochen hatte sie auf eine Nachricht von ihm gewartet, doch sie hatte nichts von ihm gehört, das hatte die Spannung gesteigert. Sie fragte sich, ob er das absichtlich getan hatte.

»Es beliebt mir«, erwiderte sie. »Ich finde es sehr angenehm, daß wir allein sind.«

An diesem Abend erfuhr sie alles über ihn. Die großen Geheimnisse, die sie hinter seiner Person vermutet hatte, gab es nicht. Weder war er ein hohes Tier in der Partei noch sonst eine Persönlichkeit des öffentlichen Lebens. Er war ganz einfach ein reicher Mann. Dazu ein Mann von großer wirtschaftlicher Bedeutung, was ihm gewisse Privilegien einräumte.

Den Reichtum hatte er nicht erworben, sondern ererbt. Er bestand in Ländereien in Ungarn, Waldgebieten und Bergwerken in Oberschlesien und mehreren Fabriken in Schlesien und Sachsen, die heute zum großen Teil für den Krieg produzierten. Unter anderem gehörte auch eine Maschinenfabrik in der Oberlausitz, nahe Görlitz, zu seinem Besitz.

»Meine Leistungen sind bescheiden«, sagte er, »es war alles schon da. Mein Großvater war ein fleißiger Mann, mein Vater auch, und ich war der einzige Sohn und Erbe. Meine Aufgabe bestand nur darin, dafür zu sorgen, daß diese Betriebe von fleißigen und fähigen Männern geführt wurden. Ich bin viel unterwegs, um den Überblick nicht zu verlieren und um informiert zu sein. Daher auch gesteht man mir in der heutigen Zeit einen Wagen zu.« Es war nach dem Essen, als er ihr das erzählte, sie saßen vor dem Kamin, tranken Mokka und Cognac.

»Dieses Leben läßt mir immerhin Zeit, meinen Liebhabereien zu leben, das ist vor allem die Kunst, Musik, Theater, und es ist diese Stadt, der ich mich eng verbunden fühle und in der ich einige Ehrenämter bekleide. Was übrigens mein Vater auch schon tat.«

»Ein beneidenswertes Leben«, sagte Victoria.

»Gewiß. Allerdings ist mir eins verwehrt geblieben: eine Frau, mit der ich glücklich leben konnte, und Kinder. Beides habe ich mir gewünscht. Und eines Tages, Victoria, möchte ich Sie fragen, ob Sie diese Frau sein wollen.«

Es war eine seltsame Formulierung, sie blickte ihn unsicher

an, nippte am Cognac, sagte schließlich: »Das klingt wie ein Heiratsantrag. Aber es klingt merkwürdig.«

Nun erfuhr sie auch den Rest. Er war verheiratet gewesen, seine Frau war vor genau zwei Wochen gestorben.

»Sie war seit vielen Jahren krank, sie war eigentlich immer krank. Multiple Sklerose. Das war der Grund, warum ich Ihnen meine Blumen ohne Karte schickte. Ich hatte kein Recht, mich Ihnen zu nähern. Als Sie vor drei Wochen das erste Mal hier waren, Victoria, wußte ich bereits, daß das Ende kurz bevorstand. Vor zwei Wochen habe ich sie begraben. Es war ein qualvolles Leben für sie, aber auch eine Qual für mich. Ich will nicht behaupten, daß es keine anderen Frauen in meinem Leben gegeben hat, aber es war niemals eine Frau, die zu mir gehörte, die ich wirklich liebte. Es wäre geschmacklos, Sie heute zu fragen, ob Sie meine Frau werden wollen. Aber wenn Sie im Herbst Ihr Engagement in Dresden antreten, darf ich Sie dann fragen?«

Sie hätte antworten mögen, daß sie ja noch gar nicht wußte, ob man sie engagieren würde, aber möglicherweise wußte er besser Bescheid als sie. Doch mit oder ohne Engagement war sie bereits entschlossen, diesen Mann zu heiraten. Er gefiel ihr, er zog sie an, und er würde ihr die Sicherheit und Geborgenheit geben, die es ihr ermöglichte, nur noch zu tun, was ihr gefiel. Zu singen, was und wo sie wollte, zu filmen, wenn und wann sie wollte und vor allen Dingen nicht mehr gepeinigt auf jeden heiseren Ton ihrer Kehle zu warten.

Sie wurde in diesem Jahr achtundzwanzig, und sie wollte gern heiraten. Außerdem hatte sie sich immer gewünscht, reich zu sein. Er bot ihr allen Luxus, den man sich erträumen konnte, und der stand ihm sogar jetzt, mitten im Krieg, zur Verfügung.

Und er würde nie verlangen, daß sie nicht mehr singen, nicht mehr auftreten, nicht mehr filmen sollte. Ihm gefiel sie nicht nur als Frau, sondern auch als Künstlerin.

Es war mit einem Wort ein Idealfall. Nur konnte sie nicht ganz einsehen, warum ihr diese ganze Pracht erst ab Herbst zur Verfügung stehen sollte. Es war erst März.

Zunächst aber sollte er ihr Geheimnis erfahren, doch sie wußte im voraus, wie er darauf reagieren würde. Sie erzählte ihm von Maria und erhielt die Antwort, die sie erwartet hatte.

»Wir werden sie zu uns nehmen.«

Victoria sagte: »Das habe ich mir immer gewünscht.«

Das war eine Lüge, die ihr leicht über die Lippen ging, denn Gleichgültigkeit gegenüber Maria hätte er nicht verstanden, soweit kannte sie ihn nun schon.

»Ich habe mir immer Kinder gewünscht, und Sie bringen gleich eins mit. Das ist wundervoll. Erzählen Sie mir von ihr. Haben Sie ein Bild von ihr?«

»Nicht hier. Im Hotel. Ich zeige es Ihnen morgen.«

Auf erstaunliche Weise war sie angerührt, bewegt. Es hatte nicht viele Männer in ihrem Leben gegeben, und hatte es eigentlich Liebe gegeben? Du weißt gar nicht, was Liebe ist, hatte Peter einmal zu ihr gesagt. Du wirst nie einen anderen Menschen so lieben wie dich selbst.

Sie hatte nicht widersprochen, weil es der Wahrheit entsprach. Einesteils brachte es der Beruf mit sich, anderenteils war sie eben so.

Das war auch damals ihre Antwort gewesen: Ich bin eben so. Du mußt mich nehmen, wie ich bin.

Das tue ich ja auch, hatte Peter lächelnd erwidert. Und sie war sich klar darüber, daß er sie nicht liebte und nie lieben würde, nicht so, wie er Nina geliebt hatte.

Aber hier wurde eine neue Rolle von ihr verlangt. Die Rolle der liebenden Frau. Und wenn es einen Mann gab, für den es sich lohnte, diese Rolle zu spielen, so war es Richard Cunningham. Sie hatte das Gefühl, daß diese Rolle ihr leicht fallen würde.

Sie stand auf, ging durch die ganze Länge des Raumes, bis vor den Gobelin und betrachtete ihn das erste Mal aus der Nähe. Das Helle, Glänzende war das Gefieder eines Schwans, der aus einer goldenen Wolke auf einen nackten Frauenkörper herabstieß. Golden wie die Wolke war das lange Haar der Frau, das von ihrem zurückgeneigten Kopf in das Grün eines Busches floß.

Sie wandte sich um. Er war aufgestanden, als sie aufstand, war aber vor dem Kamin stehengeblieben.

Langsam ging sie auf ihn zu. Sie ging wie auf der Bühne, sehr bewußt, sehr auf Wirkung bedacht.

Sie blieb vor ihm stehen und sagte: »Das ist alles sehr . . . verwirrend. Sie würden es mir leichter machen, wenn Sie nicht so kalt und gelassen über diese Dinge sprechen würden.«

Damit hatte sie ihn getroffen.

»Kalt und gelassen? Victoria! Wie können Sie so etwas sagen. Sie mißverstehen mich ganz und gar. Seit Monaten denke ich nur an Sie. Seit über einem Jahr. Aber ich wollte kein Verhältnis mit Ihnen. Was sollte ich tun? Meiner Frau einen baldigen Tod wünschen, nur um Sie endlich für mich zu haben? Ich wußte, daß sie nicht mehr lange leben würde. Aber ich . . . ich war hilflos. Meiner Frau gegenüber. Ihnen gegenüber. Verstehen Sie doch meine Situation.«

»Verstehen Sie *meine* Situation. Hier und heute. Sie sagen mir, daß Ihre Frau gestorben ist, Sie sagen, daß Sie mich heiraten wollen, nicht gleich, irgendwann später, zu einem Ihnen respektierlich erscheinendem Zeitpunkt. Sie teilen mir dies alles mit wie . . . ja, wie einen Spielplan für die nächste Saison. Sie fragen nicht nach meinen Gefühlen, Sie fragen nicht, was ich davon halte, Sie fragen nicht, ob es vielleicht einen Mann in meinem Leben gibt. Und von Liebe sprechen Sie schon gar nicht. Möglicherweise ist es dumm von mir, das zu erwarten.«

Er griff mit beiden Händen nach ihr, erregt, zog sie an sich. »Aber ich liebe dich. Ich liebe dich über alles in der Welt. Ich liebe dich so sehr, daß ich davon nicht sprechen kann. Weil es keine Worte dafür gibt. Ich erschrecke selbst vor diesem Gefühl. Ich habe zwanzig Jahre lang mit einer kranken Frau gelebt. Oder besser gesagt, neben ihr gelebt. Ich erwähne es jetzt zum letztenmal, dann werde ich nie mehr davon sprechen. Victoria, ich habe soviel Liebe zu geben, dir zu geben, nur dir, daß auch du vielleicht vor meinem Gefühl erschrecken wirst.«

Nun war es ihr gelungen, seine Ruhe und Gelassenheit zu vertreiben. Es war alles ein wenig theatralisch, fand sie, doch das störte sie nicht, Theater war ihr Lebenselement.

Sie bog den Kopf zurück, schloß die Augen, und nun küßte er sie. Küßte sie leidenschaftlich, ausdauernd, mitreißend.

Na also, dachte sie. Wozu warten bis zum Herbst?

Sie legte langsam, wie zögernd die Arme um seinen Nacken, ihr Körper wurde weich und nachgiebig in seinen Armen, der Effekt blieb nicht aus.

Noch in dieser Nacht wurde sie seine Geliebte.

Sie heirateten in Berlin, noch ehe sie ihr Engagement in Dresden antrat. Es war eine kurze Formalität, Marietta und Horst Runge waren Trauzeugen.

»Nicht schlecht«, sagte Marietta. »Du warst immer ein gerissenes kleines Luder, du hast dir da einen fetten Fisch an Land gezogen.«

»Wenn schon, denn schon«, erwiderte Victoria. »Etwas Mittelmäßiges hätte ich nie geheiratet.«

So ähnlich wie Marietta äußerte sich auch Marleen, die an dem Hochzeitsessen bei Borchardt teilnahm.

»Ich habe viel von dir gelernt«, sagte Victoria.

Nina war nicht dabei, Victoria verständigte sie erst nach vollzogener Eheschließung von der Veränderung ihres Lebens.

»Wird deine Mutter nicht beleidigt sein?« hatte Cunningham besorgt gefragt.

»Ach wo. Sie hat momentan so viel auf dem Hals. Die Schwierigkeiten mit Silvester, die Sorge um meinen Bruder, dann noch Maria, die da draußen auf dem Land ist. Warum soll sie extra nach Berlin fahren, die Züge sind jetzt so voll und so unbequem geworden. Wir werden sie ja bald sehen.«

»Und ihr einen Teil ihrer Sorgen abnehmen. Sobald wir zurück sind, kommt Maria nach Dresden und dein Bruder auf den Weißen Hirsch.«

Sie planten eine Reise nach Salzburg, Cunningham hatte Karten für die Festspiele, sie würden den ›Figaro‹ und die ›Arabella‹ sehen und in einige Konzerte gehen. Auf dem Hinweg waren zwei Tage für München eingeplant, auf dem Rückweg drei, und Maria wollte man gleich nach Dresden mitnehmen.

Ganz unvorbereitet war Nina nicht, Victoria hatte ihr bereits am Telefon von der bevorstehenden Heirat erzählt.

Nina und Richard Cunningham verstanden sich vom ersten Blicktausch an ausgezeichnet. Und Nina war sehr froh und erleichtert, daß Vicky geheiratet hatte und dazu noch so einen fabelhaften Mann.

»Gefällt er dir?« fragte Victoria am ersten Abend, den sie zusammen in der Holbeinstraße verbrachten.

»Um mit deinen Worten zu reden: Er ist fabelhaft«, sagte Nina. »Gott sei Dank, daß du verheiratet bist. Dieser gräßliche Krieg, und man weiß nicht, was noch kommen wird. Jetzt brauche ich mir wenigstens um dich keine Sorgen mehr zu machen, du bist versorgt und aufgehoben.«

»Das denke ich auch«, sagte Victoria leichtherzig. »Irgendwann wird der Krieg ja mal zu Ende gehen, wir werden ihn vermutlich verlieren, aber diese ganzen Cunningham-Betriebe haben schon einmal einen verlorenen Krieg glänzend überstanden, es wird auch diesmal genug für uns übrigbleiben. Für uns alle, nebenbei bemerkt. Ich werde immer für Stephan sorgen können, das sollst du wissen.«

»Das ist ein sehr beruhigendes Gefühl für mich«, sagte Nina ernst. »Gesund wird er wohl nie mehr werden, der arme Junge.«

»Warte erst einmal ab, was sie dort im Sanatorium mit ihm anstellen werden. Richard und der Chefarzt sind eng befreundet. Übrigens auch ein großer Opernfreund. Der wird alles tun, was menschenmöglich ist, um Stephan zu helfen.«

»Nur, daß du Maria mitnehmen willst . . .«

»Nina, das ist doch das beste. Sie kann doch nicht ewig da draußen auf dem Dorf bleiben. Sie kommt in ein traumhaft schönes Haus, kriegt ein wunderbares Zimmer, ein Garten ist auch da, eine Menge Personal ist im Haus, ein Kindermädchen habe ich schon gefunden. Und Richard freut sich jetzt schon auf sie. Er ist ganz verrückt nach Kindern.«

»Da wirst du ja noch eins bekommen müssen.«

»Warum nicht? In solchen Verhältnissen, weißt du, ist Kinderkriegen wirklich keine Affäre. Und dann kommt noch etwas dazu, was mir sehr, sehr angenehm ist. Ich hatte dieses verdammte Sirenengetute nachts in Berlin jetzt satt. Und im Rheinland hat es ja schon allerhand böse Luftangriffe gegeben. Wer weiß, was in Berlin noch passiert. Marleens Freund ist der Meinung, das wird noch sehr finster. In Dresden haben wir nichts zu befürchten.«

»Wieso eigentlich nicht?«

»Dort gibt es niemals Luftangriffe. Die Stadt wird bestimmt verschont, das sagt dort jeder.«

Ab Herbst 1942 war Victoria Mitglied der Dresdner Staatsoper, beschäftigt wurde sie allerdings nicht sehr viel. Sie ›ging spazieren‹, wie es im Theaterjargon hieß. Sie bekam die Lola, die Nuri, auch die Marzelline im ›Fidelio‹, durfte noch einige Male die Micaela übernehmen, damit hatte es sich schon. Aber das störte sie nicht weiter, da dachte sie durchaus realistisch. Für dieses Haus war sie eine blutige Anfängerin, sie konnte wirklich nicht erwarten, daß man sie in den großen Partien beschäftigte. Sie hatte Zeit, sie war jung. Zunächst konnte sie von den berühmten Kolleginnen lernen, die auf dieser Bühne sangen. In zehn Jahren würde *sie* die Elsa, das Evchen, die Elisabeth singen, vielleicht die Arabella und die Marschallin.

Außerdem war sie viel zu sehr damit ausgefüllt, verheiratet zu sein, einen Mann zu haben, der ihr jeden Wunsch von den Augen ablas, das große Haus zu führen, viele Gäste zu haben. Sie gab oft Hauskonzerte mit namhaften Künstlern, natürlich sang sie dann auch. Für ihre Gäste war sie eine Sensation, schön, begabt, charmant, eine vorzügliche Gastgeberin, und singen konnte sie auch noch. Sie wurde auch nicht mehr heiser, seitdem die Spannung von ihr abgefallen war.

Nina kam im Winter zu Besuch und war natürlich hingerissen von der Umgebung, in der ihre Tochter lebte.

»Endlich hast du einen Rahmen, der dir angemessen ist«, sagte sie.

Victoria lachte. »Na, direkt in einer Hundehütte haben wir ja auch nicht gelebt.«

»Wenn ich an Nicolas denke«, begann Nina, »das Leben auf Wardenburg, das hätte zu dir gepaßt.«

»Ach ja, dein sagenhafter Onkel, den du als kleines Mädchen so angehimmelt hast«, meinte Victoria gleichgültig.

Nina sprach nicht weiter. Sie hatte vorgehabt, Victoria endlich die Wahrheit zu sagen, sie endlich wissen zu lassen, wer ihr Vater war. Schon seit Jahren wollte sie bei passender Gelegenheit Victoria das große Geheimnis ihres Lebens mitteilen. Aber auch jetzt war nicht der richtige Zeitpunkt. Es ging nicht, so aus heiterem Himmel, ohne Anlaß und ohne Vorbereitung, Victoria mit diesem Geständnis zu überfallen. Eigentlich ging es überhaupt nicht mehr. Es war endgültig zu spät. Außerdem hatte sie das Gefühl, daß es Victoria kaum interessieren würde, ein leicht amüsiertes Staunen, das wäre wohl alles, was sie für Ninas Geheimnis übrig haben würde.

Marleen kam ebenfalls nach Dresden und blickte sich anerkennend um, außerdem war sie wie eh und je ein Schmuckstück für jede Gesellschaft; sogar Marietta scheute die Reise nicht, um zu sehen, was für Wunderdinge dort in Dresden geboten wurden.

Mit einem Wort: Für Victoria bestand das Leben zu jener Zeit aus eitel Lust und Freude.

Sie gab sich viel mit Maria ab, die relativ rasch ihre Scheu ablegte und sich dieser schönen strahlenden Mutter zärtlich zuwandte. Aber noch mehr als an Victoria hing das Kind an Richard Cunningham, die beiden liebten sich so innig, daß Victoria manchmal eifersüchtig wurde. Richard gelang es auch, Maria ihre Angst vor anderen Kindern zu nehmen, er suchte sorgfältig nach Bekannten, die Kinder in Marias Alter hatten, lud sie ein, gab lustige Kinderfeste, spielte mit den Kindern, baute ein Kasperletheater auf, in dem er selbst erdachte Stücke aufführte, die großen Erfolg hatten. Auch Mali, die kleine Jagdhündin, war vom Waldschlössl mit nach Dresden umgezogen, denn keiner hatte es übers Herz gebracht, Maria von dem Hündchen zu trennen. Mali lebte sich gut in Dresden ein und wurde der Liebling des ganzen Hauses.

Als Nina im Frühjahr 1943 zu ihrem zweiten Besuch nach Dresden kam, sagte sie: »Bei euch kann man glatt vergessen, daß wir uns im Krieg befinden. Und in was für einem Krieg! Du hast keine Vorstellung, wie es in Berlin aussieht. Sie haben dort jetzt furchtbare Angriffe.«

Die Tragödie von Stalingrad hatte dem Volk klargemacht, daß der Krieg verloren war, nur ganz Verbohrte, nur ganz Törichte sprachen noch von Sieg.

Der große Rückzug aus Rußland hatte begonnen, das tapfere Afrikakorps war geschlagen, und Goebbels hielt im Berliner Sportpalast die leidenschaftlichste seiner leidenschaftlichen Reden, verhexte die Menge wie ein Medizinmann mit seiner in der deutschen Geschichte nie-vergessen-sein-sollenden Suggestivfrage: ›Wollt ihr den totalen Krieg?‹ Und der Ja-Schrei der verhexten Menge fuhr wie ein Dolch in das Herz des deutschen Volkes und riß eine Wunde, die wohl niemals vernarben wird.

Wie allerdings dieser totale Krieg aussehen sollte, das wußte selbst er nicht zu sagen, denn Menschen, Material, Panzer, Schiffe, Flugzeuge, Waffen, Munition, Treibstoff, Rohstoffe, alles, was nötig gewesen wäre, um diesen Krieg noch totaler zu machen, konnte selbst Goebbels nicht herbeihexen.

Die letzten Kräfte konnte man mobilisieren, die Alten und die Jungen einziehen, auch noch mehr Leute aus den sowieso angespannt arbeitenden Betrieben herausholen, der Zivilbevölkerung die größte Sparsamkeit abverlangen, die höchsten Anstrengungen unternehmen, um Ersatzstoffe jeder Art herzustellen und schließlich und endlich die Fata Morgana einer Wunderwaffe, die den Sieg herbeizaubern würde, in die Düsternis des Kriegshimmels malen.

Was konnte es gegen die Kriegsmaschinerie des reichen Amerika bewirken, die mittlerweile auf vollen Touren lief, was gegen die Menschenmassen der Sowjetunion, die inzwischen fanatisch und erbittert kämpften?

Nichts.

Der totale Krieg wurde nicht von Deutschland gegen seine Feinde geführt, den totalen Krieg führten die Verbündeten gegen das ausgeblutete Deutsche Reich. Und in steigendem Maße gegen die Zivilbevölkerung, denn die Bomben, die auf deutsche Städte fielen, verwandelten nicht nur diese Städte in Trümmerhaufen, sondern verwundeten und töteten die Menschen, die in ihnen lebten, Frauen und Kinder, Säuglinge und Greise, Gerechte und Ungerechte; nur eine kriegsentscheidende Wirkung hatten sie nicht. Das Volk war wehrlos und hilflos dem Tod ausgeliefert, der aus dem Himmel niederfiel, jedoch Hitler und seine Gefolgschaft traf er nicht, die saßen in sicheren Bunkern, Hitler mit seinem Stab in Ostpreußen, in der sogenannten Wolfsschanze. Und so wenig Hitler an die Front gegangen war, so wenig besah er sich die zerbombten Städte. Es kümmerte ihn nicht. Wenn dieses Volk nicht siegen konnte, mochte es untergehen. Mit ihm. Durch ihn. Aus dem totalen Krieg sollte ein totaler Untergang werden.

In Dresden waren noch keine Bomben gefallen, es gab gelegentlich Alarm, doch in dieser Stadt war man sicher, so weit nach Osten kamen die feindlichen Flugzeuge nicht.

Stephan Jonkalla ging es nach und nach besser. Er lebte noch immer im Sanatorium, doch er konnte es für kleine Spaziergänge verlassen, er kam auch zu seiner Schwester, die sich liebevoll um ihn kümmerte. Er ging am Stock, er war still, schwermütig und ermüdete leicht. Immerhin war sein Sehvermögen wieder hergestellt, nur der Hörnerv des einen Ohrs war für immer zerstört.

»Hauptsache, du lebst« sagte Victoria. »Und für später gibt es keine Probleme. Richard wird dir nach dem Krieg einen bequemen Posten in irgendeinem seiner Betriebe geben, wo du dich nicht weiter anzustrengen brauchst. Und dann suche ich dir eine nette Frau, die dich liebt und verwöhnt, dir das Frühstück ans Bett bringt und deine Sachen aufräumt, genau wie es früher Tante Trudel getan hat.«

»Glaubst du denn wirklich, daß das Leben nach dem Krieg einfach so weitergeht wie früher? Vicky, glaubst du das wirklich? Du machst dir da etwas vor. Das sind Illusionen. Es wird fürchterlich sein nach dem Krieg.«

»Ja, ja, ich kenne den Spruch. ›Genieße den Krieg, der Frieden wird schrecklich.‹ Erst mal abwarten.«

Von einer düsteren Zukunft wollte Victoria nichts hören, und man sprach auch in ihrer Gegenwart möglichst nicht davon, denn sie erwartete ein Kind.

Die Schwangerschaft machte ihr kaum Beschwerden, Richard, der sich unbeschreiblich auf das Kind freute, verwöhnte sie, und noch immer lebte sie ja in einem Rahmen, der die Unbill der Zeit weitgehend von ihr fernhielt.

»Große Partien verpasse ich zur Zeit nicht«, sagte sie, »und große Sprünge kann man auch nicht machen, also ist die Zeit ganz günstig, um das zu erledigen. Maria, was möchtest du haben? Ein Schwesterchen oder ein Brüderchen?«

»Ein Schwesterchen«, wünschte sich Maria; und sie bekam es. Victoria gebar ihre zweite Tochter Anfang August 1943, wenige Tage nach ihrem eigenen Geburtstag. Sie nannte sie Micaela, allerdings machte der Standesbeamte Michaela daraus, da er annahm, es handle sich um einen Schreibfehler.

Zu dieser Zeit waren die Alliierten bereits in Italien gelandet, Mussolini war abgesetzt und verhaftet worden, der erste der faschistischen Führer somit geschlagen und entmachtet. Zwar ließ ihn Hitler später durch einen Handstreich der SS befreien, doch wurde der einst so mächtige und großmäulige Duce dadurch mehr oder weniger Hitlers Gefangener.

Nun mußten die Deutschen also auch noch Italien besetzen und verteidigen, doch auch hier trieb man sie Schritt für Schritt zurück.

Seit dem Sommer 1943 mußte Victoria von Mallwitz das Gut allein bewirtschaften, denn ihr Mann war als Reserveoffizier eingezogen worden. Es gab überhaupt kaum mehr Männer im Waldschlössl, nur zwei alte Knechte, doch bekam Victoria französische Kriegsgefangene als Hilfskräfte zugeteilt, mit denen sie gut zurecht kam. Erstens sprach sie perfekt französisch und zweitens behandelte sie die fremden Arbeitskräfte gerecht und anständig. Ihr jüngster Sohn, Albrecht von Mallwitz, wurde mit seinem Jagdflugzeug über England abgeschossen. Er konnte sich mit dem Fallschirm retten, war verwundet und kam in englische Kriegsgefangenschaft.

Victoria, als sie es erfuhr, sagte: »Gott sei Dank.«

Mehr bangte sie um ihren ältesten Sohn Ludwig, der tat Dienst in einem Feldlazarett auf der Krim, und er fiel gegen

Ende des Jahres, als die Krim abgeschnitten und eingekesselt wurde.

»Ludwigs Sohn«, sagte sie, als sie und Nina sich seit langer Zeit einmal wiedersahen. »1914 der Vater, 1943 der Sohn. Sag mir, Nina, welch ein Wahnsinn herrscht auf dieser Erde? Und wir haben es kommen sehen. Damals, als es anfing mit diesem Unmenschen, haben wir es kommen sehen. Ich erinnere mich noch genau an einen Sonntag im März 1933, es war der Sonntag, nachdem dieses Affentheater in Potsdam stattgefunden hatte, du weißt schon, der sogenannte Tag von Potsdam. Als Hitler seinen ersten Reichstag eröffnete.«

»In Potsdam?« fragte Nina verwundert. »Daran erinnere ich mich gar nicht.«

»Das sieht dir ähnlich. Ich glaube, du hast gar nicht richtig begriffen, was da vor sich ging. Hitler im Frack und der arme alte Hindenburg in Generalfeldmarschallgala, und die Glocken der Garnisonskirche in Potsdam bimmelten ihr ›Üb immer Treu und Redlichkeit‹ dazu. Ausgerechnet in der Potsdamer Garnisonskirche eröffneten sie ihren ersten Reichstag. In solchen Inszenierungen waren sie ja immer groß, das muß ihnen der Neid lassen. Ich weiß noch genau, was Guntram sagte. ›Friedrich der Große hätte ihnen ins Gesicht gespuckt‹, sagte er, und Felix Hartl, der war auch da, der sagte: ›Glaub' ich nicht, dem wäre seine Spucke noch zu schade gewesen, er hätte sie von seiner Garde aus Preußen hinauspeitschen lassen.‹ Das war schon beachtlich, daß sich die Bayern mit den Preußen mal solidarisch fühlten. Aber wir hatten ja ein schlechtes Gewissen, hier bei uns war der Kerl ja aufgeblüht wie so eine Brennessel auf dem Misthaufen der damaligen Elendszeit. Womit ich allerdings die Brennesseln nicht beleidigen möchte.«

Nina hörte staunend zu.

Da saß Victoria von Mallwitz, scheinbar kühl und beherrscht wie immer, erging sich in Erinnerungen, und eine Woche zuvor hatte sie die Nachricht erhalten, daß ihr Sohn gefallen war.

»Drei Tage später hatten sie dann das Ermächtigungsgesetz durchgesetzt, und von da an konntest du den Reichstag vergessen. Konntest du das vergessen, was man so hochtrabend Demokratie nennt. War *passé*. Und dann fingen sie an aufzuräumen und schmissen alle hinaus, die ihnen nicht paßten, die rot oder schwarz oder jüdisch oder was weiß ich sonst noch waren. So wie deinen Silvester. Am nächsten Sonntag nach dem Humbug in Potsdam waren sie alle hier draußen bei uns. Guntram, Felix und Dr. Fels und natürlich Silvester, damals noch in Begleitung von Marie-Sophie, mit der er ja quasi verlobt war. Isabella war auch dabei.«

»Franziska nicht?«

»Nein, die kannten wir damals noch nicht. Das heißt, Silvester kannte sie wohl schon. Franziska war mit den beiden Braun-Mädchen schon lange befreundet. Mit Isabella in erster Linie, Marie-Sophie war ja eine komische Person, mit der konnte man eigentlich nicht befreundet sein.«

»Wie war sie denn? Ich meine, Silvester hat sie doch geliebt.«

»Na ja, geliebt. Wenn du mich fragst, waren das bei ihm Reste aus der Pubertätszeit. Damals hatte er sich halt in Marie-Sophie verknallt. Hübsch war sie schon. Apart sollte man besser sagen. So ein ätherisches Wesen, das immer halb in den Wolken schwebte. Und plötzlich lag sie unterm Teppich, *down and done*, das nannte sich dann Depressionen. Die pflegte sie mit Hingabe. Nein, Silvester kann froh sein, daß er sie los wurde. Es mag herzlos klingen, aber an dieser Frau hat die Welt nicht viel verloren. Im Gegensatz zu Isabella, die nicht nur eine hervorragende Ärztin, sondern auch ein wunderbarer Mensch ist.«

Nina hatte nun schon begriffen, warum Victoria soviel redete und erzählte. Sie wollte sich ablenken, sie wollte sich nicht ihrem Gram hingeben. Sie rauchte ununterbrochen, und sie füllte immer wieder die Gläser. Ihre Hand zitterte, und ihre Augen waren gerötet. Sie hatte ihren ersten Mann sehr geliebt, und sein Sohn, der nun gefallen war, hatte ihrem Herzen von allen Kindern wohl am nächsten gestanden. Ludwig von Mallwitz, seinem Vater sehr ähnlich, korrekt, zuverlässig, klug, ein gutes Abitur, das Medizinstudium, Promotion, und jetzt vermoderte er in Rußland. Neunundzwanzig Jahre war er alt geworden.

Draußen lag Schnee, es war kalt. Sie saßen in der Bauernstube, gleich unten rechts, wenn man hineinkam ins Waldschlössl, sie war holzgetäfelt, gemütlich, warm geheizt, sie hatten Leberknödel gegessen und Kartoffelsalat und tranken roten Südtiroler. Das heißt, Victoria hatte kaum etwas gegessen, sie trank nur und rauchte, und wenn ihre Finger keine Zigarette hielten, tanzten sie unruhig auf der Lehne der Holzbank.

»Erzähl weiter«, sagte Nina mitleidig. »Wie war das damals an dem Sonntag im März?«

»Da ist nicht mehr viel zu erzählen, ich' sag ja, sie waren alle hier und redeten, was das nun wohl werden sollte mit diesem Hitler und seinen braunen Mannen, und wir waren *disgusted*, aber natürlich hatten wir die Tragweite des Geschehenen nicht erfaßt. Und dann sagte Guntram: Denkt an mich, dieser Mann bringt uns einen neuen Krieg. Wir schauten uns betreten an, ich sehe noch das grimmige Gesicht vor mir, das Joseph machte, und dein Silvester sagte: Das wird keinem mehr gelingen und dem hergelaufenen Schreihals schon gar nicht. Lieber bringe ich ihn mit meinen eigenen Händen um.«

»Das hat er gesagt?«

»Hat er. Ein leichtsinniges Mundwerk hatte er immer schon, und er bekam ja kurz darauf die Quittung, da war er seine Stellung los. Ja, das war 1933. Das ist jetzt zehn Jahre her. Fast elf. Januar 1944. Und immer noch Krieg. *Oh damned*! Und ich hab' gedacht, der Krieg wird aus sein, bevor meine Söhne tot sind.«

Nun weinte sie doch. Ihr Kopf sank vornüber auf die Tischplatte, ihre Schultern bebten. Nina setzte sich neben sie auf die Bank und legte den Arm um sie. Sagen konnte sie nichts. Worte konnten nicht trösten.

Der nächste Schlag traf Nina. Im Februar 1944 wurde Silvester Framberg zum zweitenmal verhaftet. Desgleichen Franziska Wertach. Nicht viel hätte gefehlt, und man hätte Nina auch festgenommen. Sie wurde mehrmals verhört, aber man glaubte ihr, daß sie von dem Versteck auf dem Dachboden nichts gewußt hatte. Es war kaum zu glauben, aber im Speicher des Hauses in der Sendlinger Straße, in dem sich unten das Antiquitätengeschäft befand, hatte man Dr. Isabella Braun seit zwei Jahren verborgen. Es war ein Geschäftshaus, in dem sich keine Wohnungen befanden, also auch keine neugierigen Mieter, und da die Dachböden aus Luftschutzgründen seit Beginn des Krieges leergeräumt waren, hatte niemand Isabella dort entdeckt. Jetzt fand die Gestapo das Versteck, aber nicht Isabella. Sie war verschwunden.

Vergebens wartete Nina diesmal auf Silvesters Rückkehr. Sie erfuhr bis zum Ende des Krieges nicht, was aus ihm geworden war. Es war die gespenstische Wiederholung des schon einmal Erlebten: Ein Mann verschwand im Nichts, man wußte nicht, lebte er und würde heimkehren, war er tot und für ewig verloren.

Isabella überlebte den Krieg. Als Franziska und Silvester merkten, daß sie beobachtet und überwacht wurden, hatten sie die Ärztin buchstäblich in letzter Minute aus dem Haus gebracht. Silvesters Freund, der Internist Dr. Fels, leitender Arzt einer großen städtischen Klinik, legte sie als angeblich schwer Herzkranke in ein Einzelzimmer seiner Station. Isabella sah so elend aus, daß jedermann, auch die Schwestern der Klinik, in ihr eine Todeskandidatin sahen. Keiner kannte ihren wirklichen Namen, keiner wußte, wer sie war. Ein Jahr und vier Monate lag Isabella im Bett, nur in der Nacht, jedesmal, wenn die Nachtschwester auf ihrer Runde vorbeigekommen war, stand sie auf, machte Übungen, bewegte sich lautlos im Zimmer auf und ab. Sie hatte sich entschlossen zu überleben. Sie war es allen denen schuldig, die so viel Gefahr für sie auf sich genommen hatten. Allerdings wußte sie nicht, daß Silvester und Franziska im Konzentrationslager waren, das hatte Dr. Fels ihr verschwiegen.

Nina, zermürbt von den Jahren der Bangnis und der Angst, weinte diesmal nicht. Sie hatte gewußt, daß es so kommen würde, genau wie sie gewußt hatte, daß sie Silvester nicht behalten konnte. Ihr Schmerz mischte sich mit Bitterkeit. Er hatte sie belogen und verraten; warum und für wen er es auch getan haben mochte, ihr war er die Liebe schuldig geblieben, die sie sich erhoffte, als sie ihn heiratete.

»Er hat seinen Privatkrieg gegen Hitler geführt«, sagte sie zu Marleen. »Er fühlte sich als Held und Widerstandkämpfer, und da er das Attentat gegen Hitler nicht durchführen konnte, wollte er Dr. Isabella Braun retten. Es war eine fixe Idee von ihm. Vielleicht hängt es mit Isabellas Schwester zusammen, die sich seinerzeit das Leben genommen hat, als das alles anfing, ich weiß es nicht. Er hat sie auf jeden Fall mehr geliebt als mich.«

»Wen?« fragte Marleen. »Diese Isabella oder ihre Schwester?«

»Nun, sagen wir beide. Es ist mir auch egal. Irgenwie fühlte er sich immer schuldig an dem Tod dieser Frau, und darum rettete er also nun Isabella. Wenn er sie gerettet hat. Wie gesagt, es war eine fixe Idee von ihm. Und er bezahlte sie mit seinem Leben.«

»Das weißt du ja nicht. Vielleicht lassen sie ihn bald wieder frei.«

Nina schwieg darauf. Natürlich gab es noch einen Funken Hoffnung, aber eben nur einen Funken.

»Mach nicht so ein verzweifeltes Gesicht«, sagte Marleen. »Komm, wir trinken noch eine Flasche Sekt. Was haben wir schon alles erlebt. Es ist nun mal unser Pech, in dieser Zeit zu leben. Aber nun wird es ja nicht mehr lange dauern. Der Krieg ist bald zu Ende.«

»Und dann? Was wird dann sein?«

Marleen hob die Schultern.

»Tja, wer das wüßte. Alexander will nach Südamerika. Er sagt, er bleibt nicht in Europa, hier wird man nie mehr menschenwürdig leben können. Seit sein Sohn gefallen ist, kann man kaum mehr vernünftig mit ihm sprechen.«

Nina lehnte sich in das weiche kobaltblaue Sofa zurück, zog die Beine auf den Sitz, zündete sich eine Zigarette an und sah Marleen zu, wie sie geübt eine Flasche Sekt öffnete.

Dann legte Nina den Kopf zurück auf die Sofalehne und lachte.

»Warum lachst du?« fragte Marleen.

»Ach, nur so. Über dich.«

»Über mich?«

»Ja. Du sagst, was für ein Pech, in dieser Zeit zu leben. Also, was dich betrifft, dir geht es doch fabelhaft. Besser kann man doch gar nicht leben. Du hast immer einen Mann, der dir das Leben auspolstert. Immer gerade den Richtigen zur richtigen

Zeit. Wie kannst du sagen, daß du Pech hast?«

»Na ja, so gesehen hast du recht. Meine Männer waren mehr oder weniger alle ganz nützlich. Ach, mein armer Max, wer weiß, was aus ihm geworden ist. Er hat keinen Silvester gefunden, der ihm geholfen hat.«

»Er hat auch keine Frau gehabt, die zu ihm gehalten hat.«

»Ach, das hätte auch nichts genützt. In was für Zuständen hätte ich denn leben sollen in den letzten Jahren?«

»Eben«, sagte Nina sarkastisch. »Bestimmt nicht in diesen.« Sie machte eine Handbewegung über das Zimmer hin, hübsch eingerichtet, schöne Bilder an den Wänden, weiche Sessel, Sekt in den Gläsern, kleine Häppchen auf dem Teller, warm geheizt das ganze Haus, und ein Mädchen zur Bedienung war auch wieder vorhanden.

Marleen war nun doch nach Bayern gekommen, in Berlin hatte sie es ab Mitte des Jahres 1943 denn doch zu ungemütlich gefunden. Allerdings hatte sie sich nicht in die Berge zurückgezogen, so weit hatte sie Alexander Hesse nicht gehorcht, aber sie hatte, vor zwei Jahren schon, das Haus in Solln, einem Vorort von München, gekauft und es nach und nach bei gelegentlichen Besuchen eingerichtet.

Als Nina das Haus zum erstenmal gesehen hatte, war sie höchst verwundert.

»Na, weißt du! Das kommt mir vor wie zu Hause.«

»Nicht wahr?« sagte darauf Marleen strahlend. »Es hat mich auch daran erinnert. Darum habe ich dieses genommen. Aber es ist viel hübscher als unser Haus daheim. Und vor allem viel komfortabler.«

Es war eine alte Villa, wohl um die Jahrhundertwende herum gebaut, mit Türmchen und Erkern, dicken Mauern, großen Zimmern, einer respektablen Eingangshalle. Doch das Haus war renoviert von oben bis unten, mit modernen Bädern versehen, mit Heizung und Warmwasserversorgung. Es hatte einem jüdischen Fabrikanten gehört, der gerade noch rechtzeitig ausgewandert war, dann hatte eine Zeitlang ein Sänger des Münchener Nationaltheaters darin gewohnt, der es verkaufte, als er nach Wien engagiert wurde. Als Marleen das Haus sah, wollte sie es sofort haben, und Alexander Hesse gab nach. Ihm gefiel das Haus auch, er fand es gemütlich und Marleen angemessen.

Und nun wohnte sie hier. Anfangs nicht sehr gern, sie vermißte Berlin und ihren Bekanntenkreis, doch Berlin war gefährlich, und in München lebte man noch relativ ruhig, hier draußen sowieso.

Ruhig leben mußte Marleen nun notgedrungen auch, einen Wagen hatte sie natürlich nicht mehr, ein Taxi gab es nur in Notfällen, der Weg in die Stadt hinein war lang und unbequem, also blieb sie daheim, las viel, hörte Schallplatten und beschäftigte sich mit ihrem Hund. Alexander hatte ihr einen jungen Boxer geschenkt, nachdem sie es sich gewünscht hatte. Einen Boxer hatte sie früher schon gehabt im Haus am Kleinen Wannsee, der Marleen stürmisch liebte.

Auch dieser Boxer war treu und anhänglich, und wenn Marleen auf der Couch lag und las, lag er lang hingestreckt an sie geschmiegt.

Sie ging auch viel spazieren mit dem Hund, der lebhaft war und Bewegung brauchte. Es bekam Marleen gut, sie sah frisch und jung aus, dazu hübsch und gepflegt wie immer.

Anfang, Mitte vierzig, für älter hätte keiner sie geschätzt. Gemessen am Leben der Allgemeinheit führte Marleen Bernauer beziehungsweise Magdalene Nossek, wie auf ihrem Türschild zu lesen war, ein höchst angenehmes Leben. Nina besuchte sie gern, nachdem Silvester fort war. Sie fühlte sich einsam in der Holbeinstraße, sie war oft sehr unglücklich.

»Warum schreibst du denn nicht einfach wieder mal ein Buch?« fragte Marleen.

»Dazu bin ich nicht in der Stimmung.«

»Was heißt in Stimmung. Andere Leute haben auch Kummer und müssen arbeiten. Wenn du etwas zu tun hättest, würdest du nicht mit so vernieselter Miene herumlaufen. Denk bloß nicht, daß du davon hübscher wirst.«

Wirklich begann Nina wieder zu schreiben. Nicht die heitere Liebesgeschichte, die sie angefangen und nie beendet hatte, sondern die Geschichte einer Frau, deren Mann gefallen war, und die nun unentwegt darüber nachdachte, was sie in ihrer

Ehe alles falsch gemacht hatte. Es war eine schlechte Ehe gewesen, mit Streit und Hader, mit Mißtrauen und Mißverständnissen. In Rückblenden gewissermaßen erinnert sich nun diese Frau an die einzelnen Stationen dieser Ehe, an bestimmte Szenen, wie es in Wirklichkeit gewesen war und wie es hätte sein können, wenn sie anders, klüger, großzügiger, liebevoller reagiert hätte. Sie erlebt also wie in einem Doppelspiel ihre Ehe, wie sie hätte sein können, neben Erinnerung, wie sie wirklich gewesen war.

Nina wurde rasch von dem Stoff gefesselt, sie arbeitete flüssig, mit steigendem Engagement und erleichterte sich dadurch den Kummer über Silvester ein wenig. Wenn es Alarm gab und sie in den Keller mußte, preßte sie jedesmal das Manuskript fest an sich. Alles durfte kaputtgehen, nur diese beschriebenen Blätter nicht, sie waren derzeit ihr wichtigster Besitz.

Im April kam überraschend Stephan nach München. Es ginge ihm recht gut, sagte er, und er wolle nun bei ihr bleiben, damit sie nicht so allein sei.

Diesmal weinte Nina, aber vor Freude. Sie hatte nichts davon gewußt, Stephan kam unangemeldet. Von Dresden aus war er über Prag und Wien gefahren, denn das Reisen war nun sehr beschwerlich geworden, die Züge überfüllt, doch mit seinem Versehrtenausweis hatte man ihm überall einen Platz verschafft.

»Mein Gott, Junge, Stephan!« sagte Nina. »Wo du doch in Dresden so sicher warst. Wir haben hier jetzt so viele Luftangriffe.«

Denn München war inzwischen auch kein friedlicher Ort mehr, Tag und Nacht gellten die Sirenen, fielen Bomben, kroch man in den verhaßten Keller, einen Teil seiner Habe in Koffer und Taschen mit sich schleppend.

So viele Siege es einst gegeben hatte, so viele Niederlagen gab es jetzt. Im Juni landeten die Briten und Amerikaner in Frankreich, die lange gefürchtete Invasion der Alliierten begann.

Heim ins Reich – dahin trieb man jetzt von allen Seiten die unglücklichen deutschen Soldaten, die so tapfer, so verzweifelt, so vergeblich gekämpft hatten.

Am 20. Juli 1944 das Attentat, das lang ersehnte Attentat auf Hitler. Es mißlang, und wieder begann das große Morden, starben die verzweifelten und verlorenen Männer, die versucht hatten, dem verzweifelten und verlorenen Vaterland zu helfen. Es gab keine Rettung. Der bittere Weg mußte bis zu Ende gegangen werden.

Im August wurde Paris befreit, im September standen die Alliierten an der deutschen Grenze, drangen die Russen in Ostpreußen ein. Und noch immer kein Ende des Krieges. Hitler gab nicht auf. Wenn er unterging, mußte das ganze Volk mit ihm untergehen.

Anfang Dezember brannte in der Holbeinstraße der Dachstuhl aus, lagen die Scherben sämtlicher Fenster in der Wohnung verstreut, war die Wohnungstür von dem Druck einer in der Nähe heruntergegangenen Mine aus den Angeln gerissen. Es gab kein Licht, kein Gas, kein Wasser, keine Heizung. Stephan war schwer erkältet, er hustete die ganze Nacht hindurch.

Nina rief Marleen an, sobald das Telefon wieder funktionierte. »Könnte Stephan nicht eine Weile bei dir bleiben? Der Hausmeister hat mir zwar jetzt die Fenster mit Brettern vernagelt, aber es zieht wie Hechtsuppe. Und die Heizung geht nicht. Der Junge wird mir ja nicht gesund.«

»Natürlich kann er zu mir kommen«, sagte Marleen, »und du kommst am besten mit. Ich mopse mich hier sowieso zu Tode. Es ist stinklangweilig den ganzen Tag. Außerdem bist du doch hier ein wenig sicherer als in der Stadt. Zu essen habe ich genug und den Keller voller Koks. Und Platz habe ich auch. Du kannst das Eckzimmer im ersten Stock haben und Stephan das unten neben dem Salon, da braucht er mit seinem Bein keine Treppen zu steigen.«

»Und wenn dein Alexander kommt?«

»Erstens war der erst vor vierzehn Tagen da und kommt bestimmt nicht so bald wieder. Zweitens sitzt er an irgendeinem geheimen Ort und bastelt an Wunderwaffen herum. Er hat nicht mal *mir* gesagt, wo das ist. Und drittens und letztens ist das *mein* Haus. Pack zusammen, was du brauchst, ich kenne hier in der Nähe einen Mietwagenfahrer, dem habe ich erst neulich ein halbes Pfund Bohnenkaffee untergeschoben, der holt euch. Stephan mit seinen ganzen Blessuren bekommt spielend die Genehmigung. Ruf mich an, wenn ihr fertig seid, und dann schicke ich den Huber. Aber bitte, ehe es dunkel wird.«

»Was denn, heute noch?«

»Klar. Je eher, desto besser. Was wollt ihr denn frieren in der kalten Bude. Wir machen euch ein schönes Abendbrot zurecht.«

So war Marleen nun auch. So war sie immer gewesen, großzügig und hilfsbereit, wenn ihr der Sinn danach stand und sie gerade nichts anderes zu tun hatte.

Nina packte in Eile einige Koffer, steckte ihr kostbares Manuskript, das kurz vor der Vollendung stand, in ihre Aktenmappe, und Stephan suchte von Silvesters Bücher die wertvollsten heraus; daß sie ihre Wohnung in der Holbeinstraße für immer verließ, ahnte Nina dennoch nicht.

Marleen rettete ihnen gewissermaßen das Leben. In der Woche darauf traf eine Luftmine das Haus, in dem Nina seit nun fast sechs Jahren gewohnt hatte, in dem sie, lange Zeit jedenfalls, sehr glücklich gewesen war.

Mit der Isartalbahn fuhr Nina bis zum Stadtrand, nachdem der Hausmeister, der sich hatte retten können, sie angerufen hatte. Sie lief durch rauchende Trümmer, fand eine Trambahn, die sie ein Stück weiterbrachte, lief wieder und stand endlich vor der Ruine des Hauses.

Das war nun also auch vorbei. Sie trauerte gar nicht so sehr um den verlorenen Besitz – Möbel, Wäsche, Kleider, Geschirr, es wurde alles so unwichtig in dieser Zeit. Sie hatte so viel in ihrem Leben verloren, es kam auf mehr oder weniger nicht mehr an.

Silvester hatte sie verloren, auch ihn. Als sie ihn heiratete, hatte sie gehofft, nun würde sie für den Rest ihres Daseins in Ruhe und Geborgenheit leben können. Liebe für sie, einen Mann, der zu ihr gehörte.

Nina stand auf der Straße, die Fäuste in die Taschen ihres Wintermantels gebohrt, ein Kopftuch umgebunden, dicke Stiefel an den Füßen.

Habe ich wirklich daran geglaubt? fragte sie sich. Ich wußte doch, daß es nicht so sein würde. Keine Liebe, keinen Mann, keine Ruhe und keine Geborgenheit, das alles ist nicht für mich bestimmt. Damals nicht, heute nicht, niemals. Ich bin allein. Ich werde immer allein sein.

Entschlossen wandte sie sich von dem zerfetzten Haus ab und ging die Straße entlang, fünf Häuser weiter, wo Herr Palincka, der Hausmeister, untergekommen war.

Herr Palincka, das war auch so ein Fall, wie er nur in dieser Zeit vorkommen konnte. Er war Deutschböhme, in Prag geboren und aufgewachsen, ein heller Kopf, ein erstaunlich guter Beobachter. Er war Hausdiener im Hotel Ambassador in Prag gewesen, später Privatchauffeur eines reichen Juden, an dem er sehr gehangen hatte und von dem er heute noch in höchsten Tönen schwärmte.

»War ein guter Herr. So verständnisvoll. Konnte ich kommen und sagen, fühle mich heute nicht gut, Chef, hab' ich Kopfschmerzen, sagt er, Palincka, trink einen Slibowitz und hau dich aufs Ohr, fahr' ma mit dem Taxi.«

Der verständnisvolle Herr und sein aufgeweckter Chauffeur hatten mit wachem Mißtrauen beobachtet, was sich rundherum tat, der Anschluß an Österreich, dann der Einmarsch ins Sudetenland, das Abkommen von München, darauf sagte der Chef zu seinem Chauffeur: »Weißt' was, Palincka, ich habe einen Cousin in San Franzisko, den werd' ich mal besuchen für eine Weile. Du kannst hier im Haus wohnen bleiben, aber ich rate dir, paß auf, was sich tut, und überleg dir, was du tust.«

Palincka paßte auf und überlegte, als es an der Zeit war. Als die Deutschen Prag besetzten, beschlagnahmten sie natürlich die Villa des Juden und warfen Palincka hinaus, nannten ihn einen Judenknecht, als er das Eigentum seines Herrn beredt verteidigen wollte.

Palincka sah sich eine Weile das Treiben der Nazis in Prag an und beschloß dann, heim ins Reich zu kehren, ehe ihn die Tschechen hinauswerfen oder möglicherweise massakrieren würden. Denn daß dies eines Tages passieren mußte, bezweifelte er nicht. Er sprach tschechisch so gut wie deutsch und wußte, was die Leute redeten.

Erst wollte er nach Wien, aber dann kam er nach München. Einfach so. »Mal schauen, was das sein möchte für eine Stadt«, so erzählte er es Nina. »Mein Herr hatte einen Freund, der kam oft zu Besuch nach Prag. Und der wohnte in München und sagte immer, was für eine scheene Stadt ist sich das München. Kann man leben wie in guter alter Zeit.«

In München angekommen, besuchte er den Freund seines Herrn, der kein Jude war und daher unbehelligt, wenn auch nicht nazifreundlich weiter im Lande bleiben konnte, und da fand Palincka, was er bisher noch nicht gefunden hatte: die Frau fürs Leben. Der Freund von seinem Herrn hatte eine böhmische Köchin. »Und was kann sie kochen, meine Rosi! Weiß ich, was ist gute beemische Küche, gut essen kann man nur bei uns, aber sie kann noch besser als gut kochen, sie ist Meisterin im Kochen.«

Das erste Mal bei der Rosi in der Küche gegessen, und schon war es geschehen; sie heirateten und wurden ein äußerst glückliches Paar. Palincka, klein und hager, trotz guter böhmischer Küche nahm er kein Pfund zu, die Rosi, klein und rund, die beste Reklame für ihr Talent, lebten nun seit vier Jahren wie die Turteltauben. Seit drei Jahren hatten sie die Hausmeisterei in der Holbeinstraße. Nina hatte sich immer gut mit den beiden verstanden, sich gern mit ihnen unterhalten.

An diesem Nachmittag unterhielt Herr Palincka sie damit, ihr dramatisch von der Unglücksnacht zu berichten, in der das Haus, in dem sie beide gewohnt hatten, sterben mußte.

»War sich großes Glück, daß sich kein Mensch war da. Daß Sie gegangen sind zu liebe Frau Schwester, gnädige Frau, war beste Idee. Hat Ihnen und Herrn Sohn gerettet das Leben. Und vergessen Sie nicht, mir zu grießen sehr herzlich Frau Schwester.«

Für Marleen hatte er eine Schwäche, riß ihr jedesmal die Haustür weit auf, wenn er sie kommen sah. Gesehen hatte er immer alles, aufmerksam beobachtet auch, niemals geklatscht. Jetzt gab es keine Tür mehr aufzureißen.

Er zählte noch einmal einzeln auf, wer alles in dieser Nacht nicht im Haus gewesen war, als es passierte. Die junge Frau im zweiten Stock, wo der Mann im Feld stand, war aufs Land evakuiert mit den beiden kleinen Kindern, welch ein Glück. Die alte Dame nebenan war zu ihrer Tochter gezogen nach Regensburg. Im ersten Stock verehrte Frau Dr. Framberg war mit Herrn Sohn gegangen zu liebe Frau Schwester. Nebenan hatten sich die Herrschaften rechtzeitig in den Bunker begeben. Und so weiter und so fort. Es war wirklich in der Schreckensnacht außer Herrn Palincka und seiner Rosi keiner im Haus gewesen.

»Sagt sich Rosi zu mir in einer Bombenpause, sagt sie, hab' ich komisches Gefühl, laß uns fortlaufen, Palincka, gehn wir ein Häusl weiter. Hab' ich gesagt gar nichts, hab' ich gesagt, laufen wir schnell, weiß ich, meine Rosi hat sechsten Sinn.«

So hatten sie ebenfalls überlebt, denn der Luftschutzkeller in ihrem Haus war eingestürzt.

Jetzt waren sie in einem anderen Haus untergekrochen, wo er mit dem Hausmeister befreundet war und wo auch mehrere Wohnungen leer standen.

»Aber es kann Sie hier auch treffen«, sagte Nina.

»Keller ist besser in dieses Haus, und Rosi wird uns warnen.«

An die übersinnlichen Fähigkeiten, die Rosi außer ihrem Kochtalent seiner Meinung nach besaß, glaubte er so fest, daß er sich wirklich nicht fürchtete.

Ninas Adresse und Telefon hatte er, seine jetzige Adresse befand sich an einem Mauerrest, Nina konnte sich beruhigt auf den langen Heimweg nach Solln machen, es war kalt, und es wurde bereits dunkel. Aber man hatte sie gestärkt, keiner verließ Rosi Palincka ohne Jause. Nina bekam erstklassigen Bohnenkaffee und selbstgebackene Buchteln. Woher Rosi und Palincka diese Schätze hatten, wußte Nina nicht, sie wußte nur, daß die beiden immer gehabt hatten, was sie für ihr Leben als notwendig erachteten. Es waren brauchbare Talente in dieser Zeit, und Palincka, der dank seiner Rosi den Krieg unversehrt und wohlgenährt überlebte, wurde später einer der erfolgreichsten Schwarzhändler der Nachkriegszeit und damit ein reicher Mann.

An diesem Nachmittag sagte er zu Nina, als sie ihm zum Abschied die Hand reichte: »Wird sein für mich schönster Tag, wenn ich kann Herrn Doktor geben Ihre Adresse, gnädige Frau.«

Und Nina wußte, daß er es so meinte, wie er es sagte. Sie hatten nie über Politik, nie über das Regime gesprochen, aber sie wußten einer vom anderen, was er dachte.

Aufrichtig getröstet verließ Nina ihren bisherigen Hausmeister. Zwar gehörte sie nun auch zu den Ausgebombten, war arm, besitzlos, obdachlos, aber sie teilte das Schicksal mit so vielen, und es war, gemessen an der Sorge um Silvester, ein ertragbares Schicksal. Besonders für sie, da sie ja bei Marleen keine Notunterkunft, sondern ein komfortables neues Heim gefunden hatte. Und Stephan war am Leben geblieben wider alles Erwarten, Vicky ging es gut, sie war in Sicherheit und mit einem großartigen Mann verheiratet, das war mehr als ein Mensch in dieser Zeit erwarten konnte.

Nina ging das alles durch den Kopf, sie hatte Zeit genug, denn es dauerte über drei Stunden, bis sie nach Solln kam, zwar fuhr die Trambahn ein Stück, und dann nahm sie die Isartalbahn, aber sie mußte überall lange warten und dazwischen immer wieder eine Strecke laufen.

Wenn wir draußen nicht ausgebombt werden, dachte sie, und wenn Silvester vielleicht doch wiederkommt, dann wäre es geradezu der Himmel auf Erden, trotz allem, was geschieht. Und jetzt brauche ich noch vier, fünf Wochen, dann bin ich mit dem Buch fertig. Drucken wird es keiner, es gibt ja kein Papier, aber geschrieben habe ich es.

Vicky in Dresden erwartete in diesem Monat ihr drittes Kind. »Dann ist aber Schluß«, hatte sie geschrieben. »Ich mach' das auch nur, weil ich nicht singen kann und weil ich sonst nicht viel zu tun habe. Und auch weil Richard so viel Freude an den Kindern hat. Es ist kaum zu glauben, wie vernarrt er in die beiden Mädchen ist. Hoffentlich wird es diesmal ein Junge. Wenn schon, denn schon.«

»Hätte ich nie gedacht, daß Vicky so gebärfreudig ist«, hatte Marleen gesagt, als sie von dem bevorstehenden Nachwuchs erfuhren. »Die Kleine damals hat sie ausgesetzt, ich hab' nicht einmal davon gewußt, und jetzt kriegt sie ein Kind nach dem anderen. Sie hat diesen Mann offenbar sehr gern.«

»Was ich verstehen kann«, sagte Nina, und Marleen nickte und meinte, sie könne es auch verstehen, Richard Cunningham wäre jederzeit auch ein Mann nach ihrem Geschmack gewesen.

Seit dem Herbst 1944 kamen die Flüchtlinge, erst einige, dann mehr und mehr, bis ein endloser Strom heimatlos gewordener Menschen über die Straßen trieb. In den Jahren zuvor, als im Westen des Reiches, in Hamburg, in Berlin die Luftangriffe zahlreicher wurden und an Brutalität zunahmen, war die Bewegung in entgegengesetzter Richtung gegangen. Wer es ermöglichen konnte, wer nicht durch seinen Beruf oder die Fanilie an die großen Städte gebunden war, zog südwärts oder lieber noch ostwärts. Jenseits der Elbe, jenseits der Oder kannte man Luftangriffe nur aus der Zeitung. Auch die Ausgebombten, besonders Mütter mit kleinen Kindern, hatte man im Ostteil des Reiches untergebracht.

Aber nun der Treck aus dem Osten! Endlos schien die Flut verzweifelter Menschen, die sich retten wollten, mit Pferdewagen, zu Fuß, Handwagen mit dem letzten bißchen Habe hinter sich herziehend, und immer schneller, immer verzweifelter kamen sie, gehetzt und gejagt von den rasch vorwärts rückenden Russen.

Raum für sein Volk hatte Hitler gewollt. Nun ging auch das verloren, was bisher für einen großen Teil des Volkes Heimat gewesen war.

Der Winter war bitterkalt, es lag hoher Schnee, Menschen und Tiere erfroren und verhungerten am Straßenrand, nur weiter, nur weiter. Die Letzten waren die Schlesier, die Ende Januar mit dem Elendszug begannen.

Dresden, vom Krieg unberührt, diese schöne, leuchtende, noch immer unzerstörte Stadt, war zu Beginn des Februar ein einziges Flüchtlingslager. Dresden war ein ersehntes Ziel, hier standen heile Häuser, hier gab es ausgeschlafene Menschen, die helfen wollten und helfen konnten.

Zuvor noch, kurz vor Weihnachten, gebar Victoria Cunningham einen Sohn. Wie sie ihrer Mutter geschrieben hatte, war sie ja ohne Arbeit, sämtliche Theater waren seit dem vergangenen Sommer geschlossen, der totale Krieg hatte schließlich auch die Künstler erreicht. Sie waren zum Fronteinsatz oder zur Fabrikarbeit eingezogen worden.

»So gesehen«, sagte Victoria, »ist Kinderkriegen ja noch das kleinere Übel.«

Im Hause Cunningham herrschte kein Mangel, auch wenn es nun etwas bescheidener zuging. Das Auto war stillgelegt, denn Richard brauchte die Betriebe im Osten, in Ungarn, in Oberschlesien nicht mehr zu besuchen, sie lagen jetzt im Kampfgebiet, wenn sie nicht schon erobert und verloren waren. Chauffeur und Diener gab es ebenfalls nicht mehr im Haus, sie waren zum Volkssturm eingerückt.

Maria Henrietta Jonkalla ging zur Schule, und sie ging gern. Sie war ein intelligentes, wohlerzogenes, ganz normales, allerdings besonders hübsches kleines Mädchen. Von beiden Elternteilen hatte sie die Musikalität geerbt, sie besaß das absolute Gehör und spielte hervorragend Klavier.

Richard Cunningham, der Maria von Herzen liebte, war auf ihr musikalisches Talent besonders stolz.

»Was meinst du? Ob sie Pianistin wird?«

»Es ist mir egal, was sie wird«, sagte Victoria, »wenn nur dieser verdammte Krieg endlich zu Ende wäre. Warum haben sie bloß diesen Kerl letzten Sommer nicht umgebracht? Dann hätten wir es längst hinter uns.«

Cunningham war kein Anhänger Hitlers, das hätte seinem Wesen nicht entsprochen. Aber natürlich hatte er in den vergangenen Jahren mit den Nazis zusammengearbeitet, das ergab sich aus seiner wirtschaftlichen Position. Im Grunde aber waren seine Interessen international. Hitler hatte er anfangs für eine vorübergehende Erscheinung gehalten und nicht besonders ernst genommen. Ein Fehler, wie er heute zugab.

»Hätte ich rechtzeitig erkannt, wo das hinführt«, sagte er einmal zu Victoria, »wäre ich nicht in Deutschland geblieben. Aber dann hätte ich dich nicht gefunden, und so gesehen war es eben doch gut, daß ich geblieben bin. Aber mach dir keine Sorgen, sollten die Verhältnisse nach dem Krieg unerträglich sein, verschwinden wir so schnell wie möglich. Wir gehen nach Johannesburg.«

In Südafrika, das wußte Victoria aus Richards Erzählungen, lebte sein bester Freund, Rudolf Heinze. Sie waren zusammen in die Schule gegangen, hatten zusammen studiert, sich oft in dasselbe Mädchen verliebt, was ihre Freundschaft nie beeinträchtigt hatte.

»Ich habe viele Freunde und noch mehr Bekannte«, sagte Richard, »aber einen richtigen, echten Freund findet man nur einmal im Leben, genau wie man nur einmal die richtige echte Frau findet. Er hat mir immer sehr gefehlt, auch wenn wir uns oft gesehen haben.«

In den zwanziger Jahren war Rudolf nach Südafrika gefahren, um den Bruder seines Vaters zu besuchen, der früher eine riesige Farm in Südwestafrika besessen hatte. Nach dem Ersten Weltkrieg, als Deutschland die Kolonien verlor, war er nach Johannesburg gegangen, und sie wußten in Dresden nicht so recht, was er eigentlich trieb. Rudolfs Vater, Professor an der Technischen Hochschule, schickte seinen Sohn auf die Reise, damit er erstens etwas von der Welt zu sehen bekam und sich zweitens um den Onkel kümmerte und ihn möglichst, falls es ihm sehr schlecht ging, mit nach Hause brachte. Zwar seien die Verhältnisse in Deutschland derzeit nicht gerade rosig, doch hier sei Familie, die sich seiner annehmen könne.

Wie sich herausstellte, ging es dem Onkel keineswegs schlecht, und er dachte nicht im Traum daran, in das Nachkriegsdeutschland zurückzukehren. Er hatte sich mittlerweile in Südafrika an einer Mine beteiligt, die ihm einige Jahre später allein gehörte. Binnen zehn Jahren wurde er einer der reichsten Männer am Kap.

Das großzügige freie Leben in Südafrika gefiel Rudolf ausnehmend gut. Er blieb lange, dehnte diesen Besuch über Monate aus und trat schließlich als Angestellter in die Firma seines Onkels ein, einige Jahre später wurde er Teilhaber.

»Wenn nicht Krieg wäre«, erzählte Richard, »hättest du ihn längst kennengelernt. Heimweh nach Dresden hat er immer noch, und er kam so alle zwei bis drei Jahre zu Besuch. Auch ich bin zweimal unten gewesen. Gegen ihn bin ich ein armer Mann. Er lebt in einem Stil, der wahrhaft imponierend ist. Wenn wir kämen, würde er uns mit offenen Armen aufnehmen.«

»Gibt es dort eine Oper?« fragte Victoria.

»Ich denke schon. Und wenn es keine gibt, werden wir eine für dich bauen.«

Victoria lachte.

»Mir wollte schon einmal ein Mann eine Oper bauen.«

»Wer?«

»Meine erste Liebe, Johannes Jarow. Gott, ist das lange her. Elga lebt in Genf, und Johannes ging nach Amerika. Wie ihnen wohl zumute sein wird, wenn sie an mich denken. Und wie klug war es von Dr. Jarow, daß er sie damals gleich nach Zürich verfrachtete. Elga war die beste Freundin, die ich jemals hatte. Später hatte ich mich ganz gut mit Mary von Dorath angefreundet, aber sie wollte nichts mehr von mir wissen, als ich ihren Bruder sausen ließ. Schneegans!«

Eine Freundin hatte Victoria übrigens in Dresden auch gefunden. Luise Gräfin Ballinghoff, kurz Lou genannt, arbeitete als Hilfsschwester in einem Lazarett auf dem Weißen Hirsch, ganz in der Nähe des Sanatoriums, in dem Stephan untergebracht gewesen war. Sie war ein wenig älter als Victoria, eine zierliche blonde Frau, ihr Mann war schon im Frankreichfeldzug gefallen, und sie wollte nicht ständig zu Hause sitzen. Mit dem Chefarzt des Sanatoriums und mit seiner Frau war sie befreundet, daher kam sie oft zu Besuch, und dort hatte Victoria sie kennengelernt. Lou war musikalisch, sie spielte Klavier, noch besser Geige, das schuf eine Verbindung, sie kam oft ins Palais Cunningham, um Victoria zu begleiten, wenn sie sang. Außerdem kannte sie Marietta.

»Ich hab' sie noch auf der Bühne gehört und bin einmal zu ihr gegangen, um ihr vorzusingen. Ich wäre gern Sängerin geworden. Aber sie meinte, das solle ich bleiben lassen, das Material werde nicht ausreichen, ich solle lieber weiter herumfiedeln. Wörtlich, so sagte sie.«

»Sieht ihr ähnlich«, kommentierte Victoria.

Dann hatte Lou geheiratet und betrieb die Musik nur noch aus

Liebhaberei, obwohl sie mehr als eine Dilettantin war.

Sie kam gern zu Victoria, auch der Kinder wegen. Sie hatte sich Kinder gewünscht und keins bekommen, aber sie hatte eine reizende Art, mit Kindern umzugehen. Maria bekam von ihr Klavierstunden, was für beide eine reine Freude war.

Marietta hielt sich nicht mehr in Berlin auf, wie Victoria wußte, ihr war es dort zu gefährlich geworden. Jetzt wohnte sie bei ihrer Schwester am Bodensee.

Mitte Januar hatte Richard Cunningham Geburtstag, er wurde fünfzig. Am selben Tag taufte man seinen Sohn, er bekam ebenfalls den Namen Richard, das war Familientradition, wie Victoria erfuhr, die ihn lieber Michael genannt hätte.

»Der erste Sohn heißt bei uns immer Richard«, sagte ihr Mann. »Aber der nächste, den nennen wir Michael.«

»Vielen Dank, jetzt langt es mir. Mehr Kinder kriege ich auf keinen Fall.«

Sie machten eine Haustaufe, in der Halle wurde ein Altar aufgebaut, sogar Blumen und Grünpflanzen hatte Richard bei seinem Gärtner aufgetrieben.

Es war ein großes Fest, Richards Geburtstag und Richards Taufe, alle Freunde des Hauses kamen, sie waren nicht mehr so fröhlich, so sorglos wie einst, aber sie sagten, jeder sagte es: »Nun kann es nicht mehr lange dauern.«

Mehr noch als das Geburtstagskind und der Täufling entzückte Maria Henrietta die Gäste. Sie war groß geworden, sehr grazil und anmutig, ihr Gesicht, immer noch zart und blaß, umrahmt von den offenen, fast schwarzen Locken, wurde beherrscht von großen dunklen Augen, die selig strahlten, wenn sie das Baby betrachteten. »Wir wollen noch viele Kinder kriegen«, sagte sie, worüber sich alle sehr amüsierten.

Es war das letzte Fest, das in diesem Haus gefeiert wurde. Es war der letzte Geburtstag, der Richard Cunningham vergönnt war, und es war das einzige Fest, das der kleine Richard Cunningham erlebte.

Und es war auch das letzte Mal, daß Victoria Cunningham, die Sängerin und Filmschauspielerin Victoria Jonkalla, in diesem Hause sang.

Sie sang das Halleluja von Mozart, und sie sang es wunderschön, ihr Mann sah sie an und liebte sie wie am ersten Tag, liebte sie tausendmal mehr als am ersten Tag, liebte sie zu recht, denn sie hatte ihn nicht enttäuscht. Für ihn war sie die Frau, die er sich erträumt hatte.

Als am 13. und 14. Februar, in dem furchtbarsten Luftangriff, der in diesem Krieg stattfand, die Stadt Dresden vernichtet wurde, war das Haus Cunningham voll von Flüchtlingen. Man hatte so viele aufgenommen, wie es nur möglich war, und die Menschen, die seit Wochen ohne Dach über dem Kopf in eisiger Kälte auf der Straße dahingetrieben waren, kamen sich vor, als seien sie ins Paradies geraten. Im Haus war es warm, man versorgte die Flüchtlinge mit trockener Kleidung, und in der Küche wurde heiße Suppe gekocht, Kaffee bereitet, Brote geschmiert, Milch für die Kinder gewärmt. Sie lagen und saßen in weichen Sesseln, auf den leuchtenden Teppichen und hatten zum erstenmal, seit sie Haus und Hof, ihre eigene Wohnung, ihr eigenes Bett verlassen mußten, das Gefühl, Menschen zu sein, die nicht nur hilflos und mitleidslos dem Elend preisgegeben waren.

Victoria hatte in der Küche, im Haus überall geholfen; wie ein Märchenwesen aus einer anderen Welt erschien sie den halb verhungerten, abgerissenen Unglücklichen.

Dann allerdings machte sie sich Sorgen um Micaela. Ihre Stirn war heiß, an ihrem Körper zeigten sich rote Flecken.

Sie sperrte das Kind in seinem Zimmer ein, verbot dem Kindermädchen das Zimmer zu verlassen und versuchte, lange Zeit vergeblich, den Arzt zu erreichen, der die Kinder behandelte. Er kam gegen Abend.

»Sieht nach Scharlach aus«, stellte er fest.

»Um Gottes willen«, rief Victoria. »Was machen wir denn da? Wir haben das Haus voller Menschen. Und voller Kinder. Das gibt ja eine Epidemie. Und das Baby? Was mach' ich mit dem Baby?«

»War Micaela denn draußen bei den anderen?«

»Nein. Ich habe sie in ihrem Zimmer gelassen. Weil so viel Betrieb im Haus ist. Und weil ich schon morgens fand, daß sie nicht in Ordnung ist. Evi war die ganze Zeit bei ihr. Sie ist auch aus diesem Zimmer nicht herausgekommen.«

Evi, das Kindermädchen, nickte eifrig. Sie war gern bei Micaela geblieben, im Haus gab es zuviel Arbeit und zuviele schmutzige Leute, das gefiel ihr sowieso nicht.

»Ja, wir können unser Glück versuchen«, meinte der Arzt. »Packen Sie die Kleine warm ein und bringen Sie sie aus dem Haus, mitsamt Evi. Aber wohin? Die Kliniken sind alle voll belegt.«

Victoria dachte nach, nicht lange, dann kam ihr der rettende Gedanke.

»Zu Lou. Zu Gräfin Ballinghoff. Die wird schon keinen Scharlach kriegen. Ich muß bloß ergründen, wann sie vom Dienst nach Hause kommt.«

Abends gegen neun trafen Victoria, Micaela und das Kindermädchen in Lous Wohnung ein, wo sie erwartet wurden, das Bett war bereitet, für Victoria und Evi stand ein Imbiß auf dem Tisch.

Lou schloß die Kleine beglückt in die Arme.

»Das finde ich herrlich. Da habe ich für eine Weile das Schätzchen ganz für mich allein.«

»Du machst mir Spaß. Das Kind ist krank, und du findest das herrlich. Außerdem hast du sie nicht für dich allein, Evi muß auch hierbleiben. Die kann ich nicht mehr ins Haus mitnehmen, die steckt voller Scharlachbazillen. Falls es Scharlach ist, was noch nicht feststeht.«

»Und du? Du bist auch ein Bazillenträger.«

»Ich fahre zu Dr. Hermann in die Praxis, das haben wir so ausgemacht, er desinfiziert mich von Kopf bis Fuß.«

»Na, da bin ich aber gespannt, ob du nicht demnächst bei dir im Haus ein Krankenhaus hast. Stell dir vor, es hat sich auch nur einer angesteckt. Was ja auch schon gestern passiert sein kann, nicht wahr?«

Das Palais Cunningham wurde kein Krankenhaus, es wurde ein Totenhaus. Zwei Stunden später lebte in diesem Haus keiner mehr.

Gerade als Victoria gehen wollte, gab es Alarm, und kaum

war die Sirene verklungen, kamen die Christbäume, und dann fielen auch schon die Bomben. Dresden war auf Luftangriffe nicht vorbereitet, es gab keine Flak, keine Jäger griffen die anfliegenden Bomber an, ungehindert wurde die wehrlose Stadt überfallen. Nach dem ersten Angriff brannte die Stadt, nach dem zweiten, eine Stunde später, kamen die Sprengbomben, kamen die Tieflieger, die in die zusammengeballten Menschenleiber, die sich vor dem Feuer in die Grünflächen geflüchtet hatten, hineinschossen, bis sich nichts mehr rührte. Der dritte Angriff kam am nächsten Tag. Da stand fast kein Haus mehr in dieser Stadt, da lebten nur noch wenige.

Etwa 300000 Menschen fanden am 13. und 14. Februar in Dresden den Tod. Ganz genau ließ sich die Zahl nie ermitteln, es waren zuviele Flüchtlinge in der Stadt, die zuvor keiner gezählt hatte, die man auch als Tote nicht mehr zählen konnte, weil sie verbrannt, verkohlt, zerrissen, zerfetzt, in der tödlichen Hitze zu Kindergröße zusammengeschrumpft waren.

Es geschah im Februar 1945. Es war das sinnloseste Geschehen des ganzen Krieges. Das deutsche Volk war besiegt, die Alliierten hatten die Grenzen an mehreren Stellen überschritten. In einem Inferno unvorstellbarer Grausamkeit starb Deutschlands schönste Stadt, zu einem Zeitpunkt, als es nicht mehr vonnöten war, sie zu vernichten.

Als Nina von dem Angriff erfuhr, erschrak sie zu Tode. Aber noch ahnte sie nichts vom Ausmaß der Katastrophe, das gaben der deutsche Reichssender, die Zeitungen nicht bekannt. Erst nach und nach verbreitete sich das Gerücht vom Sterben der Stadt und ihrer Menschen. Nina wartete auf einen Anruf, ein Telegramm, auf irgendeine Nachricht. Es kam nichts.

»Ich muß hin«, sagte Nina.

»Das kommt nicht in Frage«, sagte Stephan. »Sie werden irgendwo auf dem Land sein, die Verbindung klappt nicht, du weißt ja, wie das ist nach solchen Angriffen.«

Wie es geschehen war, was geschehen war, erfuhren sie eigentlich nie. Sie erfuhren gar nichts, denn aus Dresden kam keine Nachricht mehr.

Anfang März war Nina nicht mehr zu halten, sie wollte reisen. Aber reisen konnte man nicht mehr. Es fuhren keine Züge und die, die fuhren, wurden beschossen.

»Wenn Victoria tot ist . . .« sagte Nina. »Nein, das kann nicht sein. Das kann nicht sein. Nicht Vicky. Nicht sie.«

Tag und Nacht warten, ein Brief, ein Telegramm, ein Anruf. Oder sie standen einfach vor der Tür.

Nina lief in die Stadt, zur Holbeinstraße, brachte ein Schild an den Trümmern an.

Wir sind bei Marleen.

Nichts. Ein großes Schweigen kam aus Dresden, sonst kam nichts. Doch dann, Mitte April war es, klingelte das Telefon.

Marleen ging an den Apparat, denn Nina war nicht mehr zu bewegen, den Hörer abzunehmen, zu oft hatte sie vergebens, atemlos, darauf gewartet, Vickys Stimme zu hören.

»Ist das dort bei Nossek?« fragte eine Männerstimme.

Marleen wurde blaß.

»Ja«, flüsterte sie.

»Ich rufe an vom Bahnhof Moosach. Hier ist vor ein paar Tagen ein Transport angekommen, und da war ein kleines Mädchen dabei, das heißt Maria Jonkalla, das will zu Ihnen.«

Marleen hob die Hand an den Mund und starrte Nina an, die mit schreckgeweiteten Augen an der Tür lehnte.

»Ja«, sagte Marleen, »ja, das ist hier.«

Zwei Stunden später brachte ein Sanitätswagen Maria Henrietta ins Haus.

Sie standen alle drei am Gartentor und sahen, wie ein Sanitäter das Kind herunterhob. Es war in eine graue Wolldecke gehüllt, sein Haar hatte man ganz kurz geschnitten, man sah eine rote Narbe an der linken Schläfe. Ein Arm war in Gips.

Der Mann stellte Maria behutsam auf den Boden, sie schwankte ein wenig, er hielt sie fest, ließ sie dann los.

»Versuch es«, sagte er, »du kannst allein stehen. Wir haben es doch probiert.«

Dann sah er die drei Menschen an, die mit bangem Gesicht dieser Ankunft zugesehen hatten: Nina, Marleen, Stephan.

»So, hier ist sie. War schwierig, bis wir herausgebracht haben, wo sie hingehört. Sie besann sich schließlich auf den Namen Framberg. Da wohnte aber keiner mehr. Der Hausmeister sagte uns dann, wo wir Sie finden.«

Er ließ Maria stehen und trat einige Schritte vor, sagte leise, und in seiner Stimme klang Mitleid: »Sie muß Furchtbares mitgemacht haben. Sie war in Dresden verschüttet, und man hat sie erst nach fünf Tagen ausgegraben. Unter lauter Toten soll sie gelegen haben. Es soll lange gedauert haben, bis man aus ihr herausgebracht hat, wie sie heißt und wer sie ist. Und ob sie irgendwo Verwandte hat. Erst konnte sie sich an gar nichts erinnern. Aber dann sagte sie, sie will nach München. Eine Rotkreuzschwester, die einen Verwundetentransport begleitet hat, hat sie dann mitgenommen und zu uns gebracht. Tja! Und sonst – na, Sie sehen ja.«

Er wandte sich zu dem Kind zurück, es stand da, hatte den gesunden Arm tastend vorgestreckt, das Gesicht erhoben.

Nina schrie auf.

»Nein!« schrie sie. »Nein!«

»Pst!« machte der Mann. »Sie müssen klaren Kopf behalten. Und Sie müssen ihr helfen.«

Nina stand da und starrte das Kind an, Tränen liefen über ihr Gesicht, sie merkte es gar nicht.

Da war Victorias Tochter. Das einzige, was von Victoria geblieben war. Da war Maria Henrietta.

Sie war blind.

Am 8. Mai 1945 war der Krieg vorbei. Einfach so. Er hatte angefangen, und nun war er aus. Als sei dies das normalste von der Welt.

Nina und Marleen standen im Garten und sahen die ersten Amerikaner in komischen hochrädrigen Autos vorüberfahren. Aus dem Nachbarhaus hing ein großes weißes Bettuch, und ein Nachbar, den sie gar nicht kannten, winkte über den Zaun.

»Dem Himmel sei Dank, wir haben's überstanden. Jetzt kann man wieder leben. Jetzt beginnt das Leben neu.«

Er drückte die Frau an sich, die neben ihm stand, beide lachten, und er rief: »Wollen Sie nicht rüberkommen? Wir haben noch eine Flasche Schampus, die ist dran.«

Nina sah Marleen an.

»Geh du. Ich will nicht. Das Leben beginnt neu. Ist der Mensch von Sinnen? Wie stellt der sich das vor? Ich habe die Kraft und den Mut nicht mehr, ein neues Leben zu beginnen. Nicht noch einmal.«

»Es wird dir gar nichts anderes übrigbleiben«, sagte Marleen. »Es sind zwei kranke Menschen in diesem Haus, die dich brauchen. Für die du sorgen mußt.«

»Wie könnte ich das? Ich wüßte nicht, wie. Ich bin fertig. Ich bin am Ende. Warum soll ich noch leben? Ich will nicht mehr. Und ich kann nicht mehr.«

»Doch, du kannst. Du kannst, weil du mußt und weil du willst. Du bist viel stärker als du selber weißt. Ich habe dich immer bewundert, wie stark und wie mutig du bist.«

»Du? Du hast mich bewundert?«

»Wir kommen aus demselben Stall, nicht wahr? Du warst als Kind schon die Mutigste und die Stärkste von uns allen. Du hast dich behauptet, gegen Vater, gegen Mutter, gegen Willy, du hattest deinen Standpunkt, und dabei ist es geblieben. Ich habe immer geschwindelt und gemogelt und mich so durchlaviert. Du nicht. Und dennoch hat man mir mein ganzes Leben lang gegeben. Und dir hat man genommen. Weil du stark warst und ich schwach. Ist es so auf dieser Erde? Ich weiß es nicht. Ich weiß nur, daß du dabei immer stärker geworden bist.«

»Wie du redest!« sagte Nina. »Ich kenne dich nicht wieder.«

Marleen lachte.

»Nur heute mal. Es ist ein besonderer Tag. Ich werde mich bestimmt nicht mehr ändern. Du mußt mich nehmen, wie ich bin.« Sie legte Nina den Arm um die Schultern. »Aber ich kann ja versuchen, dir ein wenig zu helfen. Vermutlich sind wir die einzigen, die noch übrig sind von den Nosseks. Wer weiß, was aus Trudel geworden ist. Und unser Bruder Willy? Sollte er noch leben, werden ihn die Russen wohl nach Sibirien transportieren. Aber er wird uns beiden nicht fehlen. Kein Grund zu Sentimentalität.«

»Du vergißt unsere Schwester Hedwig.«

»Ach ja, stimmt. Aber die kann man leicht vergessen, die hat ja im Grunde nie zu uns gehört. Aber ich, Nina, was ich mir auch so geleistet habe im Laufe meines Lebens, ich hab' dich immer gern gehabt. Und . . .«

Und Vicky hatte sie sagen wollen, aber sie verschluckte den Namen gerade noch. Von Vicky wurde nicht geredet. Durfte nicht geredet werden.

Stephan lag im Bett. Der Anblick von Maria hatte ihn so tief getroffen, daß er einen Rückfall erlitten hatte. Er könne nun auch nicht mehr sehen, sagte er, das kenne er ja, das habe er lange genug selbst erlitten. Er hatte Fieber, und er phantasierte. Er sprach von Benno, vom Schnee, von der Kälte. Er schien wieder dort gelandet zu sein, wo man ihn aufgelesen hatte.

Es war der Schock, den Marias Ankunft ausgelöst hatte. Früher hatte er sie gar nicht gekannt, hatte nicht einmal von ihrem Vorhandensein gewußt. Aber während seiner Jahre in Dresden war auch er dem Zauber Marias verfallen, dem scheuen Lächeln in dem Kindergesicht und diesen großen dunklen Augen, die nun erloschen waren.

»Na, wie ist es?« klang es über den Zaun. »Kommen Sie?«

»Ja, gern. Gleich«, rief Marleen zurück. »Ein Glas Sekt wird uns guttun. Ich habe auch noch eine Flasche im Keller, falls eine nicht ausreicht.« Sie nahm Nina energisch am Arm.

»Los! Du kommst mit. Kannst du dich erinnern, was der Mann gesagt hat, der Maria brachte? Sie müssen klaren Kopf behalten. Du hast den Krieg überlebt, und da sind zwei Menschen, die auf dich angewiesen sind. Auf dich, Nina.« Sie neigte sich dicht an Ninas Ohr. »Nur auf dich, Nina. Für sie mußt du sorgen, für sie mußt du leben. Und weil du mußt, kannst du es auch. Und so gesehen hat unser fröhlicher Nachbar recht: Es beginnt ein neues Leben. Wie es aussehen wird . . .« Sie hob die Hände, die Handflächen nach oben gekehrt. »Keine Ahnung. Wenn ich fromm wäre, würde ich sagen: Gott wird es wissen. Aber vermutlich weiß er es auch nicht.«

»Gott hat uns schon lange vergessen.«

»Solche wie dich vergißt er nicht, Nina. So eine wie mich vielleicht schon. Aber so eine wie du, da hat er wohl Achtung davor.«

»Ach, hör auf«, sagte Nina ärgerlich. »Du redest furchtbaren Unsinn. Und jetzt laß uns gehen und den Sekt trinken, sonst trinken die ihn allein. Lange kann ich aber nicht bleiben. Ich muß den Kindern was zu essen machen. Was haben wir denn noch da?«

»Ach, eine ganze Menge. So schlecht sieht es bei uns gar nicht aus. Als uns Therese verlassen hat, habe ich mir die Vorräte ganz genau angeschaut. Geklaut hat sie nicht. Und alles gut verwahrt.«

Therese, das Mädchen, war ungefähr vor vierzehn Tagen weinend aus dem Haus gegangen, heim auf den Hof ihrer Eltern im Chiemgau. Sie müsse sich um sie kümmern, so ungern sie die Damen auch verlasse in der schweren Zeit.

»Hungern werden wir nicht so schnell«, fuhr Marleen fort, »und das ist mehr, als die meisten Menschen zur Zeit von sich sagen können.

»Haben wir noch Eier im Haus?«

»Einen großen Topf voll. Hat die Therese eingelegt.«

»Dann mache ich heute mittag Eierkuchen. Den ißt Stephan so gern. Und vielleicht mag Maria ihn auch.«

Sie traten durch das Gartentor des Nebenhauses, der Nachbar stand vor der Tür und winkte mit beiden Armen.

»Nur herein, nur herein in die gute Stube. Ist es nicht ein Wunder, daß man noch eine hat? Ein Dach über dem Kopf, ein Bett, um darin zu schlafen, das ist ein wahres Wunder. Das kann man feiern, das ist auch ein Sieg in der heutigen Zeit.«

Marleen lächelte. »Sie sind ein Lebenskünstler, wie? Sie wollen auf jeden Fall heute einen Sieg feiern.«

»So ist es. Einen Sieg über den Krieg. Wir haben ihn überlebt, und darum haben wir ihn besiegt.«

»Eine gesunde Denkweise.«

Er küßte erst Marleen, dann Nina die Hand.

»Willkommen, schöne Nachbarinnen. Wir kennen uns noch nicht. Wissen Sie, ich habe allerhand erlebt. Werde ich Ihnen gelegentlich mal erzählen. Jedenfalls habe ich mich jetzt seit

Monaten in diesem Haus versteckt. Darum haben Sie mich nie gesehen.«

»Aha«, sagte Marleen, »ich verstehe. Darum feiern Sie heute einen Sieg.«

»So ist es, so ist es. Meinen Sieg. Ich feiere meinen ganz persönlichen Sieg.«

Nina betrachtete ihn kurz. Was mochte er sein? Ein Deserteur? Ein Jude? Ein Widerstandskämpfer?

Sie würden es erfahren. Es war nicht so wichtig. Er feierte seinen Sieg.

Die Frau war hübsch, brünett, hatte strahlend blaue Augen. Sie war glücklich. Sie feierte auch einen Sieg. Der Mann, den sie liebte, war gerettet.

Nina nahm das Glas, das man ihr anbot, zwang sich ein Lächeln ab, versuchte die Bitterkeit, die in ihr aufstieg, zu unterdrücken. Einer siegte, der andere unterlag. Was kam es darauf an? Aber ob Sieg oder Niederlage, wenn man überlebte, mußte man an morgen denken.

Und morgen, das hieß: Stephan wieder gesundzupflegen, Maria an ihr verändertes Leben zu gewöhnen, und es hieß auch, darüber nachzudenken, was sie ihnen morgen zu essen geben würde. Gleich, wenn sie wieder drüben waren, würde sie in den Keller gehen und die Vorräte betrachten. Sie einteilen. Das konnte sie bestimmt besser als Marleen.

Sie trank einen Schluck, einen zweiten.

»Darf ich noch einmal einschenken?« fragte der Nachbar, von dem sie noch nicht einmal den Namen wußte. Aber das war im Augenblick ganz unwichtig. Er war ein Sieger, das genügte.

»Gern«, sagte Nina, und das Lächeln fiel ihr nicht mehr so schwer. »Es tut wirklich gut.«

Mit einem Sieger zu sprechen tat auch gut. Und an morgen denken war auch eine große Hilfe.

Nur das Gestern, das mußte man vergessen. Falls man konnte.

Plötzlich fiel ihr ein, was Peter einmal gesagt hatte, damals ganz zu Anfang ihrer Liebe. Gestern ist vorbei, und morgen ist eine unsichere Sache. Leben findet immer heute statt. Damals hatte ihr das gefallen, aber da war sie jung gewesen. Heute wußte sie: Gestern war niemals vorbei, gestern war das gelebte Leben, das man nicht einfach abschütteln konnte. Und zweifellos war morgen eine unsichere Sache, mehr denn je. Aber das war es schließlich in ihrem Leben meist gewesen, das würde keine neue Erfahrung sein.

Heute war der Krieg zu Ende gegangen. Es war erstaunlich, wie gleichgültig ihr dieser Tag, den sie so herbeigesehnt hatte, auf einmal war. Es kam wohl ein Punkt, ein jetzt und hier und heute, da man weder Freude noch Schmerz empfinden konnte. Die Flutwelle hatte sie überspült, war gewichen und hatte sie armselig und verloren auf dem nackten Boden zurückgelassen. Keine Hoffnung mehr, daß dieses neue Leben ein besseres Leben sein würde.

Nur die Gewißheit, daß es ihr Pflichten und Verantwortung aufbürden würde. Aber möglicherweise war das besser als gar nichts.